Dreamweaver CS3

中文版实例教程

方 晨 编著

上海科学普及出版社

图书在版编目（CIP）数据

Dreamweaver CS3中文版实例教程／方晨编著.－上海：上海科学普及出版社，2009.1
ISBN 978－7－5427－3889－9

I.D... II.方... III.主页制作－图形软件，Dreamweaver CS3－教材 IV.TP393.092

中国版本图书馆CIP数据核字（2008）第092632号

策　　划 胡名正
责任编辑 徐丽萍

Dreamweaver CS3中文版实例教程
方 晨 编著
上海科学普及出版社出版发行
（上海中山北路832号 邮政编码200070）
http://www.pspsh.com

各地新华书店经销　三河市德利印刷有限公司印刷
开本 787×1092 1/16　印张 21.5　字数 432000
2009年1月第1版　2009年1月第1次印刷

ISBN 978－7－5427－3889－9/TP·904 定价：29.00元

说　明

本书目的

学会使用Dreamweaver CS3软件制作网页，创建和管理网站。

内容

本书详细讲解了Dreamweaver CS3软件的命令、各种工具的操作方法、管理网站的基本技巧与方法等基础知识。每章讲解后都有针对性的实例，配合课后练习，巩固所学内容。在全书的最后讲解了一个综合性网站的制作过程。

使用方法

本书采用循序渐进的手把手教学方式，结合实际操作讲解。读者在学习时，应当启动Dreamweaver CS3软件，按照本书讲解的方法进行操作。只要跟随操作，就能掌握该软件的使用。

有基础的读者，可以直接阅读本书实例，会对自己的创作有一定启发。本书亦可作为工作中的参考手册。

读者对象

本书主要针对的读者对象为大、中专院校相关专业的学生、学习网页制作的电脑爱好者及有关专业人员。

本书特点

基础知识与实例教学相结合，实现从入门到精通。

手把手教学，步骤完整清晰。

本书实例的操作步骤全部经过验证，正确无误，无遗漏。

著作者

本书由北京子午信诚科技发展有限责任公司方晨编著，刘劲鸥执笔，赵娟、杨瀛审校。

封面设计

本书封面由乐章工作室金钊设计。

售后服务

本书读者在阅读过程中如有问题，可登录售后服务网站（http://www.todayonline.cn），点击“学习论坛”，进入“今日学习论坛”，注册后将问题发表在相关的交流区上，我们将在一周内予以解答。同时，可在资源共享栏目中下载相关素材。

声明：本书经零起点的读者试读，达到上述目的。

目　录

1

序言　网站建设基础知识

通过本章，你应当：

(1) 了解网站的建站流程。

(2) 了解网站相关的基础概念。

(3) 了解静态和动态网站的工作原理。

0.1　有关网站的一些基本概念

0.1.1　网络、因特网（Internet）和万维网（WWW）

网络是通过一定形式连接起来的、可以互相通信的一组计算机。

一个网络可以由相临两台计算机组成，也可以由一间屋子、一栋楼里的多台计算机组成。这样的网络称为局域网，由局域网再延伸到更大的范围，如整个城市、国家，就成为广域网。这些网络都需要专门的管理人员进行维护。

因特网（Internet）是由广域网、局域网和单机按照一定的通信协议组成的国际计算机网络。因特网是全球公有、使用TCP/IP通信协议的一个计算机系统。这个系统所提供的信息与服务，以及系统中的用户共同组成了因特网。

人们最常使用的是局域网，即使从家中连上因特网，也是先连上网络服务商的局域网。例如，通过电信公司的拨号上网，是先连接到电信公司的局域网上，然后再通过电信公司的服务器接入到因特网中。所以局域网是众多网络中的基本单位，而因特网是由无数个局域网组成的。

为了区分和定位网络中的计算机，网络中的每台计算机都被分配了惟一的IP地址。IP地址是给网络中的计算机编址的方式，IP地址由32位二进制数组成，以XXX.XXX.XXX.XXX形式表示，每组XXX代表0～255的10进制数，例如IP地址202.106.1.33。

为了方便记忆，人们又为每台主机取了一个名字，即域名地址。域名地址通常由主机名、机构名、网络名和最高域名4个部分组成，如北京电报局的一台与因特网连接的电脑主机的IP地址202.96.0.97，其域名为public.bta.net.cn。它的含义是：public.bta为北京电报局网络中心，net.cn表示中国邮电网。用户一般是直接使用域名，因特网上的域名解析服务系统会自动将其转换为IP地址。

万维网又称环球网。1989年欧洲粒子物理实验室的研究人员为了研究的需要，希望开发出能够共享资源，可以远程访问的系统，这种系统能够提供统一的接口来访问各种不同类型的信息，包括文字、图像、音频、视频信息等。1990年完成了最早期的浏览器产品，1991年开始在内部发行，这就是万维网的开始。万维网就是网页的管理系统，许多公司和个人在因特网上都拥有自己的万维网站，即网站。用来运行这个系统的计算机就是网页服务器。

万维网的核心部分是由3个标准构成的：

统一资源标识符（URI），用于给万维网上的资源定位的系统。

超文本传送协议（HTTP），用于规定浏览器和服务器怎样互相交流。

超文本标记语言（HTML），用于定义超文本文档的结构和格式。

网页的通用标准是超文本标记语言。这种语言可用于创建以文字、图像、声音和链接的格式化文本，即网页。可以通过计算机中的网页浏览器程序从网页服务器（或网站）中读取网页，并在计算机屏幕上显示出来。用户阅读网页的过程中，可以通过链接打开目标网页。还可以通过网页向服务器上传信息，完成一些互动交流。

注：超文本标记语言，英文名称为HyperText Markup Language，缩写为HTML。使用这种语言编写的网页也被称为静态网页。

当HTML无法满足网站建设需求时，出现了CGI、Java、ASP和PHP等技术，网页服务器借助这些技术可以调用外部程序，而不是简单地返回静态的网页，这类网页被称为动态网页。它们都可以很好地与HTML语言兼容，既可以嵌入到HTML文档中混合使用，也可以是独立的客户端脚本。

在万维网上，每个网页都有一个惟一的地址，被称作统一资源定位地址，即URL address。网页间的跳转都使用URL来定位，保证链接可以正确地跳转到目标网页。

0.1.2 服务器和客户端

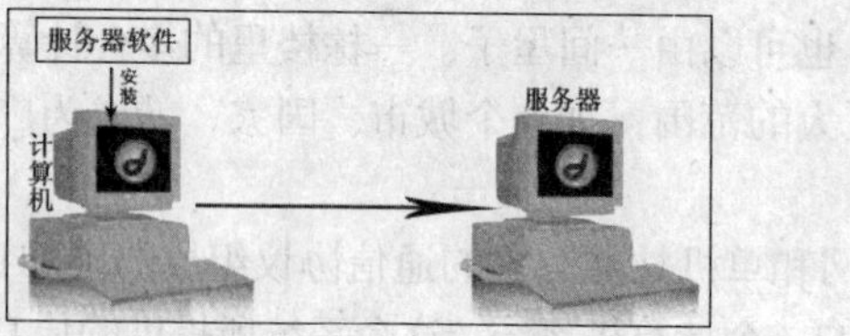

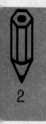

图0-1-1

如图0-1-1所示，服务器有两种解释：

（1）服务器是一个管理资源并为用户提供服务的计算机软件（或程序），通常分为文件服务器（为用户提供文件存取服务）、数据库服务器和应用程序服务器。

（2）安装某些软件（或程序）的计算机也被称为服务器。

可以这样理解服务器：它是可以提供某种功能的软件（或程序），安装了某个特定服务器程序的计算机就成为具有这个服务功能的服务器。

客户端又称用户端，与服务器相对应，为客户提供本地与远程服务器进行信息交换的程序，一般安装在普通用户的计算机中，需要与服务器端配合使用。

可以这样理解客户端：它是运行在客户本地计算机中的程序，必须与服务器相互对应才能发挥作用，例如一台计算机中安装了FTP（文件传输协议，多用于上传、下载和管理远程服务器中的文件），那么其连接的远程服务器也必须安装了FTP的服务端，才可以在本地计算机上使用FTP与这个服务器互动；同理，如果要登录提供FTP服务的服务器，所使用的本地计算机中必须安装了FTP的客户端才可以登录到服务器。

从信息提供和获取角度来看，服务器可以看成是提供信息处理、服务、响应客户端请求的计算机；客户端是接受信息服务方，是接受服务器信息的计算机。

0.1.3 网页服务器

如图0-1-2所示，网页服务器即Web服务器。它含有两层意思：

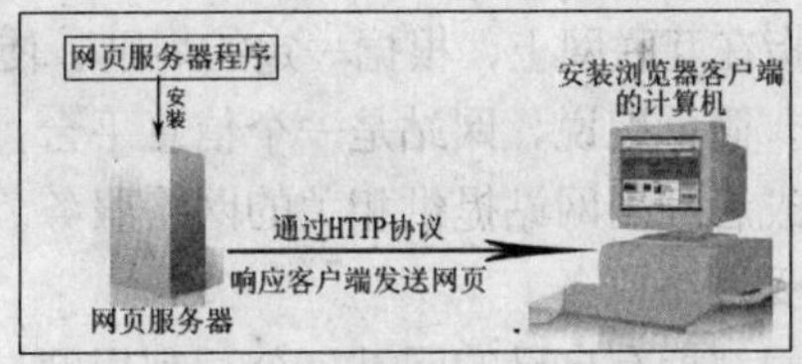

图0-1-2

(1) 它是负责提供网页的计算机，通过HTTP超文本传输协议传给客户端，客户端一般是指网页浏览器，例如IE、Firefox等网页浏览器。

(2) 它是一个提供网页服务的服务器，即它是一台安装有网页服务端软件的计算机。

每一台网页服务器至少执行一个网页服务器程序，现在市面上最普遍的网页服务器有：Apache软件基金的Apache HTTP服务器、Microsoft的Internet Information Server (IIS) 和Zeus Technology的Zeus Web Server。

最常用的网页服务器是Apache软件基金的Apache，在2004年10月有超过67%的市场占有率。

虽然选择的网页服务器程序会有所不同，但是它们都有一个共同的特点：每个网页服务器程序都接收从客户端发来的HTTP请求，然后给请求者提供HTTP回复。HTTP回复一般为一个HTML文件，也可以是一个纯文本文件、一个图像或其他类型的文件。

一般来说，这些文件都储存在网页服务器的本地文件系统中，通过URL和数据库为本地文件建立一个清晰的组织结构，服务器会把URL对应到本地文件系统中。当正确安装和设置好网页服务器后，管理员会利用服务器软件指定放置网页文件的位置，作为放置网页的根目录，并为这个位置设定一个路径名称。

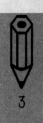

0.1.4 什么是网页

网页通常含有文字资料、图像文件、可以在页面内执行的子程序、链接等元素，网页需要通过网页浏览器来阅读。网页的集合就是网站，网站的起始页为首页。

网页可是任何一种格式，但通用标准是超文本标记语言（HyperText Markup Language，缩写为HTML）。这种语言可用于创建辅以图像、声音、动画和链接的格式化文本，即网页。

另一种比较流行的语言为XML，是HTML的衍生语言。它是一种元语言，可以自定义文档标签。

当使用HTML制作静态网页不能满足网站的需要时，还可以使用如CGI、JavaScript和PHP等技术，建立动态网页。网页服务器可以借助CGI调用外部程序，而不是简单地返回静态文本。JavaScript和PHP这两种语言可以直接嵌入到HTML文档中，但使用方法不尽相同，JavaScript主要用于客户端脚本，PHP则主要用于数据库的访问。

若要将网页发布到万维网，必须将网页文件上传到网站服务器中，如图0-1-3所示。

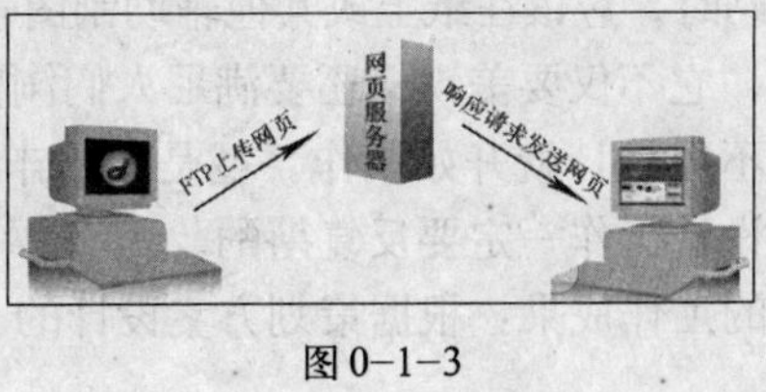

图0-1-3

0.1.5 什么是网站

网站是指在互联网上，根据一定的规则，使用HTML等工具制作的用于展示特定内容的相关网页的集合。简单地说，网站是一个信息平台，就像布告栏一样，人们可以通过网站发布想要公开的信息，或者利用网站提供相关的网络服务。人们可以通过网页浏览器访问网站，获取所需的信息或者享受网络服务。

许多公司都拥有自己的网站，公司利用网站进行产品宣传、发布信息等。随着网页制作技术的流行，很多个人也开始制作个人主页，这通常是制作者用来自我介绍、展现个性的地方。也有以提供网络信息为赢利手段的网络公司，通常这些公司的网站提供生活中各个方面的信息，如时事新闻、旅游、娱乐、经济等信息。

在互联网的早期，网站仅能保存单纯的文本。经过几年的发展，当万维网出现之后，图像、声音、动画、视频，甚至3D技术开始在互联网上流行起来，网站也慢慢地发展成为今天这种图文并茂的样子。通过动态网页技术，用户还可以与其他用户或者网站管理者进行交流。并且提供更丰富的功能，如一些网站提供电子邮件服务、论坛服务、网上交易服务等。

0.2 网站的建站过程

网站的建站过程一般包括4个阶段：策划、设计、制作（技术实施）和维护。

建站过程实际上就是对一个网站的策划、设计并执行的过程。成功的网站建设需要周密的专业网站策划，合理的网站策划对网站建设至关重要。

第一阶段，策划网站。分析网站的目标浏览者，完成一个详细的网站策划。优秀的网站策划可以保证一个网站发挥最大的功效，成为个人和企业网络宣传推广的重要平台。

网站策划包括如下内容：

（1）建立网站的目的，浏览者需求分析。

（2）域名与网站名称的选择。

（3）网站主要功能分析。

（4）网站技术解决方案选择。

（5）网站栏目与内容策划。

（6）网站测试与发布。

（7）网站推广方案。

（8）网站维护方案。

（9）网站建设费用预算。

该阶段的工作成果：浏览者需求说明、网站功能说明、网站的树状连接结构、网站发展规划等文件。

第二阶段，设计网站。根据策划，设计网站中各级网页的表现形式。

设计网站时，应该在纸上或其他辅助制图软件中画出网页外观。网站设计是制作网页中非常重要的一步，它不仅要美观，还要满足人们浏览和使用的习惯，体现网页的功能。

要避免不经设计就开始制作。越是经验丰富的网页设计师就越会在制作前反复思考设计方案。前期的设计工作一定要反复斟酌。

该阶段的工作成果：根据策划方案设计的、符合目标浏览者的审美取向的各级网页。

第三阶段，制作网站。根据策划与设计方案将网站中的各级网页制作出来。

这是制作网站的技术实施阶段，也是本书的重点。

制作网站一般包括如下内容：

(1) 制作网站时首先需要选择制作网页的技术。

如制作静态网页用 HTML 语言。制作动态网页，可在 PHP、ASP 和 JSP 中选择一种。同时开发费用和便利性等也是决定技术选择的重要因素。

(2) 设置本地站点。

为了协调有序地工作，需要将网站放在指定文件夹中，建立站点。

(3) 制作各级网页模板，创建 CSS 样式。

网站中同级网页的外观格式有许多相同的地方，因此可以制作一个或多个用于保留网页中相同部分的样本网页，即模板。在需要时调用这个模板，向其中添加不同内容即可快速生成各级网页。这样不仅方便初期制作，也方便后期修改。

为了统一网页中的排式，可以先定义排式并命名，然后在需要时调用这些排式。这顶工作可以通过 CSS 样式来完成。

通过上面所述，可以将此步细分为如下过程：

①设置网页布局。可以使用表格、层和框架等方法划分网页布局。这也是本书的讲解顺序。

②将完成布局的网页转换成模板，存放在库中。以后制作相同布局的网页时可以调用同一模板，不用重复对网页划分区域结构，提高了工作效率。

③创建 CSS 样式。为了使网站中的网页风格保持一致，可以使用 CSS 样式保持网页间统一的样式。

注：CSS 样式往往在最初的工作中完成。可以在建立模板的过程中逐步完成 CSS 样式。例如制作模板中的文字内容时，同时制定相关的文本样式，并保存在 CSS 样式表中。

④丰富模板内容。模板并不是简单的框架结构，它可以含有网页中许多共同的元素和表现形式。因此可以向模板中添加各级网页中所共有的元素，如图像、多媒体、超链接和互动行为等。

(4) 利用模板最终完成各级网页的制作。

制作完成各级模板和统一的 CSS 样式后，就可以套用模板完成各级网页最终的制作。这部分工作包含两部分内容，即制作静态网页和动态网页。

(5) 测试。

测试是保证网页质量的必要步骤。制作完成网页后，一定要全面测试，如不同分辨率下的显示效果测试、链接测试和不同浏览器下的显示测试等。

(6) 发布。

发布需要完成以下内容：

①购买合适的 ISP 服务。

②获得服务器，设置服务器的操作系统。

③将网站上传到服务器并调试。

第四阶段，维护网站。

维护网站不仅仅是对网站的更新、备份，还包括网站的推广。对于一些开放性网站，如带有留言板、论坛的网站，还应随时检查，删除违反规则的内容。网站的推广是网站维护工作中比较重要的，也是网站完成后的重点工作。

0.3 Dreamweaver 在网站建设中的作用

Dreamweaver 是功能强大的网页设计软件，是网站建设中最好用的工具之一。Dreamweaver 是一个兼容性非常好的工作平台，在这个平台中可以使用各种网页技术进行工作。

通过 Dreamweaver 可以方便地制作网站，其主要作用如下：

（1）可以建立 Dreamweaver 站点。

通过 Dreamweaver 站点，可以指明站点的工作环境，组织站点中的文件，并可以方便、快捷地管理站点中各种资源，记录各种信息。

只有建立了 Dreamweaver 站点，才能充分利用 Dreamwaver 的各项功能管理站点中的文件。例如，自动跟踪和维护链接、管理文件以及共享文件。

（2）可以制作网页、网页模板和 CSS 样式。

使用 Dreamweaver 的大部分工作集中在这里。通过 Dreamweaver 提供的工具可以很方便地制作网页、网页模板和 CSS 样式。

（3）可以测试网页。

Dreamweaver 提供了方便可靠的网页测试功能，通过这些测试可以快速查找出网页中可能出现的问题。

（4）可以发布网页。

当设置了站点的远程服务器信息后，便可以直接使用 Dreamweaver 上传站点，并且可以直接编辑远程站点中的内容。

0.4 小　结

本章讲解了网站的一些相关基础知识和建站过程。通过本章的学习，读者应当重点掌握网站建设中的一些基本概念及 Dreamweaver 软件在建站过程中的作用，并了解网站的建站过程。

0.5 练　习

概念题

网络　　因特网　　服务器　　网页服务器

填空题

______是给网络中的计算机编址的方式，______由 32 位二进制数组成。

问答题

（1）什么是网页？

（2）简述 Dreamweaver 软件在建站过程中的作用。

第 1 章　Dreamweaver 快速入门

通过本章，你应当：

（1）了解 Dreamweaver 的功能和特点。

（2）学会设置 Dreamweaver 的工作界面。

1.1　Dreamweaver 概述

Dreamweaver 是编辑网页的软件，能够以直观的方式制作网页。Dreamweaver 提供了强大的网站管理功能，许多专业的网站设计人员都将 Dreamweaver 作为创建网站的首选工具。

Dreamweaver、Flash（网页动画制作软件）和 Fireworks（网页图像处理软件）构成了网页制作方面的三大利器，被称为网页三剑客。它们同为美国 Adobe 公司的产品。

Dreamweaver 提供了开放的编辑环境，能够与相关软件和编程语言协同工作，所以使用 Dreamweaver 可以完成各种复杂的网页编辑工作。

1.1.1　Dreamweaver 的功能

Dreamweaver 具有以下功能：

（1）网站管理功能。

Dreamweaver 不仅能够编辑网页，还能够实现本地站点与服务器站点之间的文件同步。利用库、模板和标签等功能，可以进行大型网站的开发。对于需要多人维护的大型网站，拥有文件操作权限方面的限制，具有一定的安全保护功能。

（2）多种视图模式。

Dreamweaver 提供了代码、设计和拆分 3 种视图模式。设计视图可以满足用户的设计需求，即使不懂HTML语言，不会书写网页源代码，也能创建出漂亮的网页；代码视图可以直接以HTML等语言形式编写网页，能够对源代码进行精确控制；拆分视图是将窗口分为上下两部分，上半部分以代码形式显示网页，下半部分以设计形式显示网页，可以在同一窗口中分别显示网页的代码和设计视图。

（3）对象插入功能。

Dreamweaver 的插入面板中提供了常用字符、表格、框架、电子信箱和 Flash 文字等功能按钮，可以直接单击插入面板中的相关功能按钮，快速完成目标对象的制作。

（4）属性设置方式。

Dreamweaver 提供了属性面板，属性面板中显示了当前对象的属性，可以直接在属性面板中设置和修改当前对象的属性。

（5）CSS 样式设置方式。

Dreamweaver 提供了 CSS 样式面板，通过 CSS 样式面板，快速创建、查找和修改目标样式。

注：CSS 样式是统一网页排式的一种方法。CSS 样式可以定义各种对象的体例和规格。

（6）内置大量的行为。

Dreamweaver中内置了大量的行为，通过行为面板可以快速添加一些特殊效果，如网页的跳转、图像载入等。

Adobe公司的网站上提供了更多的行为下载，一些相关的开发商也提供相关的行为下载。

（7）提供了资源管理功能。

在建立Dreamweaver站点后，Dreamweaver可以统一管理站点中的资源。可以通过资源面板来管理和使用这些资源。

1.1.2 Dreamweaver的工作环境

（1）工作界面。

Dreamweaver附带3种不同形式的工作界面，可以满足设计者和编码人员的工作需求，能够根据需要设置工作界面。

（2）缩放工具。

Dreamweaver提供了缩放工具。通过缩放操作可以对设计进行全面控制。放大并检测图像或编辑复杂的嵌套表格。缩小视图可以查看页面的整体效果。

（3）编码工具栏。

Dreamweaver的编码工具栏在代码窗口左侧的直栏中，包含常用编码操作。无需过多搜索，就可以通过提示和编码工具栏找到代码片段，编码功能包括对代码的折叠、展开、注释等功能。

（4）文件传输。

使用Dreamweaver上传文件到服务器时无需等待，用户可以在Dreamweaver与服务器通信时继续使用本地计算机上的文件工作。

（5）站点监测。

可以安全、高效地管理站点，保证编辑的文件与站点的同步，确保使用的文件是最新的。登记和注销功能可以跟踪使用这些文件的人，能够有效防止修改其他人的工作文件。

（6）Dreamweaver站点与远程服务器可以紧密结合。

Dreamweaver站点可以模拟服务器环境，可以保证制作和测试网页时，Dreamweaver站点中的文件与服务器端完全兼容，可以同步完成制作和测试。

1.1.3 Dreamweaver 对主流技术的支持

（1）支持模拟服务器环境。

支持如IIS、Aphache和ColdFusion等一些主流的服务器环境，满足不同的服务器环境开发要求。

（2）支持ASP、PHP和Java等主流技术。

可以支持ASP、PHP和Java等主流技术，可以在Dreamweaver中直接使用这些技术开发相关动态网页。

（3）支持数据库。

在Dreamweaver中可以直接连接到数据库。正确设置服务器环境后，通过Dreamweaver可以直接连接到数据库中进行动态网页的制作。

（4）支持多数的网页媒体。

Dreamweaver 可以完美支持常见的网页多媒体格式，如图片、Flash 影片、MP3 音乐等，都可以通过 Dreamweaver 直接添加，并能够进行即时测试。

（5）网页发布系统。

Dreamweaver 支持多种上传文件到服务器的方式，例如最常用的FTP 上传文件方式。可以直接在 Dreamweaver 中选择和设置上传文件到服务器的方式，在 Dreamweaver 中完成所有的网页制作和上传发布的操作。

1.2　Dreamweaver 的工作界面

启动 Dreamweaver　CS3，效果如图 1-2-1 所示。

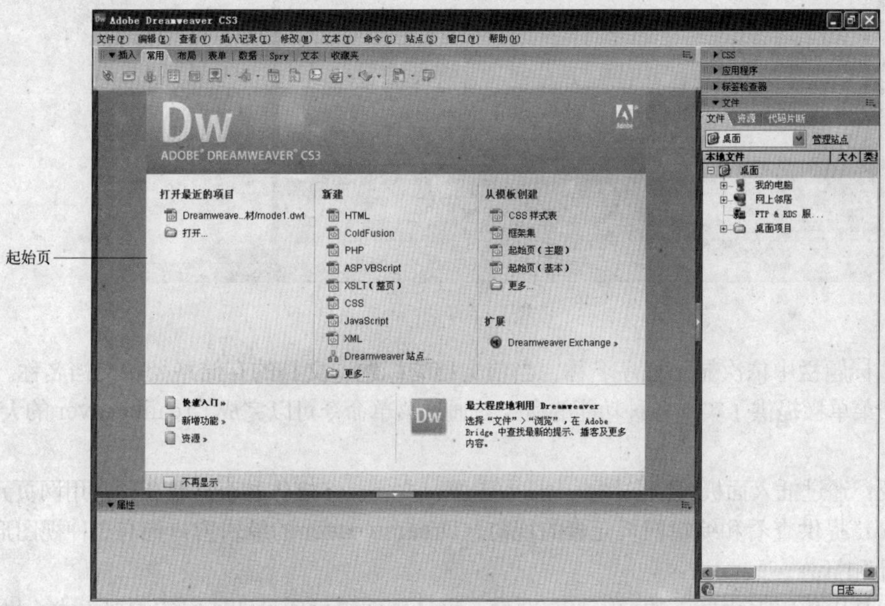

图 1-2-1

启动 Dreamweaver 后，Dreamweaver 的起始页面中提供了一些常用操作命令。可以直接单击起始页中的目标按钮完成相关的操作，如新建文件等操作。

右侧的文件面板会列出上一次编辑的文件所在站点，因为这里是第一次打开 Dreamweaver，所以显示的是桌面。

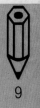

启动Dreamweaver CS3后，单击起始页面中“新建”下的HTML，新建一个网页，进入到如图1-2-2所示的Dreamweaver编辑界面。

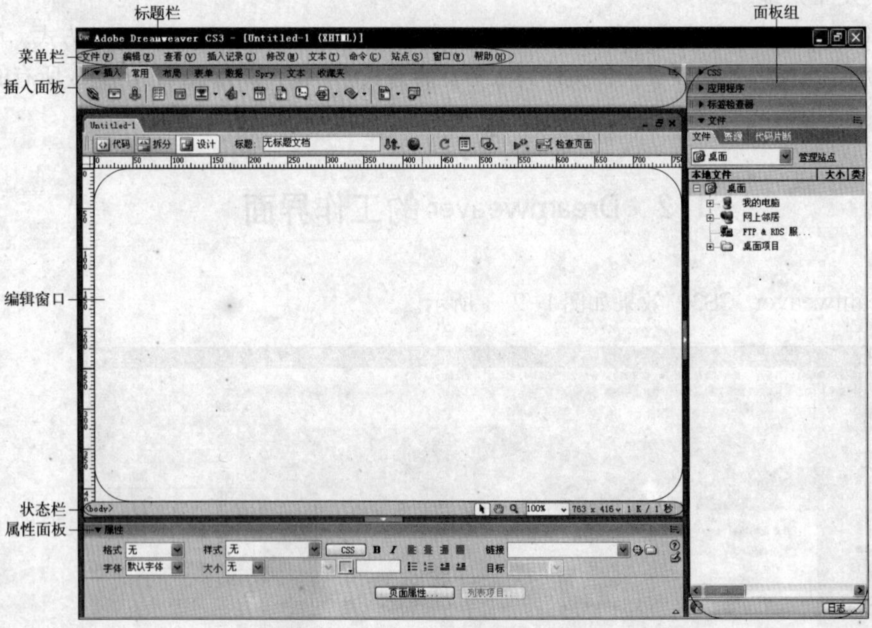

图1-2-2

标题栏：标题栏中依次显示程序名称、当前文档的标题、文档的存储路径和文档名称。

菜单栏：菜单栏提供了实现各种功能的命令。通过菜单命令可以完成Dreamweaver的大部分工作。

插入面板：通过插入面板可以向网页中插入图像、文字、多媒体和表格等各种常用网页元素。

编辑窗口：提供查看和编辑网页元素的视窗。Dreamweaver的编辑窗口拥有3种视图形式，即代码、设计和拆分。

代码视图是以代码形式显示和编辑当前网页；设计视图提供所见即所得的编辑方式，设计视图会以最接近于浏览器中的视觉效果来显示网页内容；拆分视图将编辑窗口分为上下两部分，一部分显示代码视图，另一部分显示设计视图。

状态栏：状态栏中包括文档选择器、标签选择器、窗口尺寸栏、下载时间栏，在状态栏中单击目标标签，可以快速标识容器中的内容。

属性面板：可以显示对象的各种属性，如大小、位置和颜色等，并可以通过属性面板直接设置当前对象的属性。

面板组：面板是提供某类功能命令的组合。通过面板可以快速完成目标对象的相关操作。在Dreamweaver中可以通过窗口菜单下的对应命令打开或关闭相关面板。

1.3 调整工作界面

制作网页的过程中，应根据工作的需要调整Dreamweaver工作界面，如改变工作视图，隐藏和展开面板，或是在编辑过程显示标尺和辅助线等。

1.3.1 改变工作视图

Dreamweaver中提供了3种视图：设计、代码和拆分。当要改变编辑视图时，只需单击对应按钮，即可转换到目标视图模式下。图1-3-1所示为单击“代码”按钮后切换到的代码视图。本书中大部分工作是在设计视图中完成的，因此在后面的学习中，可以单击“设计”按钮，切换到设计视图。

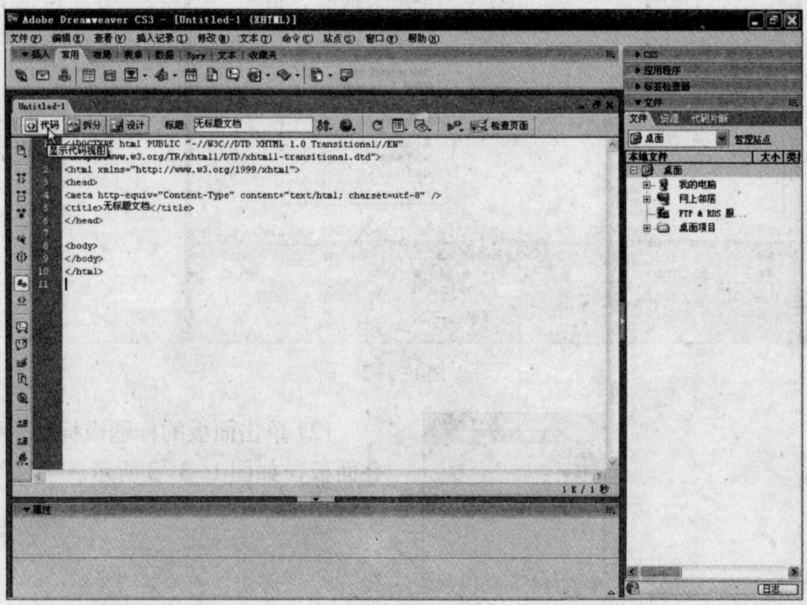

图1-3-1

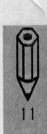

注：在代码视图中，左侧的是编码工具栏。编码工具栏提供常用的编码操作，可以快速查找到代码片段。

1.3.2 显示、隐藏和改变面板的大小

Dreamweaver拥有许多面板，例如插入面板、属性面板和其他各类面板。显示与隐藏它们的方法如下：

（1）通过窗口菜单命令，可以打开或关闭目标面板。如图1-3-2所示，单击窗口菜单中的命令，命令左侧出现勾选标记时，会打开面板，反之会关闭面板。

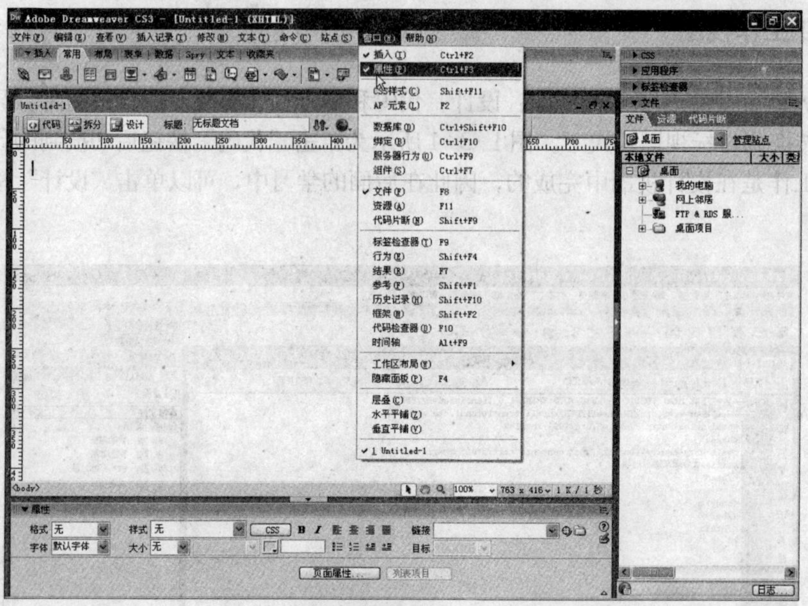

图 1-3-2

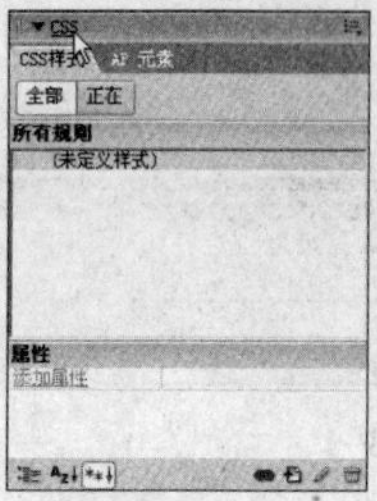

图 1-3-3

（2）单击面板的标题或标签，可以展开和折叠面板，如图 1-3-3 所示。

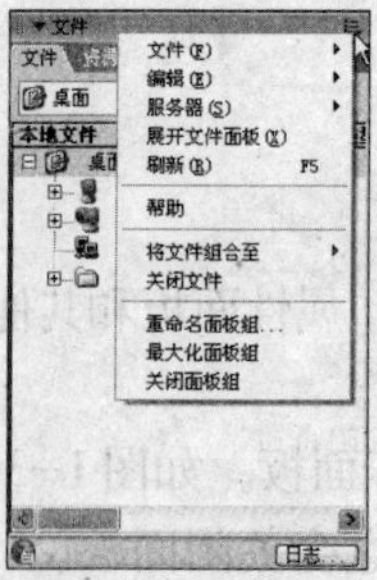

图 1-3-4

（3）如图 1-3-4 所示，单击面板标题栏右侧的按钮，打开面板菜单。在菜单中选择“关闭面板组”，可以关闭当前面板组。

（4）要隐藏面板组，可以单击图 1-3-5 所示的隐藏面板组按钮；再次单击该按钮，便会显示面板组。如果要隐藏或显示当前所有面板，可以按 F4 键。

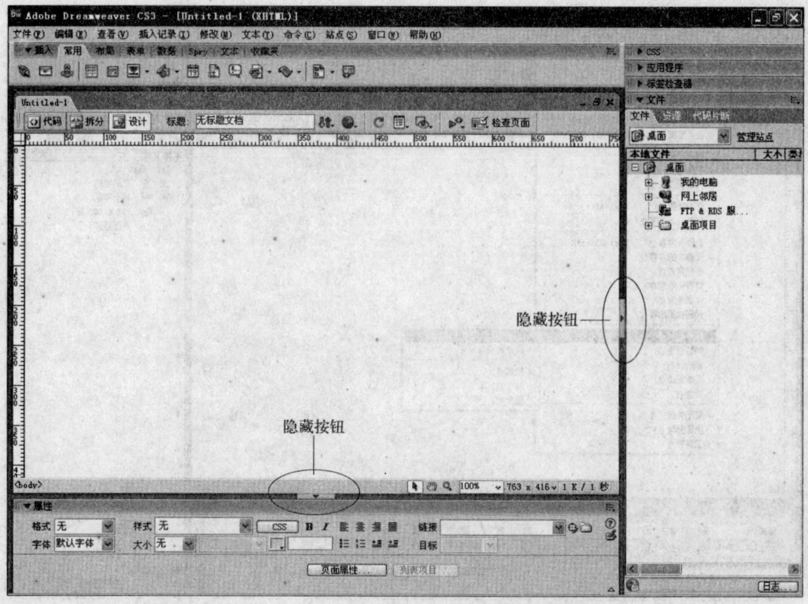

图 1-3-5

（5）改变组合面板大小的方法如下：

将鼠标指针移至面板或面板组的边框位置，鼠标指针变为图 1-3-6 所示形状时，按住鼠标左键并拖动鼠标。

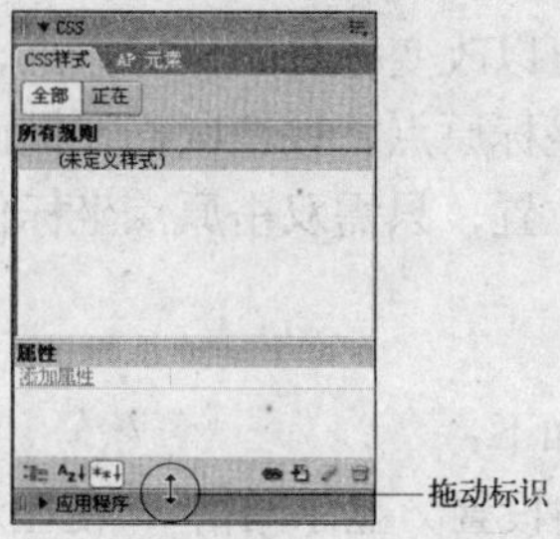

图 1-3-6

1.3.3 标尺和网格

在制作网页时，经常需要准确定位网页中元素的位置。这时，可以使用标尺和网格功能帮助定位。

1.3.3.1 标尺

显示标尺的方法如下：

如图 1-3-7 所示，单击“查看 / 标尺 / 显示”，在显示命令左侧出现选中标记，文档窗口中就会显示出标尺。

坐标原点

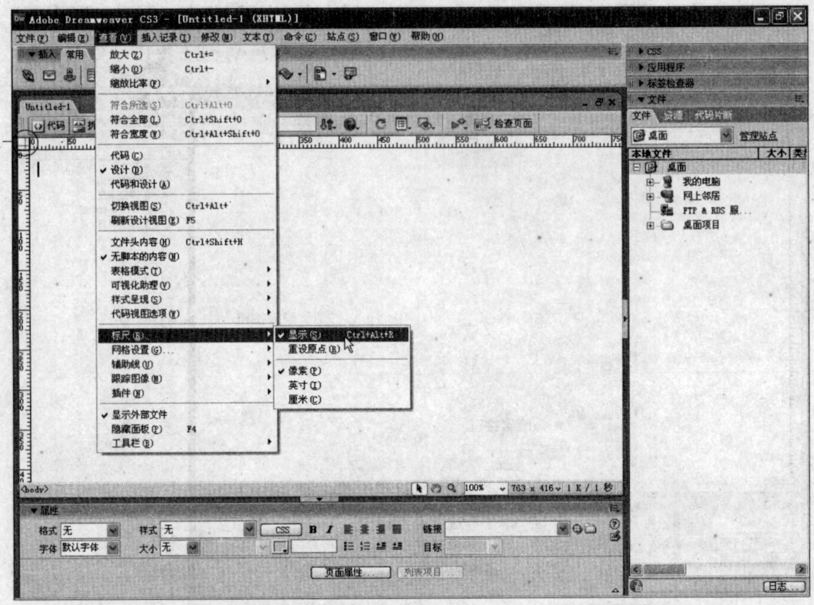

图 1−3−7

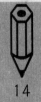

为了定位方便，可以改变标尺的坐标原点，具体方法是：

将鼠标指针指向坐标原点，按住鼠标左键向目标位置拖动鼠标。

要恢复坐标原点位置，只需双击原点坐标位置即可。

1.3.3.2 网格

显示网格的方法如下：

单击“查看 / 网格设置 / 显示网格”，使显示网格命令左侧出现选中标记，即可在文档窗口中显示网格。

单击“查看 / 网格设置 / 靠齐到网格”，使靠齐到网格命令左侧出现选中标记，可使文档窗口中的内容接近网格时自动与网格对齐。

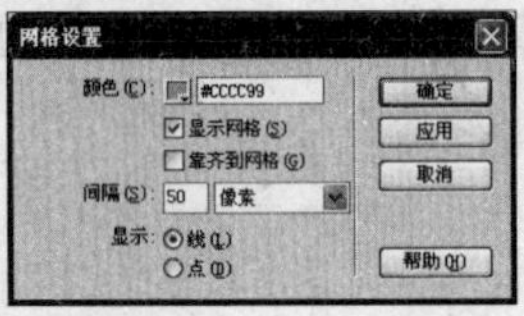

图 1−3−8

单击“查看 / 网格设置 / 网格设置”，打开如图 1−3−8 所示的网格设置对话框。在该对话框中可设置网格的间隔、颜色等。

1.3.4 辅助线

建立辅助线前需要打开标尺。建立辅助线的方法如下：

（1）将鼠标指针指向标尺。

（2）按住鼠标左键拖动鼠标到目标位置。

（3）松开鼠标完成辅助线的建立。

移动辅助线位置的方法如下：

（1）将鼠标指针指向辅助线，当鼠标指针变为图 1-3-9 所示的形状时，按住鼠标左键拖动到目标位置。

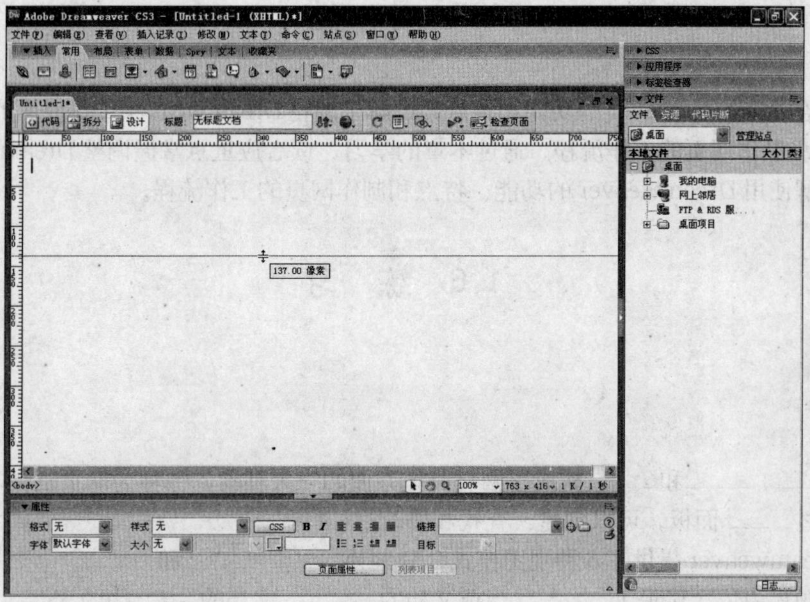

图 1-3-9

（2）松开鼠标完成辅助线调整。

删除辅助线的方法如下：

删除辅助线的方法与移动辅助线的方法类似，只需把辅助线移回到标尺处，即可删除辅助线。

1.4　Dreamweaver 制作网页的工作流程

使用 Dreamweaver 制作网页时按以下工作流程进行：

（1）建立 Dreamweaver 站点。

只有建立了 Dreamweaver 站点，才能真正发挥 Dreamweaver 的各项功能，有效管理各项资源。建立 Dreamweaver 站点，需要指定站点的存储文件夹，相关的远程服务器信息、域名、测试服务器等信息。

（2）制作网页模板和定制 CSS 样式。

网站中的同级网页拥有许多相同的地方，所以通常建立网页时首先建立目标模板，然后使用这些模板建立各级网页。制作模板实际就是将网页规划成不同区域，指定目标区域的作用。然后通过定制的 CSS 样式，来统一网页内容的样式。

（3）使用模板建立网页。

使用模板建立网页，实际上是向模板中的指定区域添加文字、链接、图片、多媒体等内容。

（4）测试。

网页制作完成后，需要对网页进行测试，减少可能出现的错误，使网页具有更好的兼容性。

（5）上传。

将制作完成的网页和相关网页中的链接资源上传到远程服务器中，完成最终制作。

1.5 小 结

本章介绍了Dreamweaver的功能和特点，讲解了调整Dreamweaver工作界面的方法和使用Dreamweaver制作网页的工作流程。通过本章的学习，读者应重点掌握调整Dreamweaver界面的方法，了解使用Dreamweaver的功能、特点和制作网页的工作流程。

1.6 练 习

填空题

(1) ______、______和______构成了网页制作方面的三大利器，被称为网页三剑客。

(2) 通过______面板，可以创建、查找和修改目标样式。

(3) Dreamweaver 提供了3种视图模式，分别为______、______和______。

(4) 标题栏中依次显示了______、当前文档的______、文档的______和文档______。

(5) 按______键显示和隐藏工作界面中的所有面板。

问答题

(1) 怎样打开和关闭目标面板？

(2) 打开和隐藏标尺的方法有哪些？

(3) 打开和隐藏辅助线的方法有哪些？

(4) 如何设置辅助线的颜色和间距？

上机练习

(1) 启动Dreamweaver，然后调整工作界面。

(2) 打开和关闭各类面板。

(3) 修改标尺坐标。

(4) 添加和删除辅助线。

第2章 Dreamweaver基础操作

通过本章，你应当：

(1) 学会设置首选参数。

(2) 学会新建、保存和关闭HTML文档。

(3) 学会设置网页的页面属性。

(4) 学会添加文字和图像的基础操作。

2.1 首选参数设置

为了使Dreamweaver更加适合工作的需要，在正式使用前需要进行一些基础设置。如是否打开或关闭一些即时提示信息框、选择默认的网页语言版本等。

启动Dreamweaver，执行“编辑/首选参数”，打开如图2-1-1所示的“首选参数”对话框。

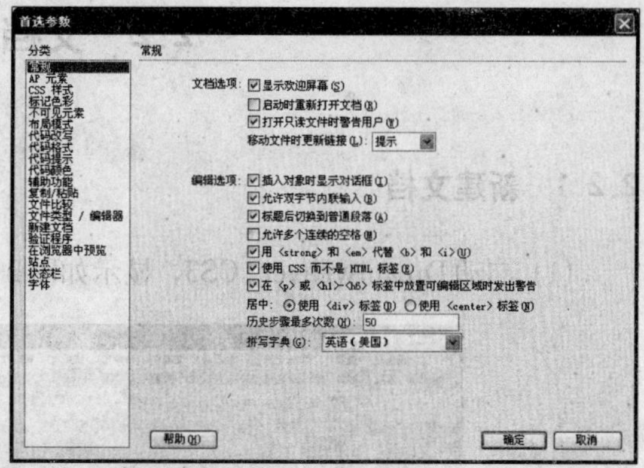

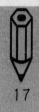

图2-1-1

选择分类栏中的“辅助功能”，分别单击表单对象、框架、媒体和图像前面的复选框，将复选框中的√去掉，如图2-1-2所示。

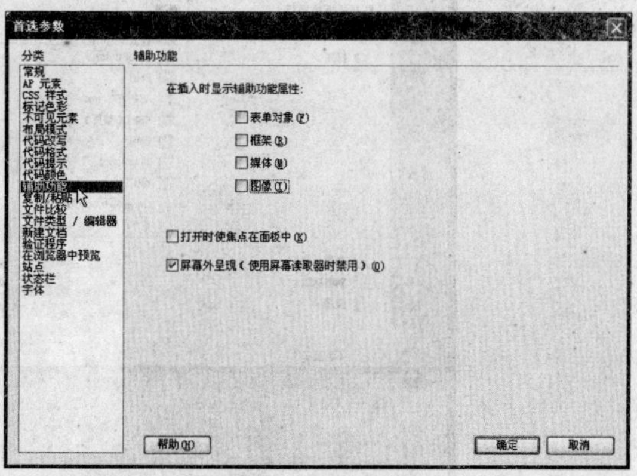

图2-1-2

注：这样设置可以阻止在插入表单、框架、媒体和图像时弹出属性提示框，简化操作步骤。

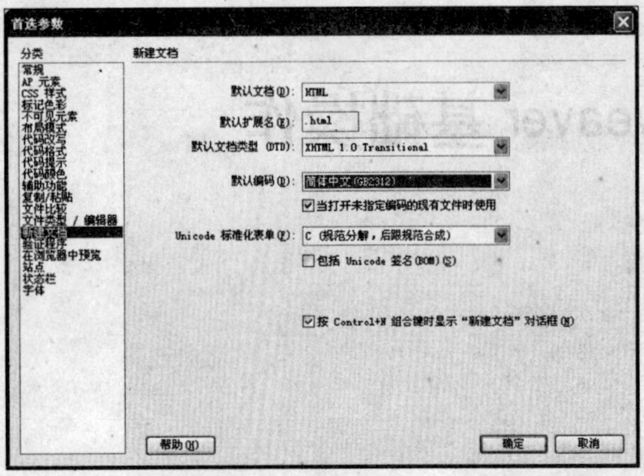

图 2-1-3

如图 2-1-3 所示，选择分类栏中的“新建文档”，根据需要设置默认文档的类型。

本例中选择默认文档为 HTML，默认扩展名为.html，默认编码为简体中文（GB2312）。

注：默认编码可以根据实际工作的需要进行选择，例如制作英文网页可以选择UTF-8编码。制作中文网时，默认的编码为GB2312，所以这里一定要选择GB2312编码。

单击“确定”按钮，完成首选参数设置。

2.2 文档的基础操作

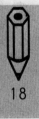

2.2.1 新建文档

（1）启动 Dreamweaver CS3，显示如图 2-2-1 所示的起始页面。

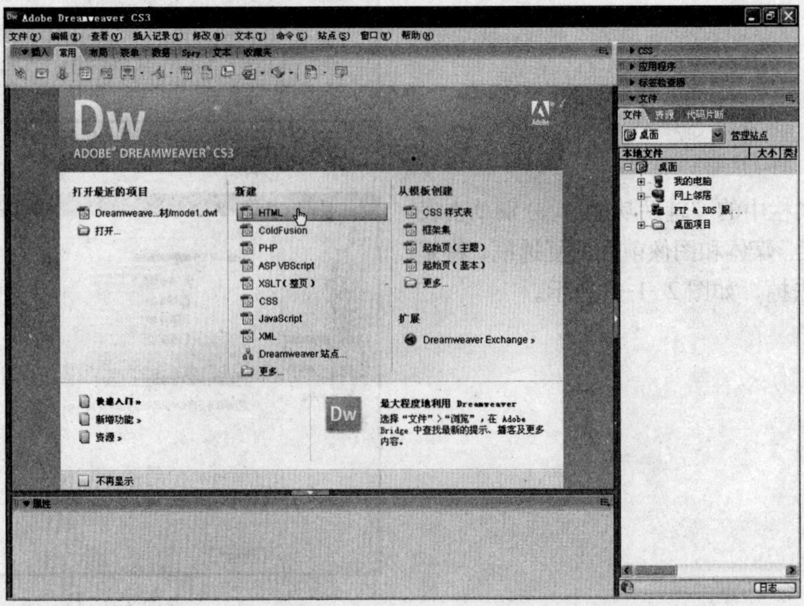

图 2-2-1

（2）单击新建栏中的“HTML”，新建 HTML 文档并进入到编辑界面。

注：也可以单击菜单“文件／新建”，打开如图 2-2-2 所示的“新建文档”对话框。在新建文档对话框中选择“空白页”中的“HTML”，单击“创建”按钮，新建HTML 文档。

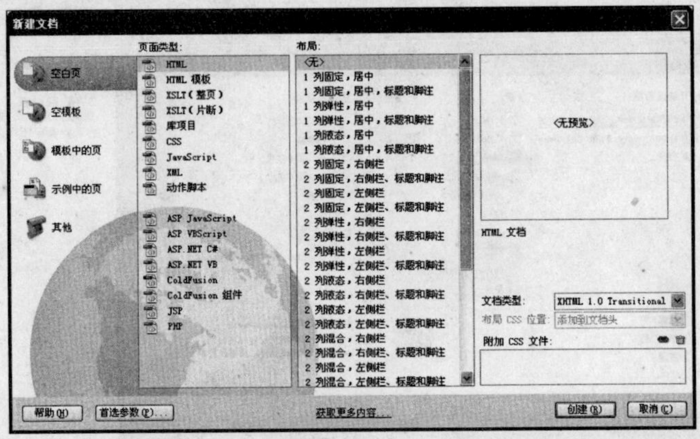

图 2-2-2

2.2.2 保存和关闭文档

执行“文件／保存”命令，可以保存当前文档。

第一次执行“文件／保存”命令时，会弹出如图 2-2-3 所示的“另存为”对话框。在“另存为”对话框中设置文件的保存路径和文件名，单击“保存”按钮完成文档保存。

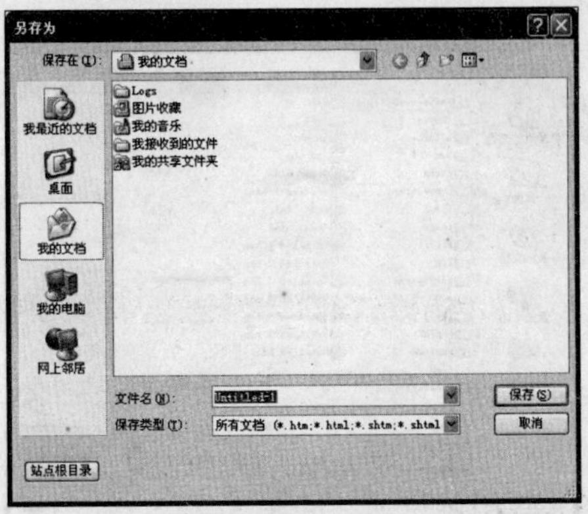

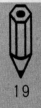

图 2-2-3

当再次保存文件时，会以现有的路径和名称覆盖保存该文件。

需要将文件以不同路径或名称保存时，可以执行“文件／另存为”命令，在弹出的“另存为”对话框中设置新的路径和名称保存文件。

执行“文件／关闭”命令，或者单击Dreamweaver 窗口右上角的“关闭”按钮，关闭程序。

2.2.3 打开文档

打开文档的方法有多种，下面以实例进行介绍。

(1) 启动Dreamweaver 程序，在起始页面中显示了最近编辑过的文件，如图 2-2-4 所示。

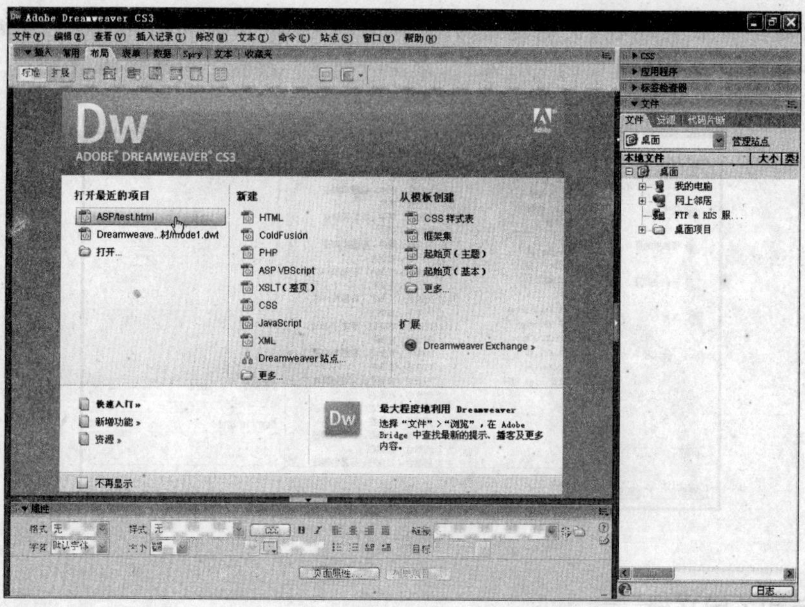

图 2-2-4

(2) 单击目标文件，即可将其打开。

图 2-2-5

注：也可以单击“打开”按钮或执行“文件/打开”命令，在弹出的如图 2-2-5 所示的“打开”对话框中选择到目标文件，然后单击“打开”按钮。

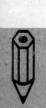

2.3 制作网页的基础操作

在深入学习制作网页前，需要了解设置页面、添加头部信息和文本、插入图像等基础操作。

2.3.1 设置网页属性

制作网页时，首先需要设置文档的页面属性，它包括网页标题、背景图像、背景颜色、文本颜色、链接颜色、页边距等。

图 2-3-1 所示为在浏览器中打开的一个网页，通过这个网页可以了解如下信息。

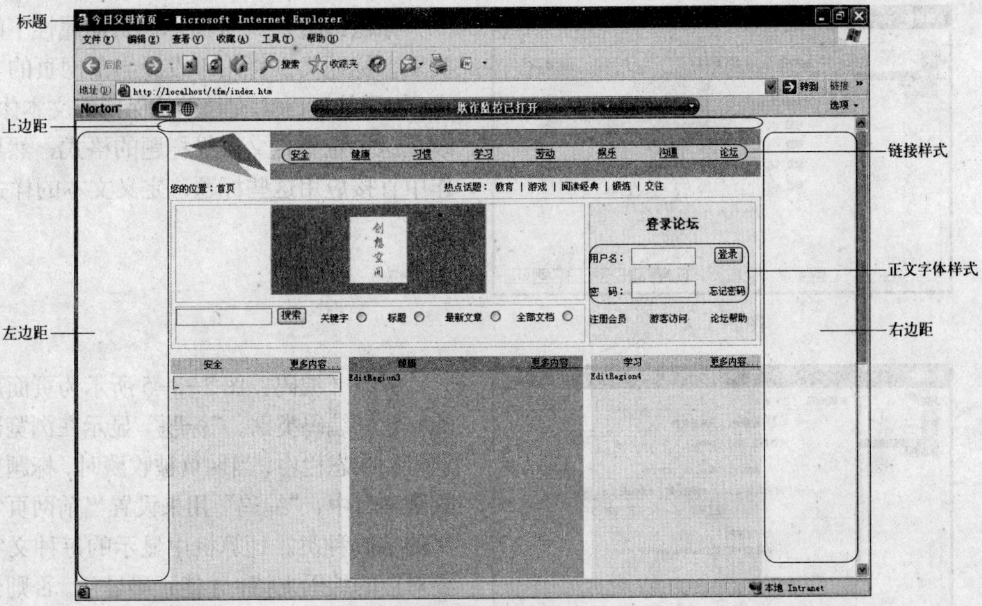

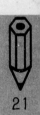

图 2–3–1

通过图 2–3–1，可以看到网页具有标题、页边距、链接样式、背景颜色和字体样式等页面属性。在建立网页时，可以通过设置页面属性来制定网页的这些样式。下面开始设置网页属性。

设置页面属性的操作如下：

(1) 执行“修改 / 页面属性”命令，打开如图 2–3–2 所示的“页面属性”对话框。

注：也可以在新建网页后，单击属性面板中的“页面属性”按钮打开该对话框。

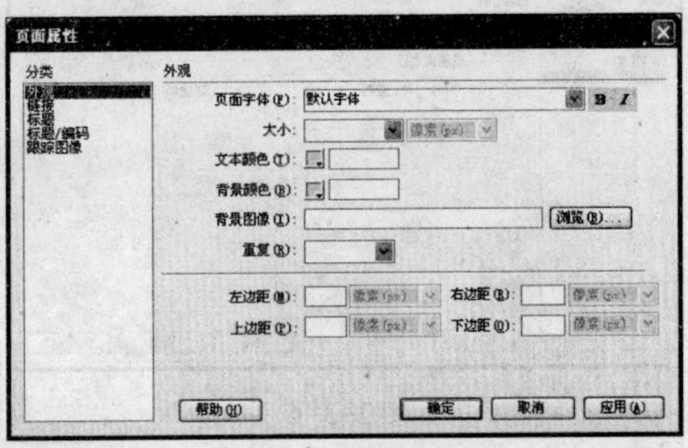

图 2–3–2

(2) 设置各类参数，单击“确定”按钮完成设置。

页面属性对话框中各选项的含义如下：

外观：图 2–3–2 所示为页面属性下的外观类别。在外观选项中可以设置页面的默认字体、背景颜色和页面边距等。单击目标选择框会弹出相应的提示，选择目标项设置即可。

链接：图 2–3–3 所示为页面属性下的链接类别。在链接选项中可以设置链接的字体、颜色和下划线样式等。

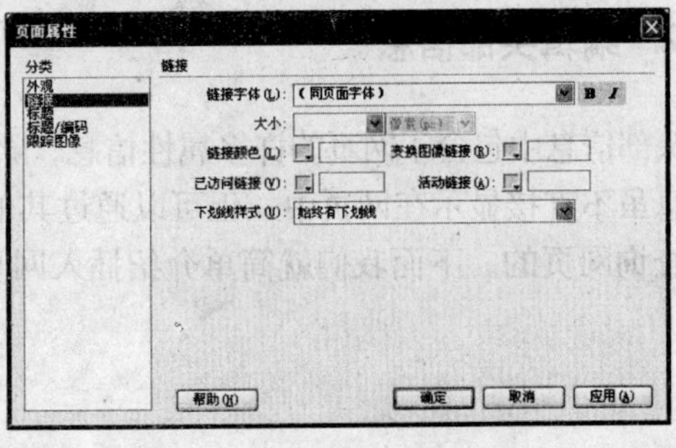

图 2–3–3

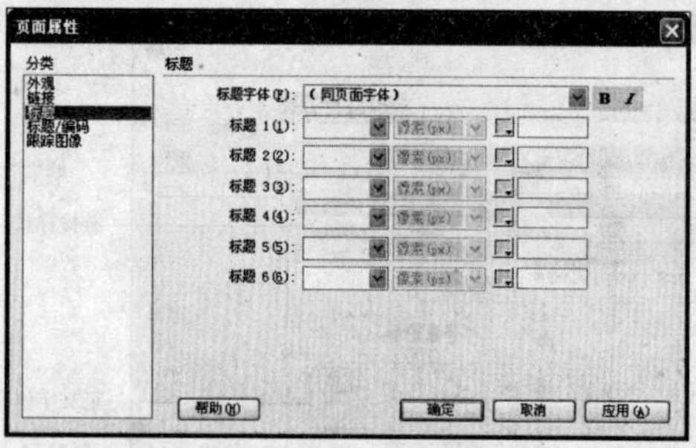

图 2–3–4

标题：图 2–3–4 所示为页面属性下的标题类别。标题类别栏用于设置当前网页的文本格式。标题是HTML文档默认保留的文本体例，可以在这里重新定义各级标题的格式，然后在工作中直接应用这些标题，定义文本的样式。

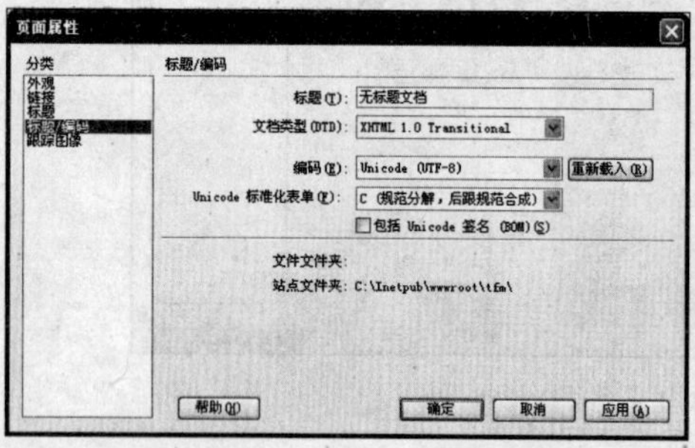

图 2–3–5

标题 / 编码：图 2–3–5 所示为页面属性下的标题和编码类别。“标题”显示在浏览器的标题栏和状态栏中，当网页被收藏时，标题显示在收藏项目中；“编码”用来设置当前网页字体采用的编码种类。计算机中显示的每种文字都需要对应的编码支持，才能正确显示。否则会出现乱码，即无法正确显示文字的现象。在中文模式下默认编码为简体中文GB2312。

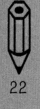

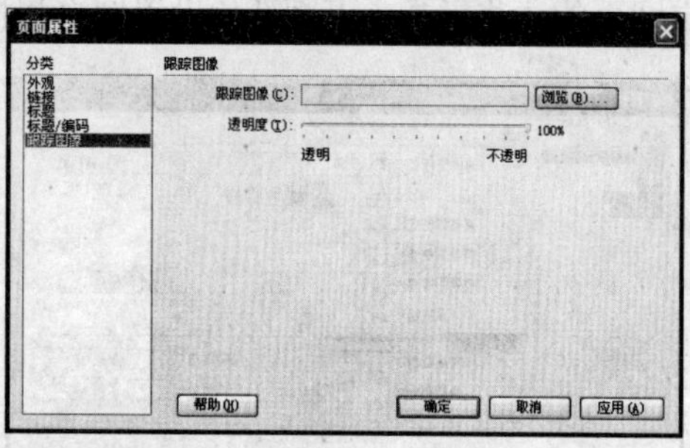

图 2–3–6

跟踪图像：图 2–3–6 所示为跟踪图像类别。它可在设计页面时插入用作参考的图像文件。

跟踪图像栏指定在复制设计时作为参考的图像。该图像只供参考，当文档在浏览器中显示时并不出现。

图像透明度确定跟踪图像的不透明度，从完全透明到完全不透明。

设定完成后，若想查看实际效果，可以单击“应用”按钮，即时查看设定的效果，而不用退出页面属性设置面板。

2.3.2 编辑头部信息

头部信息中包含了网页的许多属性信息，除网页标题外，还包括网页关键字、网页描述等。头部信息虽不直接显示在网页中，但可以通过其他方式起作用。如许多搜索引擎都是根据网页关键字来查询网页的。下面我们就简单介绍插入网页关键字的方法。

(1) 如图2-3-7所示，单击插入面板的“常用”选项卡，切换到“常用”选项卡。

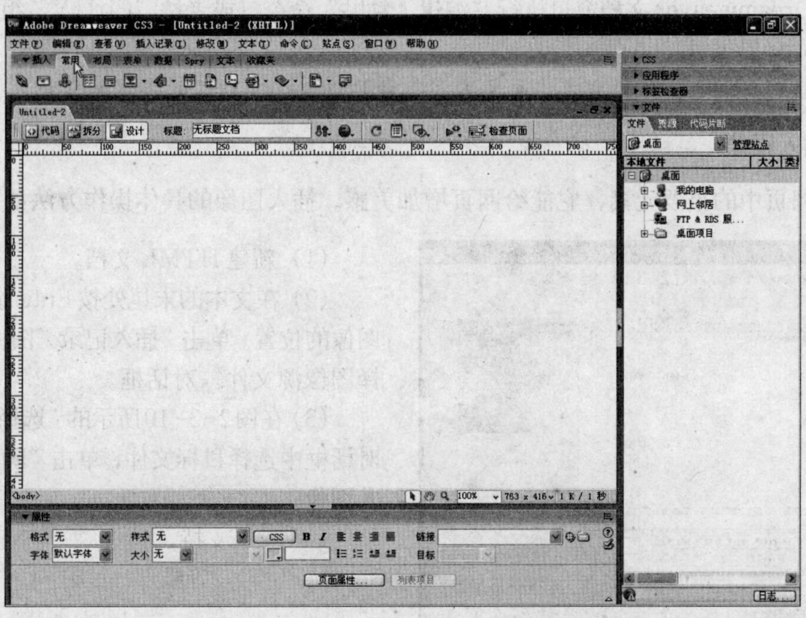

图2-3-7

(2) 单击“文件头”按钮，弹出图2-3-8所示的菜单。

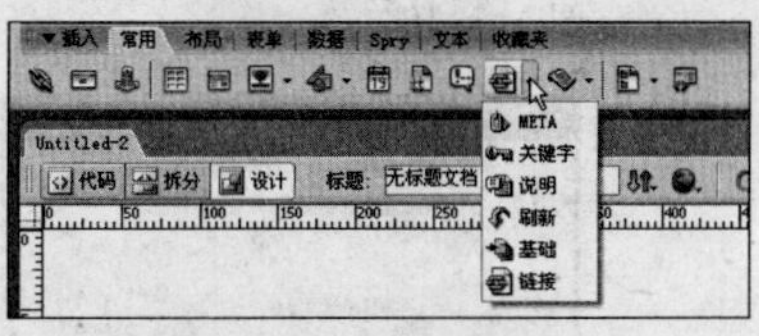

图2-3-8

(3) 单击菜单中的“关键字”选项，打开“关键字”对话框。输入站点或网页的关键字，即网站中关键内容描述，如图2-3-9所示，单击“确定”按钮，关闭对话框。

图2-3-9

2.3.3 添加网页内容

2.3.3.1 添加文本

文字是构成网页的重要部分，在Dreamweaver中可以像使用文字排版软件一样，进行文字的输入和编辑。

直接添加文本的操作如下：

(1) 启动Dreamweaver，单击起始页面中创建新项目下的HTML，新建HTML文档。

(2) 单击编辑窗口内部，然后输入目标文字即可。

拷贝文件的操作如下：

(1) 新建HTML文档。

(2) 使用Word或其他文字编辑软件打开一段含有文字内容的文档。

（3）选取目标文本，执行“编辑／复制”命令（或按“Ctrl+C”组合键），复制该文本。

（4）在Dreamweaver文档窗口执行“编辑／粘贴”命令（或者按“Ctrl+V”组合键），完成文本拷贝。

注：粘贴到Dreamweaver的文本，原文本字体被Dreamweaver默认的字体所代替。

2.3.3.2 插入图像

图像是网页中的重要元素，它能给网页增加美感。插入图像的具体操作方法如下：

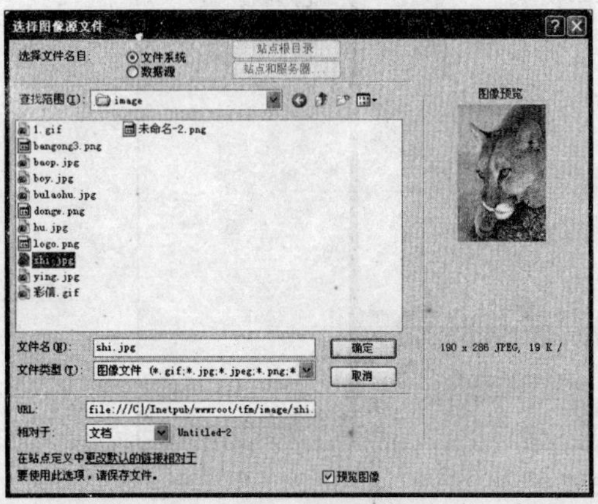

图 2–3–10

（1）新建HTML文档。

（2）在文本的末尾处按Enter键，确定插入图像的位置。单击“插入记录／图像”，弹出“选择图像源文件”对话框。

（3）在图2–3–10所示的“选择图像源文件”对话框中选择目标文件，单击“确定”按钮，导入图像。

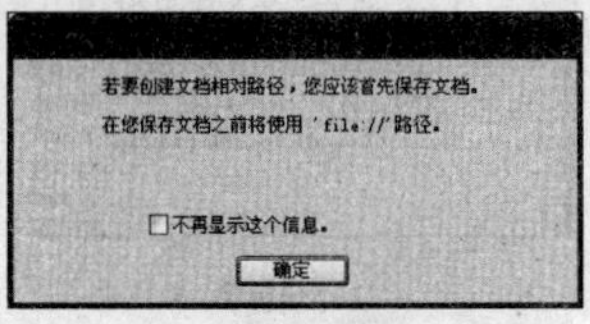

图 2–3–11

如果当前新建网页没有被保存，那么会弹出如图2–3–11所示的提示框。

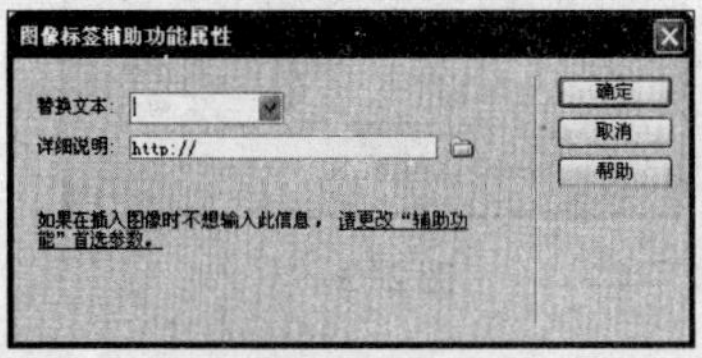

图 2–3–12

注：单击“确定”按钮后，如果没有设置首选参数的辅助功能项，那么在默认参数下，会打开如图2–3–12所示的“图像标签辅助功能属性”对话框。该对话框不用设置，直接单击“确定”按钮或者“取消”按钮将图像导入。

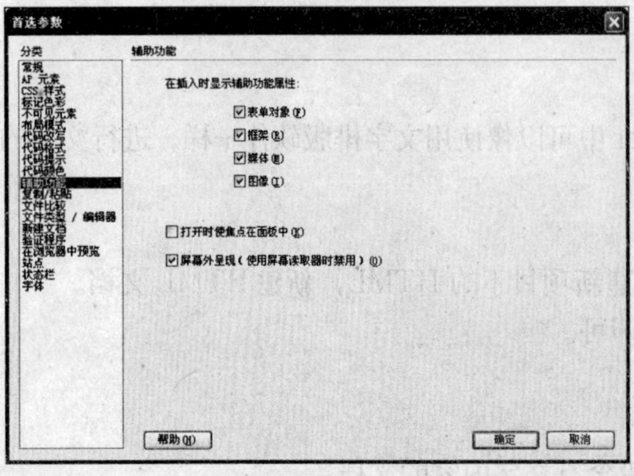

图 2–3–13

如果不想在插入图像时弹出该对话框，可以单击图2–3–12中最下边的带有下划线的链接文字，打开图2–3–13所示的“首选参数”对话框，单击“图像”复选框，将该复选框中的√去掉。

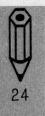

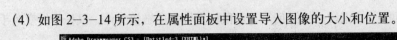

（4）如图2-3-14所示，在属性面板中设置导入图像的大小和位置。

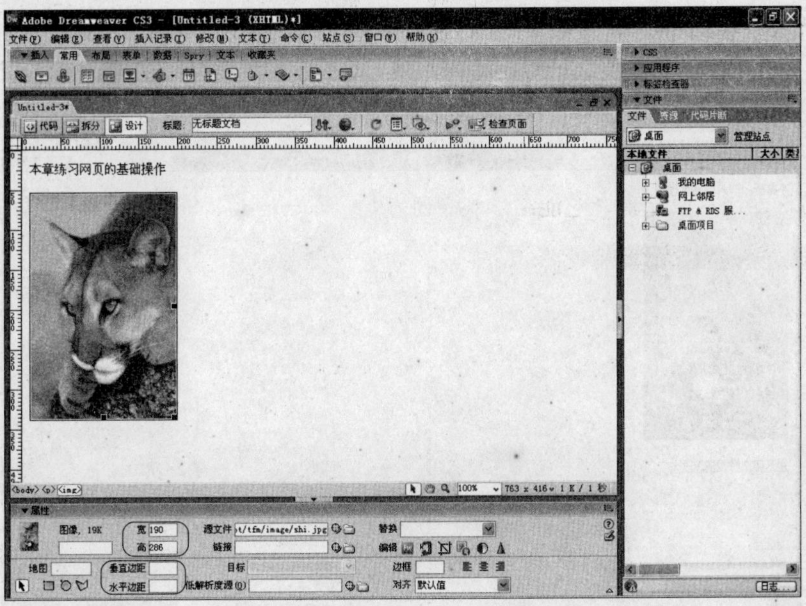

图2-3-14

2.3.3.3 建立超链接

建立超链接可以通过属性面板来完成，下面以建立文字超链接为例，讲解具体建立的方法。

（1）使用鼠标框选需要链接的文字。

（2）将鼠标指针移到属性面板中的链接栏右侧的指向文件图标，按住鼠标左键拖动到文件面板中的目标链接网页，如图2-3-15所示。也可以在链接栏中直接输入链接网页的地址，例如输入http://www.todayonline.cn，完成链接设置。

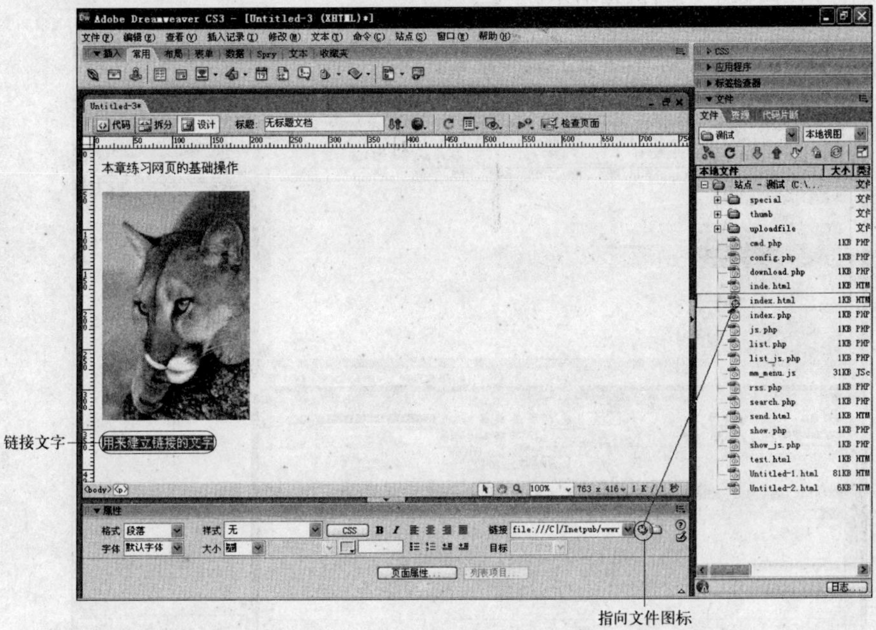

图2-3-15

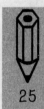

（3）按 F12 键预览网页，如图 2-3-16 所示。将鼠标指针指向链接文件，鼠标指针变为手指形状，单击链接文字会跳转至链接页。

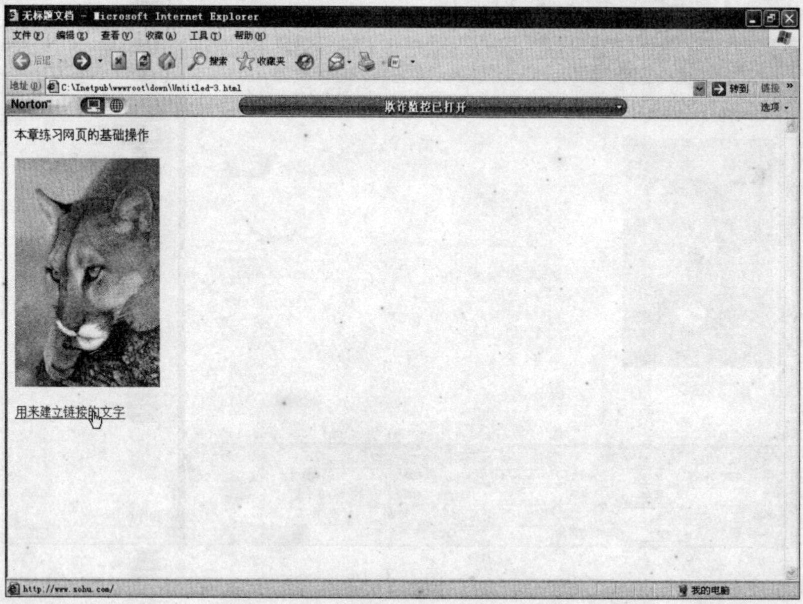

图 2-3-16

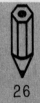

2.3.3.4 预览及检验相关操作

编辑网页的过程中，经常需要在浏览器中预览和检验相关操作。预览网页时，需要先保存网页，然后按 F12 键，在 IE 浏览器中预览编辑结果。

执行"窗口／结果"，打开如图 2-3-17 所示的结果面板。使用结果面板的各项检验功能，可以执行检验操作并在面板中列出检验结果。

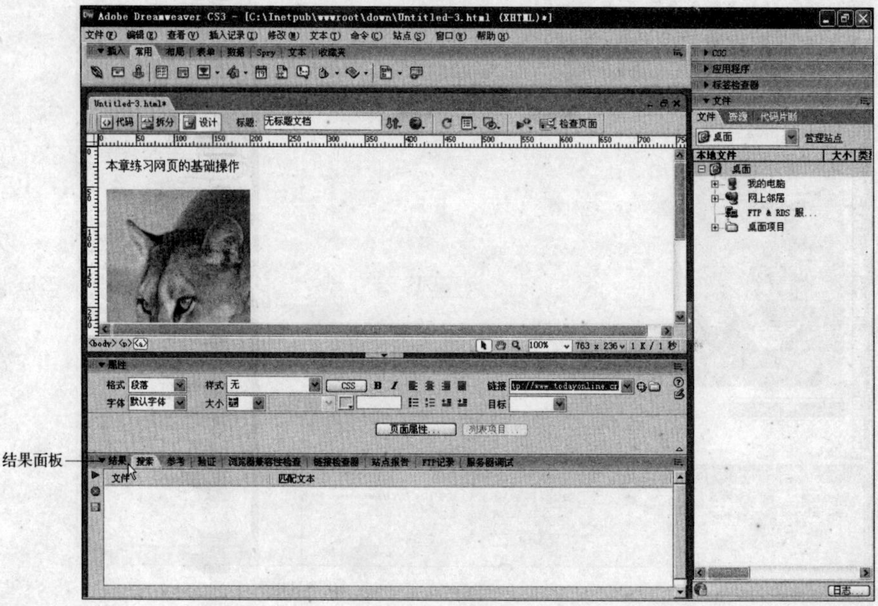

图 2-3-17

2.4 辅助操作

如图2−4−1所示，Dreamweaver拥有3个辅助工具。这3个工具从左向右依次是选取工具、手形工具和缩放工具，使用鼠标单击就可以选取目标工具。

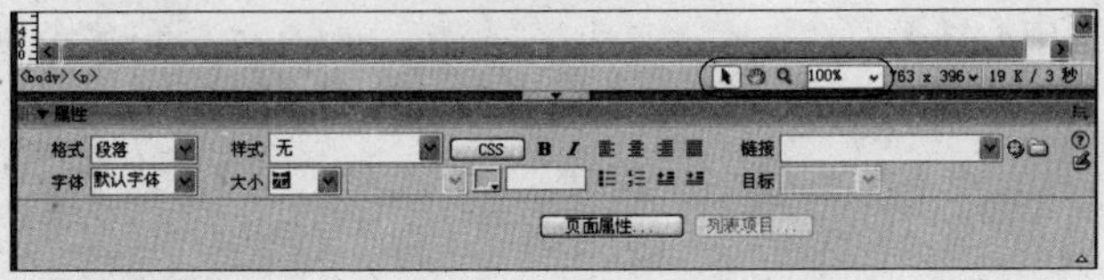

图2−4−1

选取工具可以选择目标对象和位置。

手形工具可以移动页面的显示中心。

缩放工具可以放大和缩小页面的显示比例。选择缩放工具，移动到页面位置单击是放大页面，按住Alt键单击是缩小页面。也可以通过单击缩放工具右侧的缩放比率框，在弹出的菜单中选择页面的缩放比率。

2.5 小结

本章讲解了Dreamweaver的一些基础操作。通过本章的学习，读者应该掌握首选参数的设置，学会新建、保存和关闭文档的方法，学会向网页中添加简单的文字和图像内容，灵活地使用Dreamweavr提供的辅助工具。

2.6 练习

填空题

（1）为了使Dreamweaver更加适合工作的需要，在正式使用前需要在________进行一些基础设置。

（2）制作中文网页时，默认的编码为______。

（3）当使用浏览器打开网页时，网页的标题显示在浏览器的______和______中，当网页被收藏时，标题显示在收藏项目中。

问答题

（1）如何打开“首选参数”对话框？

（2）如何向网页中插入文本？

（3）如何在网页中插入图像？

上机练习

（1）新建一个网页，并保存和关闭该网页。

（2）新建一个网页，并设置网页的标题、边距属性。

（3）向新建网页中导入一个图像，并使用缩放工具执行放大和缩小操作。放大图像时使用手形工具移动图像到屏幕中心。

第3章　建立 Dreamweaver 站点

通过本章，你应当：

学会使用 Dreamweaver 建立站点。

3.1　新建 Dreamweaver 站点

如果要完全发挥 Dreamweaver 的功能，就必须建立 Dreamweaver 站点。只有建立了 Dreamweaver 站点，才能够对站点中的资源进行系统管理。所以在使用 Dreamweaver 制作网页或建立网站前，需要为网页或网站在 Dreamweaver 中建立一个 Dreamweaver 站点。

创建 Dreamweaver 站点前，需要对网站进行规划。然后根据网站的实际需要，为网站建立 Dreamweaver 站点。

3.1.1　规划网站

建立网站前需要对网站进行策划，拿出明确的策划方案。然后根据策划方案进行调整，逐步制作出网站的目录结构。本例准备建立以青年人为服务对象的网站，为青年人在家庭沟通和孩子的教育、成长等方面提供一个交流、学习的环境。网站风格轻松活泼，其立足点是一个公益性质的网站，希望每位青年人在承受生活压力的同时，能够以愉快的心情面对家人和孩子。

确定网站的名称为“家庭交流”，网站相关文件存放的路径为 C:\er 文件夹中。

注：为了避免不兼容的现象，在使用 Dreamweaver 工作时，要以英文命名文件和文件夹。

图 3-1-1 所示为网站的部分结构，明确的网站结构对于网站的整体把握和后期制作中的控制和管理非常重要。

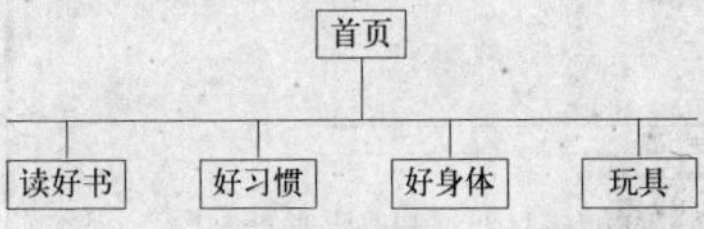

图 3-1-1

在完成结构图后，可以根据结构图制作规划表，如图 3-1-2 所示，表中包含文件的根目录、二级文件夹和各文件的用途说明。

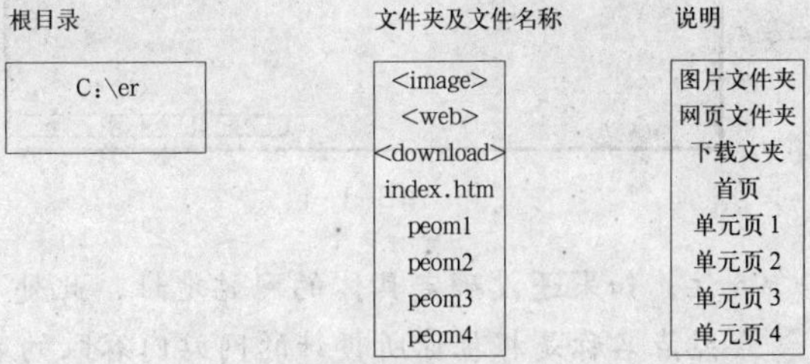

图 3-1-2

3.1.2　创建站点

使用 Dreamweaver 站点功能可以更好地管理和组织站点内的资源。在建立站点后，可以实现自动跟踪和维护链接等功能，为了充分发挥这些功能，就必须建立 Dreamweaver 站点。

定义Dreamweaver站点，就是建立一个存放和组织站点资源的文件夹。并定义了这个文件夹的相关网站信息，例如服务器、数据库等站点信息。定义Dreamweaver站点的方法如下：

（1）启动Dreamweaver CS3，单击图3-1-3所示的起始页面中“Dreamweaver站点”按钮，弹出站点定义窗口。

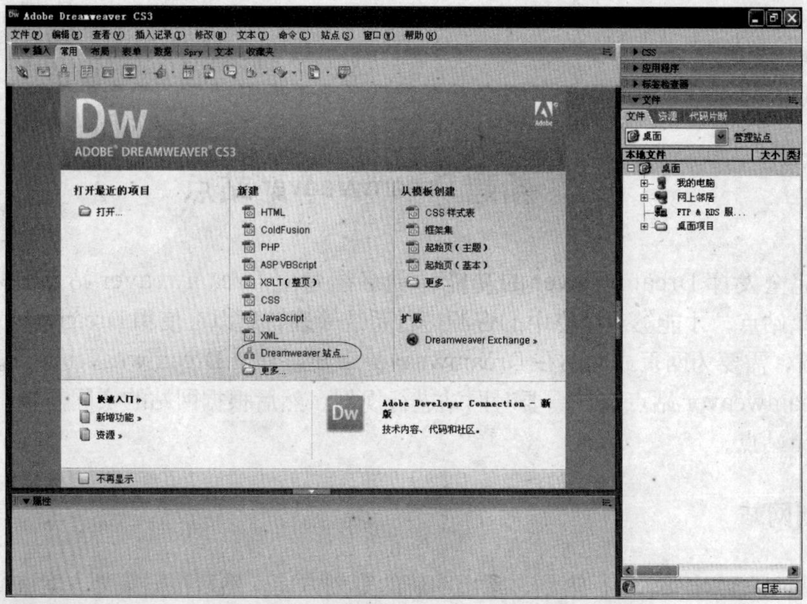

图3-1-3

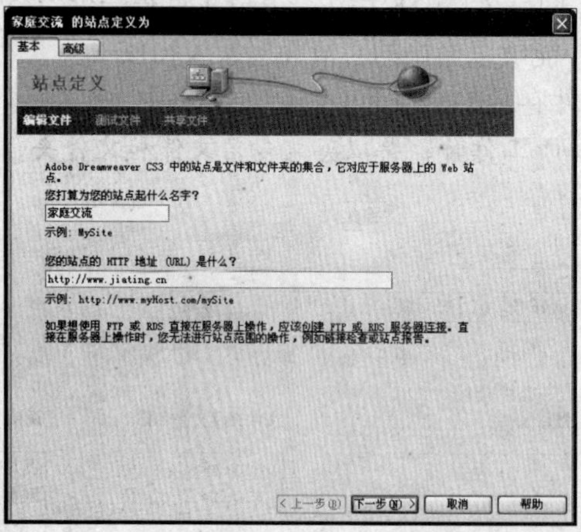

图3-1-4

（2）如图3-1-4所示，在打开的站点定义窗口中设置站点名称；输入Dreamweaver站点的URL（HTTP 地址），即网站在互联网上的地址，单击“下一步”按钮。

注：如果还没确定具体的网站地址，此处可以保留，不用填写。

站点名称是根据你所设计的网站内容取的名字，如“少年之家”、“资源大全”、“DIY爱好者”等，站点名称中不能包含：\、/、: 、*、? 、<、>、　等字符。

Dreamweaver使用“您的站点的HTTP地址”使本地站点的根目录中的相对链接可以与远端服务器上的路径保持一致。例如，本例中，本地预定站点文件夹为C:\er，为了在上传到服务器时，本地站点中的文件与服务器可以对应，不出现链接错误，这里可以设置远程服务器对应这个本地站点的路径名称，即本例中的http://www.jiating.cn。

（3）如图3-1-5所示，提示是否使用服务器技术，这里选择 “否，我不想使用服务器技术”，单击“下一步”按钮。

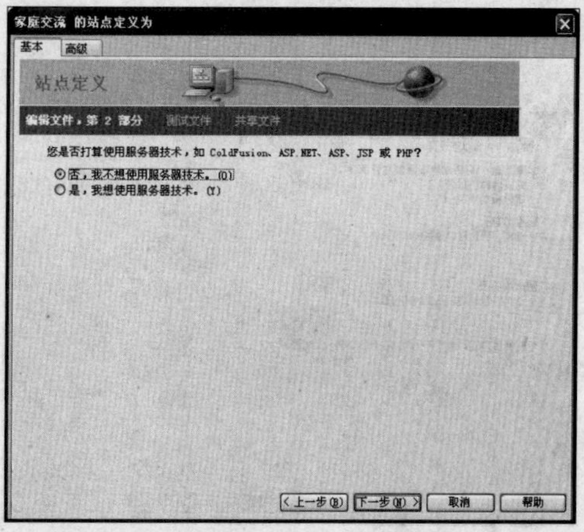

图3-1-5

（4）按图3-1-6所示，设置文件的编辑方式和站点的存储位置。单击“下一步”按钮。

注：设置站点存储位置时，如果已经建立了网站的文件夹，可单击“浏览”按钮，查找到该文件夹。如果没有建立，则可以在文件存储位置对话框中输入合适的名称，然后单击“下一步”按钮，Dreamweaver会在电脑中创建这个文件夹。

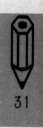

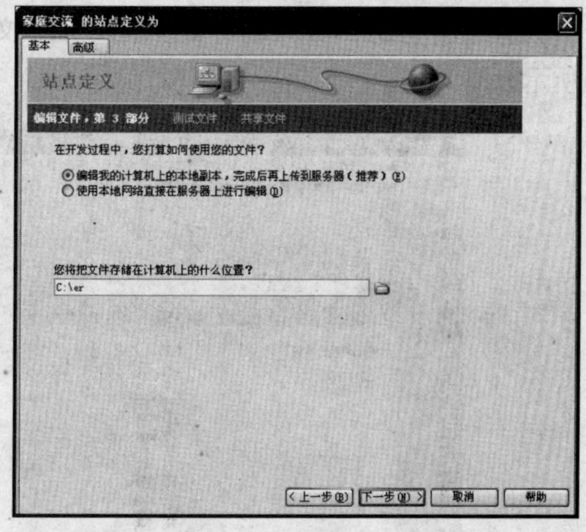

图3-1-6

（5）如图3-1-7所示，设置连接远方服务器的方式，本例选择“无”，单击“下一步”按钮。

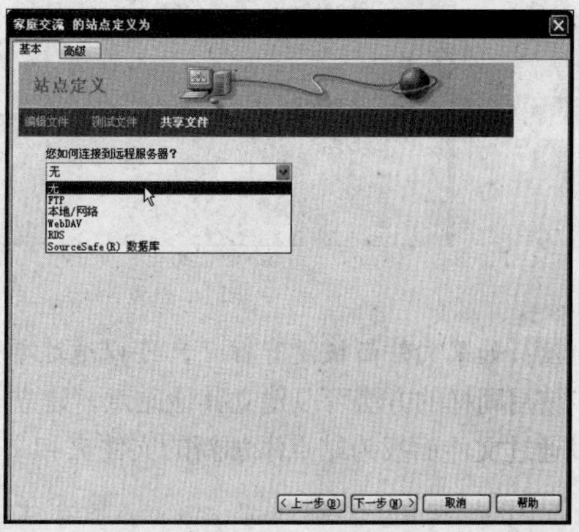

图3-1-7

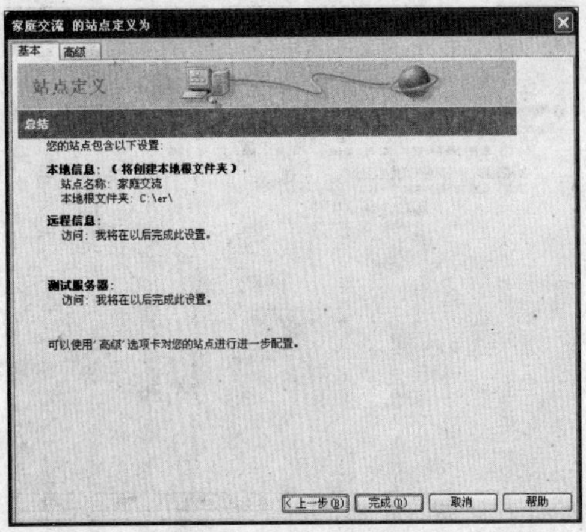

图 3-1-8

(6) 如图 3-1-8 所示，总结栏中显示了前面所设置的基本信息，验证无误后，单击“完成”按钮，完成 Dreamweaver 站点的建立。

(7) 退出建立Dreamweaver站点向导后，文件面板会自动将新建站点作为当前站点，如图 3-1-9 所示。

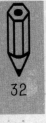

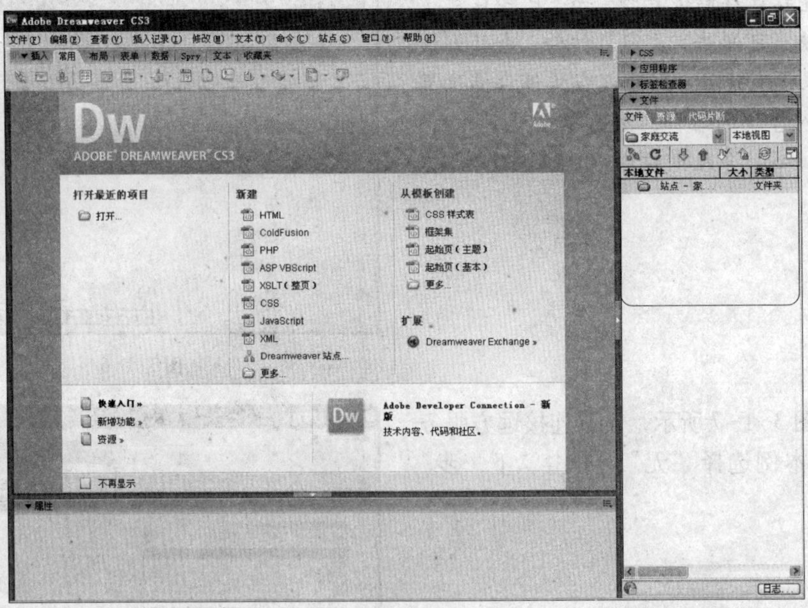

图 3-1-9

注：如果文件面板没有打开，可以通过单击“窗口 / 文件”，打开文件面板。

使用同样的方法可以建立其他站点，建立的 Dreamweaver 站点都可以通过文件打开。然后，可以通过文件面板为站点添加新的文件夹和文件。

3.2 导入本地端站点

当计算机的某个文件夹存放了一个完整网站或部分网站的内容时，可以直接利用这个现存的文件夹建立一个新的站点。

（1）如图3–2–1所示，单击起始页中的“Dreamweaver站点”图标，打开定义站点向导。

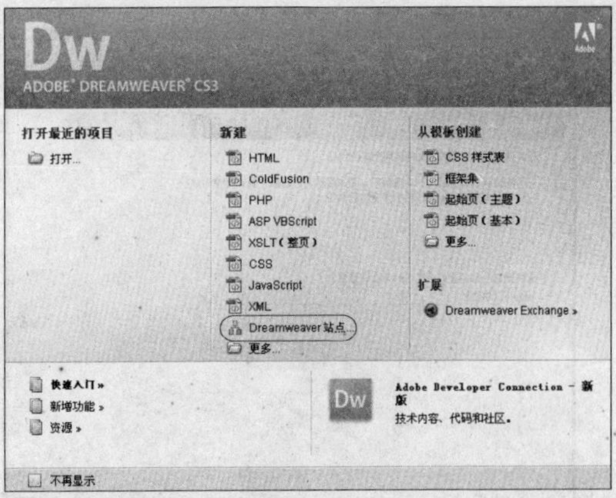

图3–2–1

（2）在如图3–2–2所示的定义站点向导中输入站点的名称。设定完成后，单击“下一步”按钮。

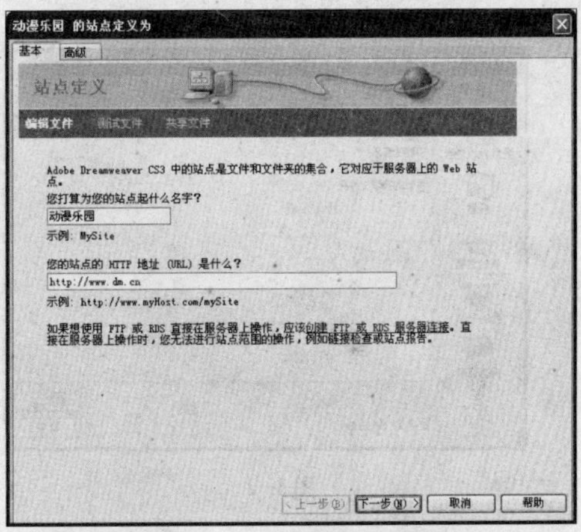

图3–2–2

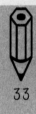

（3）在如图3–2–3所示的向导界面中，设置是否使用服务器技术，本例选择“否，我不想使用服务器技术”。设定完成后，单击“下一步”按钮。

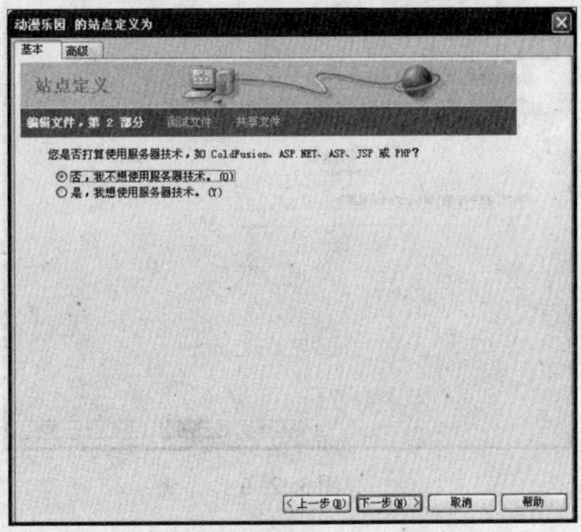

图3–2–3

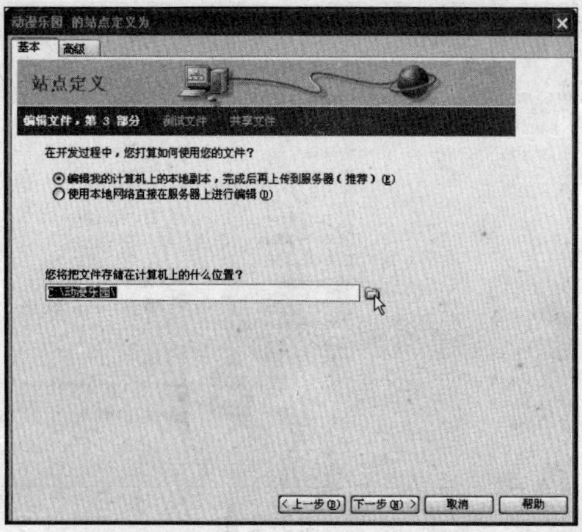

图 3-2-4

（4）如图 3-2-4 所示，单击“浏览文件夹”按钮，打开“选择站点的本地根文件夹”对话框。

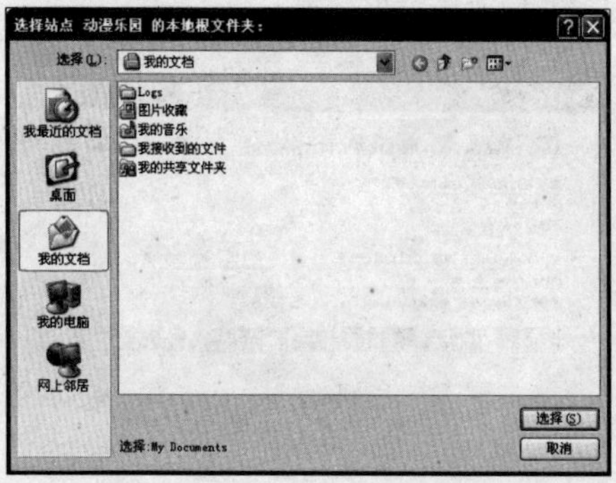

图 3-2-5

（5）如图 3-2-5 所示，在“选择站点的本地根文件夹”对话框中选择含有网页内容的目标文件夹，单击“选择”按钮，返回向导界面。

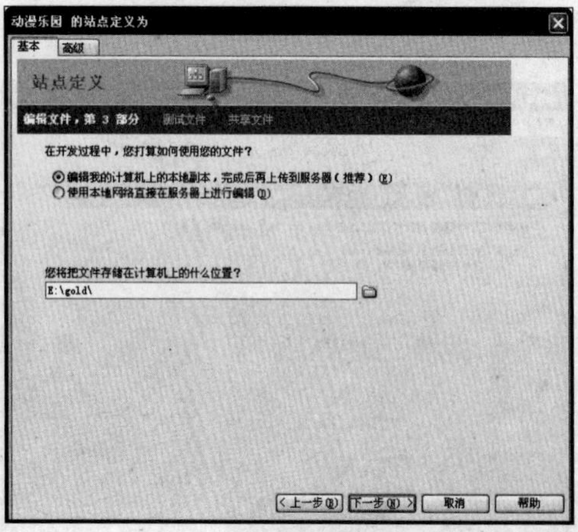

图 3-2-6

（6）如图 3-2-6 所示，选择的目标文件夹，显示在站点向导中，单击“下一步”按钮。

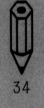

(7) 如图3–2–7所示，设置远程服务器，本例选择“无”，单击“下一步”按钮。

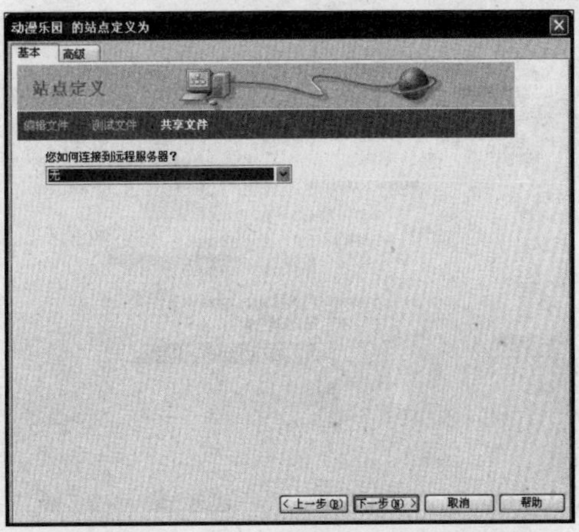

图3–2–7

(8) 如图3–2–8所示，显示新建站点的各项基本信息。

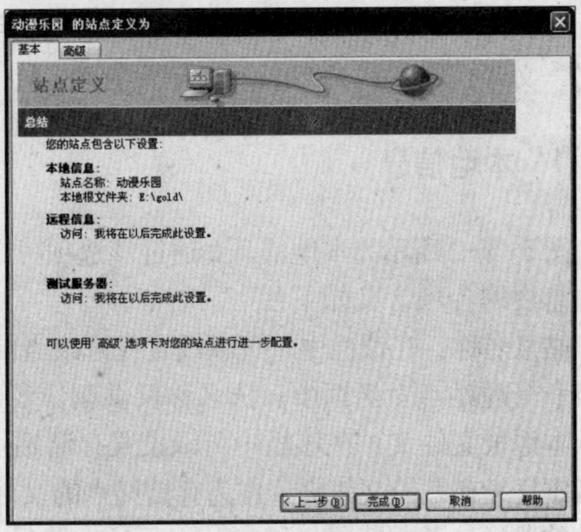

图3–2–8

(9) 单击“完成”按钮，开始更新站点内容，如图3–2–9所示。

图3–2–9

3.3 使用高级设置

单击“站点／管理站点”，打开如图3–3–1所示的“管理站点”对话框。

图3–3–1

管理站点对话框中显示了Dreamweaver中的所有站点，并可以对选中的站点进行复制、删除等操作。

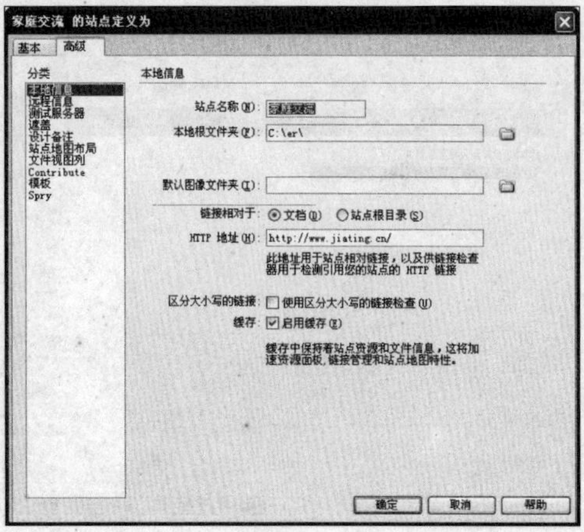

图 3–3–2

选择目标站点，单击“编辑”按钮打开“定义站点”对话框，单击该对话框的“高级”选项卡，如图 3–3–2 所示。

高级选项的分类栏中提供了本地信息、远程信息、测试服务器、遮盖、设计备注、站点地图布局、文件视图列和 Contribute 等设置项。下面简要介绍它们的作用。

3.3.1 本地信息

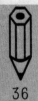

图 3–3–2 所示为本地信息。通过该选项可以设置 Dreamweaver 站点的名称、存放路径等。本地信息中的各项含义如下：

站点名称：在该栏中，可以设置或修改当前 Dreamweaver 站点的名称。站点名称显示在文件面板和管理站点对话框中。该名称仅供制作者自己参考，不会出现在浏览器中。

本地根文件夹：在该栏中可以设置存储站点的路径。单击文件夹图标，在打开的对话框中可以指定已经存在的文件夹，作为存储站点的文件夹。当 Dreamweaver 解析相对链接时，是以这里指定的路径，为根路径，然后相对于这个路径生成相对链接。

默认图像文件夹：该栏可以设置站点的默认图像文件夹的路径。此项不是必须设置项，可以不用设置。

HTTP 地址：该栏中可以输入网站在互联网上实际使用的网址。此项不是必须设置项，可以不用设置。

启用缓存：可以设置是否创建本地缓存，以提高站点处理任务的速度，最好启用此项功能。

3.3.2 远程信息

远程信息选项可以设置 Dreamweaver 向远程的 Web 服务器上传文件或下载文件的连接方式。

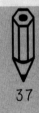

图3–3–3所示为远程信息。单击访问栏下拉按钮，从弹出的菜单中选择目标访问方式。选择不同的访问方式，其设置项也不相同。远程信息对应以下几种访问服务器方式：

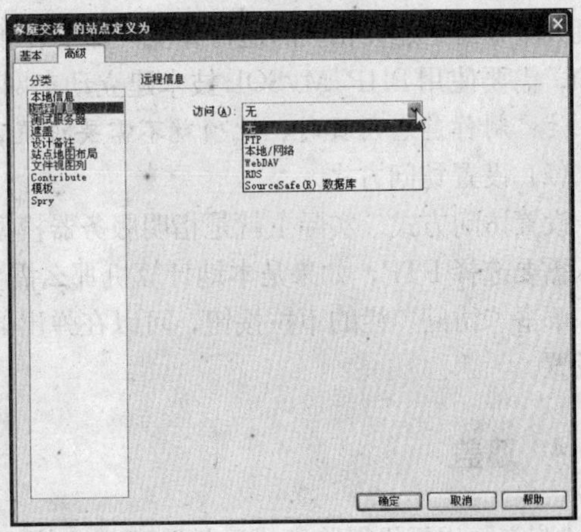

图3–3–3

无：不设置连接远程服务器的方式。

本地／网络：在本地计算机上运行Web服务器，或者访问网络文件夹。

FTP：使用FTP方式连接到Web服务器。

RDS：使用RDS方式连接到Web服务器。采用该访问方式，远程文件夹必须位于运行ColdFusion的计算机上。

SourceSafe数据库：只有Windows支持SourceSafe数据库。如果要在Windows中使用SourceSafe，必须安装Microsoft Visual SourceSafe Client第六版。

WebDAV：使用WebDAV协议连接到Web服务器。必须有支持此协议的服务器，如Microsoft Internet Information Server（IIS）5.0 和Apache Web服务器。

3.3.3 测试服务器

测试服务器栏用于指定Dreamweaver处理动态网页时采用的动态网页技术类型。只有正确建立测试服务器才能生成和显示动态网页内容。

图3–3–4所示为测试服务器设置栏。指定测试服务器，可以执行以下操作：

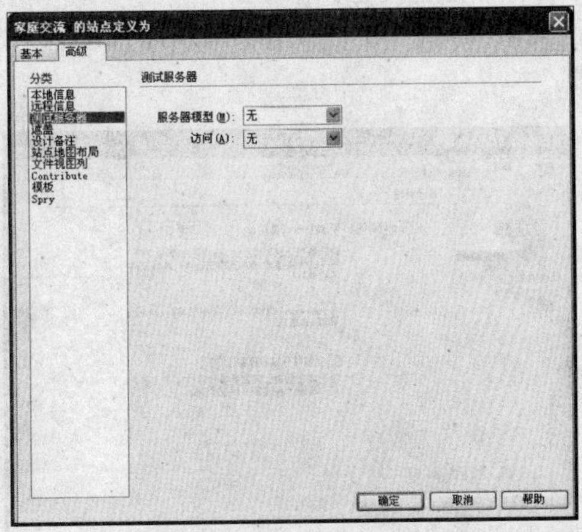

图3–3–4

(1) 选择服务器模型。

常见的动态网页技术有ASP、JSB、PHP和ColdFusion。在建立动态网页时，需要在本地计算机或服务器上建立相应的运行环境，即安装和设置相关软件。这里需要根据实际情况进行选择，例如，需要使用PHP MySQL技术建立动态网页，这里选择PHP MySQL就可以了。

注：制作静态网页时，此项就不需要设置，全部设置为无就可以了。

(2) 设置访问方式。

设置访问方式，实际上就是指明服务器模型所在的具体位置和连接方式。如果是远程服务器那么需要选择FTP，如果是本地计算机那么需要选择本地，然后指明服务器所在的路径。

单击“访问”栏的下拉按钮，可以在弹出的菜单中选择目标访问方式，然后根据实际情况进行设置。

3.3.4 遮盖

“遮盖”用于设置隐藏或取消隐藏指定的文件类型。

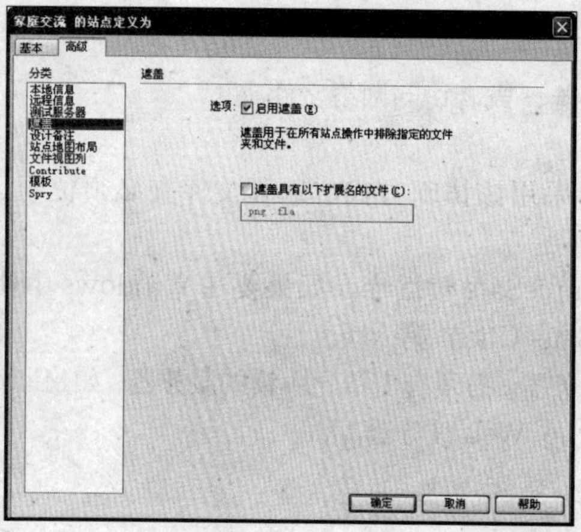

图3-3-5

图3-3-5所示为遮盖设置。设置遮盖选项，可以执行以下操作：

选择或取消选择“启用遮盖”复选框以启用或禁用遮盖。

选择或取消选择“遮盖具有以下扩展名的文件”复选框以启用或禁用对特定文件类型的遮盖。

在文本框中输入或删除要遮盖或取消遮盖的文件的后缀。

3.3.5 设计备注

“设计备注”用于启用或禁用站点的设计备注。设计备注是制作网站过程输入的文本提示信息。

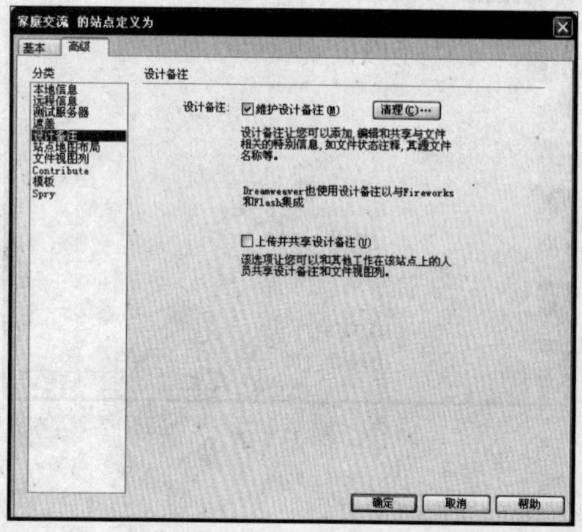

图3-3-6

图3-3-6所示为设计备注设置。若要启用设计备注，可以执行以下操作：

选择“维护设计备注”复选框，开启设计备注功能。此项功能通常是在单机环境中开发网页，不需要与其他计算机用户共享设计备注时，选择此复选框。

选择“上传并共享设计备注”复选框，当上传网页时，与网页相关的设计备注也会一起上传。选择此复选框通常是在联网状态多人进行开发合作，合作方在获得新的网页设计时，可以同时获得相关备注。

注：这两项不是必设项，可以根据实际情况进行勾选一项或两项。也可以都不选，即关闭设计备注功能。

3.3.6　站点地图

“站点地图布局”栏用于自定义站点地图的显示规则，站点地图需要手动进行建立，将在下章讲解建立站点地图的方法。

图3-3-7所示为站点地图布局设置。若要自定义站点地图的外观，可执行以下操作：

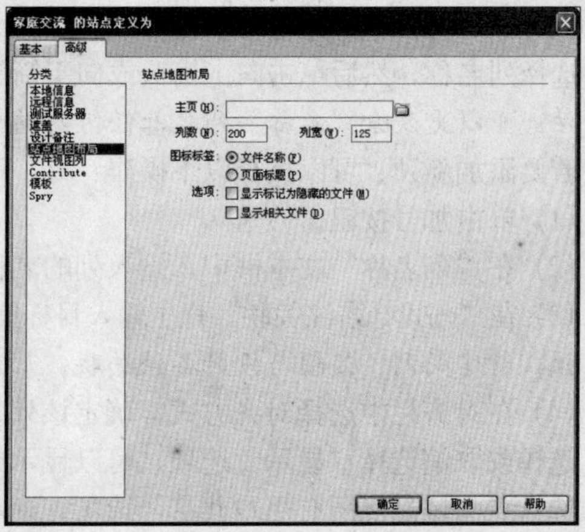

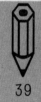

图3-3-7

在主页栏中，输入指向站点主页的文件路径或单击文件夹图标浏览到该文件。

注：Dreamweaver会自动把名为index.html或index.htm的文件设为首页。如果首页使用这个名字，那么就不需要重复指定。

如果没有指定主页，当打开站点地图时，Dreamweaver会提示选择主页。

在列数栏中，键入数值可以设置站点地图窗口中每行要显示的网页数。

在列宽栏中，键入数值可以设置站点地图列的宽度，列宽是以像素为单位。

图标标签可以设置站点地图中文档图标的名称显示方式，有两个选项：文件名和网页标题。

选项可以设置站点地图中显示的文件，有两个选项。当选择“显示标记为隐藏的文件”时，站点地图会显示已标记为隐藏的网页文件图标，隐藏页的名称在站点地图中会以斜体显示；当选择“显示相关文件”时，站点地图会显示所有相关文件。

3.3.7　文件视图列

文件视图列用于设置文件面板中显示文件的属性，如在文件面板中显示文件的建立时间、文档大小等，可以更改列的顺序、添加新列或删除列。

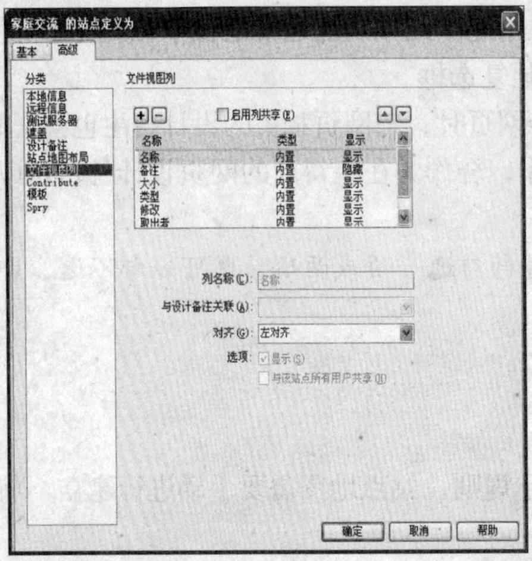

图3-3-8

图3-3-8所示为文件视图列。要更改列的顺序，可以执行以下操作：

选择列名称，然后单击向上箭头或向下箭头更改选定列的位置。

注：可以更改除"名称"列之外任何列的顺序。"名称"列始终是第一列。

若要添加新列，可以执行以下操作：

(1) 单击加号按钮。

(2) 在"列名称"文本框中，输入列的名称。

(3) 在"与设计备注关联"栏中输入目标值，或单击下拉按钮，在弹出的菜单中选择一个值。

注：新建的列，必须与设计备注关联，"文件"面板中才会有数据显示。

(4) 在对齐栏中选择对齐方式，确定该列的文本对齐方式。

选择或取消选择"显示"选项，可以显示或隐藏目标列。

选择"与该站点所有用户共享"选项，则与连接到该远程站点的所有用户共享该列。

若要删除列，可以选择要删除的列，然后单击减号按钮。

3.3.8 Contribute设置栏

Contribute用于设置是否启用存回和取出。启用Contribute的兼容功能时，必须先设置远程信息，才可以开启该项功能。

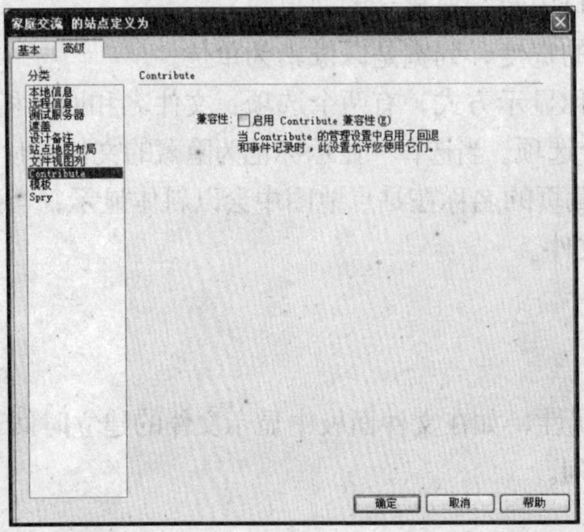

图3-3-9

图3-3-9所示为Contribute项。

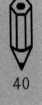

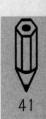

注：启用该项时，如果出现一个对话框，提示启用“设计备注”和“存回/取出”，可以单击“确定”按钮；如果尚未设置“存回/取出”联系信息，则出现要求输入该信息的对话框；在该对话框中键入用户姓名和电子邮件地址，然后单击“确定”按钮。设置完成后，会显示站点根URL选项。

此项不是必须设置项，是Dreamweaver提供的、帮助管理远程服务器的一种方式。可以快速从服务器中读取和存回服务器中的文件。

3.3.9 模板

模板用于设置当更新模板时，模板中的相对链接路径是否进行更新。

图3-3-10所示为模板项，这里保留默认值就可以了。

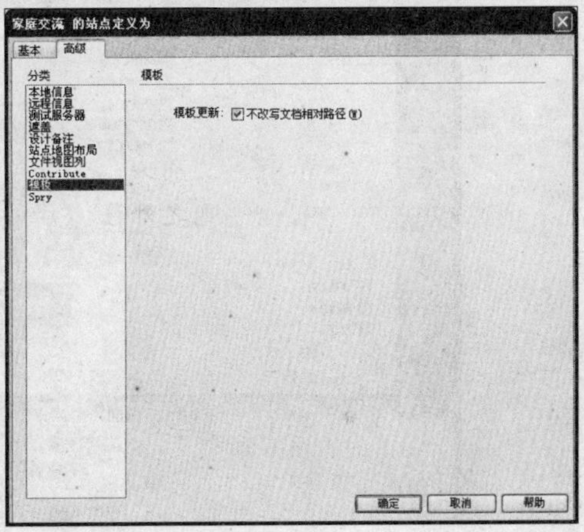

图3-3-10

3.3.10 Spry

Spry是一种动态网页交互技术，可以实现一些数据交互和特殊视觉效果。特殊视觉效果如渐隐、放大等。Spry属于Dreamweaver CS3新增加的功能。

在使用Spry完成一些工作时，会自动生成一些文件，这些文件需要放置到站点的指定文件夹中，以便网页打开时调用。这个指定文件夹的工作就是在这里完成的。

图3-3-11所示为Spry项。Dreamweaver默认存放路径是站点文件夹中的SpryAssets文件夹。如无特殊要求，保留默认值就可以了。

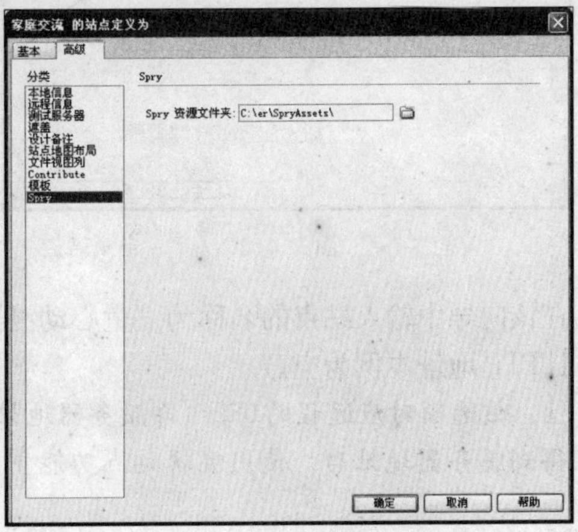

图3-3-11

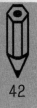

3.4 实 例

本节通过新建一个站点，使读者进一步理解本章的重点内容。在建立站点前应该对网站进行策划，然后制定网站结构、栏目名称等。

（1）启动Dreamweaver CS3，如图3-4-1所示。

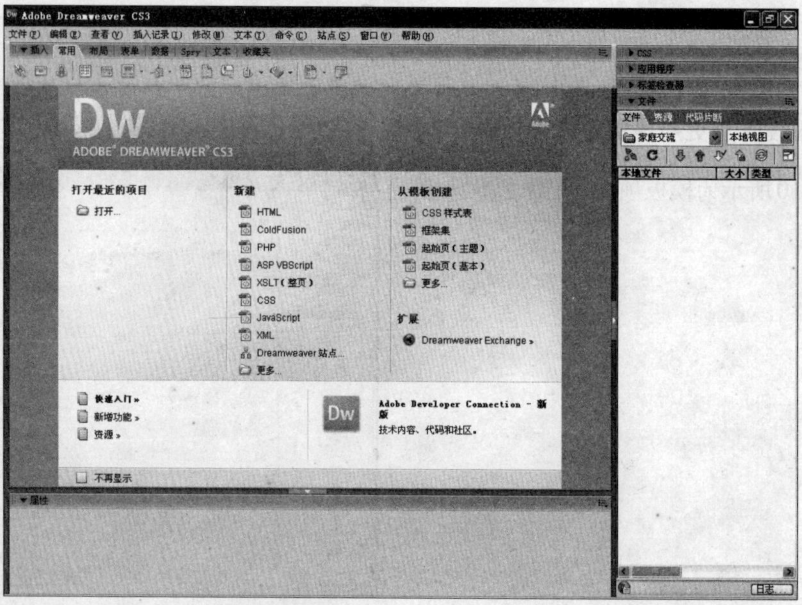

图3-4-1

（2）单击起始页中的Dreamweaver站点，打开如图3-4-2所示的站点定义向导。

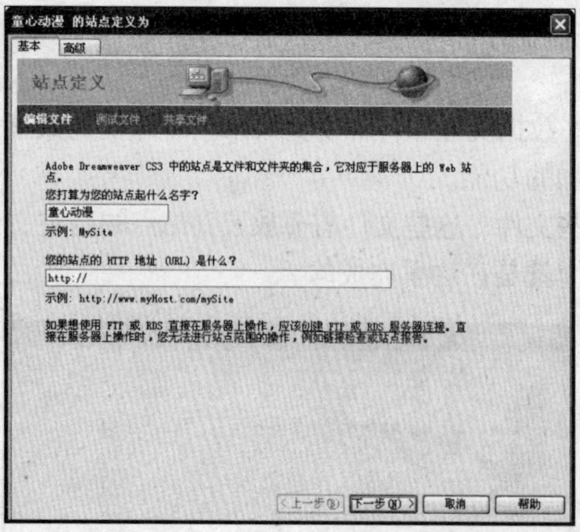

图3-4-2

在该向导中输入站点的名称为“童心动漫”。

HTTP地址本例为空。

注：该选项对应远程的URL（即服务器地址），如还没有拥有服务器地址，此处可以为空。也可在得到服务器地址后，使用编辑站点功能重设此项。

（3）单击“下一步”按钮，进入如图3-4-3所示的设置服务器技术界面。这里选择“否，我不想使用服务器技术”。

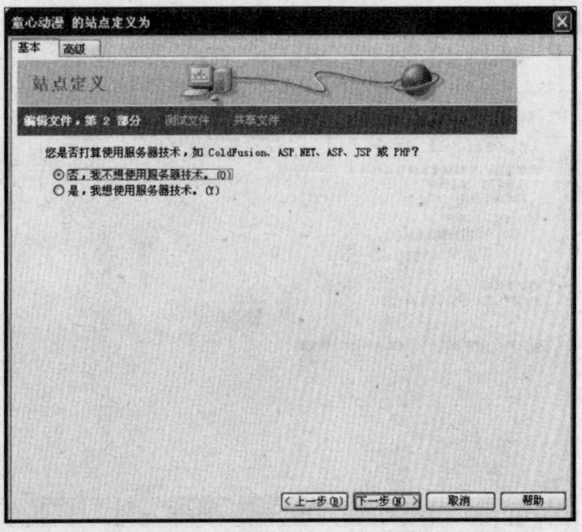

图3-4-3

（4）单击“下一步”按钮，进入如图3-4-4所示的本机保存站点的文件夹。按图所示进行设置。也可以根据个人需要自行设置保存站点的文件夹。

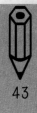

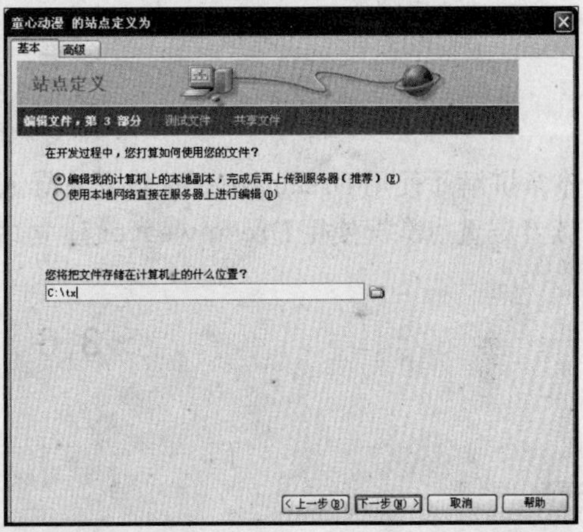

图3-4-4

（5）单击“下一步”按钮，进入如图3-4-5所示的设置远程服务器信息的对话框，这里选择“无”。

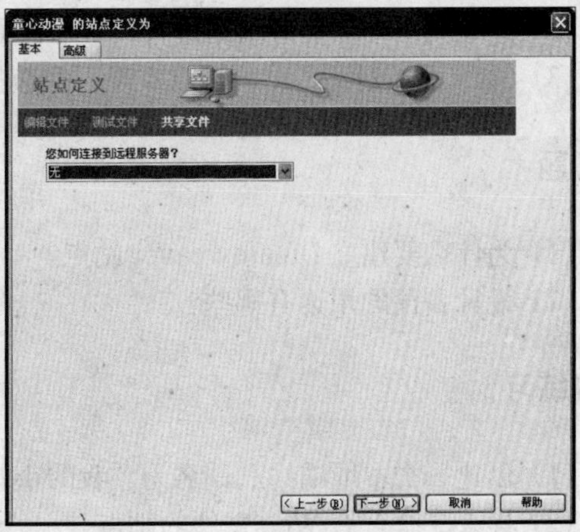

图3-4-5

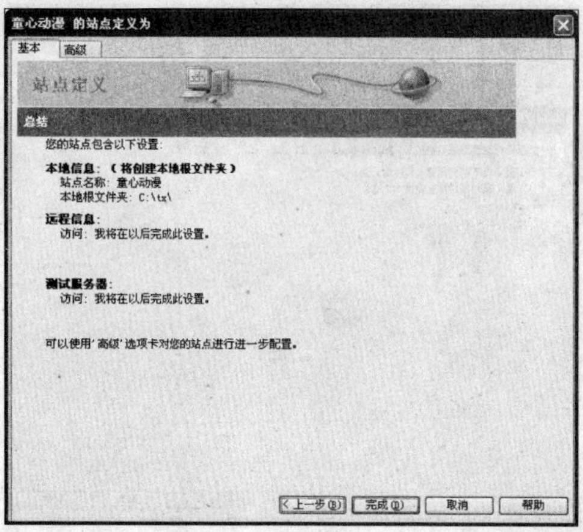

图 3-4-6

（6）单击“下一步”按钮，进入如图 3-4-6 所示的总结界面。在这里显示了前面所设置站点的各项信息，核对无误后单击“完成”按钮，完成站点的建立。

3.5 小　结

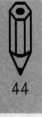

本章讲解了使用 Dreamweaver 建立、导入和使用高级选项设置站点的方法。通过本章的学习，读者应重点掌握使用 Dreamweaver 建立站点和导入站点的操作。

3.6 练　习

填空题

（1）若要完全发挥 Dreamweaver 功能，就必须建立______。

（2）建立网站前需要对网站进行______，拿出明确的方案。

（3）Spry 是一种______，可以实现一些数据交互和特殊视觉效果。

问答题

（1）为什么要建立 Dreamweaver 站点？

（2）设计备注的用途有哪些？

上机练习

（1）创建一个本地端站点，名为“我的小站”，目录为 C:\firstsite\。

（2）导入一个含有 Web 文件的站点。

第4章　编辑和管理站点

通过本章，你应当：

(1) 了解文件面板的用途。

(2) 学会使用文件面板建立和删除文件

(3) 学会使用文件面板建立和删除文件夹。

(4) 学会使用文件面板建立站点地图。

(5) 学会使用设计备注。

4.1　了解文件面板

通过文件面板不仅可以编辑和管理本地的Dreamweaver站点，还可以编辑和管理远程服务器中的网站。

图4-1-1所示为文件面板，它由以下几部分组成：

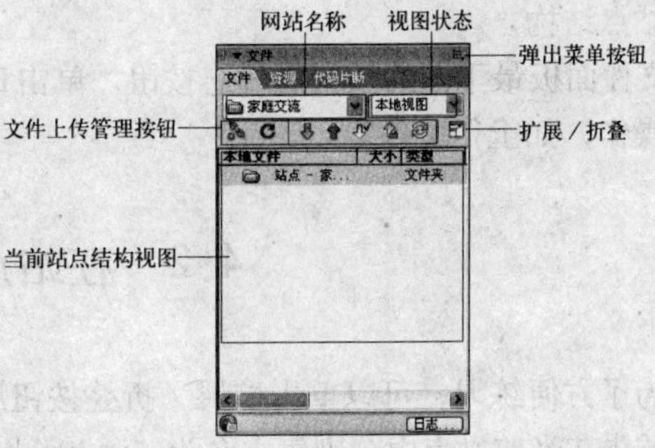

图4-1-1

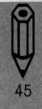

网站名称：显示当前网站的名称。单击该栏会弹出一个显示所有Dreamweaver站点的菜单，通过该菜单可以选择目标站点。

视图状态：提供网站本地视图、远程视图、测试服务器视图及地图视图等4种视图状态。单击该栏，在弹出的菜单中选择目标视图状态。

菜单按钮：单击该按钮会弹出一个菜单，该菜单提供了有关Dreamweaver站点的操作命令。如建立网页、文件夹、测试站点等。

文件上传管理按钮：连接管理远程服务器的功能按钮，单击该按钮，可以实现连接到远程服务器，断开与远程服务器的连接、上传或下载文件等操作。

扩展／折叠：可以展开和折叠面板，图4-1-2所示为展开后的文件面板。

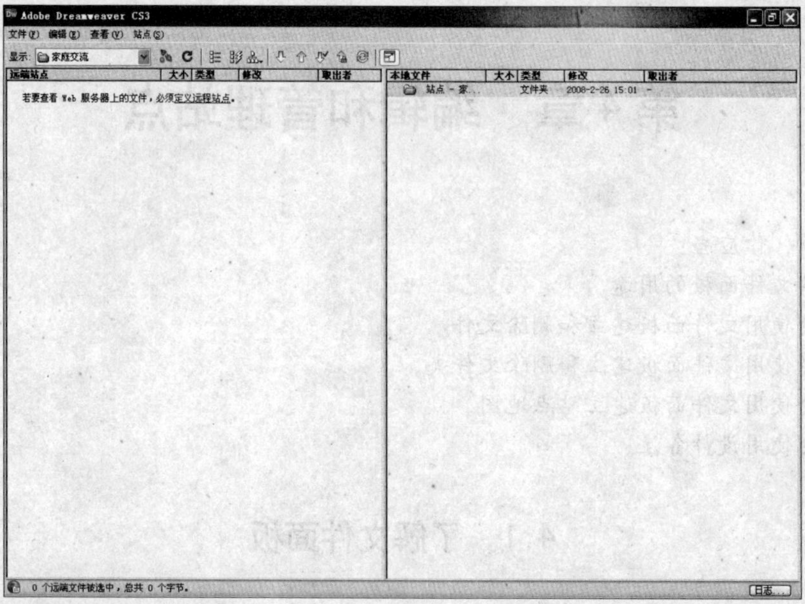

图 4-1-2

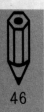

当前站点的结构视图：显示当前站点的结构视图，会随着视图状态改变而以不同的方式显示当前站点结构。

文件面板最下面的按钮为日志按钮，单击日志按钮，可以打开日志。日志可以自动记录对文件的操作，如上传文件等。

4.2 在站点中新建文件

为了方便练习，可以单击扩展 / 折叠按钮展开面板。

首先在当前站点中分别建立名为“index.html”、“poem1.html”、“poem2.html”、“poem3.html”和“poem4.html”的网页，具体方法如下：

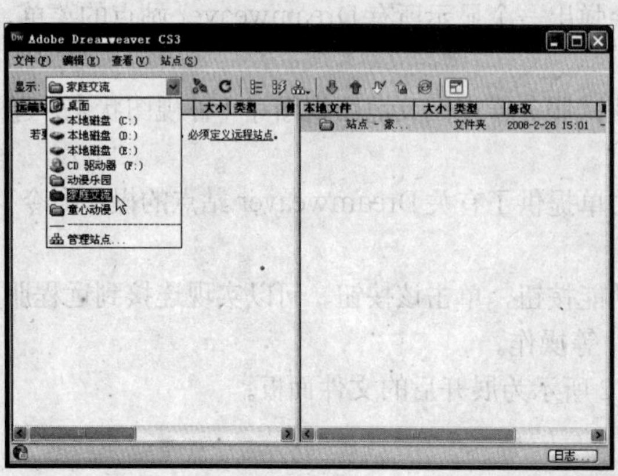

图 4-2-1

(1) 如图 4-2-1 所示，单击“显示”栏，在弹出的菜单中选择目标站点“家庭交流”。

(2) 如图4-2-2所示，执行“文件/新建文件”命令，在右侧的本地站点栏中显示新建文件。新建文件的默认的名称为untitled.html，单击文件名，可以为其重命名，如图4-2-3所示。

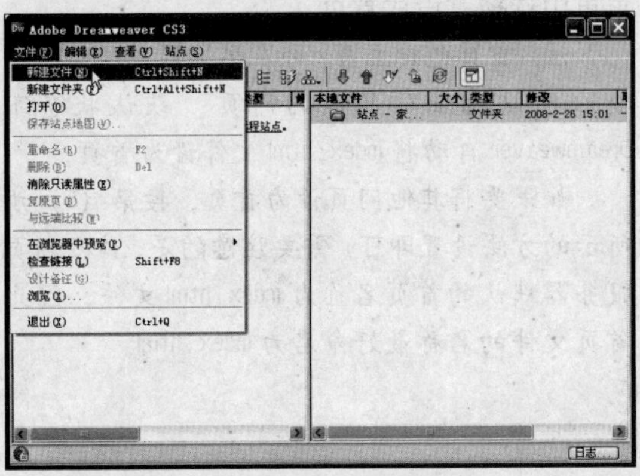

图4-2-2

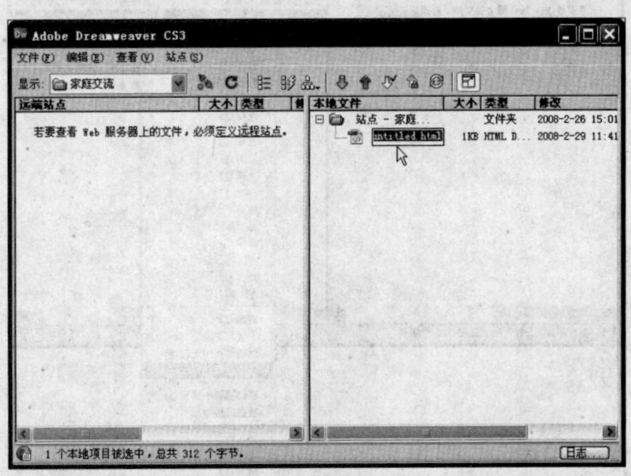

图4-2-3

(3) 输入文件新名称后按Enter键完成重命名，如图4-2-4所示。本例中输入“index.html”。

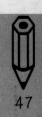

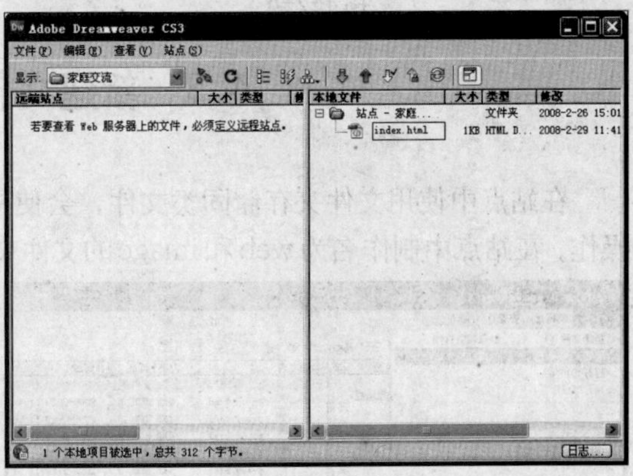

图4-2-4

注：在命名网页时，一定要输入文件的扩展名。

为了使网页能获得更好的支持，应避免使用中文命名文件，文件名应统一用小写字母和数字。

静态网页的文件扩展名.htm和.html是通用的。但需要注意，网站中同类文件的扩展名要保持统一。

默认情况下，Dreamweaver会自动把名为index.html的网页设成首页。

(4) 用同样的方法分别建立名为poem1.html、poem2.html、poem3.html和poem4.html网页，结果如图4-2-5所示。

注：新建文件后，在结构视图中显示了新建文件的大小、类型和修改日期等信息。

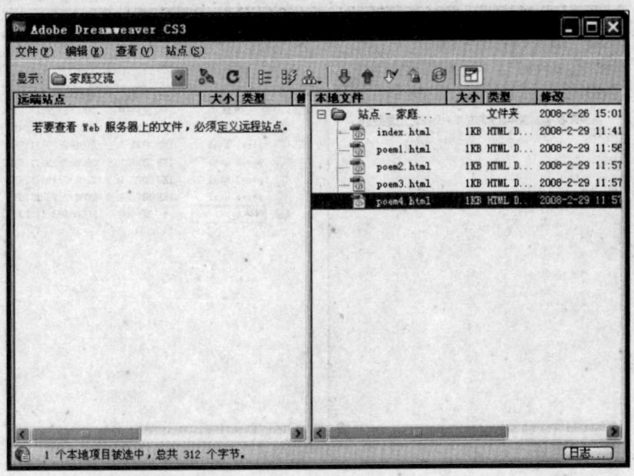

图4-2-5

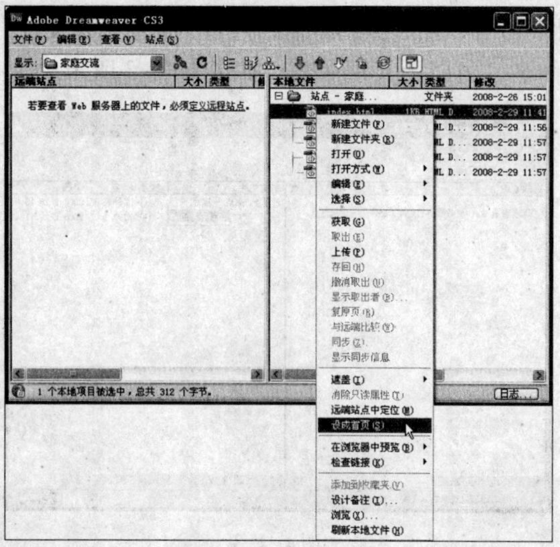

图 4-2-6

（5）将鼠标指针移至 index.html 文件图标上，单击鼠标右键，在弹出的图 4-2-6 所示的菜单中选择“设成首页”。

注：首页也称主页，即在浏览器的地址栏中输入网站地址时显示的网页。默认状态下 Dreamweaver 自动将 index.html 文件设为首页。

如果要将其他网页设为首页，按第（5）步所示的方法设置即可。需要注意的是，许多网页服务器默认的首页名称为 index.html 文件，因此首页文件的名称最好命名为 index.html。

4.3 新建文件夹和移动文件

在站点中使用文件夹存储同类文件，会使网站结构更清晰、层次更分明。本节继续上一节的操作，在站点中制作名为 web 和 image 的文件夹，并将上一节制作的网页文件移到 web 文件夹中。

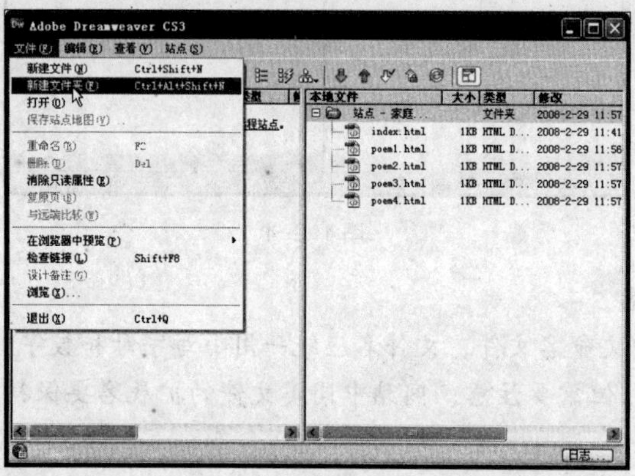

图 4-3-1

（1）先单击面板右侧栏中的“站点－家庭…”文件夹图标。再执行图 4-3-1 所示的“文件／新建文件夹”命令，新建一个文件夹。

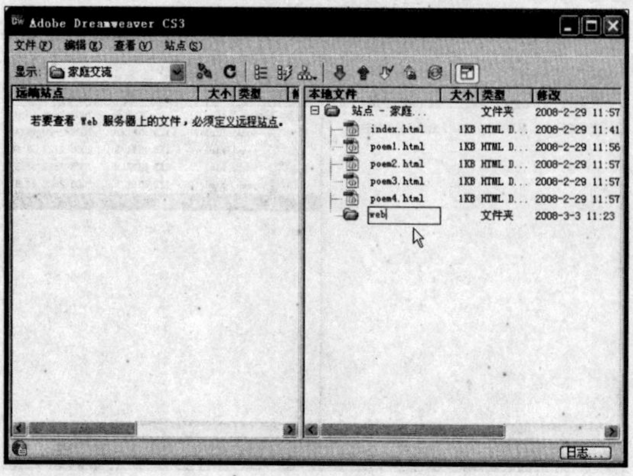

图 4-3-2

（2）如图 4-3-2 所示，输入文件夹的名称“web”，按 Enter 键，完成文件夹的建立。

(3) 用同样的方法创建名为“image”的文件夹，如图4-3-3所示。

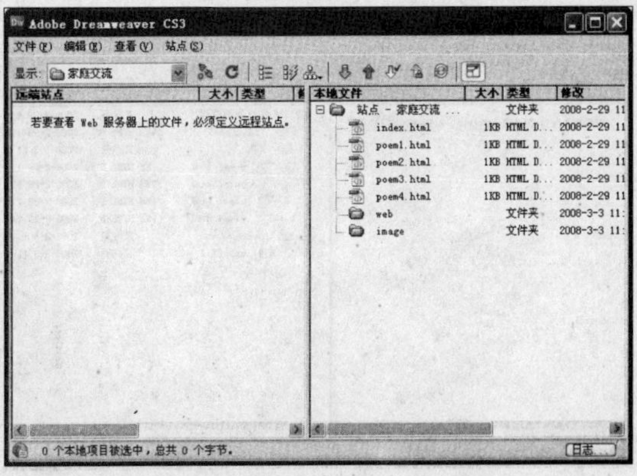

图4-3-3

注：若想在目标文件夹中建立一个文件夹，可以单击目标文件夹，然后执行新建文件夹命令。例如，要在image文件夹中建立文件夹，先单击image文件夹图标，再执行“文件／新建文件夹”命令，结果如图4-3-4所示。

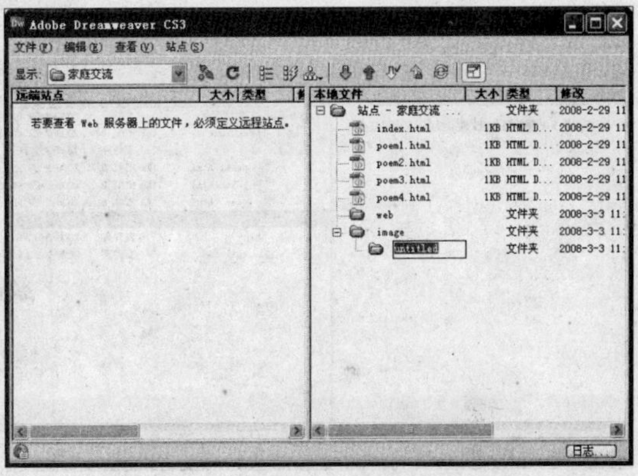

图4-3-4

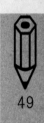

(4) 如图4-3-5所示，移动鼠标指针到“poem1.html”文件图标上，按住鼠标左键拖动至“web”文件夹图标上。

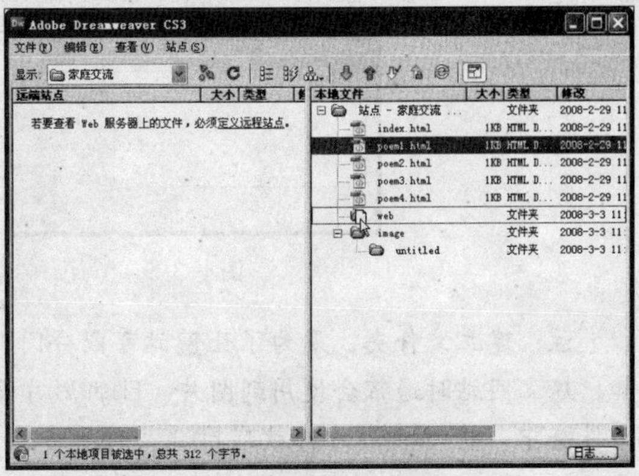

图4-3-5

(5) 释放鼠标后弹出图4-3-6所示的更新文件对话框。单击“更新”按钮，完成文件的转移。

图4-3-6

注：选择更新，是为了防止由于文件的移动而出现的链接错误。链接是文件存放位置的描述，当文件位置发生改变时，链接地址也需要同时更新，才能通过链接找到目标文件。

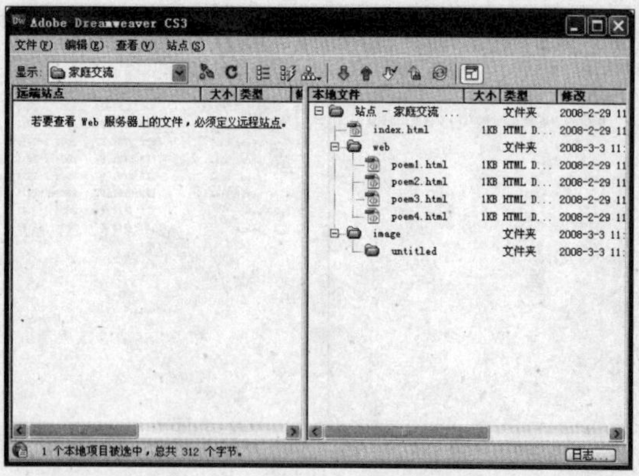

图 4-3-7

(6) 用同样的方法分别将 poem2.html、poem3.html、poem4.html 文件移至 web 文件夹中，结果如图 4-3-7 所示。

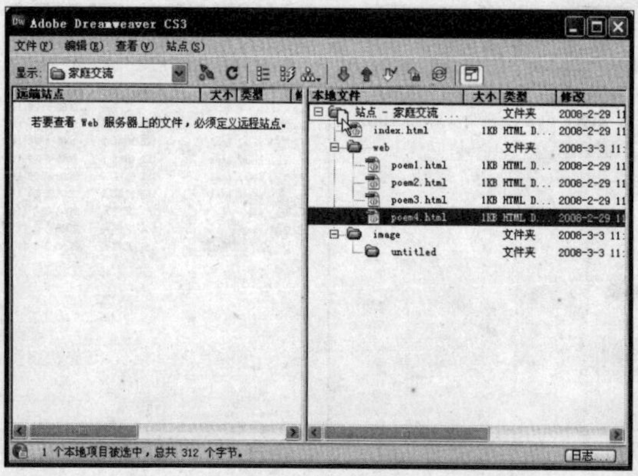

图 4-3-8

(7) 若要移动文件到站点的根目录下，可以直接拖动目标文件图标到站点文件夹图标上，如图 4-3-8 所示。

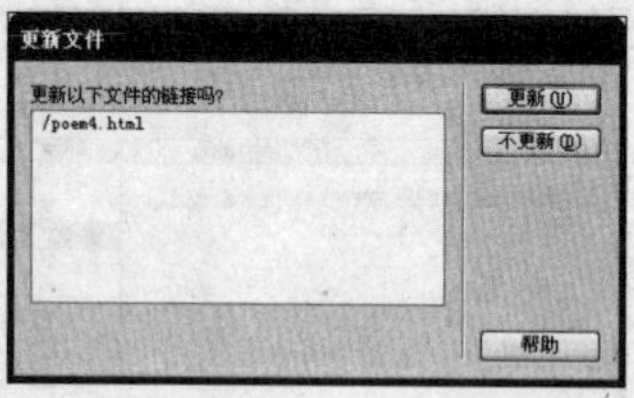

图 4-3-9

(8) 释放鼠标后，弹出图 4-3-9 所示的更新链接提示框。单击“更新”按钮，完成文件移动。

注：建立文件夹，是为了让网站可以分门别类地存放网站资源，使网站的结构清晰有序。例如，建立网站时通常会使用到图片、Flash 影片等素材，这里可以将将图片素材保存到站点的 image 文件夹中，将 Flash 影片存放到 Flash 文件夹中，或者其他分类文件夹中。

4.4　删除和重命名文件

在文件面板中删除文件的方法如下：

将鼠标指针移到目标文件图标上，单击鼠标右键，从弹出的菜单中选择“编辑 / 删除”命令即可。或者选择目标文件，然后按 Delete 键。

重命名文件的方法如下：

移动鼠标指针到目标文件图标上，单击鼠标右键，从弹出的菜单中选择“编辑／重命名”命令，然后输入新的文件名，按Enter键完成重命名。

或者选中目标文件，然后将鼠标指针移动到文件名称处，单击鼠标左键，此时文件名称为可改写状态，如图4-4-1所示。输入新的文件名，按Enter键完成重命名。

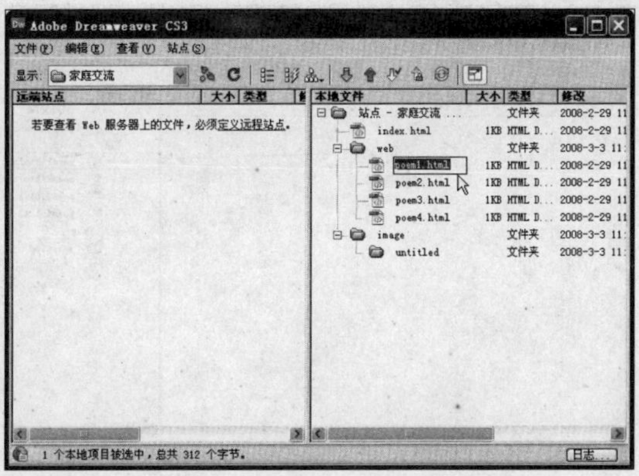

图4-4-1

4.5　建立站点地图

在建立网站前，通常会根据策划，使用文件面板建立网页文件和相关的文件夹，然后通过站点地图，将这些网页按规划的层次建立链接结构。通过站点地图可以快速建立网页的层级关系，明确网站结构。

（1）将鼠标指向文件面板的站点地图按钮，按住鼠标左键，弹出如图4-5-1所示的菜单，选择“地图和文件”选项。

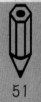

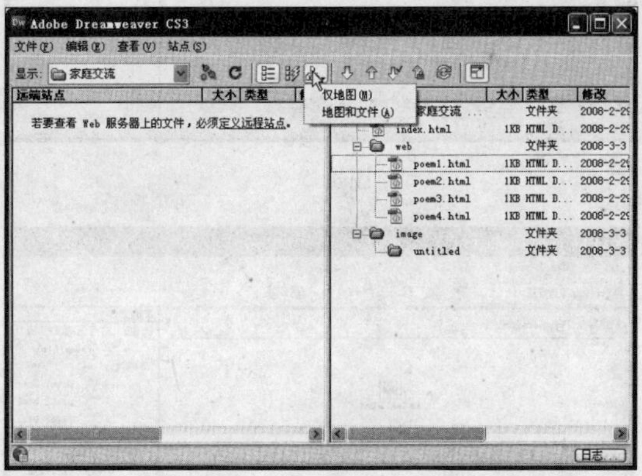

图4-5-1

（2）选择左侧栏中的index.html文件，index.html文件图标右上角显示了一个链接标识，如图4-5-2所示。

注：因为index.html文件被自动设为首页，即第一级标题，所以地图中显示了当前网站的一级结构。如果建立网页时没有将index设成首页，那么需要手动指定首页。

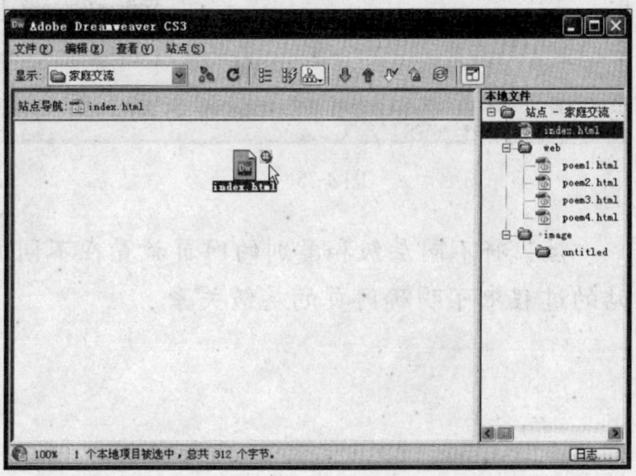

图4-5-2

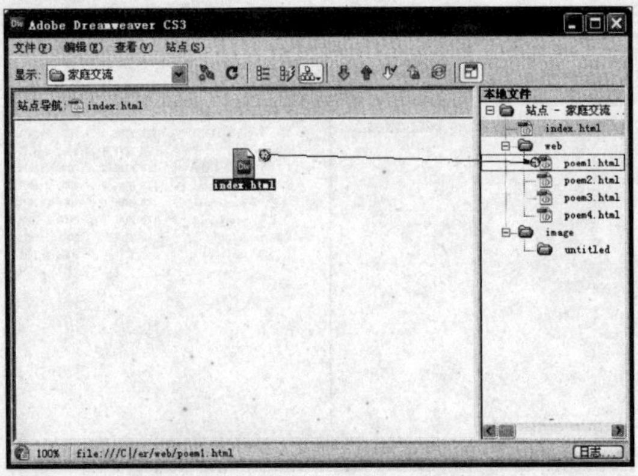

图 4-5-3

(3) 移动鼠标指针到链接标识上，按住鼠标左键拖动至图 4-5-3 所示的下一级目标文件上，然后释放鼠标，会弹出“要更新链接吗”的提示框，单击“更新”按钮。

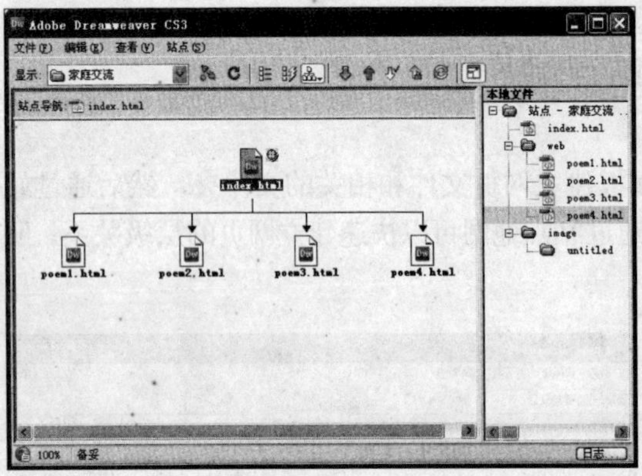

图 4-5-4

(4) 用同样的方法分别链接 poem2、poem3 和 poem4，结果如图 4-5-4 所示。

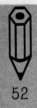

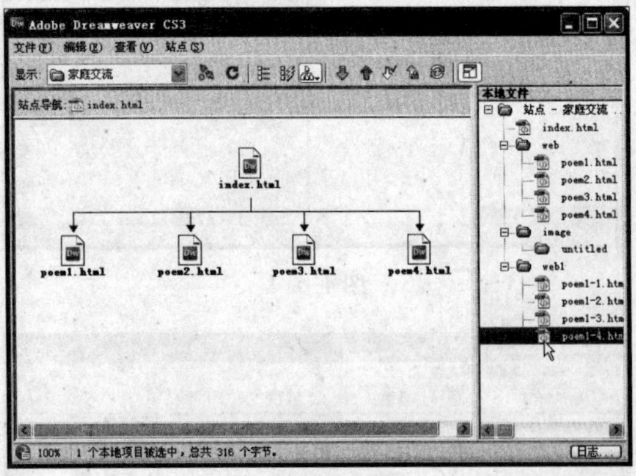

图 4-5-5

(5) 按照本章的4.2节和4.3节讲解的方法，建立一个名为web1的文件夹。然后在该文件夹中建立新的 3 级网页，名称为 poem1-1.html、poem1-2.html、poem1-3.html 和 poem1-4.html，结果如图 4-5-5 所示。

注：将不同层级和类别的网页放置在不同的目标文件夹中，便于建立和管理网页，在设计网站的过程中可明确网页的层级关系。

(6) 单击左侧地图中的 poem1.html 图标，如图 4–5–6 所示。

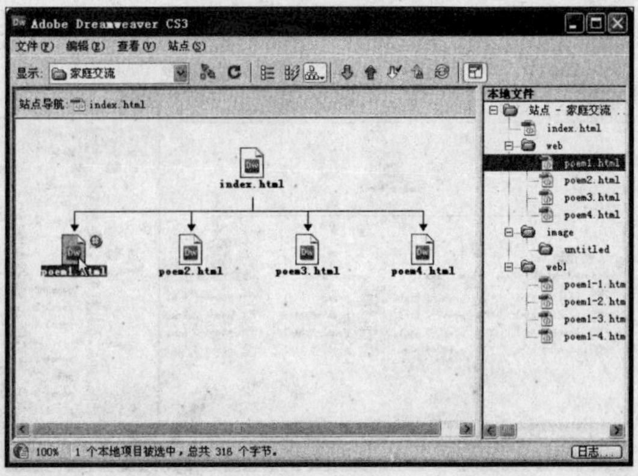

图 4–5–6

(7) 拖动poem1.html的链接图标到右侧文件框中的 poem1–1.html 图标上，如图 4–5–7 所示。然后释放鼠标。

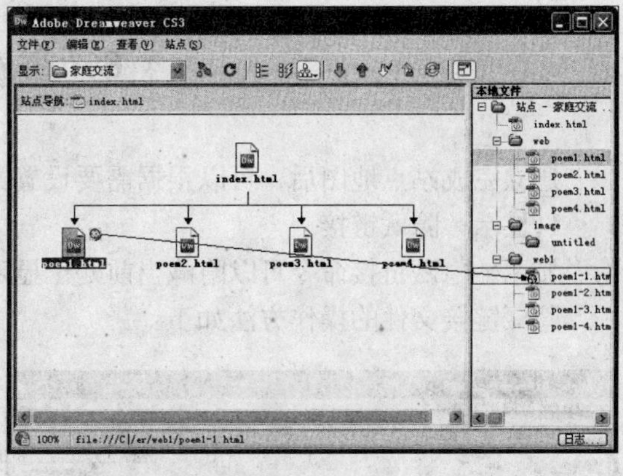

图 4–5–7

(8) 用同样的方法完成 poem1.html 与 web1 文件夹中的其他文件的链接制作，结果如图 4–5–8 所示。

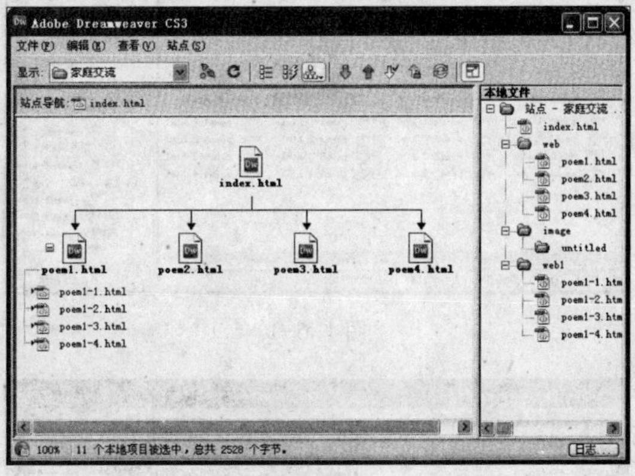

图 4–5–8

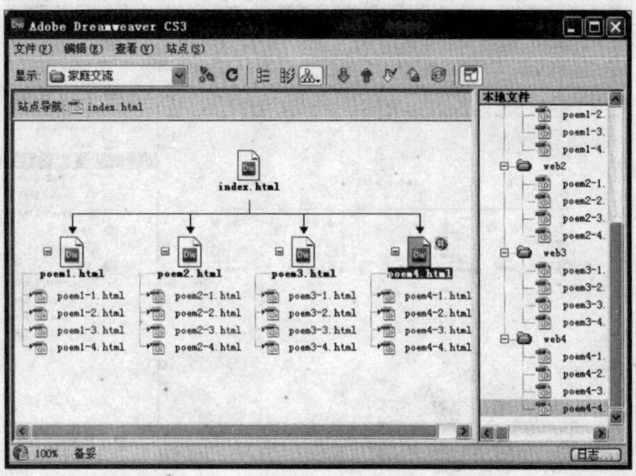

图 4-5-9

(9) 用同样的方法，建立完成3级地图结构，最终站点地图如图 4-5-9 所示。

注：在建立站点地图时，还可以使用站点菜单下的“链接到新文件”和“链接到已有文件”命令建立站点地图的链接，这两个命令没有上述方法直观方便，读者可以自行测试使用。

4.6 查看站点地图

建立完成站点地图后，可以根据需要设置站点地图的显示方式。

1.显示 / 隐藏链接

显示 / 隐藏链接命令可以隐藏当前处于显示状态的文件，或显示当前处于隐藏状态的文件。隐藏链接文件的操作方法如下：

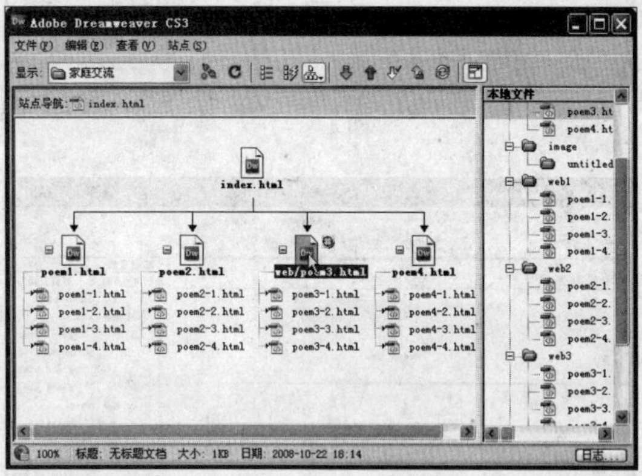

图 4-6-1

(1) 单击需要隐藏的文件，如图 4-6-1 所示。

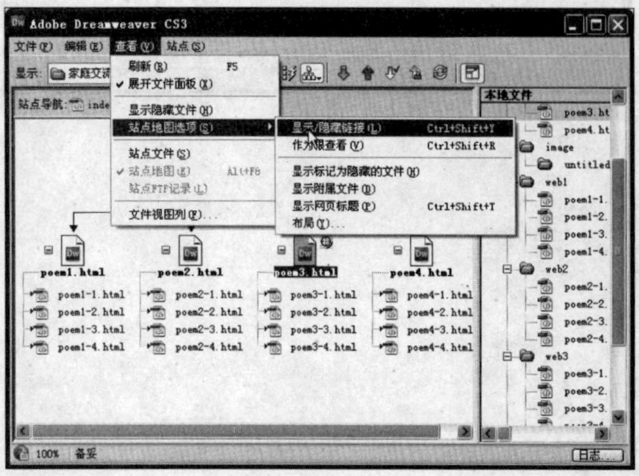

图 4-6-2

(2) 单击“查看 / 站点地图选项 / 显示 / 隐藏链接”，如图 4-6-2 所示，即可隐藏文件。

目标链接文件及其下层链接的文件全部被隐藏，如图 4–6–3 所示。

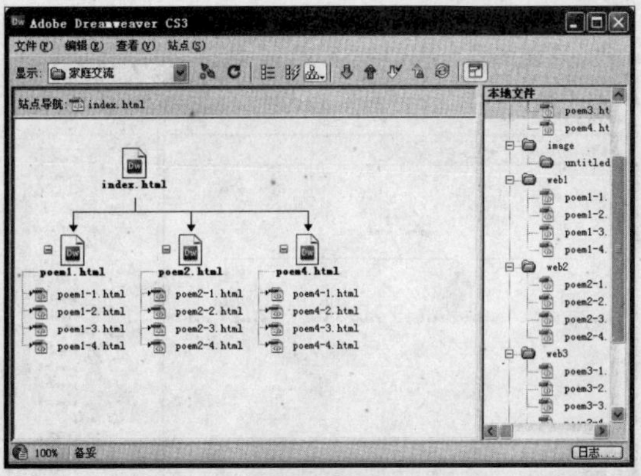

图 4–6–3

取消隐藏链接文件的操作方法如下：

(1) 执行“查看 / 站点地图选项 / 显示标记为隐藏的文件”命令，如图 4–6–4 所示，即可显示隐藏的链接文件。

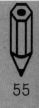

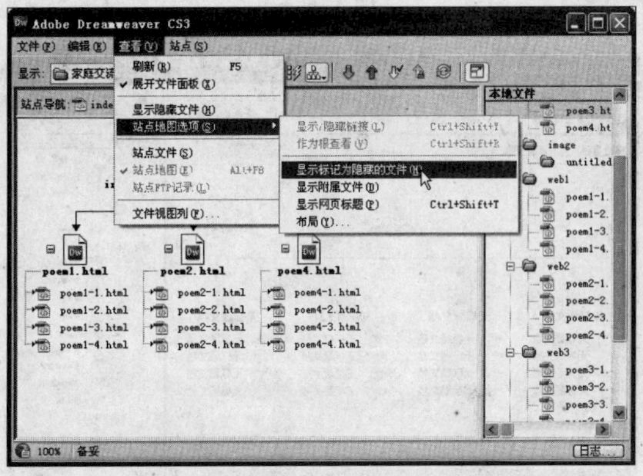

图 4–6–4

(2) 显示隐藏文件后，选中具有隐藏属性的文件，执行“查看 / 站点地图选项 / 显示 / 隐藏链接”命令，即可取消文件的隐藏属性。

注：在“显示标记为隐藏的文件”模式下，有隐藏标记的文件和其他文件的字体是不一样的，可以轻松辨别文件是否带有隐藏属性，如图 4–6–5 所示。

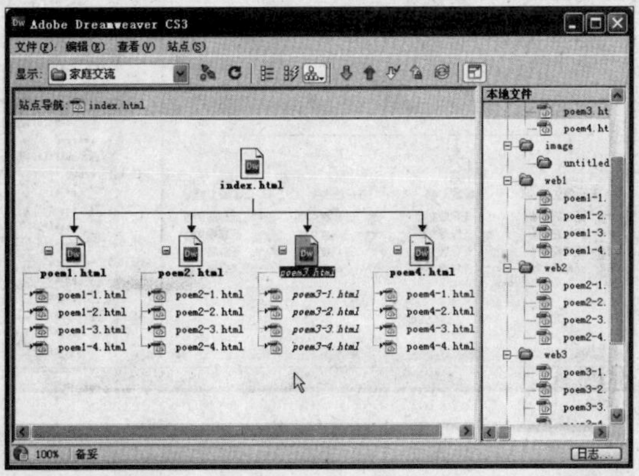

图 4–6–5

2.作为根查看

作为根查看可以将当前文件作为根目录，仅显示其下一级链接。作为根查看的操作方法如下：

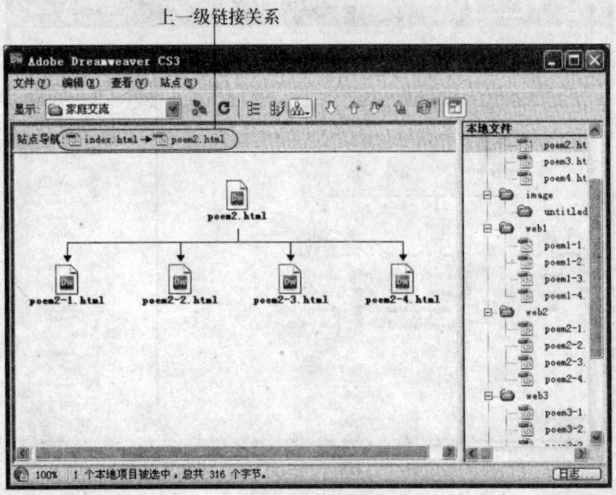

图 4–6–6

选中目标文件，执行“查看／站点地图选项／作为根查看”命令，结果如图 4–6–6 所示。

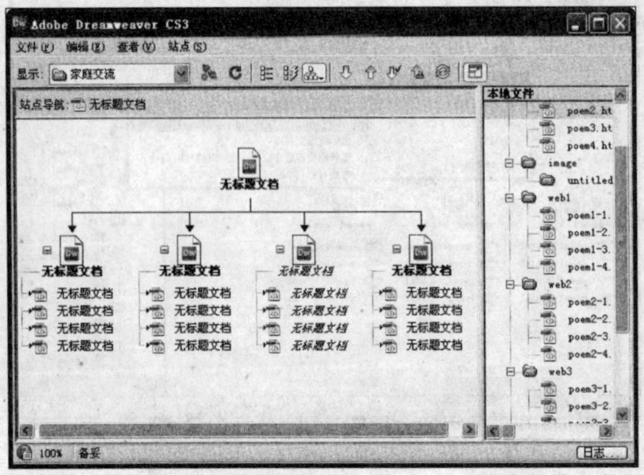

图 4–6–7

3. 显示网页标题

显示网页标题可以在站点地图中显示各级网页的标题名称。显示网页标题的方法如下：

执行“查看／站点地图选项／显示网页标题”命令，会在站点地图中显示图 4–6–7 所示的各级网页的标题。因为当前网站没有命名网页的标题，所以显示为无标题文档。

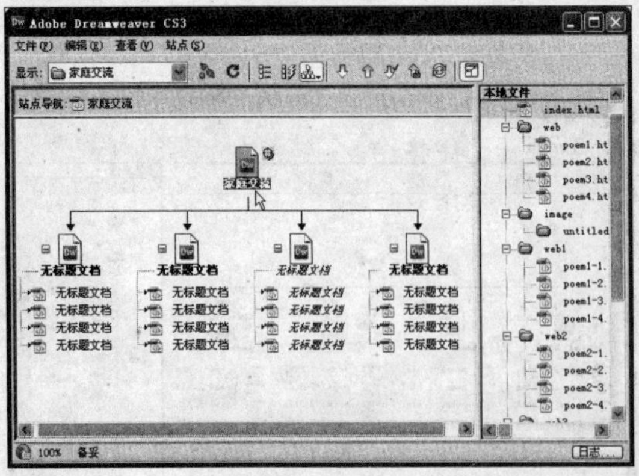

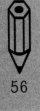

图 4–6–8

若要在站点地图中给各网页命名标题，只需在站点地图中选择目标文档，然后执行“文件／重命名”命令，输入新的文档标题即可，结果如图 4–6–8 所示。

使用同样的方法，在站点地图中命名其他网页标题。

4.7　修改站点地图

完成站点地图后，可以根据需要更改当前的站点地图，如删除或修改站点地图中不正确的链接等。

1. 删除链接

选择站点地图中错误的链接文件，执行“站点／撤销链接”命令，如图4−7−1所示，即可删除链接图标。

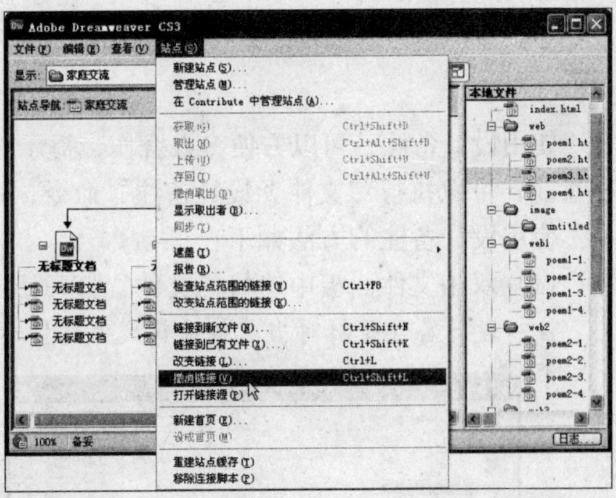

图4−7−1

2. 改变链接

选中目标文件，执行“站点／改变链接”命令，打开“选择HTML文件”对话框，如图4−7−2所示。在该对话框中选择目标链接文件，单击“确定”按钮，打开“更新文件”对话框，如图4−7−3所示。

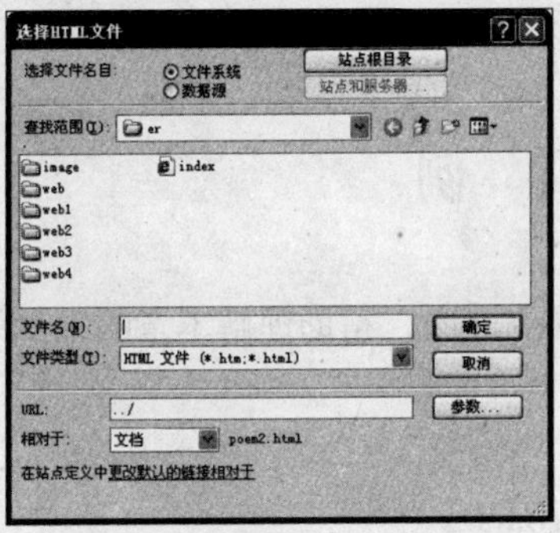

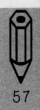

图4−7−2

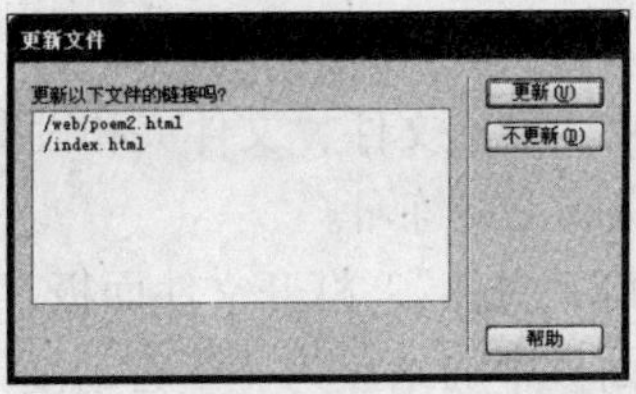

图4−7−3

注：文件更新需要根据实际情况进行选择，如果仅是以新文件替换当前位置链接的旧文件，则选择不更新。若是改变站点中所有与该文件对应的链接，则选择更新链接。

4.8　保存站点地图

完成站点地图后，可以将站点地图以图像格式保存。操作方法如下：

执行“文件／保存站点地图”命令，打开如图4−8−1所示的保存站点地图对话框。

在该对话框的文件名栏中输入地图的名称，在保存类型栏中输入保存文件的类型，有BMP和PNG两种图像格式供选择。设定完成后，单击“保存”按钮，完成保存站点地图的操作。

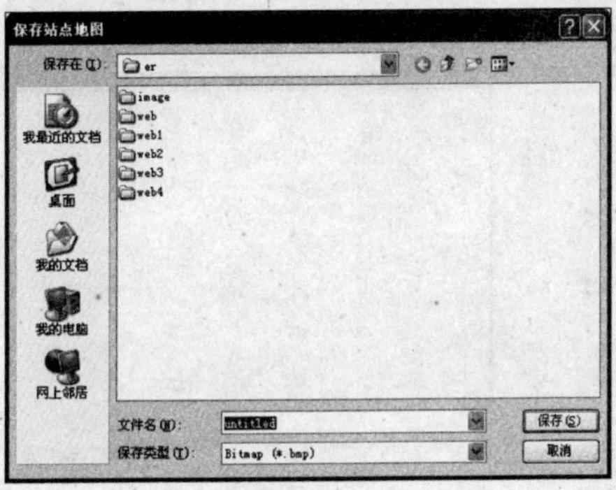

图4−8−1

4.9 使用设计备注

使用设计备注，可以方便多人合作，提示设计网页时的进度及相关注意事项。每次编辑网页存盘前，可以执行“文件／设计备注”命令，记录和修改文件的设计进程和必要的提示信息。

使用设计备注的方法如下：

（1）双击文件面板中的目标文件，打开该文件。

注：设计备注是针对当前被编辑文件的提示信息，所以书写设计备注时需要先打开目标文件。

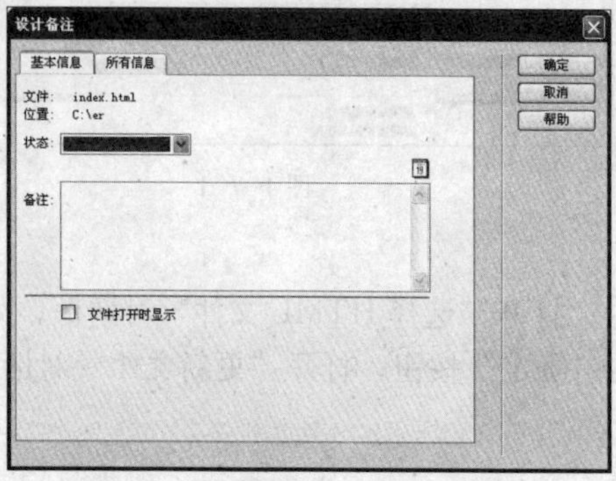

图 4–9–1

（2）执行“文件／设计备注”命令，打开图4–9–1所示的设计备注的提示框。

（3）输入提示信息后，单击“确定”按钮，完成备注建立。

注：可以勾选“文件打开时显示”复选框。这样每次打开文件时都会先显示该页的设计备注。

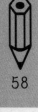

4.10 实 例

本节通过在站点内建立文件、文件夹和设置站点地图，帮助理解本章的重点内容。本节使用3.4节建立的站点完成上述练习。

（1）单击“窗口／文件”，打开文件面板。

（2）切换文件面板中的站点为“童心动漫”站点。

（3）单击文件面板的展开按钮，展开文件面板。

（4）执行“文件／新建文件”命令，新建一个文件。命名该文件为index.html，如图4–10–1所示。

（5）执行“文件／新建文件夹”命令，新建一个文件夹。命名该文件夹为web，如图4–10–2所示。

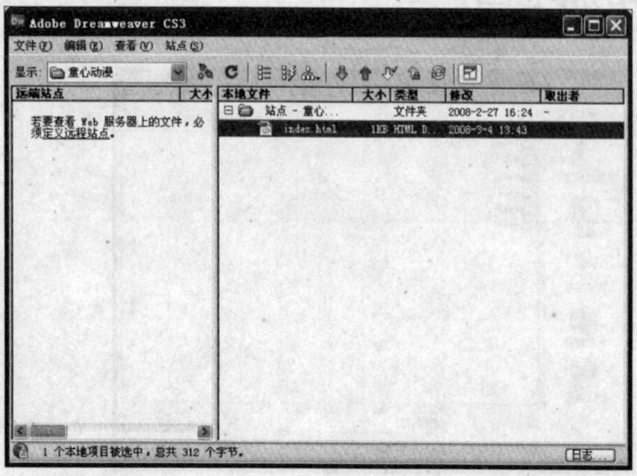

图 4–10–1

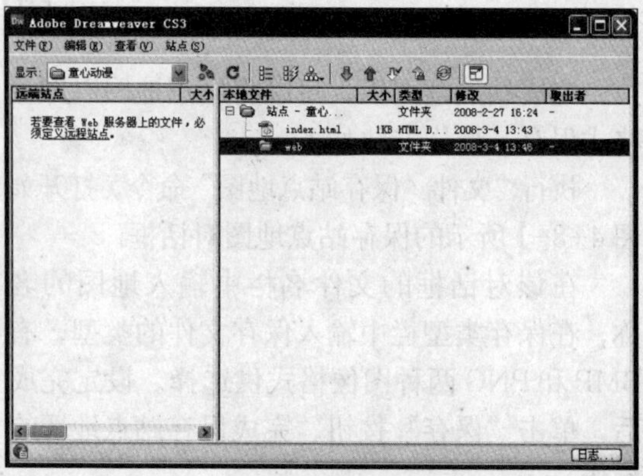

图 4–10–2

这个文件夹用来存放二级网页。

(6) 先单击站点文件夹（即标识为“站点－童心…”的文件夹）。

执行“文件/新建文件夹”命令，新建一个文件夹。命名该文件夹为web1，结果如图4–10–3所示。

这个文件夹用来存放三级网页。

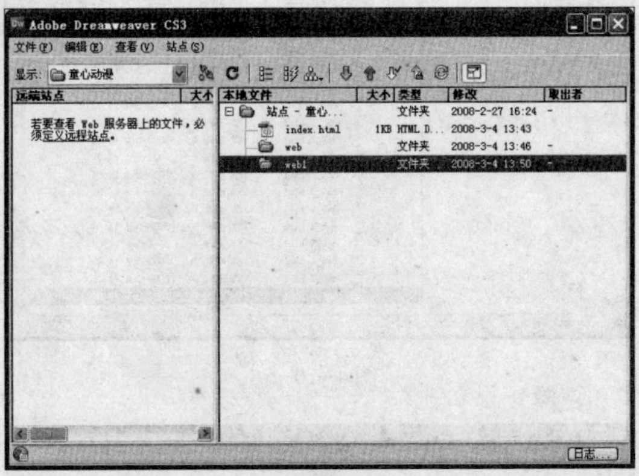

图4–10–3

(7) 使用同样的方法新建文件夹image和flash，如图4–10–4所示。

这两个文件夹用来存放建立网页时使用的图片文件和Flash影片文件。

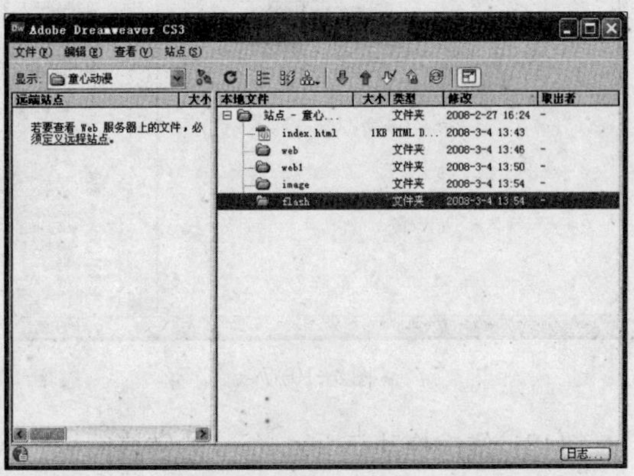

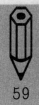

图4–10–4

(8) 单击web文件夹，执行“文件/新建文件”命令，在web文件夹中新建一个文件。命名该文件为dm1.html，如图4–10–5所示。

(9) 使用同样的方法在该文件夹下新建文件dm2.html、dm3.html、dm4.html、dm5.html、dm6.html。

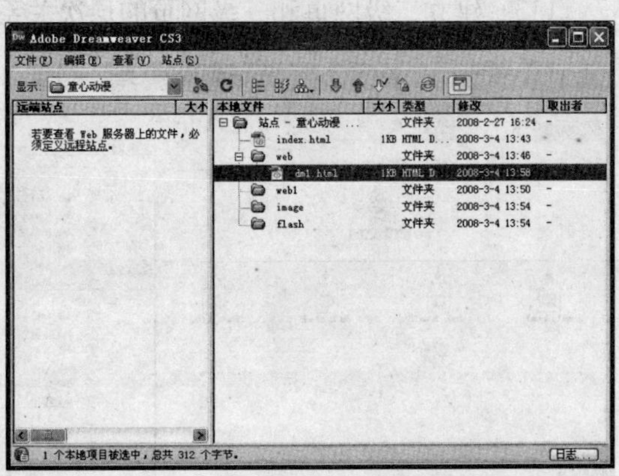

图4–10–5

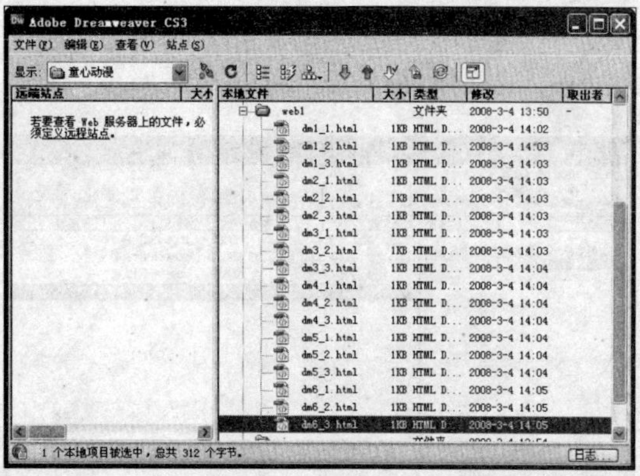

图 4–10–6

（10）单击 web1 文件夹，执行“文件 / 新建文件”命令，在 web1 文件夹中新建文件。分别对应二级网页命名，命名方式为 dm1_1.html、dm1_2.html、dm1_3.html、dm2_1.html、dm2_2.html……dm6_3.html，如图 4–10–6 所示。

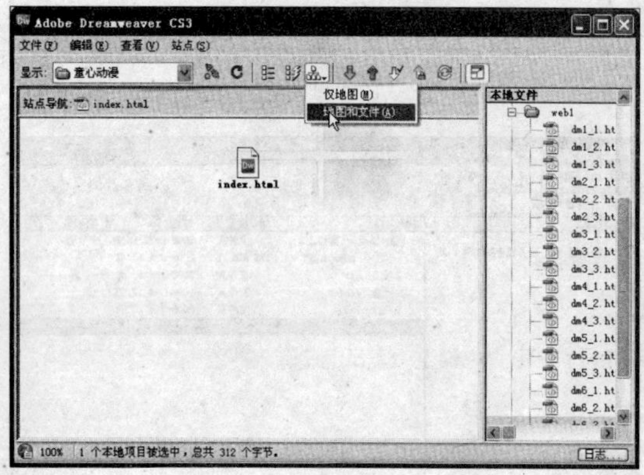

图 4–10–7

（11）切换到地图和文件界面，如图 4–10–7 所示。

（12）依次拖动 index.html 的链接图标到 web 文件夹中二级网页图标上，如图 4–10–8 所示。建立站点地图中首页和二级网页的层级关系。

（13）建立二级网页和三级网页的层次关系，如图 4–10–9 所示。

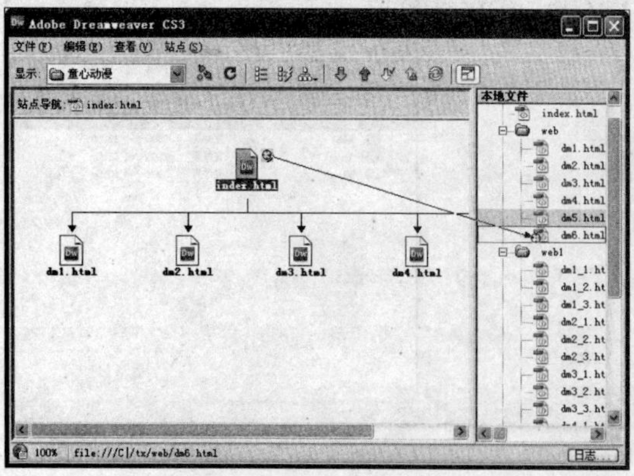

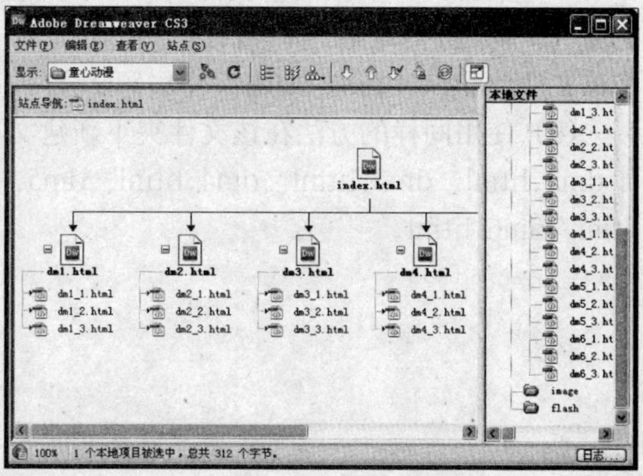

图 4–10–8　　　　图 4–10–9

至此，完成了本站点内的文件、文件夹和站点地图的建立。

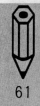

4.11 实例分析

建立一个明晰的站点地图，不仅对设计者，而且对浏览者都是非常重要的。登录 http://www.todayonline.cn/ 网站的首页，拖动浏览器的右侧滚动条至首页最下方，如图4-11-1所示。

图4-11-1

单击图4-11-1所示的“站点地图”链接，进入图4-11-2所示的“今日在线学习网”的网站地图页面，通过该页面可以清楚地知道当前网站的结构和提供的服务。初学者在制作网站时最好先从站点地图开始制作。

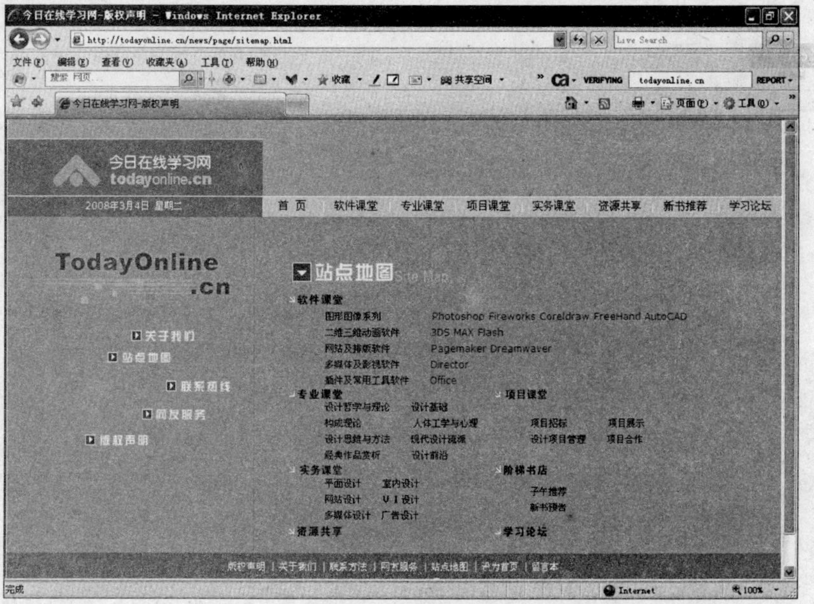

图4-11-2

4.12 小 结

本章讲解了编辑和管理站点的方法。通过本章的学习，读者应当重点掌握在文件面板中建立网页文件、文件夹和建立站点地图的方法。

4.13 练 习

填空题

（1）通过文件面板不仅可以________和________本地站点，还可以编辑和管理远程服务器中的网站。

（2）文件面板由______、______、______、______、______和______几部分组成。

（3）在命名网页时，一定要输入文件的扩展名。为了使网页能够获得更好的支持，应避免使用______命名文件，文件名应统一用______和______。

问答题

（1）展开文件面板后，如何为当前站点建立新的文件？

（2）展开文件面板后，如何为当前站点建立新的文件夹？

（3）新建了一个 web 文件夹，如何向该文件夹中添加文件和文件夹。

上机练习

使用文件面板建立网页文件、分类文件夹和站点地图。

第5章　表　格

通过本章，你应当：

(1) 学会创建表格。

(2) 学会编辑表格。

(3) 学会向表格中添加内容。

表格是网页布局的重要工具，通过表格可以将网页划分为不同的区域，实现对网页中元素的精确定位。合理地使用表格布局页面，不但可以使网页的页面结构更加清晰，而且还能保证形式上的多样化。

5.1　创建表格

表格在网页中应用广泛，可以使用表格布局网页，还可以用来装载各种页面元素。创建表格的方法如下：

(1) 新建一个 HTML 文档。

(2) 切换“插入”面板到“常用”标签下。

(3) 如图 5-1-1 所示，单击“表格”按钮（或执行“插入记录 / 表格”命令），打开“表格”对话框。

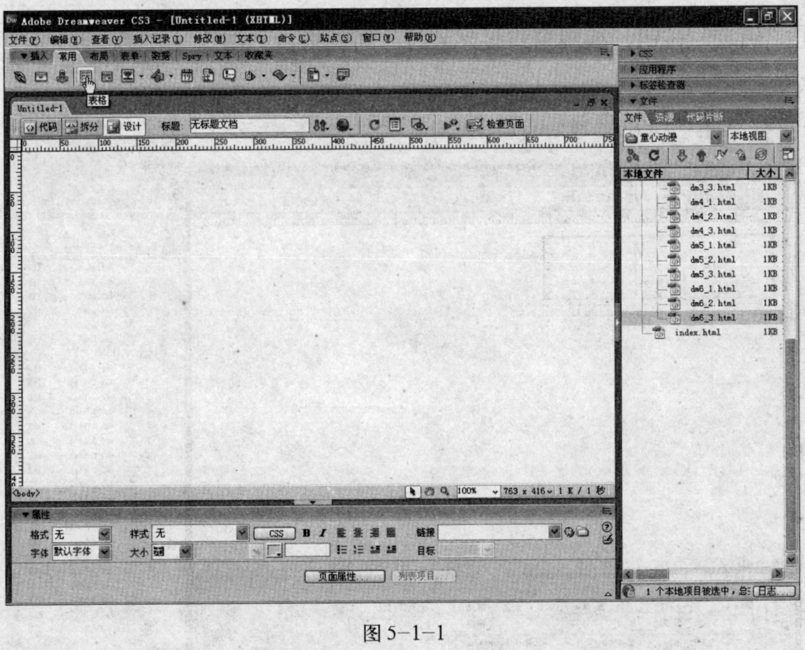

图 5-1-1

注：如果“插入”面板显示的不是“常用”选项卡，可以单击插入面板上的“常用”标签，切换到“常用”选项卡。

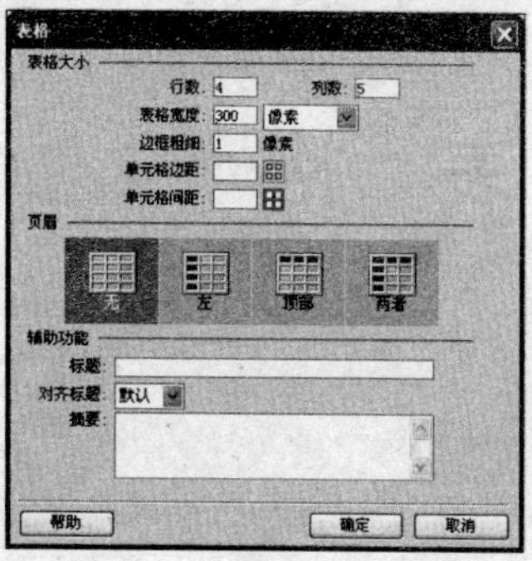

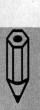

图5-1-2

（4）如图5-1-2所示，在“表格”对话框中设置行数为4，列数为5，表格宽度为300像素，边框粗细为1像素。

表格对话框中各项的含义如下：

在“表格大小”栏中指定以下选项。

行数：确定表格行的数目。

列数：确定表格列的数目。

表格宽度：以像素为单位或按占浏览器窗口宽度的百分比指定表格的宽度。

边框粗细：指定表格边框的宽度（以像素为单位）。

单元格边距：确定单元格边框和单元格内容之间的距离（以像素为单位）。

单元格间距：确定相邻单元格之间的距离（以像素为单位）。

在“页眉”栏中选择一个标题选项。

无：不启用列或行标题。

左侧：可以将表的第一列作为标题列，以便在表中的每一行输入一个标题。

顶部：可以将表的第一行作为标题行，以便在表中的每一列输入一个标题。

两者：能够在表中输入列标题和行标题。

在“辅助功能”栏中指定以下选项。

标题：提供了一个显示在表格外的表格标题。

对齐标题：指定表格标题相对于表格的显示位置。

摘要：可以在此写出表格的说明。通过屏幕阅读器可以读取摘要文本，但是该文本不会在浏览器中显示。

（5）单击“确定”按钮，编辑窗口显示4行5列表格，如图5-1-3所示。

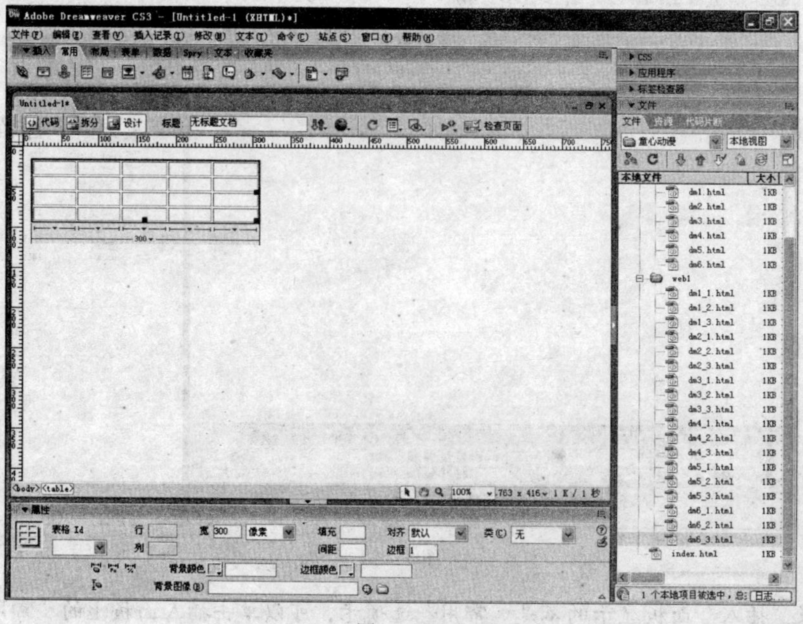

图5-1-3

5.2 编辑表格

建立表格后需要对表格进行编辑，如设置表格的相对位置、增加表格的列数、拆分行数等。

5.2.1 编辑表格和单元格属性

1.表格属性

移动鼠标指针到表格或单元格的边框位置，当鼠标指针变为双向箭头标识时，单击选择表格，此时属性面板如图 5-2-1 所示，显示了当前表格的各项属性。

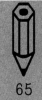

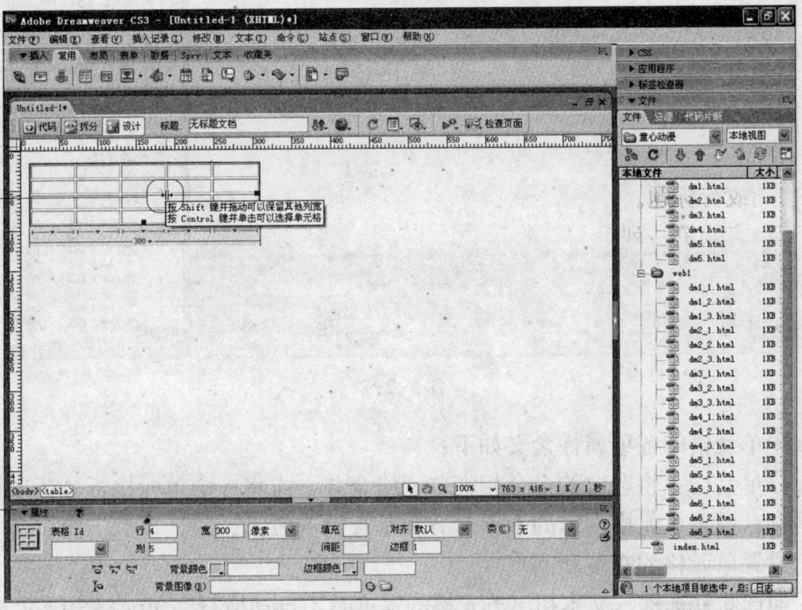
选择标识
属性面板中显示当前表格的各项属性

图 5-2-1

属性面板中表格的各项属性含义如下：

表格 Id：表格名称，用于脚本语言中引用。可以根据需要命名，如无需要，保留空白即可。

行、列：表格的行与列。可以输入数值设置表格的行数与列数。

宽：可以输入数值设置表格的宽度，单位有百分比和像素。

填充：单元格边框相对于单元格内容的距离。

间距：表格内单元格之间的距离。

对齐：可以设置表格相对于页面的位置，包括默认、左对齐、居中对齐和右对齐。

边框：输入数值设置表格的边框宽度。当数值为 0 时无边框。

表格宽度控制：依次为清除列宽、将表格宽度转换成像素、将表格宽度转换成百分比。

表格高度控制：仅有清除行高一项。

背景颜色：可以设置表格的背景颜色。单击“颜色”按钮从颜色样本中选择所需的颜色，或直接在背景颜色栏中输入颜色的 RGB 值。

背景图像：设置表格的背景图片，可以通过拖动“指向文件”图标到目标图像文件来完成设置，或单击“浏览文件”按钮，在打开的对话框中选择目标图像文件。

边框颜色：可以设置表格边框的颜色。单击“颜色”按钮从颜色样本中选择所需的颜色，或直接在边框颜色栏中输入颜色的 RGB 值。

2.单元格属性

移动鼠标指针到表格的任意一个单元格内，然后单击鼠标，此时属性面板如图 5-2-2 所示。

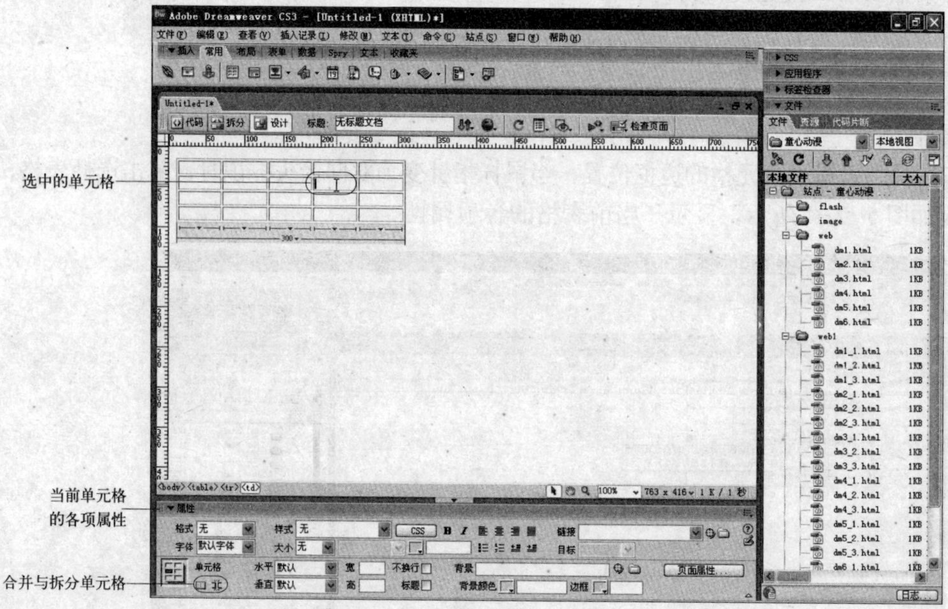

图 5-2-2

属性面板中单元格的各项属性含义如下：

合并与拆分单元格：将选取的多个相临单元格合并，或将一个单元格拆分为多行或多列。

水平、垂直：设置单元格内容的水平对齐和垂直对齐方式。

宽、高：设置单元格的宽度和高度。

不换行：勾选此复选框，文本超出单元格的宽度时不自动换行，单元格会随文本内容增加而加宽。取消勾选，文本超出单元格的宽度时会自动换行。

标题：勾选此复选框，将选取的单元格设置为标题单元格（其内容一般会被加粗居中显示）。

背景颜色：可以设置单元格的背景颜色。单击“颜色”按钮从颜色样本中选择所需的颜色，或直接在背景颜色栏中输入颜色的 RGB 值。

背景：可以设置单元格的背景图像。可以通过拖动“指向文件”图标到目标图像文件来完成设置，或单击“浏览文件”按钮，在打开的对话框中选中目标图像文件。

边框：可以设置单元格的边框颜色。单击“颜色”按钮从颜色样本中选择所需的颜色，或直接在边框栏中输入颜色的 RGB 值。

注：属性面板中的格式和字体等项，是用来设置单元格中内容的样式的，与单元格本身的属性无关，如输入到单元格中文本的字号大小和排式等，这些内容将在本书的文本设置部分讲解。

5.2.2 调整表格行数与列数

创建表格后，调整表格行数与列数，有如下几种方法：

方法一：

选取表格，直接在属性面板的行和列栏中输入目标的数值，如图 5-2-3 所示。这种方法可以在现有表格的最下方和最右方插入（或删除）行与列。

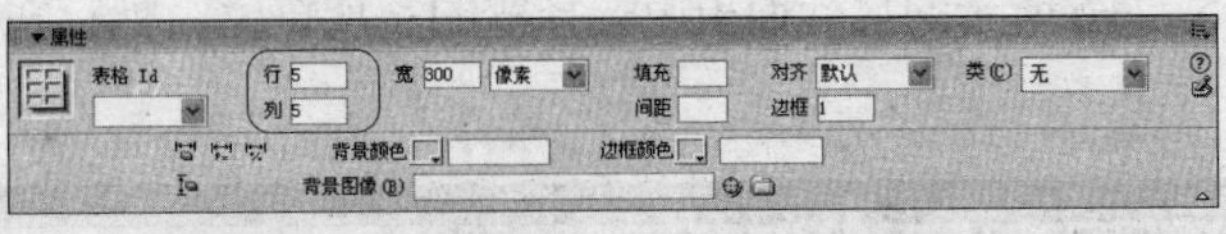

图 5-2-3

方法二：

如图 5-2-4 所示，移动鼠标指针到目标单元格内，单击鼠标右键，在弹出的菜单中选择目标操作命令。

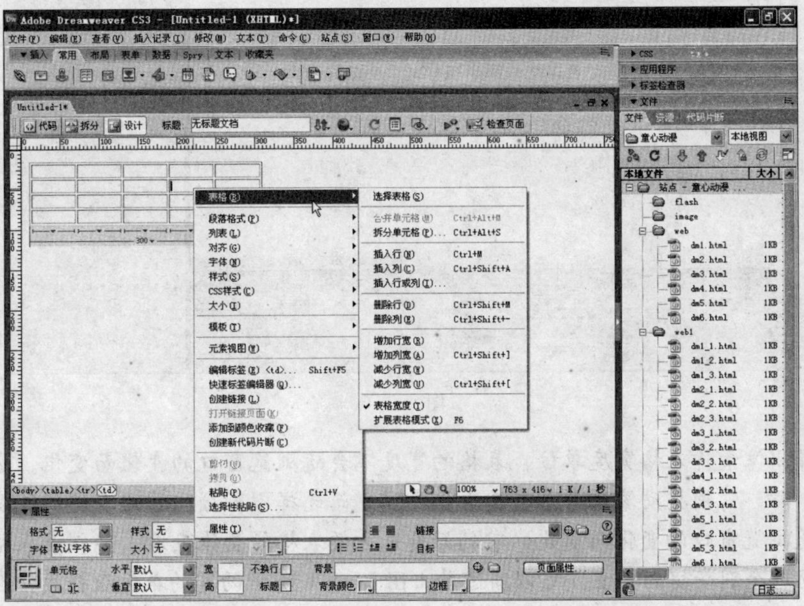

图 5-2-4

要插入一行，执行“表格 / 插入行”命令，在插入点上方插入一行单元格。要删除光标所在行的一行单元格，执行“修改 / 表格 / 删除行”命令。

要插入一列，执行“表格 / 插入列”命令，在插入点左侧插入一列单元格。要删除光标所在列的一列单元格，执行“修改 / 表格 / 删除列”命令。

要插入多行或多列，执行“表格 / 插入行或列”命令，打开“插入行或列”对话框，如图 5-2-5 所示，输入插入行或列的数目，选择插入行或列的位置，单击“确定”按钮。

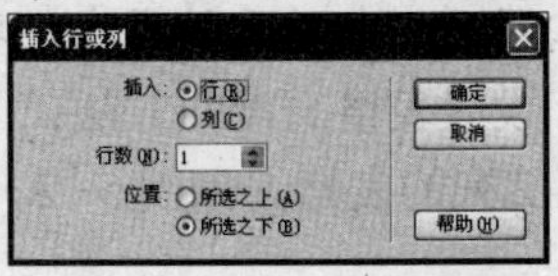

图 5-2-5

方法三：

单击最后一行最右侧的单元格，按键盘上的 Tab 键，可以在表格末尾插入一行。

5.2.3 设置表格的宽度和高度

设置表格的宽度，可以按下列两种方法来完成：

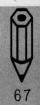

方法一：

选择表格，在图 5−2−6 所示的属性面板中选择宽的长度单位，然后在宽栏中输入数值，按 Enter 键完成设置。

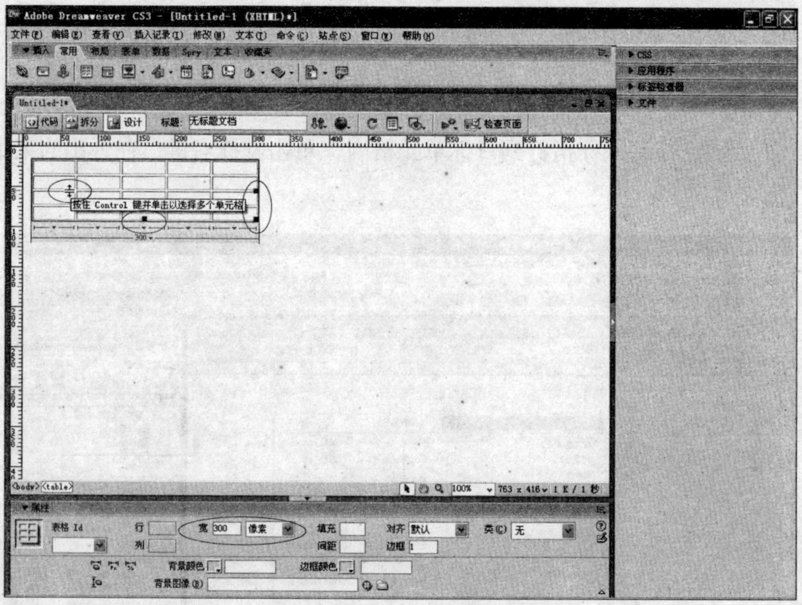

图 5−2−6

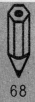

注：选择以像素作表格宽度单位，表格的宽度不会随浏览窗口的变化而变化。它的缺点是当浏览窗口过小时，需用拖动滚动条来查看表格内容。而选择以百分比作为表格的宽度单位时，表格的宽度会随浏览窗口的变化而变化，它的好处是方便表格的整体查看，弊端是表格内容有时会改变位置，妨碍个别数据的查看。可以通过单击图 5−2−6 所示的宽的单位选择按钮在像素与百分比之间转换。

方法二：

选取表格，拖动图 5−2−6 所示的表格控制点来改变表格的宽度和高度。移动鼠标指针到右侧的表格控制点，鼠标变形为选择图标时，按住鼠标左键并拖动。

注：表格属性只有宽是符合 HTML 语言规范的属性。表格的高属性是不符合规范的，所以在设置时不要通过拖动表格下方的控制点来设置表格的高度。设置表格的高度可以通过设置表格中各单元格的高度来完成，同列中各单元的高度、单元格间距和填充之和就是表格的高度。

下面以实例说明，设置表格高度的方法：

(1) 创建一个 2 行 2 列的表格，如图 5−2−7 所示。

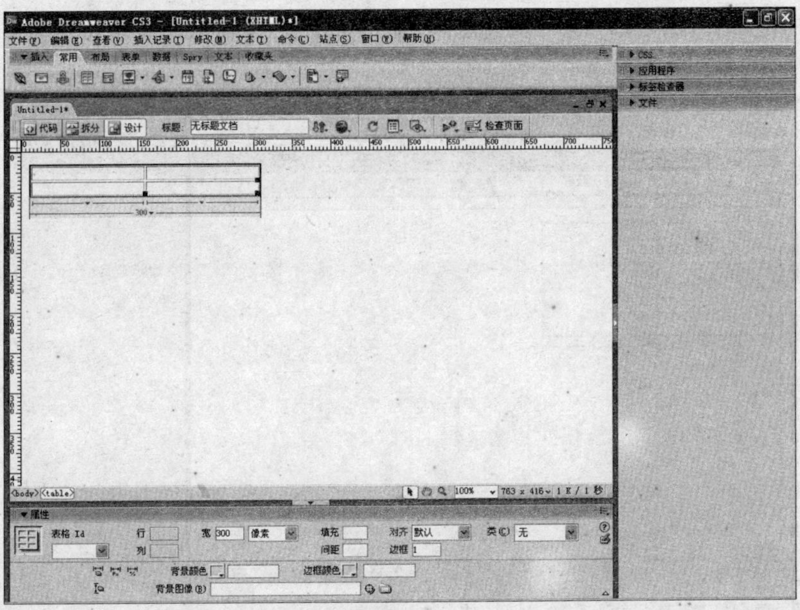

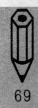

图 5-2-7

注：表格仅是个框架，表格中的各单元格才是存放网页元素的基本单元。所以在指定了表格的这个框架的具体宽度后，设计者通常需要根据各单元格的用途来决定单元格的高度，当设置完成各单元格的高度后，那么整个表格的高度也就确定了。这有些类似盖楼，当划分好楼的长宽后，需要逐层搭建，然后各层的高度和最终的楼层数决定了楼的高度。

(2) 单击表格的第一行的任意单元格内部，在属性面板中设置单元格的高度为 50，按 Enter 键完成设置，结果如图 5-2-8 所示。

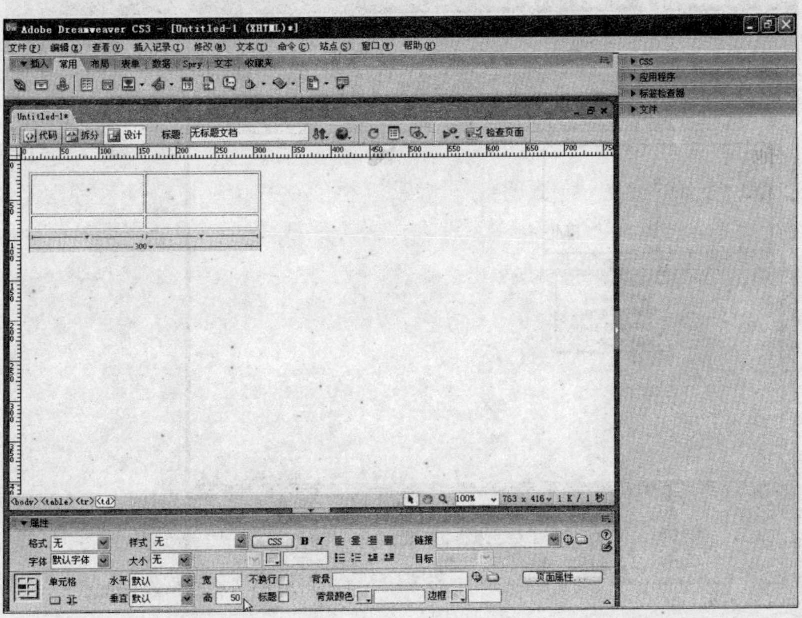

图 5-2-8

（3）使用同样的方法，设置第 2 行任意单元格的高度为 80，最终结果如图 5–2–9 所示。

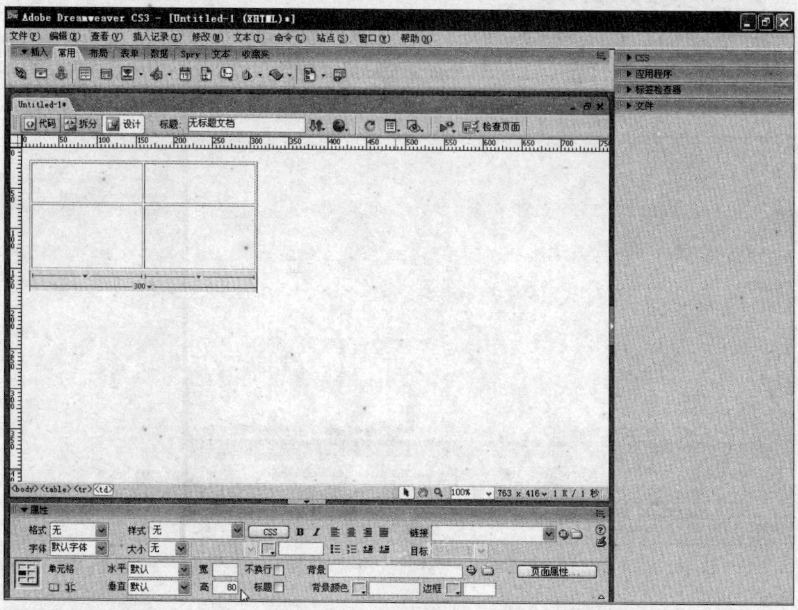

图 5–2–9

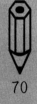

注：单元格的宽和高会受到存放内容的影响，因此，在设置表格时一定要设计好网页内容的宽和高。利用这一特点，可以在处理表格时，清除表格的列宽和列高，直接向其中导入内容，让表格根据内容自动调整宽度和高度。例如，选中表格，然后单击表格的菜单按钮，在弹出的菜单中选择清除所有高度，如图 5–2–10 所示。

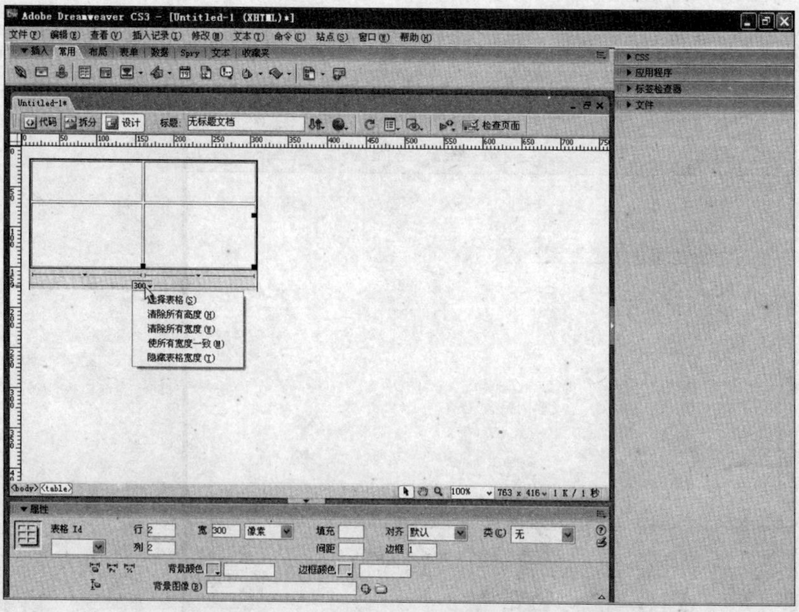

图 5–2–10

之后，向单元格中输入目标文本，单元格会随着文本的高度变化。当完成所有目标单元格的内容输入后，表格的高度也就自动确定了。

5.2.4 合并单元格

合并单元格是对表格最常用的操作之一，合并单元格的方法如下：

(1) 新建一个5行3列的表格，按住Shift键单击相临的目标单元格，如图5–2–11所示。

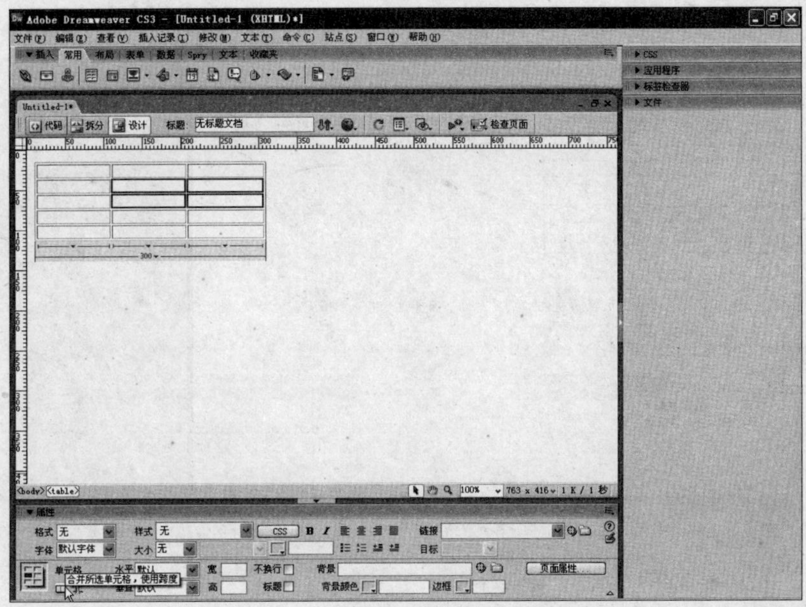

图5–2–11

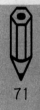

(2) 单击属性面板中的“合并所选单元格”按钮，合并单元格，结果如图5–2–12所示。

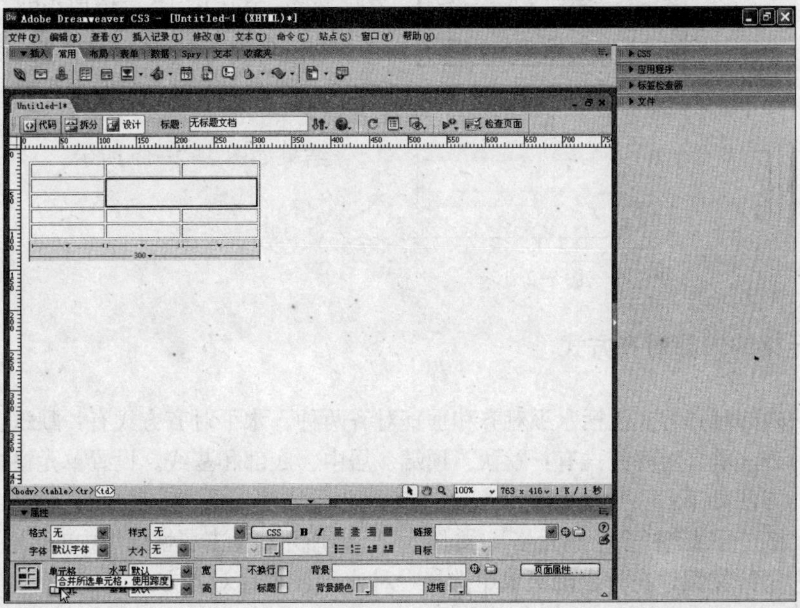

图5–2–12

5.2.5 拆分单元格

拆分一个单元格为两个或两个以上的单元格，可以使用以下方法：

(1) 接上例，如图 5–2–13 所示，将鼠标指针移到目标单元格内部，单击鼠标。

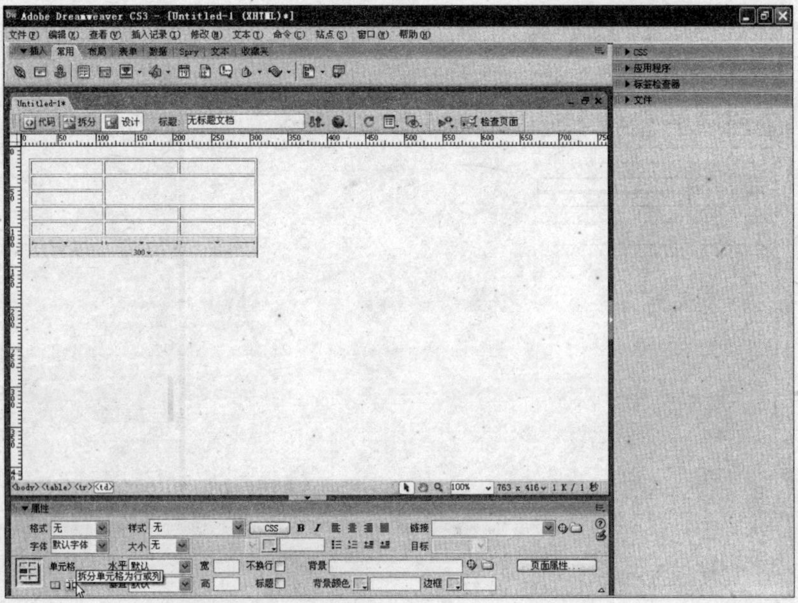

图 5–2–13

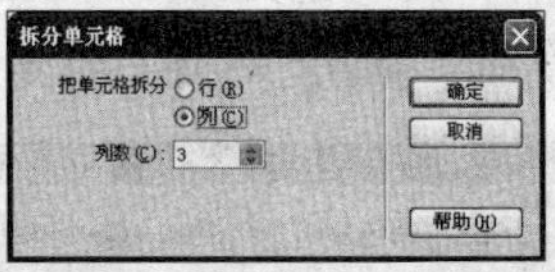

图 5–2–14

(2) 单击属性面板的“拆分单元格为行或列”按钮，弹出图 5–2–14 所示的“拆分单元格”对话框。本例选择“列”单选项，设置列数为 3，单击“确定”按钮，完成单元格的拆分。

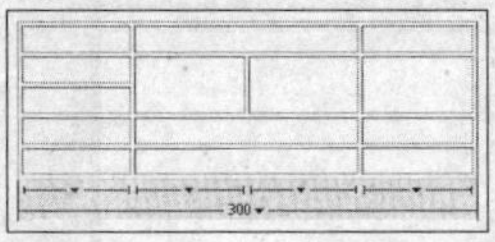

图 5–2–15

结果如图 5–2–15 所示。

5.2.6 单元格的内部对齐方式

单元格的内部对齐方式包括水平对齐和垂直对齐两种。水平对齐方式有：默认、左对齐、居中对齐和右对齐。垂直对齐方式有：默认、顶端、居中、底部和基线。设置单元格内容水平或垂直对齐方式的方法如下：

选择单元格（可以选择多个单元格），如图 5–2–16 所示，单击属性面板中的“水平”栏或“垂直”栏右侧的下拉按钮，在弹出的菜单中选择一种水平或垂直对齐方式。

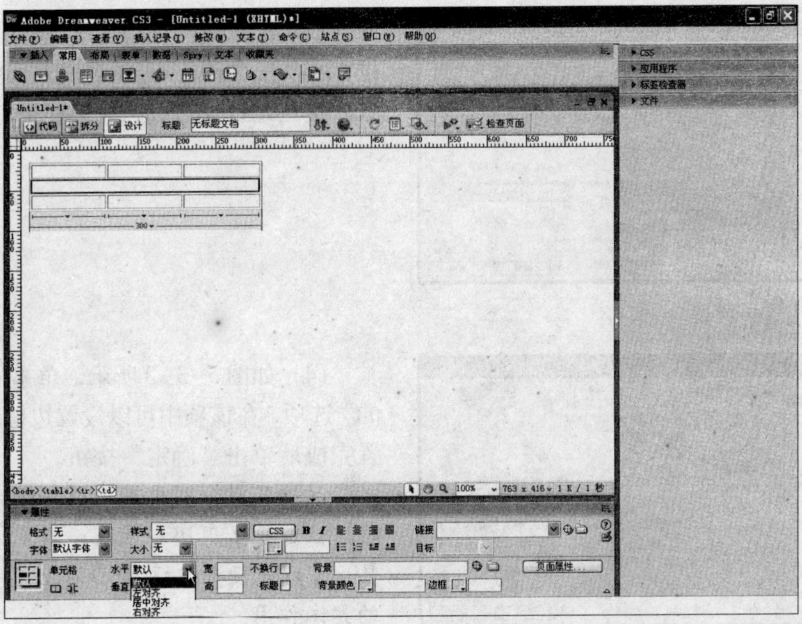

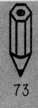

图 5-2-16

5.3 设置表格样式

设计者可以根据需要自定义比较复杂的表格样式。自定义方法如下：

(1) 选择目标表格。

(2) 如图 5-3-1 所示，执行“修改 / 编辑标签”命令，打开“标签编辑器”对话框。

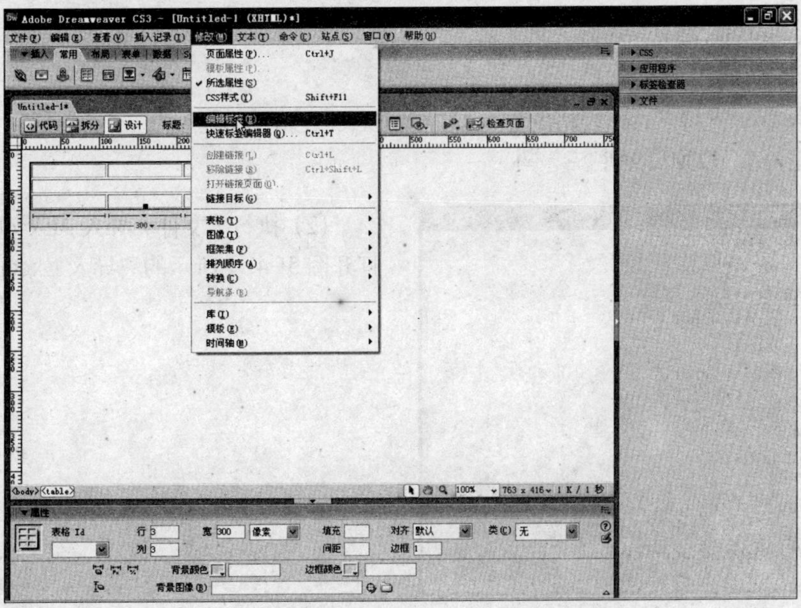

图 5-3-1

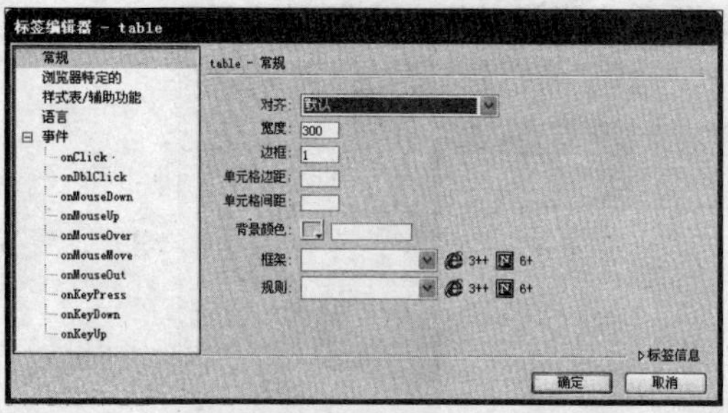

图 5–3–2

(3) 图5–3–2所示为“标签编辑器”对话框，可以在“常规”选项中设置表格基本外观样式，这也是在属性面板中显示的常用属性。

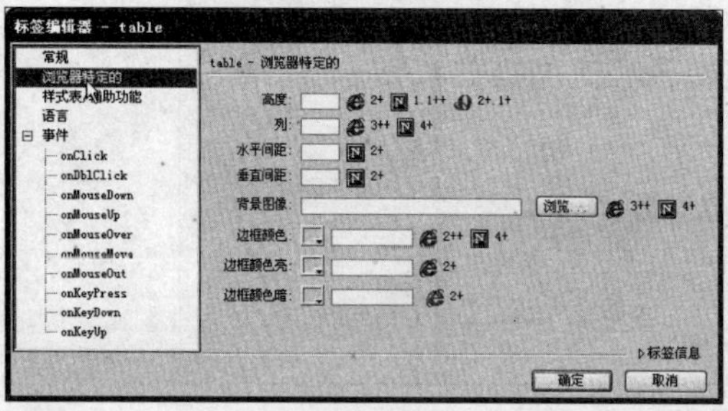

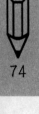

图 5–3–3

(4) 如图5–3–3所示，单击“浏览器特定的”选项，在该项中可以设置边框颜色变化。设置完成后单击“确定”按钮。

注：可以分别设置边框颜色亮和边框颜色暗，让边框呈现阴影效果。为了让效果更加明显，可以先设置边框为10以上，体会这些设置的具体作用。

5.4 导入与导出表格数据

Dreamweaver是一个开放的程序，使用Dreamweaver工作时，可以直接利用外部的数据进行工作，也可以将Dreamweaver的数据导出。例如导入Excel工作表中的数据，向Dreamweaver程序之外导出表格数据。

5.4.1 导入表格数据

Dreamweaver支持Excel表格的导入。导入Excel表格的方法如下：

(1) 新建一个HTML文件。

图 5–4–1

(2) 执行“文件/导入/Excel文档”命令，打开图5–4–1所示的“导入Excel文档”窗口。

（3）选择目标文档，单击“打开”按钮完成导入。

对于其他表格数据，Dreamweaver 并不支持直接导入，这时需要先将这些表格数据另存为文本文件。下面以 Excel 为例，了解一下其他表格导入。

（1）在 Excel 中执行文件另存命令，打开图 5–4–2 所示的“另存为”对话框。在保存类型中选择“文本文件（制表符分隔）”，然后单击“保存”按钮保存该文件。

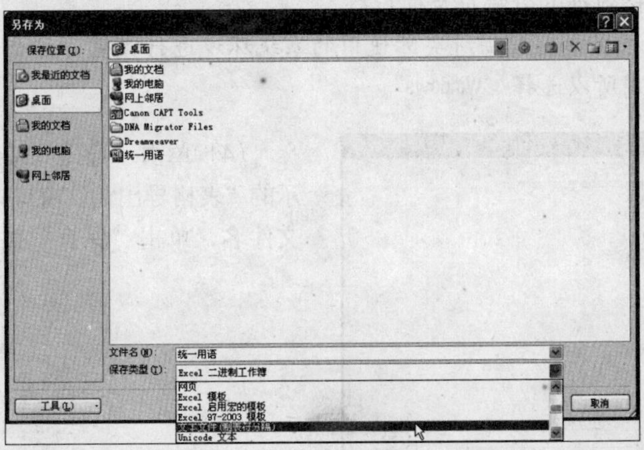

图 5–4–2

（2）然后回到Dreamweaver中执行“文件／导入／表格式数据”命令，打开如图 5–4–3 所示的“导入表格式数据”对话框。

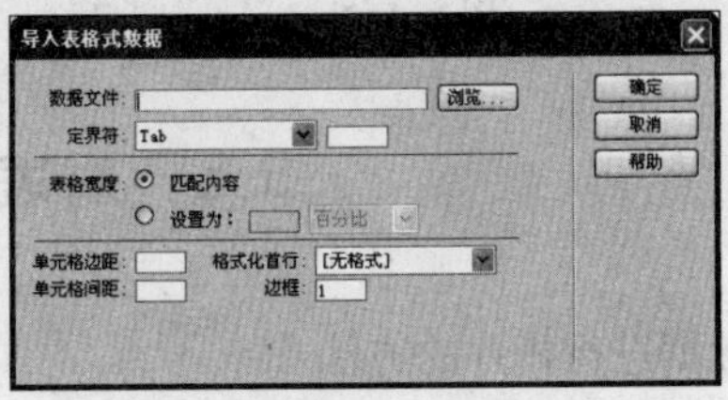

图 5–4–3

数据文件：选择要导入的数据文件。

定界符：选择分隔表格数据的分隔符。包括 Tab（制表符）、逗号、分号、引号、其他（手工设置所需的分隔符）。

匹配内容：选此单选项，表格的宽度以数据宽度为准。

设置为：选此单选项，指定表格宽度，并可设定宽度单位。

单元格边距：设置数据与单元格边框之间的距离。

格式化首行：对首行文本设置样式。

单元格间距：表格内单元格之间的距离。

边框：设置表格的边框宽度。

（3）单击“数据文件”右侧的“浏览”按钮，在的开的窗口中选择此前保存的文本文件。

（4）单击“确定”按钮，完成数据导入。

5.4.2　导出表格数据

如果要将 Dreamweaver 文档中的表格数据导出，可按下列操作方法完成：

（1）新建表格，并输入数据。

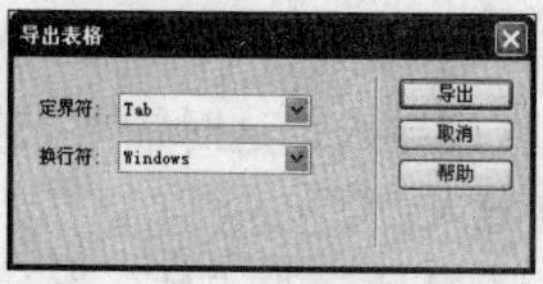

图 5-4-4

（2）执行“文件／导出／表格”命令，打开图 5-4-4 所示的“导出表格”对话框。

定界符：选择用何种分隔符分隔表格数据。

换行符：选择断行类型。

（3）选择分隔表格数据的分隔符及换行符。

注：换行符需要根据导出数据所实际使用的系统环境进行设置，本例因为导出的数据将在 Windows 操作系统中使用所以选择“Windows”。

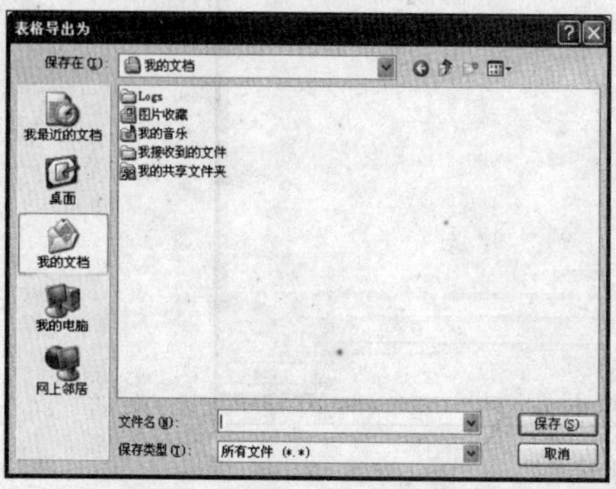

图 5-4-5

（4）单击“导出”按钮，打开图 5-4-5 所示的“表格导出为”窗口，选择保存地址，输入文件名，单击“保存”按钮。

5.5 对表格数据排序

对表格数据进行排序的方法如下：

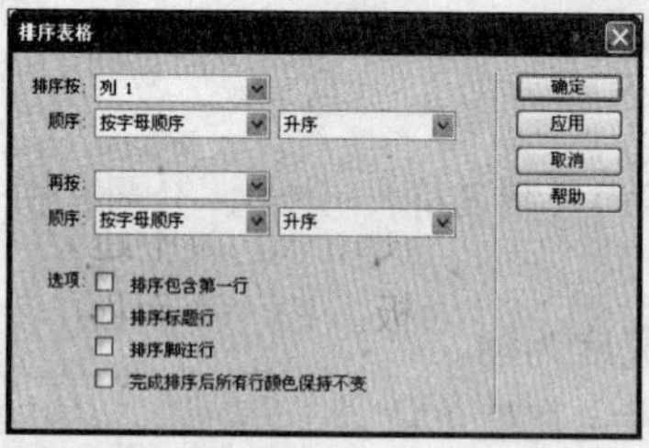

图 5-5-1

（1）新建表格，并输入相关数据。

（2）执行“命令／排序表格”命令，打开“排序表格”对话框，如图 5-5-1 所示。

排序按：选择按哪一列数据进行排序。

顺序：有“按字母顺序”和“按数字顺序”两种顺序，并可选择按升序还是降序排列。

再按：一般按上面的排序方式后有并列现象时，可在此栏设置第二种排序方式。

排序包含第一行：勾选此复选框，对表格进行上述排序的同时也对行首进行排序。如果表格的列首是标题单元格，则应清除勾选此复选框。

排序标题行：如果存在表头（THEAD 为表格的表头标签），则对其排序。

排序脚注行：如果存在表格的脚注行（TFOOT 为表格的脚注行标签），则对其排序。

完成排序后所有行颜色保持不变：勾选此复选框，表格排序后保留排序行的 TR 属性。如果表格行使用了交替的颜色，则应清除勾选此复选框，可避免重新排序后表格行颜色的混乱。

（3）设置排序规则后，单击“确定”按钮开始排序。

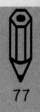

5.6 向表格内部添加表格

向表格内部添加表格的操作方法如下：

(1) 新建一个表格。

(2) 单击需要插入表格的单元格，再次执行插入表格操作，结果如图 5-6-1 所示。

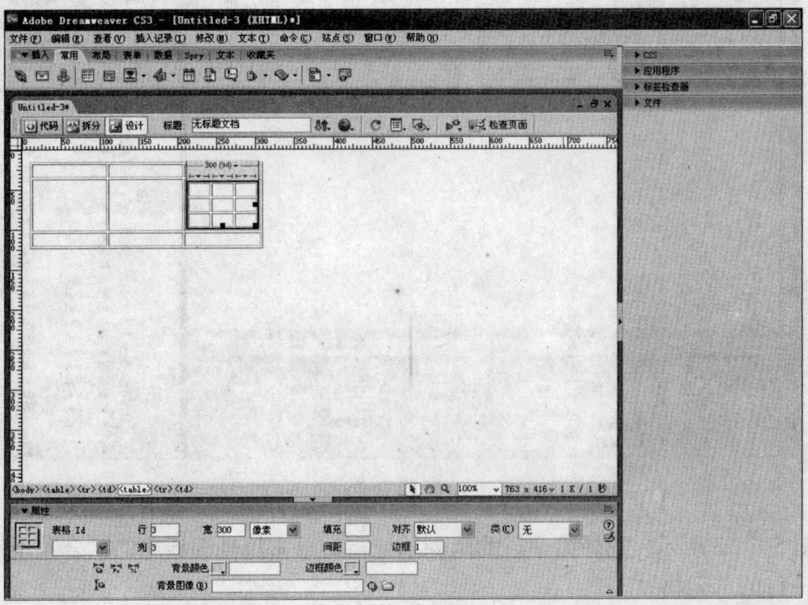

图 5-6-1

5.7 实 例

使用表格布局页面是设计网页最常用的一种方法。本节使用 3.4 节中建立的童心动漫站点来完成练习。制作前先执行“窗口 / 文件”命令，打开文件面板。在文件面板中设置当前站点为童心动漫站点。

(1) 双击文件面板中的 web1 文件夹中的 dm1_1.html 文件图标，打开该文件。

(2) 切换“插入”面板的标签为“常用”标签，单击“表格”按钮，在弹出的“表格”对话框中按图 5-7-1 所示设置表格。单击“确定”按钮插入表格。

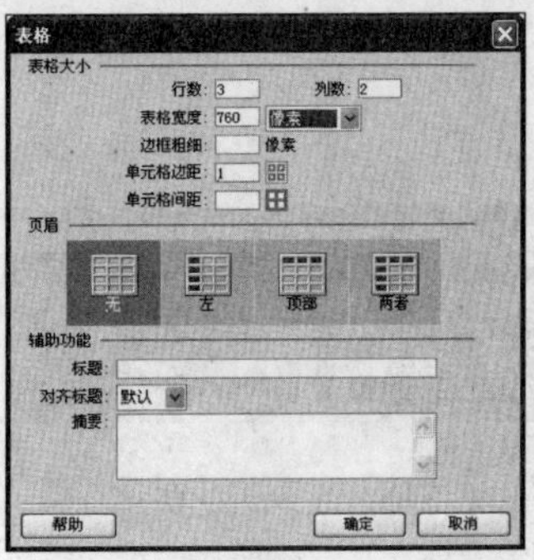

图 5-7-1

（3）单击属性面板的“对齐”下拉按钮，在弹出的菜单中选择“居中对齐”，如图 5-7-2 所示。

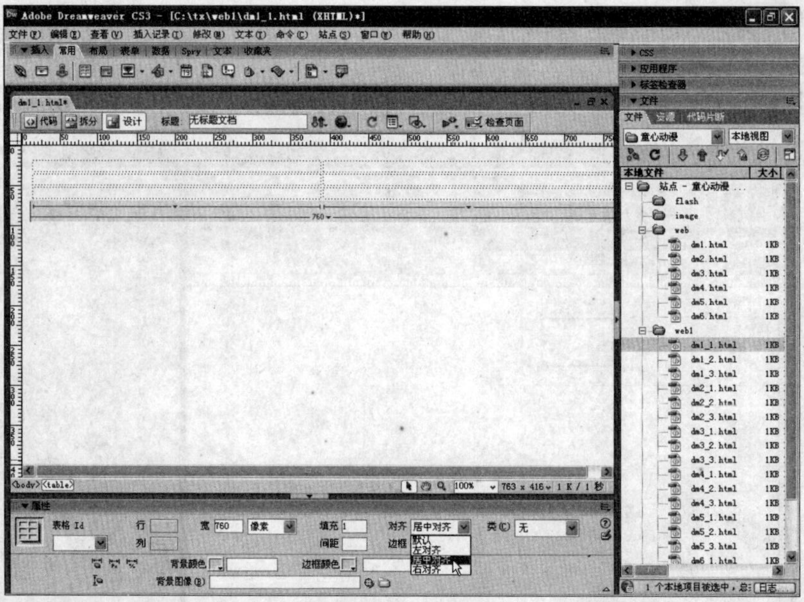

图 5-7-2

（4）如图 5-7-3 所示，选择第一行的两列单元格，单击属性面板中的“合并所选单元格”按钮，合并第一行的单元格。

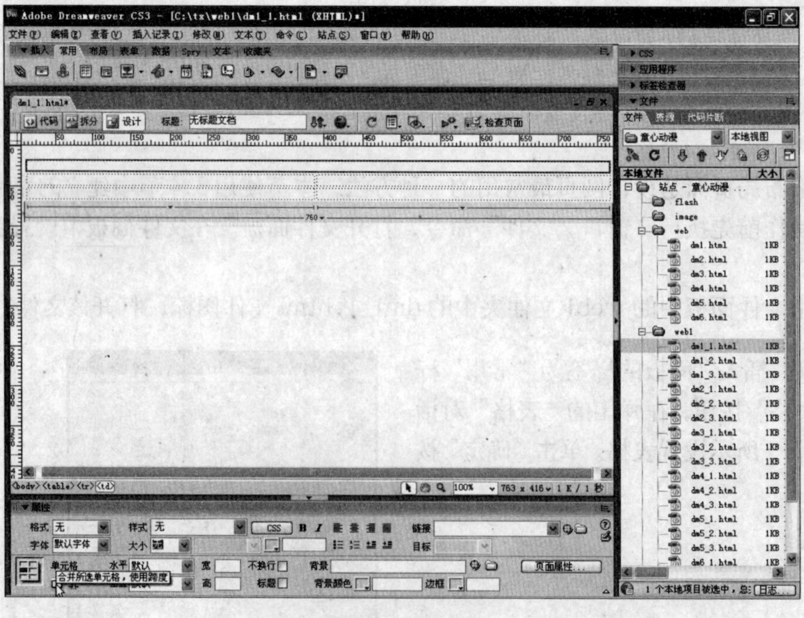

图 5-7-3

（5）选择表格右侧的第二行和第三行的两个单元格，单击属性面板的“合并所选单元格”按钮，合并这两个单元格。调整合并后的单元格列宽为225像素，结果如图5-7-4所示。

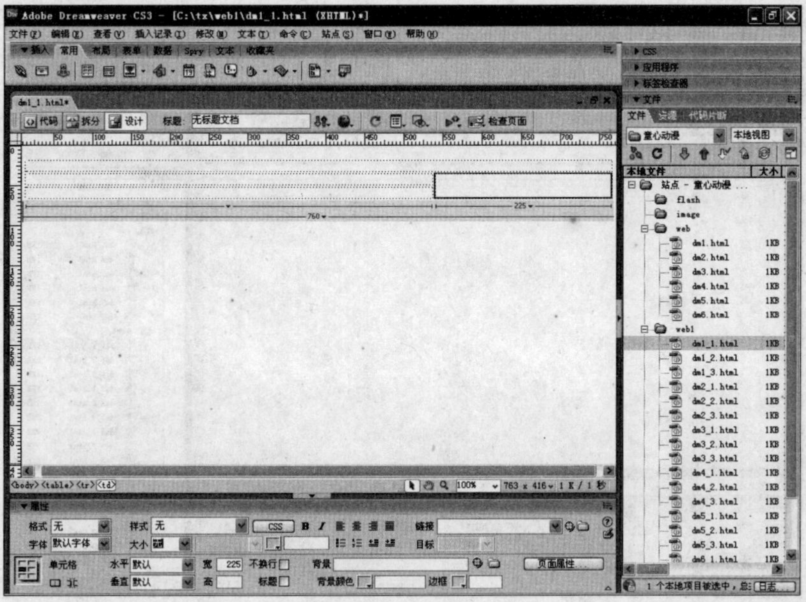

图5-7-4

（6）单击第二行左侧的第一个单元格，在属性面板中设置该单元格宽为535像素、高为60像素。

（7）单击第三行左侧第一个单元格，在属性面板中设置该单元格的高为360像素。结果如图5-7-5所示。

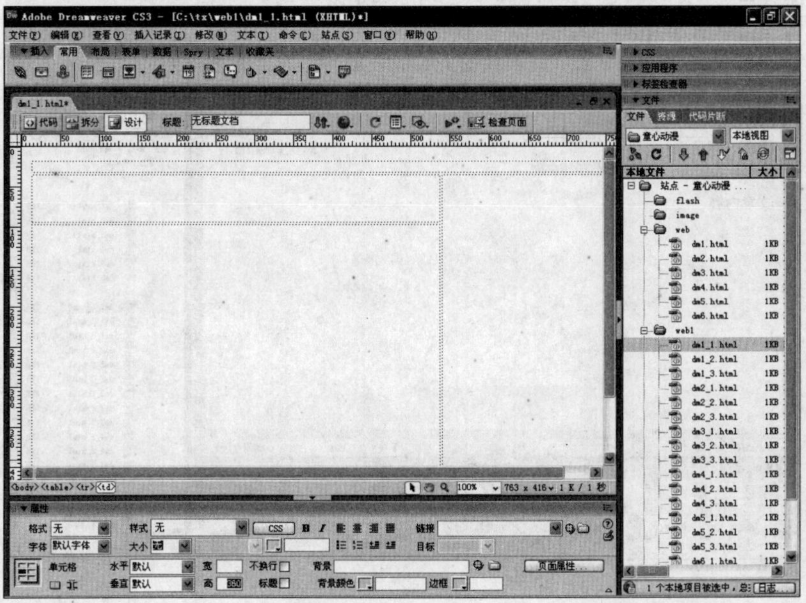

图5-7-5

（8）单击第一行单元格，单击插入面板中的“表格”按钮，插入一个1行6列、宽为100%、边框为1像素的表格，结果如图5–7–6所示。

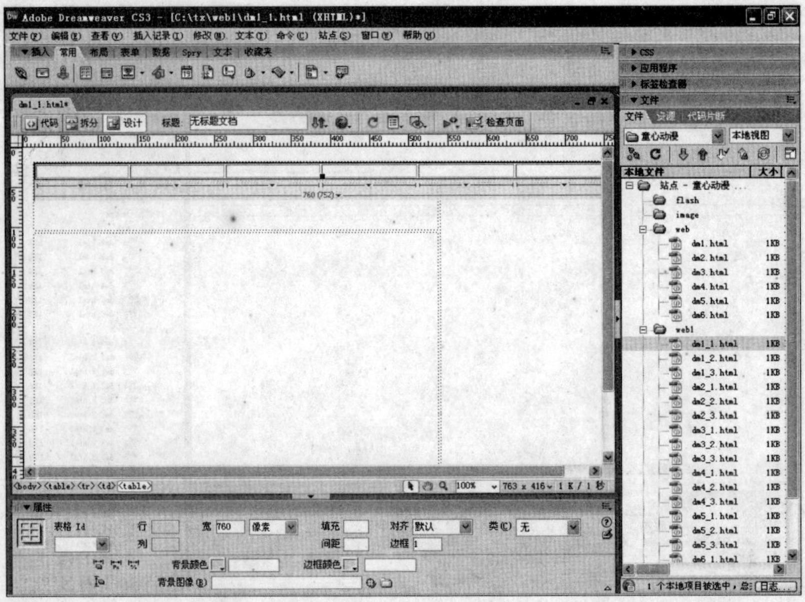

图5–7–6

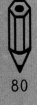

（9）设置新插入表格的各单元格的水平和垂直的对齐方式为“居中对齐”。

这样，一个简单的三级页面布局就完成了。可以使用这个布局发布一些具体的内容。为了便于记忆，可以添加一些网页文字说明，最终结果如图5–7–7所示。

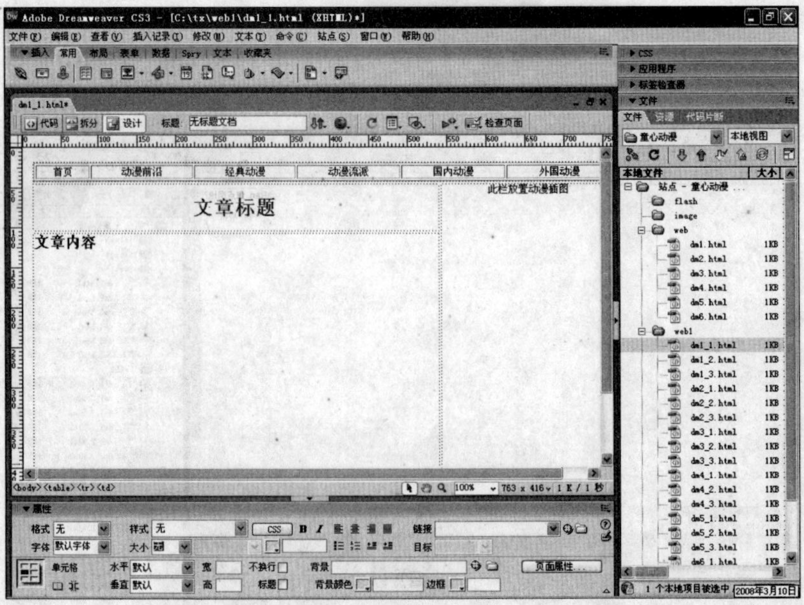

图5–7–7

5.8 实 例 分 析

制作一个复杂的网页，没有表格工具是难以完成的。下面通过观摩sohu网站首页，加深理解用表格制作网页的方法。

(1) 登录www.sohu.com，如图5-8-1所示。

图5-8-1

(2) 如图5-8-2所示，单击“查看/源文件”，会弹出一个源文件记事本。

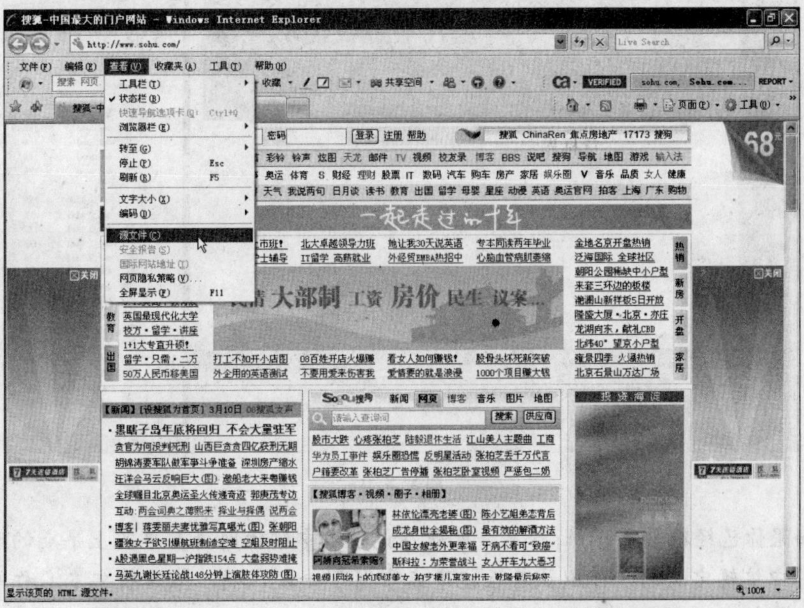

图5-8-2

（3）如图 5–8–3 所示，选择记事本的全部文件，然后执行“编辑 / 复制”命令。

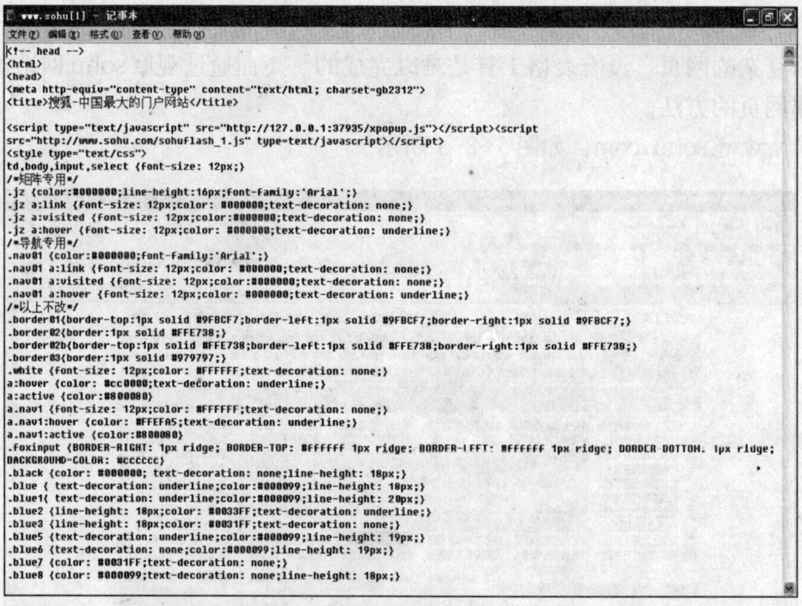

```
www.sohu[1] - 记事本
文件(F) 编辑(E) 格式(O) 查看(V) 帮助(H)
<!-- head -->
<html>
<head>
<meta http-equiv="content-type" content="text/html; charset=gb2312">
<title>搜狐-中国最大的门户网站</title>

<script type="text/javascript" src="http://127.0.0.1:37935/xpopup.js"></script><script
src="http://www.sohu.com/sohuflash_1.js" type=text/javascript></script>
<style type="text/css">
td,body,input,select {font-size: 12px;}
/*矩阵专用*/
.jz {color:#000000;line-height:16px;font-family:'Arial';}
.jz a:link {font-size: 12px;color: #000000;text-decoration: none;}
.jz a:visited {font-size: 12px;color:#000000;text-decoration: none;}
.jz a:hover {font-size: 12px;color: #000000;text-decoration: underline;}
/*导航专用*/
.nav01 {color:#000000;font-family:'Arial';}
.nav01 a:link {font-size: 12px;color: #000000;text-decoration: none;}
.nav01 a:visited {font-size: 12px;color:#000000;text-decoration: none;}
.nav01 a:hover {font-size: 12px;color: #000000;text-decoration: underline;}
/*以上不改*/
.border01{border-top:1px solid #9FBCF7;border-left:1px solid #9FBCF7;border-right:1px solid #9FBCF7;}
.border02{border:1px solid #FFE738;}
.border02b{border-top:1px solid #FFE738;border-left:1px solid #FFE738;border-right:1px solid #FFE738;}
.border03{border:1px solid #979797;}
.white {font-size: 12px;color: #FFFFFF;text-decoration: none;}
a:hover {color: #cc0000;text-decoration: underline;}
a:active {color:#800080}
a.nav1 {font-size: 12px;color: #FFFFFF;text-decoration: none;}
a.nav1:hover {color: #FFEFA5;text-decoration: underline;}
a.nav1:active {color:#800080}
.foxinput {BORDER-RIGHT: 1px ridge; BORDER-TOP: #ffffff 1px ridge; BORDER-LEFT: #ffffff 1px ridge; BORDER-BOTTOM: 1px ridge;
BACKGROUND-COLOR: #cccccc}
.black {color: #000000; text-decoration: none;line-height: 18px;}
.blue { text-decoration: underline;color:#000099;line-height: 18px;}
.blue1{ text-decoration: underline;color:#000099;line-height: 20px;}
.blue2 {line-height: 18px;color: #0033FF;text-decoration: underline;}
.blue3 {line-height: 18px;color: #0031FF;text-decoration: none;}
.blue5 {text-decoration: underline;color:#000099;line-height: 19px;}
.blue6 {text-decoration: none;color:#000099;line-height: 19px;}
.blue7 {color: #0031FF;text-decoration: none;}
.blue8 {color: #000099;text-decoration: none;line-height: 18px;}
```

图 5–8–3

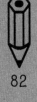

（4）启动 Dreamweaver，切换到代码视图，当前编辑界面以代码视图显示，框选全部代码，如图 5–8–4 所示。

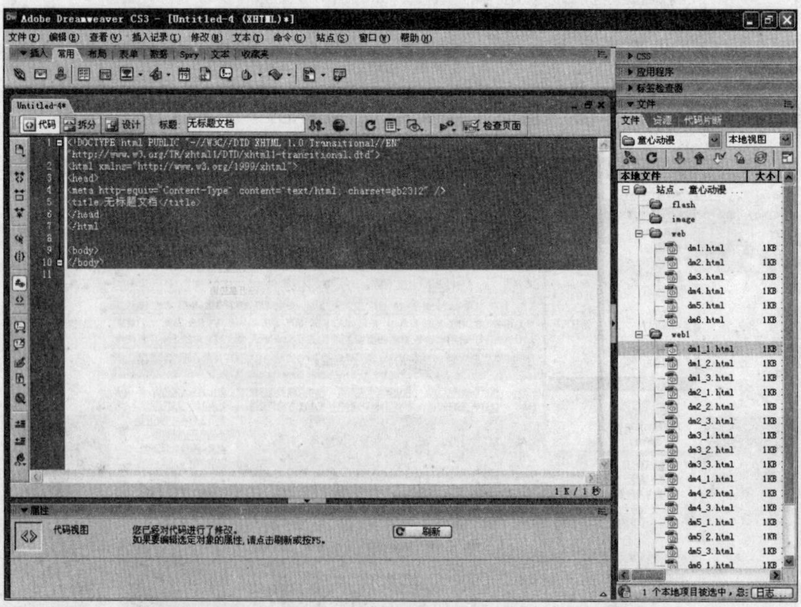

图 5–8–4

提示：如果你已经很熟悉 HTML 标签，可以在记事本中编辑网页。事实上早期的网页设计工作就是在纯文本中编辑定义的。可以试着在记事本中写下一段代码，然后将文本名称的扩展名改为“.htm”，看看会有什么结果。你会发现它可以被浏览器以网页的形式打开，并正确显示其中定义的内容。

(5) 执行“编辑／粘贴”命令，如图 5-8-5 所示，将 sohu 网页的源代码拷贝到当前的代码视图中。

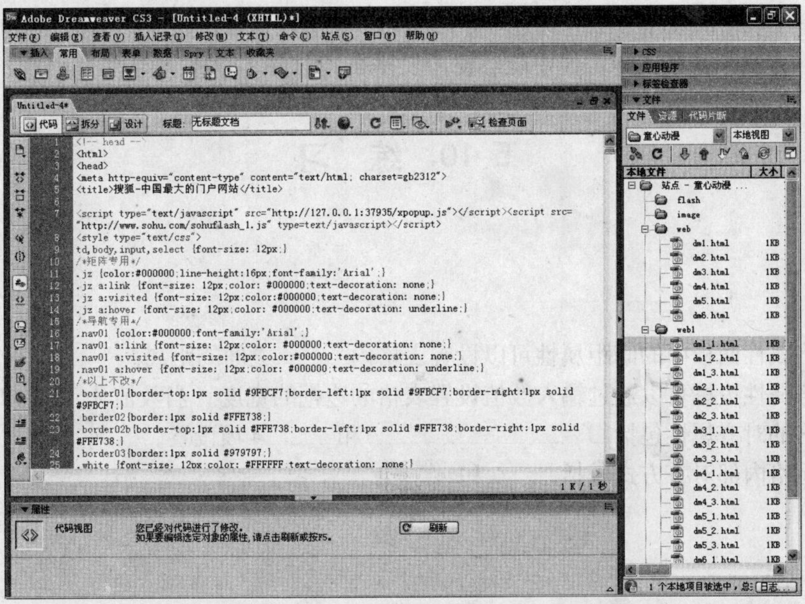
Adobe Dreamweaver CS3 - [Untitled-4 (XHTML)*]
文件(F) 编辑(E) 查看(V) 插入记录(I) 修改(M) 文本(T) 命令(C) 站点(S) 窗口(W) 帮助(H)
插入 常用 布局 表单 数据 Spry 文本 收藏夹
Untitled-4*
代码 拆分 设计 标题: 无标题文档 检查页面
<!-- head -->
<html>
<head>
<meta http-equiv="content-type" content="text/html; charset=gb2312">
<title>搜狐-中国最大的门户网站</title>
<script type="text/javascript" src="http://127.0.0.1:37935/xpopup.js"></script><script src="http://www.sohu.com/sohuflash_1.js" type=text/javascript></script>
<style type="text/css">
td,body,input,select {font-size: 12px;}
/*矩阵专用*/
.jz {color:#000000;line-height:16px;font-family:'Arial';}
.jz a:link {font-size: 12px;color: #000000;text-decoration: none;}
.jz a:visited {font-size: 12px;color:#000000;text-decoration: none;}
.jz a:hover {font-size: 12px;color: #000000;text-decoration: underline;}
/*导航专用*/
.nav01 {color:#000000;font-family:'Arial';}
.nav01 a:link {font-size: 12px;color: #000000;text-decoration: none;}
.nav01 a:visited {font-size: 12px;color:#000000;text-decoration: none;}
.nav01 a:hover {font-size: 12px;color: #000000;text-decoration: underline;}
/*以上不改*/
.border01{border-top:1px solid #9FBCF7;border-left:1px solid #9FBCF7;border-right:1px solid #9FBCF7;}
.border02{border:1px solid #FFE738;}
.border02b{border-top:1px solid #FFE738;border-left:1px solid #FFE738;border-right:1px solid #FFE738;}
.border03{border:1px solid #979797;}
.white {font-size: 12px;color: #FFFFFF;text-decoration: none;}
1 K / 1 秒
属性
代码视图
您已经对代码进行了修改。
如果要编辑选定对象的属性，请点击刷新或按F5。
刷新
CSS
应用程序
标签检查器
文件
文件 资源 代码片断
童心动漫
本地视图
本地文件
大小
站点 - 童心动漫 ...
flash
image
web
web1
1 个本地项目被选中，总:
日志...

图 5-8-5

(6) 单击“设计”按钮，切换到设计视图模式。在设计视图模式下，查看当前网站是如何利用表格制作的，如图 5-8-6 所示。

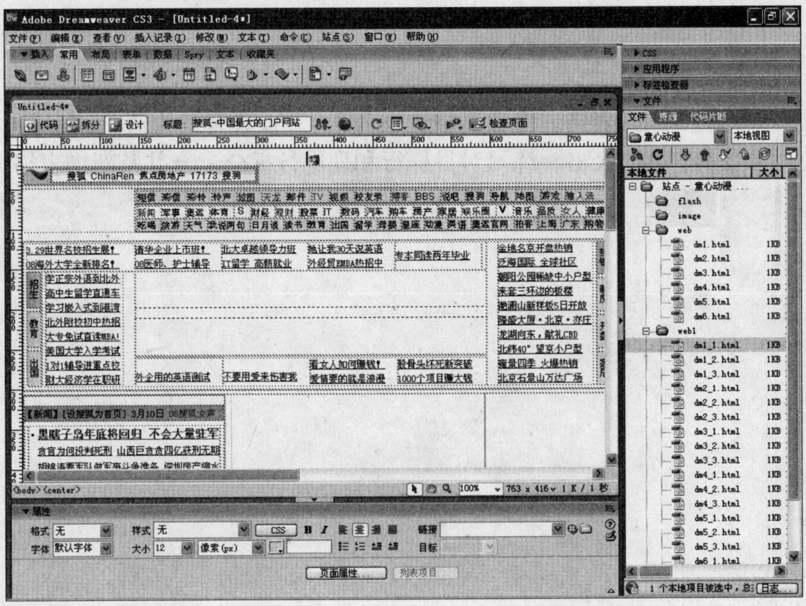
Adobe Dreamweaver CS3 - [Untitled-4*]
文件(F) 编辑(E) 查看(V) 插入记录(I) 修改(M) 文本(T) 命令(C) 站点(S) 窗口(W) 帮助(H)
Untitled-4*
代码 拆分 设计 标题: 搜狐-中国最大的门户网站 检查页面
<body> <center>
100%
763 x 416
1 K / 1 秒
属性
格式 无
样式 无
CSS
链接
字体 默认字体
大小 12
像素(px)
目标
页面属性...
列表项目...
童心动漫
本地视图
1 个本地项目被选中，总:
日志...

图 5-8-6

在 Dreamweaver 中可以查看表格的层次，不用考虑表格中的文字。如果觉得文字影响查看表格，可以将表格中的文字删除。

5.9 小 结

本章讲解了表格的使用方法。通过本章的学习，读者应该掌握建立和编辑表格的方法，导入和导出表格的方法，并在实际工作中能够使用表格布局网页。

5.10 练 习

填空题

(1) 表格属性面板中的间距属性可以设置表格内______之间的距离。
(2) 表格属性边框可以通过输入数值设置表格的边框的宽度。当数值为______时无边框。
(3) 表格的对齐属性包括______、______、______和______4 项设置。
(4) 单元格内部对齐方式包括______和______。

问答题

(1) 表格的用途有哪些?
(2) 如何拆分单元格?
(3) 如何合并单元格?
(4) 如何设置表格的高度?

上机练习

(1) 新建一个 5 行 3 列的表格，设置表格边框为 3，并设置背景为蓝色。
(2) 建立一个 5 行 5 列的表格，练习对目标行和列进行拆分、合并及新增表格等操作。

第6章 表 格 模 式

通过本章，你应当：

(1) 了解表格模式。

(2) 掌握布局模式。

6.1 3种表格模式

Dreamweaver中提供了3种表格模式，分别为标准、扩展和布局。单击“插入”面板的“布局”标签，切换“插入”面板到图6-1-1所示的“布局”标签下。

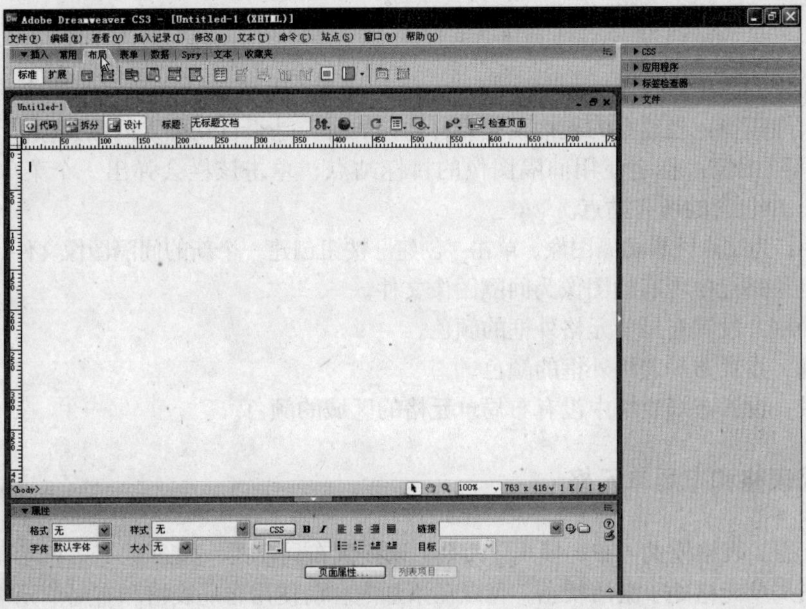

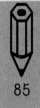

图6-1-1

标准：工作中最常用到的一种模式，在标准模式下显示的表格等内容，最接近在浏览器中的实际显示状态。上一章建立的表格模式就是标准模式。

扩展：加粗显示表格的边框，便于对表格进行选择、移动等操作，在该显示模式下显示的表格，与在浏览器中显示的表格不一致，如需查看表格的视觉效果，可以在标准模式下进行。

布局：可以使用布局表格和布局单元格来创建表格的工作模式，在该模式下可以更方便、快捷地创建网页的布局。这是本章重点讲解的内容。

3种表格模式可以互相切换。单击“插入”面板的“布局”标签下的“标准”和“扩展”按钮可以进行这两种模式的切换。布局模式，需要执行“查看/表格模式/布局模式”命令来完成切换。

6.2 布局模式

6.2.1 设置布局模式的首选参数

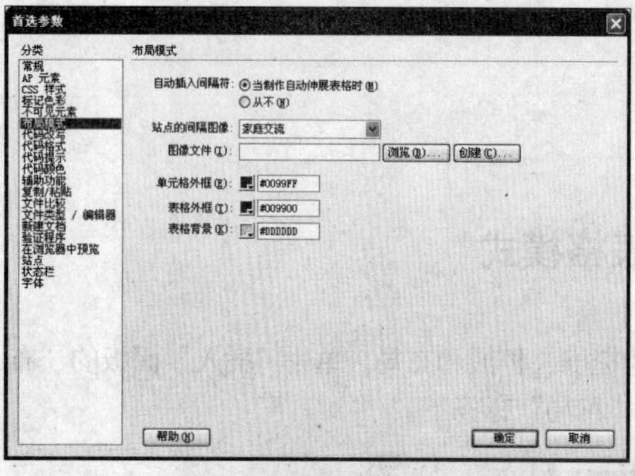

图6-2-1

（1）单击“编辑／首选参数”，打开图6-2-1所示的“首选参数”对话框。

（2）单击“首选参数”对话框左侧分类栏中的“布局模式”，根据需求进行设置即可。

（3）设置完成后，单击“确定”按钮，完成设置。

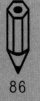

布局模式中的各项参数含义如下：

自动插入间隔符：当建立的表格设置为自动伸展时，是否自动插入间隔图像。

站点的间隔图像：指定使用间隔图像的目标站点，单击该栏会弹出一个菜单，显示当前Dreamweaver中包含的所有站点。

图像文件：为站点设置间隔图像。单击“创建”按钮创建一个新的间隔图像文件，或单击“浏览”按钮指定该站点中现有的图像为间隔图像文件。

单元格外框：设置布局单元格外框的颜色。

表格外框：设置布局表格外框的颜色。

表格背景：设置布局表格中没有布局单元格的区域的颜色。

6.2.2 布局表格和布局单元格

执行“查看／表格模式／布局模式”命令，切换到布局模式。如图6-2-2所示，布局模式下布局表格和布局单元格处于激活状态。可以在添加内容前使用布局表格和布局单元格对页面进行布局。布局表格和布局单元格是最重要的网页布局工具，它比直接使用表格布局更方便、灵活。

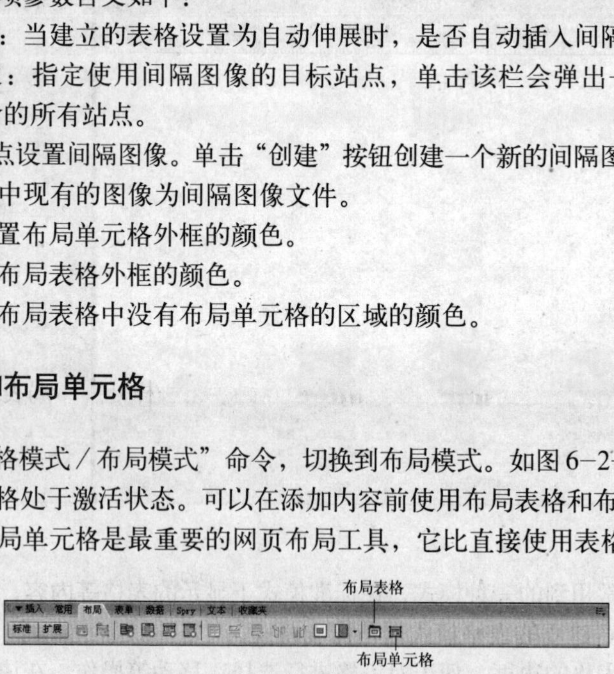

图6-2-2

注：在布局模式下，无法使用表格和DIV等工具。

6.3 在布局模式中建立表格

执行“查看／表格模式／布局模式”命令，或按“Alt+F6”快捷键，切换到布局模式。首次切换到布局界面时，会弹出图6-3-1所示的“从布局模式开始”对话框。在该对话框中拥有一些简单的提示信息，勾选“不要再显示此消息”的复选框，单击“确定”按钮进入布局界面。

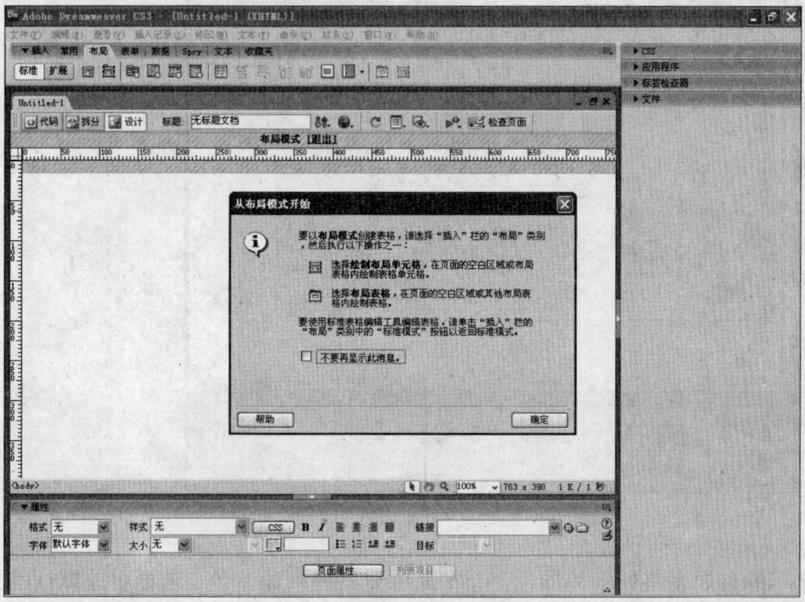
从布局模式开始
要以布局模式创建表格，请选择“插入”栏的“布局”类别，然后执行以下操作之一：
选择绘制布局单元格，在页面的空白区域或布局表格内绘制表格单元格。
选择布局表格，在页面的空白区域或其他布局表格内绘制表格。
要使用标准表格编辑工具编辑表格，请单击“插入”栏的“布局”类别中的“标准模式”按钮以返回标准模式。
不要再显示此消息。
帮助
确定
布局模式 [退出]
检查页面

图6-3-1

在布局模式下可以使用布局表格和布局单元格建立网页布局。

布局表格：可以在页面的空白处和布局表格内部建立布局表格。可以同时使用多个独立的布局表格建立复杂的页面布局，也可在布局表格中建立嵌套的布局表格。在布局模式下无法向布局表格中添加内容。布局表格可以看成是标准模式下的表格外边框。

布局单元格：可以在布局页面空白处和布局表格内部建立布局单元格。当向页面空白处添加布局单元格时，会自动为新建单元格添加一个布局表格。在布局模式下可以向布局单元格中添加内容。布局单元格可以看成是标准模式下表格中的单元格。

当从布局模式切换到标准模式时，可以像处理普通表格一样处理布局表格和布局单元格。下面以实例说明布局表格和布局单元格的使用。

6.3.1　布局表格

单击“插入”面板中的“布局表格”按钮，在视图中拖动即可建立图6-3-2所示的布局表格。

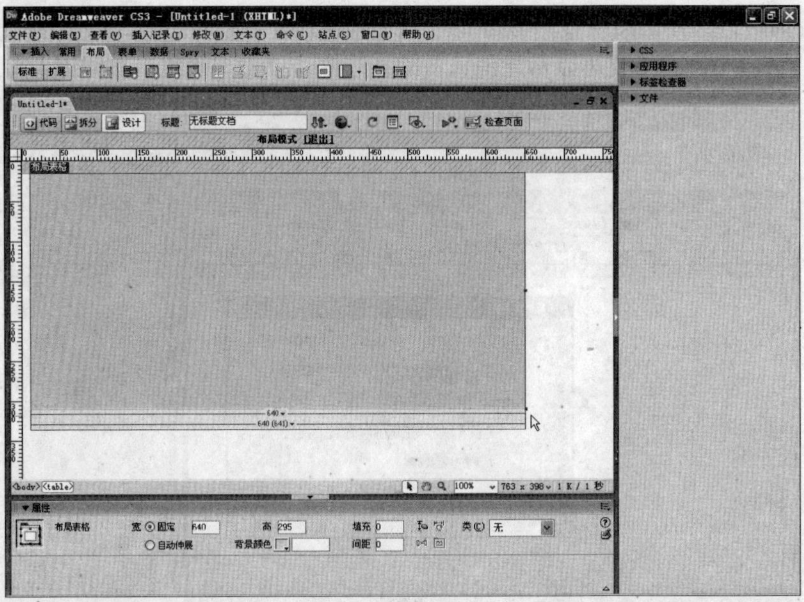

图6-3-2

页面上显示的布局表格外框为绿色，而布局单元格外框为蓝色。若要更改默认的外框颜色，可以在“首选参数”中设置布局模式下的表格边框颜色。

在属性面板中显示了当前表格的各项参数，含义如下：

固定：选择该单选项，可以设置表格的宽度。

自动伸展：选择该单选项，表格的宽度会根据窗口的宽度自动进行调整。

高：设置表格的高度。

注：在向布局表格中添加完成布局单元格后，最好单击“属性”面板中的“清除行高”按钮，清除表格的高度值。因为表格的高度属性，不符合规范。

背景颜色：设置表格中填充色的颜色。

填充：设置单元格内容与单元格边框的距离。

间距：设置表格的边距。

再次单击“插入”面板中的“布局表格”按钮，在视图中的表格内部拖动出一个小的表格，结果如图6-3-3所示。

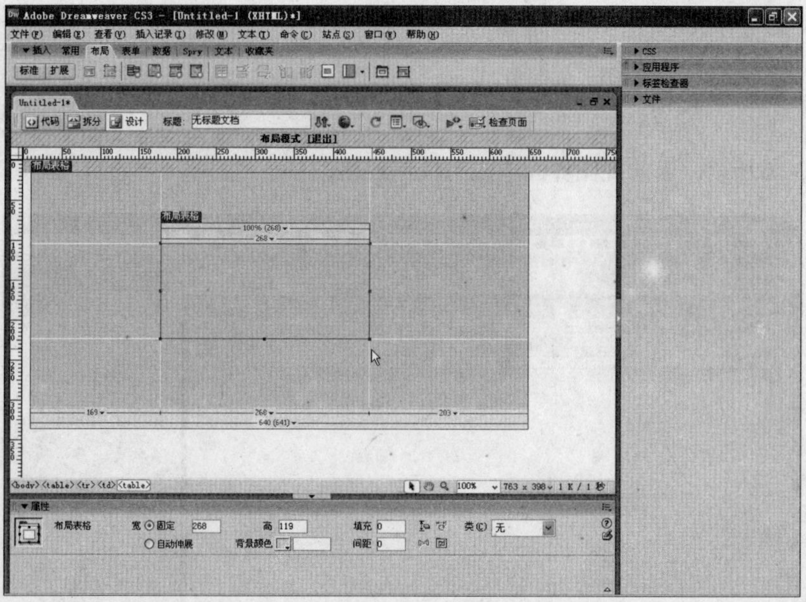

图6-3-3

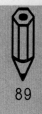

在表格内部绘制出来的表格，即为嵌套表格。也可以在原有表格的下方绘制一个新的非嵌套表格，绘制方法基本一致，这里不再赘述。

注：如果在6.2.1节的“首选参数”中设置了间隔图像，当使用自动伸展参数设置表格时，新建的内部表格会以间隔图像为基本单位宽度，在拖动范围内建立表格。如果没有设置间隔图像，会弹出如图6-3-4所示的“选择占位图像”提示框。

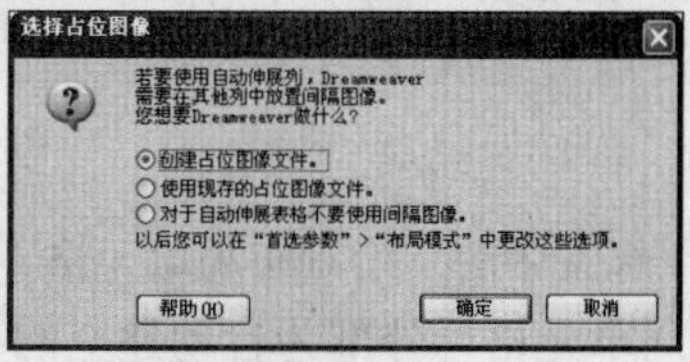

图6-3-4

间隔图像（也叫做间隔GIF）是透明的，即看不见的图像，用来控制自动伸展表格的间距。

指定间隔图像后，Dreamweaver会自动添加间隔图像。建立完成表格后，可以手动插入或删除间隔图像。包含间隔图像的列在显示自由伸展的列的区域中具有双线。

如果在图6-3-4中选择“创建占位图像文件”，单击“确定”按钮后，Dreamweaver会自动建立一个1像素大小的占位图像文件，并弹出如图6-3-5所示的对话框。在该对话框中命名间隔图像的名称，单击“确定”按钮，保存该间隔图像。

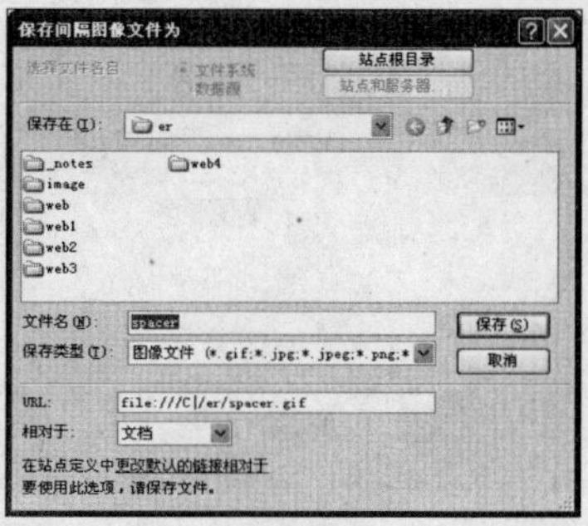

图6-3-5

如果在图6-3-4所示的提示框中选择了“使用现存的占位图像文件”，单击“确定”按钮后，会弹出“选择间隔图像文件为”对话框，可以在该对话框中选择现有图像作为间隔图像。

选择“对于自动伸展表格不要使用间隔图像”，新建表格会以当前所在表格（或单元格）的最大宽度为限，自动伸展。

6.3.2　绘制布局单元格

如图6–3–6所示，当前视图界面中没有任何表格。

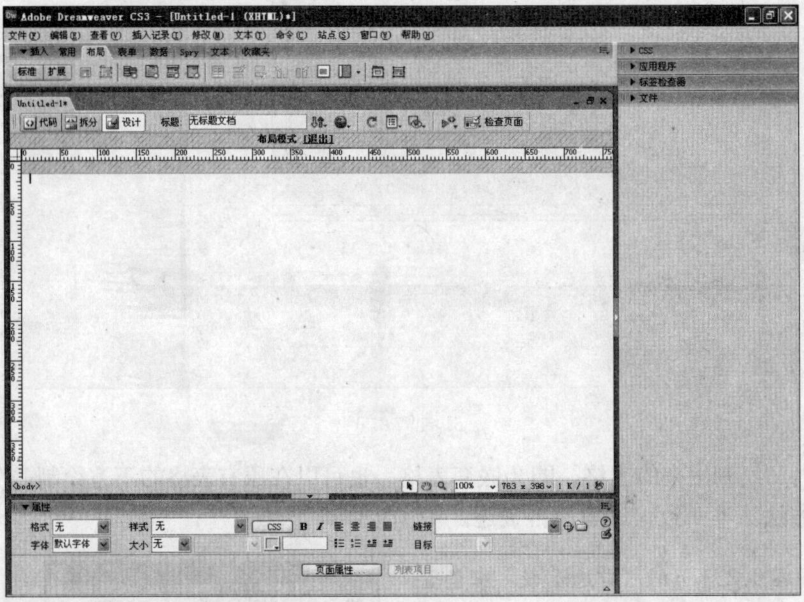

图6–3–6

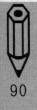

单击“布局”标签中的“绘制布局单元格”按钮，在视图界面中拖动，结果如图6–3–7所示，内部为新建的布局单元格，外部为自动建立的布局表格。

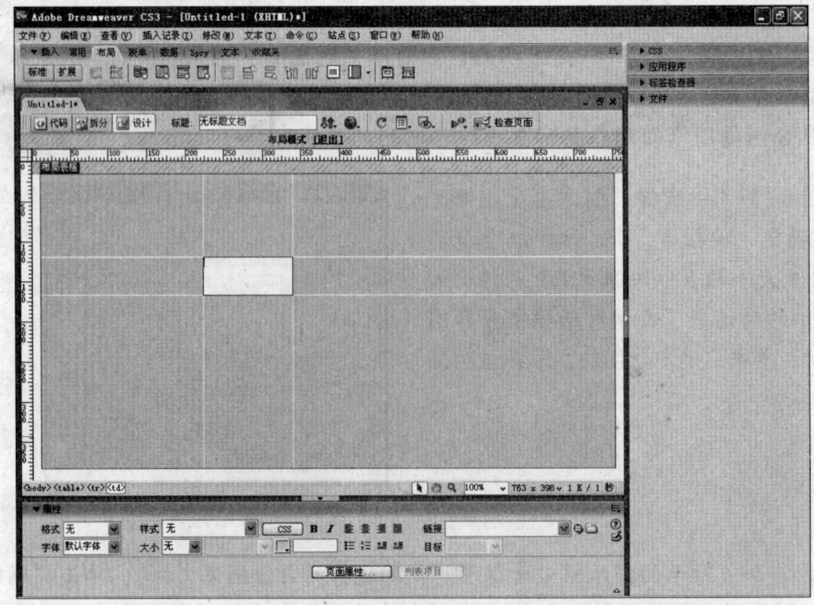

图6–3–7

注：单元格不能存在于表格之外，当在没有表格的视图中建立单元格时，Dreamweaver 会自动为当前新建单元格建立一个布局表格。当在布局表格中建立单元格时，会自动在当前表格添加单元格，而不会新建表格。在 Dreamweaver 中，默认的布局表格以绿线框表示，布局单元格以蓝线框表示。

绘制完布局单元格后，会从布局单元格的四边向外延伸出明亮的网格线。它们可以帮助定位新建单元格位置，当绘制新的单元格时，可以根据这些线对齐新旧单元格。

当靠近旧单元格边缘绘制新的单元格时，Dreamweaver 会自动靠齐两个单元格。如果绘制单元格靠近包含它的布局表格边缘时，则单元格的边缘也会与该表格的边缘自动靠齐。

使用同样的方法绘制其他单元格，结果如图 6-3-8 所示。

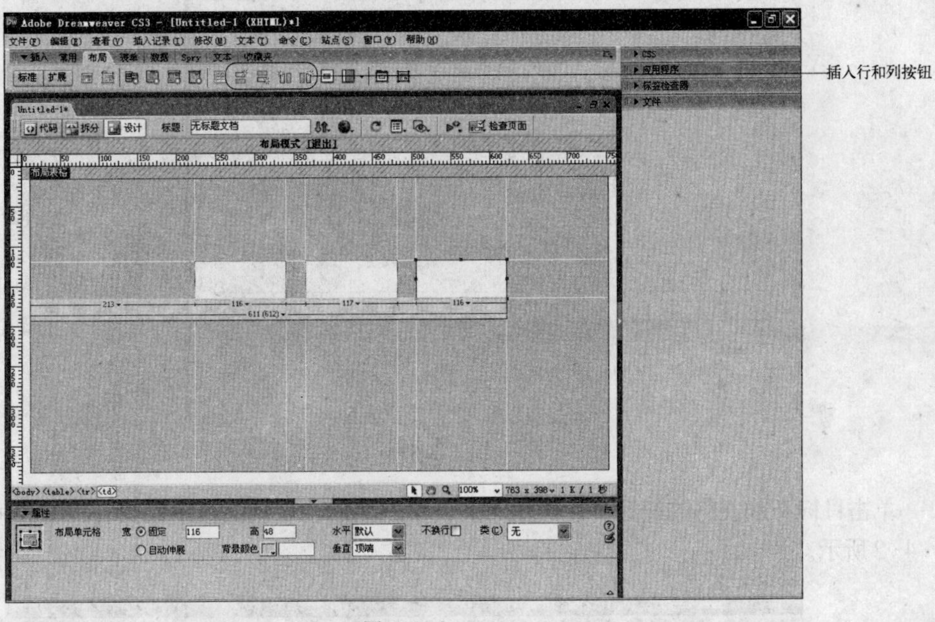

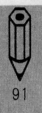

图 6-3-8

移动鼠标指针到单元格边框，当该单元格边框高亮显示时单击鼠标会选中该单元格。选中单元格后，属性面板如图 6-3-9 所示。

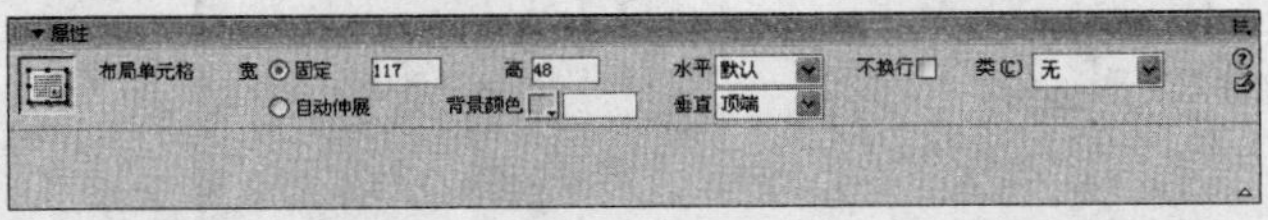

图 6-3-9

布局单元格的各项属性，前面章节中均有涉及，这里不再赘述。

可以在一个布局表格中使用多个布局单元格对网页进行布局，这是 Web 页布局最常用的方法。还可以使用多个单独的布局表格进行更复杂的布局。使用多个布局表格会将网页隔离为多个独立的区域，这样在更改某个区域时，就不会影响到其他区域。

选中单元格后，单击插入面板中的插入行或列按钮，可以在当前单元格的基础上插入行或列。

6.4 调整布局

调整布局可以先选中目标表格或单元格，然后在属性面板中输入相关属性值。也可以使用鼠标拖动完成布局的调整。图 6−4−1 所示为使用布局表格建立的嵌套表格。

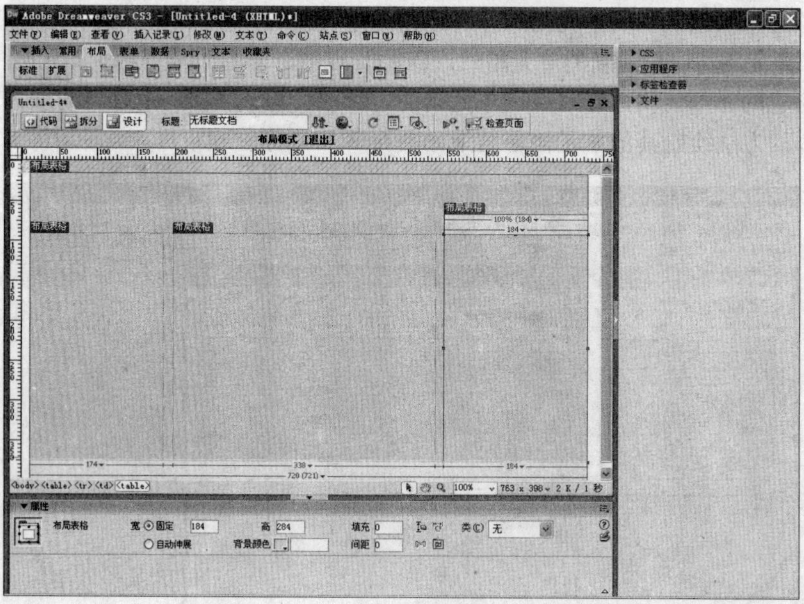

图 6−4−1

单击目标布局表格的标签，选中该布局表格，然后在属性面板中设置表格的各项属性，如图 6−4−2 所示。

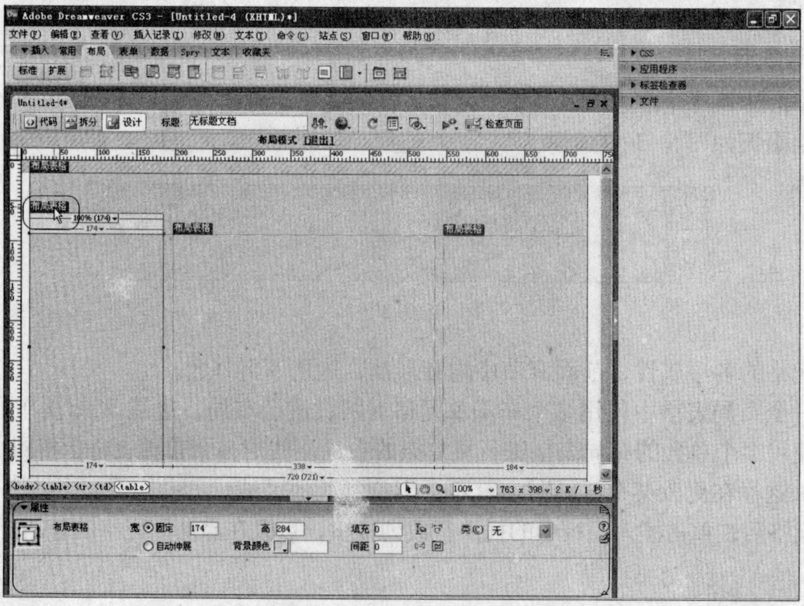

图 6−4−2

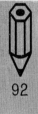

还可以在选择目标表格或单元格后，将鼠标指向选中表格或单元格的变形点，当鼠标指针出现图 6–4–3 中的变形标识后，按住鼠标左键拖动即可调整目标表格或单元格的大小。

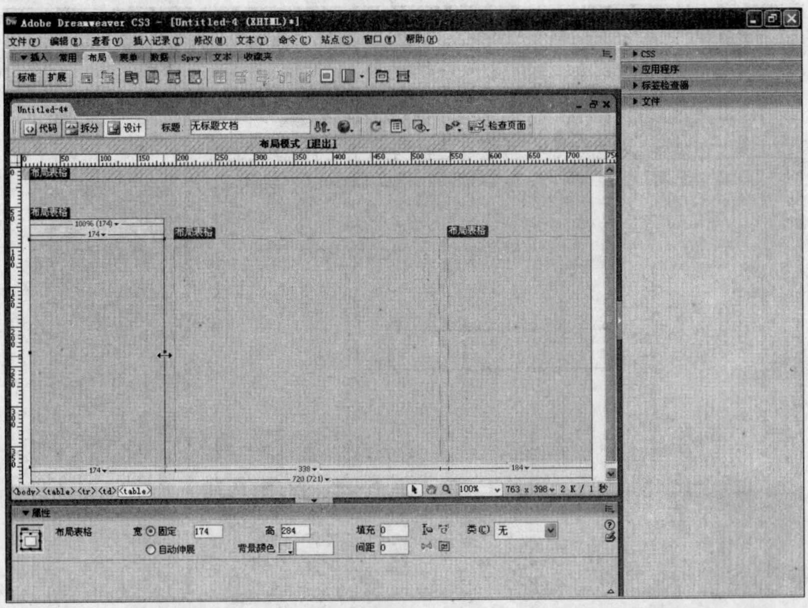

图 6–4–3

如图 6–4–4 所示，移动表格时，只需将鼠标指针移到表格（或边框）内部，然后按住鼠标左键拖动即可移动表格。移动单元格时，将鼠标指针指向单元格边框，当边框变色时按住鼠标左键拖动即可移动。

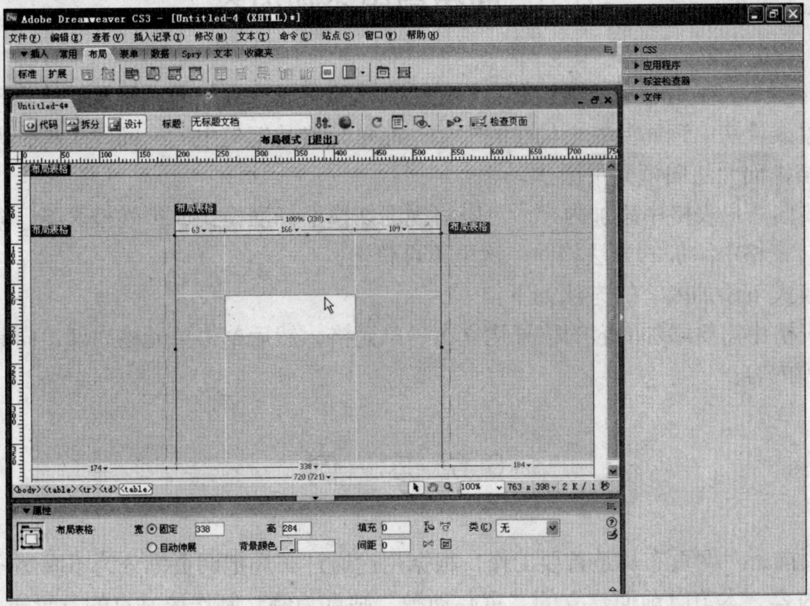

图 6–4–4

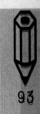

当无法准确选择表格或单元格时，可以单击“插入”面板的“扩展”按钮，切换到扩展表格模式，在扩展表格模式下选择并调整，如图6-4-5所示。

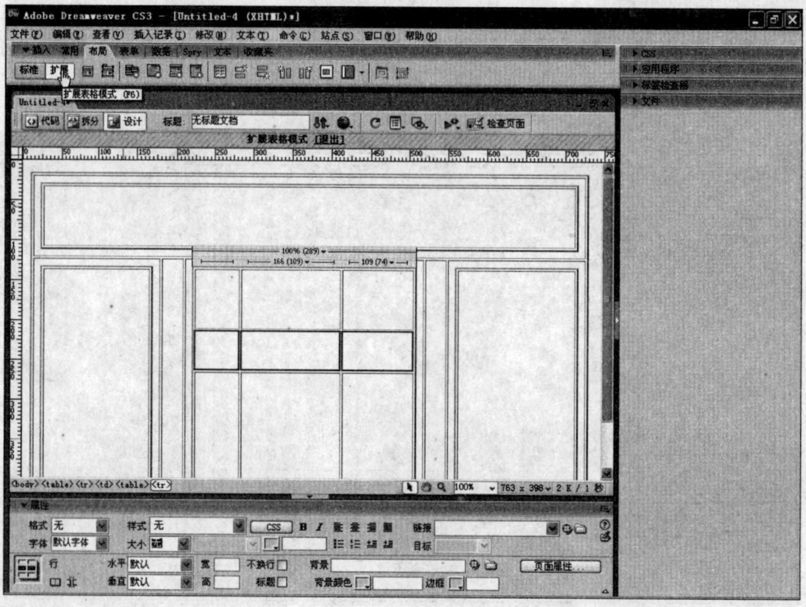

图6-4-5

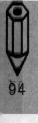

注：在扩展表格模式下，表格的外边框会加粗显示，所以选择和查看非常方便，具体调整方法在前面章节中均有涉及，这里不再赘述。

6.5 向布局中添加内容

在布局界面下，使用布局表格和布局单元格构建的布局，只能向布局单元格中添加内容。可以将表格想象成楼房中钢筋混凝土构建的框架，而单元格是框架中的一间间房屋，人们可以向房屋中添加装饰，而无法向框架中添加。

如果需要向布局表格中添加内容，可以将视图切换至标准模式或扩展模式下，向其中添加内容的方法和向表格中添加的方法相同，这里不再赘述。

在布局模式下添加内容的方法如下：

在布局表格中需要添加内容的位置建立布局单元格，然后单击单元格内部，向其中输入文字或插入图片等内容。

6.6 实　例

制作网页前，对网页布局是首要工作，根据用途通过布局把网页划分为不同部分，再向各部分添加相关内容。本节以前面建立的“童心动漫”站点为例，制作该站点的首页布局。

(1) 打开文件面板，在文件面板中选择“童心动漫”为当前站点。双击文件面板中的index.htm文件图标，打开图6-6-1所示的index文件。因为前面建立了站点地图，所以在该页面中自动建立了链接到下级页面的文字链接，在建立布局时可以先将这些链接文字删除。

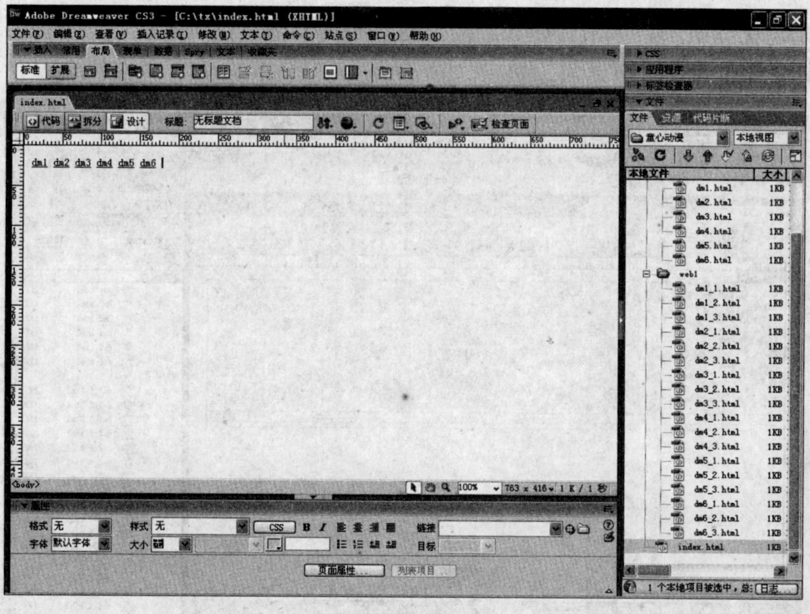

图6-6-1

(2) 单击“插入”面板的“布局”标签，切换到“布局”选项卡。执行“查看 / 表格模式 / 布局表格”命令，切换到图6-6-2所示的布局模式。

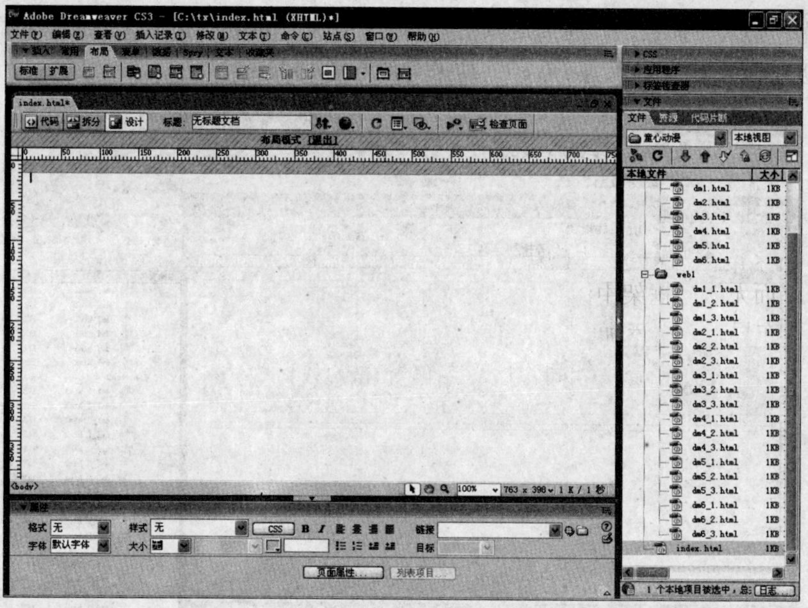

图6-6-2

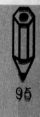

（3）如图6–6–3所示，单击“插入”面板的“布局表格”按钮，在界面中拖出一个矩形框。在属性面板中设置布局表格的宽为730。

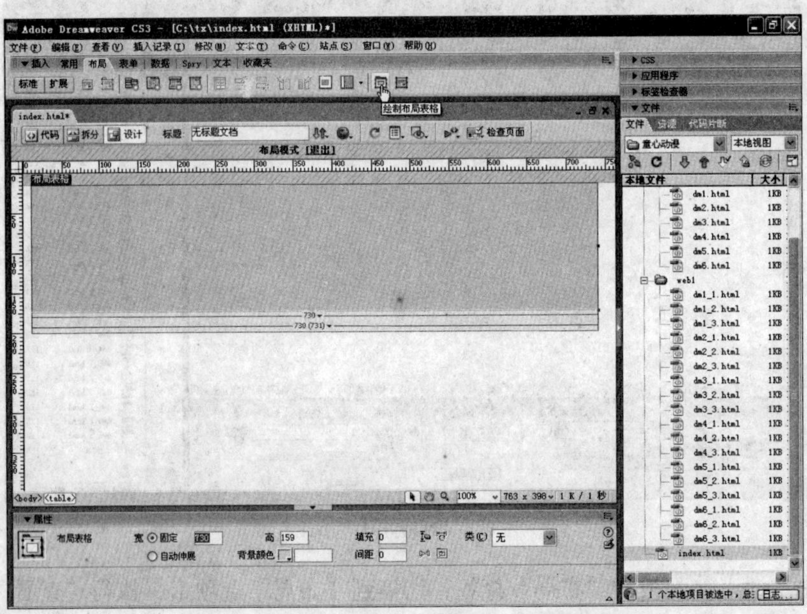

图6–6–3

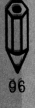

（4）单击“插入”面板的“布局单元格”按钮，沿左边框和上边框拖出一个布局单元格。然后在属性面板中设置宽为200，高为80，结果如图6–6–4所示。

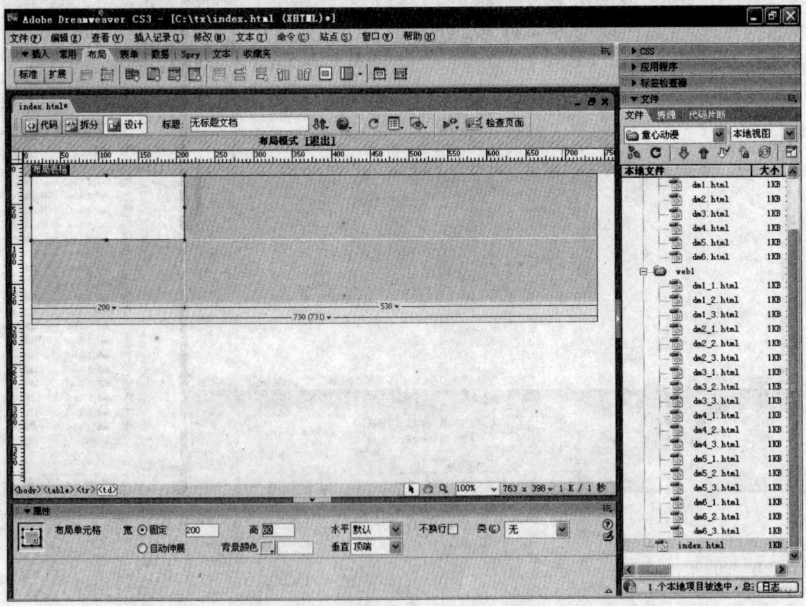

图6–6–4

（5）使用同样的方法，按图6–6–5所示建立一个新的单元格，并适当调整其位置。

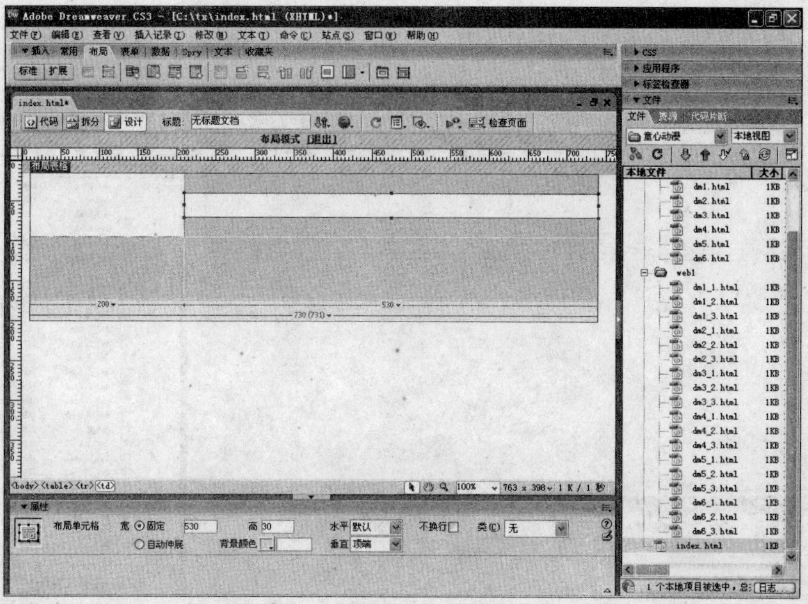

图6–6–5

（6）如图6–6–6所示，拖动布局表格的边框，调整表格外边框与布局单元格的边框重合。

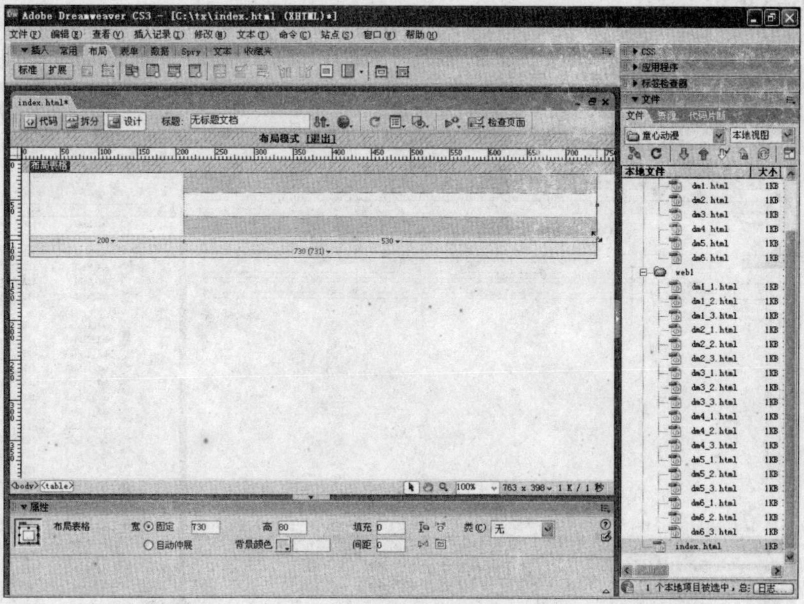

图6–6–6

（7）在右侧的布局单元格内部新建一个等大的布局表格，结果如图6-6-7所示。

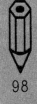

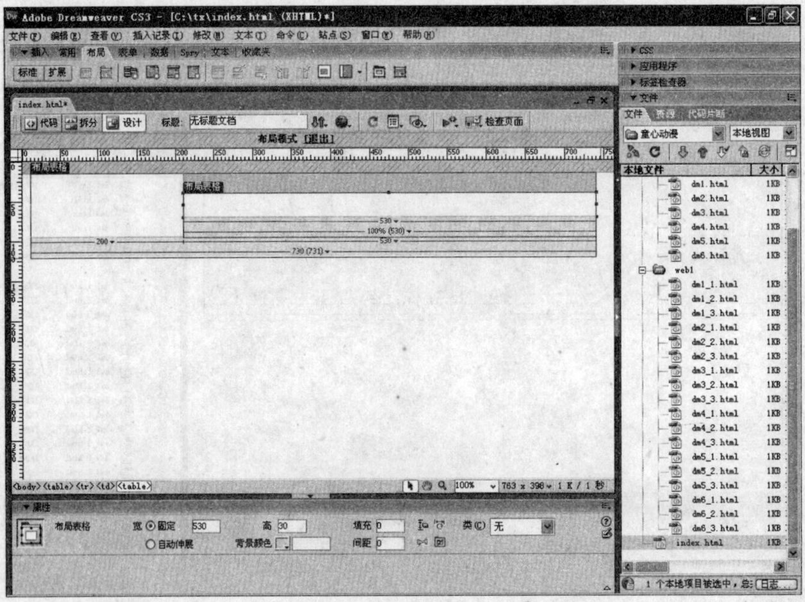

图6-6-7

（8）先单击新建的布局表格内部，然后单击“插入”面板的“插入列”按钮，连续单击4次，结果如图6-6-8所示。

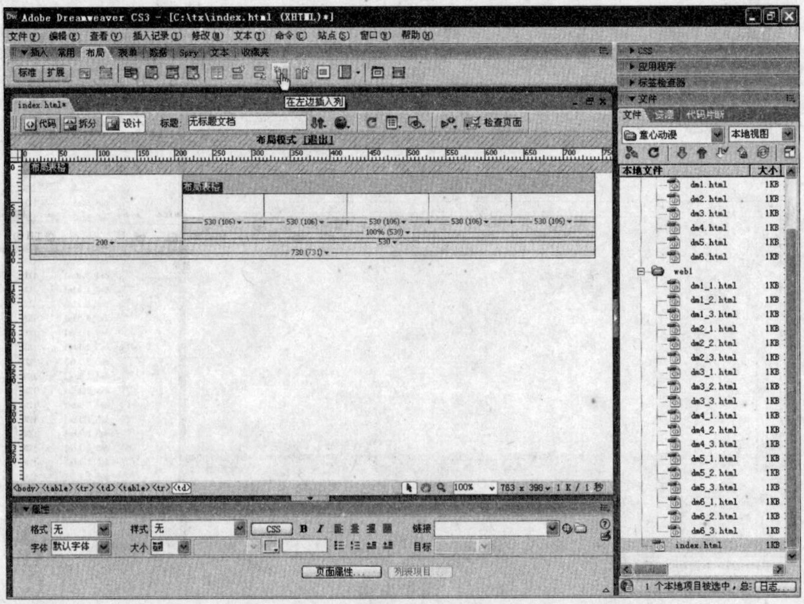

图6-6-8

（9）使用类似的方法，完成页面的其他位置布局，最终结果如图6-6-9所示。

（10）单击“插入”面板的“标准”按钮，切换回标准模式。在标准模式下设置表格在页面居中对齐等属性。完成最终布局。

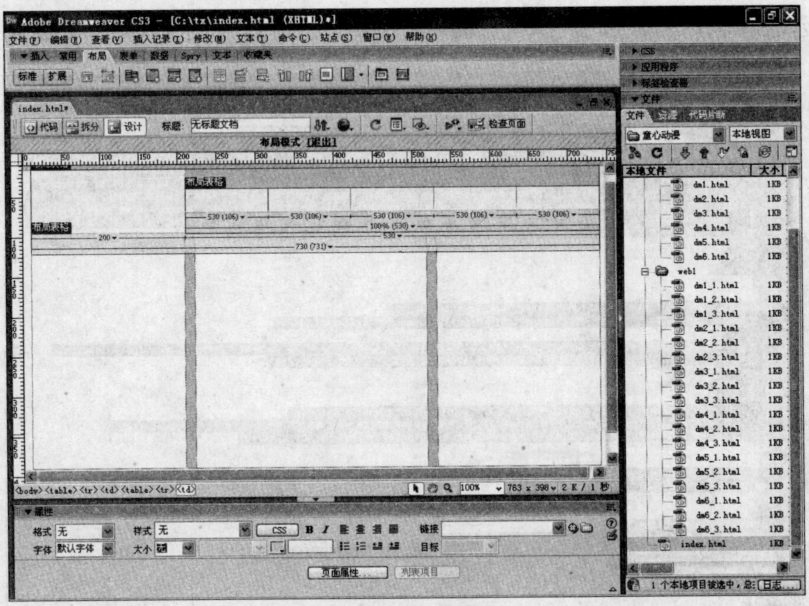

图6—6—9

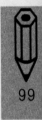

6.7　实 例 分 析

布局表格实际上是表格的应用变形，为了使用表格布局更加方便，在Dreamweaver中加入了布局模式。

(1) 如图6—7—1所示，登录到http://www.drivers.com.cn/驱动器之家网站，执行“查看/源文件”命令，打开显示源代码的记事本。

图6—7—1

（2）全选记事本中的源代码，执行“编辑 / 复制”命令，复制源代码，如图6–7–2所示。

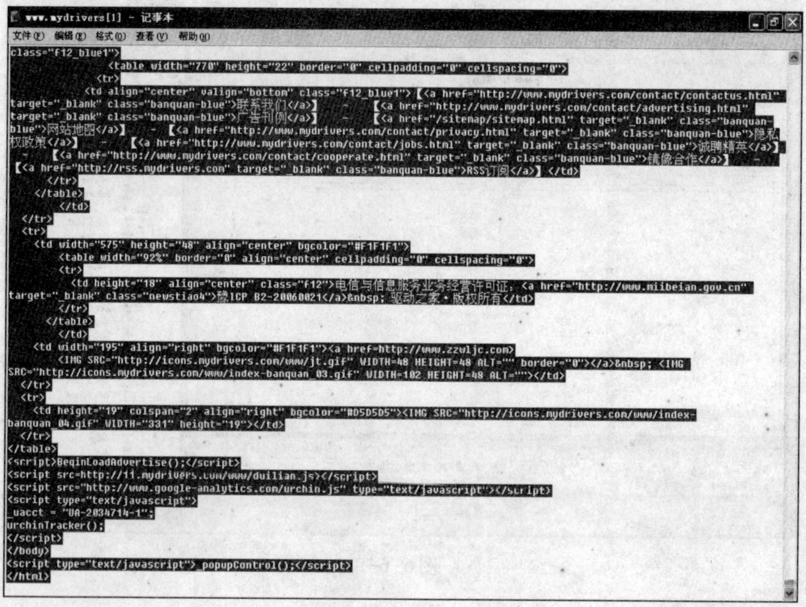

图6–7–2

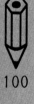

（3）启动Dreamweaver，将视图切换至代码视图，全选代码视图中的所有代码，如图6–7–3所示。然后，执行“编辑 / 粘贴”命令，将源代码拷贝到当前视图中。

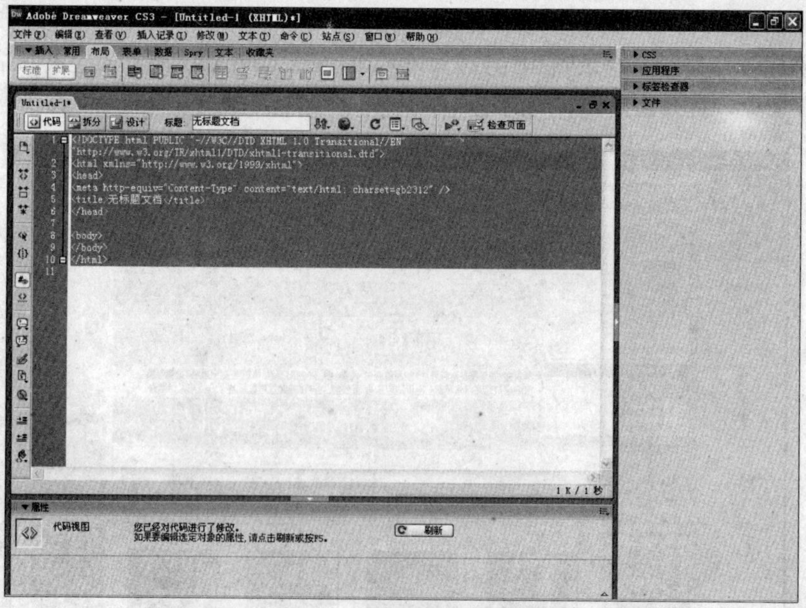

图6–7–3

(4) 切换视图为设计视图，在布局模板中查看当前网页，结果如图6−7−4所示。

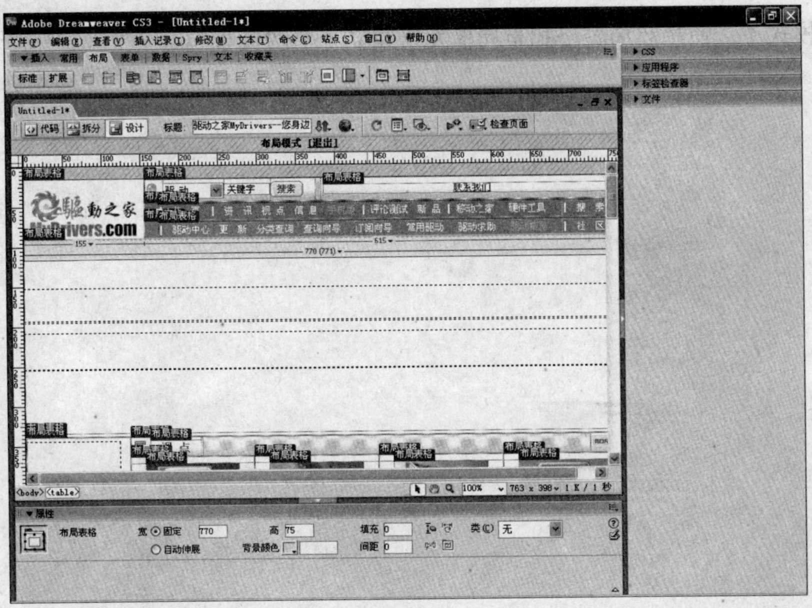

图6−7−4

试着在此基础上进行修改操作。在“插入”面板的“布局”标签下，分别切换到标准视图、扩展视图和布局视图，熟练应用这3种模式进行页面布局。

6.8　小　结

本章讲解了几种表格模式，重点讲解了布局模式下建立表格的方法。通过本章的学习，读者应当了解扩展模式的作用，了解标准模式是工作中最常用到的一种工作模式。重点掌握在布局模式下，使用布局表格和布局单元格建立网页布局的方法。

6.9　练　习

填空题

(1) 表格模式有3种，分别是______、______和______。
(2) 布局模式下，建立表格的工具有______和______。

问答题

(1) 如何切换到布局模式？
(2) 简述扩展表格模式的作用。
(3) 简述布局表格和布局单元格的作用。

上机练习

在布局模式下，使用布局表格和布局单元格建立一个网页布局。

第7章　AP 元素

通过本章，你应当：

(1) 了解AP元素。

(2) 掌握AP Div的相关操作。

(3) 了解其他AP元素的简单操作。

7.1　了解AP元素

AP元素，即绝对定位元素，是指在网页中具有绝对位置的页面元素。AP元素中可以包含文本、图像或其他任何网页元素。

Dreamweaver中默认的AP元素通常是指拥有绝对位置的Div标签和其他具有绝对位置的标签。

在Dreamweaver中，使用AP元素可以设计网页布局。同时可以利用AP元素的特点，通过一些条件限制，来显示特定位置的AP元素来完在某些特殊效果。例如，两个等大的并处在相同位置的AP元素，通过单击来切换前后位置。

具有绝对位置的Div标签，即AP Div，又被称为层。它是HTML网页的一种元素，可以放置在网页上的任意位置。AP Div可以包含文本、图像或HTML文档中允许放入的其他元素。这也是本章讲解的重点知识。

层是网页中的一个区域，在一个网页中可以有多个层存在，它最大的魅力在于各个层可以重叠，并且可以设定各层的属性和关系。

使用层可以更灵活有效地制作页面，它可与表格相互转换。与表格的功能相比，层与表格相似，而且能够相互转化，但层在操作上自由度更高。

7.2　认识AP元素面板

Dreamweaver中的AP元素显示在AP面板中，通过AP元素面板可以对它们进行选择、命名和删除等操作。

执行“窗口/AP元素”命令，或按F2键可以打开图7-2-1所示的AP元素面板。

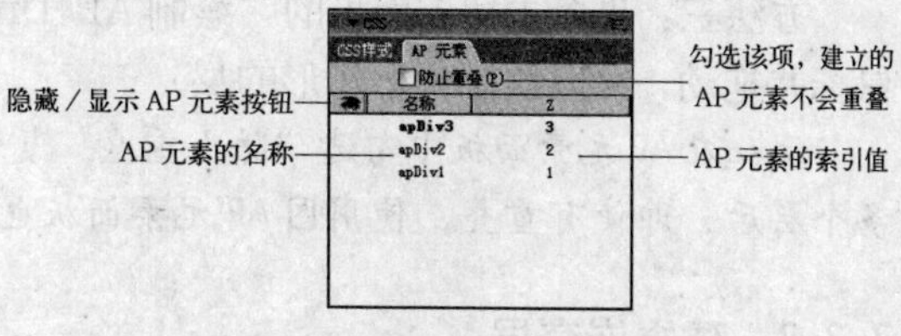

图7-2-1

名称：单击名称，编辑窗口内该层即被选中。

索引值：如果以X轴与Y轴定义一个平面网页，那么AP元素就是具有某Z轴值的网页内容。

即具有上下的叠放顺序。当两个或两个以上的AP元素重叠时，Z值小的在下面，Z值大的在上面，上面的通常会遮盖下面的AP元素。

在Dreamweaver中可以使用层来设计页面的布局，可以将层前后放置，隐藏某些层而显示其他层，或在屏幕上移动层。如果要确保网页的兼容性，可以在使用层制定网页布局后，将层转换为表格。

7.3 创 建 层

7.3.1 插入层

插入层的方法如下：

方法一：如图7-3-1所示，将鼠标指针移到插入面板的“绘制AP Div”按钮，按住鼠标左键拖动，移动鼠标指针到设计视图中释放鼠标，会新建一个层。

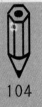

绘制AP Div按钮

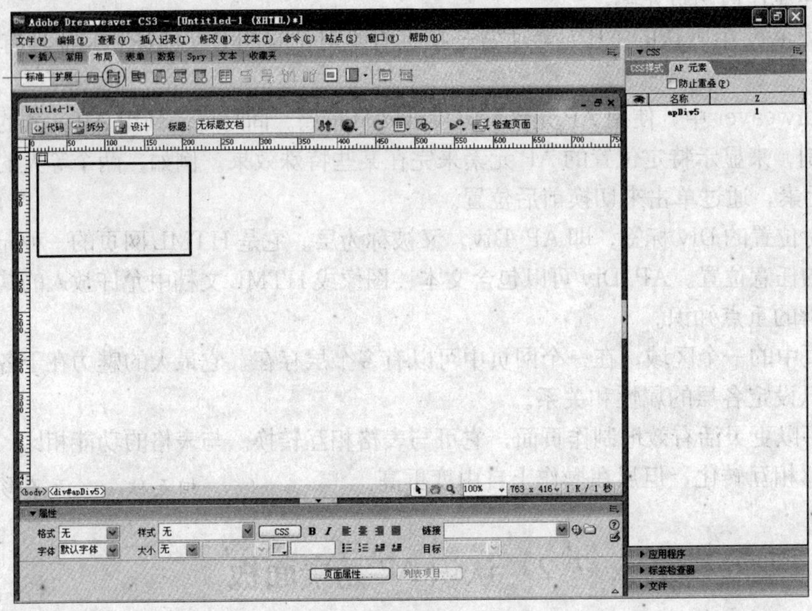

图7-3-1

方法二：执行“插入记录／布局对象／AP Div”命令。

方法三：先单击插入面板的“绘制AP Div”按钮，然后移动鼠标指针到设计视图中，按住鼠标并拖动，可以绘制一个矩形的层。

注：在AP元素面板中勾选“防止重叠”复选框后，用方法一插入层不会出现重叠现象；新建多个层后，即使有重叠，使用图AP元素面板也能很容易地选择目标图层并将其移开。

7.3.2 建立嵌套层

建立嵌套层的方法如下：

方法一：在一个层内建立其他层。

(1) 按上一节中介绍的方法，插入一个层 apDiv1。

(2) 在层 apDiv1 内单击鼠标，执行“插入记录 / 布局对象 /Div 标签”命令，完成层的插入。或拖动插入面板的“绘制 AP Div”按钮到设计视图中的 apDiv1 的范围内释放鼠标。如图 7-3-2 所示，执行完插入层操作后，AP 元素面板中显示了两个层之间的关系。

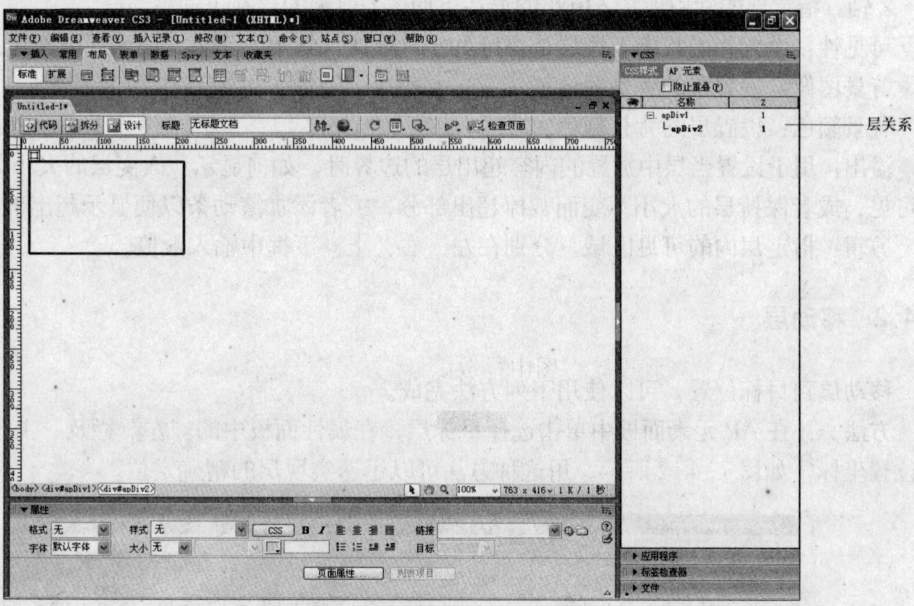

图 7-3-2

方法二：利用 AP 元素面板建立嵌套关系。

(1) 在编辑窗口随意创建两个层。

(2) 在 AP 元素面板中单击选取层 apDiv2，按住 Ctrl 键并拖动鼠标至层 apDiv1。

要解除嵌套关系时，只要在 AP 元素面板中将嵌套关系的子层拖至母层的上方即可。

注：只有嵌套关系的子层会随母层的某些属性的改变而改变，如移动母层，子层会同时移动，但母层不会因子层改变而变化。嵌套关系之外的层，其各层之间相互独立，互不影响，但层与层之间的先后顺序是可调的。

7.4　层的相关操作

7.4.1　了解层的相关属性

单击层的边框或单击 AP 元素面板中目标层的名称可以选取层，如图 7-4-1 所示，属性面板中显示当前层的各项属性，可以在属性面板中设置这些属性。

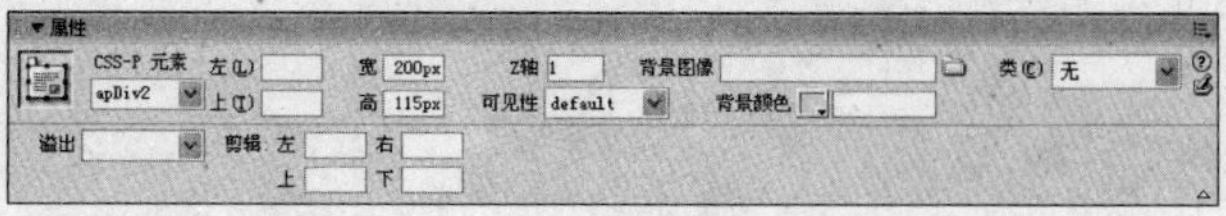

图 7-4-1

层编号：即层名称。一方面可以实现脚本语言中对层的引用，另一方面也能方便区别层。层会按建立顺序，以默认 apDiv1、apDiv2、apDiv3……方式命名。可以为层设置任何英文名称。

左、上：设置层相对于页面或父层左上角的位置，从而实现层内元素在网页中的精确定位。

宽、高：设置层的宽度和高度。

Z 轴：指定层的索引值。Z 值小的层在下面，Z 值大的层在上面。

可见性：设置初始状态下该层是否可见。有默认、继承、可见、隐藏 4 个选项。

背景图像：设置层的背景图像。

背景颜色：设置层的背景颜色。

溢出：用于设置当层中放置的内容超出层的边界时，如何显示、改变层的大小以便使全部内容可见，或者保持层的大小不变而裁掉超出部分，或者添加滚动条以便显示超出部分等。

剪辑：指定层内的可见区域。分别在左、右、上、下框中输入数值。

7.4.2 移动层

移动层到目标位置，可以使用下列方法完成。

方法一：在 AP 元素面板中单击选择目标层，在属性面板中的“左”栏及“上”栏输入层所在位置坐标，如图 7-4-2 所示。用这种方法可以迅速实现层的精确定位。

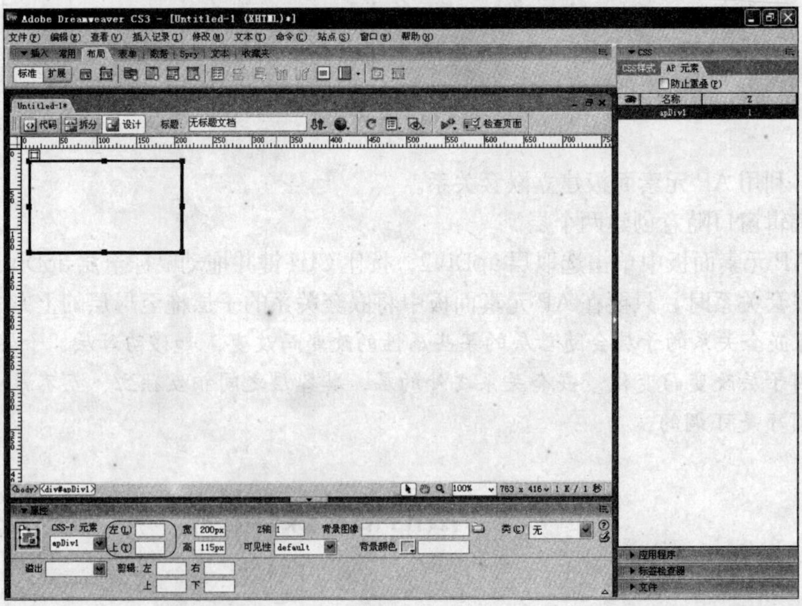

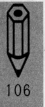

图 7-4-2

注：如果目标层是嵌套层的子层，上述方法控制的则是子层相对于母层左上角的位置。

方法二：选取目标层，按键盘上的方向键，可使选取层作 1 个像素的位移；按住 Shift 键按方向键，可使选取层作 10 个像素的位移。

方法三：将鼠标指向目标层，当鼠标指针变为如图 7-4-3 所示形状时，按住鼠标左键拖动鼠标到目标位置，释放鼠标完成层的移动。

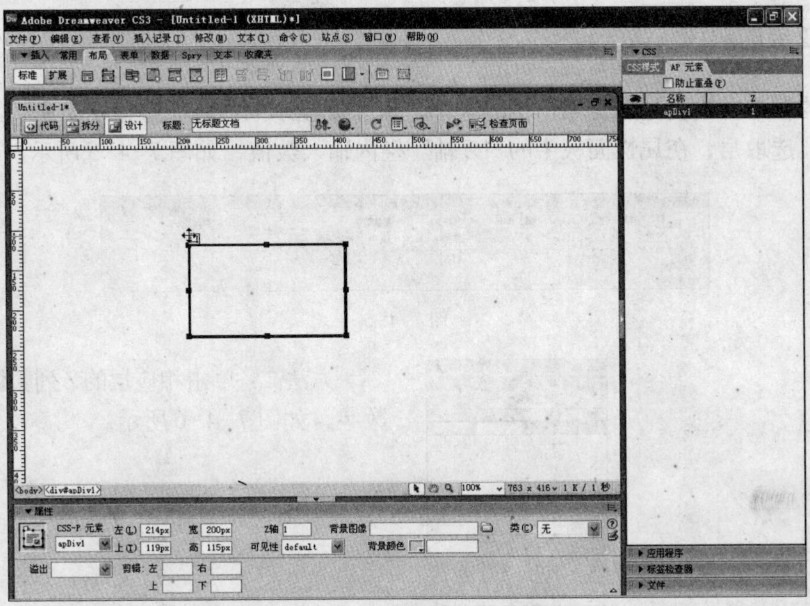

图 7-4-3

7.4.3　改变层的大小

改变层的大小的方法如下：

在属性面板的宽和高栏中直接输入层的宽和高的值。或者移动鼠标指针到层的边框变形点，当鼠标指针变为图 7-4-4 所示形状时，按住鼠标左键拖动调整即可，调整结束后释放鼠标。

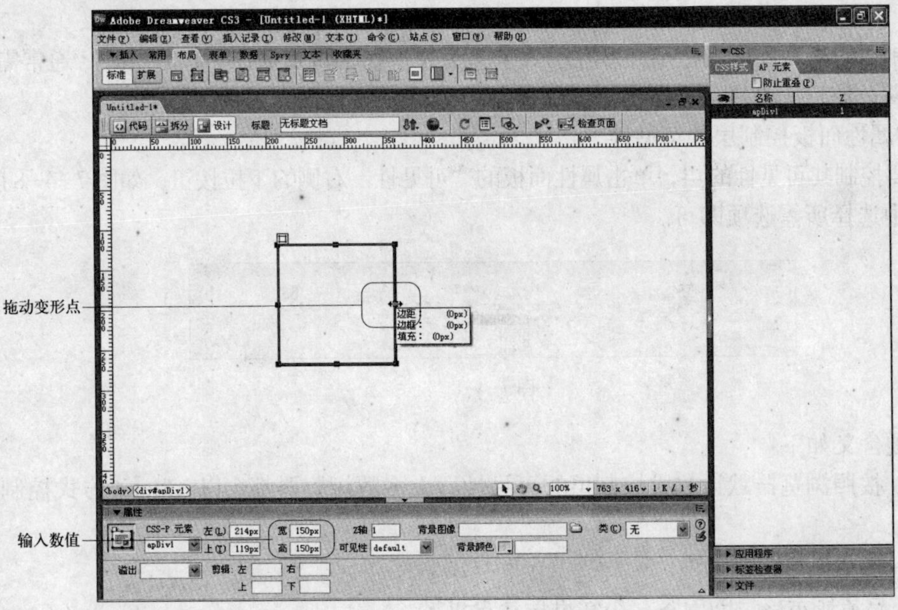

图 7-4-4

注：选取层，按住Ctrl键按方向键，可使选取层的大小在该方向上作1个像素的改变。如果按“Ctrl+Shift”组合键时按方向键，可使选取层的大小在该方向上作10个像素的改变。

7.4.4 改变层的顺序

改变层的顺序，也就是调整索引值的大小，使需要显示的内容完整显示出来。

方法一：选取层，在属性面板中的“Z轴”栏内输入数值，如图7-4-5所示。

图7-4-5

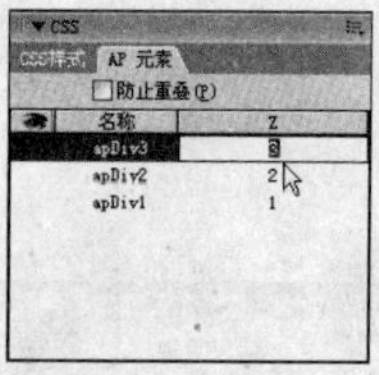

图7-4-6

方法二：单击相应层的Z列数值，输入新的数字，如图7-4-6所示。

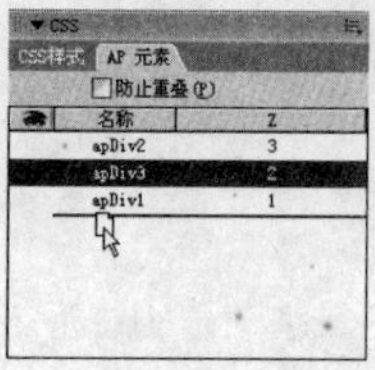

图7-4-7

方法三：鼠标指针指向层名称，如图7-4-7所示，按住鼠标左键拖动鼠标至目标位置，Z值也会自动调整。

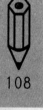

7.4.5 控制层的可见性

通过控制层的隐藏还能制作出许多互动效果。另外，在编辑重叠在一起的层时，通常需要将上面的层隐藏，使目标编辑层显露出来。

1．通过属性面板控制层的可见性

选择需要控制其可见性的层，单击属性面板的“可见性”右侧的下拉按钮，如图7-4-8所示。在下拉列表中选择所需选项即可。

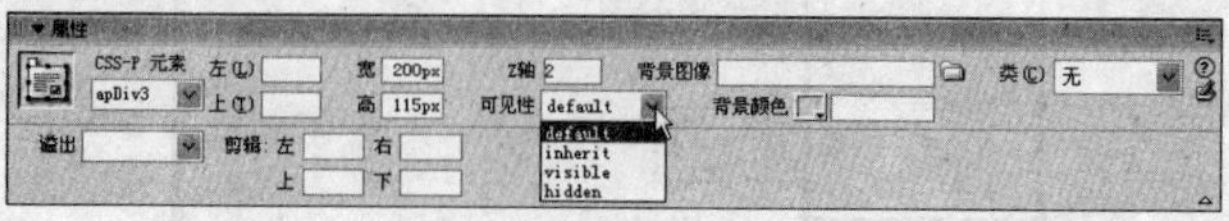

图7-4-8

其中各项含义如下：

default：按照浏览器默认方式控制层的可见性。大多数浏览器都会以inherit方式控制层的可见性。

inherit：继承母层的可见性。

visible：总是显示该层的内容，不管母层是否可见。

hidden：总是隐藏该层的内容，不管母层是否可见。

2．使用AP元素面板控制层的可见性

如图7-4-9所示，单击AP元素面板中层的名称前的空白处，层前显示“闭眼”图标，表示此层不可见；单击层前“闭眼”图标，转换为“睁眼”图标，表示此层可见。

图7-4-9

注：“闭眼”图标、“睁眼”图标及没有图标，分别对应属性面板“显示”栏中的hidden、visible、inherit选项。

7.4.6　内容溢出层的控制

当层中放置的内容超出层的边界时，可以通过设置溢出属性来控制层中内容的显示范围。下面以一个实例进行说明：

(1) 新建HTML文档，插入3个等大的层。

(2) 单击第一个层，然后执行“插入记录/图像”命令。依次为3个层插入相同的图像。

(3) 显示AP元素面板，单击AP元素面板中的apDiv1，打开层属性面板中的“溢出”菜单，如图7-4-10所示，选择“visible”选项。

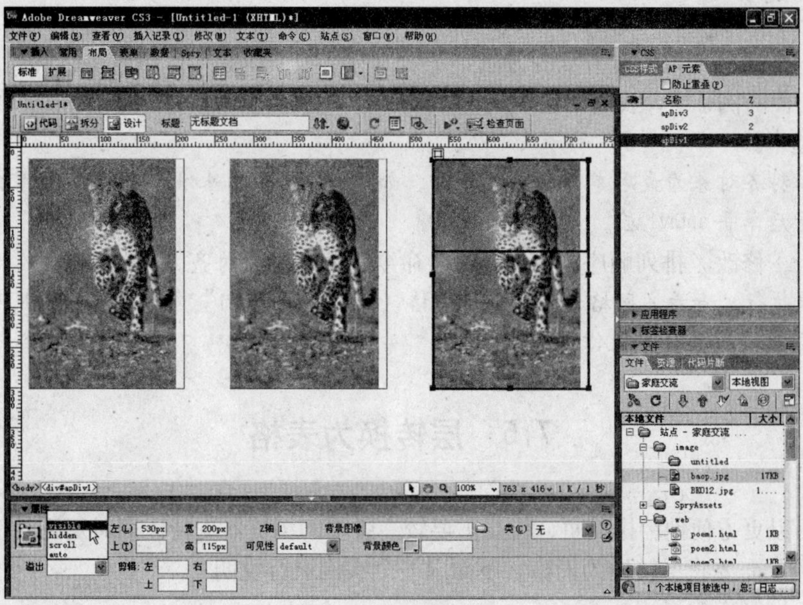

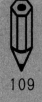

图7-4-10

其中各选项的含义如下：

visible（可见）：自动扩大层，以完整显示其中的内容。

hidden（隐藏）：层的大小不变，超出层的部分不显示。

scroll（滚动）：无论层中内容是否超出层的边界，都会在层的右端、下端出现滚动条。

auto（自动）：只有当层中的内容超出层的边界时才出现滚动条。

(4) 重复 (3) 步操作，分别设置apDiv2、apDiv3的溢出属性为“hidden”、“scroll”。

(5) 按F12键，预览网页，结果如图7-4-11所示。

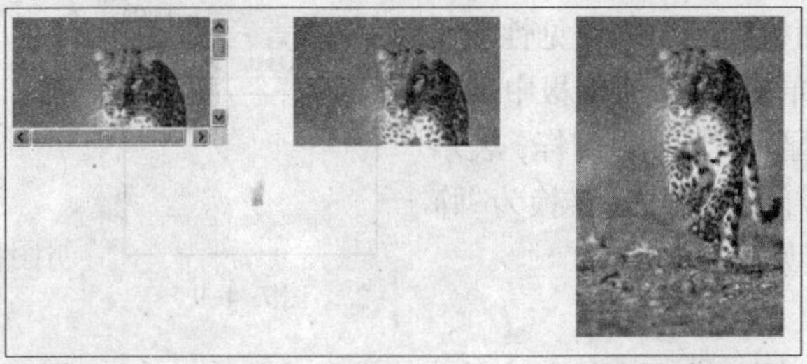

图 7−4−11

7.4.7　设置层的可见区域

设置层的可见区域，就是定义层中 4 个点的坐标来划出层中要显示内容的矩形范围，而矩形外的层内容将被隐藏。如图 7−4−12 所示，在剪辑栏中输入目标数值即可设定层的显示范围。

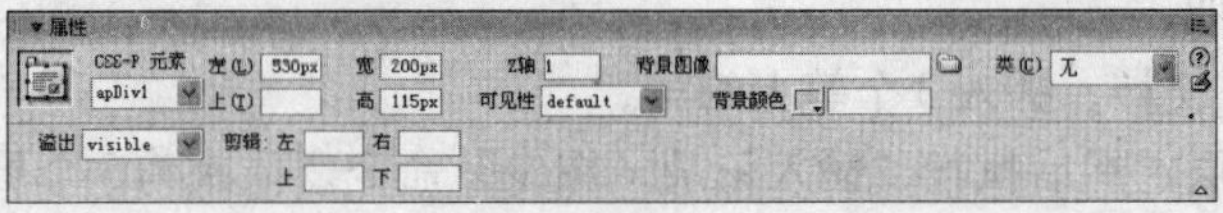

图 7−4−12

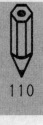

7.4.8　对齐层

下面以一个实例来说明对齐层的方法：

(1) 在上面的例子中，我们创建了 3 个层。在 AP 元素面板中按住 Shift 键依次单击这 3 个层，将它们全部选中。

注：基本对齐对象为最后单击的层，例如，如果以 apDiv1 为基准，应按住 Shift 键后先单击其他两个层，最后单击 apDiv1 层。

(2) 执行“修改／排列顺序／对齐下缘”命令，完成下缘对齐。

注：如果执行“查看／网格设置／显示网格（／靠齐到网格）”命令，只要参照网格直接拖动层即可，这样能使层的对齐操作更直观。

7.5　层转换为表格

使用层可以更方便地编排网页，但层需要较高版本的浏览器支持。同时层无法使用相对位置定位，所以经常需要将层转换为表格。下面以一个实例进行说明：

(1) 接上例制作的层。

注：在层向表格转换之前，应确保网页的各层之间没有重叠，否则将无法转换。如果网页中存在重叠的层，应将其移开或删除。

(2) 执行“修改／转换／将 AP Div 转换为表格”命令，打开图 7−5−1 所示的对话框。

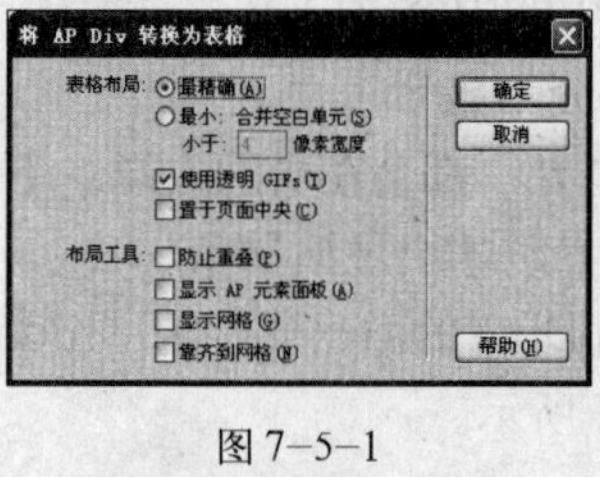

图 7−5−1

表格布局栏中各含义如下：

最精确：选此单选项，用最精确的方式进行转换。

最小：合并空白单元；小于：X像素宽度：选此单选项，转换时忽略X个像素的误差，将少于X个像素宽的层转换为相邻的单元格。

使用透明GIFs：勾选此复选框，转换后的表格的最后一行用透明图像填充，以适应更多的浏览器。

置于页面中央：勾选此复选框，转换后的表格在页面居中。

布局工具栏中各选项：转换为表格后继续使用层时可设置的参数。

(3) 本例中我们使用默认设置，直接单击"确定"按钮，关闭对话框。

(4) 按F12键，预览网页。

注：也可以根据需要将表格转换为层，方法是执行"修改／转换／将表格转换为AP Div"命令，打开如图7-5-2所示的对话框。对话框中的各项含义前面均有讲解，这里不再赘述。

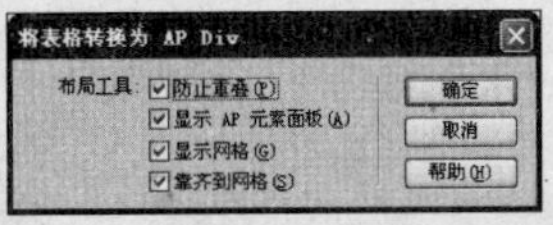

图7-5-2

7.6 图层动画

使用图层和时间轴可以制作图层动画，以实例说明如下：

(1) 执行"窗口／时间轴"命令，打开如图7-6-1所示的时间轴面板。

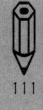

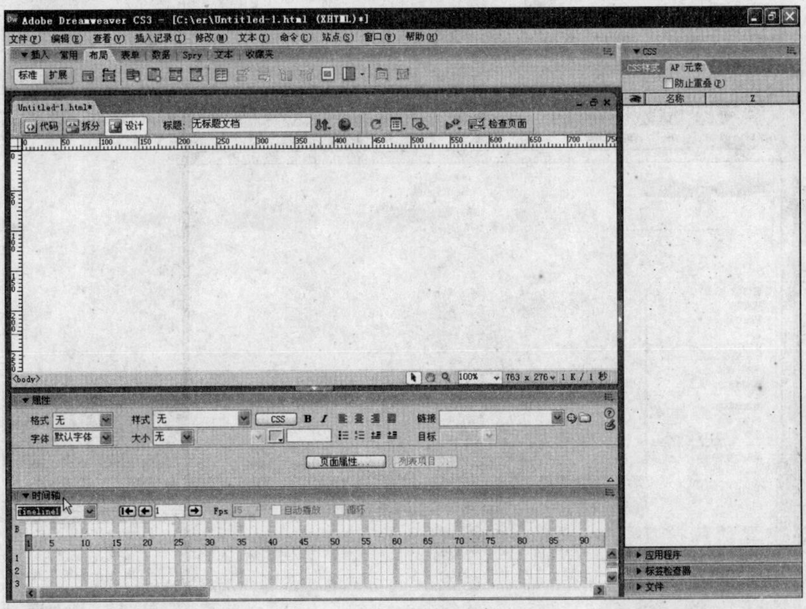

图7-6-1

（2）新建一个层，并在层中放置一个图像，结果如图 7–6–2 所示。

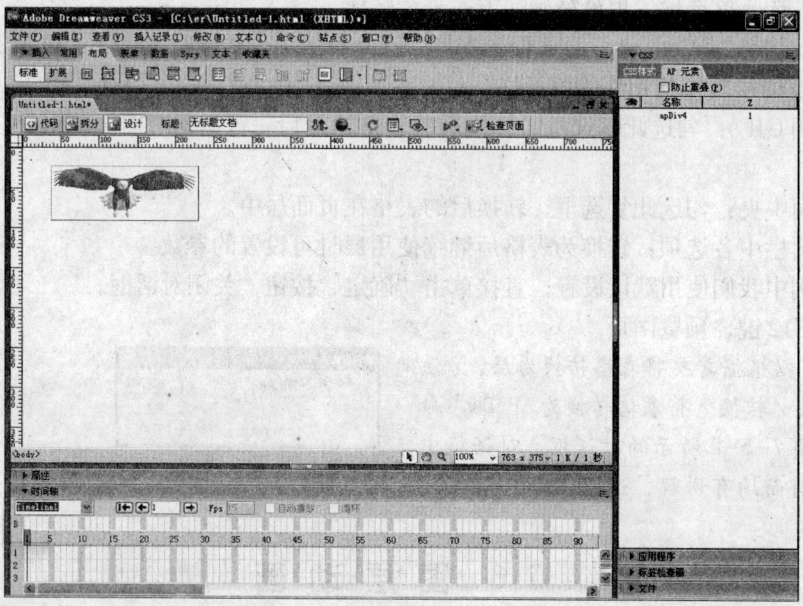

图 7–6–2

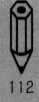

（3）选中层，然后移动鼠标指针到时间轴的第一帧，单击鼠标右键，弹出如图 7–6–3 所示的快捷菜单。

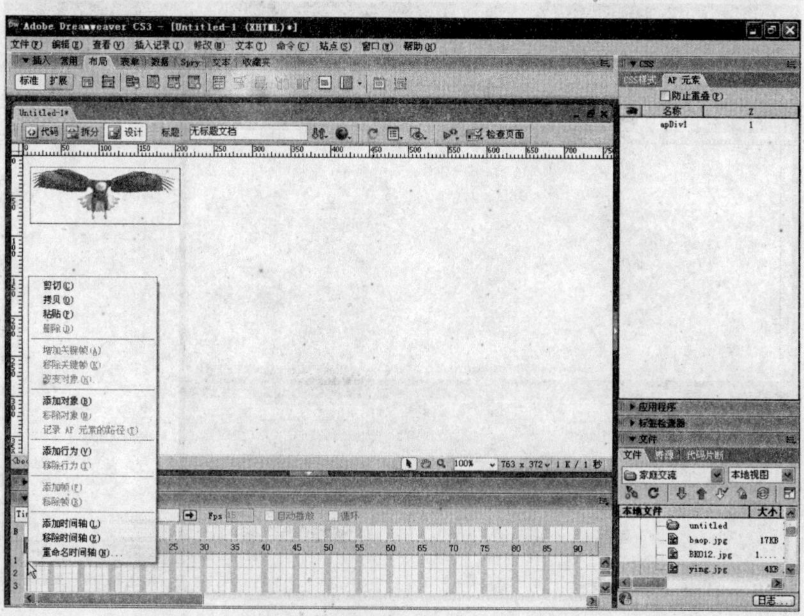

图 7–6–3

(4) 在弹出的菜单中选择“添加对象”，结果如图7-6-4所示。

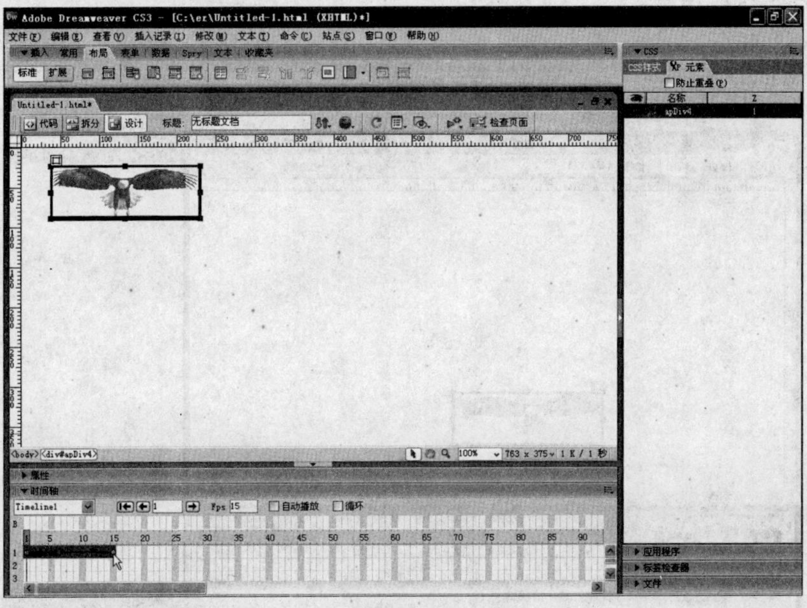

图7-6-4

(5) 先单击时间轴的第15帧，再拖动图层到目标位置，结果如图7-6-5所示。

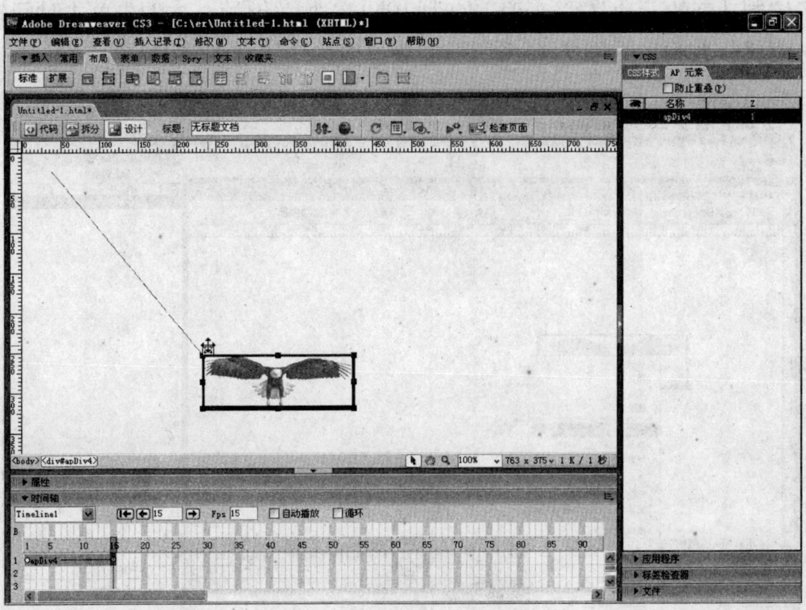

图7-6-5

（6）为了延长动画时间，可以移动鼠标指针到时间轴的第 15 帧，按住鼠标左键拖动该帧到图 7–6–6 所示的第 45 帧位置。

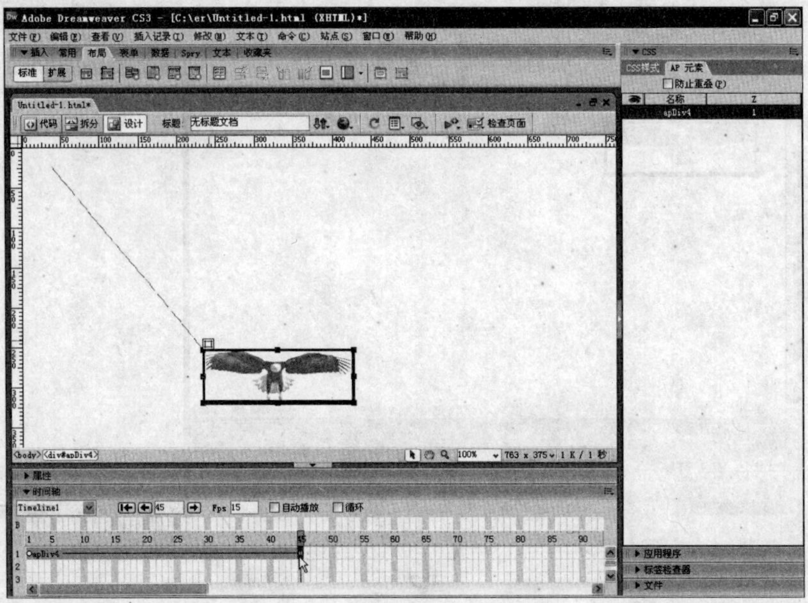

图 7–6–6

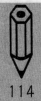

（7）为了控制动画的运动路线，可以在时间轴上添加关键帧。本例先单击时间轴的第 20 帧，然后单击鼠标右键，在弹出的图 7–6–7 所示的菜单中选择“增加关键帧”。

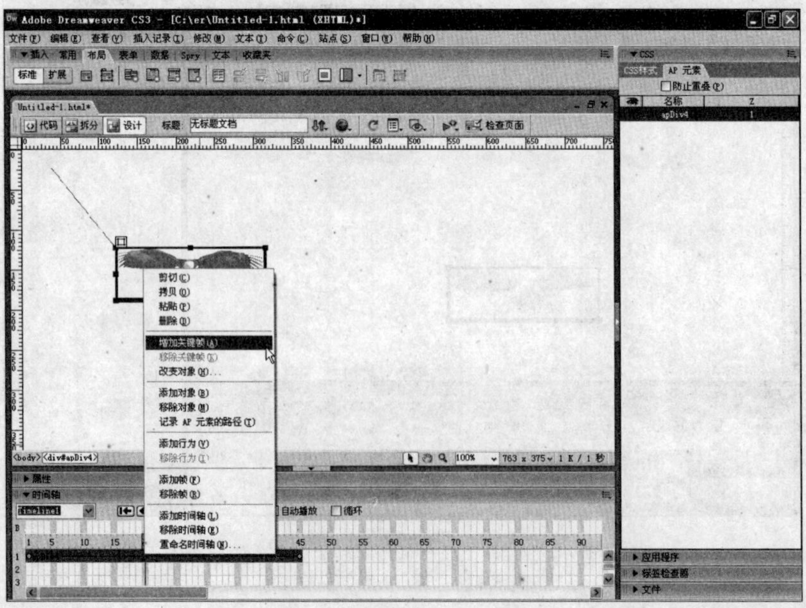

图 7–6–7

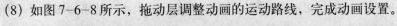

(8) 如图 7-6-8 所示，拖动层调整动画的运动路线，完成动画设置。

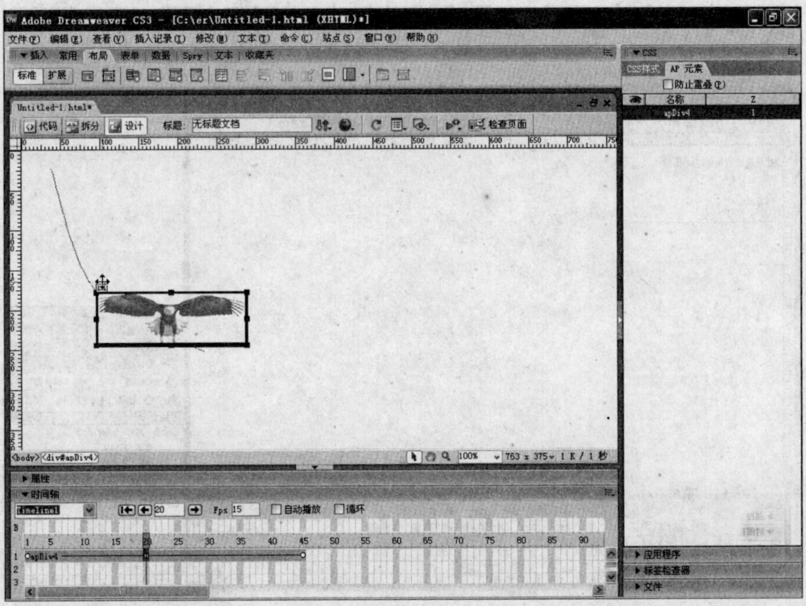

图 7-6-8

注：只有通过关键帧才可以调整图层动画的运动路线，所以当需要调整动画的运动路线时，需要先选择或建立关键帧，再调整该帧对应的图层位置。

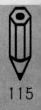

7.7 实 例

使用层制作网页非常方便灵活。可以通过层确定内容的摆放位置，然后将层转化为表格，完成网页的基本布局。将层转换为表格，是为了摆脱无法对图层应用相对对齐的局限，使网页可以适应大多数浏览环境的需要。

下面以实例说明使用层建立网页的方法。在制作前将准备好的图像放置在“童心动漫”站点文件下的 image 文件夹中。

(1) 新建一个 HTML 文档。

(2) 切换插入面板的标签为“布局”标签。

(3) 单击“绘制 AP Div”按钮，在页面中拖动出一个目标层。在属性面板中确定当前图层的各项属性，如坐标位置、大小等。

（4）向层中插入目标内容，例如文本或图像，并适当调整层的大小，结果如图 7–7–1 所示。

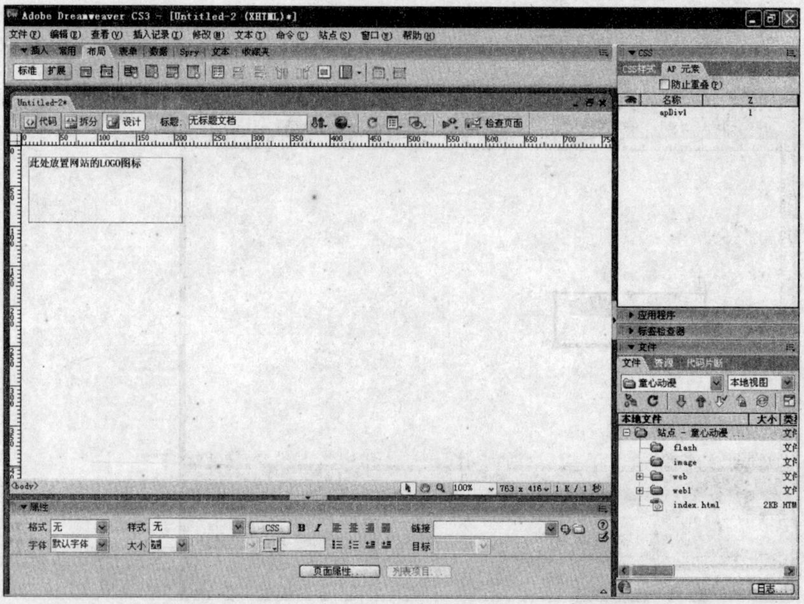

图 7–7–1

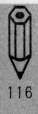

（5）使用同样的方法建立层，确定其他相关文本或图像的位置。

（6）执行“修改 / 排列顺序”命令菜单中的各项对齐命令，对齐各目标图层，如图 7–7–2 所示。

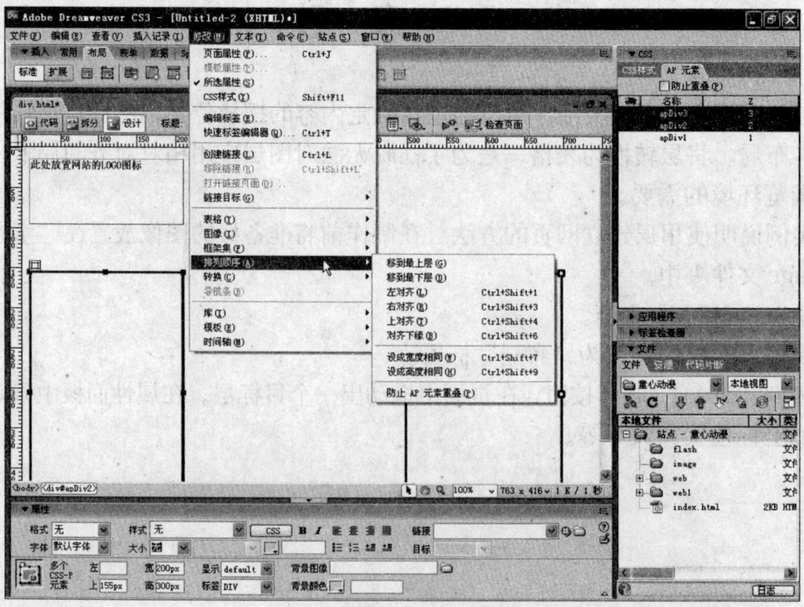

图 7–7–2

（7）执行“文件 / 保存”命令，保存当前文档。

(8) 如图7—7—3所示，执行“修改/转换/将AP Div转换为表格”命令，打开“将AP Div转换为表格”对话框。

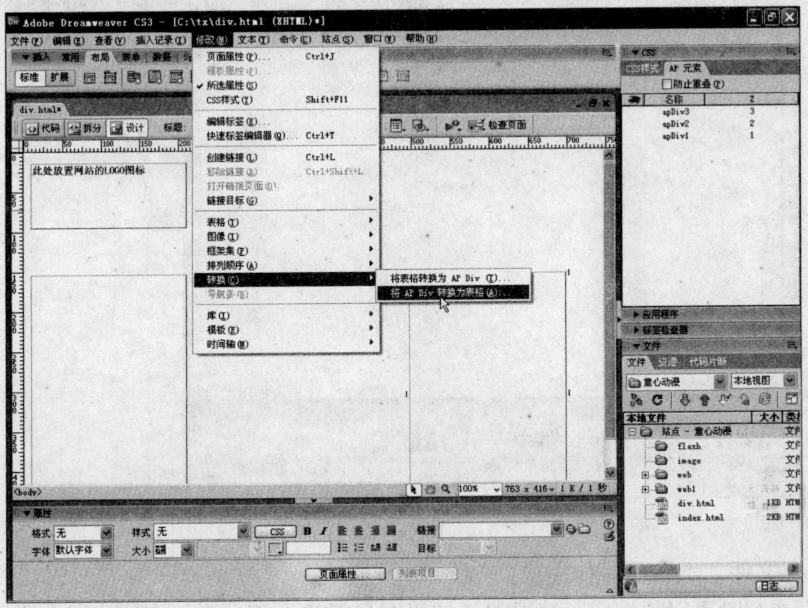

图7—7—3

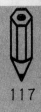

(9) 在打开的“将AP Div转换为表格”对话框中，保留默认设置，单击“确定”按钮，转换为表格的结果如图7—7—4所示。

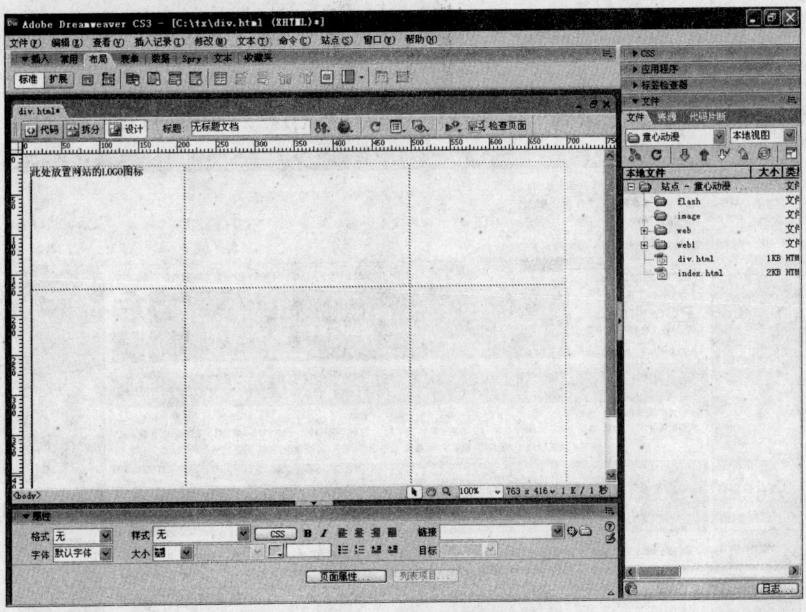

图7—7—4

(10) 按照本书讲解的调整表格的方法，设置转换后表格的属性并对表格进行编辑整理，如拆分与合并表格等，结果如图7—7—5所示。

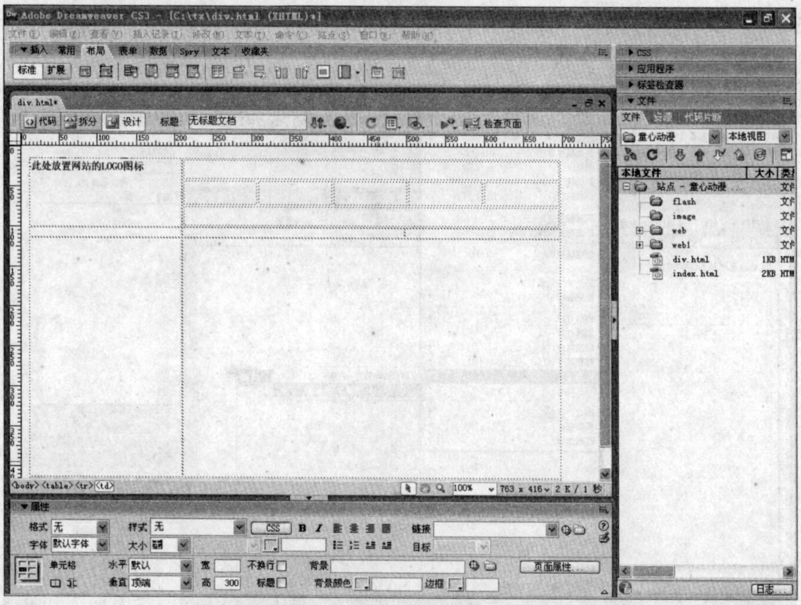

图 7-7-5

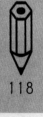

（11）保存文件，本实例制作完成。

制作网页布局时可以根据实际情况灵活使用布局工具。例如无法直接使用表格构建网页布局时，可以先决定当前网页的内容，然后将这些内容分别放在不同的层中，在编辑界面中进行直观的摆放，满意后，再将层转化成表格。

7.8 实 例 分 析

（1）如图 7-8-1 所示，登录到“太平洋电脑网站 http://www.pconline.com.cn”。

图 7-8-1

(2) 使用前几章所述方法拷贝源代码到Dreamweaver中，然后切换至设计视图中。
(3) 单击“窗口/层”，打开AP元素面板，查看网页中层的使用方法，如图7-8-2所示。

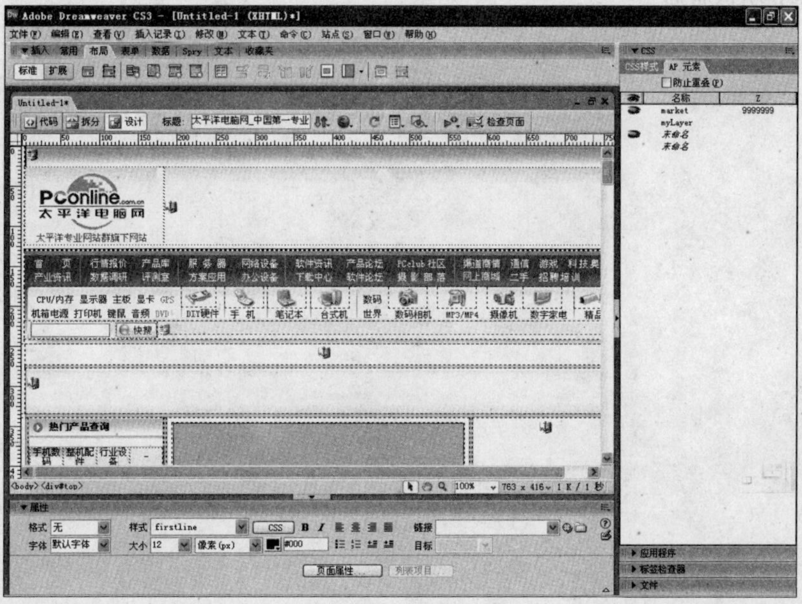

图7-8-2

层在网页中的应用不是很多，初学者可以通过多分析网页来逐渐掌握这些技巧。

7.9 小　结

本章讲解了AP Div的相关知识，包括创建层及层的相关操作等。通过本章的学习，读者应当重点掌握AP Div的建立和使用，学会使用层建立网页布局。

7.10 练　习

填空题

(1) AP元素，即______元素，是指在网页中，具有______的页面元素。
(2) 具有绝对位置的Div标签，即AP Div，又被称为______。

问答题

(1) 简述网页中层的应用。
(2) 改变层的顺序有哪几种方法？
(3) 如何将层转化为表格？

上机练习

使用层建立网页布局。

第8章　框　架

通过本章，你应当：

(1) 了解框架的概念。

(2) 学会框架的相关操作。

8.1　建立框架

框架的作用是把浏览器窗口划分为若干个区域，各个区域可以分别显示不同的网页。框架由两个主要部分组成：框架集和单个框架。框架集是定义了一组框架结构的网页。框架集定义了网页中显示的框架数、框架大小、载入框架的网页源和其他可定义的属性等；单个框架是指网页上定义的一个区域。

框架是一种常用的版面设计方式，用鼠标拖动框架边框可以创建所需的框架。下面使用这种方法创建一个上下结构的两栏框架，操作如下：

(1) 依次单击“查看／可视化助理／框架边框”，打开框架边框。显示框架边框后，设计视图的四边出现比较粗的框架边框。

(2) 移动鼠标指针到上边框，当鼠标指针变为一个双向箭头时，按住鼠标左键向下拖动框架上边框到目标位置，创建一个两栏框架，如图 8-1-1 所示。

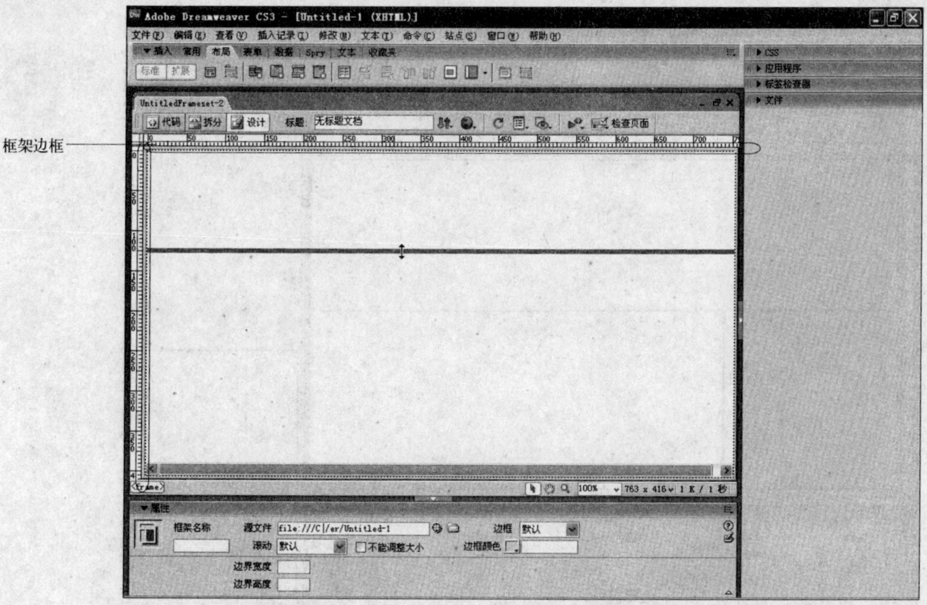

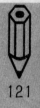

图 8-1-1

注：要删除框架，可以拖动边框到窗口的四边；用鼠标直接拖动编辑窗口边框的左上角，可以拖动出栏式框架。

下面介绍用框架面板创建一个嵌套框架的方法：

（1）依次单击"查看 / 可视化助理 / 框架边框"，显示设计视图的框架边框。用鼠标向下拖动框架上边框至目标位置，创建一个两栏框架。

（2）单击"窗口 / 框架"，打开框架面板。用鼠标单击框架面板中下部的框架，设计视图中该框架即被选取（框架四周出现虚线），如图 8-1-2 所示。

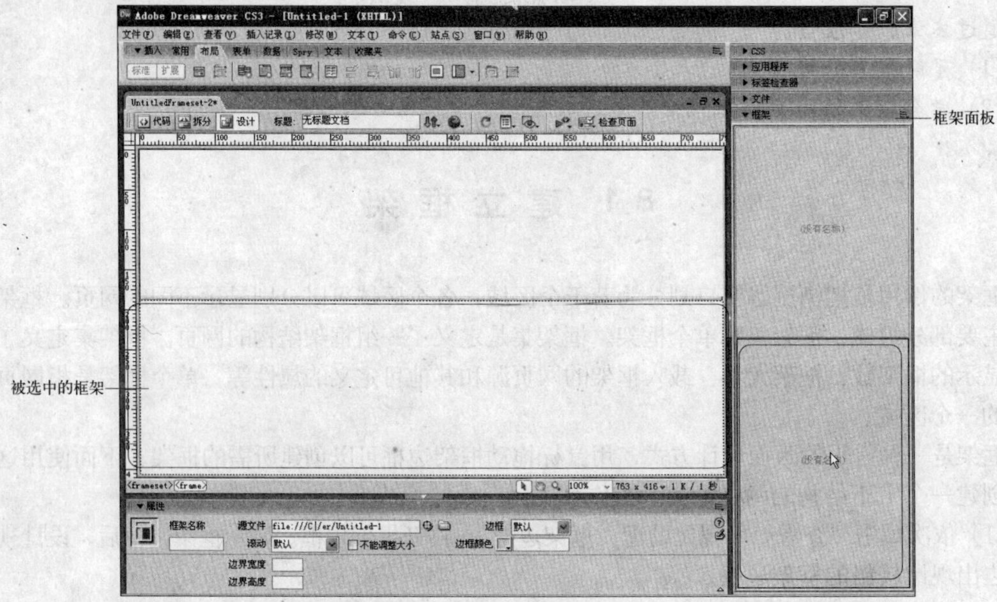

图 8-1-2

（3）如图 8-1-3 所示，拖动设计视图中框架的左边框至目标位置，建立嵌套左边框。

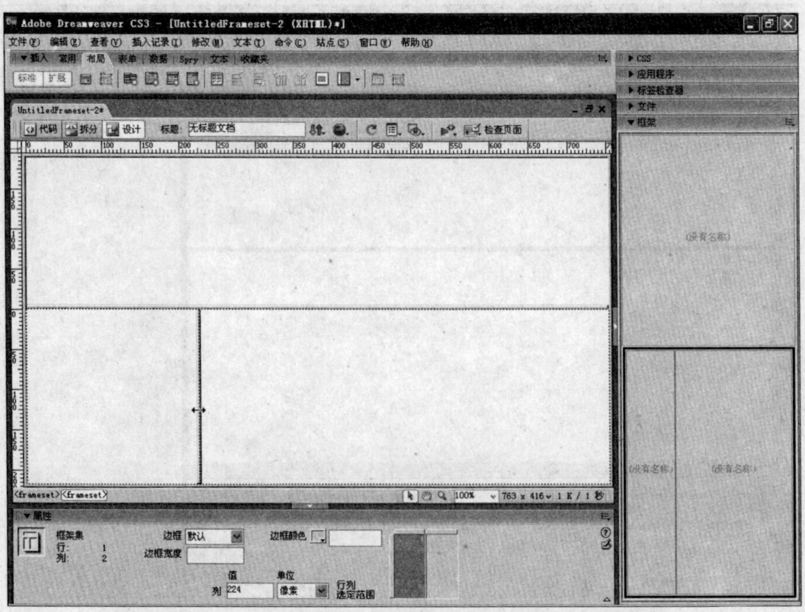

图 8-1-3

注：随着框架的改变，框架面板中的框架也随着改变。框架面板中显示的是编辑界面中框架的缩览图。

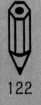

也可以使用“修改”菜单下的“框架集”中的命令来创建框架，方法如下：

(1) 单击设计视图中目标框架内部，执行“修改/框架集/拆分左框架”命令，原框架被拆分为左右结构的框架，结果如图 8-1-4 所示。

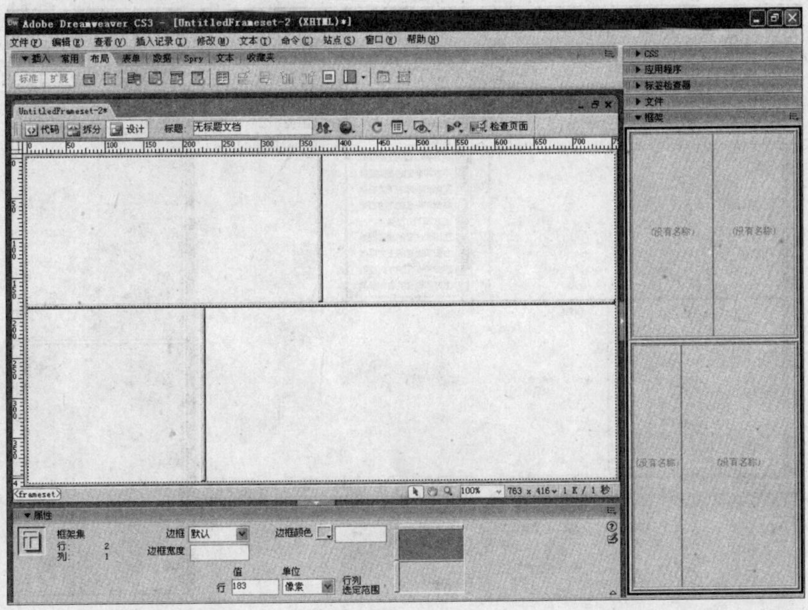

图 8-1-4

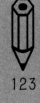

(2) 拖动新增加的框架边框，调整框架。

注：图 8-1-5 所示为框架集菜单。因为框架集中的命令比较直白，所以不再赘述。这里仅说明“编辑无框架内容”命令。“编辑无框架内容”用于编辑不支持框架功能的浏览器打开该框架页时显示的内容，单击可切换两种编辑状态。

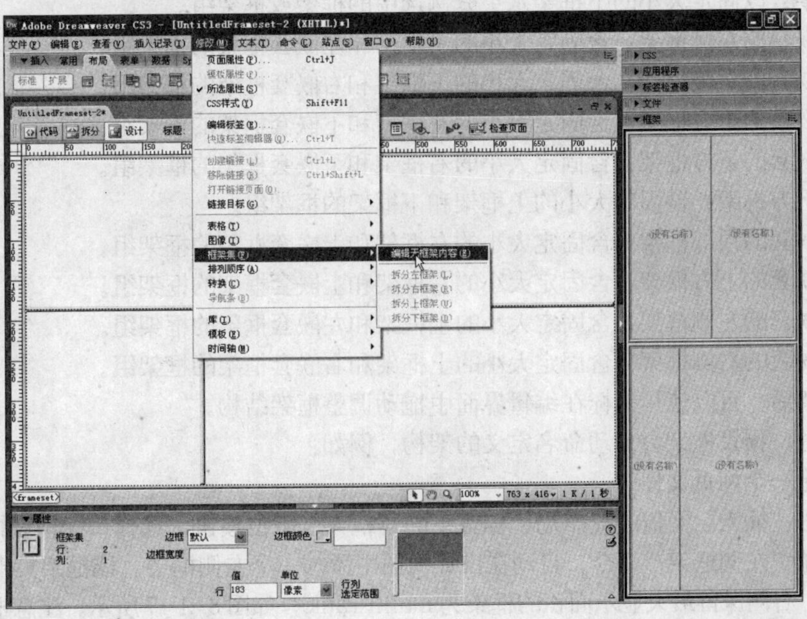

图 8-1-5

使用预设框架建立框架结构。

切换“插入”面板到“布局”标签，单击“框架”下拉按钮，弹出图8-1-6所示的菜单，选择目标命令，建立所需框架。

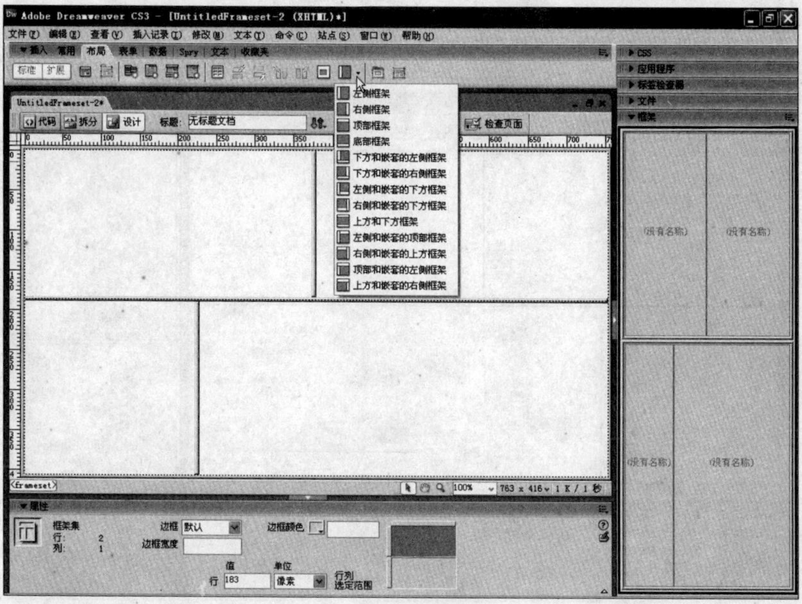

图8-1-6

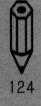

菜单中各命令的含义如下：

左侧框架：以固定大小的左框架垂直分割选中的框架或框架组。

右侧框架：以固定大小的右框架垂直分割选中的框架或框架组。

顶部框架：以固定大小的上框架水平分割选中的框架或框架组。

底部框架：以固定大小的下框架水平分割选中的框架或框架组。

下方和嵌套的左侧框架：含固定大小的下框架和左嵌套框架的框架组。

下方和嵌套的右侧框架：含固定大小的下框架和右嵌套框架的框架组。

左侧和嵌套的下方框架：含固定大小的左框架和下嵌套框架的框架组。

右侧和嵌套的下方框架：含固定大小的右框架和下嵌套框架的框架组。

上方和下方框架：含固定大小的上框架和下框架的框架组。

左侧和嵌套的顶部框架：含固定大小的左框架和上嵌套框架的框架组。

右侧和嵌套的上方框架：含固定大小的右框架和上嵌套框架的框架组。

顶部和嵌套的左侧框架：含固定大小的上框架和左嵌套框架的框架组。

上方和嵌套的右侧框架：含固定大小的上框架和右嵌套框架的框架组。

插入框架后，可以使用鼠标在编辑界面中拖动调整框架结构。

需要注意，预设框架会自动命名定义的架构，例如：

（1）新建一个网页文件。

（2）单击“插入”面板的“布局”标签下的“框架”下拉按钮，选择目标预设框架。

（3）选择“左侧框架”命令，自动在设计视图中添加一个左侧框架。该框架集中的各框架都被自动命名，右侧保留最大显示面积的框架为mainFrame，如图8-1-7所示。注意框架面板中显示的框架名称。

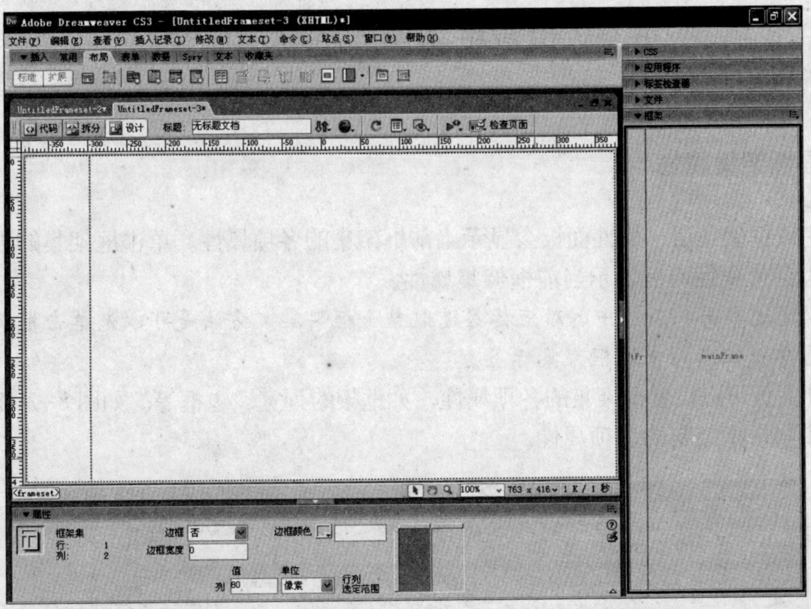

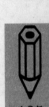

图8-1-7

注：在辅助功能属性对话框中，可以设置在框架中显示的网页标题。

8.2 保存框架

新建框架集后，需要保存建立的框架页。

保存框架页时，可以执行以下操作：

(1) 执行“文件/保存框架页”(或“文件/框架集另存为”)命令，打开如图8-2-1所示的“另存为”对话框。

图8-2-1

(2) 在“另存为”对话框中设置文件名称和保存路径，单击“保存”按钮完成框架保存。

注：保存框架页时，一定要单击选中整个框架集后，再执行保存命令。

不要使用鼠标单击设计视图中某个框架的内部。如果这样操作再执行保存命令，那么保存的将是目标框架所链接的网页。

8.3 设置框架集和框架的属性

8.3.1 设置框架集属性

在建立完成框架集后，属性面板会显示当前框架集的各项属性。单击框架集的边框，选中当前框架集，也会使属性面板显示当前框架集属性。

注：可以通过单击状态栏中的对应标签选取整个框架集。方法是可以先单击框架面板中的某个框架，然后单击状态栏中的框架集标签。

通过属性面板可以设置框架集的各项属性，如框架的列宽、边框等。如图 8−3−1 所示的属性面板中显示了当前框架集的各项属性。

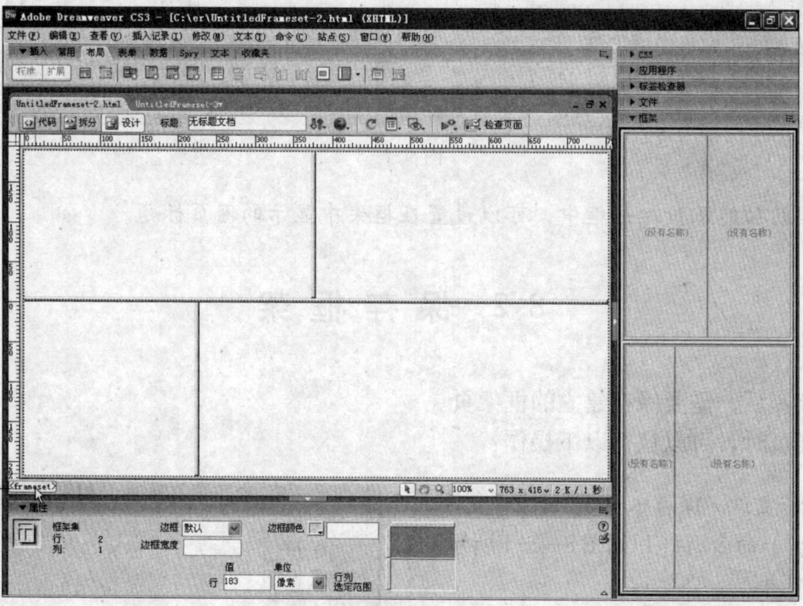

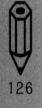

图 8−3−1

属性面板中各选项含义如下：

框架集行、列：显示选取框架集的行数和列数。如果你熟悉表格中行、列的概念，那么对框架集中的行、列也不难理解。

边框：含有是、否和默认 3 个选项，可以控制边框在浏览器中的显示状态。“是”选项可以显示框架边框；“否”选项可以不显示框架边框；“默认”选项采用浏览器默认的显示框架边框的方式，大多数浏览器以“是”作为默认的方式。

边框颜色：指定边框的颜色。

边框宽度：设置边框的宽度。

列（或行）值：设置各个框架的大小。设置框架大小的单位有 3 个：

列（或行）单位：含有像素、百分比和相对 3 种单位。“像素”是以像素为单位设置行高或列宽；“百分比”是以当前框架行（或列）占所属框架集高（或宽）的百分比；“相对”指当前框架行（或列）与其他框架行（或列）之间大小的比例。

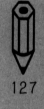

行列选定范围：显示编辑窗口中选取的框架集的框架结构，单击其中的行或列即可在行（或列）值栏设置框架大小。

设置属性时只需在属性面板的相关栏中输入相应数值或名称即可。

8.3.2 设置框架属性

建立框架后，单击框架面板中的目标框架，在属性面板中显示了这个框架的各项属性。通过属性面板可以设置这个框架的各项属性。

如图 8-3-2 所示，单击框架面板中目标框架，在属性面板中显示了该框架的属性，各项含义如下：

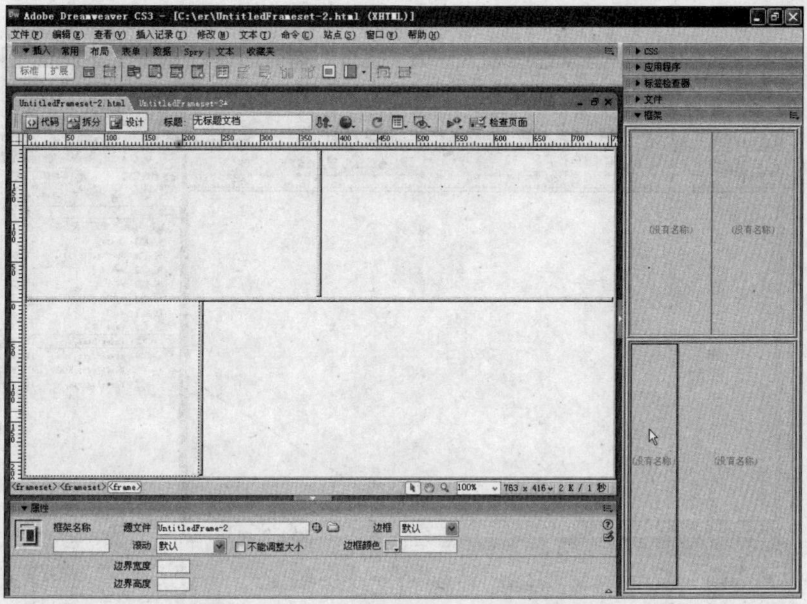

图 8-3-2

源文件：可以设置当前框架中显示的网页链接。

边框：含有是、否和默认 3 个选项，可以控制边框在浏览器中的显示状态。“是”选项可以显示框架边框；“否”选项可以不显示框架边框；“默认”选项是采用浏览器默认的显示框架边框的方式，大多数浏览器以“是”作为默认的方式。

滚动：设置当框架中显示的网页超出框架窗口时，是否显示滚动条。有是、否、自动和默认 4 个选项。一般设为自动，表示只有在浏览器窗口中没有足够空间来显示当前框架的完整内容时才显示滚动条。

不能调整大小：令访问者无法通过拖动框架边框在浏览器中调整框架大小。

边框颜色：指定边框的颜色。

边界宽度：以像素为单位设置左边距和右边距的宽度（框架边框和内容之间的空间）。

边界高度：以像素为单位设置上边距和下边距的高度（框架边框和内容之间的空间）。

8.4 设置框架的链接

下面通过实例讲解框架中显示链接网页的设置方法：

（1）新建一个网页，将网页存放在“家庭交流”站点文件夹下。

（2）单击“窗口／文件”，打开文件面板。

（3）单击“窗口／框架”，打开框架面板。

（4）在网页中创建框架集。

（5）在框架面板中选择目标框架。

（6）拖动属性面板的“指向文件”图标到文件面板中的目标网页，如图 8-4-1 所示。完成链接。

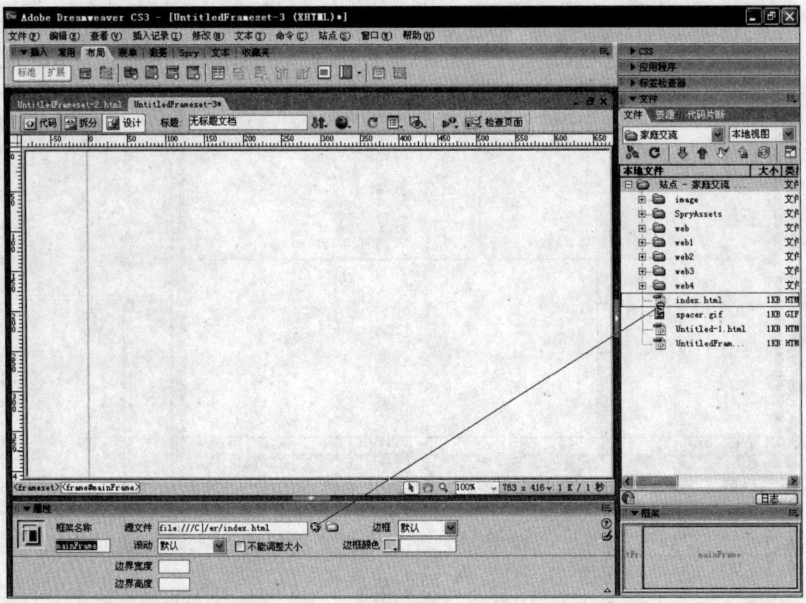

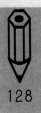

图 8-4-1

8.5 实 例

在制作实例前，先明确框架的作用。

框架的作用是把浏览器窗口划分为若干个区域，各区域可以分别显示不同的网页内容。即框架仅起到划分浏览器窗口的作用，其自身并没有实质内容。它所显示的是其他网页的内容。当使用框架直接制作网页时，每一个框架都对应着一个网页，在保存时这些对应框架不同部分的区域都是一个独立的网页文档。

（1）新建一个网页。

（2）使用框架将网页按需要划分为不同的部分，本例将框架划分为上下 2 个部分，结果如图 8-5-1 所示。

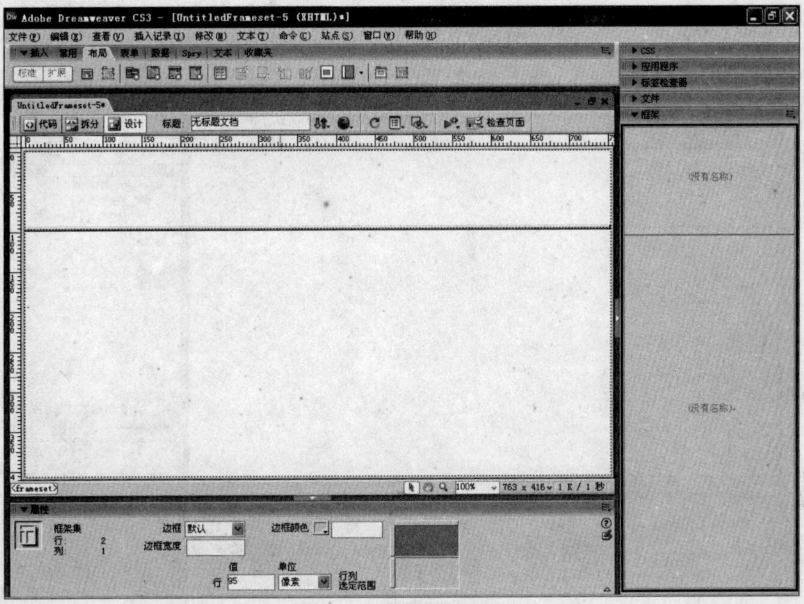

图 8-5-1

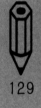

注：如果这时执行“文件／保存全部”命令，会弹出如图 8-5-2 所示的“另存为”对话框，提示保存框架集对应的网页，当前保存的网页对应的框架边框会以阴影显示。有几个框架就会保存几个网页。然后可以直接在框架上制作或单独编辑这些网页。本例链接到现有网页。

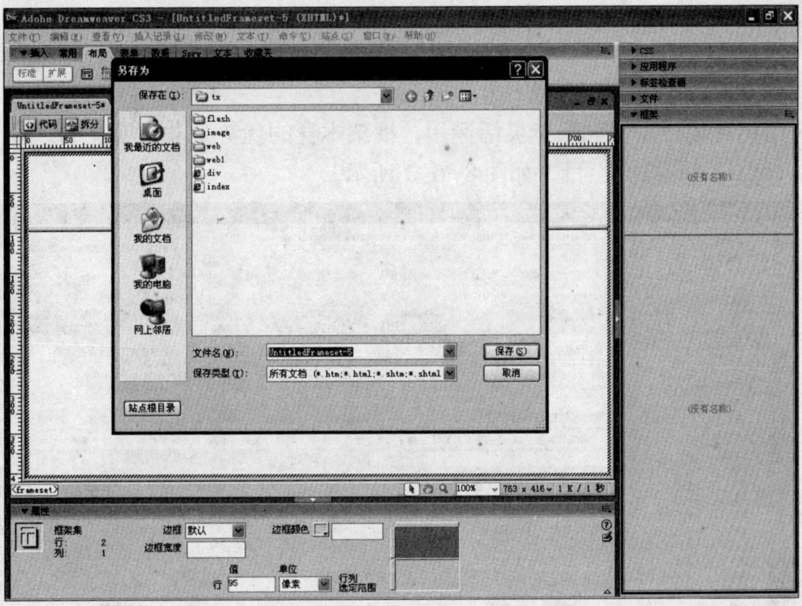

图 8-5-2

(3) 单击“窗口／文件”，打开文件面板。

(4) 在框架面板中单击目标框架，拖动属性面板的“指向文件”图标到目标链接文件，如图 8-5-3 所示。

(5) 使用同样的方法链接其他框架的显示网页。

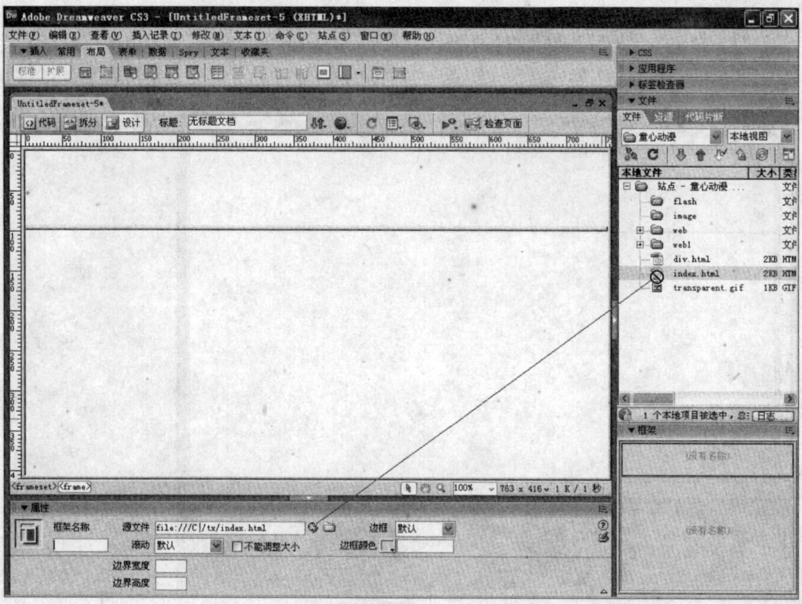

图 8-5-3

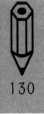

（6）保存当前框架页，完成制作。

注：试着在框架页面中更改链接在不同框架中的网页，然后打开源文件，看看源文件是否随着改变。

8.6 实例分析

框架的应用相对较少，但如果能灵活运用，框架本身的优势是非常明显的。登录到 http://www.pcpop.com/ 下的报价栏目，如图 8-6-1 所示。

图 8-6-1

将该页的源代码导入到Dreamweaver中，在Dreamweaver中查看这个网页的框架，结果如图8-6-2所示。

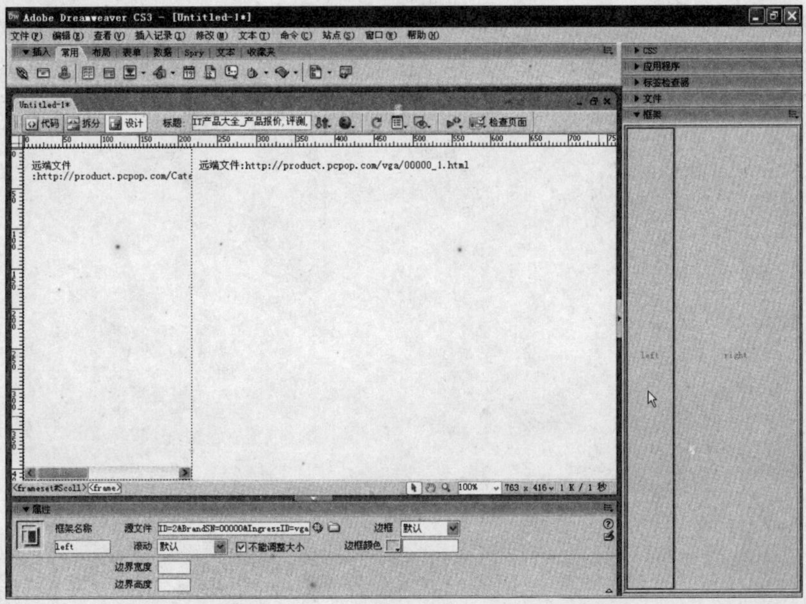

图8-6-2

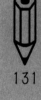

8.7 小 结

本章讲解了框架的相关知识，包括框架的建立、保存及其属性设置。通过本章的学习，读者应当重点掌握框架的建立和使用。

8.8 练 习

填空题

(1) 框架的作用是把浏览器窗口划分为______，每个区域可以分别显示不同的网页。

(2) 框架由两个主要部分组成：______和______。

问答题

简述框架的作用。

上机练习

(1) 创建一个框架结构的网页，然后依次设置和建立与框架相链接的网页。

(2) 建立下方和嵌套的左侧框架。在左侧框架内输入“文件一”、“文件二”，并分别设置链接文件为“content1.htm”、“content2.htm”，在 mainFrame 中打开，最后设置主框架的源文件为“content1.htm”。

第9章 模板与库

通过本章，你应当：

(1) 了解模板和库的基本概念。

(2) 学会模板和库的创建方法。

(3) 了解资源面板。

通常网站中同类网页具有相似的页面结构和风格，如果每个新建页面都需要重复制作网页中相同的部分，那么工作会非常繁琐。Dreamweaver提供了模板功能，可以简化这一操作。模板的功能就是把网页的布局和内容分离，布局设计好后将它保存为模板，这样，相同结构布局的网页就可以使用同一个模板来建立，极大地简化了工作流程。

Dreamweaver允许把网站中需要重复使用或需要经常更新的页面元素，如图像、文本等，存放在库中。存放在库中的元素被称为库项目。库项目可以被反复调用，当库中的元素被更新时，网页中对应的元素也会随着自动更新。

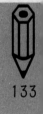

9.1 模板

使用模板可以快速建立风格统一的网站，创建模板有两种方法：可以从新建的空白HTML文档中创建模板，也可以把现有的HTML文档存为模板。

9.1.1 创建模板

创建模板的方法如下：

(1) 执行“文件／新建”命令，打开“新建文档”对话框。如图9−1−1所示，选择“空模板”下的“HTML模板”，单击“创建”按钮，进入到编辑界面。

图9−1−1

(2) 在编辑界面中可以像编辑普通网页一样编辑模板，如图9−1−2所示。

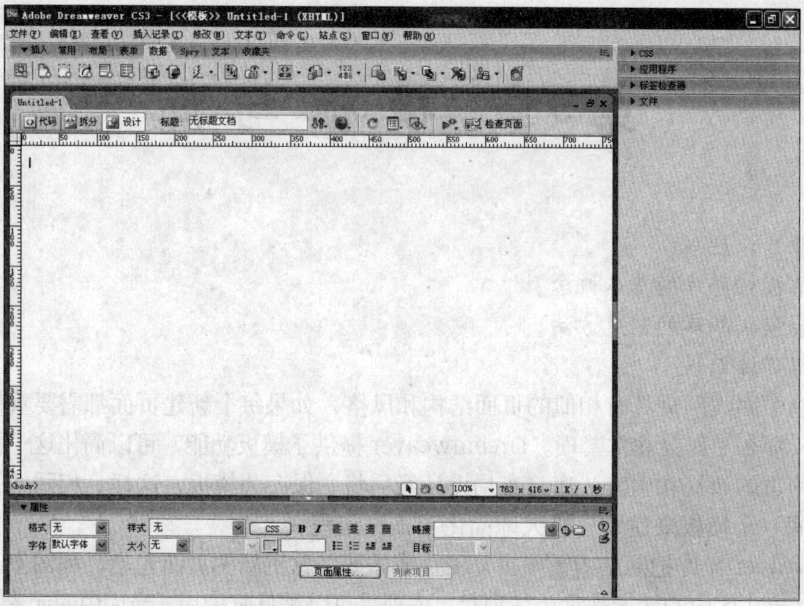

图9-1-2

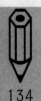

(3) 使用前面讲解的编辑网页的方法，把当前网站中各网页共有的元素放到指定位置，如基本的框架、网站左上角的标识、首页链接等。

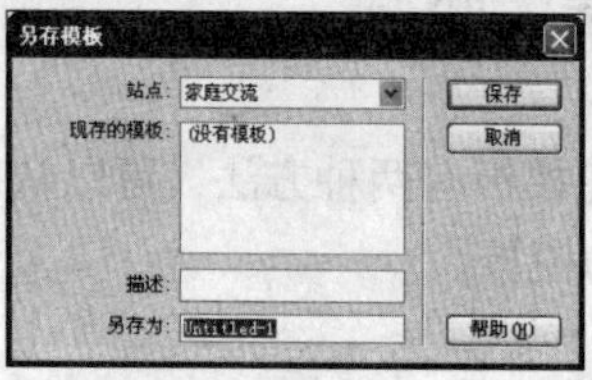

图9-1-3

(4) 设置完成后，执行“文件/保存”命令，打开图9-1-3所示的“另存模板”对话框，在该对话框中选择存放模板的站点，然后命名模板名称，单击“保存”按钮完成保存。

还可以使用资源面板来创建模板，方法如下所示：

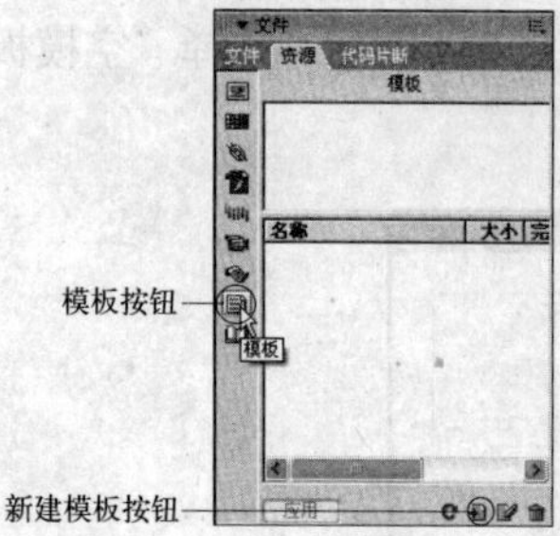

图9-1-4

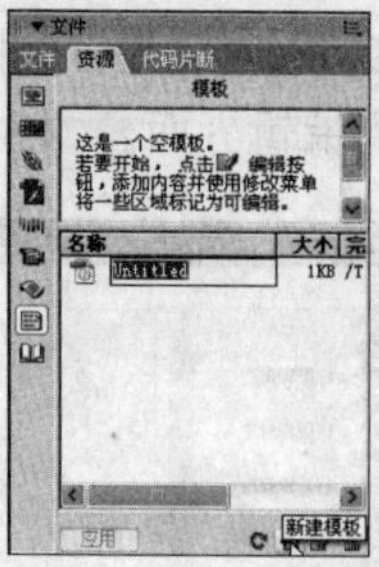

图9-1-5

(1) 单击“窗口/资源”，打开“资源”面板，单击图9-1-4所示的“模板”按钮。

(2) 单击“新建模板”按钮，如图9-1-5所示，在资源栏中新增一个模板。输入模板名称后按Enter键。

(3) 当需要编辑该模板时，可以双击该模板图标。或在选择该模板后，单击“编辑”按钮。

(4) 编辑该模板后保存。

9.1.2 将网页存储为模板

将现有网页存储为模板的方法如下所示：

(1) 打开一个网页。

(2) 执行“文件/另存为模板”命令，打开“另存模板”对话框。

注：也可以切换到“插入”面板的“常用”选项卡中，单击图9-1-6所示的“创建模板”按钮，打开“另存模板”对话框。

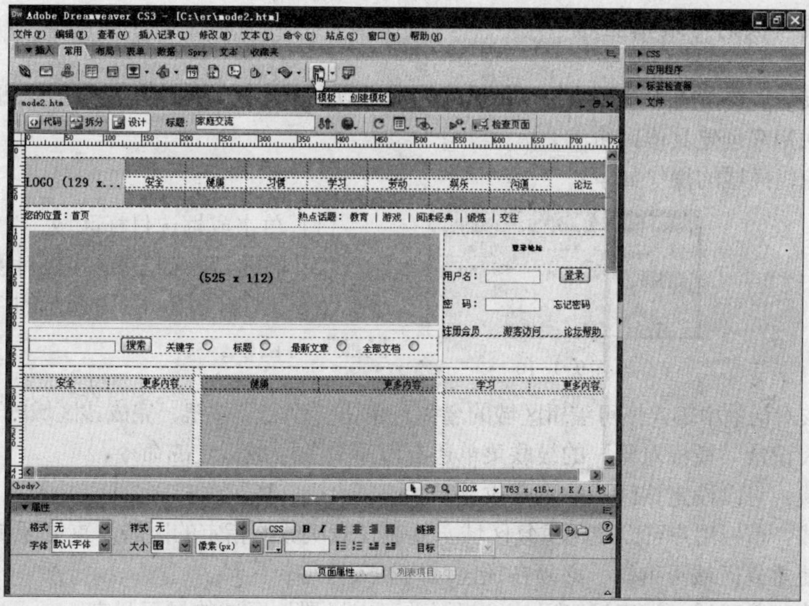

图 9-1-6

(3) 在图 9-1-7 所示的“另存模板”对话框中，选择保存模板的站点，设置模板的名称，单击“保存”按钮，打开如图 9-1-8 所示的更新链接提示框。

(4) 在如图 9-1-8 所示的提示框中单击“是”按钮，完成模板另存。

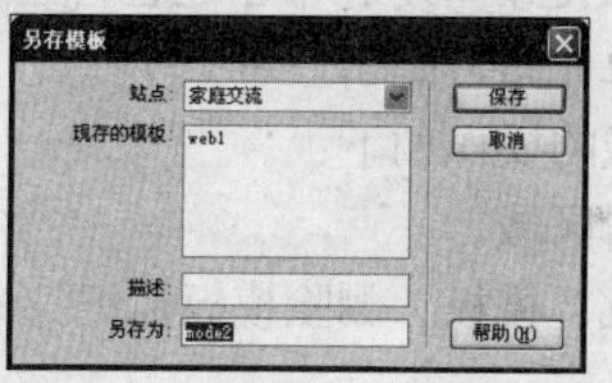

图 9-1-7

图 9-1-8

注：在网站中建立模板后，会发现在站点中多了一个 Templates 文件夹，如图 9-1-9 所示，所有模板都自动放置在这个文件夹下。通过资源面板，可以显示当前站点下的所有模板。

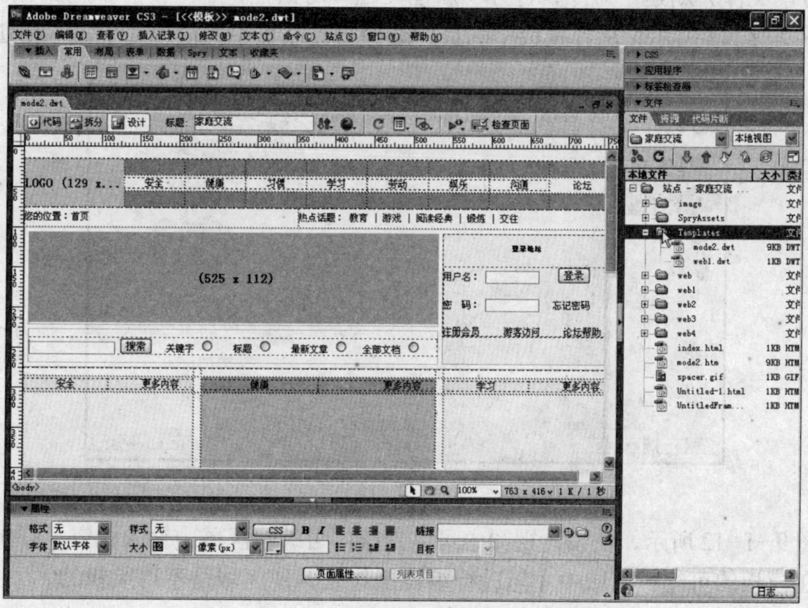

图 9-1-9

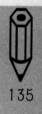

9.1.3 设置模板的可编辑区域

建立模板后需要指明哪些区域是可编辑的，即可以向其中添加内容。没有指定可编辑区域的模板，是无法用来创建具体网页的。

指定可编辑区域的操作如下：

图9-1-10

(1) 单击或框选目标区域。

(2) 执行“插入记录/模板对象/可编辑区域”命令，打开图9-1-10所示的“新建可编辑区域”对话框。

(3) 在该对话框中输入该可编辑区域的名称，单击“确定”按钮，完成该区域的可编辑指定。

在“插入记录/模板对象”的级联菜单还有以下有关区域指定的命令：

可选区域：可以设定该区域的隐藏或显示状态。

重复区域：模板用户可以使用重复区域，复制任意次数的指定的区域。重复区域不是可编辑区域。若要使重复区域可编辑，必须在该区域内插入可编辑区域。

可编辑的可选区域：该区域可以被编辑，并可以设置该区域的显示状态。

重复表格：可以使用重复表格创建包含重复行的表格格式的可编辑区域。可以定义表格属性并设置哪些表格单元格可编辑。

删除可编辑区域的操作如下：

(1) 选择可编辑区域。

(2) 执行“修改/模板/删除模板标记”命令，或者直接按Delete键，删除可编辑区域。

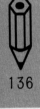

9.1.4 用模板新建网页

利用模板制作网页的方法如下：

(1) 执行“文件/新建”命令，打开“新建文档”对话框，

(2) 如图9-1-11所示，选择模板中的页，选择目标站点中的模板，单击“创建”按钮。

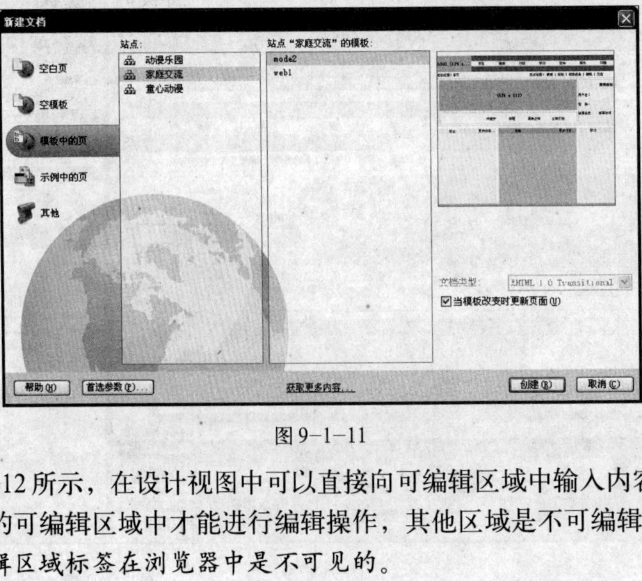

图9-1-11

(3) 如图9-1-12所示，在设计视图中可以直接向可编辑区域中输入内容。在编辑过程中会发现，只有在模板的可编辑区域中才能进行编辑操作，其他区域是不可编辑的。

注：图中可编辑区域标签在浏览器中是不可见的。

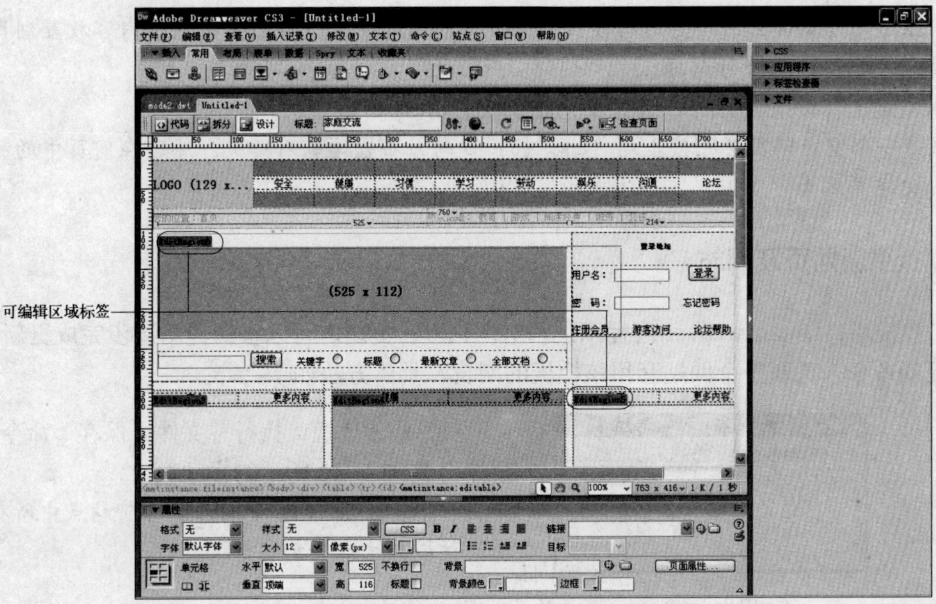

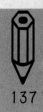

图9–1–12

（4）最后执行“文件／保存”命令。

9.1.5　套用模板

制作好模板后，我们便可以将模板套用到网页中，具体方法如下：

（1）新建一个 HTML 文档。

（2）执行“修改／模板／应用模板到页”命令，打开“选择模板”对话框。在“选择模板”对话框中，选择要套用的目标模板，单击“选定”按钮，如图9–1–13所示。

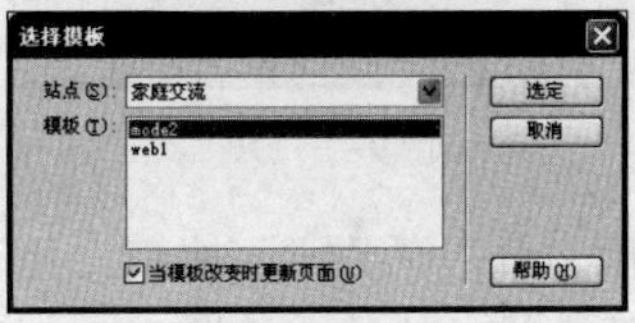

图9–1–13

注：步骤（2）也可以用下面的方法代替。打开“资源”面板的“模板”标签，选择目标模板，单击“应用”按钮。

（3）如果当前网页含有的内容与准备套用的模板不完全相符，会弹出图9–1–14所示的“不一致的区域名称”对话框，

（4）先单击目标内容，然后再单击“将内容移到新区域”右侧的下拉按钮，在弹出的下拉菜单中选择目标可编辑区域，如图9–1–15所示。

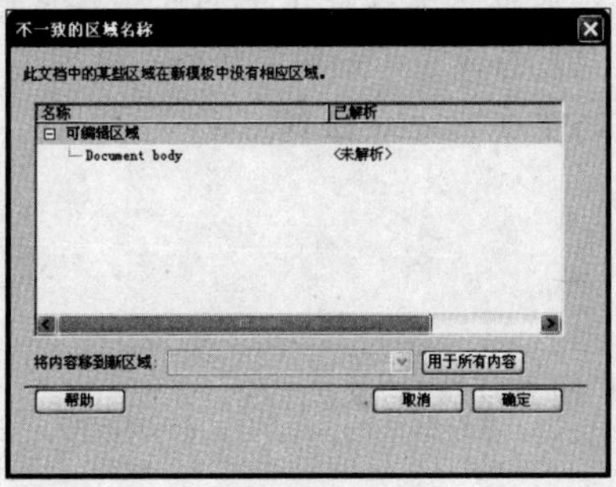

图9–1–14

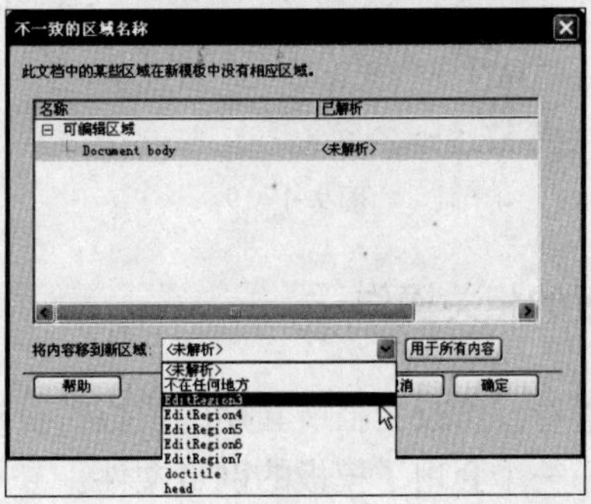

图9–1–15

注：这里显示的可编辑区域是套用的模板中拥有的可编辑区域。当需要把某个内容放置到目标可编辑区域中，就在这里进行选择。

(5) 单击“确定”按钮，关闭对话框，完成模板套用。

注：如果是一个空白网页，可按上述 (2)、(3) 步的方法直接套用模板，然后在网页中的可编辑区域加入文字等元素。

9.1.6 用模板更新网页及网站

当修改了模板后，Dreamweaver 会提示是否对网站进行更新。可以按照提示逐步完成更新，也可以通过更新命令来更新整个网站套用该模板的网页，具体方法如下：

图 9-1-16

(1) 修改模板，执行“文件／保存”命令，会弹出图 9-1-16 所示的提示框。

注：在图 9-1-16 中列出了当前站点中所有使用该模板建立的网页。

(2) 单击“更新”安钮，弹出图 9-1-17 所示的“更新页面”对话框。

(3) 如图 9-1-18 所示，选择整个站点，选择目标站点名称，单击“开始”按钮开始更新。

图 9-1-17

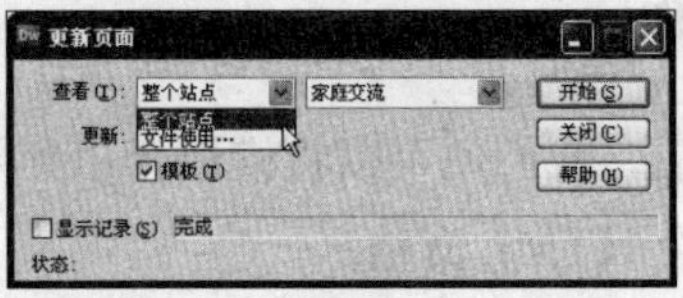

图 9-1-18

(4) 更新完成后，单击“关闭”按钮，关闭“更新页面”对话框。

注：也可以在保存时，对弹出的提示框中选择不更新，等整体修改完成后，执行“修改／更新／更新当前页”命令，打开图 9-1-17 所示的“更新页面”对话框。然后进行更新操作。

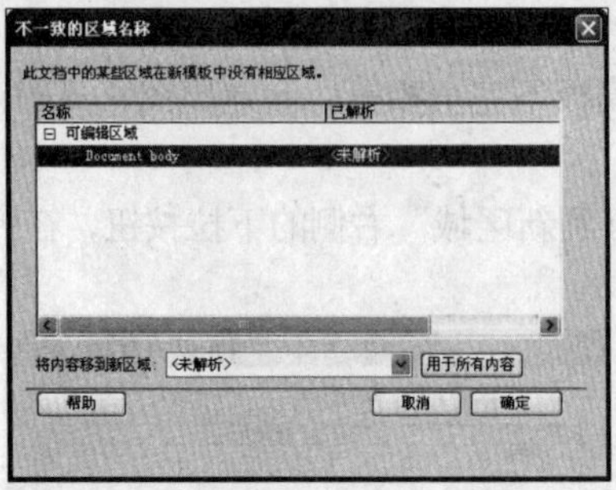

图 9-1-19

当修改模板出现与原始模板中的可编辑区域无法对应的情况时，在执行更新操作时会弹出如图 9-1-19 所示的提示框，在该提示框中匹配编辑区域就可以了。例如删除原始模板中的可编辑区域后，在弹出的“不一致的区域名称”对话框中选择提示中的可编辑区域。匹配工作完成后单击“确定”按钮，回到图 9-1-16 所示的更新页面对话框。

9.1.7 模板的相关操作

如果要查看、修改文档所套用的模板，可用下列方法来完成：

(1) 打开一个套用了模板的网页文件。

(2) 执行“修改／模板／打开附加模板”命令。

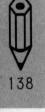

如果要将文档与套用模板之间的关联关系终止，即将文档与模板分离，可以用下列方法来完成：

（1）打开一个套用了模板的网页文件。

（2）执行“修改／模板／从模板中分离”命令。

9.2 库

使用库可以减少重复设置元素各项属性等方面的操作，提高工作效率。

9.2.1 创建库项目

一些网站中重复用到的元素，如一幅图像、一段文字或多个内容组合，可以将其定义为库项目，这样既能减少网页的存储空间，也能非常方便地进行网页的更新。

创建库项目的操作步骤如下：

（1）执行“窗口／资源”命令，打开资源面板。单击“库”按钮，进入到图9–2–1所示的库中。

（2）如图9–2–2所示，单击“库”面板中“新建库项目”按钮，新建一个库项目，输入库项目名称后按Enter键。

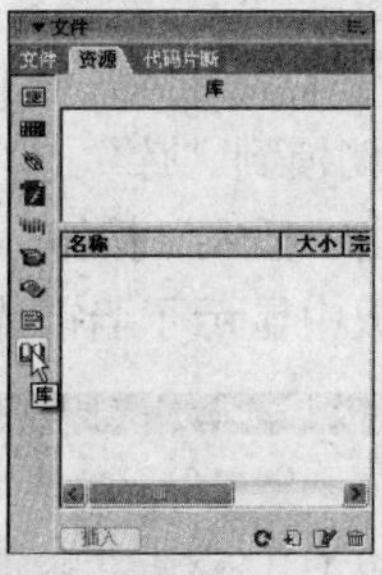

图9–2–1

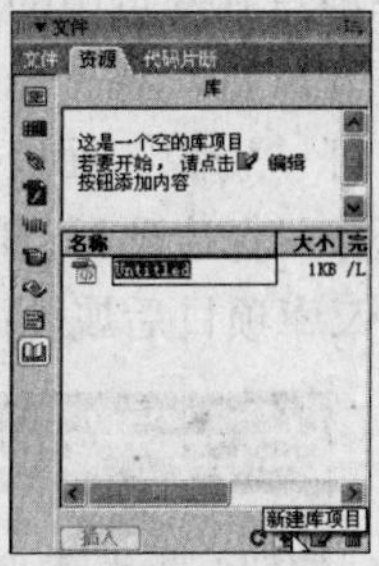

图9–2–2

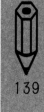

（3）双击“库项目”图标，或单击“库”面板中的“编辑”按钮，进入到图9–2–3所示的编辑界面。编辑库项目与编辑网页的方法相同。

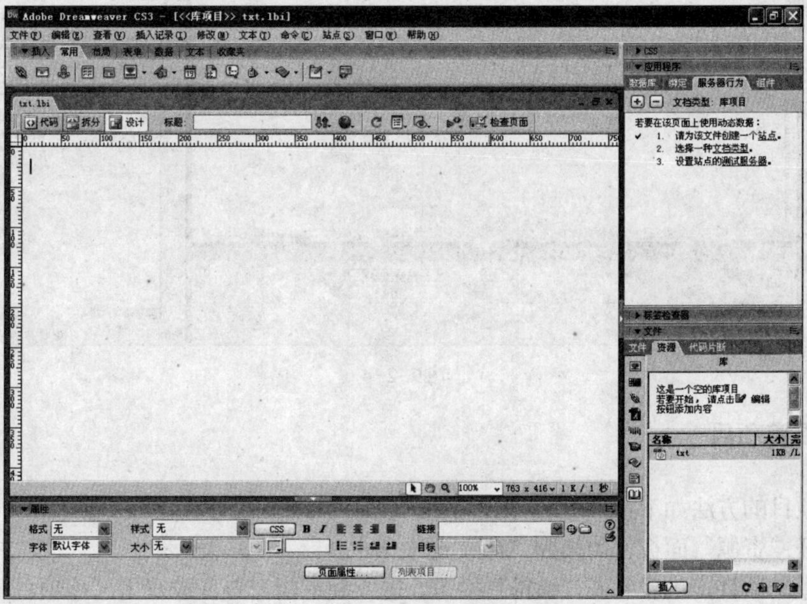

图9–2–3

（4）编辑完成后，执行“文件／保存”命令。

9.2.2 将网页元素制作成库项目

将网页中的元素制作成库项目的方法如下：

（1）打开网页，选取目标网页元素。

（2）可以将网页元素直接拖到库面板中；也可以执行“修改／库／增加对象到库”命令；还可以单击库面板中的“新建库项目”按钮。

（3）网页元素添加到库面板中后，输入库项目名称即可。

注：应用到网页中的库项目被看成是一个独立的个体，无法直接在网页中进行修改。因此在制作库项目时，应当注意库项目内容的相关性，考虑好库项目的内容和外观。

9.2.3 将库项目应用到网页中

应用库项目到网页中的方法如下：

（1）打开网页，将光标置于需要插入库项目的位置。

（2）打开“资源”面板，切换到“库”选项卡中。

（3）选择目标库项目，单击“插入”按钮，或者拖动库项目到网页中的目标位置。如图9-2-4所示，插入库项目后属性面板中显示了当前库项目的相关设置。

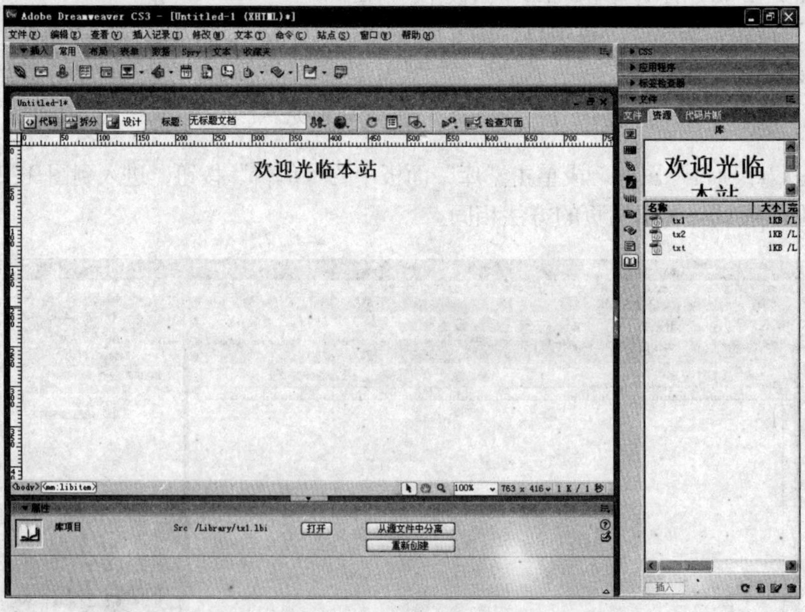

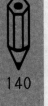

图9-2-4

9.2.4 编辑库项目

编辑库项目的方法如下：

（1）打开“资源”面板，切换到“库”选项卡中。

（2）选择库项目，然后单击“编辑”按钮，进入到编辑窗口。或双击“库项目”图标，进入到编辑窗口。

9.2.5 脱离库项目控制

应用到网页中的库项目，如果需要摆脱库项目的制约，成为网页内容的一部分，可以按照下列方法来实现：

(1) 选中网页中的库项目。

(2) 单击“属性”面板中的“从源文件中分离”按钮即可。

9.3 资 源 面 板

在上节中，建立库项目时接触到了资源面板。Dreamweaver会自动把站点中的资源进行分类，使用时可以根据需要单击资源面板中的分类按钮，资源面板就会列出当前站点中的相关资源。

例如，当需要查看和调用当前站点的图像资源时，可以单击“资源”面板中的“图像”按钮，在“资源”面板中就列出了当前站点中包含的所有图像，如图9-3-1所示。

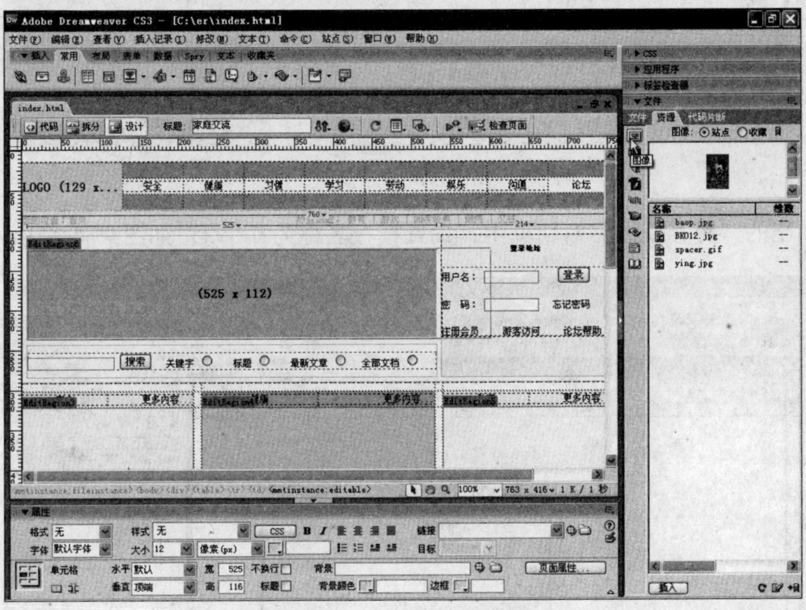

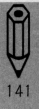

图9-3-1

注：使用此项功能，必须建立Dreamweaver站点。只有建立了Dreamweaver站点，那么资源面板才会把当前站点中的所有资源显示出来。

资源面板中除了提供库、图像等资源管理功能，还提供了颜色、Flash和链接等资源归类管理功能。使用Dreamweaver时要充分利用资源面板，完成对站点各项资源的查找和调用工作，提高工作效率。

9.4 实 例

本节以实例说明使用模板和库建立网页的方法。

(1) 在文件面板中打开“童心动漫”网站。

（2）新建一个 HTML 文档。

（3）切换“插入”面板到“常用”选项卡中，单击“创建模板”按钮，如图 9-4-1 所示。

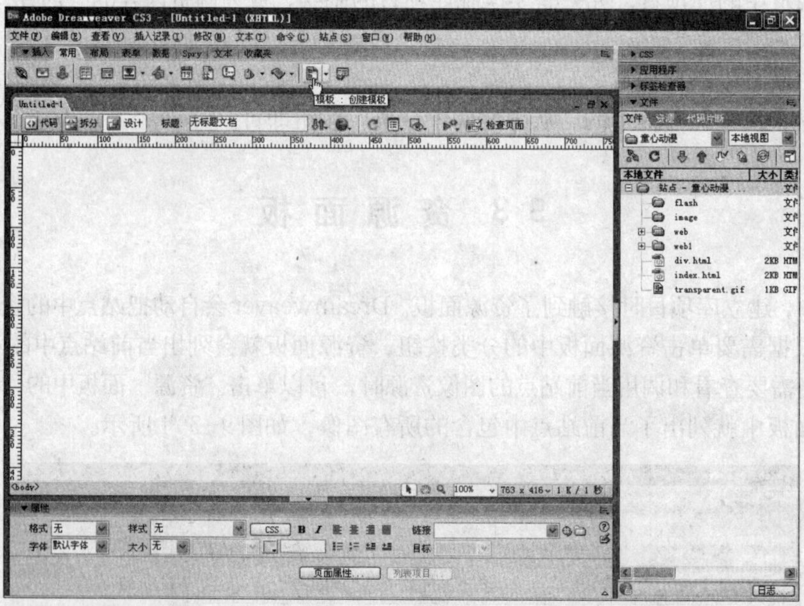

图 9-4-1

（4）在弹出的“另存模板”对话框中，设置模板名称为 index，如图 9-4-2 所示。

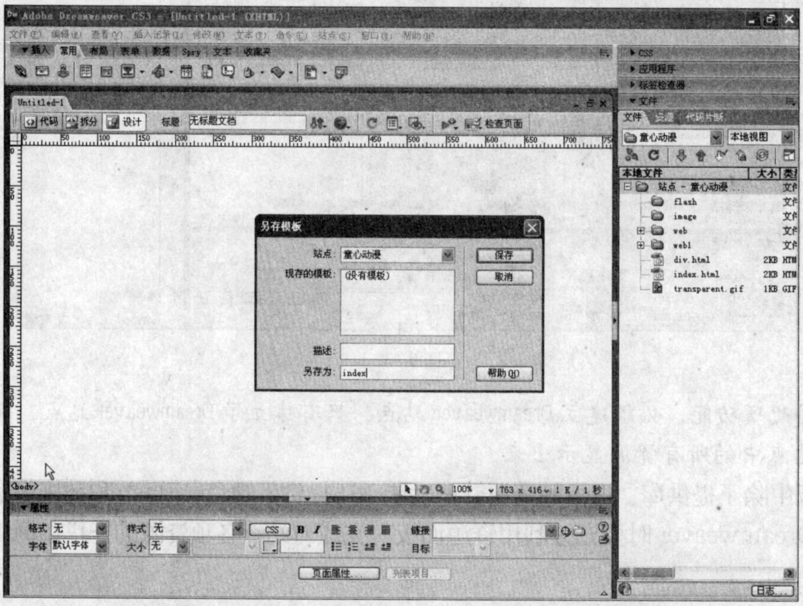

图 9-4-2

（5）执行“查看／表格模式／布局模式”命令，将视图设置为布局表格模式。

（6）在布局模式下，使用布局表格和布局单元格对网页进行布局设计，如图9–4–3所示。

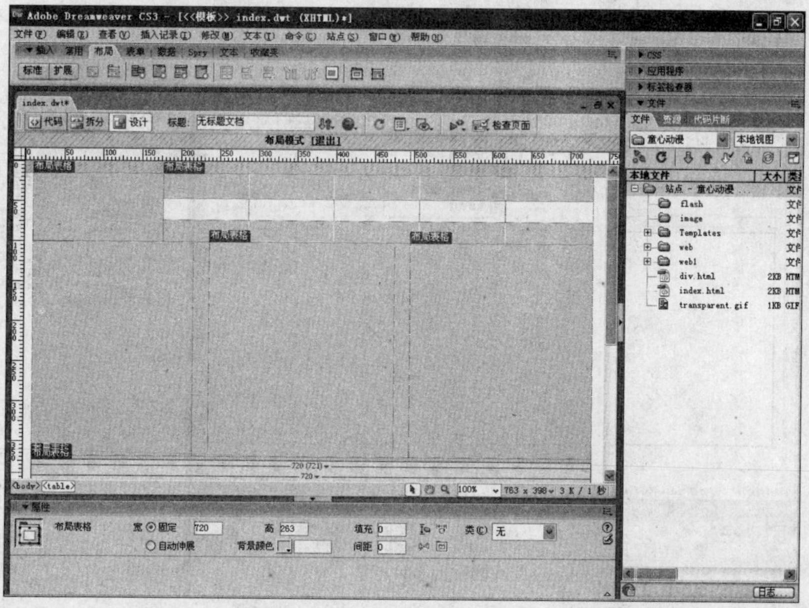

图9–4–3

（7）切换到标准表格模式下，调整表格的各项属性。然后在不可编辑区域输入那些不需要改变的内容，结果如图9–4–4所示。

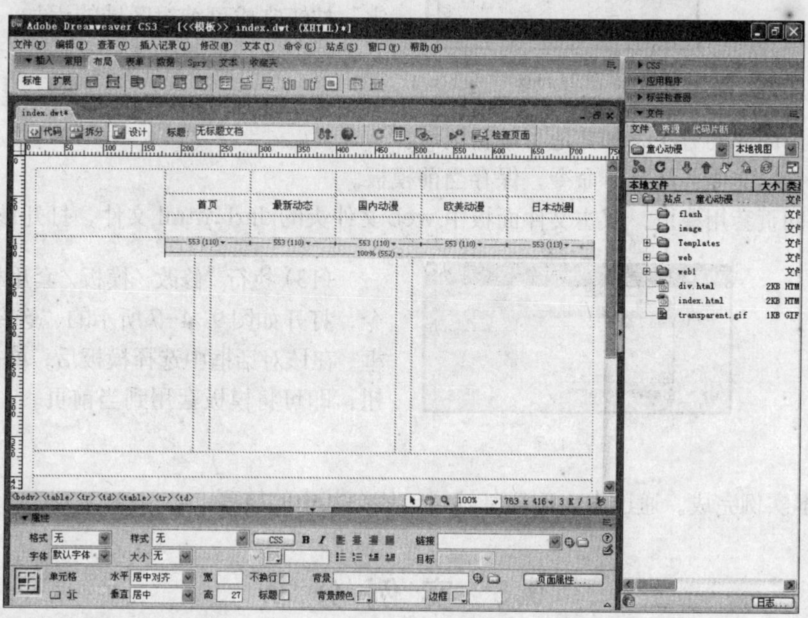

图9–4–4

注：也可以先不设定不可编辑区域，仅设定可编辑区域，这样即使用了模板建立网页，只要更改模板，就可以使所有采用模板的网页自动随之改变。最重要的是为可编辑区域和不可编辑区域保留好合理的区域，对于不可编辑区域内容的添加并不会影响工作。

(8) 切换“插入”面板到“常用”选项卡中。如图9–4–5所示，单击目标单元格后，单击“可编辑区域”按钮，弹出“新建可编辑区域”对话框。

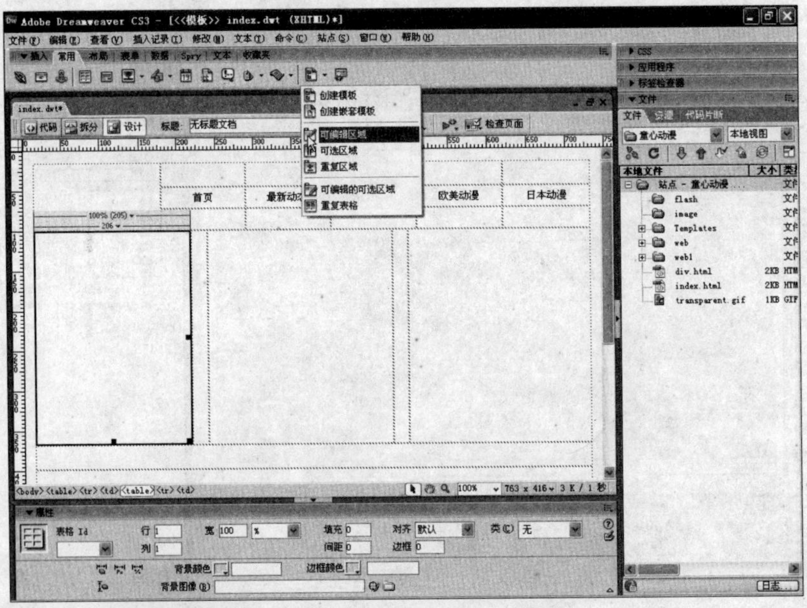

图 9–4–5

图 9–4–6

(9) 如图9–4–6所示，在“新建可编辑区域”对话框中，设置可编辑区域的名称。单击“确定”按钮完成可编辑区域的添加。

(10) 使用同样的方法添加其他可编辑区域。

(11) 执行“文件／保存”命令，保存当前模板。

(12) 为网页套用模板，双击文件面板中 web 文件夹的 dm1.html 文件，打开该文件。

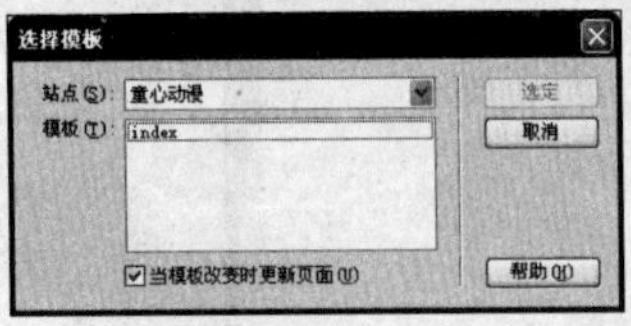

图 9–4–7

(13) 执行“修改／模板／套用模板到页”命令，打开如图9–4–7所示的“选择模板”对话框。在该对话框中选择模板后，单击“选定”按钮，即可将模板套用到当前页。

至此，本实例完成。通过本实例反复练习，体会其中的技巧。

9.5 实 例 分 析

直接建立模板和库，初学者往往无从下手。这时可以多浏览一些知名网站，看看有哪些值得借鉴的地方，如果有，可以将目标网站的源代码在 Dreamweaver 中打开，如图9–5–1所示。

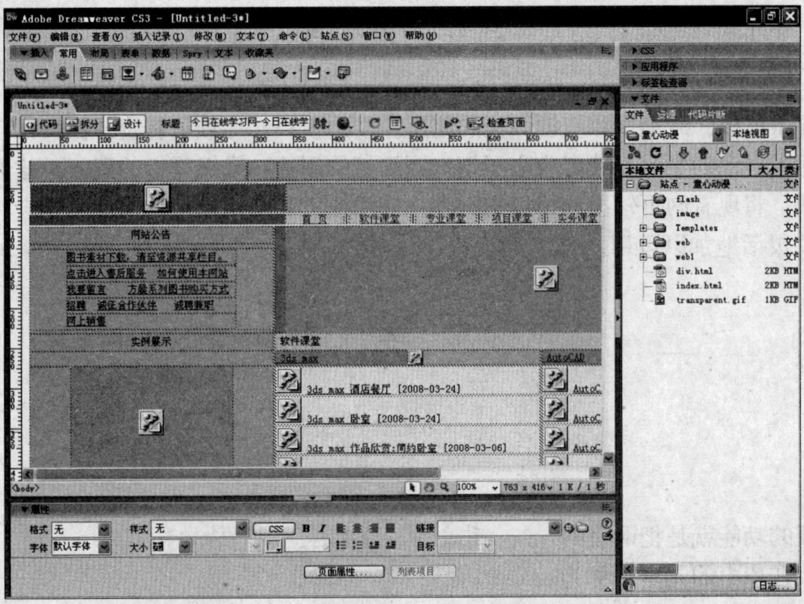

图 9-5-1

切换到“插入”面板的“常用”选项卡中，单击“创建模板”按钮，将其创建成模板，如图 9-5-2 所示。之后以此为基础，逐步将其修改成自己所需的模板。

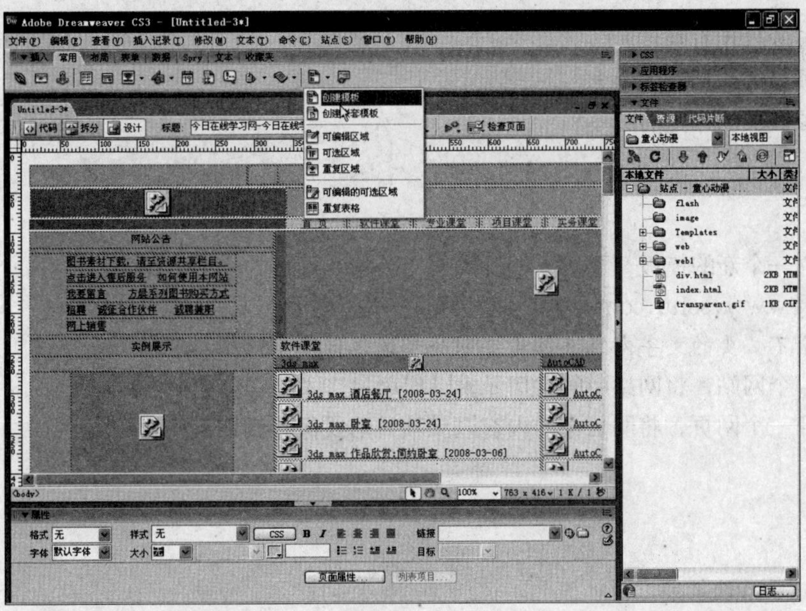

图 9-5-2

网络中有许多资源，充分利用这些资源不但可以提高工作效率，而且还可以快速提高自己的水平，并在已有的基础上改进并创新。

9.6 小　结

本章讲解了模板、库项目和资源面板的使用。使用模板、库项目和资源面板可以有效地提高工作效率。通过本章的学习，读者应当了解资源面板的用途；掌握模板的建立；建立或删除模板中的编辑区域；将现有网页转换为模板的方法；使用模板和套用模板的方法；学会将常用元素建立为库项目并灵活地加以运用。

9.7 练　习

填空题

(1) 模板的功能就是把网页的______和______分离。

(2) 存放在库中的元素被称为______。

(3) Dreamweaver会自动把站点中的资源进行分类，使用时可以根据需要单击______的分类按钮，______就会列出当前站点中的相关资源。

问答题

(1) 模板的作用有哪些？

(2) 库项目的作用有哪些？

(3) 资源面板的用途有哪些？

上机练习

(1) 建立一个新的模板，要求有明确的层、表格和网页的主要链接。

(2) 登录www.sohu.com网站，将该网页转换为模板。

注：删除不必要的文字内容及结构，划分可编辑区域。

(3) 建一个网站，将网站中的常用元素以库项目形式保存到库中。

(4) 打开一个网页，将网页中的内容以库项目形式保存到库。

第10章 文 本

通过本章，你应当：

(1) 了解文本面板。

(2) 学会使用属性面板设置文本。

(3) 学会插入特殊字符。

10.1 插入面板的文本标签和文本属性面板

插入面板的文本标签是建立文本的基本工具，通过文本标签可以设置文本的标题格式和字体样式等。属性面板可以显示当前文本的属性，通过属性面板可以编辑这些属性。

10.1.1 文本面板

单击“插入”面板的文本标签，切换到图10-1-1所示的文本选项卡中。该选项卡中的各项从左至右的含义如下：

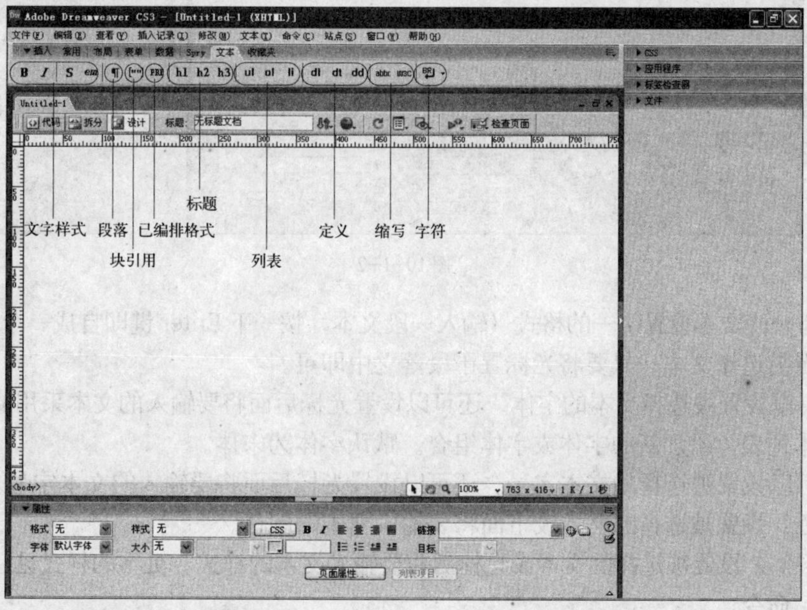

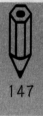

图10-1-1

文字样式：分别为粗体、斜体、加强、强调。更多的样式见“文本”菜单下的“样式”命令。

段落：新建一个段落。

块引用：设置文本缩进。

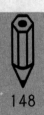

已编排格式：对文本进行预格式化，利用预格式化的特性可以非常方便地连续输入多个空格或制表符。

标题：将文本定义为相应级别的标题。标题实际上是一段特殊显示的文字。

列表：建立列表格式，包括项目列表、编号列表、列表项。

定义：包括定义列表、定义术语、定义说明。

缩写：英文及其他语言中的缩写、首字母缩写词。

10.1.2 文本属性面板

新建一个文档，属性面板即显示为文本属性。当选择编辑窗口的文字，或将光标置于这些文字之间时，属性面板也会显示图 10-1-2 所示的文本属性。

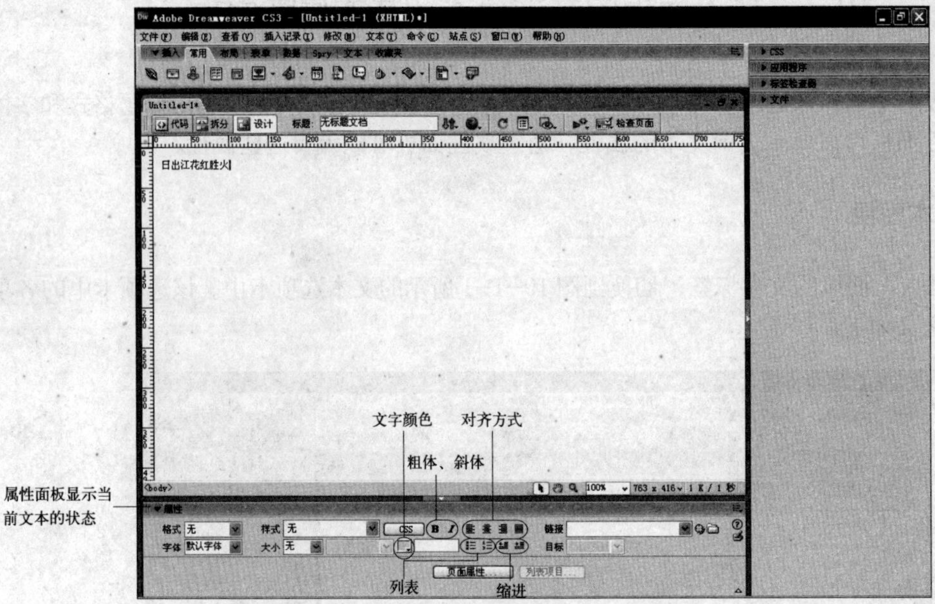

图 10-1-2

格式：为一段文本设置统一的格式（输入一段文本，按一下 Enter 键即自成一个段落），设置段落格式时无需选择文本，只要将光标置于段落之中即可。

字体：可以设置被选择文本的字体。还可以设置光标后面将要输入的文本采用的字体。并可通过编辑字体列表，添加新的字体或字体组合。默认字体为宋体。

大小：可以设置被选择的文本字号。还可以设置光标后面将要输入的文本字号。

文字颜色：设置被选择的文本或下面将要输入文本的颜色。

粗体、斜体：设置被选择的文本或光标后将要输入文本的样式。更多的样式见“文本”菜单下的“样式”命令。

对齐方式：设置段落的对齐方式，包括左对齐、居中对齐、右对齐、两端对齐。

链接：设置被选择文本的链接。

目标：该项可以设置打开链接的方式。只有当前文本具有链接属性，此项才处于可设置状态。

列表：将选择文本或下面将要输入的文本设置为项目列表或编号列表形式。

缩进：设置整个段落相对于文档窗口的缩进，包括缩进、凸出。

10.2 设置文本属性

在Dreamweaver中，可以通过直接输入的方式添加文本，也可以从其他文字处理软件中复制文本。本节讲解设置文本的字体、字号和颜色等属性的方法。

10.2.1 设置字体

设置文本字体的方法如下：

如图10-2-1所示，选择文本（如果不选择文本，则会对输入点以后输入的文本应用此设置），在文本属性面板的字体栏选择目标字体。

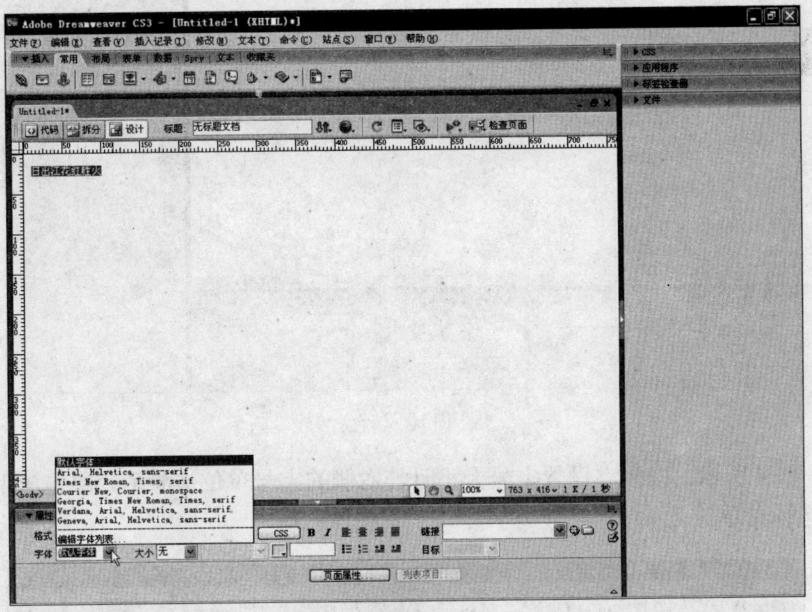

图10-2-1

字体列表：每个列表含有多种字体，排在行首的为显示网页时浏览器的首选字体，如果浏览者的电脑中没有安装这种字体，则会使用列表中排在第二位的字体，以此类推。如果找不到对应字体，就会以浏览器的默认字体显示。

编辑字体列表：如向字体列表中增加字体及字体组合。

如果字体列表中没有需要的字体或字体组合，可以按下列方法来增加一种字体或字体组合：

(1) 执行“文本/字体/编辑字体列表”命令，打开图10-2-2所示的编辑字体列表对话框。

(2) 选择要添加的字体，单击“添加字体”按钮。

(3) 重复步骤(2)的操作可增加一个字体组合，单击“确定”按钮，关闭对话框。

图10-2-2

注：为使网页的字体被浏览者的电脑所支持，可将少量的特殊文字做成图片使用。

10.2.2 设置字号

设置字号的方法如下：

选择文本（如果不选择文本，则会对输入点以后键入的文本应用此设置），如图 10−2−3 所示。单击属性面板中“大小”栏的下拉按钮，在弹出的菜单中选择目标字号。

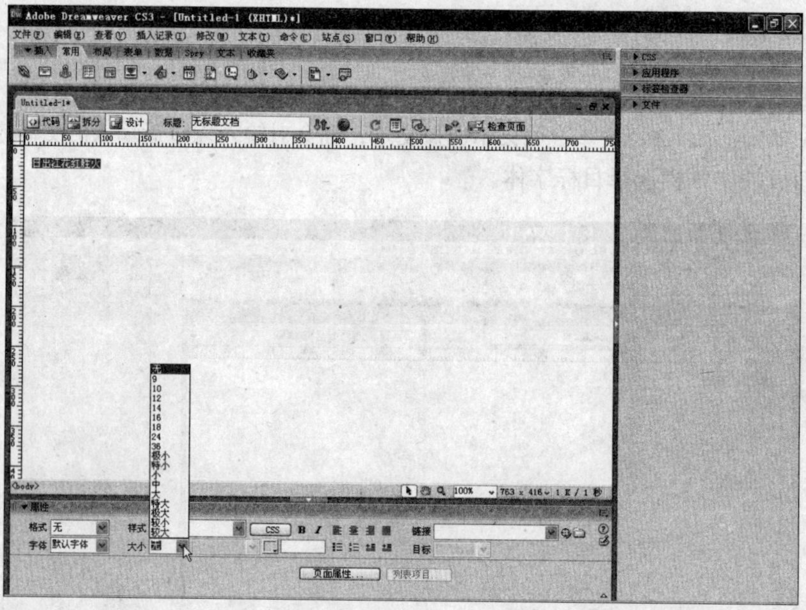

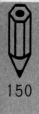

图 10−2−3

如图 10−2−4 所示，以数字设置字号大小时，右侧的字号单位被激活，单击该下拉按钮会弹出字号单位选择菜单。

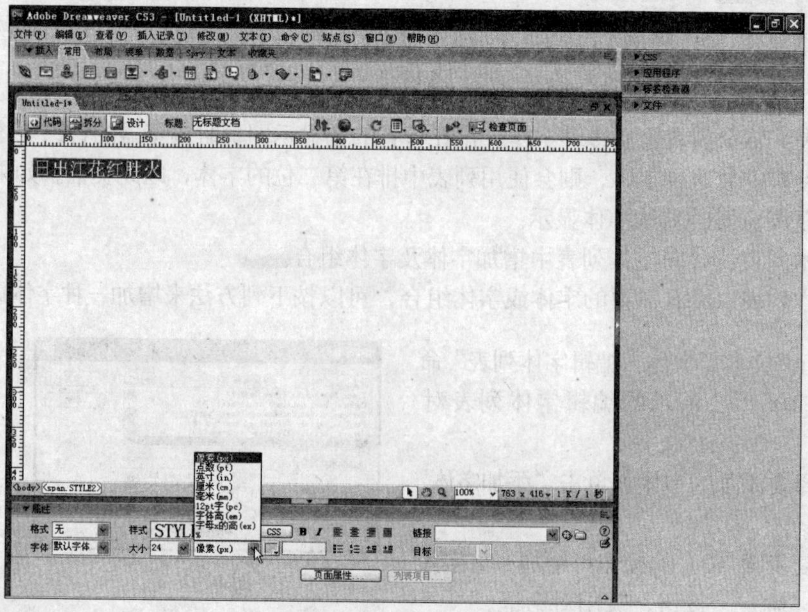

图 10−2−4

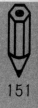

无：取消设置后会按默认字号显示。

9至36：8个级别字号。可以单击“大小”栏的内部，然后直接输入数字设置文本的字号大小。

极小至极大：提供Web页最常用的字号大小。

字号单位：提供了几种设置字号大小的度量单位。一般字号大小的度量单位以点数（pt）来衡量，一点约等于0.25毫米。

10.2.3　设置文本颜色

要设置文字颜色，方法如下：

选择文本（如果不选择文本，则会对输入点以后键入的文本应用此设置），单击属性面板中的颜色按钮，打开图10-2-5所示的颜色样本，在该样本中选择所需的颜色。如果知道颜色的RGB值，也可直接在颜色按钮右侧的文本框内输入目标色彩值，如：#FFFFFF。

对于颜色样本中没有的颜色，可以按下列方法自定义所需的颜色：

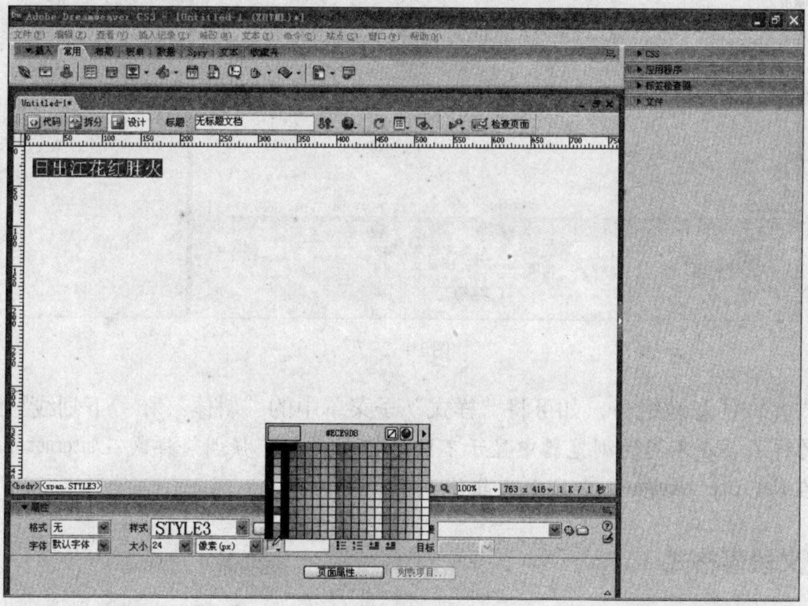

图10-2-5

（1）执行“文本/颜色”命令，打开图10-2-6所示的颜色对话框。

（2）单击目标颜色，设置所需的色阶。

（3）单击“确定”按钮，关闭对话框，所选颜色即应用到当前设置。

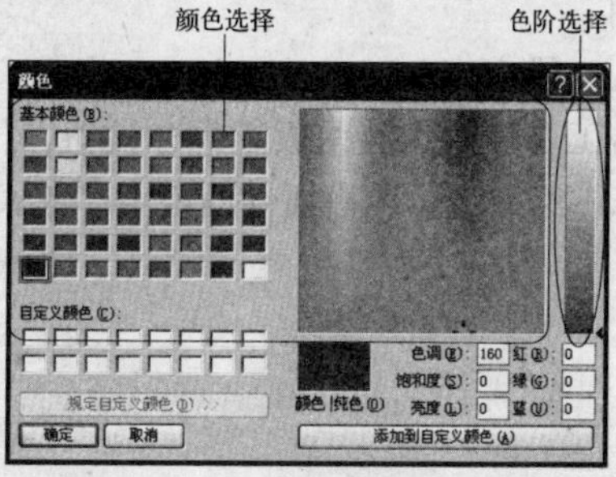

图10-2-6

注：Dreamweaver提供的颜色样本中的颜色为Web安全色（见图10-2-5）。当计算机运行在256色的模式下时，IE和Netscape两大浏览器能显示的只有216色，故将这216色称为Web安全色。为

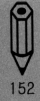

了提高网页的兼容性，建议选用Dreamweaver颜色样本中的颜色。

10.2.4 设置字符样式

在文字的属性面板中只有粗体和斜体两种样式，要设置更多的样式，可执行“文本/样式”命令，从“样式”的级联菜单中选择目标样式，如图10-2-7所示。

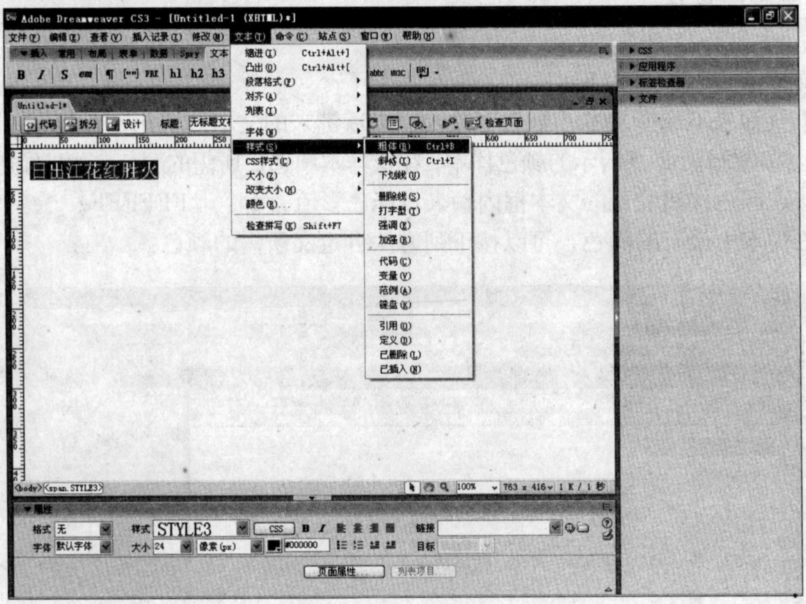

图10-2-7

各个样式允许任意地组合，如可将“样式”子菜单中的“斜体”和“下划线”同时勾选。

注：有的样式会在不同的浏览器中显示不同的格式，如“强调”样式在Internet Explorer中显示为斜体，而在Netscape Navigator中显示为粗体。

10.2.5 定义段落格式

定义段落格式可以将文本定义为普通的段落格式、定义为标题格式或预格式化段落，本节以一个实例说明：

（1）输入一段文字。

（2）单击工具栏中文档面板的拆分按钮，同时打开代码和设计视图。

（3）选择一段文字，单击属性面板中“格式”框右侧的下拉按钮，从菜单中选择“段落”，如图10-2-8所示。

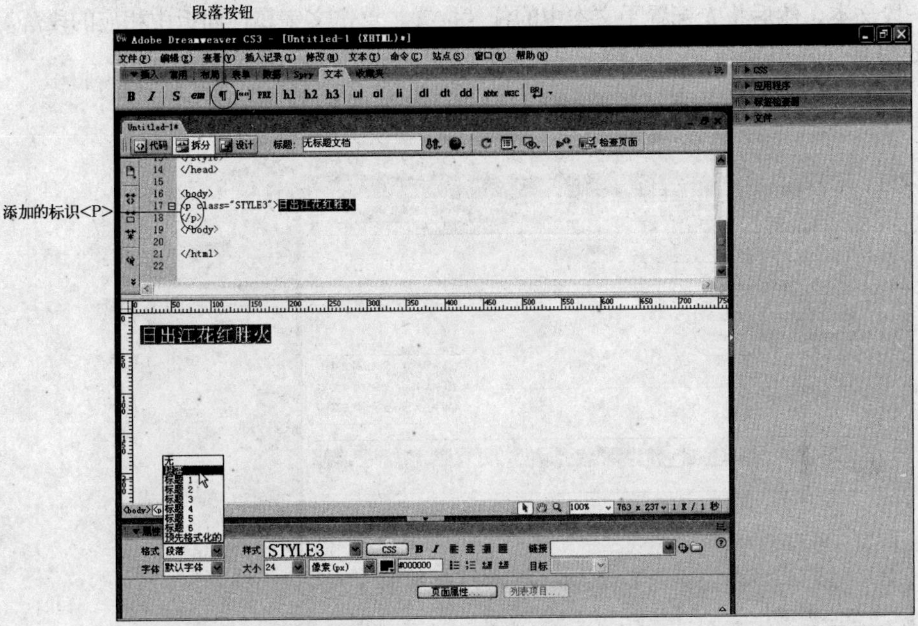

图 10-2-8

注：也可以单击插入面板的段落按钮，添加段落标识。经过上述操作，设计窗口中的文字格式没有发生任何变化，只是在代码视窗里可以发现这段文字两端添加了<p>与</p>标记。

无：取消定义段落格式。

段落：定义为普通段落，自动在文本两端添加段落标记<p>和</p>。

标题：将文本定义为相应级别的标题。如选择“标题3”则自动在文本两端添加标题标记<h3>和</h3>。

预先格式化的：将文本两端添加预先格式化的标记<Pre>和</Pre>，可预先对标记内的文本进行格式化，浏览器显示网页时也将按文本原格式显示。利用预先格式化的特性可以非常方便地连续输入多个空格或制表符。

注：使用文本预格式化有一个弊端，预格式化后的文本不会随浏览窗口的变化而自动换行，但可以随意输入多个空格。

10.2.6　段落对齐

如图 10-2-9 所示，段落的对齐有 4 种方式，它们分别为左对齐、居中对齐、右对齐、两端对齐，具体的操作方法如下：

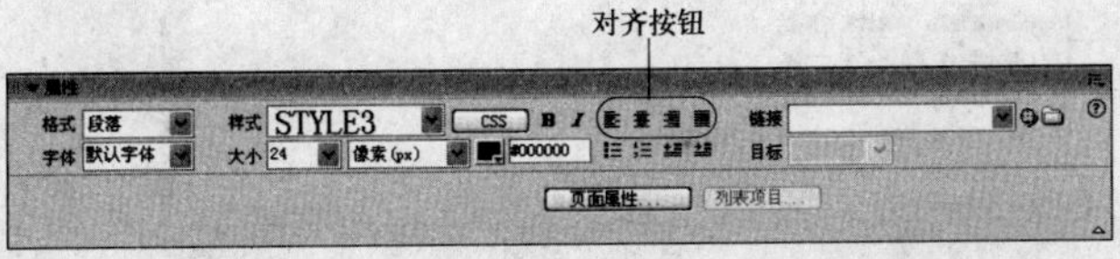

图 10-2-9

先输入一段文本，然后将光标置于文本中的任意位置，单击文字属性面板中相应的段落对齐方式按钮，如图 10–2–10 所示。

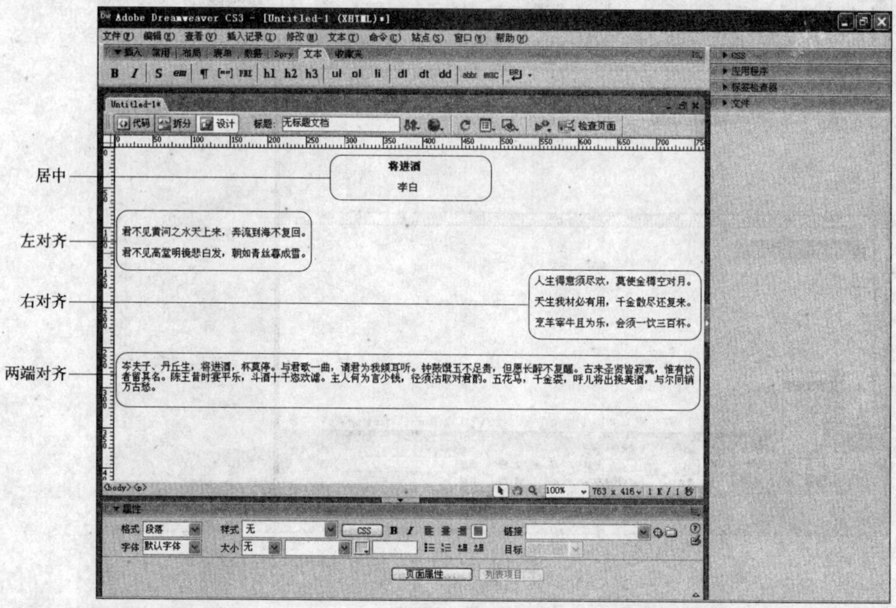

图 10–2–10

10.2.7 段落缩进

段落的缩进有两种方式，即缩进、凸出。具体的操作方法如下：

先输入一段文本，然后将光标置于文本中的任意位置，单击属性面板中的文本凸出按钮或文本缩进按钮，如图 10–2–11 所示。

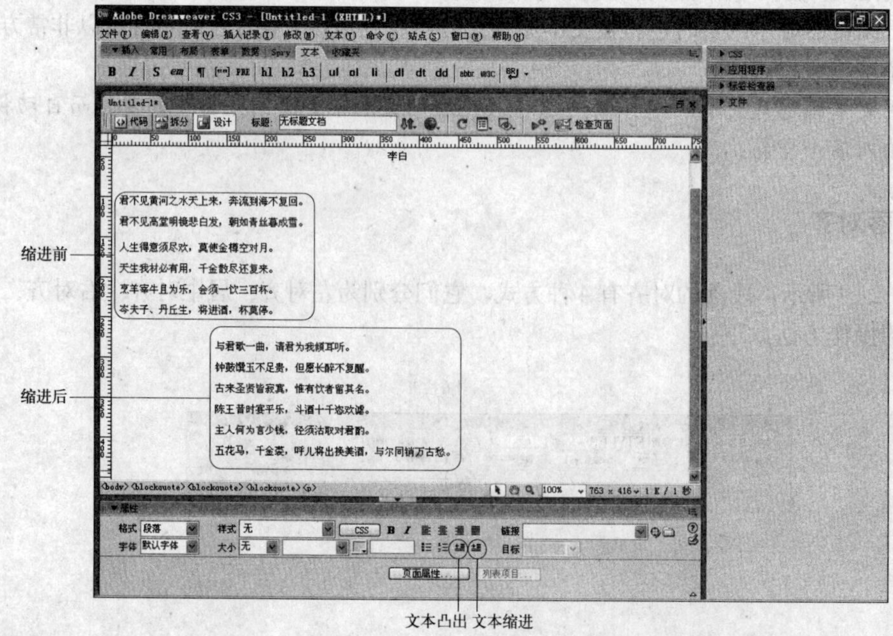

图 10–2–11

注：每按一次文本缩进按钮，文本左右两端各向内缩进两个汉字距离；每按一次文本凸出按钮，文本左右两端各向外扩充两个汉字距离。凸出可以说是缩进的反向操作。

10.3 设置列表

使用列表排列文本可以使文本结构更清晰。列表实际上是在每段文字前面加上列表符，使文本内容显得更有序。如图10–3–1所示，分别在两节文字中的每一段前加上编号列表符与1、2、3等有序的数字列表符，并且通过相同或同一类的列表符知道这些文字是一个整体，在这一整体中又被排序标出。

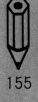

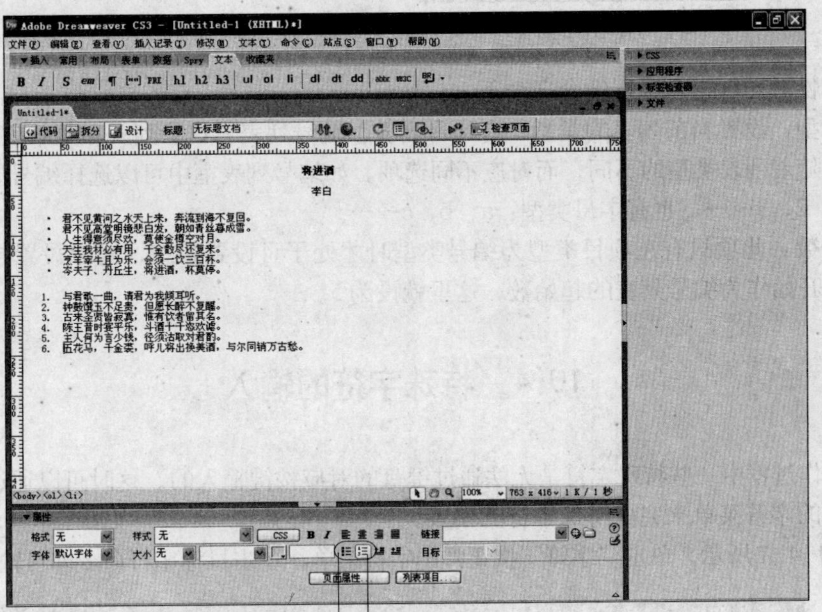

图10–3–1

10.3.1 建立列表

用Dreamweaver可以建立多种列表格式，如项目列表、编号列表、目录列表、菜单列表。本节以建立项目列表为例进行说明：

如图10–3–1所示，在HTML页面中分别建立了项目列表和编号列表。将光标置于目标位置，单击属性面板中的“项目列表”按钮，光标所在位置自动添加默认的项目符号。使用同样的方法可以建立编号列表。按Enter键会自动为下一行添加项目符号或自动按顺序建立编号。

要停止项目列表的输入，按两次Enter键即可。

要在一个列表后添加内容，可在所需的列表项目后按“Shift+Enter”快捷键。

10.3.2 设置列表的属性

要改变列表的类型、样式等，可以执行以下操作：

（1）将光标置于列表中任意位置。

(2) 如图 10-3-2 所示，单击属性面板中的“列表项目”按钮，打开列表属性对话框。

图 10-3-2

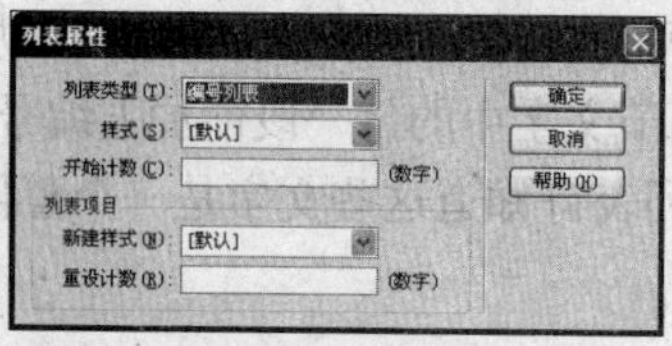

图 10-3-3

(3) 如图 10-3-3 所示，在列表属性对话框中设置各项属性。

(4) 设置完成后单击“确定”按钮，将新设置的属性应用到当前文本中。

列表属性对话框中各项属性含义如下：

列表类型：设置当前列表的类型，有项目列表、编号列表、目录列表和菜单列表。

样式：随着列表类型的不同，而对应不同选项。如编号列表框中可以选择编号的样式，有数字样式：1，2，3……，也有字母类型：a，b，c……。

开始计数：此项只有在项目类型为编号类型时才处于可设置状态，可以设置起始编号的数值。如从 5 开始作为编号列表的起始数，这里就设为 5。

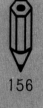

10.4 特殊字符的输入

网页制作过程中一些特殊字符是无法通过键盘的对应按键输入的。这时可以通过插入面板的文本标签下的字符菜单来完成特殊字符的输入。

如图 10-4-1 所示，单击“字符”按钮弹出字符菜单，单击目标字符命令即可输入对应字符。

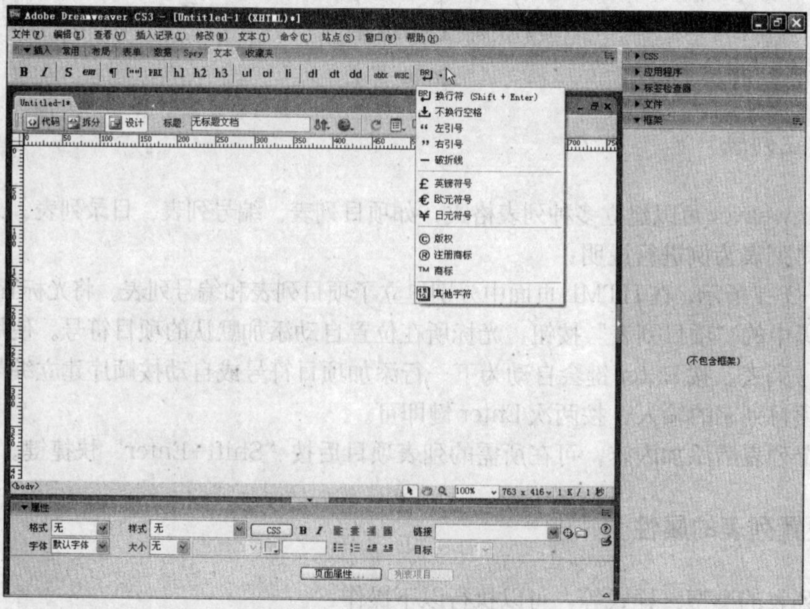

图 10-4-1

若想获得更多字符，可以单击字符菜单中的其他字符，打开图10–4–2所示的插入其他字符对话框。在该对话框中选择目标字符，单击“确定”按钮即可插入目标字符。

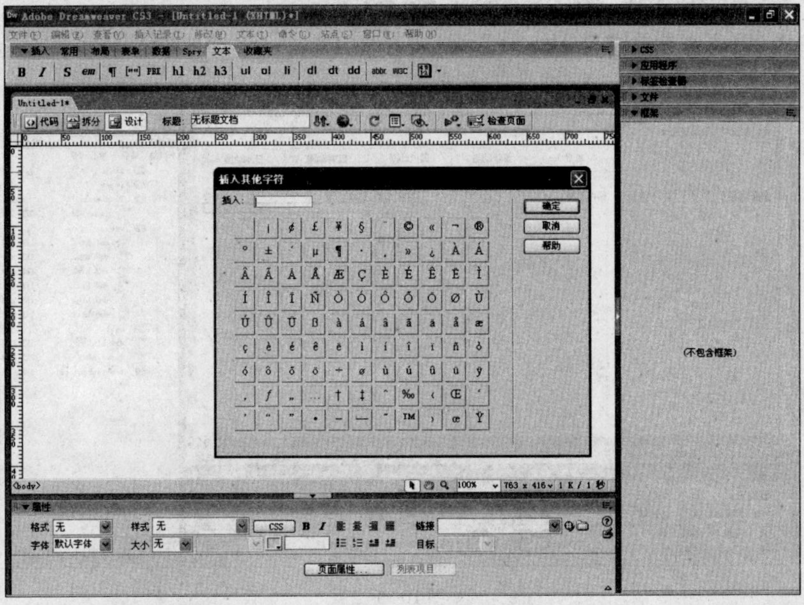

图10–4–2

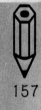

10.5　实　例

本节讲解向网页中添加文本的实例。

(1) 在文件面板中打开“童心动漫”站点。

(2) 双击index.html文档，打开该文档，结果如图10–5–1所示。

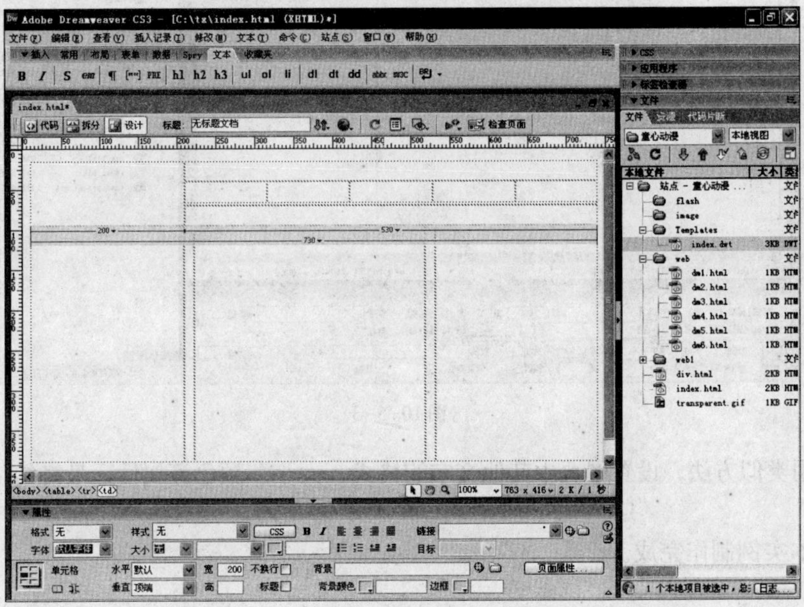

图10–5–1

（3）如图 10–5–2 所示，依次向目标单元格中填写目标文字。

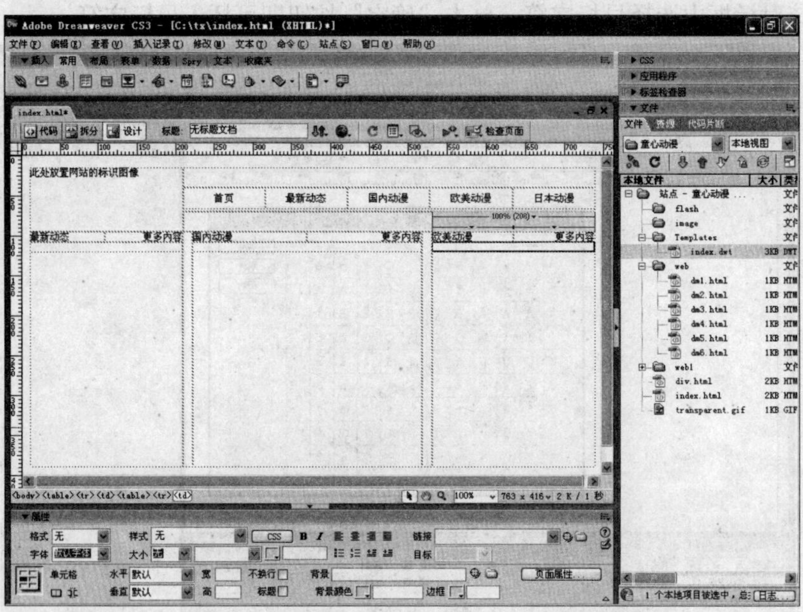

图 10–5–2

（4）如图 10–5–3 所示，设置“首页”所在行的文字格式为标题 4。

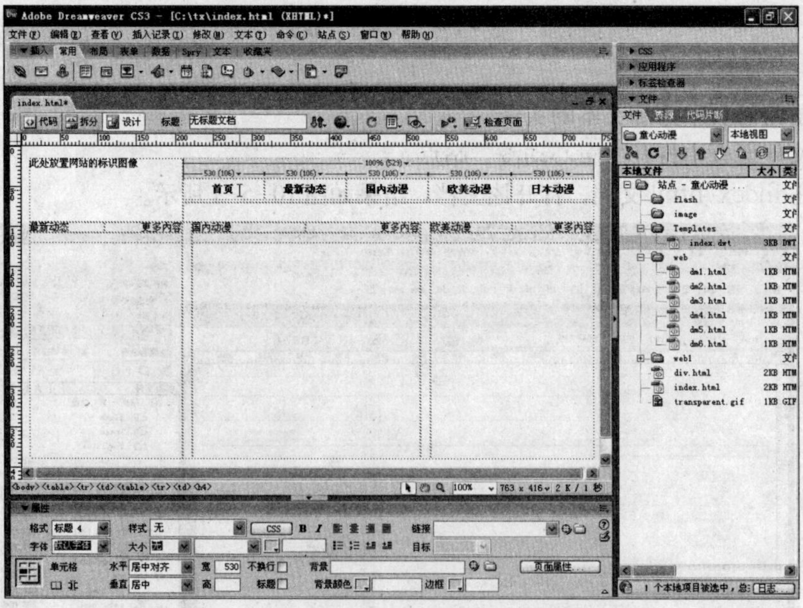

图 10–5–3

（5）使用类似方法，设置网页中其他文字的格式、大小、颜色等属性，最终结果如图 10–5–4 所示。

至此，本实例制作完成。

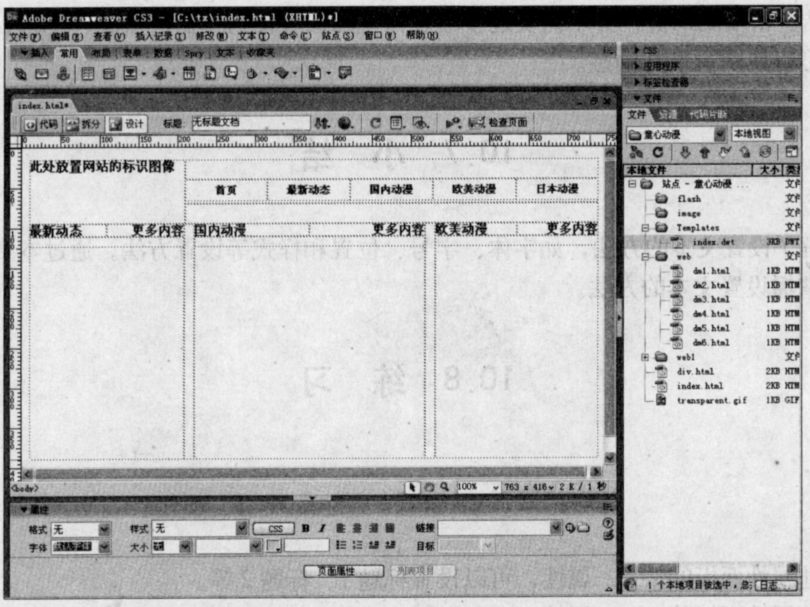

图 10-5-4

10.6　实 例 分 析

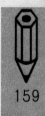

灵活运用文字的字体和间距变化，可以使页面更清晰，层次更分明。同时这也是网页设计中最常用和最有效的技巧。

登录到 http://www.3721.com/ 网站，该网站首页使用字体的变化，使页面层次分明，节奏感更强。注意观察页面中文字的运用，例如字体粗细、大小、间距和颜色等的变化，如图 10-6-1 所示。

图 10-6-1

一个简洁、清晰的网页，并不需要过多的表格、图像等使网页显得华丽、丰富，仅仅通过文字的变化就可以使网页极具动感。

10.7 小 结

本章讲解了设置文本的方法，如字体、字号、位置和样式等设置方法。通过本章的学习，读者应当重点掌握设置文本的方法。

10.8 练 习

填空题

（1）通过属性面板的______属性，可以设置标题 1、标题 2 等。
（2）通过属性面板的______属性，可以设置文本的字号。

问答题

（1）如何设置字体的样式？
（2）如何设置字体的颜色？
（3）如何设置字体的列表和缩进？

上机练习

输入一段文字，然后设定这段文字的字体、字号等。

第11章　图　像

通过本章，你应当：

(1) 学会向网页中插入图像。

(2) 学会设置图像属性。

图像是制作网页过程中最常使用到的元素，图像可以使网页更加直观和具欣赏性。在Dreamweaver中无法创建和生成图像，因此使用Dreamweaver向网页中插入图像时，应该先准备好所需图像。

11.1　插 入 图 像

本节讲解在网页中插入图像的基本方法，并进一步认识资源面板。

11.1.1　插入图像的基本操作

在前面章节中，在定义本地端站点时已经建立了一个名为image的图像文件夹，建议网页中需要使用到的图像全部先存放到这个文件夹中。下面介绍插入图像的方法：

第1种方法，使用插入图像功能，按照提示逐步向网页中插入图像。

(1) 切换“插入”面板到“常用”标签下。

(2) 如图11−1−1所示，单击“图像”下拉按钮，在弹出的菜单中选择“图像”。或执行“插入记录／图像”命令，打开选择图像源文件对话框。

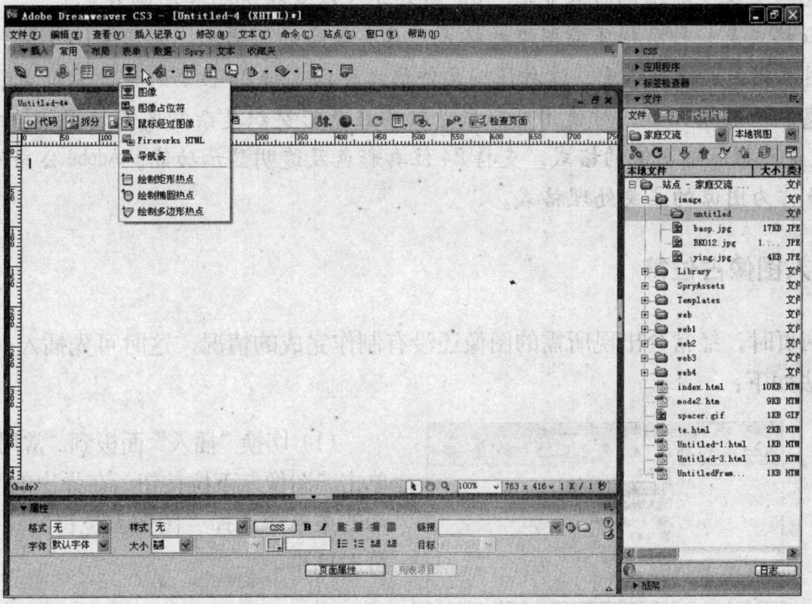

图11−1−1

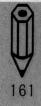

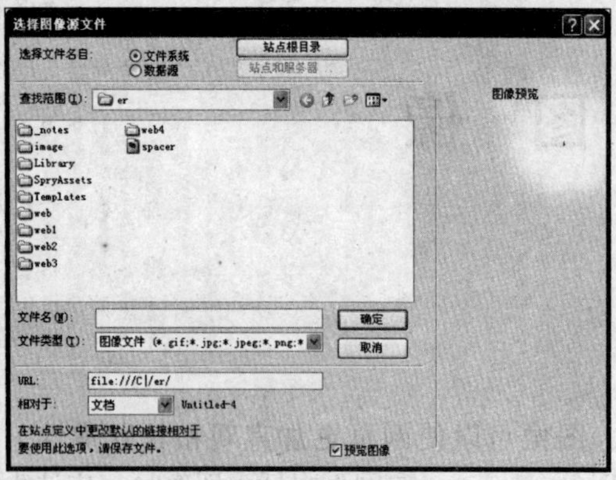

图 11-1-2

(3) 在图 11-1-2 所示的选择图像源文件对话框中选择目标图像，单击“确定”按钮即可插入图像。

第 2 种方法，使用资源面板或文件面板，直接拖动目标图像到网页中。

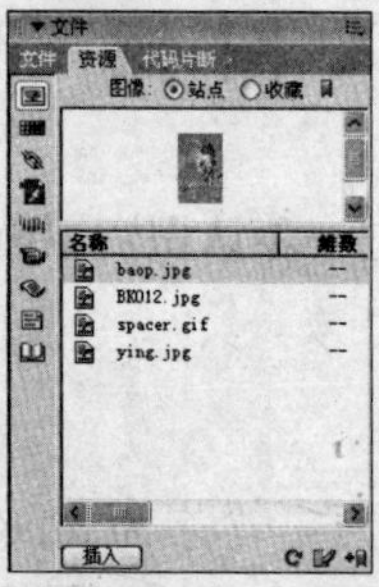

图 11-1-3

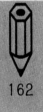

(1) 执行“窗口/资源”命令，打开资源面板。单击“图像”按钮，如图 11-1-3 所示，资源面板中显示了当前站点中的所有图像。

(2) 从图像列表中选择目标图片，拖动该图像到设计视图中的目标位置。

注：网上常见的图像格式主要有以下几种：

GIF 格式是一种无损的压缩图像的格式，图像原来什么样子，压缩后还是什么样子。但色彩模式仅支持 256 色，适合显示对颜色数目低的画面。GIF 格式提供了隔行扫描功能，在下载 GIF 图像时可以在浏览器中以逐渐细化形式显示。GIF 格式还可以支持透明和动画效果。

JPG/JPEG 格式是一种有损压缩图像的格式，具有很高的压缩比，且压缩比可调，但随着压缩比的加大，图像损失也就越严重。这种压缩文件格式可以支持 24 位真彩色，能最大限度地保留图像的颜色信息。一般情况下，对使用色彩数量较多且色彩交织复杂的图像使用该格式。

PNG 格式是无损压缩图像的格式。支持 24 位真彩色及透明显示功能。Adobe 公司的 Fireworks 软件就是以 PNG 作为图像的主要处理格式。

11.1.2　插入图像占位符

在制作网页时，经常会出现所需的图像还没有制作完成的情况，这时可先插入一个图像占位符，操作方法如下：

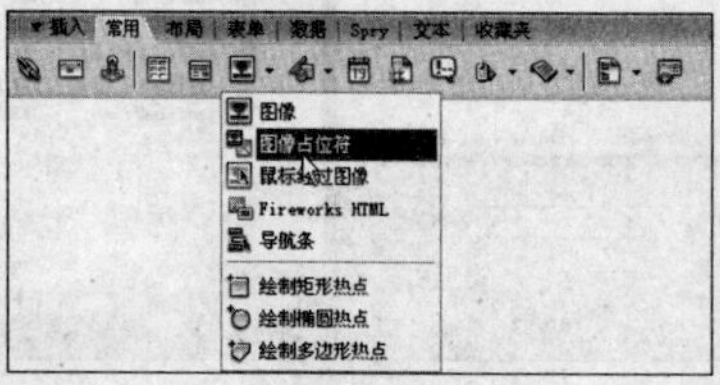

图 11-1-4

(1) 切换“插入”面板到“常用”选项卡中。单击“图像”下拉按钮，在弹出的图 11-1-4 所示的菜单中选择“图像占位符”，打开图像占位符对话框。

(2) 在图11-1-5所示的图像占位符对话框中，设置图像占位符的宽度为350，高度为120，单击“确定”按钮。

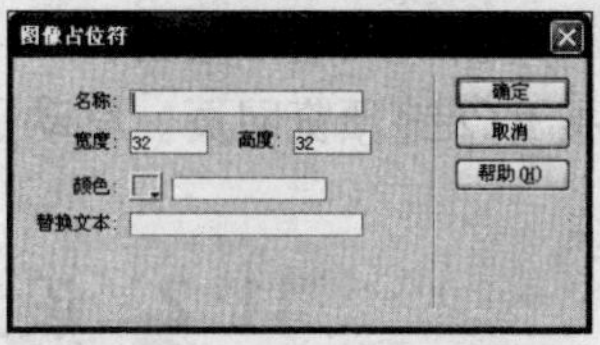

图11-1-5

注：图像占位符的宽度、高度为必填项，其他如占位符的名称、颜色、替换文本可以根据需要进行设置。其中替换文本是浏览者在鼠标移向该图像占位符时显示的提示信息。

准备好所需图片后，可以双击该图像占位符，打开如图11-1-6所示的选择图像源文件对话框，选择所需要的图像。

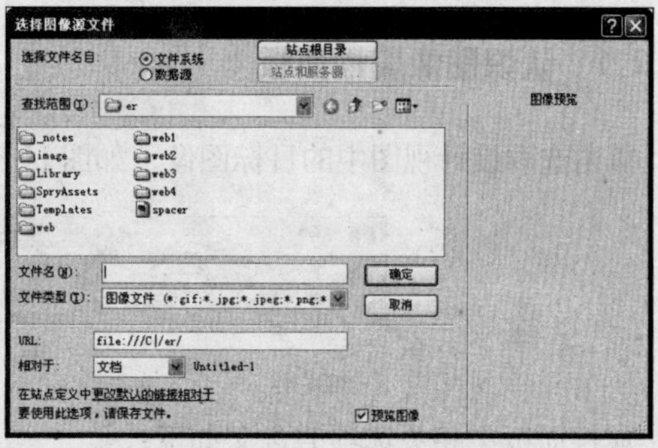

图11-1-6

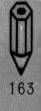

11.1.3 插入鼠标经过图像

在浏览网页过程中，当鼠标移至某一个图像时，图像会发生变化，鼠标移开时，图像又恢复原来的样子，要实现这种互动图像的效果，可按下列方法完成：

(1) 首先准备两个图像，将其保存到同一个文件夹下，本例图像保存在image文件夹下。

(2) 新建一个HTML文件。

(3) 单击“图像”下拉按钮，在弹出的图11-1-7所示的菜单中选择“鼠标经过图像”，打开插入鼠标经过图像对话框。

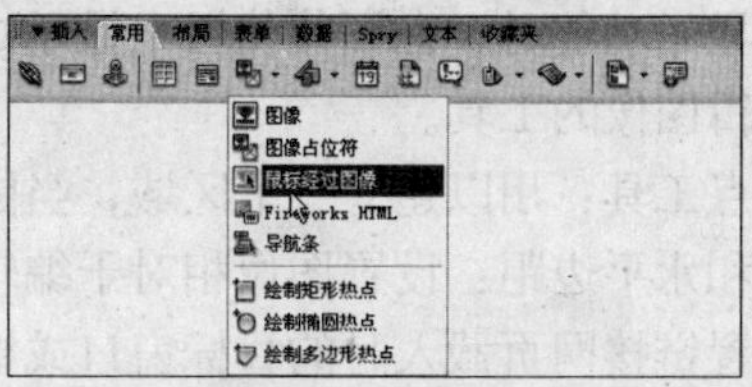

图11-1-7

(4) 如图11-1-8所示为插入鼠标经过图像对话框。

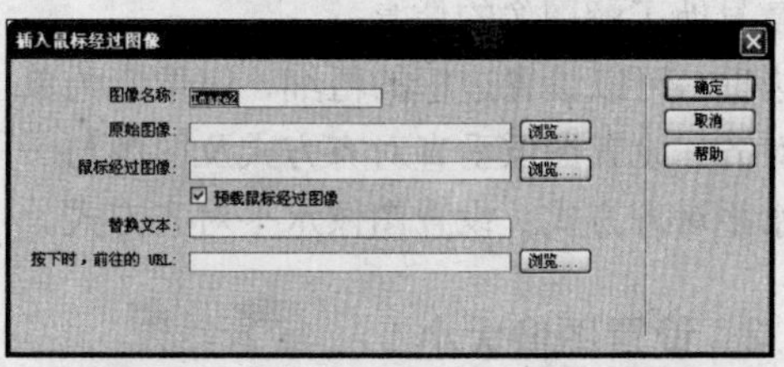

图11-1-8

单击“原始图像”的“浏览”按钮，在打开的原始图像对话框中选择“image”文件夹下的目标文件，单击“确定”按钮。

单击“鼠标经过图像”的“浏览”按钮，选择鼠标经过时显示的目标图像文件，单击“确定”按钮。

(5) 根据需要还可以进行以下设置：在图11-1-8所示对话框的“替换文本”栏中，输入提示文本信息；在“前往的URL”栏中输入链接的网页，如“http://www.todayonline.cn”。

(6) 设置完毕后，单击“确定”按钮。

(7) 保存文件，按F12键预览网页。移动鼠标指针到图片内和外，测试其效果。

11.2 设置图像属性

11.2.1 认识图像属性面板

单击选取设计视图中的目标图像，如图11-2-1所示，属性面板显示了当前图像的各项属性。

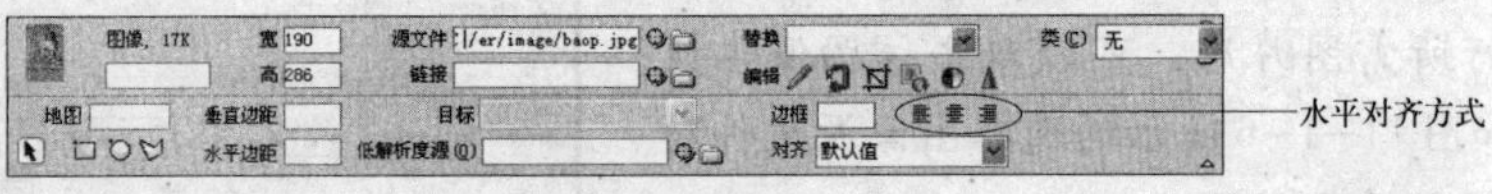

图11-2-1

属性面板中相关选项的含义如下：

图像名称：在动态网页中，为方便在JavaScript等脚本语言中对图像的引用，需为图像设置名称。如果该图像没有在脚本中引用，可以不设置图像名称。

图像的宽、高：图像的尺寸，可输入数值改变图像大小。

源文件：显示图像文件所在的目录，也可以单击其后的“文件夹”图标，在打开的对话框中选择新的图像来替换当前图像。

链接：指定图像的超链接。即单击该图像时，打开的目标网页。

替换：设置图像的说明性文字，当浏览者在鼠标移向该图像时显示提示信息；还可以在浏览者关闭了图像显示功能时，在图片位置上显示这些文字，以便浏览者了解原图片的内容。

编辑：编辑图像的工具。

地图和热点工具：用以建立一个区域，当鼠标单击时可以链接到目标网页。

垂直边距和水平边距：设置图像相对于编辑窗口或文本等的间隔，以像素为单位。

目标：设置链接网页载入时的目标窗口或框架。

低解析度源：设置低分辨率的图像。在主图像被下载之前，先载入低分辨率的图像，以使浏览者及早地了解图像的信息。

边框：可以设置边框的粗细，以像素为单位。当边框值为零时，没有边框。

对齐：设置图像垂直对齐方式及图像与一段文字的绕排方式。

水平对齐方式：设置图像水平对齐方式。

11.2.2 设置图像大小

要改变图像的大小，可用下列方法：

方法一：选中图像后，将鼠标指针移到图像的边框变形点，当鼠标指针变为双向箭头时，按住鼠标左键拖动，如图11-2-2所示，可以改变图像的大小。按住Shift键再拖动控制点可按比例调整图像的大小。

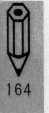

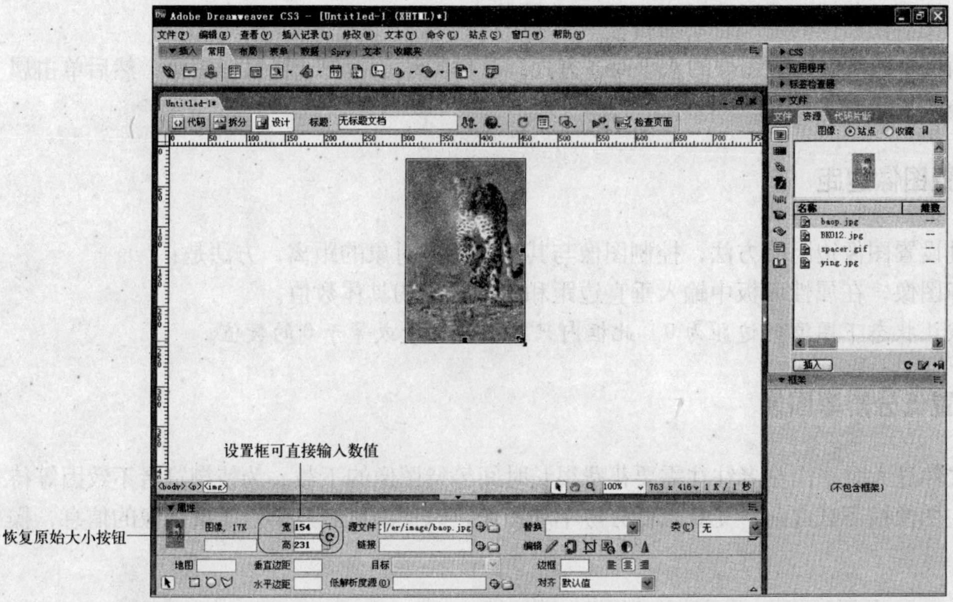

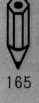

图 11−2−2

方法二：选择目标图像，然后在图 11−2−2 所示的属性面板中输入图像宽度与高度的数值。要恢复图像原来的大小，可单击属性面板中的“恢复原始大小”按钮。

注：本节中介绍的改变图像大小，仅改变图像的显示大小。如果要减小原始图像的大小，以节省下载时间，则需要通过其他图像处理软件对图像进行优化处理。

11.2.3　设置图像对齐方式

图像对齐可以分为垂直对齐、水平对齐两种。

要设置图像的垂直对齐方式，需要先选择目标图像，然后单击属性面板的对齐栏右侧的下拉按钮，从弹出的菜单中选择对齐方式，如图 11−2−3 所示。

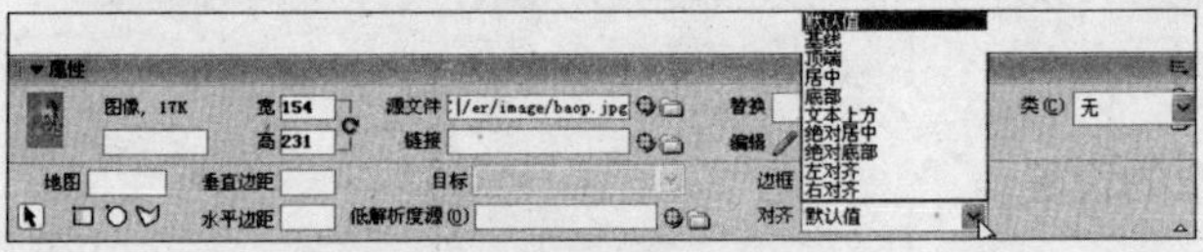

图 11−2−3

对齐方式的含义如下：

默认值：一般浏览器默认方式是基线对齐方式。

基线：基线对齐方式是使图像的底部与文字的基线对齐。

顶端：使图像的顶部与当前行中最高对象的顶部对齐。

居中：图像的中间与当前行的基线对齐。

底部：底部对齐方式与基线对齐基本相同。

文本上方：图像的顶部与当前行中最高的文字顶部对齐。

绝对居中：图像的中间与当前文字或对象的中间对齐。

绝对底部：图像的底部与当前文字或对象的绝对底部对齐。

左对齐：文字在图像的右端自动回行。

右对齐：文字在图像的左端自动回行。

在属性面板中还可以设置图像的水平对齐方式。具体方法是：先选择目标图像，然后单击属性面板中相应的水平对齐按钮。

11.2.4 设置图像边距

可以通过设置图像边距的方法，控制图像与其他文本或对象的距离，方法是：

选择目标图像，在属性面板中输入垂直边距和水平边距的具体数值。

注：在默认状态下图像的边距为 0。此框内只能输入大于或等于 0 的数值。

11.2.5 设置低分辨率图像

当图像文件过大时，浏览者往往需要花费很长时间等待图像的下载。为使浏览者不致因等待而生厌，在主图像被下载之前，先载入低分辨率的图像，以便浏览者及早地了解图像的信息，操作方法如下：

图 11-2-4

(1) 首先要准备两张图片，其中一张为正常的清晰图像，另一张是用 Photoshop 或其他图像处理软件加工过的低分辨率图像，如图 11-2-4 所示。

(2) 单击插入面板中的“插入图像”按钮，插入一张正常的图像。

(3) 在文档窗口选取插入的图像，单击属性面板中的“低解析度源”栏右侧的浏览文件按钮，在打开的选择图像源文件对话框中选择目标低分辨率图像，属性面板中显示出低解析度文件的位置，结果如图 11-2-5 所示。

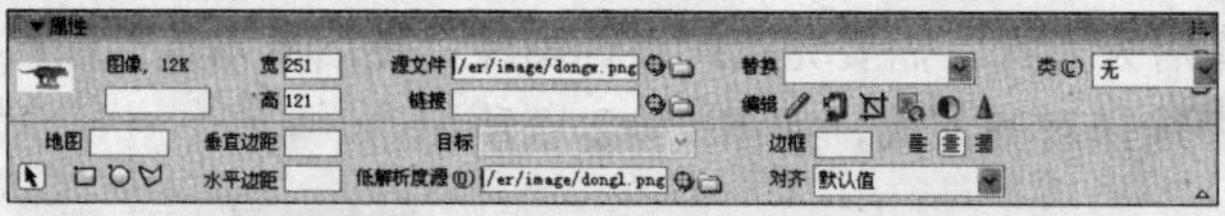

图 11-2-5

完成低分辨率图像的设置。

11.2.6 设置热区

使用热区可以将图像分割为不同的链接源，这些链接源可以拥有独立的链接目标。

使用热区制作链接的方法如下：

(1) 新建一个 HTML 文件。

(2) 插入一幅图像。

(3) 单击属性面板的“矩形热点工具”，在图像上画出一个热区，此时属性面板显示为当前新建热区的相关参数，如图 11-2-6 所示。

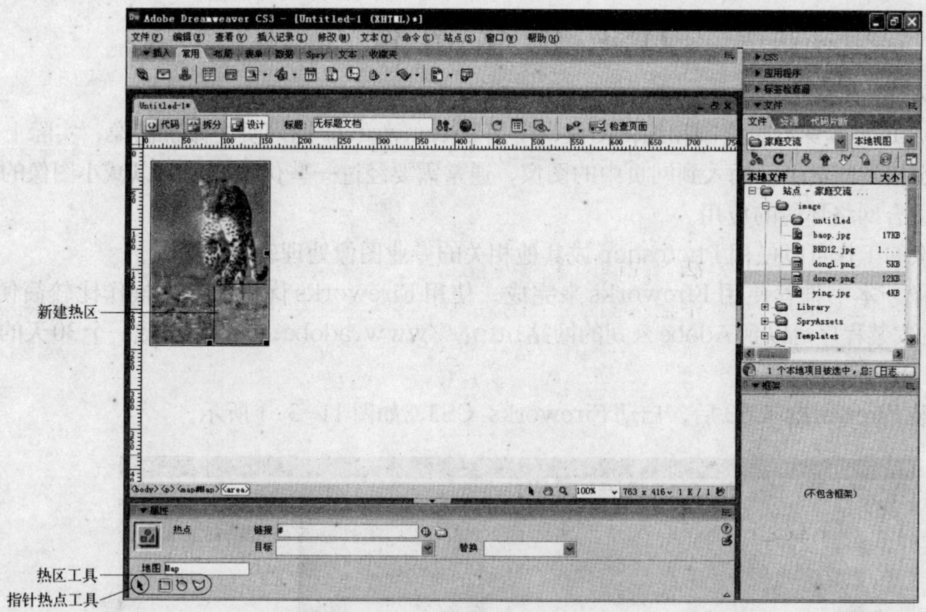

图 11–2–6

（4）在链接框中，设置链接网页或其他网络资源。在目标栏中设置打开网页的方式，如：在当前页中打开。

（5）使用同样的方法建立其他热区，并设置相关链接。

当需要修改热区时，可以使用指针热点工具，选择目标热区，然后在属性面板中修改相关链接设置。

11.2.7 使用编辑工具

Dreamweaver 中还提供了一些基本的编辑图像的工具，图 11–2–7 所示为属性面板的编辑工具。

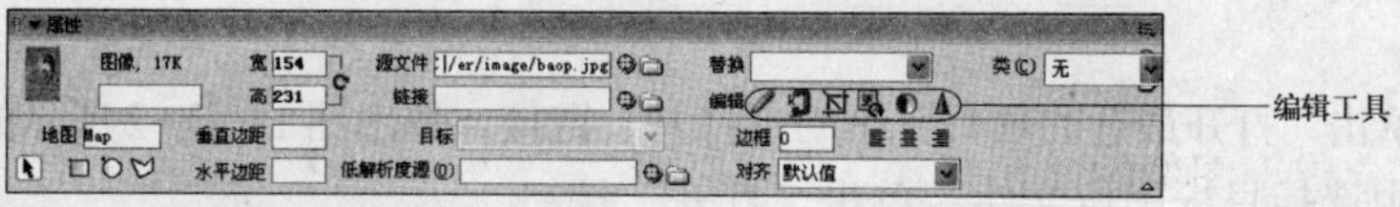

图 11–2–7

单击目标图像，属性面板中针对当前图像有效的工具处于激活状态，其含义如下：

编辑：可打开一个编辑软件对当前图像进行编辑。如果当前计算机安装了 Fireworks软件，那么会自动启动该软件编辑当前图像；如果没有安装该软件，那么会启动其他相关的软件。若是当前计算机没有安装相关的图像处理软件，该选项不可用。

优化：可以启动 Fireworks 优化当前图像。

裁剪：可以对当前图像进行裁剪操作。

重新取样：可以重新优化修改大小后图像的显示质量。

亮度和对比度：单击该按钮，弹出一个对话框，通过它可以调整图像的对比度和亮度。

锐化：调整图像的清晰度，使图像中色彩边缘对比更鲜明、清晰。

以上编辑工具，使用简单直接，读者可以自己尝试。

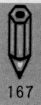

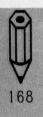

11.3 优化图像

Dreamweaver本身不能绘制和编辑图像，使用Dreamweaver向网页中添加图像，实际上是将已有图像链接到网页中。插入到网页中的图像，通常需要经过一些优化处理，以减小图像的体积，使图像适合网络环境的应用。

制作图像的工作可以使用Photoshop或其他相关的专业图像处理软件来完成。

优化图像，本书推荐使用Fireworks来完成。使用Fireworks优化图像的操作比较简便。Fireworks的安装程序可以到Adobe公司的网站http://www.adobe.com/，下载一个30天的试用版。

(1) 安装Fireworks CS3后，启动Fireworks CS3，如图11-3-1所示。

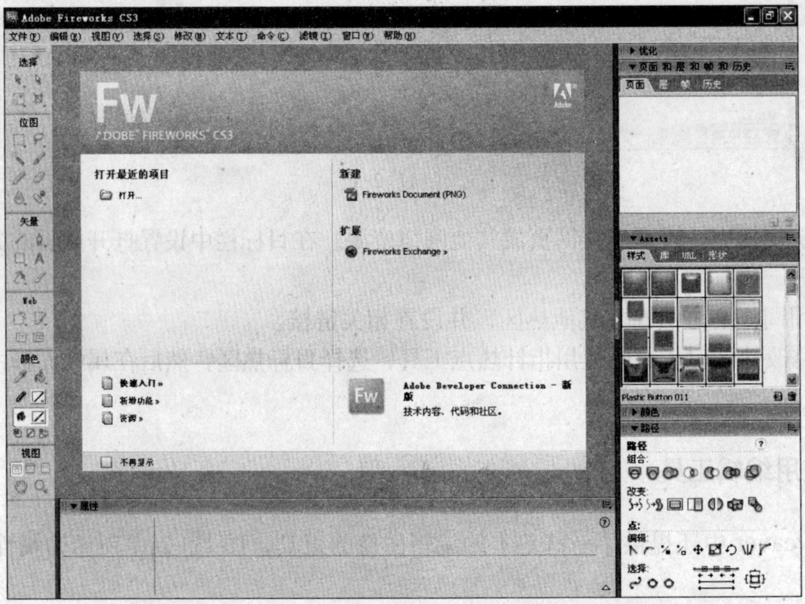

图11-3-1

(2) 单击“打开最近的项目”中的“打开”链接，弹出图11-3-2所示的“打开”对话框。在该对话框中选择目标图像文件，单击“打开”按钮。

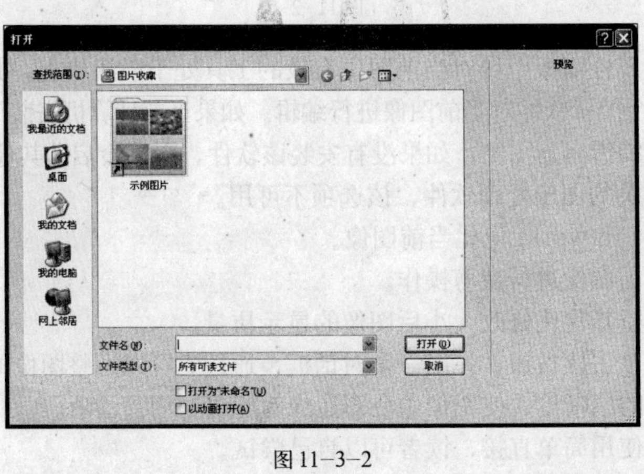

图11-3-2

（3）在Fireworks的编辑界面中，单击“窗口／优化”，打开优化面板。

（4）如图11－3－3所示，单击优化面板中的优化栏，在弹出的菜单中选择合适的优化项目即可。

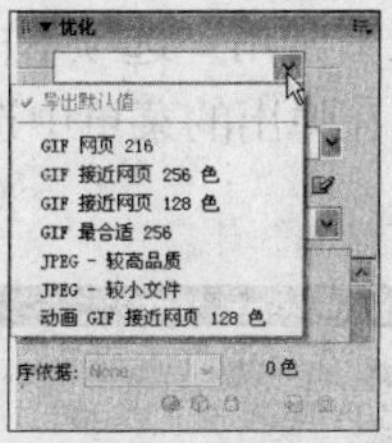

图11－3－3

（5）如图11－3－4所示，单击“预览”按钮，可以在状态栏查看优化的图像大小，一般10KB左右即可满足要求。

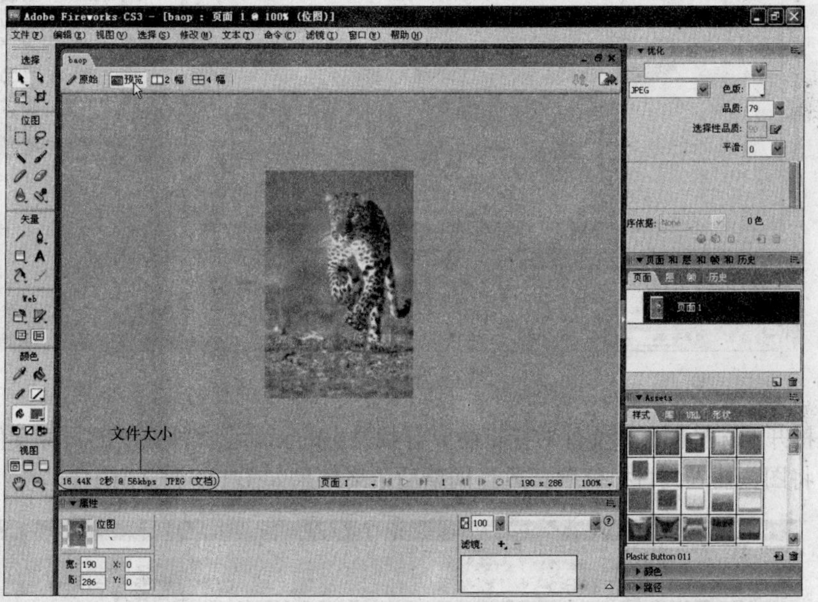

图11－3－4

注：制作图像时一定要注意，制作的图像只要正好满足工作需要的尺寸即可，不要制作大于要求尺寸的图像，那样会增加图像的体积。虽然在Dreamweaver中可以设置图像的显示尺寸，但图像的实际尺寸和体积并没有变化。

（6）使用上述方法，依次优化所有目标文件。

11.4　实　例

本例接前面例子为网页添加图像。将所有图像文件拷贝到站点的image文件夹中。本例“童心动漫”站点存放的图像文件在C:\tx\image的文件夹中。

（1）启动Dreamweaver，将文件面板的当前站点切换至“童心动漫”站点。

（2）双击index.htm文档，打开该文档。

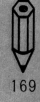

（3）切换到“插入”面板“常用”选项卡中，在需要插入图像的单元格内单击鼠标，单击插入面板的“图像”下拉按钮，在弹出的菜单中选择“图像”，如图 11-4-1 所示，打开选择图像源文件对话框。

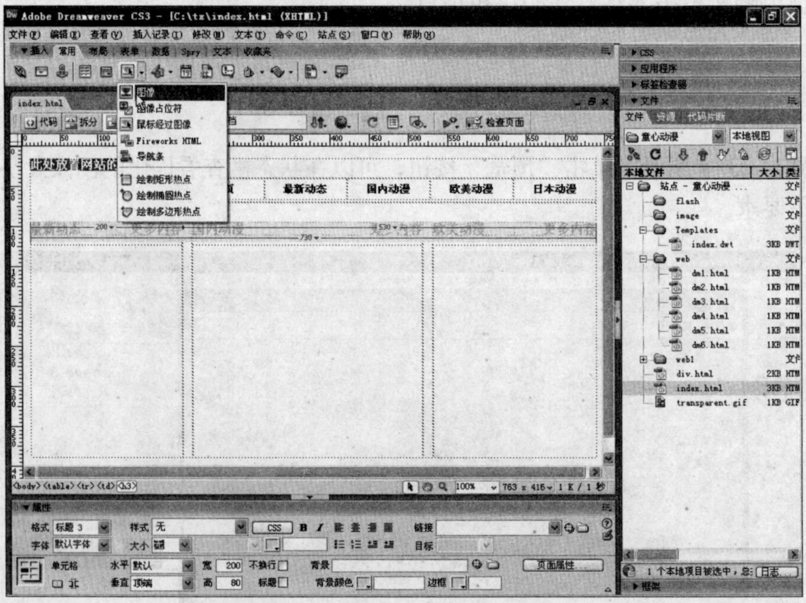

图 11-4-1

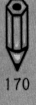

（4）在打开的选择图像源文件对话框中，寻找站点的 image 文件夹下的目标文件，单击“确定”按钮，将图像插入到目标位置。适当调整后最终结果如图 11-4-2 所示。

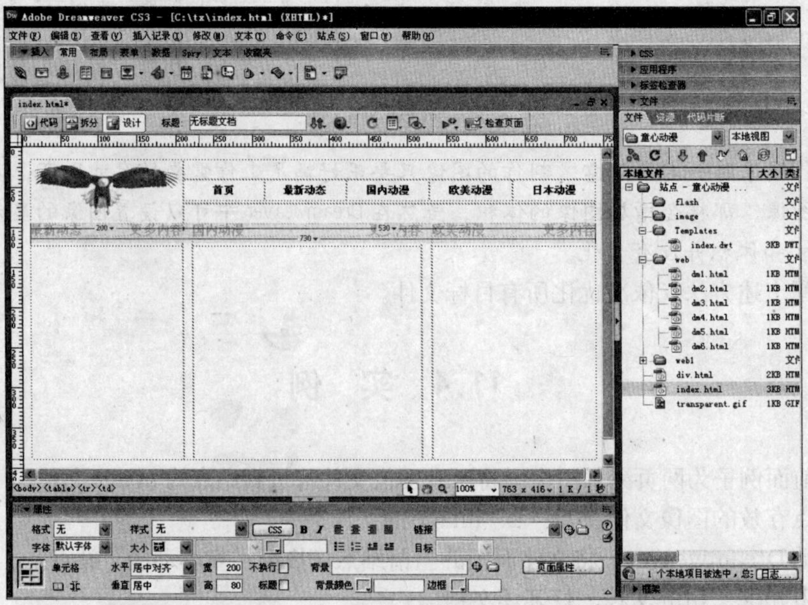

图 11-4-2

注：有时插入图像后，表格会发生移动、变形等变化，此时最好按 F12 键，在浏览器中查看。Dreamweaver 中的编辑视图，只是最近的实际显示状况，有时候会出现误差，因此应当在操作过程

中经常在浏览器中查看。

(5) 使用同样的方法，完成其他图像的插入工作。

至此，本实例全部完成。

在插入图像时，初学者经常因为前期的表格设置等问题，导致网页出现误差，这时需要回头逐步找出出错的原因并调整。制作网页的过程实际上也是一个不断修改和学习的过程。

11.5 实例分析

插入图像是建立网站工作中最常用的方法，如网站的标识logo、图标等。我们随意登录几个网站就可以发现大量用来装饰网站的图像，如图11-5-1所示。

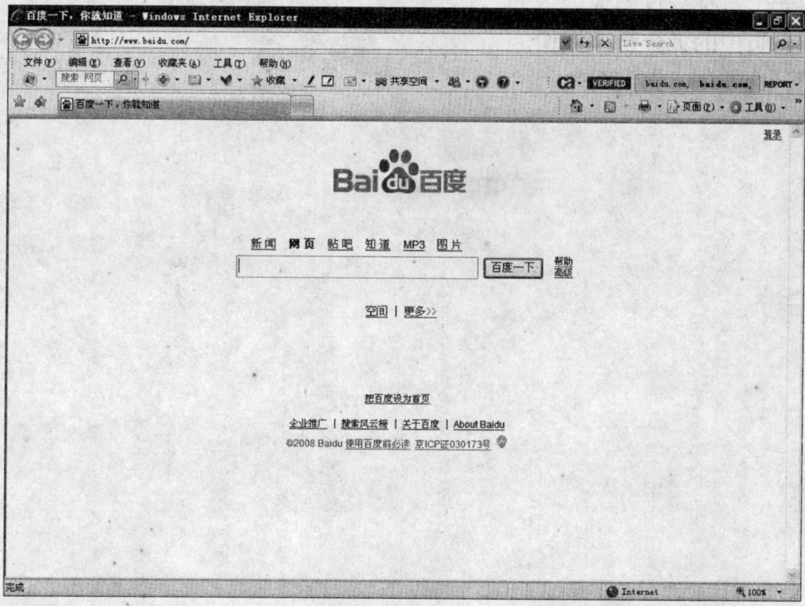

图11-5-1

图像的使用要与网站的整体风格相配，这是在网页中使用图像时应注意的。

11.6 小 结

本章讲解了向网页中添加图像和设置图像的方法。通过本章的学习，读者应当重点掌握插入与设置图像的方法。

11.7 练 习

填空题

(1) 在向网页中插入图像时，应该提前______。

(2) 网页常用的 3 种图像格式分别是_____、_____和_____。
(3) 设置图像热区的工具是_____。

问答题

(1) 简述图像的大小应该如何调整。
(2) 简述如何设置图像的对齐。

上机练习

(1) 为自己制作的网页添加图像。
(2) 制作一个鼠标经过图像。
(3) 设置网页中的低分辨率图像。
(4) 使用 Fireworks 优化图像。

第12章　多媒体

通过本章，你应当：

(1) 学会插入Flash影片。

(2) 学会插入其他多媒体元素。

随着网络技术的发展，多媒体技术开始越来越多地被应用到网页中。当前网页中应用的多媒体元素包括：图像、Java小程序、Shockwave影片、Flash影片和ActiveX控件等。

12.1　使用Flash影片

Flash影片是网络中被广泛使用的多媒体元素，Flash影片以矢量动画为基础，具有文件体积较小，同时支持流媒体技术等特点，非常适合网络环境的应用。

12.1.1　插入Flash影片

插入Flash影片的方法如下：

(1) 新建或打开一个HTML文档。

(2) 如图12–1–1所示，切换“插入”面板到“常用”选项卡中，单击“媒体”下拉按钮，在弹出的菜单中选择“Flash”，打开“选择文件”对话框。

图12–1–1

(3) 在图12–1–2所示的“选择文件”对话框中选择所需的Flash影片，单击“确定”按钮导入Flash影片。

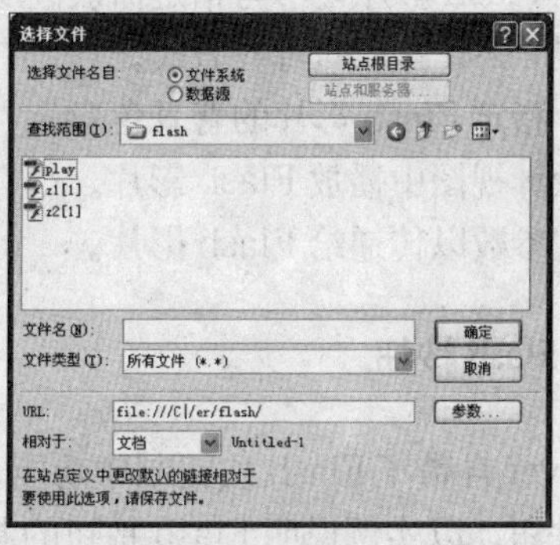

图12–1–2

注：在导入Flash影片前，应当在当前站点中新建一个用于存放Flash影片的文件夹，然后将相关的Flash影片放入该文件夹。

(4) 如图12-1-3所示，导入的Flash影片在文档窗口中显示为图标，大小与Flash动画的原始尺寸相同，在属性面板中可以设定导入Flash影片的属性。

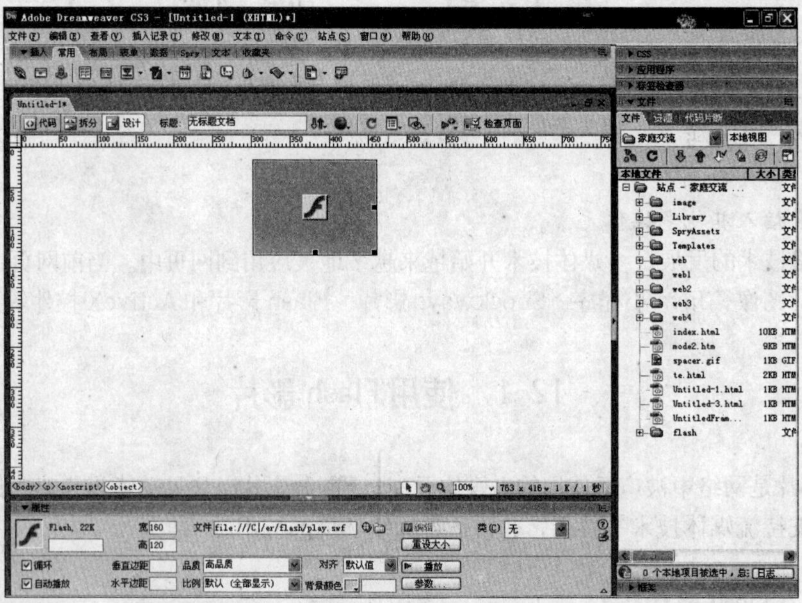

图12-1-3

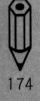

Flash：此处显示的当前影片文件的大小，本例是22KB。可以在栏中设置影片的名称。

高、宽：指定Flash影片在网页中的显示高度和宽度。

文件：指定Flash影片的路径。一般在导入影片时，影片的路径自动填写在这里。

编辑：单击启动Flash程序重新对影片进行编辑。

重设大小：在高、宽栏中设置了Flash影片的高度和宽度后，单击此按钮可恢复为原始大小。

循环：勾选此复选框，重复播放Flash影片。

自动播放：勾选此复选框，载入浏览器后自动播放影片。

垂直边距、水平边距：指定Flash影片距上下左右边界的距离。

品质：设置Flash影片的显示质量。

比例：设置Flash影片大小与指定播放区域大小不匹配时如何显示。

对齐：设置Flash影片的对齐方式。

背景颜色：指定Flash影片的背景色彩。

播放：在设计视图中播放Flash影片。

参数：设定参数以传递给Flash影片。

12.1.2 插入Flash按钮

Dreamweaver自带了Flash按钮制作功能，用户可以使用这一功能在Dreamweaver中直接制作一些简单按钮。以实例说明Flash按钮的制作方法如下：

(1) 新建一个HTML文档，并保存该文档。

(2) 新建一个1行、5列的表格。

(3) 将鼠标指针移至左侧第一个单元格内，单击鼠标左键。

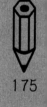

(4) 切换“插入”面板到“常用”选项卡中，单击“媒体”下拉按钮，在弹出的菜单中选择“Flash 按钮”，如图 12-1-4 所示。打开“插入 Flash 按钮”对话框。

注：如果没有保存过该文件，那么将会弹出提示框，提醒保存文件后才能进行该项操作。

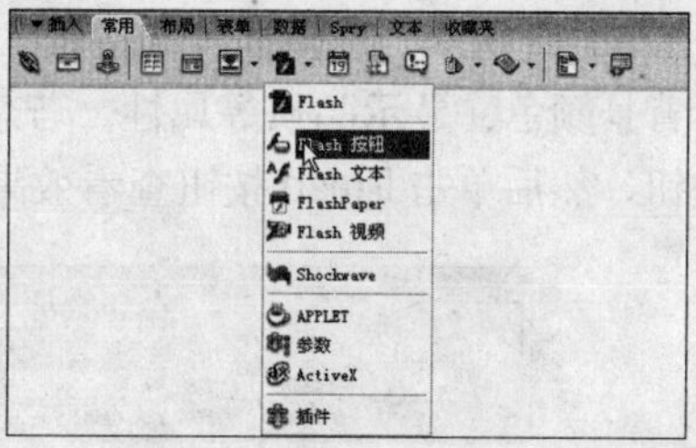

图 12-1-4

(5) 在图 12-1-5 所示的“插入 Flash 按钮”对话框中设置 Flash 按钮。

本例选择样式为“Blue Warper”，按钮文本为“首页”，字体为“黑体”，大小为 14，背景色为“#0066CC”。

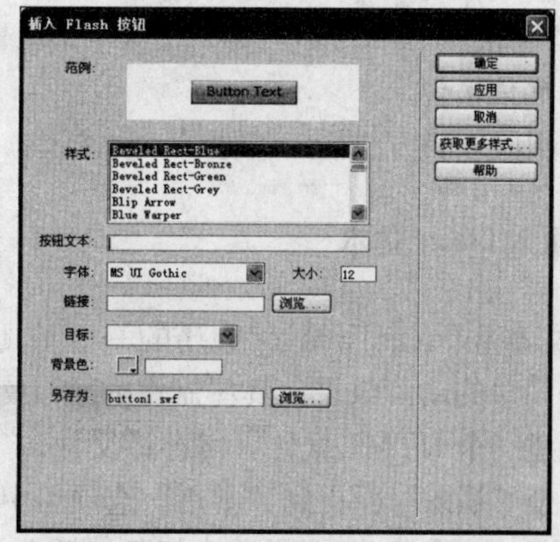

图 12-1-5

“插入 Flash 按钮”对话框中各选项的含义如下：

范例：按钮样式预览，在按钮上移动鼠标可显示动态按钮。

样式：选择按钮的样式。

按钮文本：设置按钮上要显示的文字。

字体、大小：设置按钮上文字的字体和大小。

链接：设置按钮链接的地址。

目标：设置打开链接的窗口形式，如在当前窗口（_top）或在新窗口（_blank）中打开等。

背景色：设置按钮的背景色彩，目的是与网页更好地搭配。

另存为：可以在打开的对话框中，指定按钮的保存路径和名称。

(6) 单击“另存为”栏的浏览按钮，打开图 12-1-6 所示的选择文件对话框。在该对话框中设置按钮的存放路径和名称。

注：该项功能不支持中文名称，如果你的站点文件夹被定义为中文名称，会弹出“命名错误”提示框。因此需要注意站点名称需要使用英文或数字来命名。

图 12-1-6

(7) 单击“应用”按钮，向设计视图中插入该按钮。如果对插入的按钮不满意，可以继续在“插入 Flash 按钮”对话框中进行编辑，编辑完成后单击“确定”按钮完成按钮的插入工作。

（8）如图 12−1−7 所示，选择插入的按钮，可以在属性面板中设置 Flash 按钮的名称、高度、宽度、对齐、背景颜色、显示品质等属性。若想查看 Flash 按钮的动画效果，可以单击属性面板的“播放”按钮，然后单击 Flash 按钮查看效果。

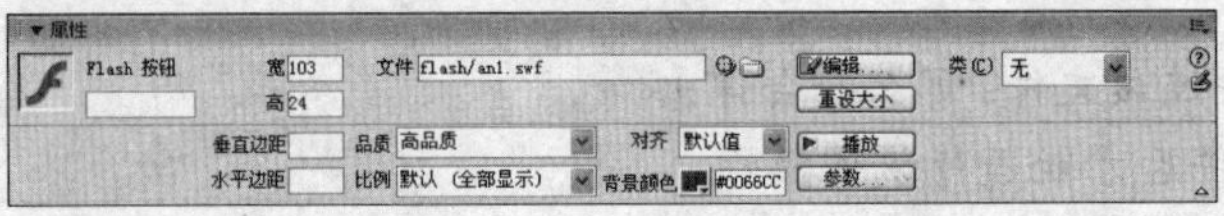

图 12−1−7

注：如果此时对按钮还不满意，可以单击属性面板的“编辑”按钮，打开“插入 Flash 按钮”对话框继续编辑该按钮。

（9）使用同样的方法插入其他 Flash 按钮。

12.1.3 插入 Flash 文本

Flash 文本是 Dreamweaver 自带的一个工具，可以将文字制作成 Flash 影片形式，从而使文字具有一些简单的动画效果。具体制作方法以实例说明如下：

（1）新建一个 HTML 文件，保存该文件。

（2）切换“插入”面板到“常用”选项卡中，单击“媒体”下拉按钮，在弹出的菜单中选择“Flash 文本”，如图 12−1−8 所示。打开“插入 Flash 文本”对话框，如图 12−1−9 所示。

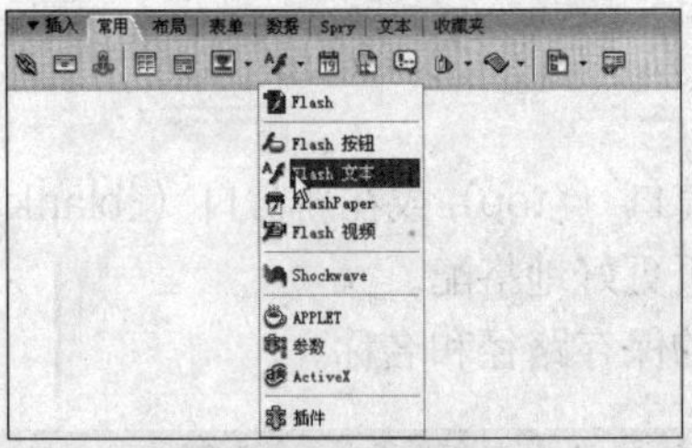

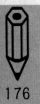

图 12−1−8

图 12−1−9

（3）本例中设置字体为“黑体”，大小为 30，在文本栏中输入文本为“你好”，设置一般状态下文字的颜色为“#000099”，转滚颜色为“FF0000”，背景色为“FF9966”。

“插入 Flash 文本”对话框中各项的含义如下：

字体、大小：设置插入文本的字体和大小。

对齐方式：设置插入文本的样式和对齐方式。

颜色：设置一般状态下文字的颜色。

转滚颜色：设置鼠标指针移上文字时的文字颜色。

文本：输入需要在编辑窗口中显示的文字内容。

链接：设置文本的链接地址。

目标：设置文本链接的目标窗口。

背景色：设置文字的背景色彩。

另存为：设置文本的保存名称。

(4) 单击另存为右侧的“浏览”按钮，在弹出的选择文件对话框中设置 Flash 文本的保存路径和名称。

(5) 单击“确定”按钮完成 Flash 文本的插入。

Flash 文本的属性与 Flash 按钮的属性基本一样，这里不再赘述。

12.1.4　插入 FlashPaper

FlashPaper 是一种文档格式，可以使用软件 FlashPaper 2 建立。该软件可以到 Adobe 公司的网站 www.adobe.com 下载。

在网页中插入 FlashPaper 的方法如下：

(1) 新建一个 HTML 文档。

(2) 切换“插入”面板到“常用”选项卡中，单击“媒体”下拉按钮，在弹出的菜单中选择“FlashPaper”，如图 12-1-10 所示，打开“插入 Flashpaper”对话框。

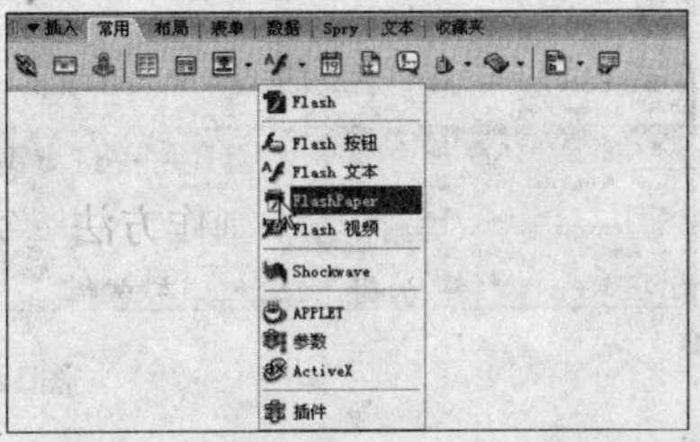

图 12-1-10

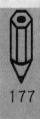

(3) 如图 12-1-11 所示，单击“插入 FlashPaper”对话框中的“浏览”按钮，打开选择文件对话框。

图 12-1-11

(4) 如图 12-1-12 所示在弹出的选择文件对话框中选择目标 FlashPaper 文件，单击“确定”按钮，回到插入 FlashPaper 对话框中。

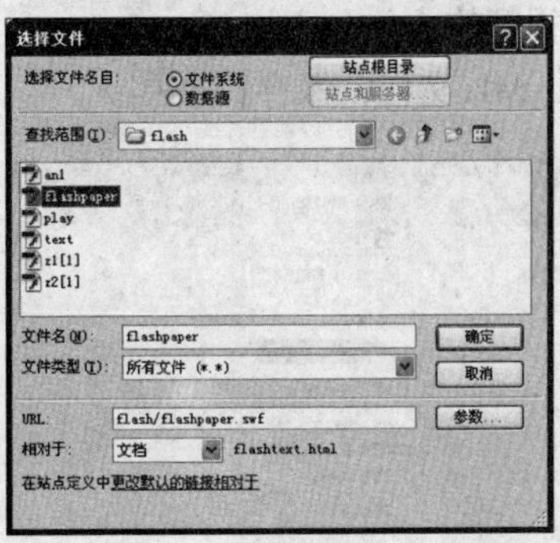

图 12-1-12

(5) 如图 12-1-13 所示，在高度和宽度框中可设置导入 Flashpaper 的高和宽，此项可以不填，以默认文本的高和宽导入。

单击“确定”按钮完成 Flashpaper 的导入。

图 12-1-13

单击属性面板的"播放"按钮，演示效果如图12-1-14所示。

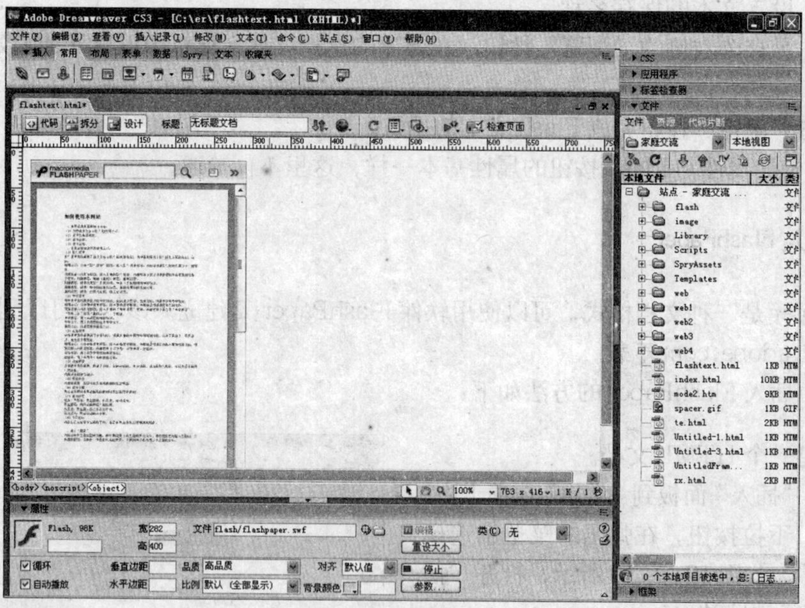

图12-1-14

12.1.5 插入Flash视频

在安装Flash的过程中会安装一个Flash Video Encoder的编码软件，它可以将其他非Flash的常见多媒体格式转换为Flash视频格式。例如可以将QuickTime格式转换为Flash视频格式。在使用Flash Video Encoder软件时，还需要安装QuickTime 6.5或以上版本，才能正常运行Flash Video Encoder。

插入Flash视频的方法如下：

（1）新建HTML文档，保存该文档。

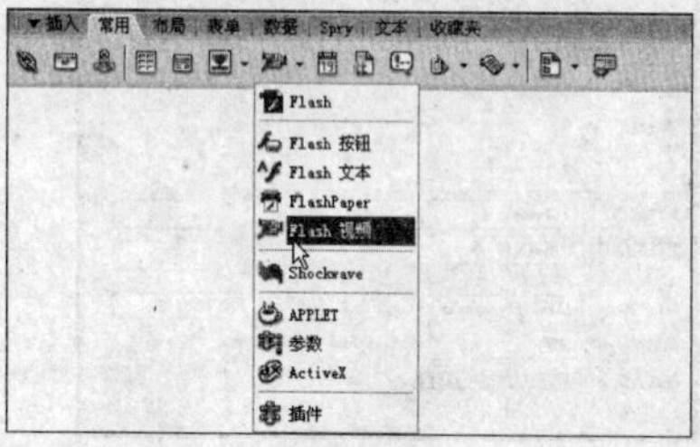

图12-1-15

（2）切换"插入"面板到"常用"选项卡中，单击"媒体"下拉按钮，在弹出的菜单中选择"Flash视频"，如图12-1-15所示，打开"插入Flash视频"对话框。

(3) 如图12-1-16所示，在“插入Flash视频”对话框中设置将要插入的Flash视频，单击“确定”按钮完成Flash视频的插入。

这里的相关操作前面均有涉及，这里不再赘述。

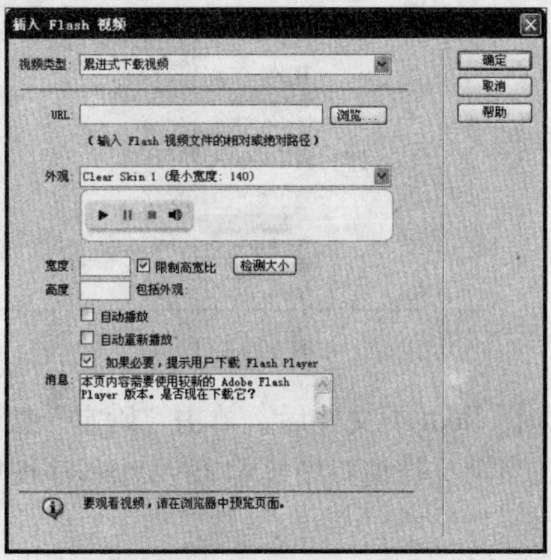

图 12-1-16

12.2 插入Shockwave动画

本节学习插入Shockwave动画的方法。

Shockwave是使用Director创建的媒体文件。插入Shockwave动画的具体操作方法如下：

(1) 将光标置于要插入动画的位置。

(2) 切换“插入”面板到“常用”选项卡中，单击“媒体”下拉按钮，在弹出的菜单中选择“Shockwave”，如图12-2-1所示。打开“选择文件”对话框，选择所需的文件。

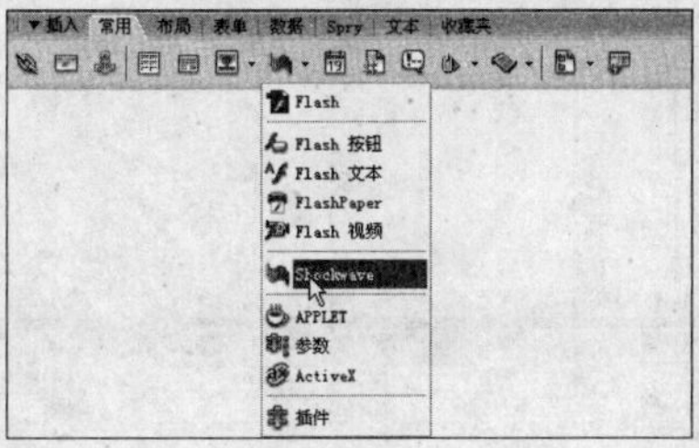

图 12-2-1

(3) 选定文件后，在当前窗口中以一个图标显示插入的Shockwave动画。

具体操作与调整Flash类似，这里不再赘述。

12.3 插入特殊对象

本节讲解向网页中插入Java小程序、ActiveX及插件的方法。

12.3.1 插入Java小程序

插入Java小程序可以实现一些动态的网页效果，而且Java Applet具有很好的兼容性。

注：Java小程序的源文件有3种，后缀名分别是.java，.class和.jar。这里只有.java文件可以被编辑修改，但是.java文件必须用编译器把它编译成.class文件才能使用。事实多数Applet程序都是这种可以直接使用的.class文件。

插入Java小程序的方法如下：

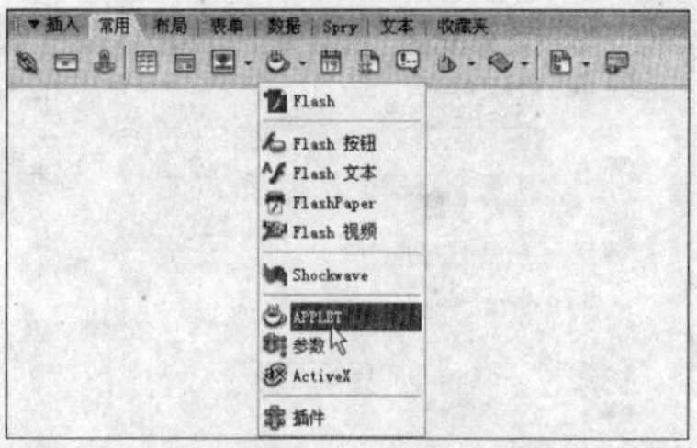

图 12-3-1

（1）将光标置于目标位置。

（2）切换“插入”面板到“常用”选项卡中，单击“媒体”下拉按钮，在弹出的菜单中选择“APPLET”，如图 12-3-1 所示。打开“选择文件”对话框。

（3）选择 Java 类文件后，单击“确定”按钮，插入选择的 Applet 文件。

（4）在当前文档窗口中显示 Java 小程序图标，可在其属性面板中作相应设置，如图 12-3-2 所示。

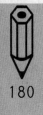

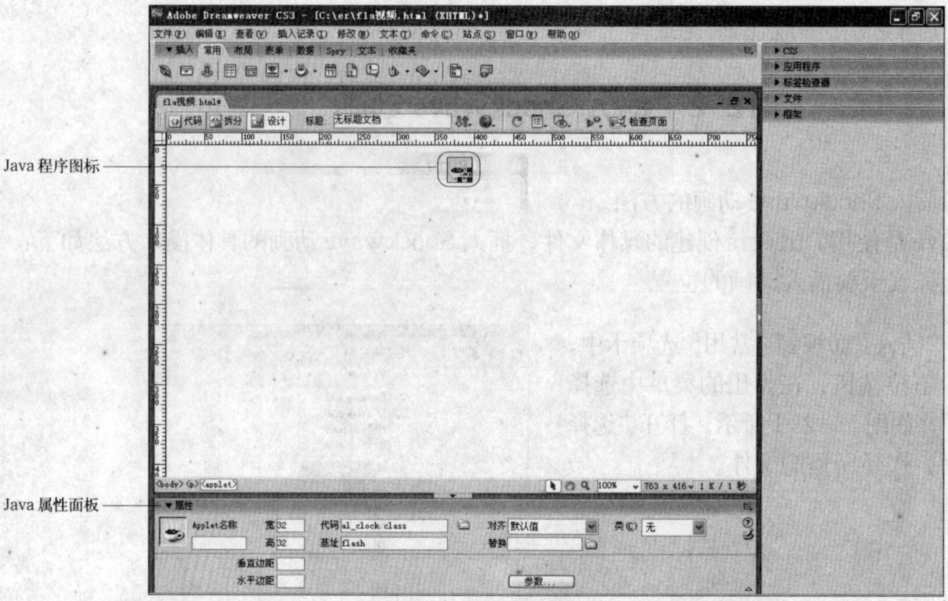

图 12-3-2

（5）设置 Java Applet 的属性，即在属性面板设置 Java 程序的宽和高等属性，如图 12-3-3 所示。

图 12-3-3

图 12-3-4

（6）设置 Java Applet 的参数，单击属性面板的“参数”按钮，打开图 12-3-4 所示的参数对话框，输入相关参数。

注：在获得 Applet 程序时，都会有一个相关的属性和参数说明，说明这个 Applet 的宽和高，及各个参数，设置时只需按参数进行填写即可。

12.3.2　插入 ActiveX

ActiveX 是 Microsoft 公司开发的一种在应用程序间共享代码的技术，用于增强 Windows 环境下 IE 浏览器的功能，也被用来代替 Java 小程序。插入 ActiveX 的具体方法与插入 Java 程序类似，这里仅简单介绍流程：

(1) 将光标置于要插入 ActiveX 的位置。

(2) 切换“插入”面板到“常用”选项卡中，单击“媒体”下拉按钮，在弹出的菜单中选择“ActiveX”。

(3) 在当前文档窗口中显示 ActiveX 控件图标。

(4) 选中编辑窗口中的插件图标，在属性面板中作相应设置。

12.3.3　插入参数

参数用以增强 Netscape Navigator 功能，实现对网页中插入的多媒体对象的设置。插入参数的具体方法如下：

(1) 将光标置于要插入参数的位置。

(2) 切换“插入”面板到“常用”选项卡中，单击“媒体”下拉按钮，在弹出的菜单中选择“参数”，打开图 12-3-5 所示的“标签编辑器”对话框，在当前文档中设置标签。

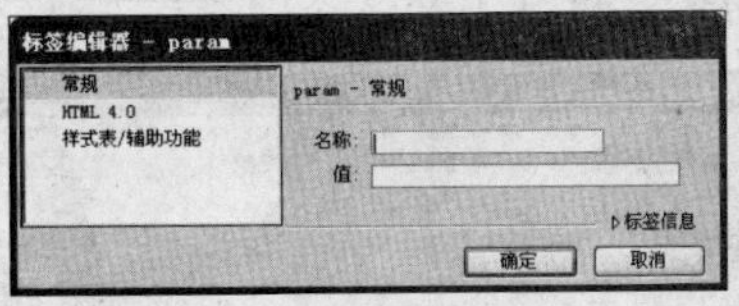

图 12-3-5

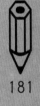

注：插入的参数在当前编辑窗口中没有图标显示，它仅对使用标签的对象起作用。

12.3.4　插入插件

插件用以增强 Netscape Navigator 功能，实现对网页中插入的多媒体对象的控制。插入插件的具体方法如下：

(1) 将光标置于要插入插件的位置。

(2) 切换“插入”面板到“常用”选项卡中，单击“媒体”下拉按钮，在弹出的菜单中选择“插件”，打开“选择文件”对话框，选择所需的插件文件。

(3) 插入的插件在当前文档窗口中显示插件图标。选中编辑窗口中的插件图标，可以在属性面板中作相应设置。

12.4　扩展 Dreamweaver

本节讲解获取扩展插件的方法。对于 Dreamweaver 无法支持的多媒体格式，可以先安装支持这些格式的外部插件，再使用这些插件对相关的媒体处理后放到网页中。

12.4.1　安装外部插件

插件实际上是实现特定功能的一组代码，通过插件可获取一些扩展功能，提高工作效率。插件的文件类型一般为 MXP，可以通过互联网搜索获得这些插件。Dreamweaver 为各种外部插件提供了良好的扩展性，下面就以嵌入音频插件audioembed的安装为例进行介绍。

（1）启动Dreamweaver CS3软件，执行“帮助／扩展管理”命令，打开扩展管理对话框。

（2）单击“安装扩展”按钮或执行“文件／安装扩展”命令，打开选择文件对话框，选择目标扩展文件。

（3）按照扩展管理对话框的提示，逐步完成安装。

（4）安装结束后，重新启动Dreamweaver CS3软件。在插入面板的“媒体”标签下，将看到该插件的图标。

12.4.2 获得插件的方法

Adobe公司为Dreamweaver提供了大量的扩展插件。可以通过互联网下载获得，具体操作方法如下：

（1）登录到互联网。

（2）启动Dreamweaver CS3，单击起始页面中扩展下的“Dreamweaver Exchange”按钮，如图12-4-1所示。打开下载分类网页。

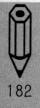

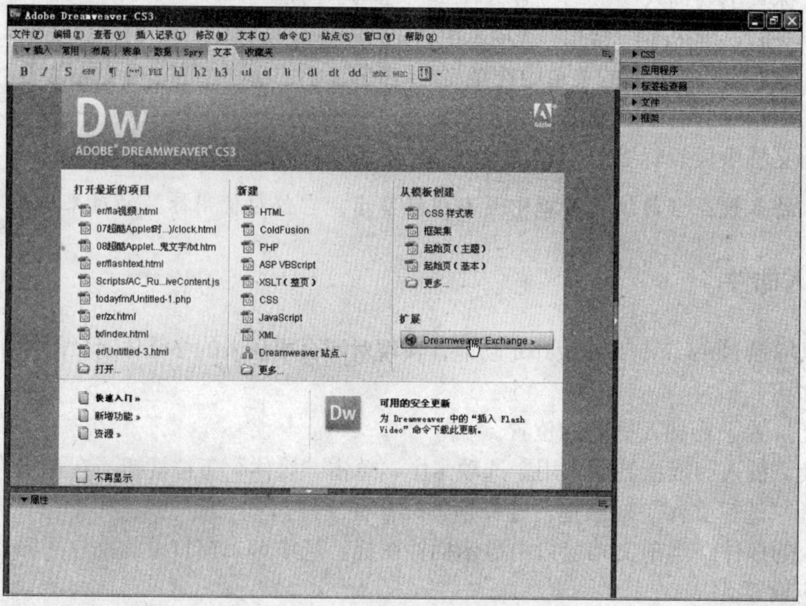

图12-4-1

（3）在打开的图12-4-2所示的网页中单击“Dreamweaver”链接，进入到Dreamweaver扩展插件的下载页面。

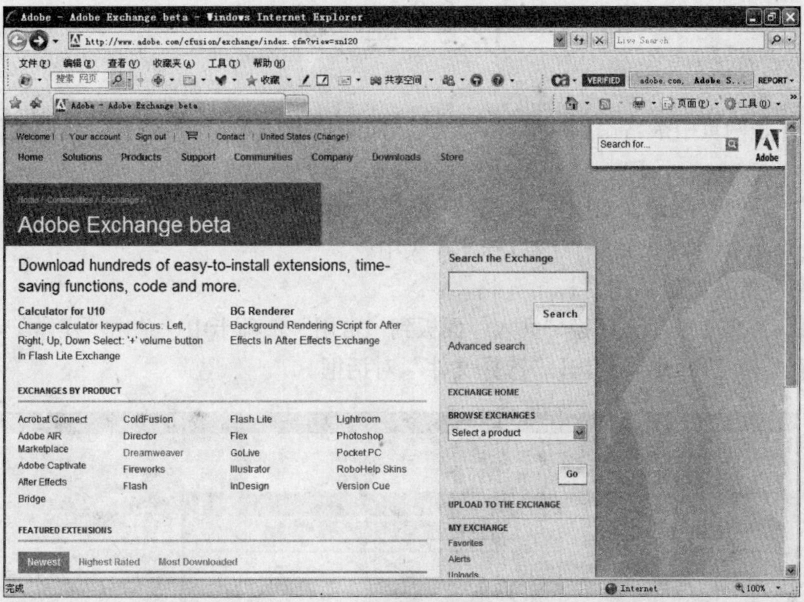

图 12-4-2

（4）在如图 12-4-3 所示的下载页面中，选择所需扩展插件，单击“Download”（下载）按钮，按提示开始下载相关插件。

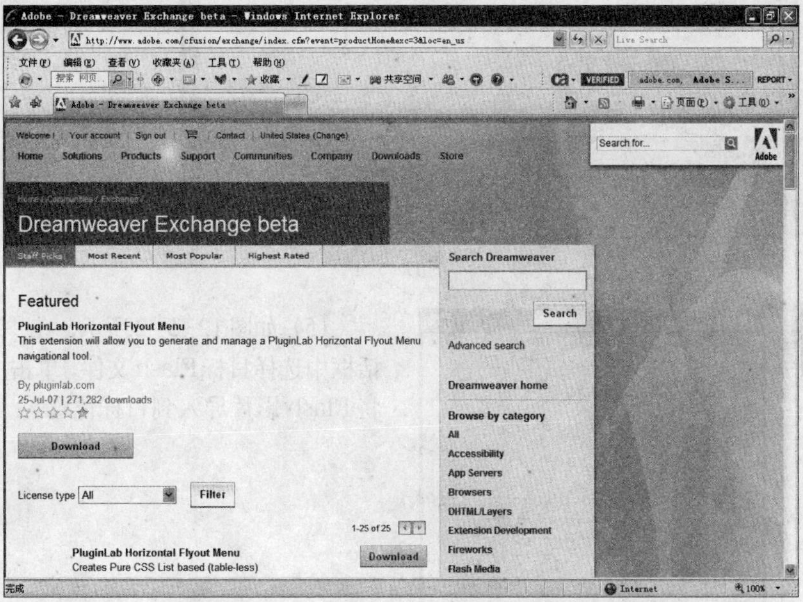

图 12-4-3

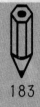

注：在 Adobe 公司的网站下载文件需要注册，然后才可以正常下载。

下载插件完成后，可以使用上节中讲解的方法安装插件。然后启动 Dreamweaver CS3，在插入面板中可以查找到新安装的插件。具体使用方法与所安装的插件提供的功能有关。

12.5 实 例

Flash影片是网页中最常用到的多媒体形式，向网页中插入Flash影片，可以使网页的表现形式更加丰富。

（1）首先使用Flash软件制作一个Flash影片，或从网上下载一个Flash影片。

（2）将Flash影片拷贝到站点的目标文件夹中。

（3）打开首页文件，单击目标单元格。

（4）如图12–5–1所示，切换“插入”面板到“常用”选项卡中，单击“媒体”下拉按钮，在弹出的菜单中选择“Flash”，打开“选择文件”对话框。

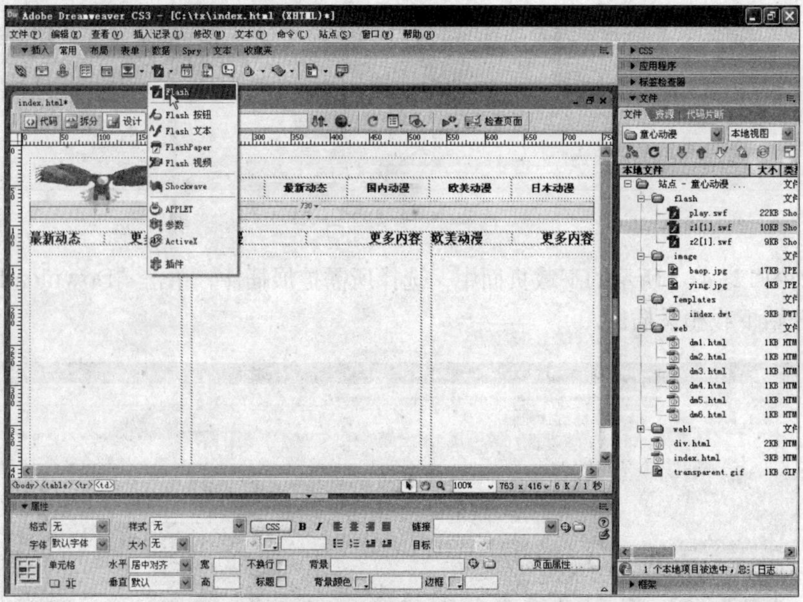

图12–5–1

图12–5–2

（5）如图12–5–2所示，在“选择文件”对话框中选择目标Flash文件，单击“确定”按钮，将Flash影片导入到目标位置。

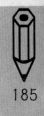

(6) 保存文档，单击属性面板的“播放”按钮，在“设计”视图中查看网页效果，如图 12-5-3 所示。

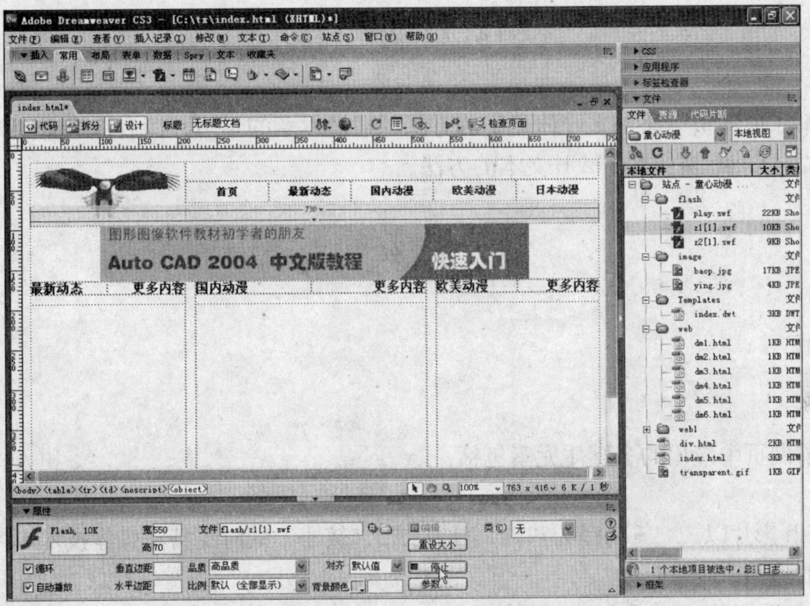

图 12-5-3

至此，本实例完成，读者可以试着加入其他 Flash 影片。

12.6 实 例 分 析

登录到 http://www.todayonline.cn/ 网站，在如图 12-6-1 所示的首页中有一个 Java 动画程序。

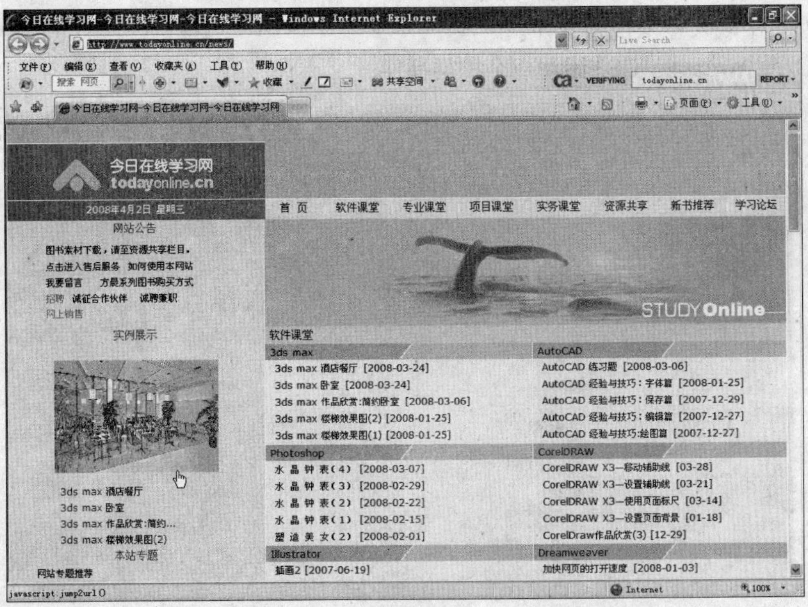

图 12-6-1

在网页中应用多媒体时，多媒体文件的体积不应过大，以加快网页的打开速度。

12.7 小 结

本章讲解了向网页中添加多媒体元素的方法。通过本章的学习，读者应当重点掌握向网页插入Flash影片、Flash按钮和Flash文本的方法。

12.8 练 习

填空题

（1）当前网页中应用的多媒体元素包括：______、______、______、______和ActiveX控件等对象。

（2）Flash影片以______动画为基础，具有______较小，同时支持流媒体技术等特点，非常适合网络环境的应用。

问答题

（1）Flash影片在属性面板中具有哪些属性？

（2）向网页中插入Applet的步骤有哪些？

上机练习

（1）在网页中插入一段Flash影片。

（2）在网页中嵌入一个视频文件。

（3）为Dreamweaver CS3添加一个扩展插件。

第13章 超 链 接

通过本章，你应当：

(1) 了解路径和链接的概念。

(2) 学会创建链接。

13.1 认识超链接

理解路径可以更好地理解链接。

13.1.1 URL概述

URL是Uniform Resource Locator的缩写，译为统一资源定位符。它是因特网中用来描述信息资源的字符串，主要用在各种因特网客户程序和服务器程序上。URL使用统一的格式描述信息资源，它由以下三部分组成：

第一部分：协议或称服务方式。

第二部分：该资源所在主机的IP地址（或是端口号）。

第三部分：主机资源的具体地址，如目录、文件夹、文件名等。

13.1.2 路径概述

路径是对存放文档位置的描述。如对个人住址的简单描述“中国北京”。只是在因特网中，这种描述方式使用URL（统一资源定位符）定义。

要正确创建链接，必须了解链接与被链接之间的路径关系。每个网页都有惟一的地址，称为URL。一般创建内部链接，即同一站点内文档间的链接时，不需要指定完整的URL，只需指定相对于当前文档或站点的根文件夹的路径。这与在同一个城市中问其他人的住址类似，通常只需说出所在的区、街道和门牌号，而不会说出国家、省和城市。

在网站制作过程中，使用3种文档路径类型。

(1) 绝对路径：绝对路径就是文档的完整URL，包括传输协议。例如：http://www.todayonline.cn/index.html。

(2) 文档相对路径：文档相对路径是指以当前文档所在位置为起点到被链接文档经由的路径。这是用于本地链接的最方便的表述方式。例如：web/index.htm就是一个文档的相对路径。

文档间的相对路径省去了当前文档和被链接文档间的完整URL中相同的部分，只留下不同的部分。

(3) 根相对路径：根相对路径是指从站点根文件夹（即一级目录）到链接文档经由的路径。根相对路径由前斜杠开头，它代表站点的根文件夹。例如/sport/web/image.htm。

13.1.3 链接的组成

一个完整的链接有两个端点，源端点和目标端点。源端点是指向目标链接位置的载体，它含有到达目标端点的路径或URL，它可以是文字、图像或按钮等。目标端点即按路径或URL到达位置后所打开的对象，它可以是任何网络资源。

13.1.4 超链接的方式和对象

超链接的形式有以下3种：

(1) 文字链接：用文字建立链接，这是最常用的功能，占用极少的资源且便于维护。

(2) 图像链接：使用图像为链接源点。

(3) 按钮链接：使用按钮为链接源点，按钮链接提供了更人性化的视觉效果，但占用资源比较多。

这3种链接源点仅是源点对象上的差异，在实际操作中设置链接的方法基本相同。

超链接的对象有以下几种形式：

(1) 命名锚记的链接：通常是一段文本的内部链接，如单击每章的小标题会跳到本章对应的节等。

(2) 网站内部的链接：链接到网站内部其他网页，或同一网页的其他内容。

(3) 网站外部的链接：链接到其他网站。

(4) 文件下载的链接：以超链接的方式提供下载服务。

(5) 电子邮件的链接：建立一个填好收件人地址的空白邮件的链接，方便网络沟通。

13.2 创建网页内部链接

创建网页内部链接可以实现网页内的跳转，如实现网页内部文档中标题跳转到文档的某一段。在网页内部实现跳转，需设定锚记，然后锚记作为被链接对象建立与源链接对象的链接。

设置锚记前应明确两点：可以为一段文字设置多个锚记；锚记仅在编辑状态下可见，在浏览器中不可见。

(1) 新建HTML文档，并输入一段文字。

(2) 移动鼠标指针到目标文字位置，单击鼠标左键。

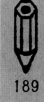

（3）切换“插入”面板到“常用”选项卡中，单击“命名锚记”按钮，弹出图13–2–1所示的“命名锚记”对话框。在该对话框中输入锚记的名称为“1”，单击“确定”按钮完成锚记命名。

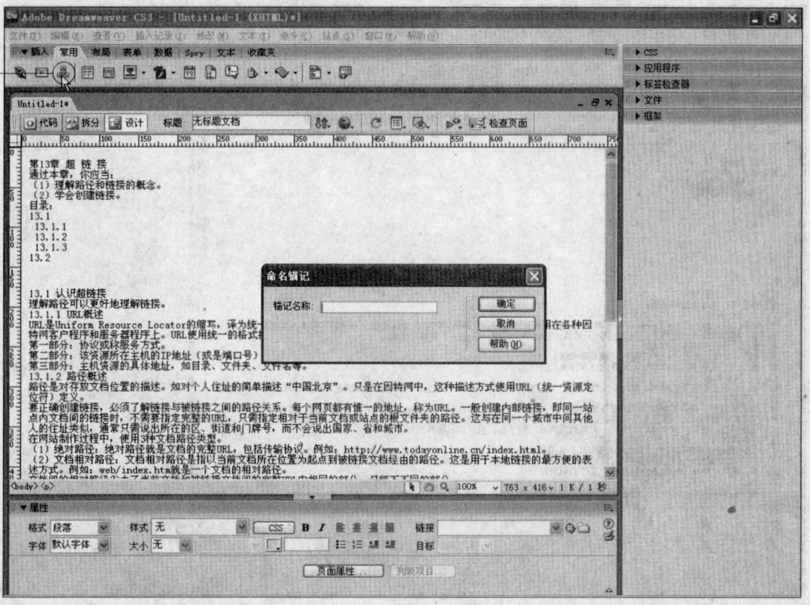

图13–2–1

（4）插入的锚记在“设计”视图中如图13–2–2所示。插入的锚记在浏览器中不会显示出来，仅在Dreamweaver的“设计”视图中为可见状态。

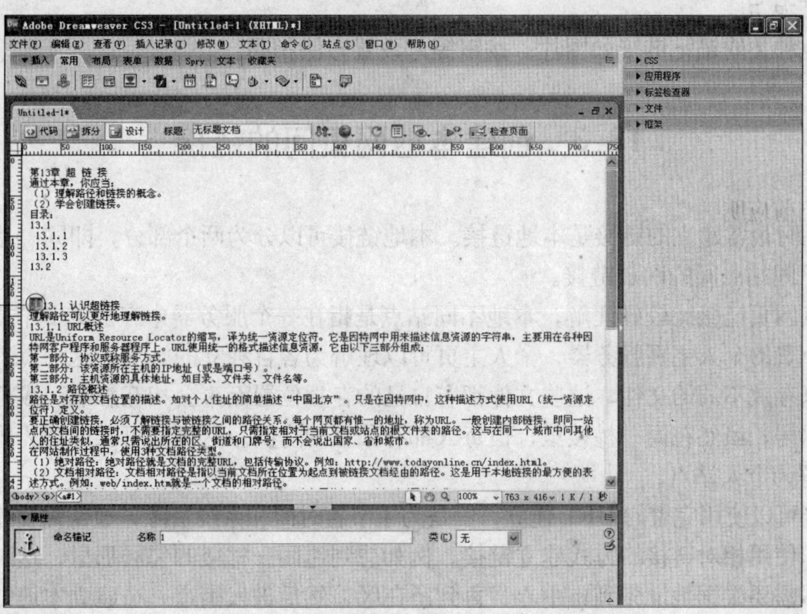

图13–2–2

（5）如图 13-2-3 所示，框选需要链接到锚记的目录文字，在属性面板的“链接”栏中输入“#1”。

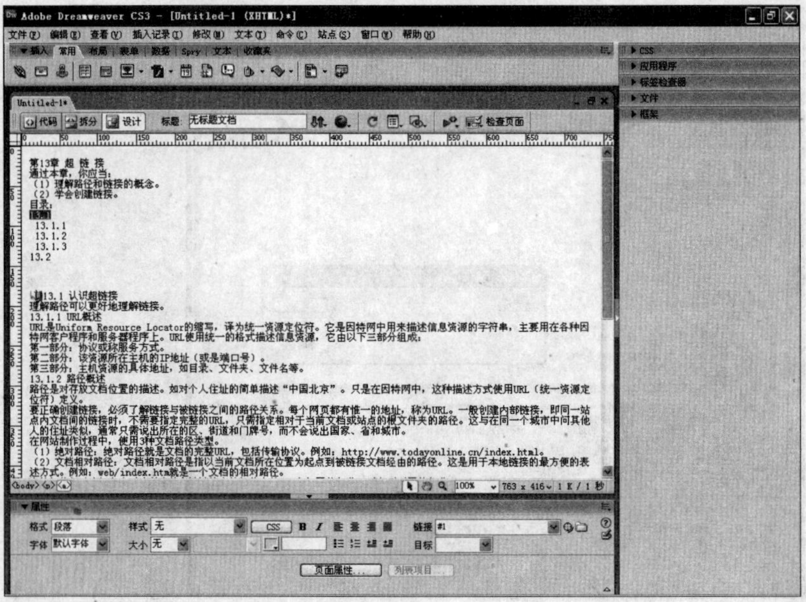

图 13-2-3

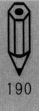

（6）使用同样的方法命名其他锚记，并设置链接。

注：在“命名锚记”对话框中命名锚记后，在属性面板的“链接”栏中链接该锚记时，需要在锚记名称前加 #。

设置其他种类的锚记链接如图片、按钮等，设置方法相同。

13.3　创建本地网页间的链接

制作网站时最常建立的链接是本地链接。本地链接可以分为两个部分，即同一站点上的网页链接和本地不同站点间的网页链接。

同一站点网页链接比较好理解，本地不同站点是指在一个服务器中存放的 2 个或 2 个以上站点，如一些免费的个人主页服务器，个人主页可以理解为各自独立的站点。这一点有些类似个人计算机中可以存放不同的文件，这些文件都有自己的存放位置而不会相互影响。或理解成住在同一栋楼里的邻居，虽然在同一栋楼里，但每人都有独立的房间。这栋楼可以理解为服务器，每间房间可以理解为个人站点。

本地链接可以使用完整的 URL 建立，但是为了节省时间和系统资源，通常需要建立最快捷的链接方式，即使用相对链接的方式建立链接。例如想到达同一栋楼的邻居那里，这时只需走过去就可以了，不需要根据地址先到市中心，再到所在区，然后进入街道……建立本地链接与这个例子类似，只需根据目前所在位置指明相对最快捷的路径。

13.3.1　建立站点内的链接

站点内的链接是建立网站过程中，最常用到的链接方式。下面以文字链接为例说明建立站点内链接的方法。

(1) 新建一个文件，输入一段文字。

(2) 框选源链接文字。

(3) 执行“窗口／文件”命令，打开“文件”面板。设置目标站点为当前站点。

(4) 如图13-3-1所示，拖动属性面板中“链接”右侧的“指向文件”图标到目标网页，完成站点内网页间的链接设置。

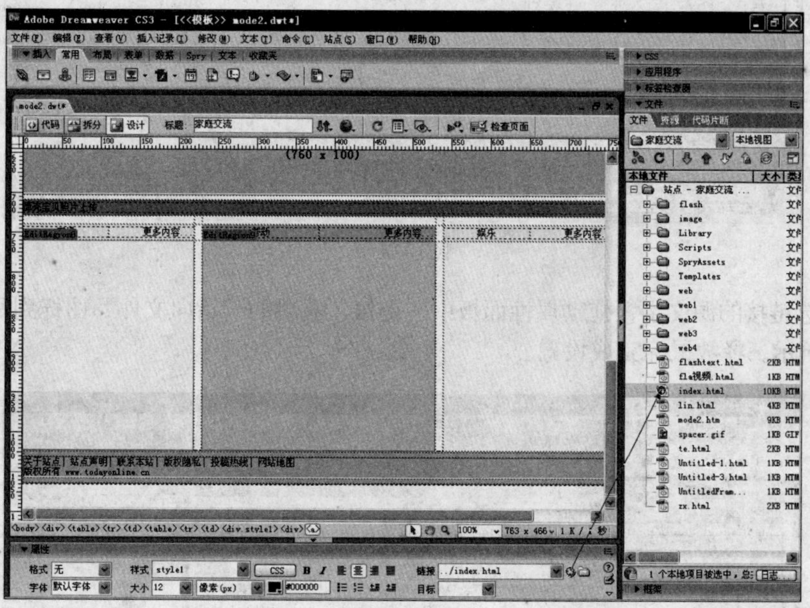

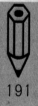

图13-3-1

注：在前几章的讲解中，初始建站时已经构建了网站的基本结构，如存放网页的文件夹、存放网站中图片的文件夹等，并使用文件面板建立相关的文件和文件夹。这样，当使用文件面板打开站点时，站点会清晰地显示在文件面板中。这时可以利用文件面板方便、快捷地建立站点链接。

使用这种方法建立的站点内链接，路径自动以相对链接路径表示。

13.3.2　建立本地不同站点间网页的链接

建立本地不同站点间的网页链接与建立本地站点内的网页链接的方法类似。可以通过文件面板建立不同站点间网页的链接。下面以文字链接为例讲解不同站点间网页的链接。

(1) 新建文件，输入一段文字。

(2) 执行“窗口／文件”命令，打开“文件”面板。

(3) 在“文件”面板中选择其他站点，如图13-3-2所示。

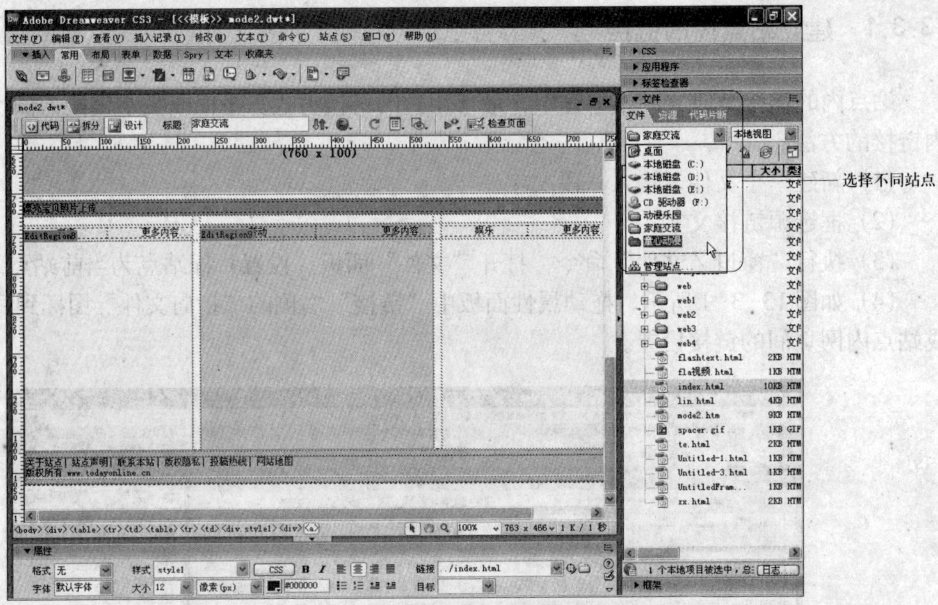

图 13–3–2

（4）框选链接的源文字，拖动属性面板中“链接”右侧的“指向文件”图标到目标网页，如图 13–3–3 所示。释放鼠标完成设置。

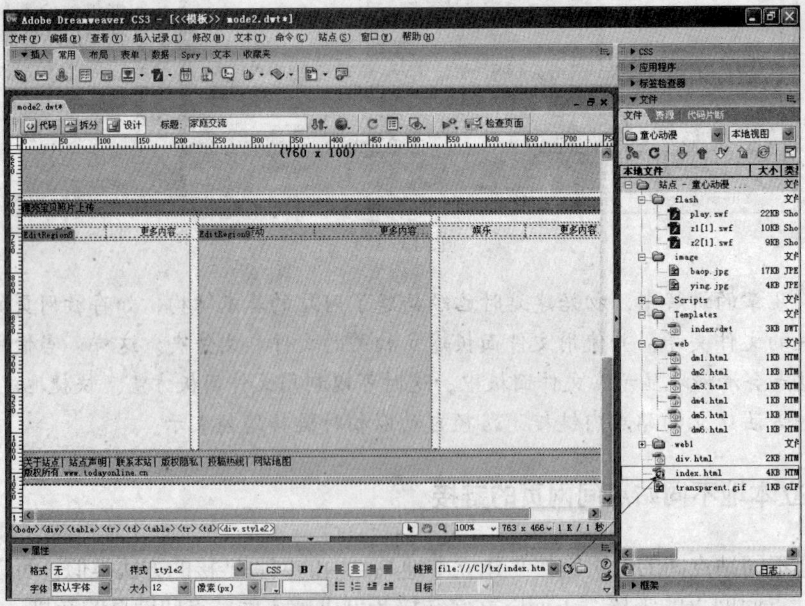

图 13–3–3

注：上面介绍的方法基于这个服务器中所有链接的网页站点均由设计者本人设计和控制，所以可以在本机中通过文件面板直接完成站点间文件的查找。

如果没有控制其他站点的权限，那么可以通过打开对方网页的方式获得对方网页的相对路径，例如网址 http://www.todayonline.cn/forum/viewtopic.php?t=33147，去掉基本的传输协议和服务器信息，得到 /forum/viewtopic.php?t=33147，这就是该网页针对服务器根目录的相对路径。

13.4 建立网站外部链接

建立网站外部链接比较简单，直接在属性面板的“链接”栏中输入完整的URL即可，以实例说明如下：

（1）输入一段文字。

（2）框选源链接文字。

（3）在属性面板的链接栏中输入URL，如图13–4–1所示。

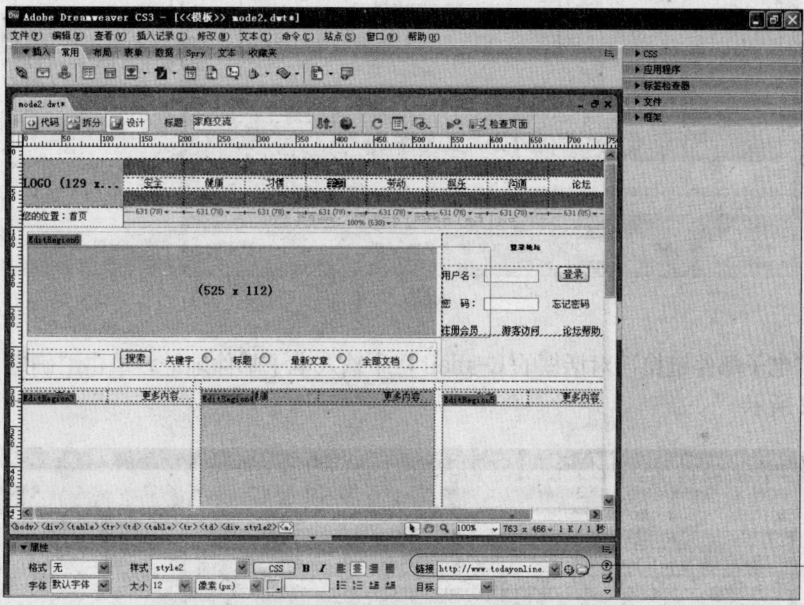

图13–4–1

13.5 链接到E–mail

在网页中设置E–mail的链接，可以使浏览者非常方便地向目标邮箱发送邮件。下面以实例说明建立E–mail链接的方法。

（1）新建HTML文件，输入一段文字。

（2）如图13–5–1所示，框选“联系本站”，单击”插入“面板中的“电子邮件链接”按钮，打开“电子邮件链接”对话框。

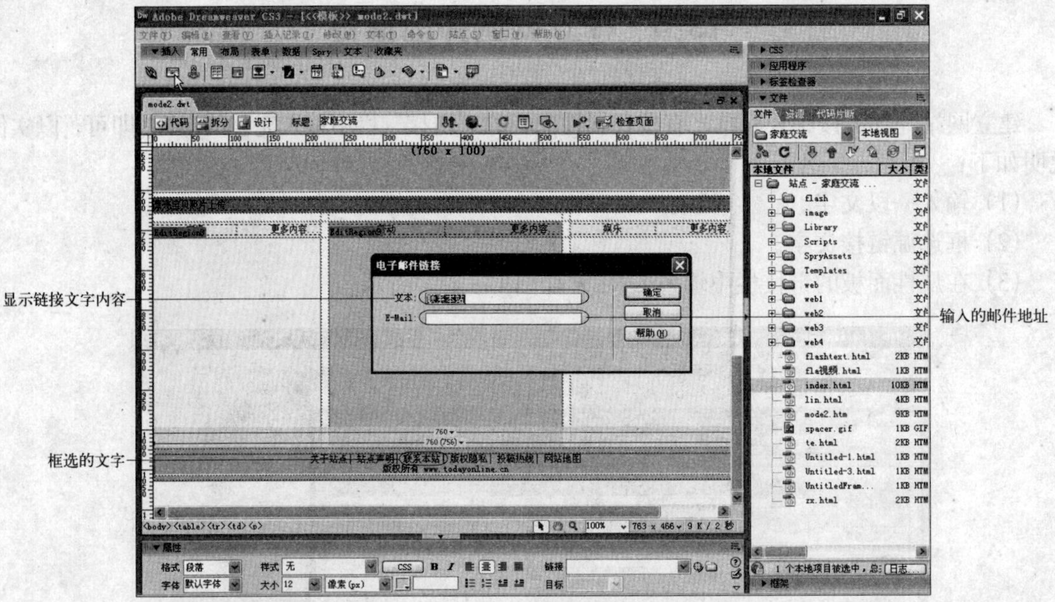

图13-5-1

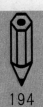

（3）在“电子邮件链接”对话框的E-mail栏中输入电子邮件地址，单击“确定”按钮，结果如图13-5-2所示。

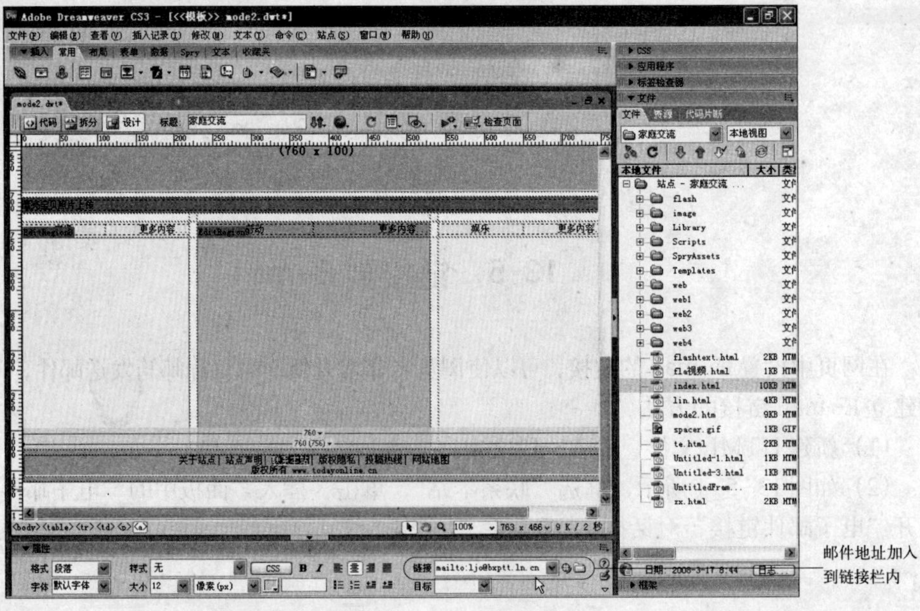

图13-5-2

注：如果不选取文字，也不在“文本”栏内输入要链接的文字，那么会直接以电子邮件地址作为链接。

如果直接在属性面板的链接栏内输入E-mail地址，E-mail地址前一定要加“Mailto:”。

（4）按F12键，预览网页，单击E-mail的链接文字或图像时，网页就会自动打开邮件处理程序，并在收件人栏内自动填写设定的E-mail地址。

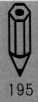

13.6 创建下载文件链接

下载链接是另一个比较常用的链接，许多网站都提供下载服务，这些下载服务提供的就是下载文件链接。

以实例说明创建下载链接的方法。

注：在学习本操作前，在练习站点中建立一个用来存储下载文件的文件夹，将下载文件存储到这个文件中。

（1）新建一个HTML文件，输入“下载链接”。

（2）如图13−6−1所示，框选“下载链接”文字，单击属性面板中“链接”右侧的“浏览文件”按钮，打开“选择文件”对话框。

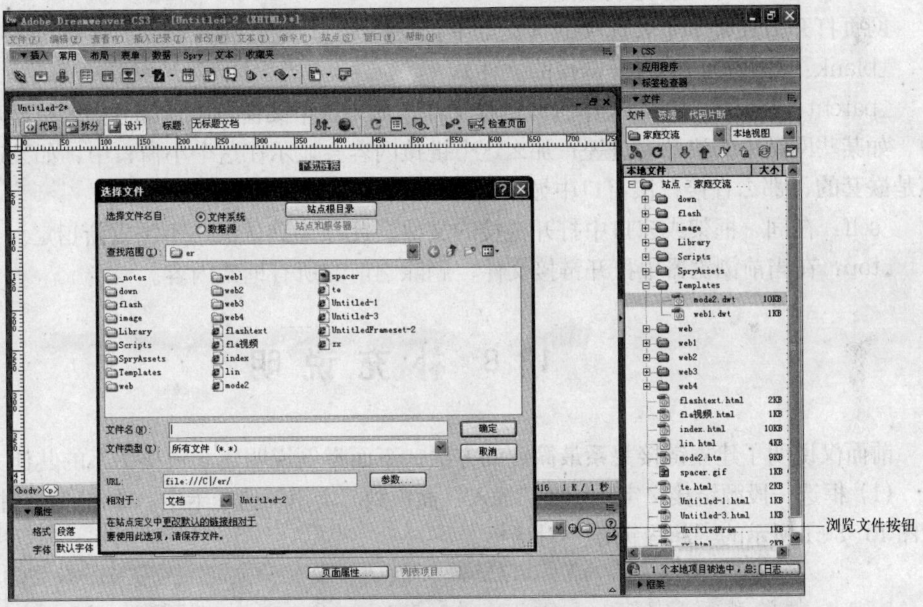

图13−6−1

（3）如图13−6−2所示，在选择文件对话框中选择站点中的目标下载文件，单击“确定”按钮，完成下载文件的建立。

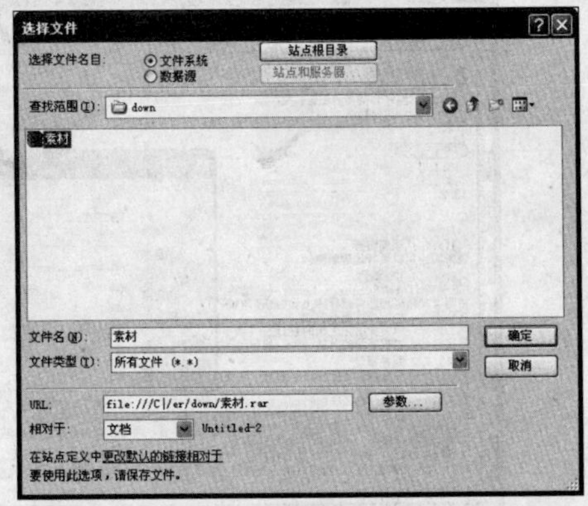

图13−6−2

注：也可以拖动属性面板中的指向文件按钮，拖动到目标下载文件，完成链接的建立。

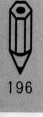

13.7 设置链接网页的打开方式

设置链接时，同时需要设置链接网页的打开方式。下面以实例说明链接网页打开方式的设置方法。

（1）如图 13-7-1 所示，建立链接后，单击属性面板的“目标”右侧的下拉按钮，弹出网页打开方式菜单。

图 13-7-1

（2）选择打开方式，完成设定。

网页打开方式菜单中各选项的含义如下：

_blank：在新窗口中打开链接的文件。

_parent：在父窗口的框架中打开链接文件。如果这个父窗口中该部分内容是显示在下级窗口中，如某些网站中的滚动窗口等，那么这个链接内容会显示在这个小窗口中；如果这个链接框架不是嵌套的，那么直接在该窗口中显示新的网页内容。

_self：在同一框架或窗口中打开链接的文件。此项为默认值，不需重新指定。

_top：在当前浏览器中打开链接文件，删除之前的所有框架内容。

13.8 补 充 说 明

前面仅说明了建立链接关系最简便的方法，下面举例说明建立链接关系的其他方法。

（1）框选一段源链接文字，切换“插入”面板到“常用”选项卡中。单击“超链接”图标，打开图 13-8-1 所示的“超级链接”对话框。

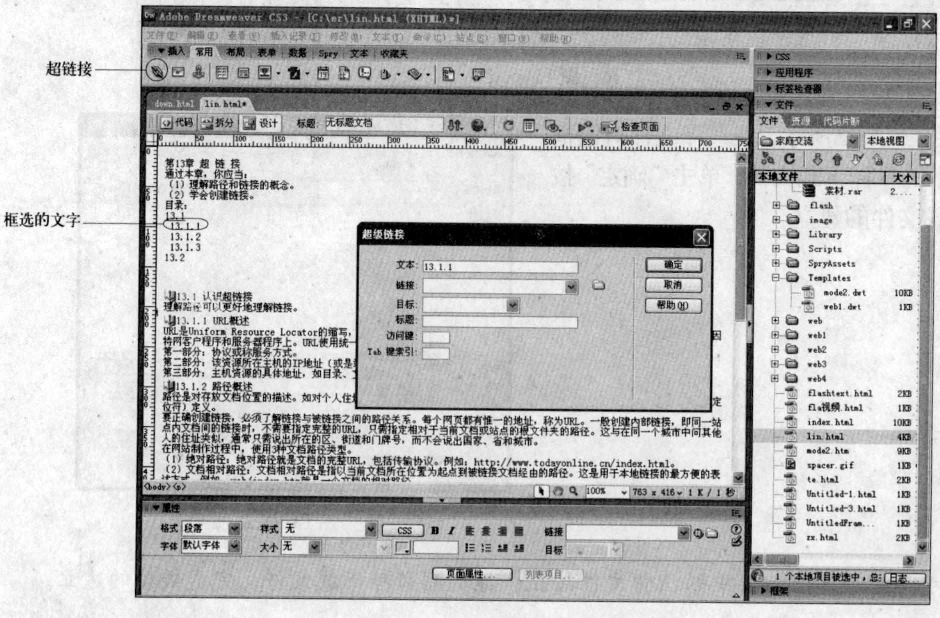

图 13-8-1

(2) 在超级链接对话框中设置相关链接选项。其中各项设置的含义前面均有涉及，这里不再赘述。

注：如图 13-8-2 所示，单击“链接”右侧的下拉按钮，在弹出的菜单中显示已经设置的锚记，若想链接到锚记，可以直接选择。

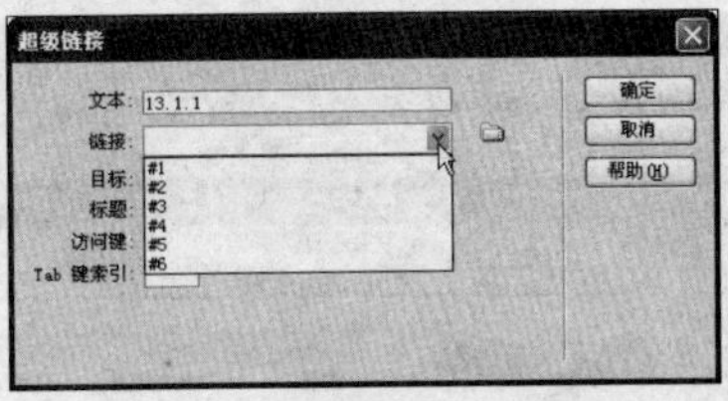

图 13-8-2

要灵活运用各项链接功能，如建立网页间的链接时，既可以使用文件面板，通过拖动属性面板的“指向文件”图标到目标网页；也可以通过单击属性面板的“浏览文件”按钮，在打开的文件夹中寻找目标网页，这些都需要根据实际情况进行操作。

例如制作下载文件链接时，可以先将下载的目标文件放置到站点的目标文件夹如 download 文件夹中，打开“文件”面板，单击存放下载文件的 download 文件夹左侧的“+”按钮，展开该文件，拖动“指向文件”图标到下载文件，如图 13-8-3 所示。

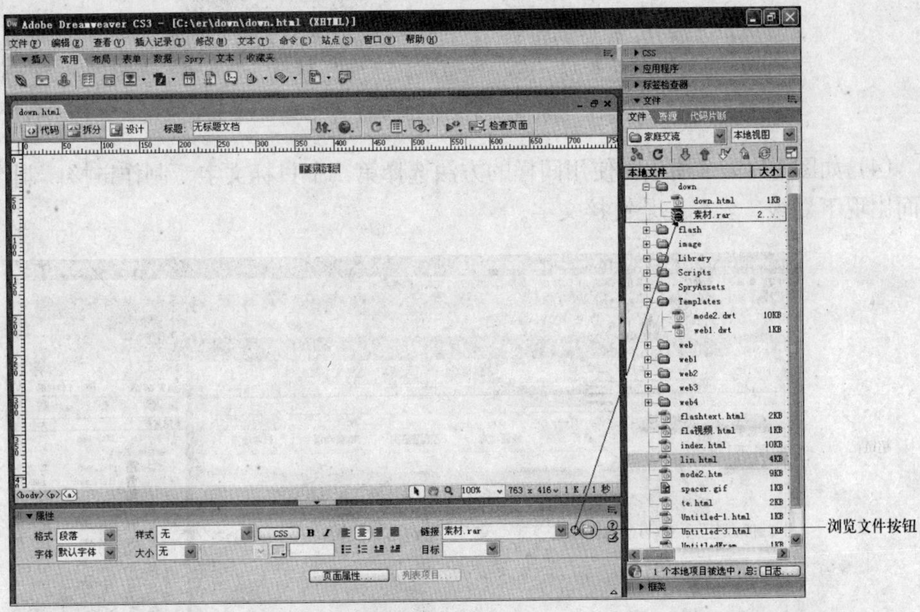

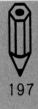

图 13-8-3

13.9 实 例

链接是制作网站建设过程中必须的工作。制作链接的过程很简单，但是需要耐心和仔细。本实例以前面章节中建立的“童心动漫”站点的首页为例，制作链接到二级页面的链接。

(1) 在“文件”面板中切换当前站点为“童心动漫”。

(2) 双击“文件”面板中的 index.htm 文件，打开该文件。

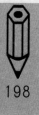

（3）如图13–9–1所示，选择目标文字，拖动属性面板的“指向文件”图标到目标链接文件，完成链接的制作。

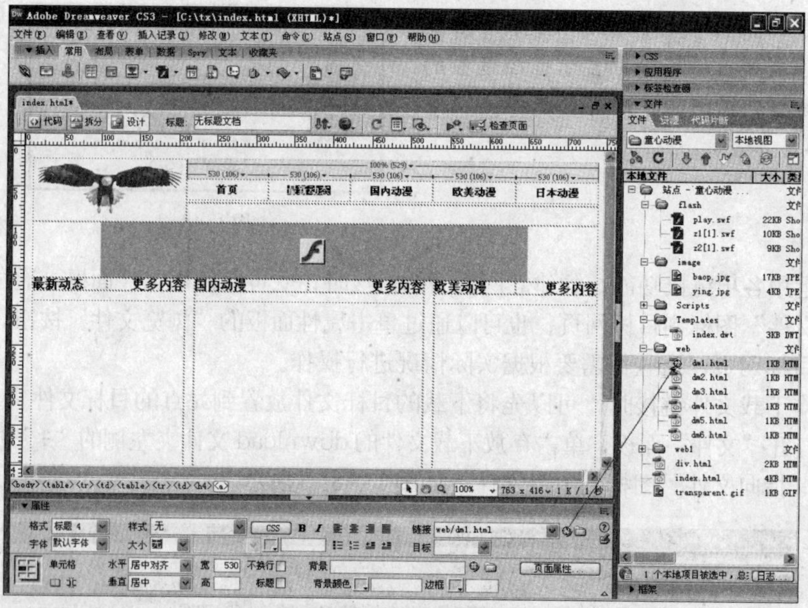

图13–9–1

（4）如图13–9–2所示，使用同样的方法选择第二个目标文字，制作链接。制作完成的链接下面出现下划线，表示它是链接文字。

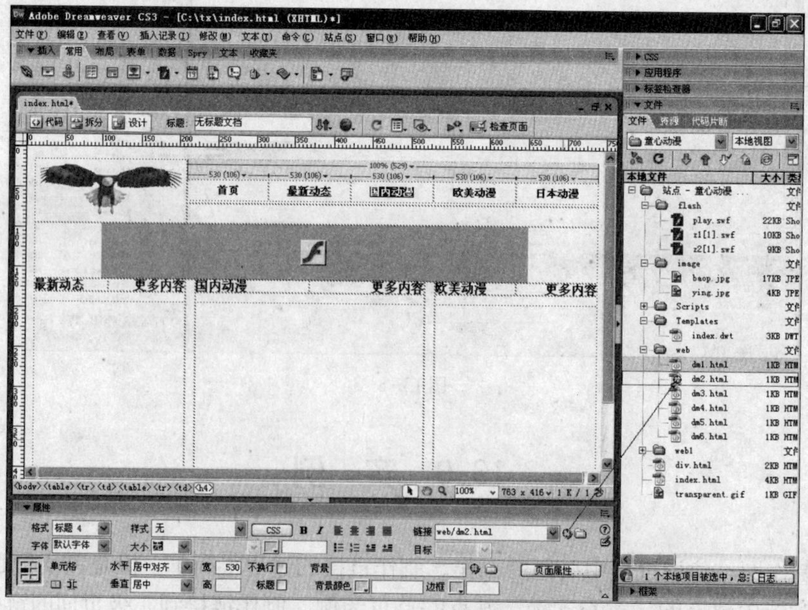

图13–9–2

（5）使用同样的方法制作其他文字链接。

13.10 实 例 分 析

登录到起点中文网站 http://www.qidian.com，进入任意一本电子书的分卷阅读页面，如图 13-10-1 所示。

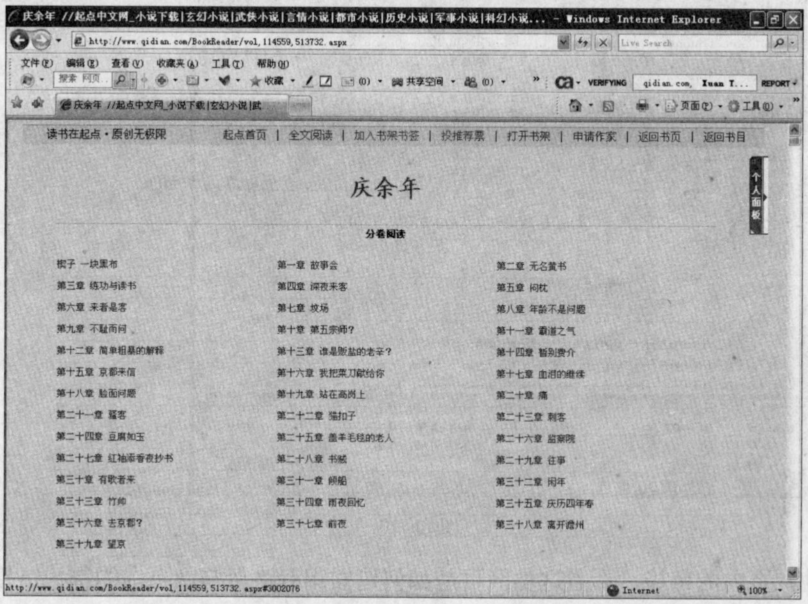

图 13-10-1

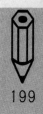

执行“查看 / 源文件”命令，在记事本中打开当前网页的源文件，复制记事本中的源代码。

在 Dreamweaver CS3 中新建一个 HTML 文档，在“代码”视图中粘帖源代码，取代“代码”视图中的原代码。切换到“设计”视图，如图 13-10-2 所示。

锚点标识

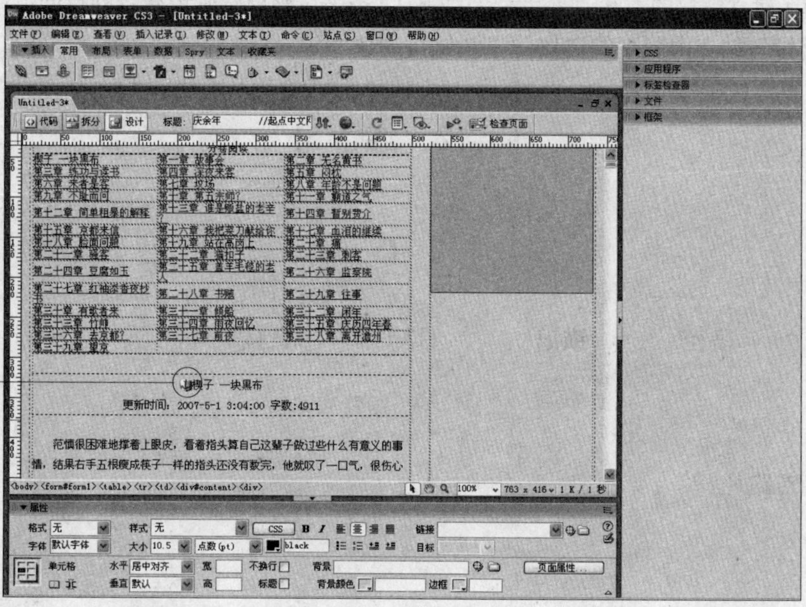

图 13-10-2

在该网页中多处设置了锚记，通过锚记可以快速建立文章与目录的关系。如图13-10-3所示，选择目录中的链接文字，在属性面板中可以看到它所链接的锚记。

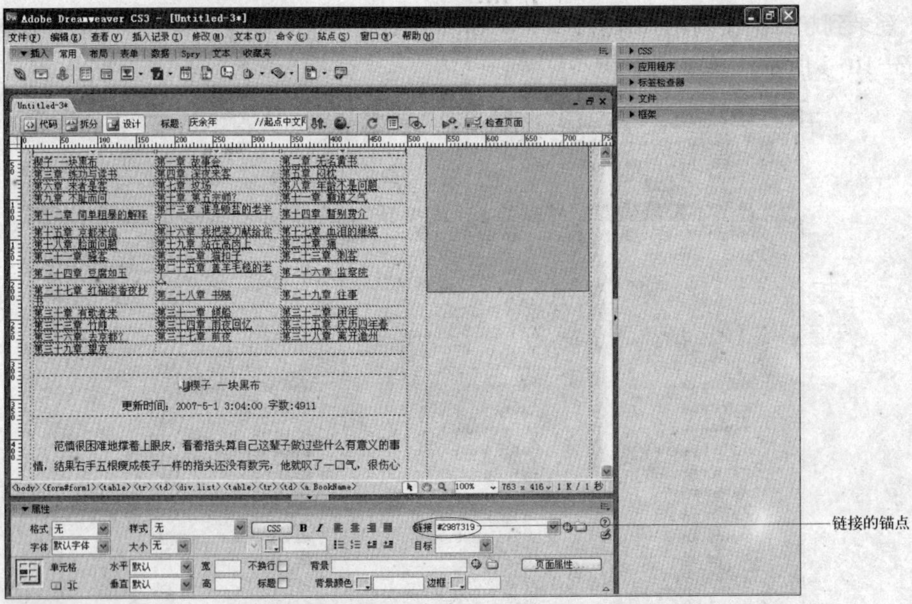

图13-10-3

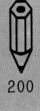

查看其他网页内的链接，看看这类网页是如何建立相对路径与网页内的锚记链接的。初学者可试着多参考此类网页进行练习。

13.11 小 结

本章讲解了建立链接的方法。通过本章的学习，读者应当熟练掌握建立网页间链接的方法，如电子邮件的链接、站点内网页的链接、下载链接的建立等。

13.12 练 习

概念题

URL　　路径　　锚记　　目标　　链接

问答题

什么是相对路径？

上机练习

建立一个Dreamweaver基本站点。设置主题和目录，建立首页与下级页面间的链接。

第14章　CSS 样式

通过本章，你应当：

(1) 了解CSS样式面板。

(2) 学会设置CSS样式。

(3) 了解创建与链接外部CSS样式。

(4) 学会编辑CSS样式。

网页中通过CSS样式建立统一的排式，Dreamweaver提供了CSS样式面板来帮助完成CSS样式的建立。CSS样式是定义网页各种元素属性和网页属性的集合。

例如：设置一段文字的属性，可以选择这段文字，然后在属性面板中设置这段文字的各个属性，如字体、字号和颜色等。也可以先把这些对字体、字号和颜色等属性的定义，制作到一个文件中，然后在需要的时候套用这个样式，这个样式就是CSS样式。并且这样设置的样式可以被重复使用，统一修改。

14.1　CSS样式面板

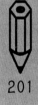

CSS的中文意思为级联样式表，也被称为风格样式单。CSS样式能够定义网页元素的属性，如大小、背景、边框和位置等。CSS样式不仅可以控制一篇文档中的排式，还可通过外部链接的方式，控制整个站点的文档排式。并且当对CSS样式修改后，所有链接该CSS样式的文档排式都会随着改变。

Dreamweaver提供了CSS样式面板来帮助完成CSS样式的建立和修改。执行“窗口/CSS样式”命令，打开图14-1-1所示的CSS样式面板。

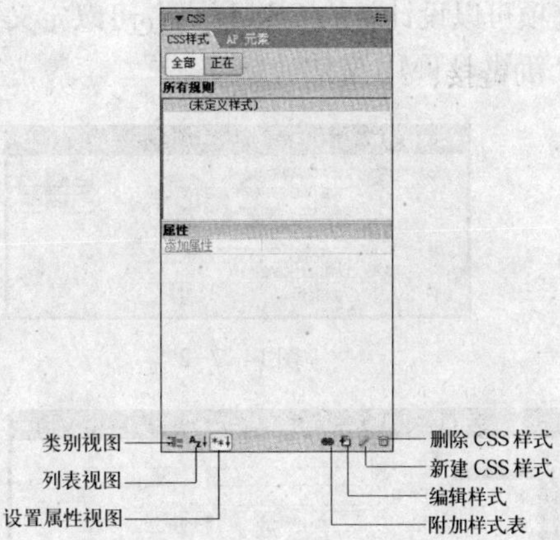

图14-1-1

类别视图：在CSS样式面板的属性栏中，将属性划分为8个类别：字体、背景、区块、边框、方框、列表、定位和扩展。每个类别的属性都包含在一个列表中，可以单击类别名称旁边的加号（+）按钮展开或折叠它。“设置属性”（蓝色）将出现在列表顶部。

列表视图：在CSS样式面板的属性栏中，按字母顺序显示CSS属性。

设置属性视图：在CSS样式面板的属性栏中，仅显示已设置的属性。

附加样式表：单击该按钮可以应用已有的CSS样式到当前文本。

新建CSS样式：单击该按钮可以新建一个CSS样式。

编辑样式：单击该按钮可以编辑当前的CSS样式。

删除CSS样式：单击该按钮可以删除当前CSS样式。

CSS样式面板中还有一个“正在”按钮，单击该按钮可以显示当前所选元素使用的CSS样式。

14.2 新建CSS样式

新建CSS样式的方法如下：

（1）新建一个HTML文件。

（2）单击CSS样式面板的“新建CSS规则”按钮，打开如图14-2-1所示的“新建CSS规则”对话框。

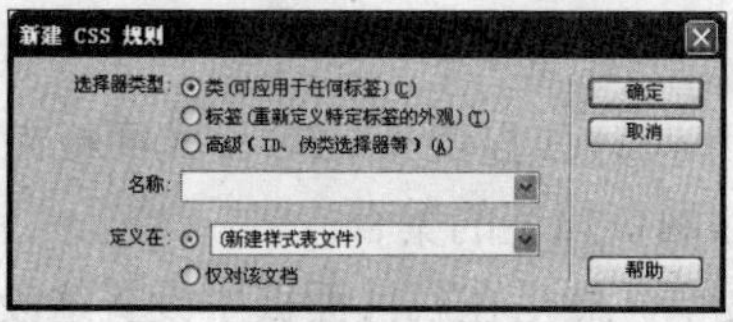

图14-2-1

“新建CSS规则”对话框中各选项的含义如下：

选择器类型：从列表中选择新建CSS样式的类型，有类、标签和高级3个选项。

定义在：有两个选项，“新建样式表文件”和“仅对该文档”。“新建样式表文件”可以定义一个外部CSS样式表。为了使网站整体风格一致，通常是创建外部的CSS样式表，供站点中的页面使用。“仅对该文档”可以创建一个当前文档的内部CSS样式，这个样式表是保存当前文档中的。

（3）选择目标类型，单击“确定”按钮，进入到CSS样式定义窗口定义CSS样式列表。下面分别讲解类、标签和高级3个选项的CSS样式的制作。

14.2.1 使用类自定义规则

类选项可以设计新的CSS样式，可以定义该项的名称及样式的组合。

（1）新建HTML文件。

（2）单击CSS样式面板中的“新建CSS规则”按钮，弹出图14-2-2所示的“新建CSS规则”对话框。在选择器类型中选择“类”，在名称栏中输入“text”，选择“定义在”选项下的“仅对该文档”。

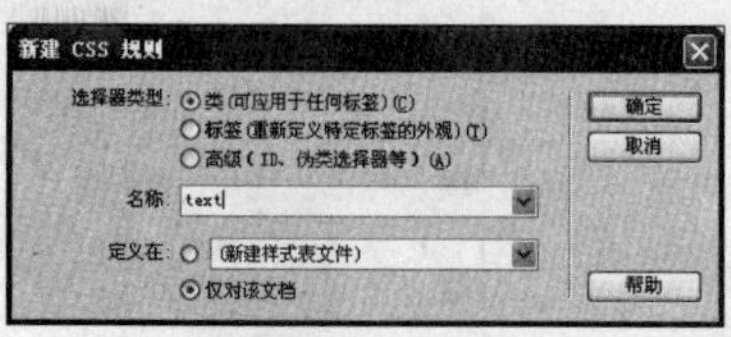

图14-2-2

（3）单击“确定”按钮，打开图14-2-3所示的“text的CSS规则定义”窗口。首选项为类型选项，在类型选项中可定义文本的字体、大小等选项。

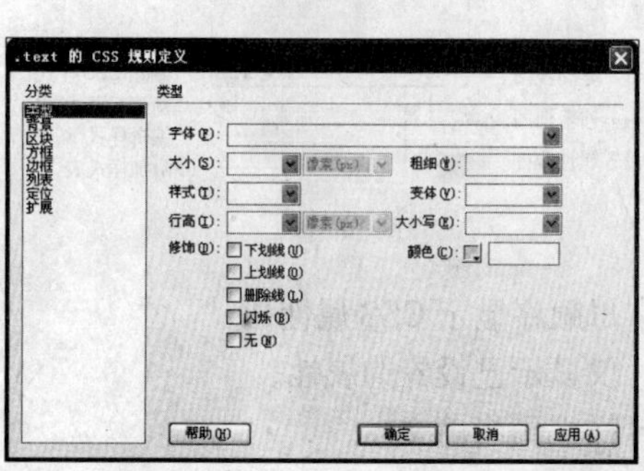

图14-2-3

字体：单击该项右侧的下拉按钮，会弹出字体选择菜单，可在菜单中选择所需选项。

大小：选择字号，或输入数值精确控制字的大小。

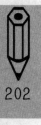

样式：有正常、偏斜体、斜体。偏斜体比斜体倾斜的角度略小。

行高：可输入数值，控制两行文本之间的距离。单位有磅、像素、英寸、厘米、百分比。

修饰：常用的设置有带下划线文字、带上划线文字、带删除线文字。

粗细：可设置文字为正常、粗、细。

大小写：设置英文单词首字母大写、全部大写、全部小写。

颜色：设置文本的字体、大小、颜色，使用方法与文本属性面板基本相同。

（4）如图14-2-4所示，单击分类栏中的“背景”选项。

背景栏中各选项的含义如下：

背景颜色：设置网页或网页元素（如表格）的背景颜色，单击该项的颜色块可以打开颜色样本面板，从中可以选择所需颜色。

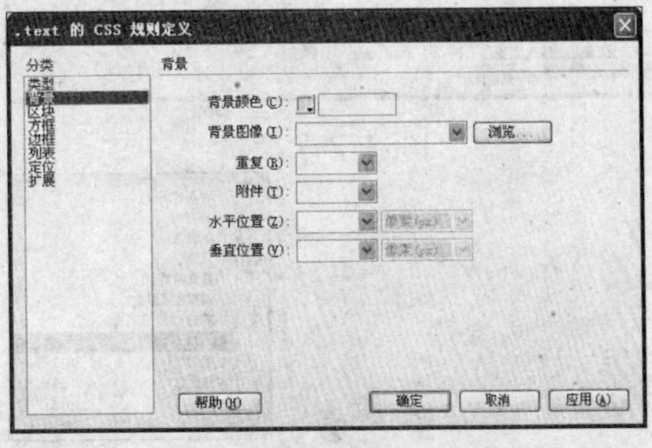

图14-2-4

背景图像：设置网页或网页元素（如表格）的背景图案。单击“浏览”按钮可以打开图14-2-5所示的选择图像源文件对话框，通过该对话框可以查找和选择目标背景图像。

重复：设置当图像不足以填充网页或网页元素时，是否重复填充以及如何重复填充。“重复”为默认值，图像由左向右由上向下重复填充。横向重复、纵向重复分别指在水平或垂直方向上重复图像。

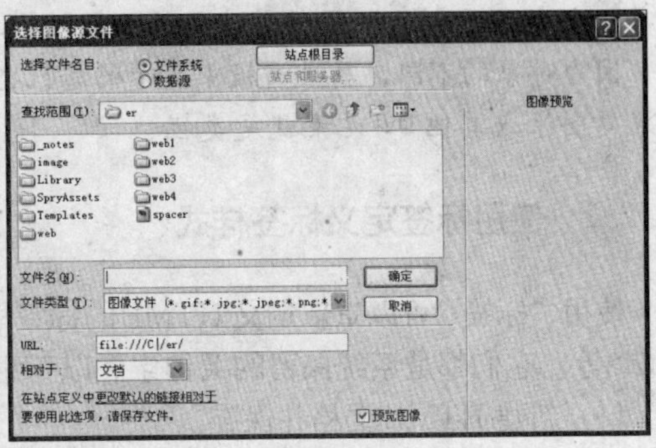

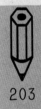

图14-2-5

附件：指定背景图像是存在于固定位置，还是随内容一起滚动。

水平位置、垂直位置：指定背景图像的位置。

“CSS样式定义”对话框分类栏中的其他选项，这里就不一一介绍了，它们都与特定的设置直接相关，如区块可以设置字符与字符间的距离，边框可以设置表格边框等。设置时只需单击分类栏中的相应选项，在对话框的右侧就会列出该项的细节设置项。

（5）设置完成后，单击“text的CSS规则定义”对话框的“确定”按钮，关闭该对话框。新建的样式名称“text”就会显示在CSS样式面板中，如图14-2-6所示。

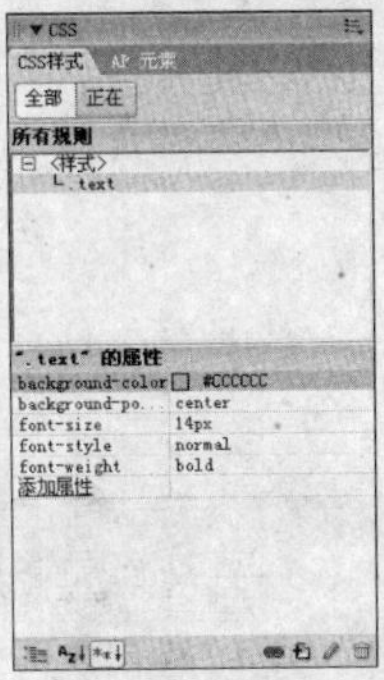

图14-2-6

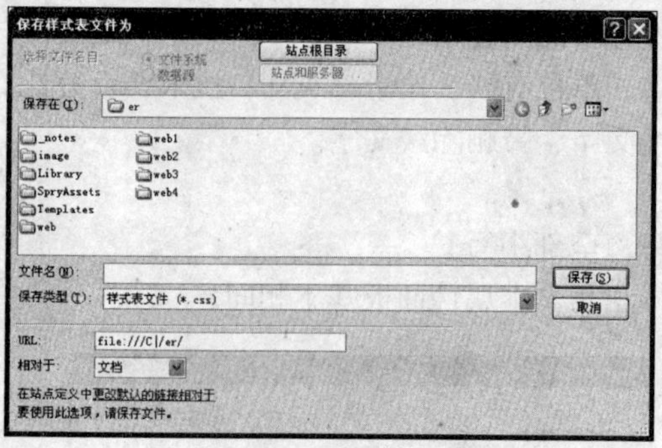

图 14-2-7

注：因为在(2)步中选择了“仅对该文档”，所以新建的名为text的CSS样式会直接加载到当前HTML文件中。若选用新建样式表文件，会弹出图14-2-7所示的“保存样式表文件为”对话框，将新建的CSS样式以独立的文件形式保存，之后的操作就与选择“仅对该文档”的操作一致。

图 14-2-8

(6) 在设计视图中选择目标文本或者表格，单击CSS样式面板中的“text”，单击右上角的菜单按钮，打开图14-2-8所示的菜单。在该菜单中选择“套用”命令，将新建样式应用到目标对象。

注：新建的类样式，在属性面板的样式栏菜单中也会显示出来，可以通过属性面板的样式菜单设置当前元素的样式。

因为对象的不同，属性面板中显示的属性也不同。如果是文本类型的元素，那么就是样式栏，如果是图像或其他DVI元素就是类栏。

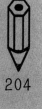

14.2.2 使用标签定义标签样式

使用“标签”可以重新定义HTML的标签样式。HTML的标签样式有<body>、<p>、<h1>、<h2>等，它们都是系统保留的关键字。以下举例说明标签的使用：

(1) 新建HTML文档并保存。

(2) 输入一段文字，使用属性面板设置这段文字的格式，结果如图14-2-9所示。

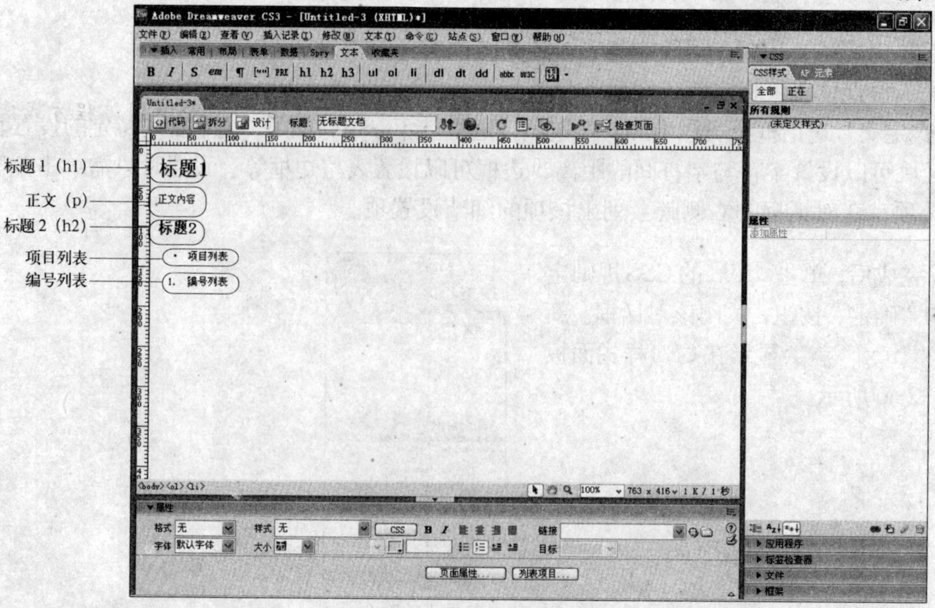

图 14-2-9

（3）单击CSS样式面板中的“新建CSS规则”按钮，打开“新建CSS规则”面板。如图14-2-10所示，在“选择器类型”中选择“标签”，在“定义在”中选择“仅对该文档”。

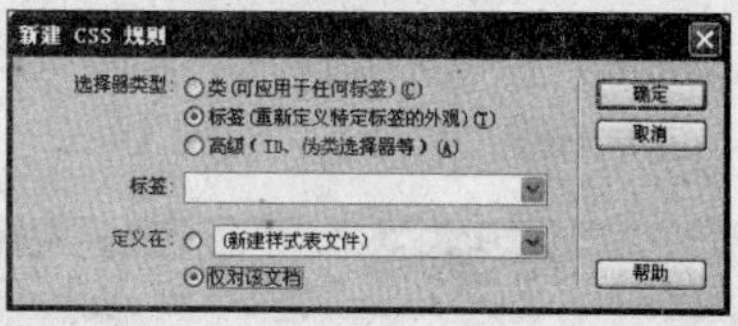

图14-2-10

（4）如图14-2-11所示，单击“标签”右侧的下拉按钮，在弹出的菜单中选择“h1”，单击“确定”按钮打开CSS规则定义窗口。

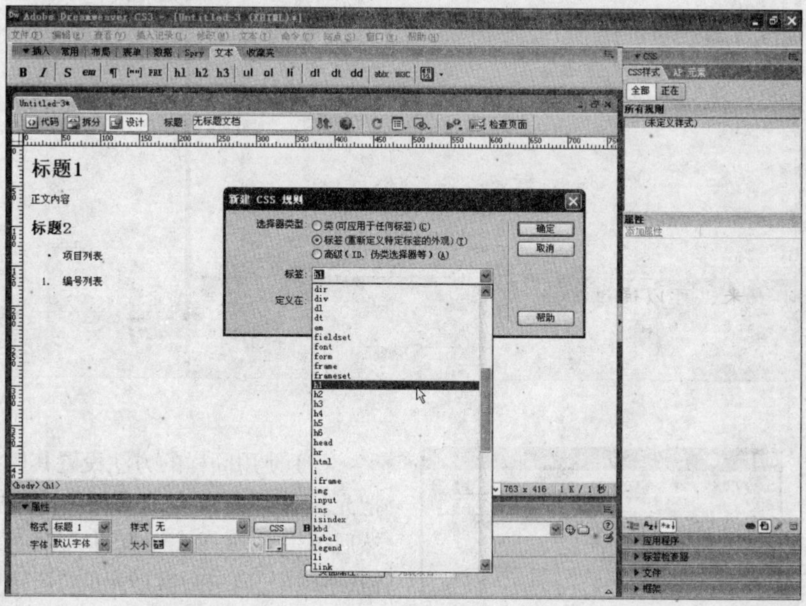

图14-2-11

注：h1是HTML文档中内定的表示标题1的标签，最初网页设计中使用的是编程方式，人们为此制定了一些规范，即使用p表示正文、h1表示标题1等，这些标签可以理解为HTML设计编程中的关键字和保留字。随着技术的发展，已经可以使用所见即所得的方式，不必再使用编程方式定义这些文本内容，可以通过一些设计软件编辑这些内容，如正文、标题等，但这些关键字依然被保留并使用。

（5）单击分类栏中的“区块”，然后单击文本对齐右侧的下拉按钮，在弹出的菜单中选择“居中”对齐方式，如图14-2-12所示。

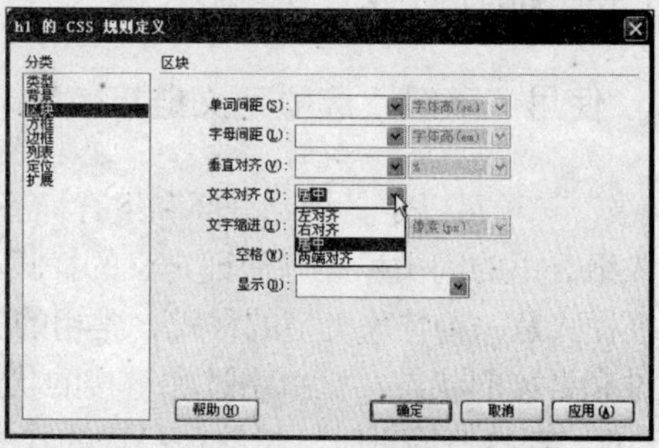

图14-2-12

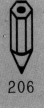

(6) 单击“确定”按钮完成设置。此时设计视图中采用标题1格式的文本自动采用CSS样式中设置的样式，即居中显示，结果如图14−2−13所示。

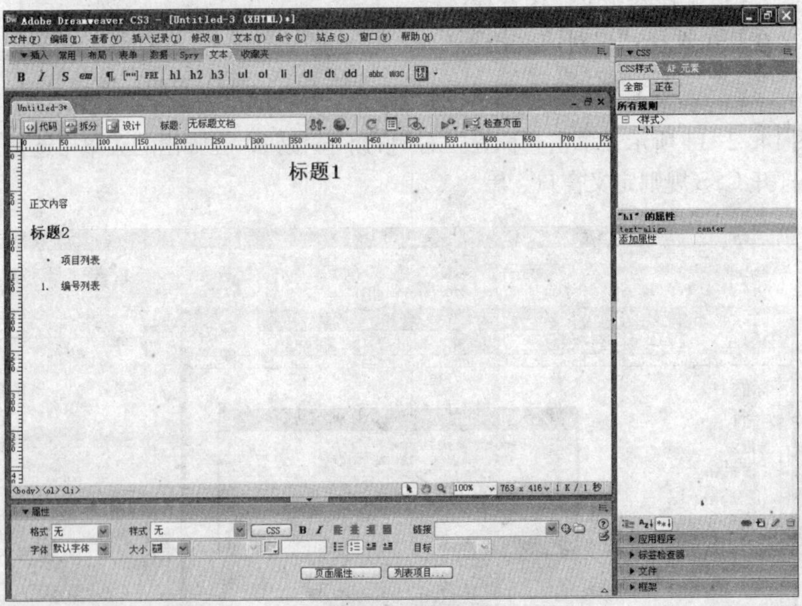

图14−2−13

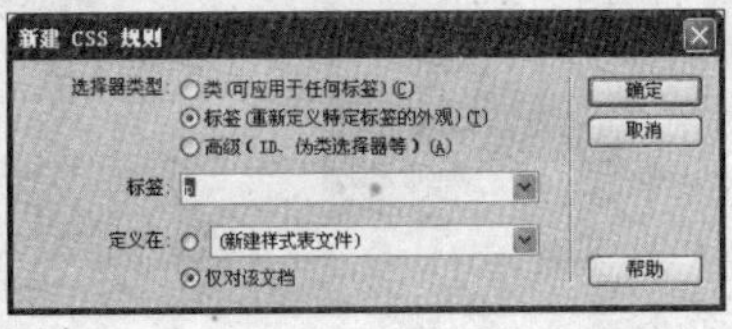

图14−2−14

(7) 使用同样的方法设置其他标签样式。先把光标移到窗口中的采用段落格式的文本中，然后单击CSS样式面板的“新建CSS规则”按钮，弹出图14−2−14所示的“新建CSS规则”对话框。

在图中会发现标签自动显示为当前选中文本的样式标签P。

注：对于不熟悉网页中标签使用的初学者，可以先打开“新建CSS规则”窗口，在该窗口中设置选择器类型为“标签”，然后单击“取消”按钮关闭该窗口，再在编辑界面中选择目标文本，再打开“新建CSS规则”窗口，此时在标签栏中就会自动显示选中文本的标签。

(8) 使用同样的方法在CSS规则定义窗口中设置段落的样式。

(9) 使用同样的方法设置其他标签。

14.2.3 使用“高级”选项定义链接效果

“高级”选项可以定义指定分区和组合标签的属性。通过在标签前添加ID标识，可以区分不同分区或组合中的同类标签，保证定义的样式具有惟一性。

高级样式是一种特殊类型的样式，常用的有4种，主要用来编辑链接文本的效果，如鼠标没有单击过和链接的状态、已单击过和链接的状态等。

a:link：新打开网页时，链接所呈现的状态。

(1) 新建一个HTML文件并保存。

(2) 输入一段文字。

(3) 框选一段文字，拖动属性面板中的“指向文件”图标到链接页上，建立一个链接。

(4) 单击CSS样式面板中的“新建CSS规则”按钮，打开“新建CSS样式”对话框，在“选择器类型”中选择“高级”，如图14-2-15所示。

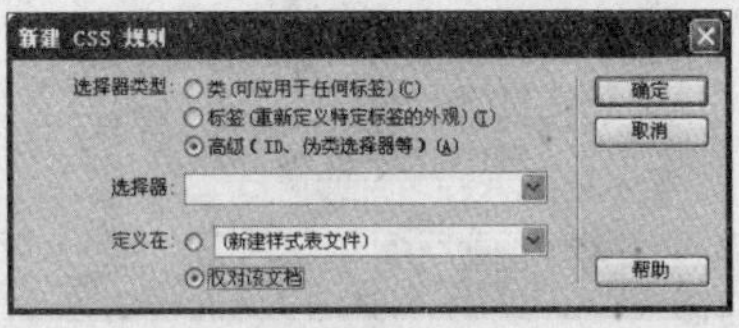

图14-2-15

(5) 单击“选择器”右侧的下拉按钮，弹出图14-2-16所示的菜单，选择a:link。

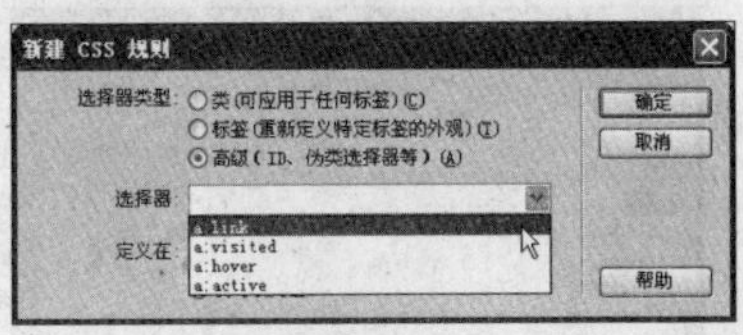

图14-2-16

注：CSS样式选择器列出了常用的4种链接样式，即a:link、a:hover、a:visited、a:active。可以选择目标样式进行定义，也可以直接在选择器中输入所需的名称，如输入“a:link”。

(6) 单击“确定”按钮，打开图14-2-17所示的“CSS规则定义”对话框。分别定义文本的大小：14像素；颜色：#000066；修饰：无。

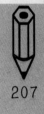

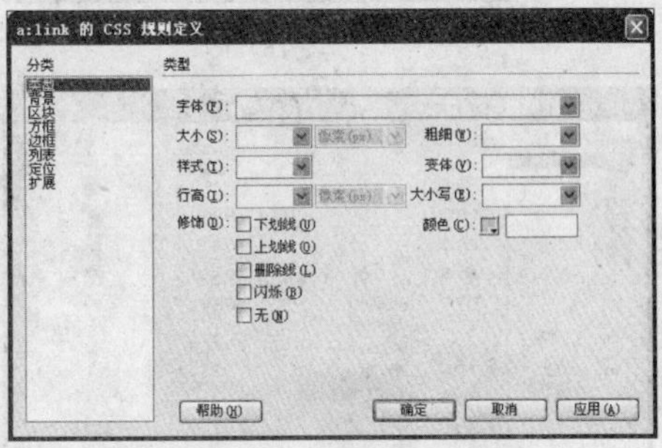

图14-2-17

(7) 单击“确定”按钮，关闭“CSS规则定义”对话框。设计视图中的链接文字自动变为所定义的样式。

(8) 使用同样的方法，定义a:visited、a:hover和a:active。

(9) 保存网页。然后按F12键开始预览网页，将鼠标指针移向链接，单击链接，观察链接的变化。

14.3　创建与链接外部CSS样式

本节学习创建CSS外部样式的方法，以及建立其他文档与外部样式链接的方法。

14.3.1　创建外部CSS样式

创建外部CSS样式的方法如下：

(1) 新建一个HTML文件。

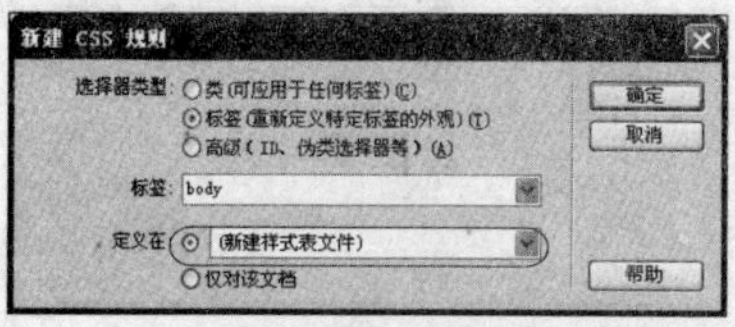

图 14−3−1

（2）单击CSS样式面板中的“新建CSS规则”按钮，打开“新建CSS规则”对话框，按图14−3−1所示设置。

图 14−3−2

（3）单击“确定”按钮，打开“保存样式表文件为”对话框，如图14−3−2所示。在该对话框的文件名栏中输入“fc”，选择保存该文件的路径，单击“保存”按钮。

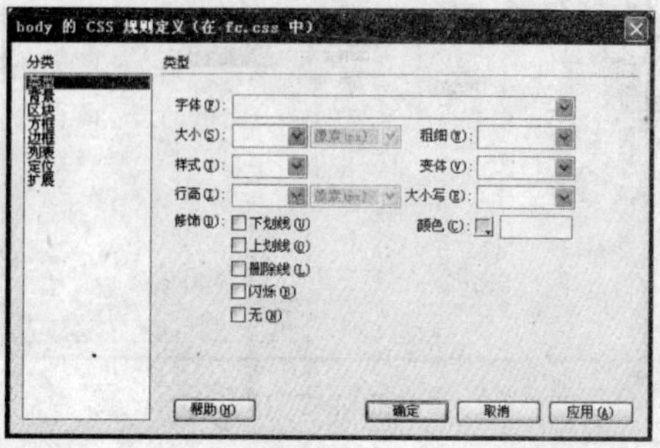

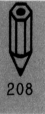

图 14−3−3

（4）打开“CSS规则定义”对话框，如图14−3−3所示。在对话框中重新定义标签body，单击“确定”按钮，完成定义。

注：标签body是代表页面属性，通过定义此项来定义页面的相关属性。

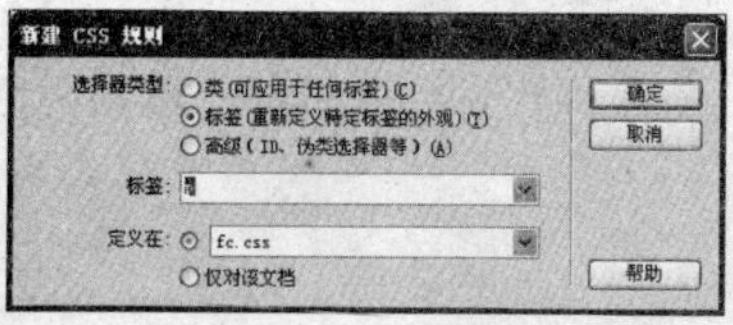

图 14−3−4

（5）单击CSS样式面板中的“新建CSS规则”按钮，打开图14−3−4所示的“新建CSS规则”对话框。

注：“定义在”栏中显示了文件fc.css样式表文件，即本例中第（3）步中保存的样式表文件。表示新定义的标签也是保存在这个文件中。

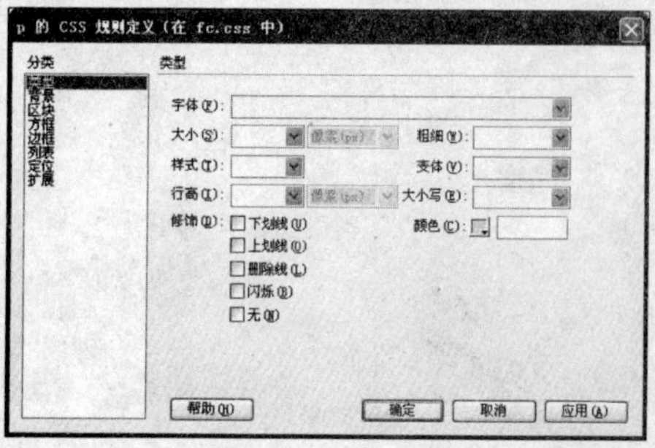

图 14−3−5

（6）在新建CSS规则对话框中选择标签P，单击“确定”按钮，进入到“CSS规则定义”对话框，如图14−3−5所示。

（7）在CSS规则定义对话框中定义该标签。

（8）用同样的方法定义其他类、标签和高级的CSS样式。全部定义完成后，在CSS样式面板显示了所有定义的样式，如图14-3-6所示。

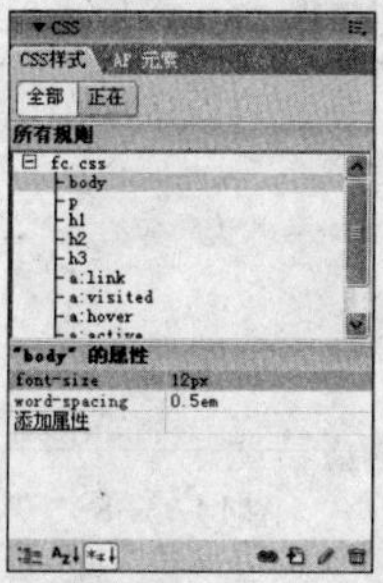

图14-3-6

（9）创建外部CSS样式后，在编辑界面中会出现新建的样式文件，单击文件标题可切换至图14-3-7所示的CSS样式文件编辑界面。执行“文件／保存”命令，保存新建CSS样式，完成外部CSS样式的建立。

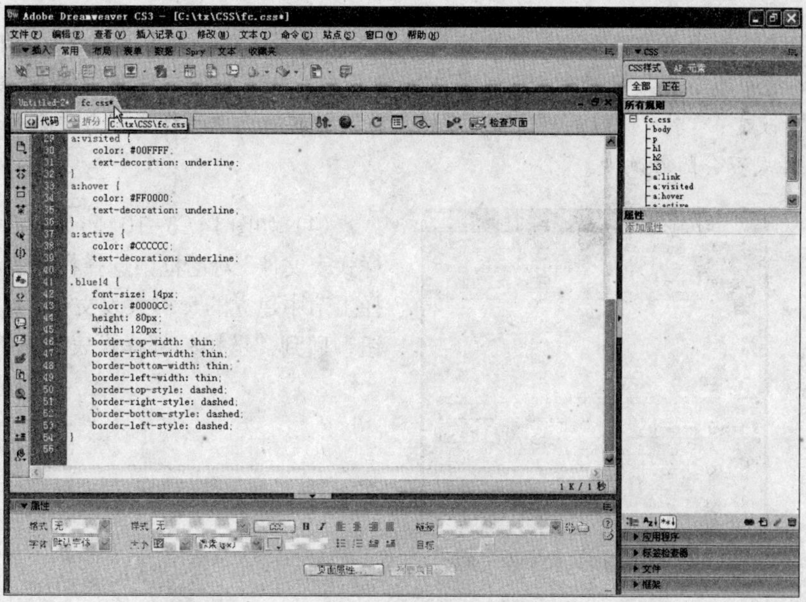

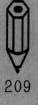

图14-3-7

注：此处一定要执行保存命令保存新建的外部CSS样式，才能将新添加的如标题1（h1）等样式保存到文件中。在（4）步中建立的CSS文件名称只是一个文件载体，表示之后新建的样式会放入这个文件，如果没有执行保存，那么这些新建的CSS样式，将会随着Dreamweaver的关闭而丢失。

14.3.2 链接外部CSS样式

继续上一节的操作，再打开一个文档，链接前面所创建的外部CSS样式，具体操作方法如下：

（1）新建一个HTML文档，输入相关文字内容。

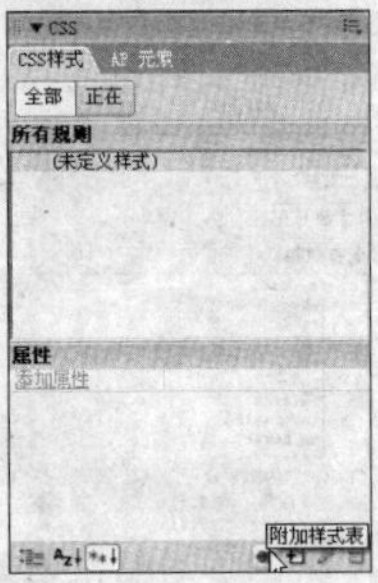

图 14–3–8

(2) 如图14–3–8所示，单击CSS样式面板中的“附加样式表”按钮，打开“链接外部样式表”对话框。

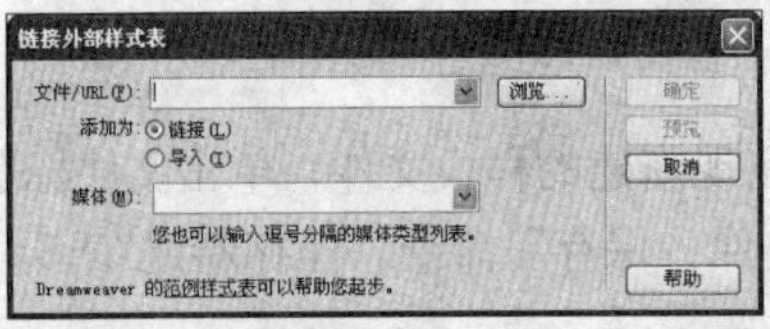

图 14–3–9

(3) 如图14–3–9所示，在“添加为”选项中选择“链接”，然后单击“文件/URL”右侧的“浏览”按钮，打开“选择样式表文件”对话框。

注：在图14–3–9的“添加为”栏中有链接和导入两个选项，其中“链接”是指网站网页中的CSS样式与这个准备链接的外部CSS样式是链接关系，当这个外部的CSS样式改变时，网页中样式也会随着改变；“导入”则是将这个CSS样式替换当前网页中的样式，当这个外部CSS样式改变时网页中样式不会随着改变。

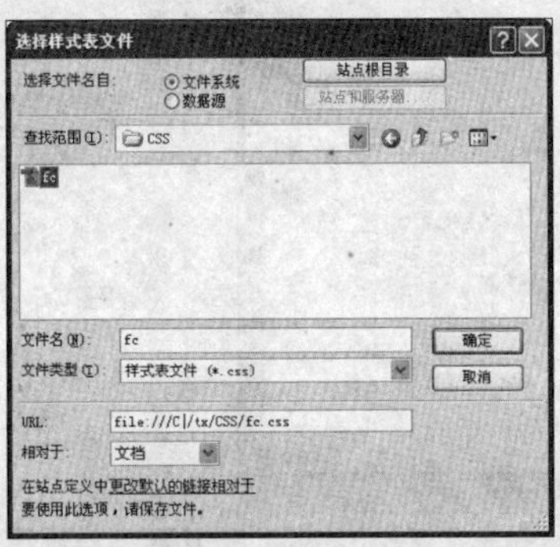

图 14–3–10

(4) 如图14–3–10所示，在打开的“选择样式表文件”对话框中选择样式表文件。本例选择上节中建立的fc样式表文件，单击“确定”按钮，回到“链接外部样式表”对话框。

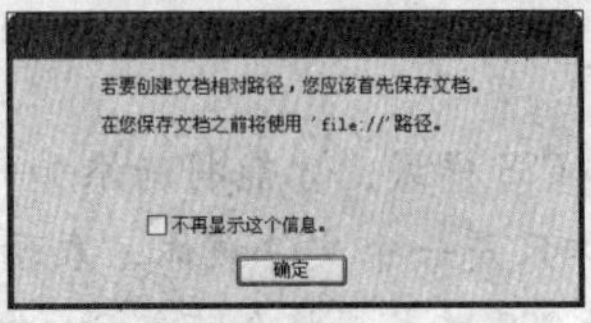

图 14–3–11

注：当前网页如果是新建网页，并且没有执行过保存操作，那么会弹出图14–3–11所示的提示框。

可勾选该对话框的“不再显示这个信息”，单击“确定”按钮。之后就不会再弹出这个提示框。

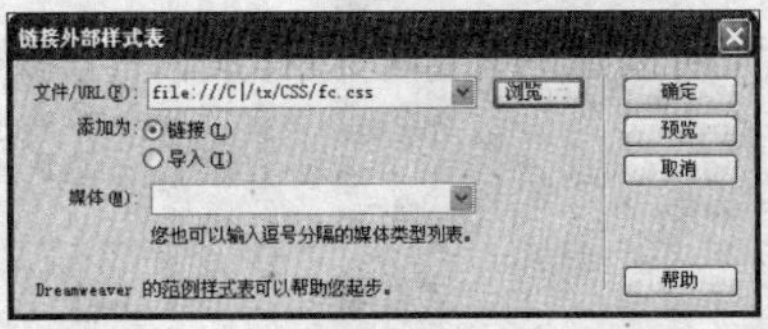

图 14–3–12

(5) 如图14–3–12所示，“链接外部样式表”对话框中显示了链接的目标样式文件，单击“确定”按钮，将样式表链接到当前文档。

14.4 编辑CSS样式

建立或链接CSS样式后，可以对目标样式进行修改和删除等操作。

要修改已经创建的CSS样式，可以执行以下操作：

(1) 如图14-4-1所示，单击CSS样式面板中需要修改的样式，单击“编辑样式”按钮，打开“CSS规则定义”窗口。

(2) 在CSS规则定义窗口中编辑该标签或类的样式，单击“确定”按钮完成编辑修改。

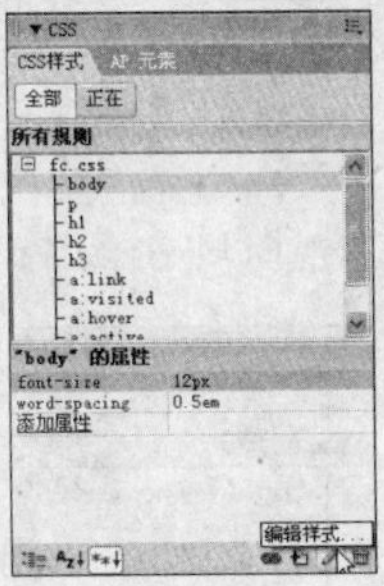

图14-4-1

如果想在原有样式的基础上建立一个新样式，可以使用复制CSS样式功能。复制CSS样式的方法如下：

(1) 将鼠标指针移到目标样式上，单击鼠标右键，在弹出的图14-4-2所示的菜单中选择“复制”，打开“复制CSS规则”对话框。

图14-4-2

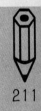

(2) 如图14-4-3所示为“复制CSS规则”对话框。单击“确定”按钮，即可将这个样式复制到样式表中。

(3) 使用本章讲解的编辑CSS样式的方法，对复制的样式进行编辑。

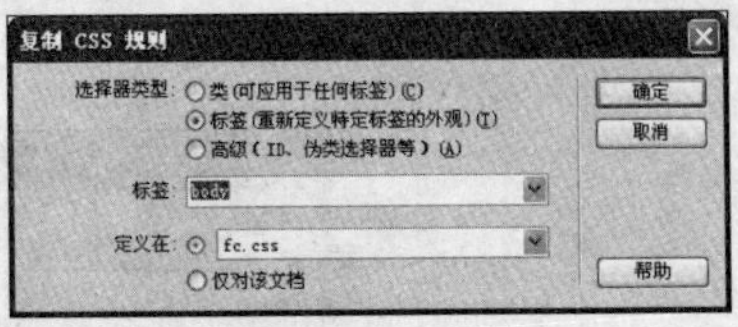

图14-4-3

新建CSS样式后，可以直接在CSS样式面板中对当前样式进行编辑调整。直接在CSS样式面板中编辑当前样式规则的方法如下：

(1) 如图14-4-4所示，选择CSS样式面板中的目标样式，CSS样式面板的属性栏中显示了当前样式已设置属性。

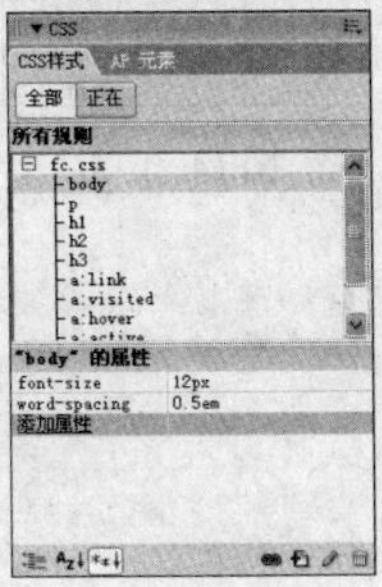

图14-4-4

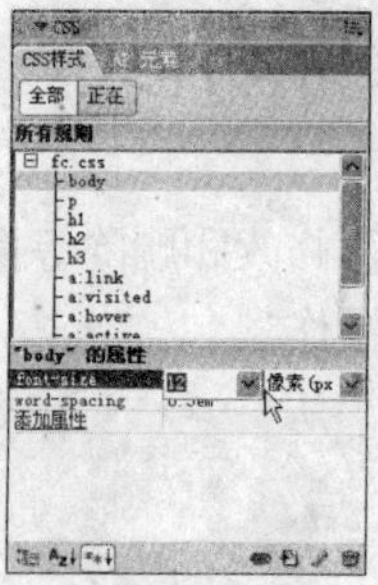

图 14−4−5

（2）如图 14−4−5 所示，单击目标已设属性右侧的属性值，该属性变为可设状态。输入的新的属性值即可修改已设属性值。

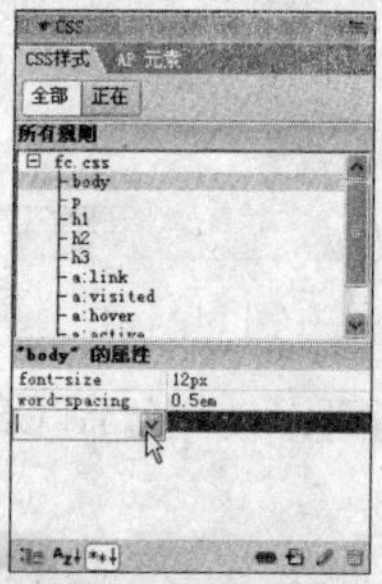

图 14−4−6

（3）单击图 14−4−5 中的"添加属性"，此处出现图 14−4−6 所示的添加属性栏。

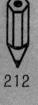

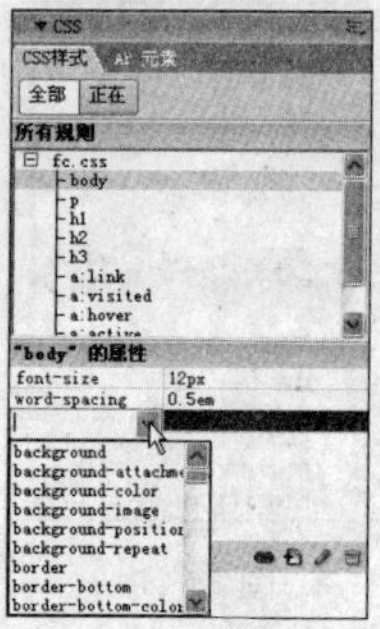

图 14−4−7

（4）如图 14−4−7 所示，单击添加属性栏右侧的下拉按钮，在弹出的菜单中选择目标属性。

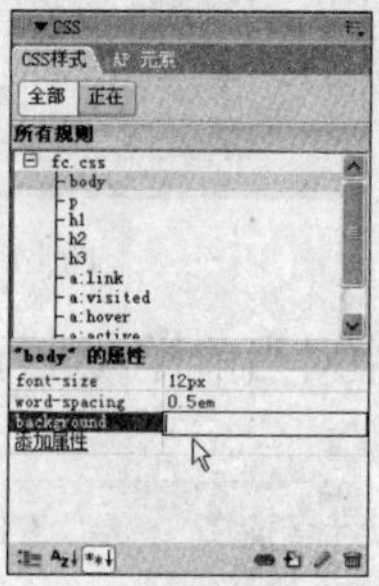

图 14−4−8

（5）如图 14−4−8 所示，选择属性后，在新添加属性的右侧栏中输入属性值。

注：如果对相关属性不熟悉，可以单击CSS样式面板的“显示类别视图”按钮，如图14-4-9所示。在属性栏中会分类显示当前样式的所有可设属性。然后单击目标属性设置即可。

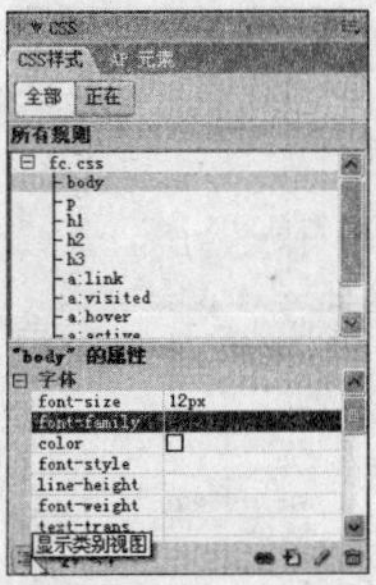

图14-4-9

使用CSS样式面板中的“正在”标签栏编辑当前文档样式。

（1）单击CSS样式面板中的“正在”按钮，切换到当前选择模式。

在该模式下，视图中的光标所处位置的文档内容（或选择内容）所使用的CSS样式显示在CSS样式面板中的“正在”标签下。

（2）单击编辑窗口中的目标文档，在CSS样式面板中显示了该文档使用的CSS样式规则，如图14-4-10所示。

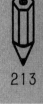

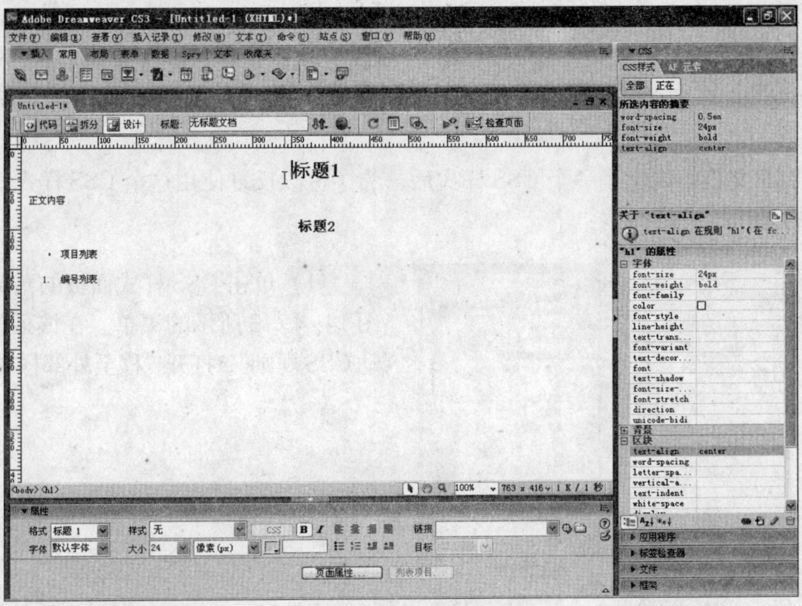

图14-4-10

（3）在CSS样式面板的属性栏中直接修改当前文档所应用的CSS样式规则。

使用这种方法可以随时根据需要调整当前文档内容的样式，可以更直观地调整网页中目标元素的样式。

如果想删除不需要的样式，可以执行以下操作：

（1）单击CSS样式面板中的目标样式。

（2）单击CSS样式面板中的“删除CSS规则”按钮。

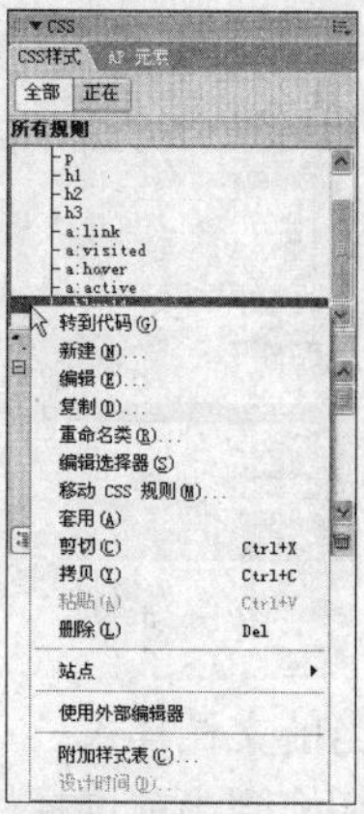

图 14－4－11

重命名 CSS 样式名称的操作如下：

（1）将鼠标指针移动到需要重命名的类样式上，单击鼠标右键，弹出的菜单如图 14－4－11 所示。

图 14－4－12

（2）在弹出的菜单中选择“重命名类”命令，打开图 14－4－12 所示的“重命名类”对话框。

（3）在“重命名类”对话框中输入新名称，单击“确定”按钮完成重命名。

注：只能对 CSS 样式中的新建类进行重命名，而不能对重定义的标签或 HTML 自带的标签进行重命名。

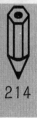

当在 HTML 文档中内建了一个 CSS 样式后，为了可以反复使用这个 CSS 样式，可以执行导出 CSS 样式的操作，方法如下：

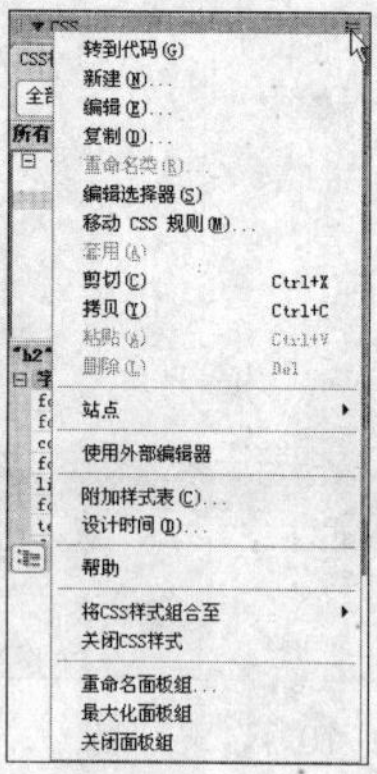

图 14－4－13

（1）单击 CSS 样式面板的菜单按钮，打开图 14－4－13 所示的菜单。在该菜单中选择“移动 CSS 规则”，打开“移至外部样式表”对话框。

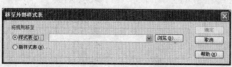

图 14－4－14

（2）在图 14－4－14 所示的“移至外部样式表”对话框中，选择“新样式表”，单击“确定”按钮打开“保存样式表文件为”对话框。

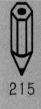

（3）在图14-4-15所示的“保存样式表文件为”对话框中，设置导出文件的存放路径和名称，单击“保存”按钮，完成CSS样式的导出。

图14-4-15

注：如果在（2）步中选择“样式表”，然后单击“浏览”按钮，可以将当前网页中的样式添加到所选样式表中。

14.5 应用CSS样式

建立或链接CSS样式后，就是在网页中使用CSS样式了，使用CSS样式的方法如下：

对于在CSS样式表中重新定义的标签，如body（页面属性）、段落（p）和标题1（h1）等标签，只需直接套用标签就可以了。例如，一个外部CSS样式表中定义了页面属性（body），那么当链接这个外部样式表后，那么当前网页自动应用这个页面属性设置。其他对网页中的元素定义格式，如段落、标题1等，只需要选择目标，然后在属性面板中的格式栏中选择目标格式，元素会自动采用CSS样式表中对该格式的定义。

定义的类，会自动出现在属性面板的样式栏或类栏中，且会根据元素的不同而有所区别。

如果当前元素为文字时，那么CSS样式表中定义的类出现在属性面板的样式栏中，单击“样式”右侧的下拉按钮，在弹出的菜单中显示了样式类，如图14-5-1所示。

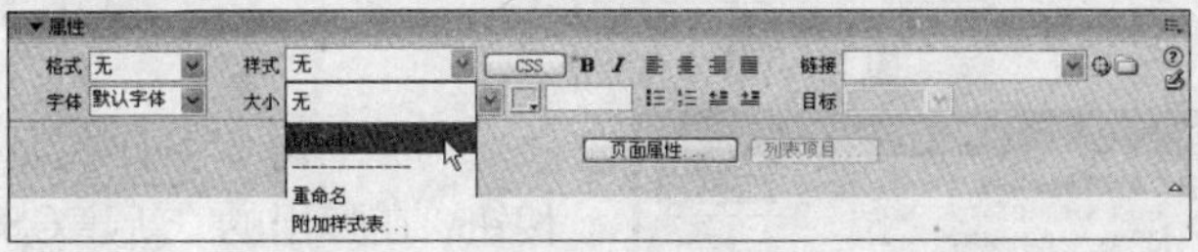

图14-5-1

如果当前元素是图像或表格等元素，那么CSS样式表中定义的类出现在属性面板的类栏中，单击“类”右侧的下拉按钮，在弹出的菜单中显示了定义类，如图14-5-2所示。

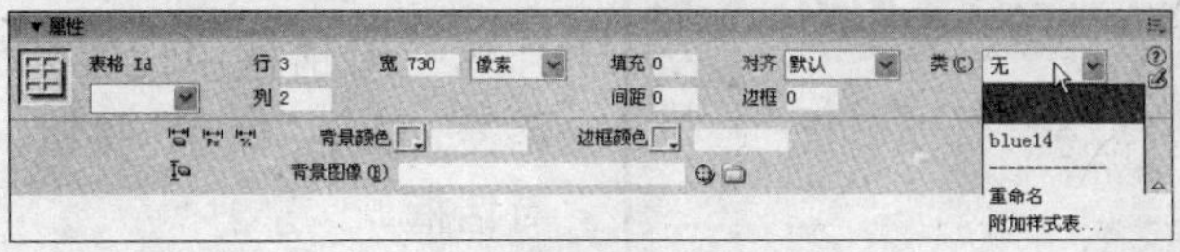

图14-5-2

使用相关类样式时，先选择目标，然后在属性面板中选择目标样式即可。

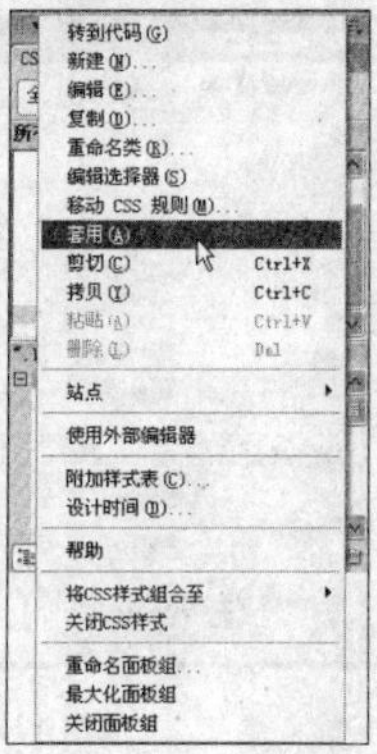

图14-5-3

如果无法记住上面这些操作，可以先选择网页中的元素，再选择CSS样式面板的目标样式，然后单击CSS样式面板的菜单按钮，在弹出的菜单中选择“套用”命令，也可以应用目标样式，如图14-5-3所示。

14.6 实 例

使用CSS样式制作网站可以使网站的风格保持一致，并且能提高制作网站的工作效率。事实上，在制作网站时最先制作的内容就包括CSS样式的制作。设计师可以在制作第一个网页或网页模板时开始设计和制作CSS样式，然后其他网页就可以套用这个CSS样式了。当网站需要更换风格时，只需更改CSS样式就可以改变整个网站的风格，而不用逐个更改网站的网页样式。

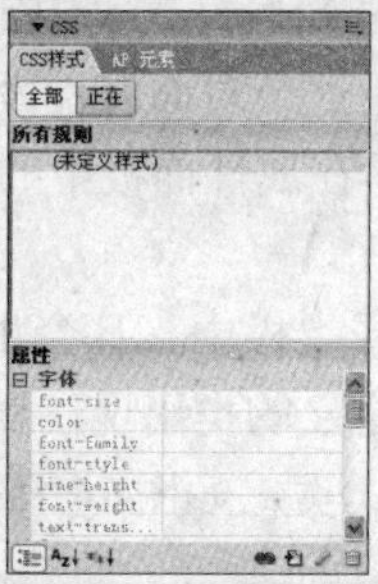

图14-6-1

(1) 打开“文件”面板，切换“童心动漫”为当前站点。

(2) 双击文件面板的index.html文件图标，打开该文档。以首页实际效果为参照制作CSS样式表。

(3) 单击“窗口/CSS样式”，打开如图14-6-1所示的CSS样式面板。

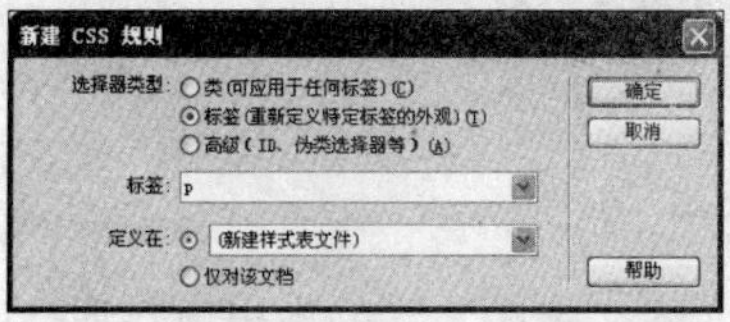

图14-6-2

(4) 单击CSS样式面板的“新建CSS规则”按钮，在弹出的“新建CSS规则”对话框中，按图14-6-2所示设置。单击“确定”按钮，打开“保存样式表文件为”对话框。

图14-6-3

(5) 如图14-6-3所示，在“保存样式表文件为”对话框中设置外部样式的名称和保存路径。单击“保存”按钮，打开“CSS规则定义”对话框。

（6）如图14−6−4所示，在“CSS规则定义”对话框中定义标签p，即段落的格式。设定完成后，单击“确定”按钮，回到Dreamweaver的编辑界面中。

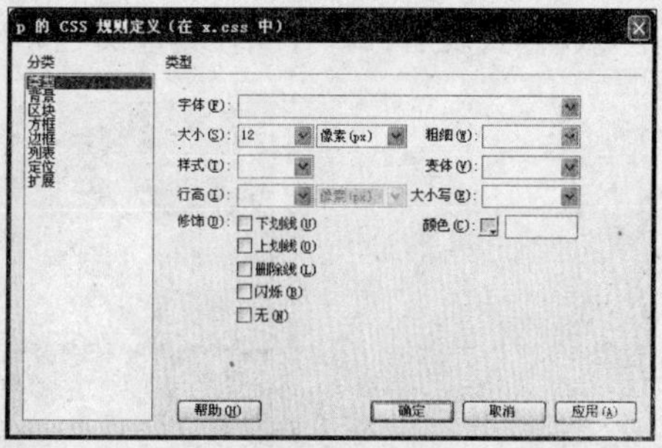

图14−6−4

此时，CSS样式面板如图14−6−5所示，显示了新定义的标签p。

（7）再次单击“新建CSS规则”按钮，打开如图14−6−6所示的“新建CSS规则”对话框。

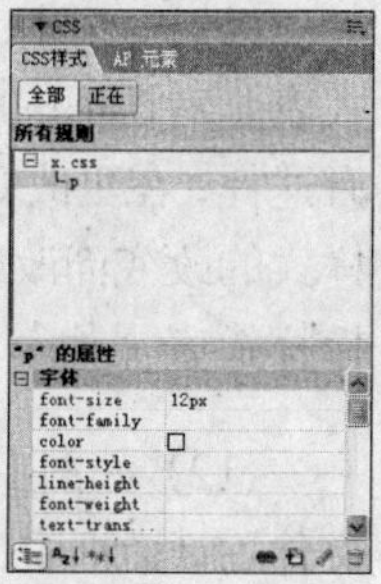

图14−6−5

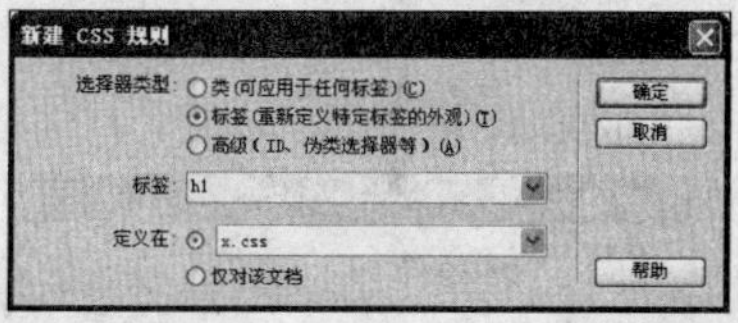

图14−6−6

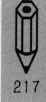

注：因为是向前面建立的x.css样式表中添加新的样式，所以在“定义在”栏中一定要选择x.css。

（8）选择要定义的样式，单击“确定”按钮进入到“CSS规则定义”对话框中。

以后添加新的样式操作如前面所述，这里不再赘述。

（9）如图14−6−7所示，单击标题栏中的CSS样式文件名称，切换到CSS样式文件窗口，执行“文件/保存”命令，保存该CSS样式。

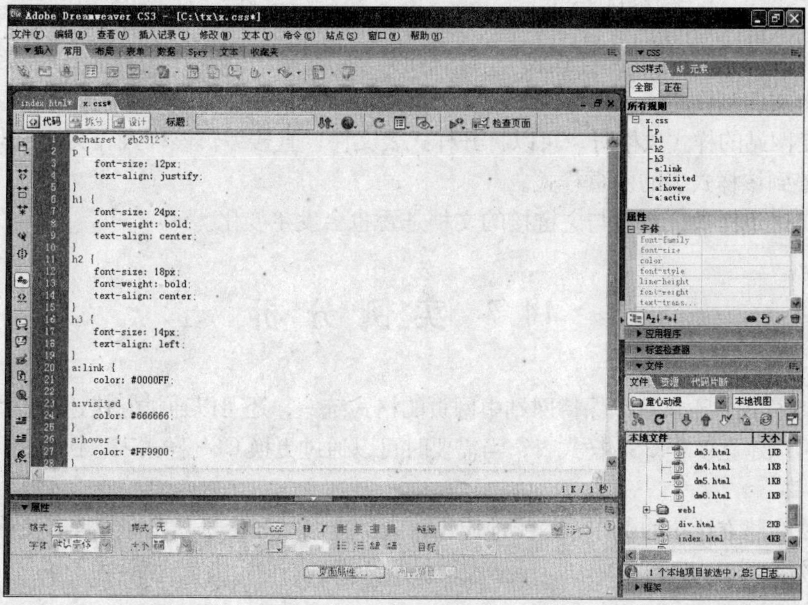

图14−6−7

制作完成样式表后，就可以在其他文档中应用该样式表了。

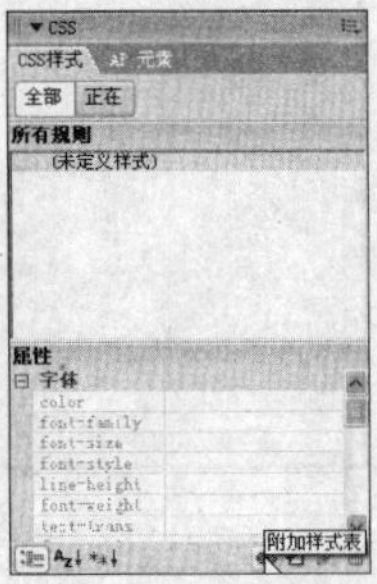

图 14-6-8

(10) 打开一个新文档。如图 14-6-8 所示，单击 CSS 样式面板的“附加样式表”按钮，打开“链接外部样式表”对话框。

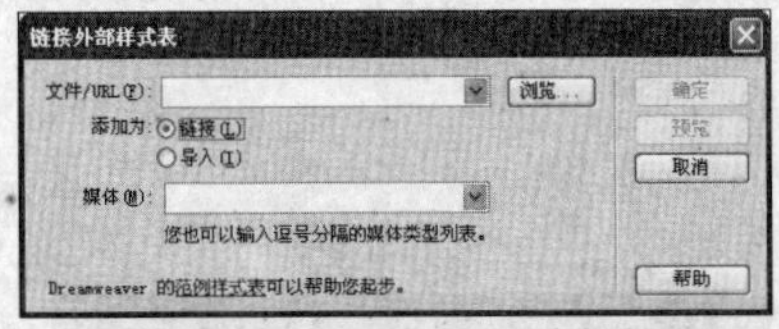

图 14-6-9

(11) 如图 14-6-9 所示，在“链接外部样式表”对话框的“添加为”中选择“链接”，只有这样，在更改CSS样式表时，网页才会随CSS样式的改变而改变。单击“浏览”按钮，弹出“选择样式表文件”对话框。

图 14-6-10

(12) 如图 14-6-10 所示，在“选择样式表文件”对话框中，选择本节建立的样式表，单击“确定”按钮回到“链接外部样式表”对话框。

(13) 再次单击“链接外部样式表”对话框的“确定”按钮，将 web1 样式链接到当前文档。至此，本实例制作完成。

当想改变网站的样式风格时，可以打开样式表文件，直接编辑该样式表文件，即可以修改站点中所有链接到该样式表的网页样式。

试着改变这个样式，看看与之链接的文档是否也会发生变化。

14.7 实 例 分 析

使用 CSS 样式，不仅可以保持网站中网页的格式统一，还可以通过它快速修改网站风格。有时一个网站可以建立多个 CSS 样式表，当需要时可以通过更换 CSS 样式表，快速更改当前网站的风格。

这种方法在建立论坛的工作中广泛地应用，大部分网站和论坛只允许管理员更换这些 CSS 样式。下面举例说明。

如图 14-7-1 所示，以管理员的身份登录到论坛，选择论坛的的风格管理界面，选择文档风格即可。

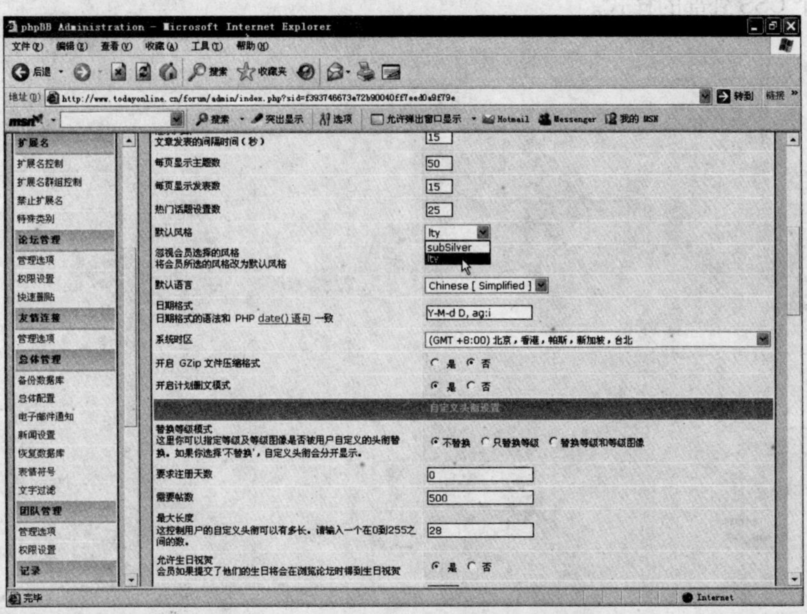

图 14-7-1

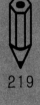

在制作网站时，我们也可以使用类似的技巧，制作多个 CSS 外部样式供选择。

14.8 小　结

本章讲解了 CSS 样式的建立和使用。通过本章的学习，读者应当重点掌握建立、修改和应用 CSS 样式表的方法。

14.9 练　习

填空题

（1）网页中通过______建立统一的排式，Dreamweaver 提供了______面板来帮助完成 CSS 样式的建立。

（2）CSS 的中文意思为______，也被称为风格样式单。

问答题

（1）Dreamweaver 提供的 CSS 样式功能，为用户提供了哪些方便？

（2）简要说明 CSS 样式面板的组成。

上机练习

创建一个 CSS 外部的样式。

第 15 章　DIV

通过本章，你应当：

(1) 了解 DIV。

(2) 学会使用 DIV 划分网页结构。

(3) 学会使用 DIV 和 CSS 样式定义 DIV 内部的样式。

15.1　认识DIV

DIV 称为区隔标记，可以在文档中创建一个具有独立属性的分区。

DIV 中可以包含所有网页元素，如表格、文字和图像等。当 DIV 与 CSS 相互配合使用时，DIV 就会展现出强大的作用。

如图 15−1−1 的示，切换“插入”面板到“布局”标签，单击“插入 Div 标签”按钮，打开“插入 Div 标签”对话框。在 ID 栏中输入 test，单击“确定”按钮，插入一个 DIV。

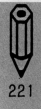

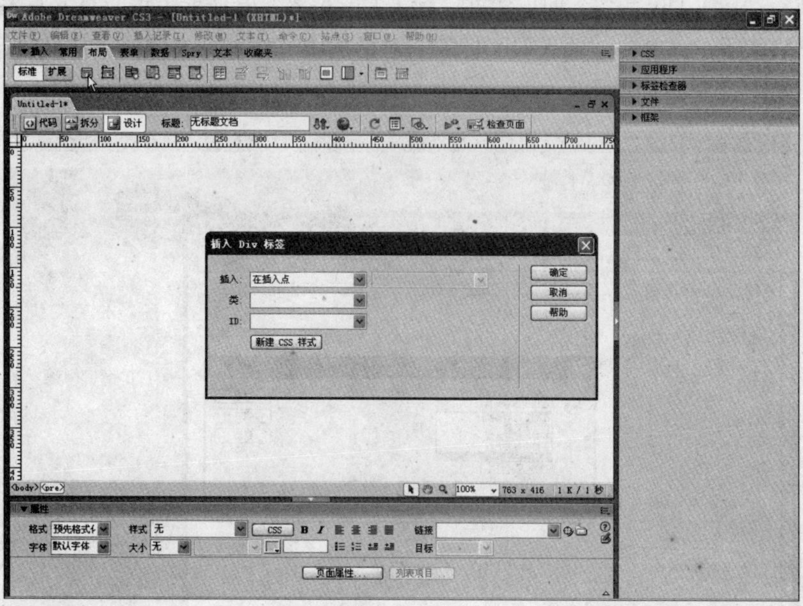

图 15−1−1

插入结果如图 15−1−2 所示。

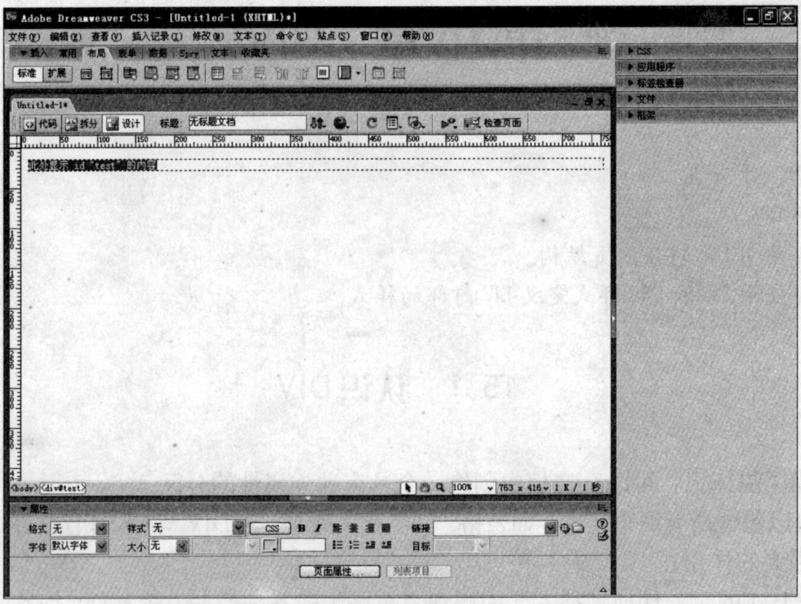

图 15−1−2

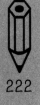

当再次执行“插入 Div 标签”时，需在“插入 Div 标签”对话框中指明 DIV 标签的插入位置。

如图 15−1−3 所示，单击“插入 Div 标签”对话框中“插入”右侧的下拉按钮，在弹出的菜单中选择“在标签之后”。

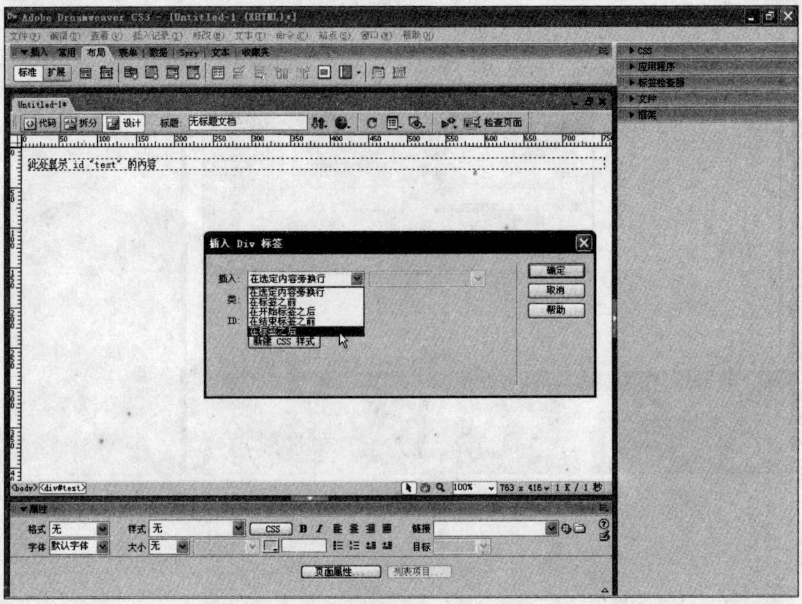

图 15−1−3

如图15-1-4所示，在“插入”栏的右侧出现一选择栏，单击其下拉按钮，选择目标的标签。即决定在哪个标签后面插入新的DIV。因为当前网页中仅有一个名为test的DIV，所以此处自动设置为该标签。在ID栏中输入ID名称，单击“确定”按钮，完成新的DIV插入。

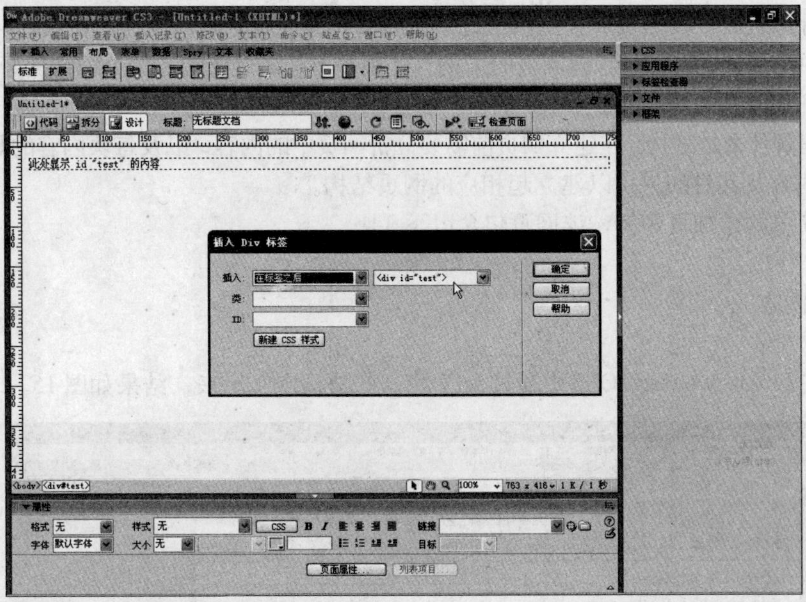

图15-1-4

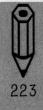

当网页中含有两个或两个以上的标签时，需要手动在插入栏中选择具体的目标标签位置。如图15-1-5所示，单击“插入”栏右侧栏的下拉按钮，在弹出的菜单中选择目标标签。

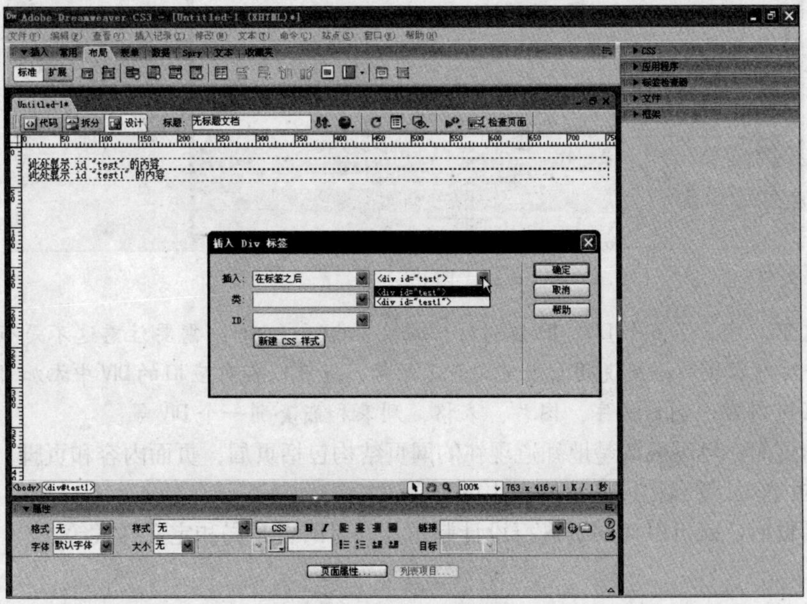

图15-1-5

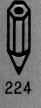

15.2 定义网页的结构

在刚学习网页制作时，总是先考虑怎样设计网页，考虑网页的布局、图片、字体、颜色等。当希望重新设计网页时，就需要回头重新考虑网页的布局等外观元素。现在，在设计网页时，先不要考虑页面中的设计元素，仅考虑网页的结构。外观并不是最重要的。一个结构良好的HTML页面可以使用任何外观表现出来。

首先要理解什么是结构。在建立网页前需要分析网页中的内容，以及每块内容的具体目的，然后根据这些内容及其目的就可以建立起相应的网页结构。

以一个简单的详细页为例，该网页包含以下3块：

1．页眉

2．页面内容

3．页脚

然后，在Dreamweaver CS3中通过DIV将这些结构定义出来，结果如图15-2-1所示。

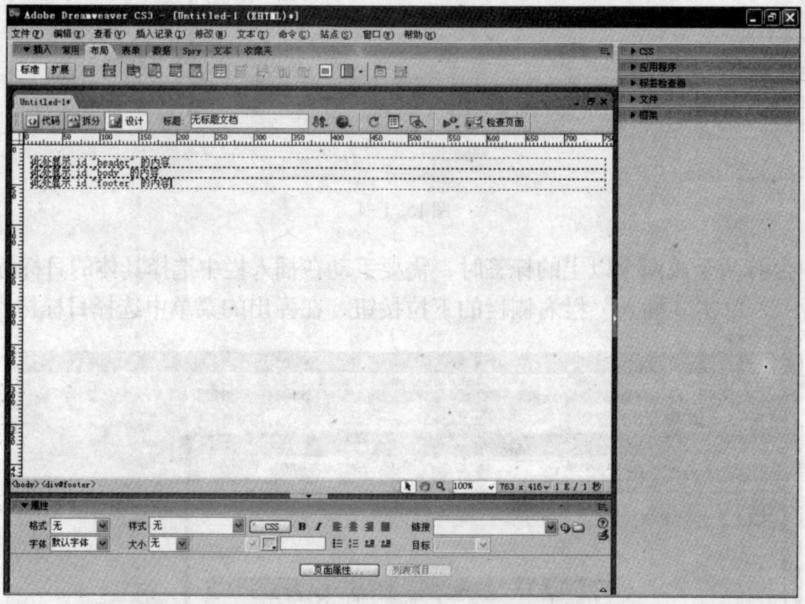

图15-2-1

注：在这里，建立了3个DIV，ID分别为header、body和footer。需要注意这不是布局，而是结构。这是一个对内容块的语义说明。当定义好了结构，就可以在对应ID的DIV中添加目标内容。DIV中可以包含任何内容，例如文字、图片、表格、列表和嵌套别一个DIV等。

通过当前页面，可以很清楚地知道现在的网页结构包括页眉、页面内容和页脚。在设计时只需要把对应的内容放置到相应的结构中去就可以了。

结构化网页后，就可以对网页进行设计制作，如对网页布局和定义样式等。

15.3 设置DIV内部的标签属性

通过CSS样式，可以定义DIV内部的标签样式。下面以实例说明定义的方法。

（1）如图15−3−1所示，在网页内部建立了3个DIV标签。3个标签的ID分别为header、body和footer。

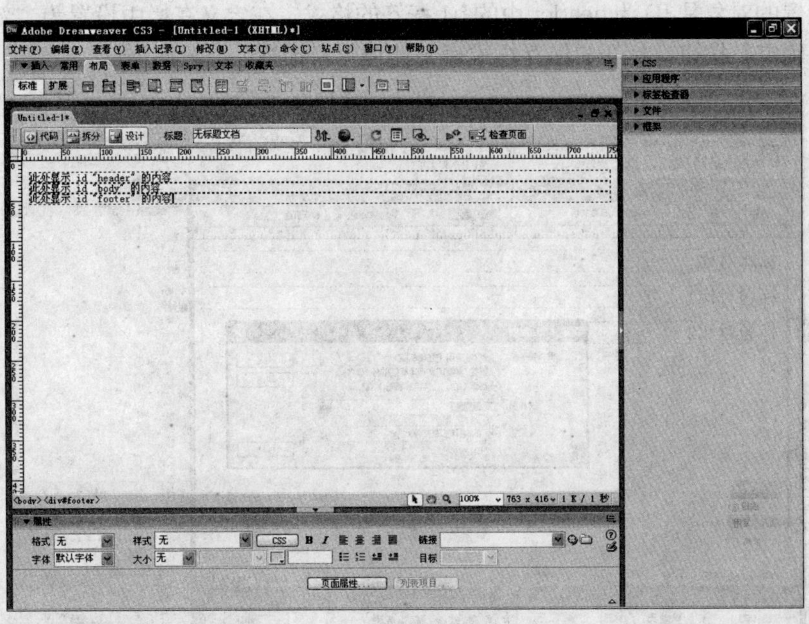

图15−3−1

（2）如图15−3−2所示，分别在3个DIV标签中输入文字，并设置文本格式为标题1。

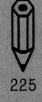

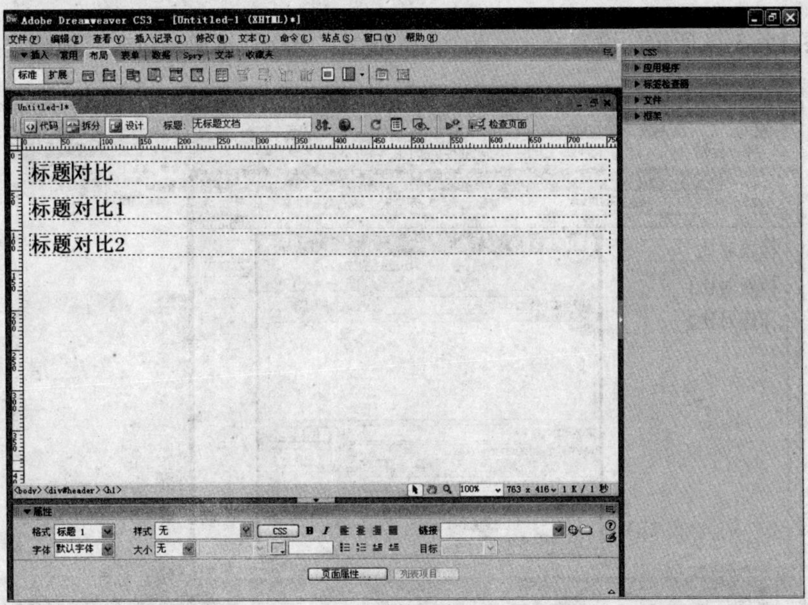

图15−3−2

（3）如图 15−3−3 所示，单击“CSS 样式”面板的“新建 CSS 规则”按钮，打开“新建 CSS 规则”对话框。在选择器类型中选择“高级（ID、伪类选择器等）”，在选择器中输入“#header h1”，表示设置的对象是 ID 为 header 中的 h1 标签的格式。在定义在栏中设置为“新建样式表文件”。单击“确定”按钮，打开“保存样式表文件为”对话框。

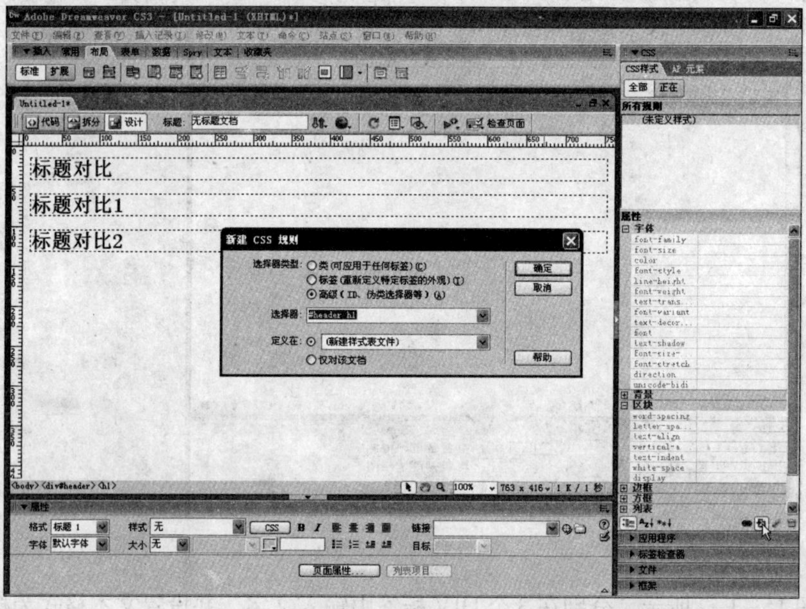

图 15−3−3

（4）如图 15−3−4 所示，设置文件名为 div，单击“保存”按钮，进入“规则定义”对话框。

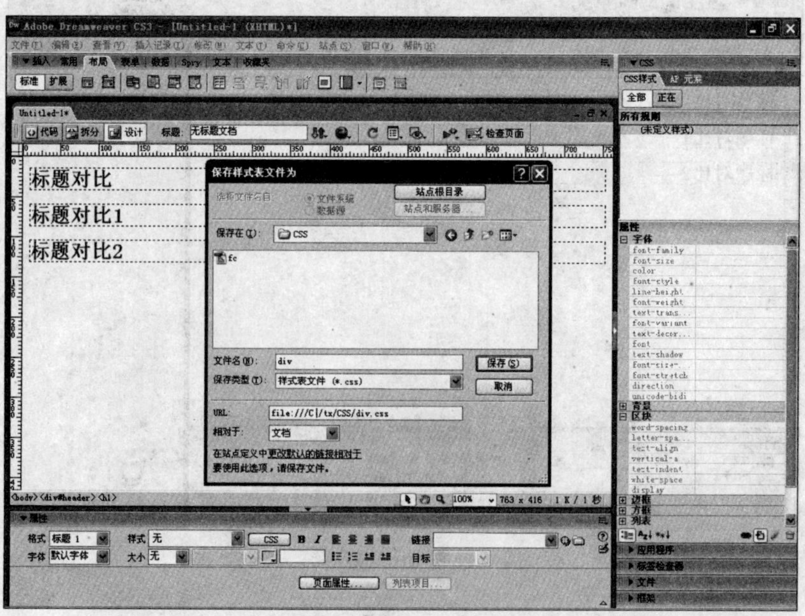

图 15−3−4

（5）如图 15−3−5 所示，设置文本的各项属性，单击“确定”按钮完成设置。

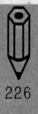

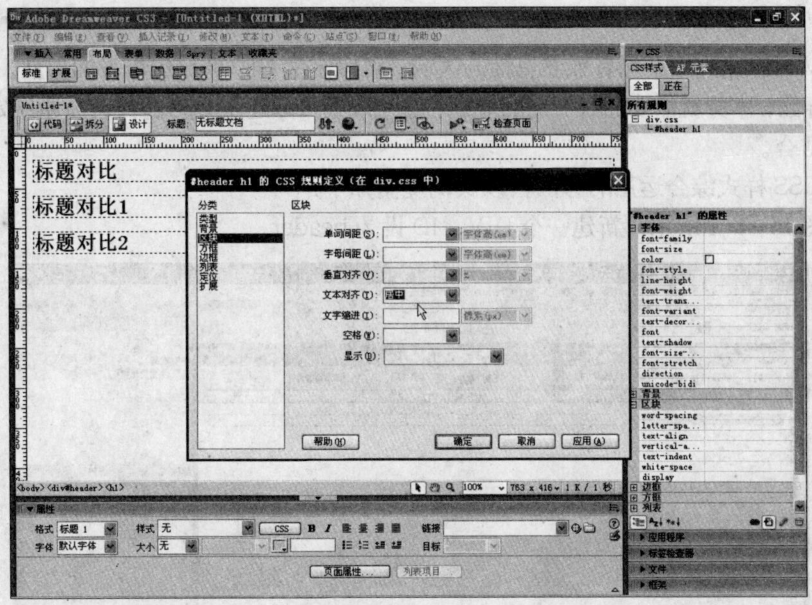

图 15–3–5

（6）使用同样方法设置其他两个 DIV 中的标题 1 格式，对比结果如图 15–3–6 所示。

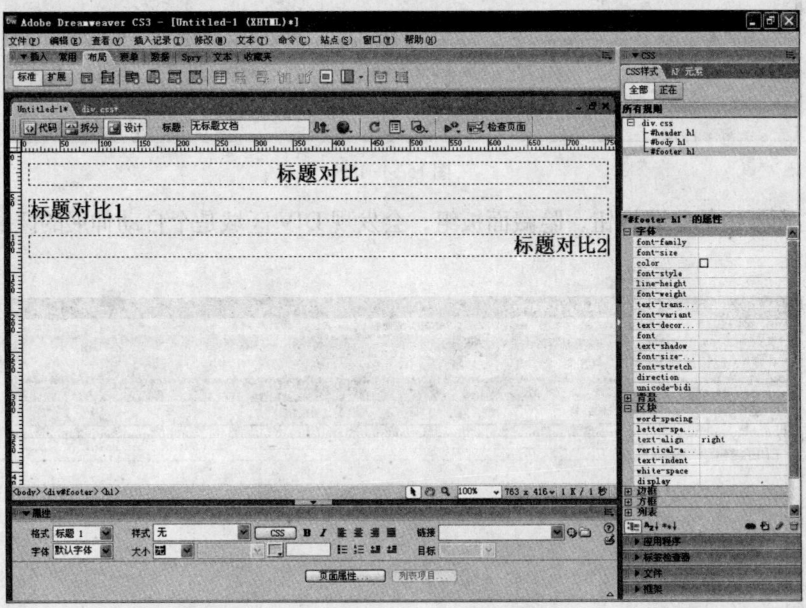

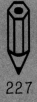

图 15–3–6

通过上面的实例可以看出，同是标题 1 标签，在不同的 DIV 中，可以拥有不同的属性。通过 DIV 可以很方便地设置各 DIV 的内部样式，而不影响到网页中的其他同类标签样式。

15.4　DIV 和 CSS 的综合运用

网页是一个整体，DIV 是建立在网页中的一个元素。因此 DIV 本身的显示效果受到页面属性的影响。

通过 DIV 可以建立一个拥有独立属性的区域，可以定义 DIV 区域中标签的属性。但 DIV 作为一个独立的标签，本身就需要拥有一定的规则。这些规则可以通过 CSS 样式进行系统定义，使 DIV 与页面完美结合。

DIV 与 CSS 样式综合运用的方法，以实例说明如下：

（1）如图 15-4-1 所示，新建一个 DIV，ID 设为 header。

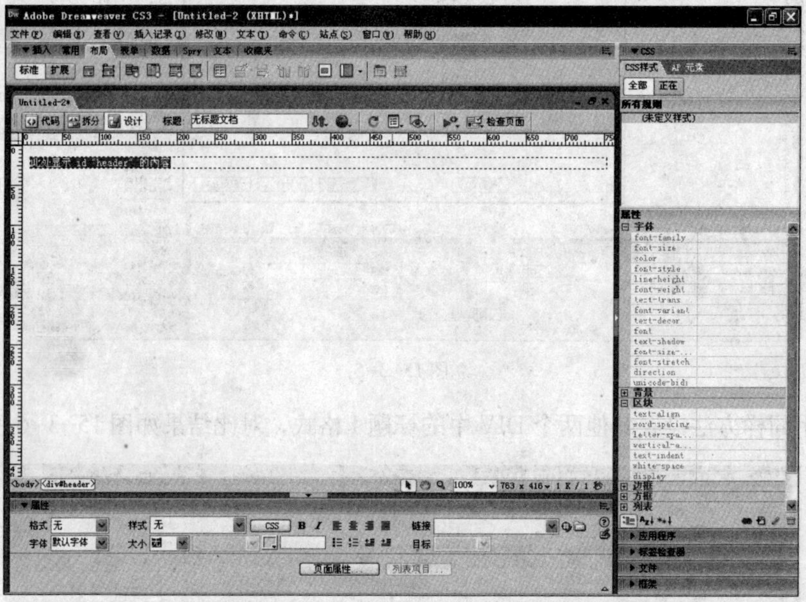

图 15-4-1

（2）单击面板组的隐藏按钮，隐藏面板组，会发现 DIV 区域是个自动伸展的区域，如图 15-4-2 所示。

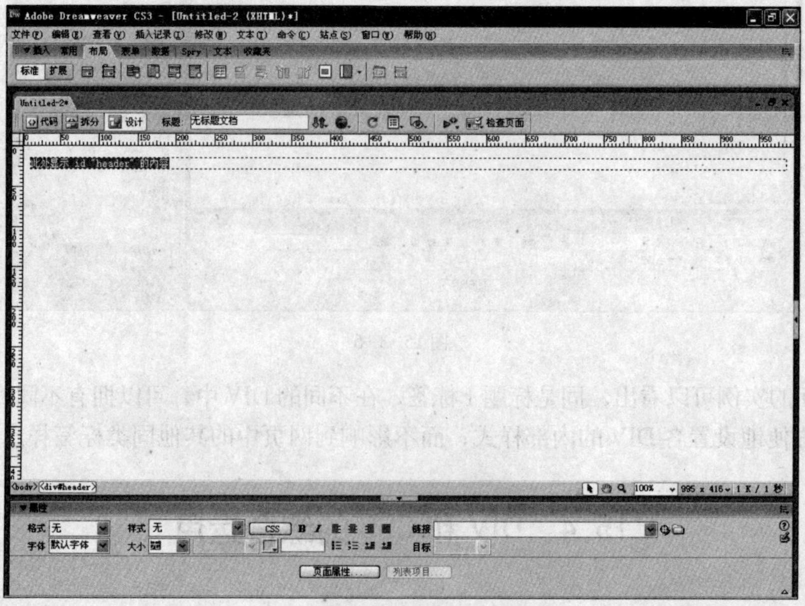

图 15-4-2

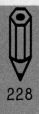

(3) 为了设置DIV区域的宽和高，新建一个名为header的类，如图15-4-3所示。

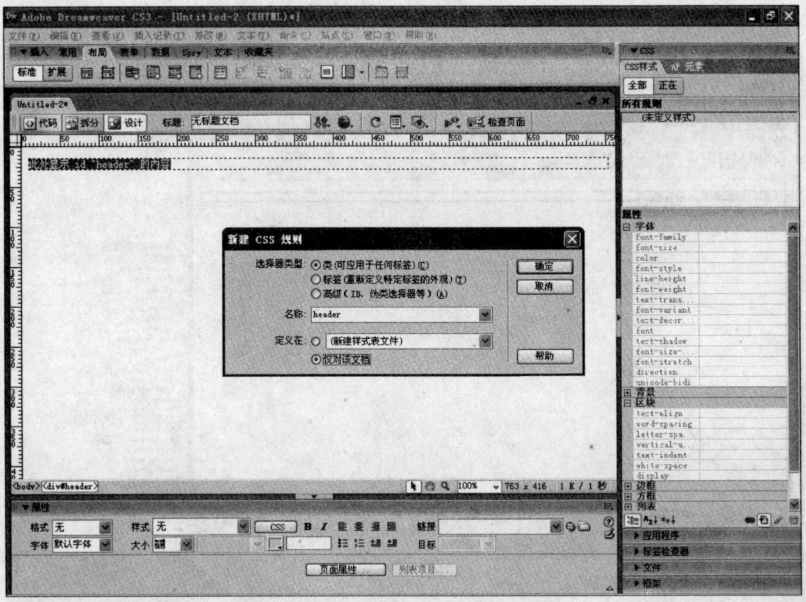

图15-4-3

(4) 如图15-4-4所示，在“CSS规则定义”对话框中设置方框的宽为“720像素(px)”，高为“60像素(px)”，边界设为“自动”，单击“确定”按钮完成设置。

图15-4-4

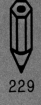

（5）如图 15–4–5 所示，选中 DIV，在属性面板的类中选择“header”。将新建的类规则应用到 DIV 上。

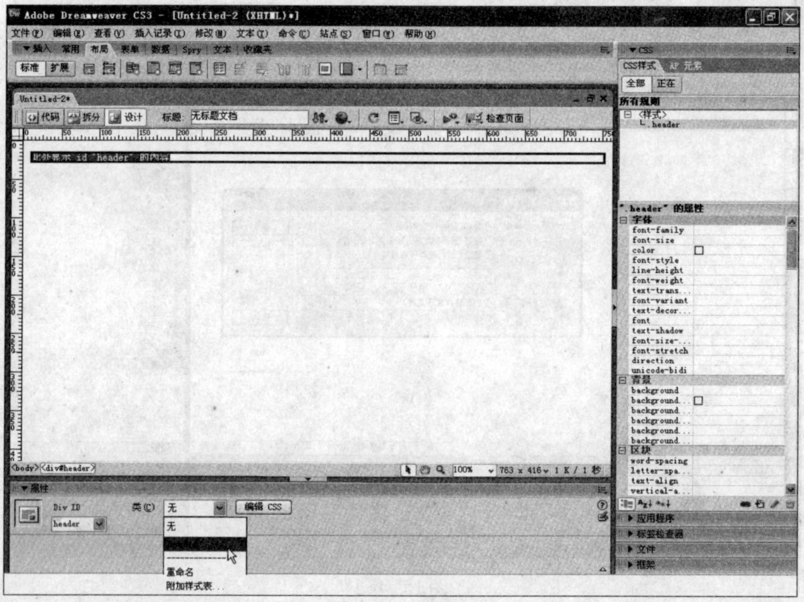

图 15–4–5

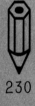

（6）套用 CSS 样式后的结果如图 15–4–6 所示。

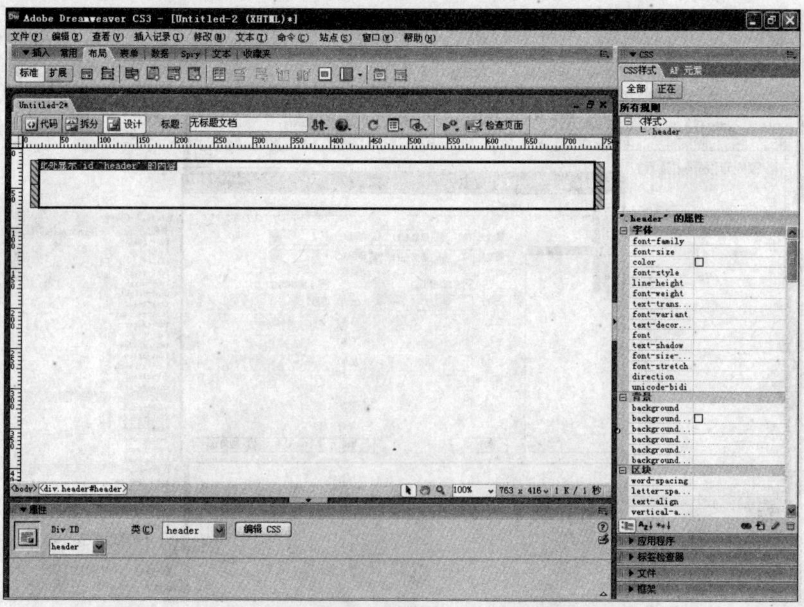

图 15–4–6

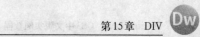

（7）下面通过设置页面的属性，决定页面中的一些公共样式的属性，如页面属性、标题等标签的属性。如图15-4-7所示，为标签body新建规则，即设置页面属性。

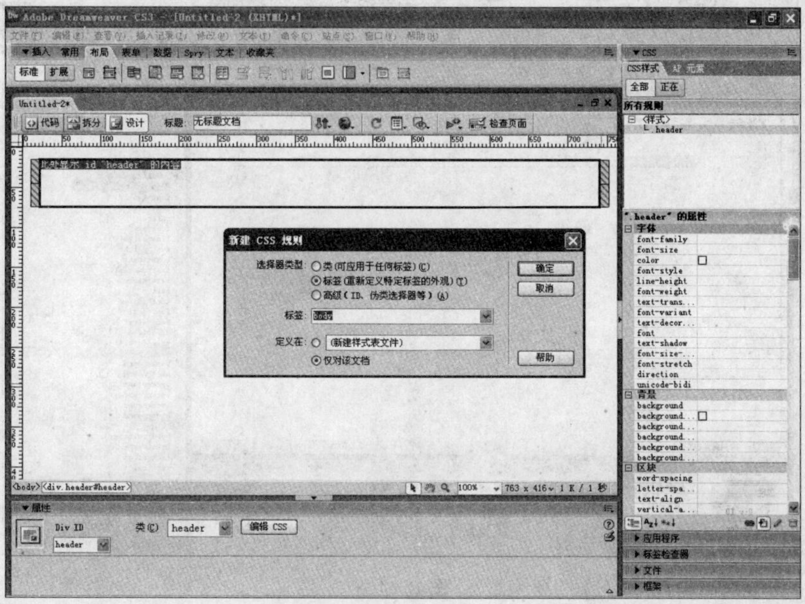

图15-4-7

（8）在图15-4-8中定义其他公共样式，如标题1、标题2等。

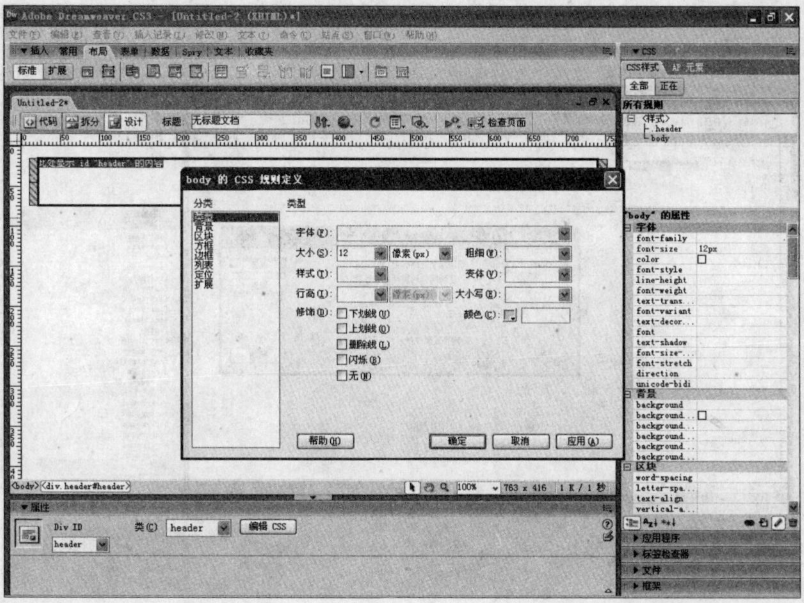

图15-4-8

最终结果如图15-4-9中的CSS样式面板所示。

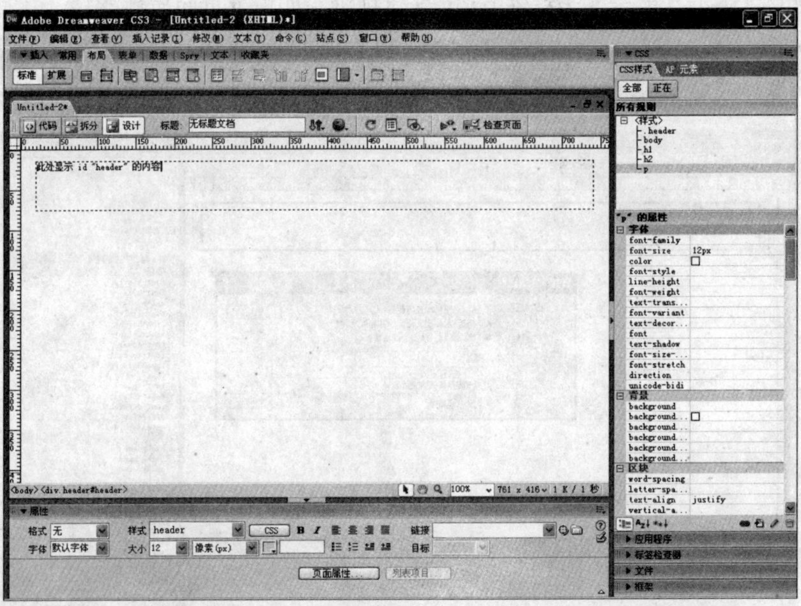

图15-4-9

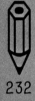

为了使DIV区域中的标签具有独立于页面的属性，下面开始定义DIV中的标签属性。

(9) 在“CSS样式”面板中，单击“新建CSS规则”按钮，按图15-4-10所示设置。

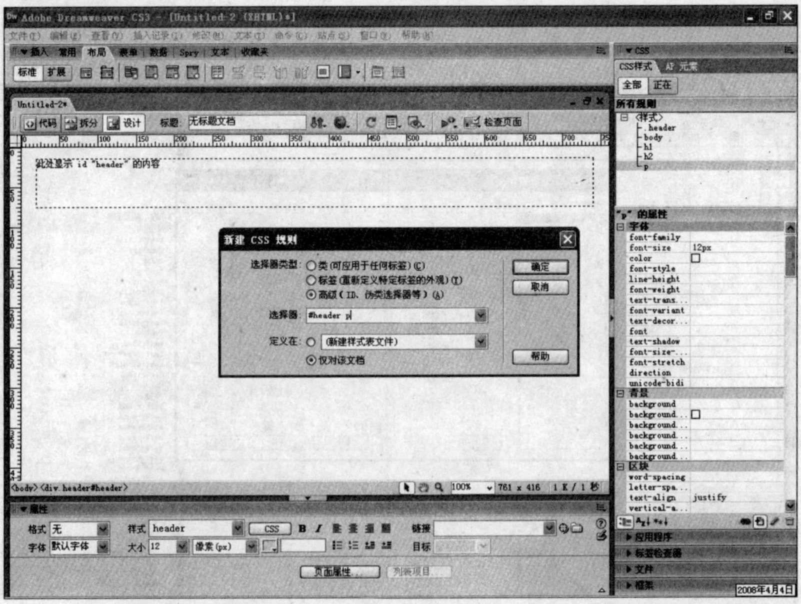

图15-4-10

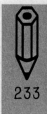

注：这里的 #header 表示对应 ID 为 header 的 DIV 区域。p 是段落标签。即定义 ID 为 header 的 DIV 区域中的段落格式。

(10) 如图 15-4-11 所示，在“CSS 规则定义”对话框中的“区块”中设置文本对齐方式为“居中”，单击“确定”按钮。

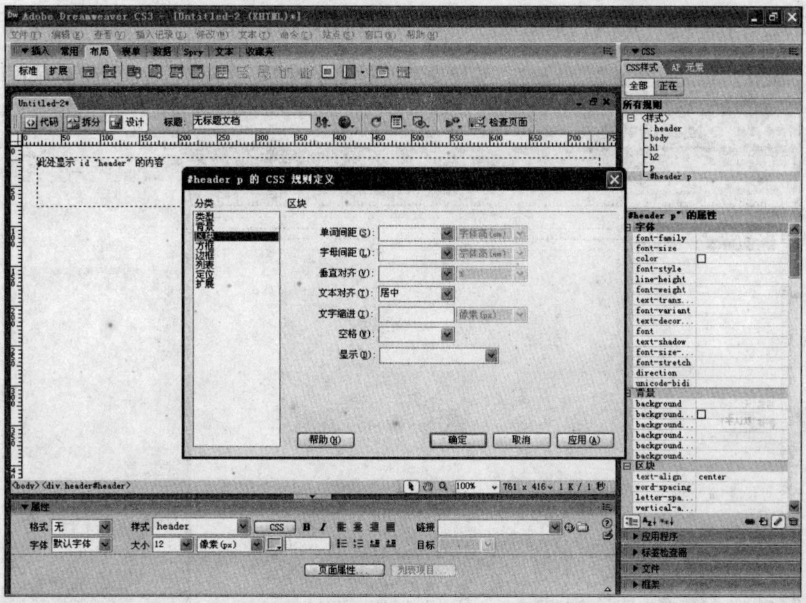

图 15-4-11

(11) 如图 15-4-12 所示，在属性面板中设 DIV 中的文本格式为“段落”。查看一下效果。

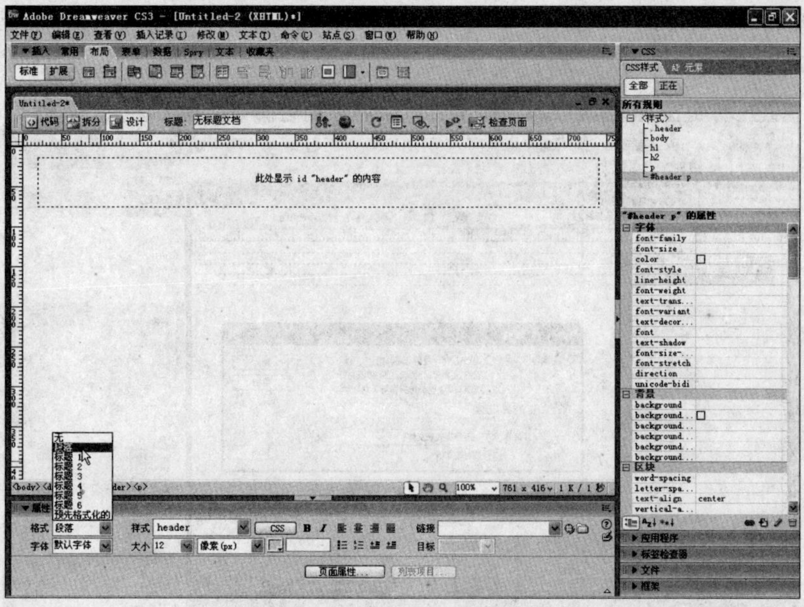

图 15-4-12

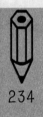

15.5 实 例

本节以一个实例说明使用DIV建立网页结构和内容的过程。

（1）新建一个网页，并命名为div.html。

（2）如新建3个DIV，ID名称依次为header、body和footer，如图15-5-1所示。

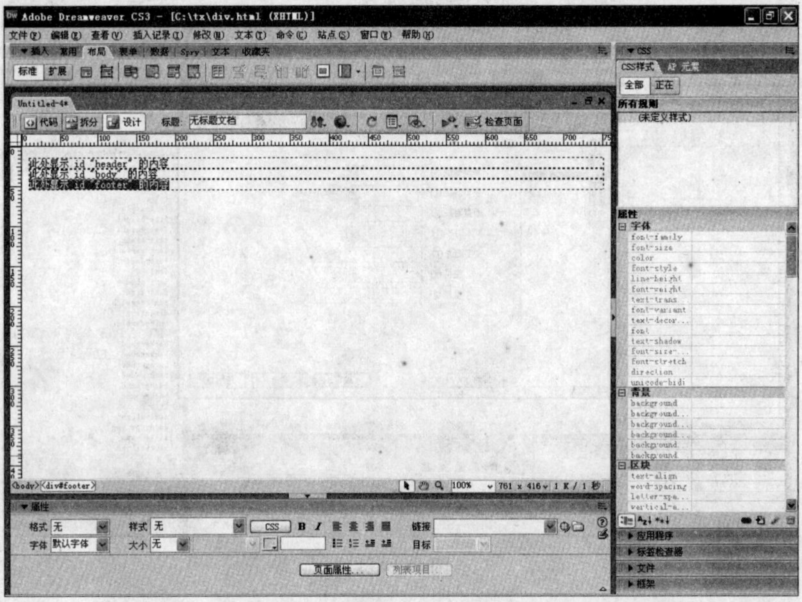

图15-5-1

（3）如图15-5-2所示，单击“CSS样式”面板的“新建CSS规则”按钮，新建页面属性标签body的规则。

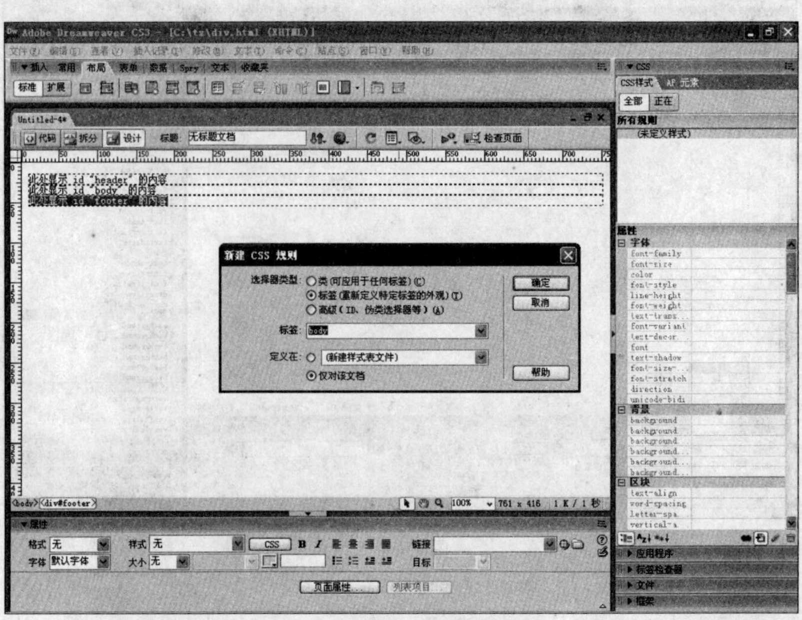

图15-5-2

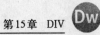

(4) 如图15-5-3所示，设置body的标签“区块”的文本对齐方式为“居中”，单击“确定”按钮。

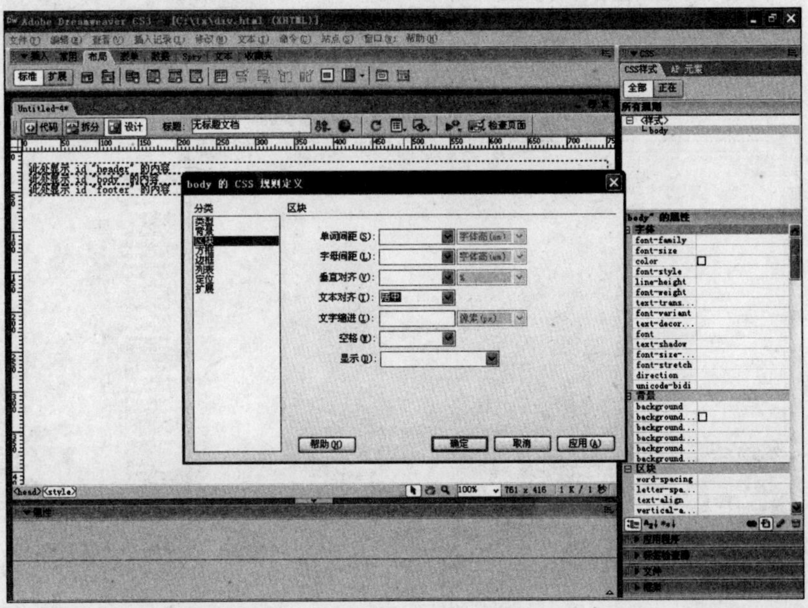

图15-5-3

(5) 单击“CSS样式”面板的“新建CSS规则”按钮，新建标签DIV的规则。

(6) 如图15-5-4所示，设置DIV的方框宽为“720像素(px)”，边界设为“自动”，单击“确定”按钮。

图15-5-4

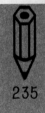

（7）此时，页面显示结果如图15–5–5所示。

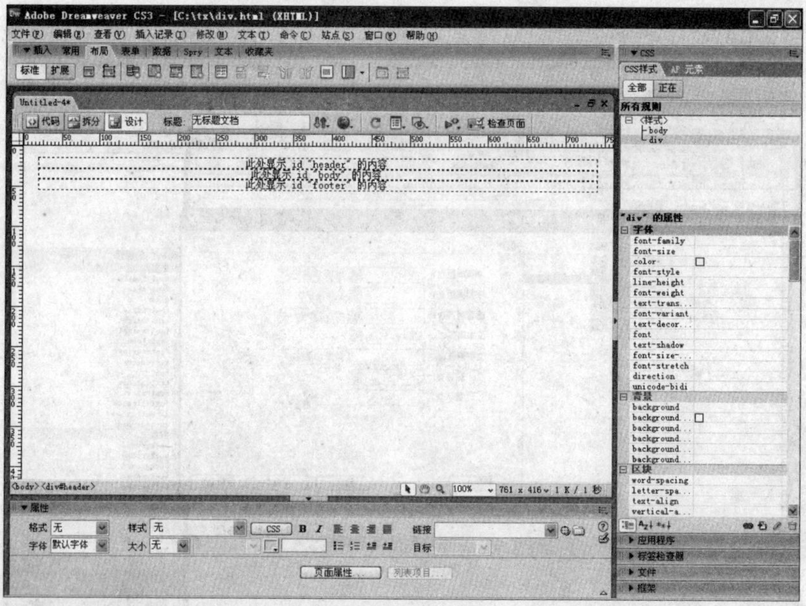

图15–5–5

（8）使用本章讲解的方法，分别为3个DIV区域建立内部规则，如图15–5–6所示，新建的DIV内部规则显示在CSS样式面板中。

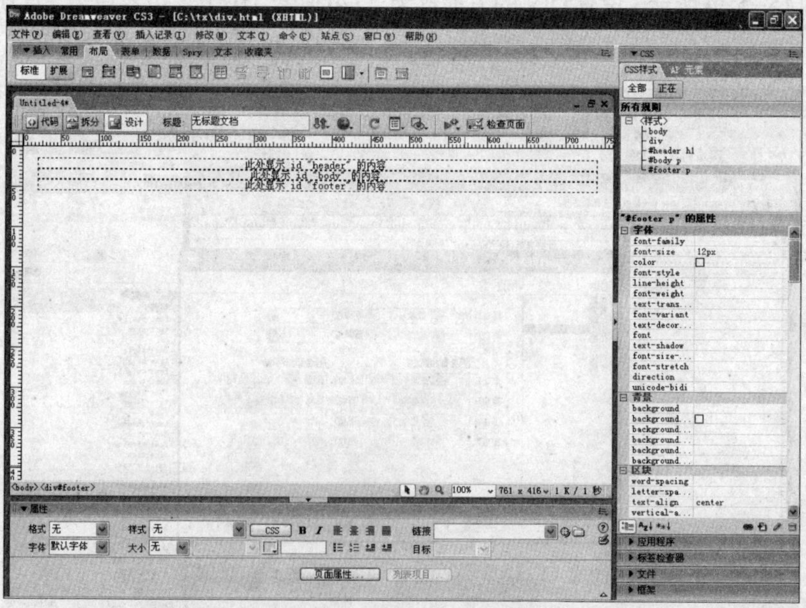

图15–5–6

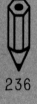

(9) 向3个DIV区域中分别输入目标内容，并应用对应的格式，最终结果如图15–5–7所示。

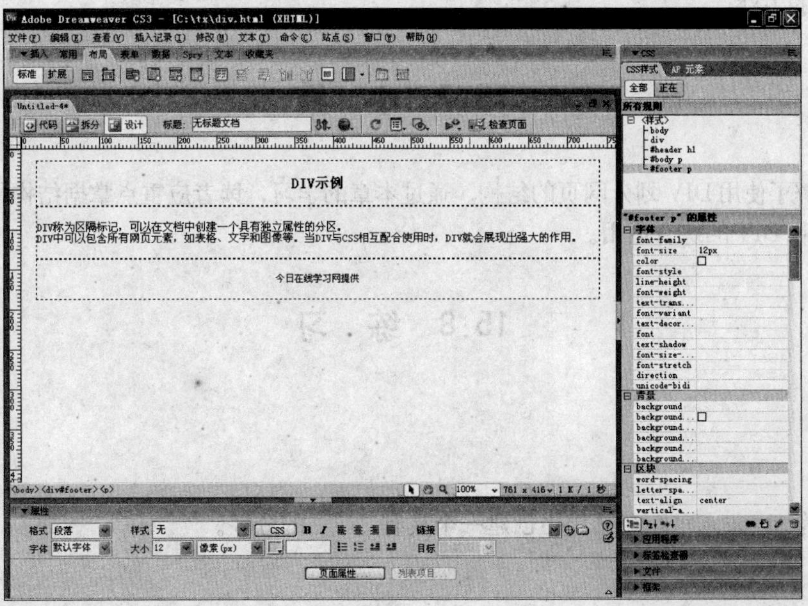

图15–5–7

15.6 实例分析

使用DIV结构化网页已经成为一种标准，越来越多的网页开始使用这种方式结构化网页。

如图15–6–1所示，登录到https://ibsbjstar.ccb.com.cn/V5/index.html北京建设银行个人网上银行首页，这个网页就是采用DIV结构化网页制作的。

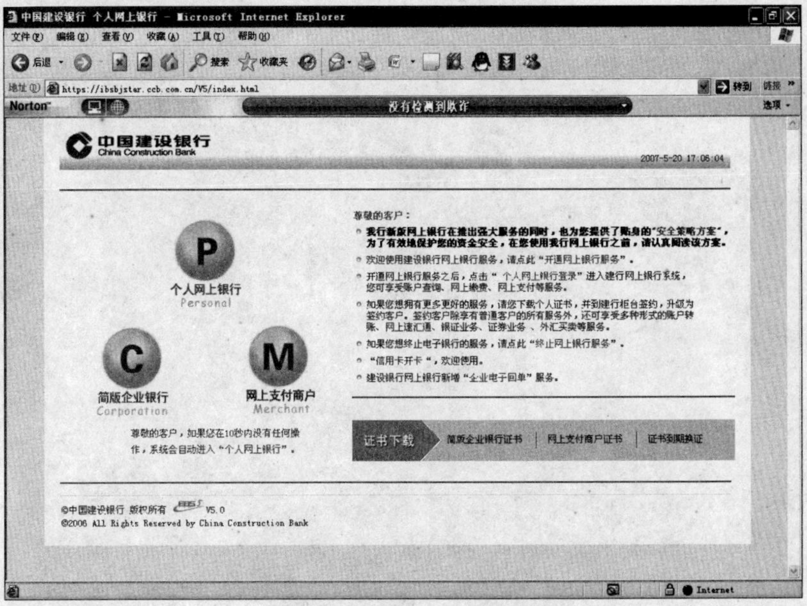

图15–6–1

将该网页的源文件代码拷贝到Dreamweaver CS3新建的网页中，进一步了解和学习这个网页使用DIV的方法。

15.7 小 结

本章讲解了使用DIV划分网页的结构。通过本章的学习，读者应重点掌握结构化网页的方法与CSS样式和DIV的综合运用。

15.8 练 习

填空题

DIV称为______，可以在文档中创建一个具有______的分区。

上机练习

(1) 使用DIV划分一个网页的结构。
(2) 使用DIV和CSS样式，制作一个网页。

第16章 行 为

通过本章，你应当：

(1) 了解行为和行为面板概念。

(2) 学会添加行为。

16.1 行为和行为面板

行为是Dreamweaver预置的JavaScript程序集。每个行为包括一个动作和一个事件，任何动作都需要一个事件激活。动作是一段已编辑好的JavaScript代码，事件是用来激活动作的条件，如单击某个链接或按钮。

16.1.1 基本概念

行为：事件和动作的组合。在Dreamweaver中，行为被规定附属于用户页面上某个特定元素，如一个文本链接、一个图像或者一个按钮。

对象：产生行为的主体，很多网页元素可成为对象，如图片、文字、多媒体文件等。

事件：触发程序运行的原因，这可附加到各种网页中的元素和标记上。事件总是针对网页中的对象，如图片、文字等。

动作：事件触发后要实现的效果，如弹出某段信息、交换图片等。

16.1.2 认识行为的事件类型

行为通常为一段JavaScript代码，在Dreamweaver中内置了大量的行为，因此不必书写JavaScript代码，也能制作出含有行为效果的网页。还可以在互联网中下载第三方厂商提供的行为库。另外，Dreamweaver提供了丰富的编程接口（API），一些高级用户还可以自己动手构建行为库。

可以为任何网页元素添加行为，如整个文档、图像、链接等。但每一个元素能够附加什么样的行为要由浏览器的版本和类型决定。

由于不同版本的浏览器所支持的事件类型不同，下面我们就介绍一些常见的事件类型：

OnAfterUpdate（IE4、IE5）：一个网页数据元素更新完毕时触发的事件。

OnBeforeUpdate（IE4、IE5）：一个网页数据元素被改变并将失去焦点时触发的事件。

OnFocus（NS2、NS4、IE2、IE4、IE5）：指定的网页元素获得焦点时触发的事件。

OnBlur（NS2、NS4、IE2、IE4、IE5）：与OnFocus相反，它是指定的网页元素失去焦点时触发的事件。

OnClick（NS2、NS4、IE2、IE4、IE5）：浏览者单击特定的网页元素时触发的事件。

OnDblClick（NS4、IE4、IE5）：浏览者双击特定的网页元素时触发的事件。

OnFinish（IE4、IE5）：当选取框中的元素完成一个循环时触发的事件。

OnHelp（IE4、IE5）：当浏览者单击浏览器的帮助按钮，或从帮助菜单中选择帮助命令时触发的事件。

OnKeydown（NS4、IE4、IE5）：按下键盘中一个键，不放开时触发的事件。

OnKeyPress（NS4、IE4、IE5）：按下键盘中一个键，放开时触发的事件。

OnKeyUp（NS4、IE4、IE5）：放开按下的键时触发的事件。

OnLoad（NS2、NS4、IE2、IE4、IE5）：网页下载完毕时触发的事件。

OnMouseDown（NS4、IE4、IE5）：按下鼠标左键，未放开时触发的事件。

OnMouseMove（NS4、IE4、IE5）：鼠标指针移向指定的页面元素时触发的事件。

OnMouseOut（NS2、NS4、IE4、IE5）：鼠标指针移出指定的页面元素时触发的事件。

OnMouseOver（NS2、NS4、IE4、IE5）：鼠标指针移入指定的页面元素时触发的事件。

OnMouseUp（NS4、IE4、IE5）：按下鼠标左键并释放鼠标时触发的事件。

OnResize（NS4、IE4、IE5）：重设浏览窗口或框架大小时触发的事件。

OnScroll（IE4、IE5）：网页上下滚动时触发的事件。

OnStart（IE4、IE5）：选取框中的元素开始循环时触发的事件。

OnUnload（NS2、NS4、IE2、IE4、IE5）：浏览者离开网页时触发的事件。

OnBounce（IE4、IE5）：选取框中的内容延伸到选取框边界之外时触发的事件。

OnChange（NS2、NS4、IE2、IE4、IE5）：浏览者改变了页面元素的值时触发的事件。

OnError（NS2、NS4、IE4、IE5）：浏览器载入网页发生错误时触发的事件。

OnFinish（IE4、IE5）：选取框中的元素完成一个循环时触发的事件。

OnReadyStateChange（IE4、IE5）：指定元素状态（包括初始化、载入、完成）改变时触发的事件。

OnReset（NS2、NS4、IE2、IE4、IE5）：表单中的数据恢复为默认值时触发的事件。

OnRowEnter（IE4、IE5）：网页数据元素的记录指针改变时触发的事件。

OnRowExit（IE4、IE5）：网页数据元素的记录指针将要改变时触发的事件。

OnSelect（NS2、NS4、IE2、IE4、IE5）：从一个文本框中选中文本时触发的事件。

OnSubmit（NS2、NS4、IE2、IE4、IE5）：浏览者递交一份表单时触发的事件。

注：括号中内容代表Netscape Navigator（缩写为NS）与Internet Explorer（缩写为IE）两个品牌的浏览器的不同版本。

16.1.3 认识行为面板

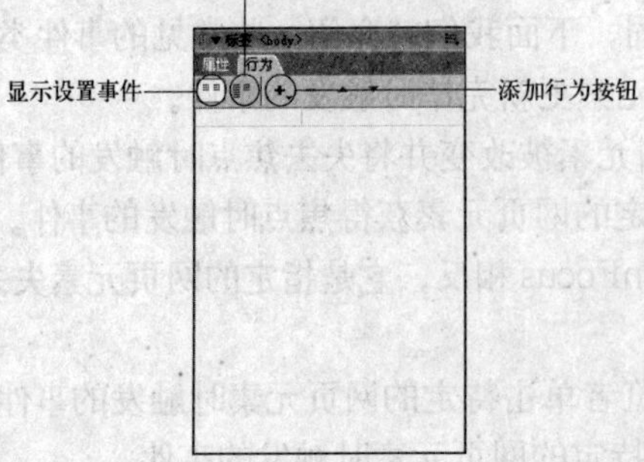

图16-1-1

在Dreamweaver中使用行为面板添加和编辑行为。执行“窗口/行为”命令，打开图16-1-1所示的行为面板。

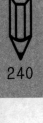

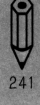

16.2 添加行为

Dreamweaver 内置的行为，可以通过行为面板进行添加和删除操作。本节讲解使用行为面板向网页添加如改变网页元素属性、弹出消息框等行为的方法。

注：在 Dreamweaver CS3 中针对前一版本中提供的行为，将一些含有隐患的行为列为建议不再使用的行为。这些行为，在设计网页时最好不要添加，以免产生不必要的隐患。

如图 16-2-1 所示，在行为菜单的中建议不再使用的行为，本节不作讲解。在制作网页时，如非必须也不要向网页添加这些行为。

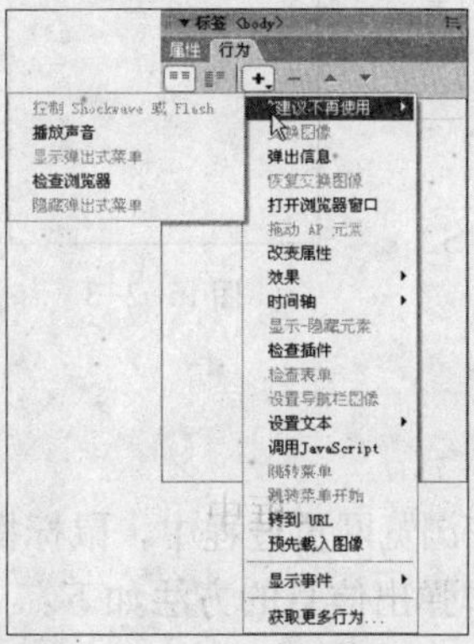

图 16-2-1

16.2.1 交换图像

本节讲解使用行为制作图像的交换效果，即当鼠标指针指向网页中的目标图像时，图像变为另一个图像。具体方法如下：

注：在工作前将准备好的图像放置到站点文件夹中。

(1) 新建 HTML 文档。

(2) 置入一幅图像。

(3) 选中该图像。

(4) 单击行为面板的“添加行为”按钮，从弹出的菜单中选择“交换图像”命令，打开图 16-2-2 所示的“交换图像”对话框。

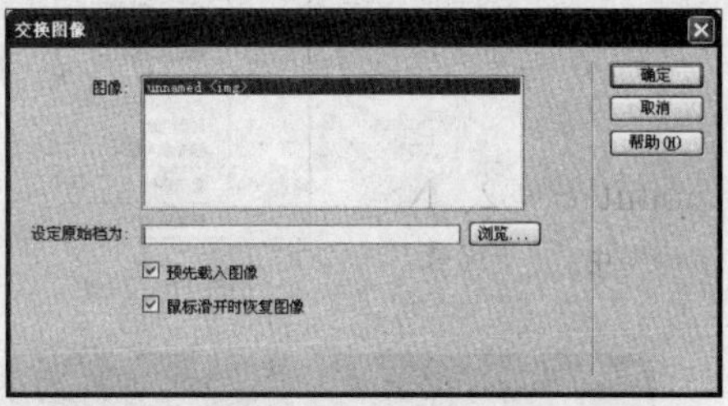

图 16-2-2

“交换图像”对话框中各项的含义如下：

图像：显示已经链接到网页中的图像，通过该对话框可以选择要交换的原始图像。

设定原始档为：设置用来交换的图像。

预先载入图像：勾选此复选框，将预先下载可替换图像。

鼠标滑开时恢复图像：勾选此复选框，鼠标指针离开添加行为的对象时恢复原始图像的显示。

(5) 单击“浏览”按钮，在打开的“选择图像源文件”对话框中，选择站点文件夹下的目标交换图像，单击“确定”按钮回到“交换图像”对话框。

(6) 勾选“预先载入图像”“鼠标滑开时恢复图像”两个复选框。单击“确定”按钮，关闭对话框。

（7）保存文件。

（8）按F12键，在浏览器中预览网页。将鼠标指针指向网页中的目标图像，查看效果。

注：通常，用来交换的图像会使用与原始图像相同的尺寸。

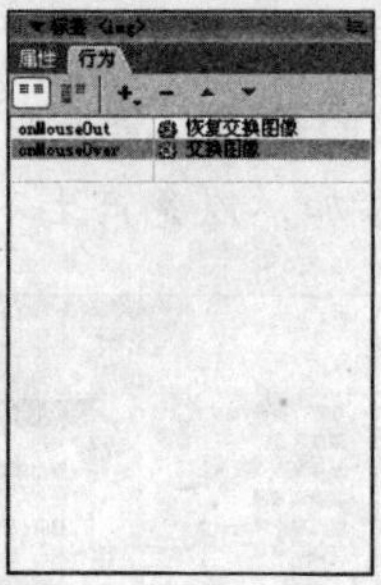

图16-2-3

如图16-2-3所示，在添加行为完成后，在行为面板中就出现了已添加的行为。

16.2.2 弹出信息

弹出信息，是指在浏览网页过程中，鼠标指针经过或单击某个文字、图片或按钮后，会弹出一个信息提示框。制作弹出信息的方法如下：

（1）新建一个HTML文件，制作一个文字链接。

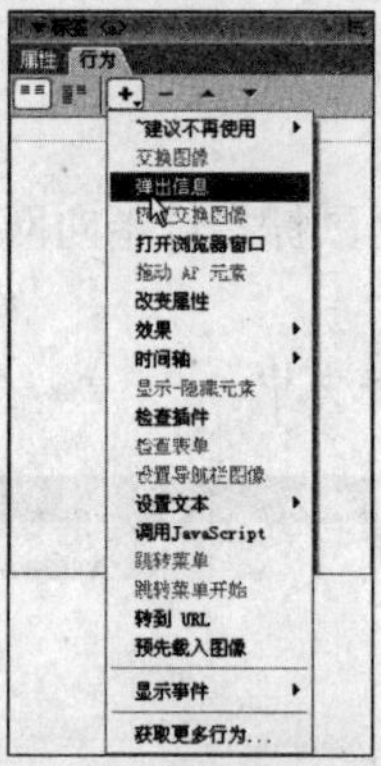

图16-2-4

（2）选择这段文字链接。单击行为面板的“添加行为”按钮，从弹出的菜单中选择“弹出信息”，如图16-2-4所示，打开“弹出信息”对话框。

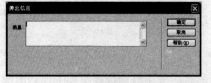

图16-2-5

（3）如图16-2-5所示，在“弹出信息”对话框中输入提示信息。单击“确定”按钮，关闭对话框。

注：在“弹出信息”对话框中可以输入JavaScript语句。

须注意的是，输入的文字不会自动换行，为了弹出框的美观，可在输入文字的适当位置按Enter键，让文字换行。

（4）按F12键，在浏览器中预览网页。检测单击该段文本时是否会弹出信息框。

16.2.3 恢复交换图像

恢复交换图像行为仅在应用了交换图像行为之后使用。可以把交换后的图像恢复为源文件。使用恢复交换图像的方法如下所示：

(1) 选择应用了交换图像行为的图像。

(2) 如图16-2-6所示，单击行为面板的“添加行为”按钮，在弹出的菜单中选择“恢复交换图像”，打开“恢复交换图像”对话框。

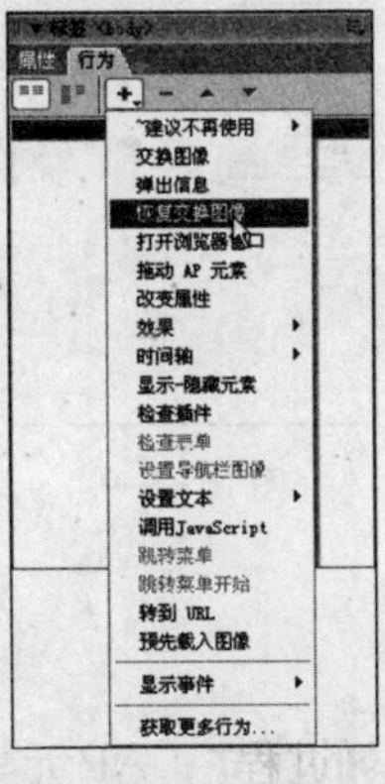

图16-2-6

(3) 如图16-2-7所示，单击“恢复交换图像”对话框的“确定”按钮完成恢复图像的应用。

图16-2-7

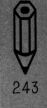

16.2.4 打开浏览器窗口

当进入一些网站的主页时，往往会同时打开多个窗口。下面以实例说明建立打开浏览器窗口的方法：

(1) 新建一个HTML文档。

(2) 单击行为面板中的“添加行为”按钮，从菜单中选择“打开浏览器窗口”命令，打开图16-2-8所示的“打开浏览器窗口”对话框。

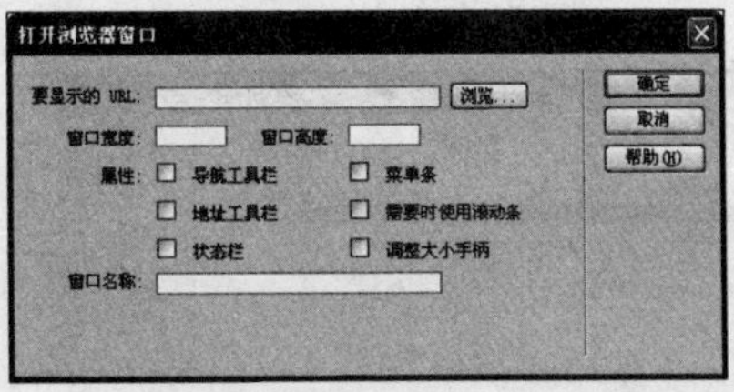

图16-2-8

要显示的URL：选择或者输入要打开的网页文件地址。

窗口宽度、高度：设置要打开窗口的大小。

属性：设置要打开窗口的各种参数，如是否包括导航工具栏、菜单条、地址栏、滚动条、状态栏以及窗口大小能否改变等。

窗口名称：设置要打开窗口的名称。

(3) 在本例中设置打开文件为“commu1”，窗口宽度180、高度为100，勾选“需要时使用滚动条”。单击“确定”按钮，关闭对话框。按F12键，在浏览器中查看弹出网页效果。

（4）下面来设置当浏览者单击某个按钮或链接时执行打开窗口。重复（2）、（3）步骤的操作，设置打开文件为“commu2”，窗口宽度300、高度为200，勾选“导航工具栏”。

（5）单击行为面板中“改变事件”按钮，选择事件。

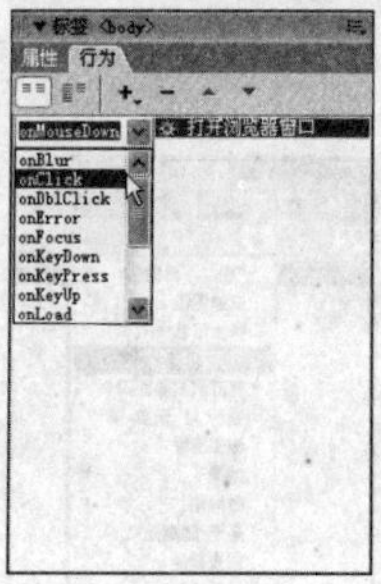

图16–2–9

（6）如图16–2–9所示，再次单击后从弹出的菜单中选择“onClick”命令。

（7）按F12键，在浏览器中预览网页。

16.2.5 拖动AP元素

在第7章中讲解了AP元素的建立，AP元素是具有固定位置的网页元素。这里的拖动AP元素，是指在网页中指定目标AP元素可被鼠标拖动而改变位置。在建立这个行为之前，需要先在网页建立目标AP元素。

制作拖动AP元素的方法如下：

（1）新建一个网页。

（2）建立目标AP元素，设置AP元素的相关属性，如大小、位置等。

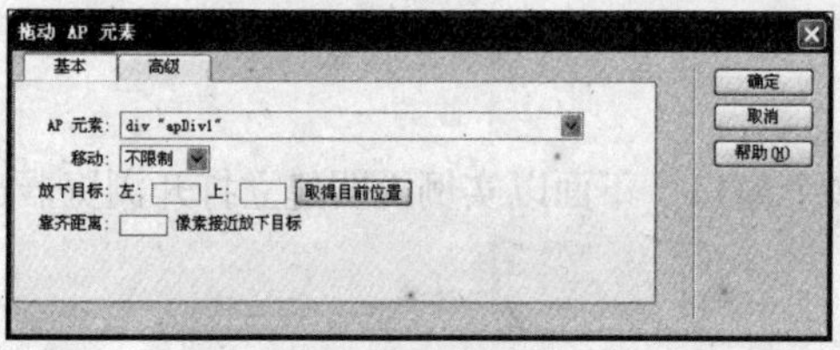

图16–2–10

（3）单击行为面板的“添加行为”按钮，在弹出的菜单中选择“拖动AP元素”，打开图16–2–10所示的“拖动AP元素”对话框。

图16–2–11

（4）如图16–2–11所示，单击“AP元素”右侧的下拉按钮，在下拉菜单中选择目标AP元素。

注：网页中的AP元素都会显示在“AP元素”的下拉菜单中。

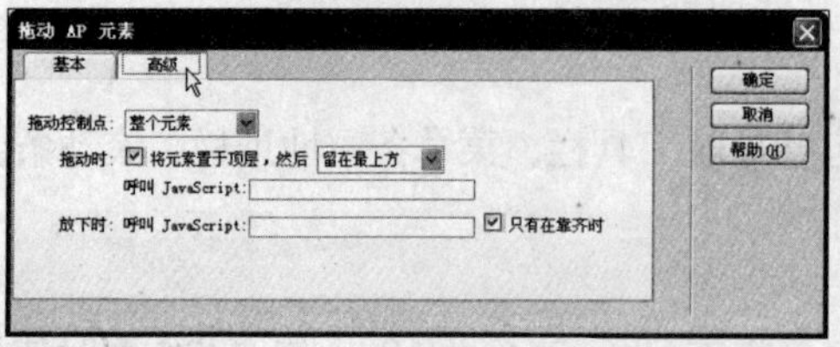

图16–2–12

（5）在其他项中设置移动的条件。

（6）如图16–2–12所示，单击“高级”按钮。在高级项中设置，移动后标签处的位置，即Z轴的排序。

（7）单击“确定”完成设置。

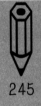

16.2.6 改变属性

使用行为改变属性，可以动态改变某些对象的属性值。下面以实例说明改变属性的方法：

（1）新建一个文件，插入一个1行5列的表格，表格背景色为“#9966FF”，边框为2。

（2）在5个单元格中输入作为链接的文字，链接均设为#，也可以根据自己的需要设置链接网页。

（3）选取全部单元格，单击属性面板上的“居中对齐”按钮。

注：使用这种方法设置的单元格居中，会在代码中添加DIV标记。通常DIV与class、ID属性联合使用，以便为某一块内容定义样式。

（4）单击表格的第一个单元格内部，单击状态栏中的“<div>”标签，然后在属性面板的ID栏中输入a1，如图16−2−13所示。

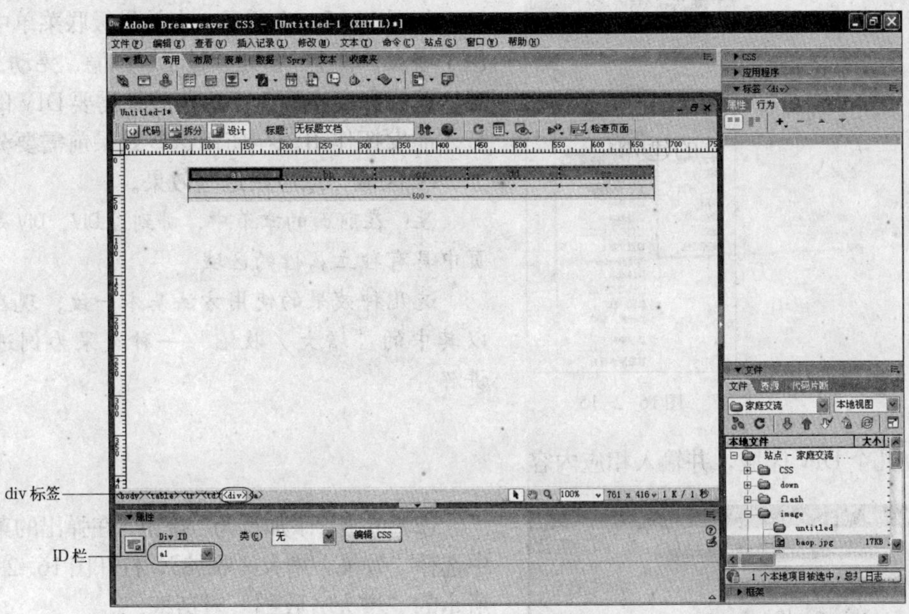

图16−2−13

（5）使用同样的方法依次命名第二个单元格、第三个单元格……的名称为b2、c3、……

（6）单击第一个单元格内部文字的前方。单击行为面板的“添加行为”按钮，在弹出的菜单中选择“改变属性”命令，打开如图16−2−14所示的“改变属性”对话框。

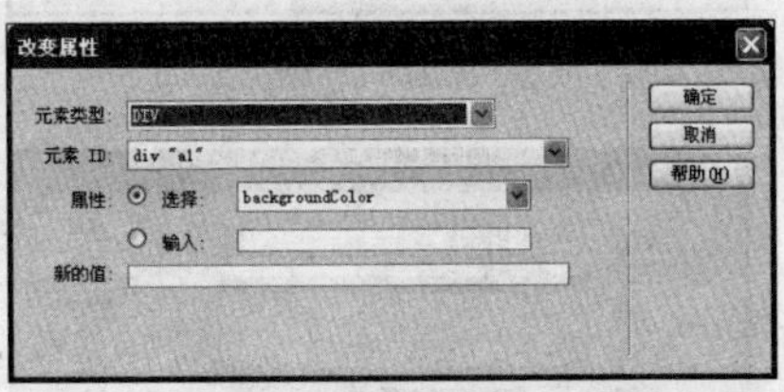

图16−2−14

（7）在“改变属性”对话框中，设置对话框对象类型为“DIV”，命名对象为“div 1”，选中“选择”单选按钮，并选择“style.backgroundColor”，在“新的值”栏中输入“#99CCFF”。单击“确定”按钮，关闭对话框。

元素类型：选择要改变属性的对象类型。

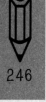

元素 ID：选择要改变属性的对象名称。

属性 选择：选择此单选按钮，在其后面的框中选择要改变的属性名称，并可选择目标浏览器。

属性 输入：选择此单选按钮，可直接输入要改变的属性名称。

新的值：为前面指定的属性输入新值。

(8) 分别对其余 4 个单元格重复 (5) 和 (6) 步骤的操作，只是在设置“改变属性”对话框中“新的值”栏里设置不同的色彩值。

(9) 按 F12 键预览网页。鼠标单击单元格，会改变背景颜色。

16.2.7 效果

效果是利用 DIV 标签的特性，建立具有独立 DIV 属性的区域。

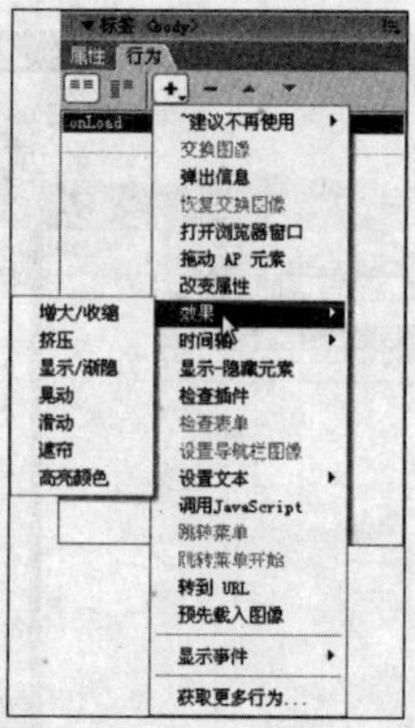

图 16-2-15

如图 16-2-15 所示，在效果级联菜单中提供了增大／收缩、挤压、显示／渐隐、晃动、滑动、遮帘和高亮颜色。这些效果需要 DIV 的配合才能发挥作用。在使用这些效果前需要先建立 DIV 区域，以应用这些效果。

注：在前面的章节中，讲到过 DIV，DIV 是网页中具有独立属性的区域。

这几种效果的使用方法基本一致，现在仅以其中的“增大／收缩”一种效果为例进行讲解。

(1) 建立几个 DIV 区域，并输入相应内容。

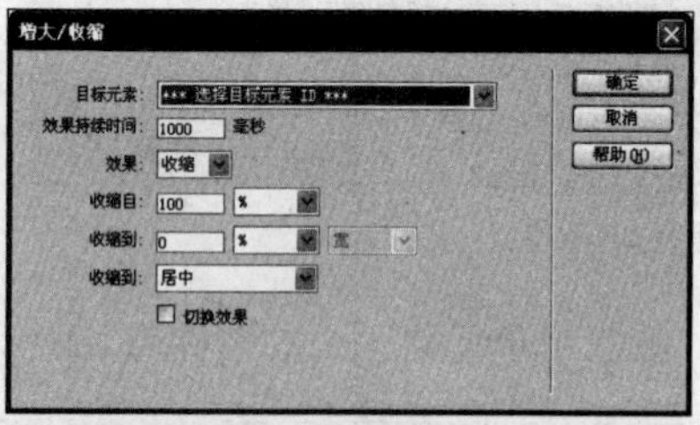

图 16-2-16

(2) 单击“添加行为”按钮，在弹出的菜单中选择“效果／增大／收缩”，打开图 16-2-16 所示的“增大／收缩”对话框。

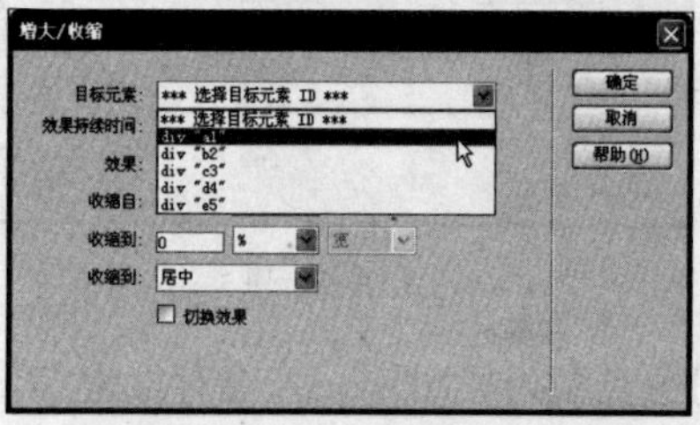

图 16-2-17

(3) 如图 16-2-17 所示，单击“目标元素”右侧的下拉按钮，在下拉菜单中选择目标 DIV 区域。

(4) 设置效果的持续时间，效果的收缩百分比等属性，单击“确定”按钮完成设置。

注：其他效果也采用类似的方法进行设置，选择目标效果后，在打开的对话框中选择目标元素即可。

16.2.8 时间轴

使用时间轴行为可以控制网页中的时间轴动画。

如图 16−2−18 所示，时间轴提供了停止时间轴、播放时间轴和转到时间轴帧 3 个行为。

可以通过将行为赋予目标链接和按钮，控制网页中的动画实现播放或停止等效果。下面以实例说明时间轴行为的使用。

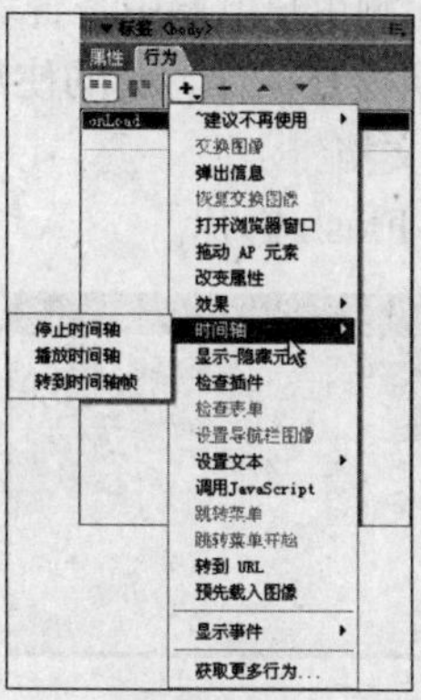

图 16−2−18

(1) 新建一个 HTML 文档。

(2) 使用 AP DIV（层）和时间轴在网页中建立一个时间轴动画。

(3) 向网页中添加一个 Flash 按钮。

(4) 选中该按钮，单击“添加行为”按钮，在弹出的菜单中选择“时间轴／停止时间轴”，打开图 16−2−19 所示的“停止时间轴”对话框。

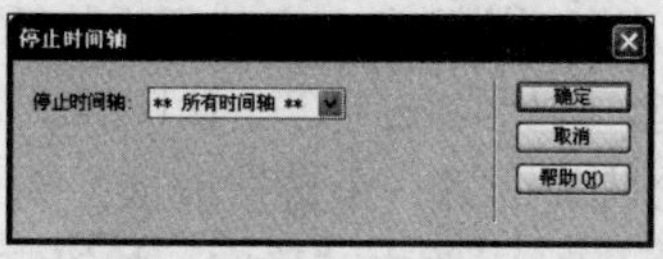

图 16−2−19

(5) 如图 16−2−20 所示，单击“停止时间轴”右侧的下拉按钮，在弹出的菜单中选择目标时间轴。

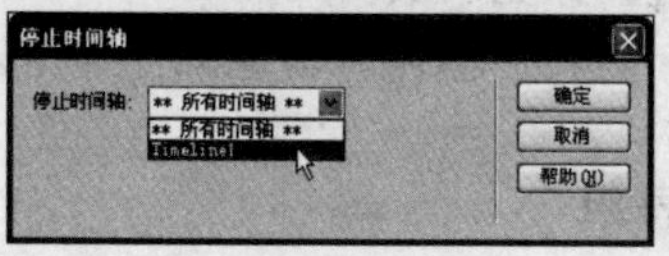

图 16−2−20

(6) 单击“确定”按钮完成行为添加。

时间轴的其他行为也是使用这种方法添加的。

16.2.9 显示和隐藏元素

可以设置初始状态或当单击目标按钮（或链接）时，对应的 DIV 区域是显示还是隐藏。设置显示和隐藏元素的方法如下：

(1) 建立并设置 DIV 区域。

(2) 选择目标按钮，单击行为面板的“添加行为”按钮，在弹出的菜单中选择“显示－隐藏元素”，打开图 16−2−21 所示的“显示－隐藏元素”对话框。

(3) 在对话框中选择目标 DIV 区域，然后选择显示或隐藏项，单击“确定”按钮完成设置。

图 16−2−21

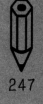

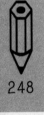

16.2.10 检查插件

当网页中存在Flash、QuickTime或Shockwave等需要特殊播放程序才能观看的对象时，可设定检查插件行为，用以检测用户电脑中是否安装了指定的插件，然后根据检查结果显示不同的网页内容。下面以实例说明检查插件行为的使用方法：

（1）新建一个HTML文档。

（2）插入一个SWF的Flash影片。

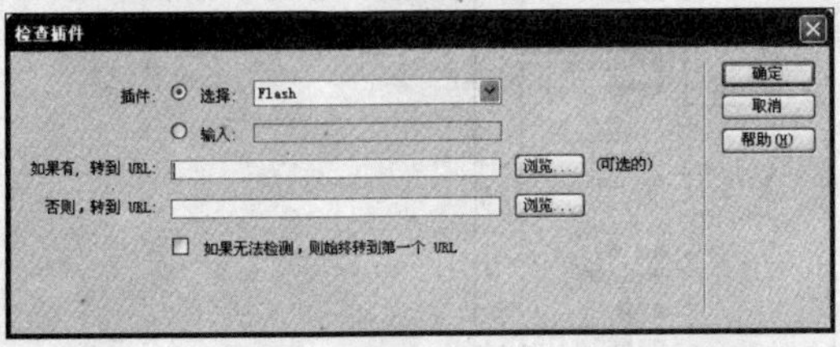

图16−2−22

（3）单击行为面板的“添加行为”按钮，在弹出的菜单中选择“检查插件”，打开图16−2−22所示的“检查插件”对话框。

插件 选择：选择插件类型。单击该栏右侧的下拉按钮，会弹出一个菜单，菜单中列有网页中最常用几种媒体格式。

插件 输入：输入插件类型。

如果有，转到URL：检测到安装了所需的插件时跳转的地址。

否则，转到URL：检测到未安装所需的插件时跳转的地址。

如果无法检测，则始终转到第一个URL。勾选此复选框时，当用户端浏览器不支持对插件的安装与检测时，会跳转的第一个链接地址。

（4）填写相关URL，单击“确定”按钮完成设置。

（5）按F12键，预览网页。

注：通过官方的相应插件下载地址可以下载目标插件。

16.2.11 检查表单

表单是网页中的一种元素，通过表单可以向指定目标提交数据。表单的内容在后面的章节中将会讲解。这里仅介绍检查表单行为的用法。

检查表单就是检测表单中提交的数据是否为空，如果必须填写，则设定限制填写数据的类型。

（1）向网页中添加表单程序。

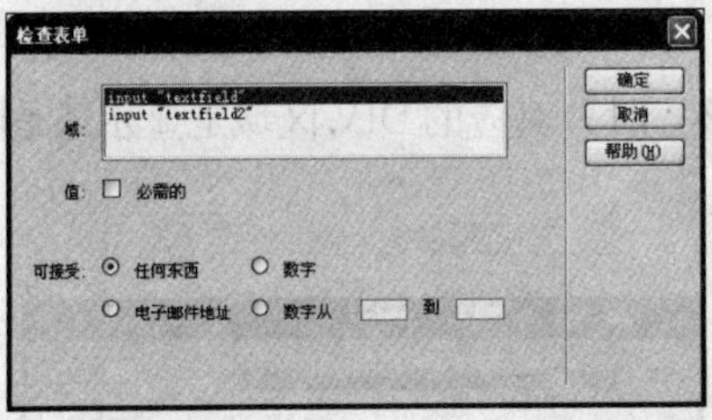

图16−2−23

（2）单击行为面板的“添加行为”按钮，在弹出的菜单中选择“检查表单”，打开图16−2−23所示的“检查表单”对话框。

（3）在“域”中选择目标域，在“值”复选框中根据需要勾选此项，决定该项是否必填。在“可接受”栏中选择填写数据的类型。

（4）单击“确定”按钮完成设置。

16.2.12 设置导航栏图像

设置导航栏图像，实际上就是对目标图像的效果实现。如移动鼠标改变图像等。实现“设置导航栏图像”行为的方法如下：

（1）选中网页中的目标导航栏图像。

注：就是一个普通图像，只是用途是导航作用。

（2）单击行为面板的“添加行为”按钮，在弹出的菜单中选择“设置导航栏图像”，打开图16-2-24所示的“设置导航栏图像”对话框。

（3）在各栏中分别设置鼠标不同状态下的显示图像。设置链接的URL。

（4）单击“确定”按钮完成设置。

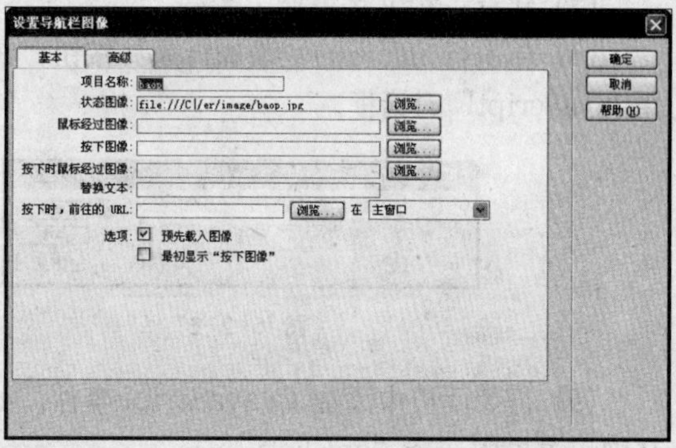

图16-2-24

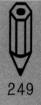

16.2.13 设置文本

设置文本是对目标容器或文本格式的效果设置，在使用设置文本行为时，网页中必须包括相应的文本元素。例如文本域文字，需要网页中含有文本域，框架文本需要网页中含有框架。

如图16-2-25所示，设置文本中包括了设置容器文本、设置文本域文字、设置框架文本和设置状态栏文本。本节以“设置状态栏文本”为例，介绍设置文本的方法。

（1）新建HTML文档，输入目标文字。

（2）选择目标文字、链接或图像。

注：状态栏文本是指在使用浏览器查看网页时，浏览器的状态栏中显示的文字。

当鼠标指针移到设置状态栏文本的目标上时，浏览器的状态栏中会显示对应设置的状态栏文本。

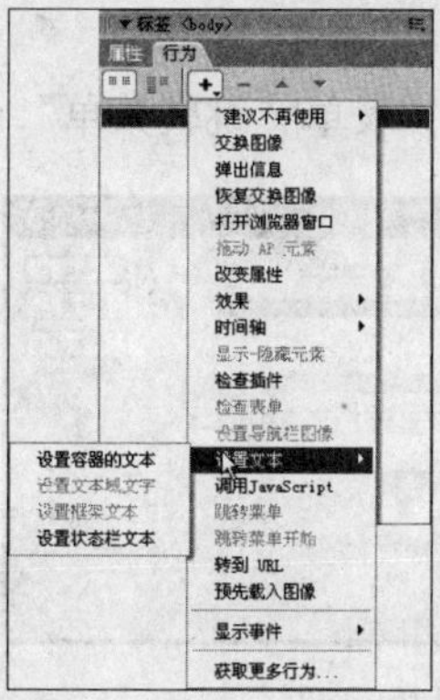

图16-2-25

（3）单击行为面板中的“添加行为”按钮，从弹出的菜单中选择“设置文本/设置状态栏文本”命令。打开如图16-2-26所示的“设置状态栏文本”对话框。

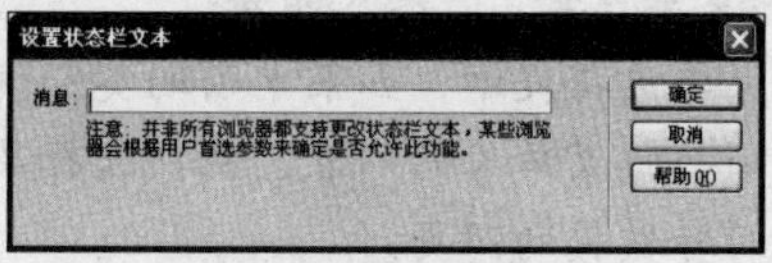

图16-2-26

（4）在“设置状态栏文本”对话框中输入相关文本内容。单击“确定”按钮，完成设置。

（5）按F12键，预览网页。

注：可以使用类似的方法向框架、层和文本编辑区中设置文字行为。

16.2.14 调用 JavaScript

JavaScript 是一种面向对象的描述语言，通常被嵌入 HTML 文档，它能做到响应浏览者的需求事件而不用通过网络回传资料。调用 JavaScript 脚本行为是 Dreamweaver 中较高层次的应用，它可以调用 JavaScript 代码，以实现相应的动作。具体操作方法如下：

(1) 新建一个文件。

(2) 建立一个文字链接。

(3) 单击行为面板的“添加行为”按钮，在打开的菜单中选择“调用 JavaScript”，打开“调用 JavaScript”对话框。

图 16−2−27

(4) 如图 16−2−27 所示，在文本框内输入 JavaScript 语句，也可以是要调用的函数。本例输入 window.close ()。单击“确定”按钮，关闭该对话框。

(5) 行为面板中添加了 JavaScript 事件，如果事件不是“onClick”，单击“修改事件”按钮，从弹出菜单中选择“onClick”。

(6) 按 F12 键预览网页，单击该链接文字会关闭窗口。

16.2.15 跳转菜单

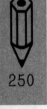

跳转菜单行为是对表单中的跳转菜单设置。在使用跳转菜单前，当前网页中必须拥有表单的跳转菜单。下面以实例说明跳转菜单的设置方法。

(1) 新建一个网页。

(2) 执行“插入记录 / 表单 / 跳转菜单”命令，向网页中插入一个跳转菜单。

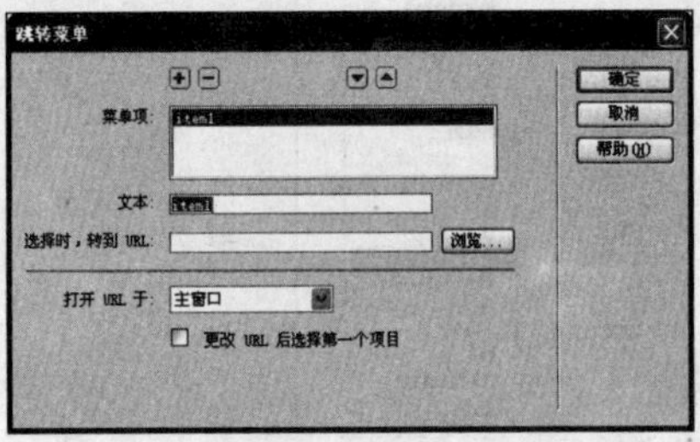

图 16−2−28

(3) 选择该跳转菜单。单击行为面板的“添加行为”按钮，在弹出的菜单中选择“跳转菜单”，打开 16−2−28 所示的“跳转菜单”对话框。

(4) 在该对话框中设置各项信息，单击“确定”按钮完成设置。

注：跳转菜单包含 3 个基本部分：

(可选) 菜单选择提示，如菜单项的类别说明，或一些提示信息等。

(必需) 所链接菜单项的列表，用户选择某个选项，则其链接的文档或文件被打开。

(可选) 目标链接的网页。

(5) 单击“确定”按钮完成设置。

16.2.16 跳转菜单开始

当使用“插入记录 / 表单 / 跳转菜单”命令创建一个跳转菜单时，Dreamweaver 会自动创建一个菜单对象并自动添加跳转菜单或跳转菜单开始行为。在使用表单添加跳转菜单时，再为跳转菜单添加一个“前往”按钮，然后选中该按钮。可以为该按钮添加跳转菜单开始行为。具体方法与上例的类似。

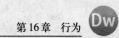

16.2.17 跳转网页

跳转网页行为，可以设定在当前窗口或是指定的框架窗口中打开某一网页，如果网站改址，就可以用这个跳转网页功能将输入老地址的用户直接带到新地址，下面以实例说明跳转网页的制作方法：

(1) 新建 HTML 文档。

(2) 单击行为面板中的“添加行为”按钮，在弹出的菜单中选择“转到 URL”命令，打开图 16-2-29 所示的“转到 URL”对话框。

打开在：选择要打开网页的窗口。

URL：设置打开网页的地址。

16-2-29

(3) 选择打开在“主窗口”，在 URL 栏中输入新网址，单击“确定”按钮，完成设置。

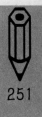

16.2.18 预先载入图像

传输图像文件往往需要一定的时间，如果将欲显示的图像预先下载到浏览者的缓存中，则在浏览网页时打开当前网站的网页时会更顺畅。下面以一个实例说明该行为的使用方法：

(1) 新建 HTML 文档，将当前文档作为首页。

(2) 单击该文档的首行起始位置。

(3) 单击行为面板的“添加行为”按钮，在弹出的菜单中选择“预先载入图像”命令，打开图 16-2-30 所示的“预先载入图像”对话框。

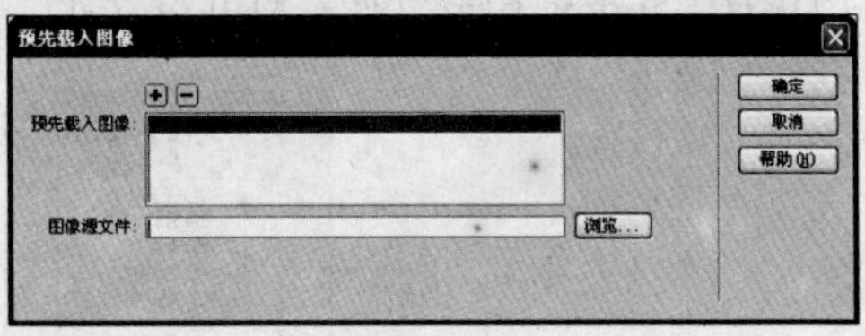

图 16-2-30

(4) 单击“浏览”按钮，在打开的“选择图像源文件”对话框中选择目标图像。要添加更多的图像，可以单击“预先载入图像”对话框中的加号按钮，然后单击“浏览”按钮，添加其他目标图像。图像添加完成后，单击“确定”按钮，关闭对话框。

注：使用此项设置时需要注意加载的图像不要过多，所加载到缓存中的图像均为网站内网页中共用或最常调用的图像，如网站中的形象标识等。注意加载到缓存内网页中的图像文件的总体积，当文件总体积过大时，会影响打开网站首页的速度，并且会影响到浏览者计算机的速度。

16.3 删除行为

删除应用到目标对象上的行为，方法如下：

(1) 选择目标对象。

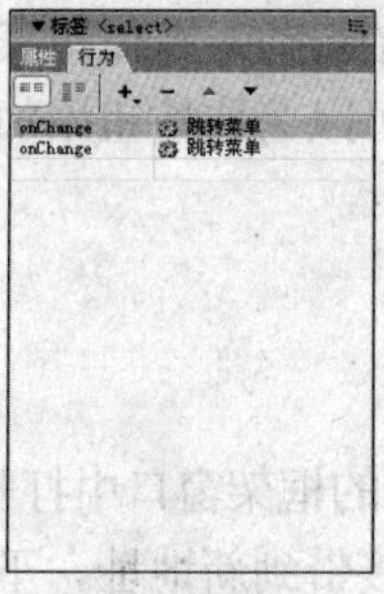

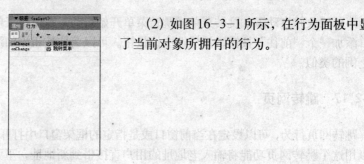

图 16–3–1

（2）如图 16–3–1 所示，在行为面板中显示了当前对象所拥有的行为。

图 16–3–2

（3）如图 16–3–2 所示，在行为面板中选择目标行为，然后单击“删除事件”按钮。完成删除行为。

16.4 实 例

本节为网页制作一个状态栏文本，用以显示网页中当前目标的一些必要信息。

（1）将文件面板的当前站点切换为“童心动漫”站点。

（2）双击 index.htm 文件，打开该文件。

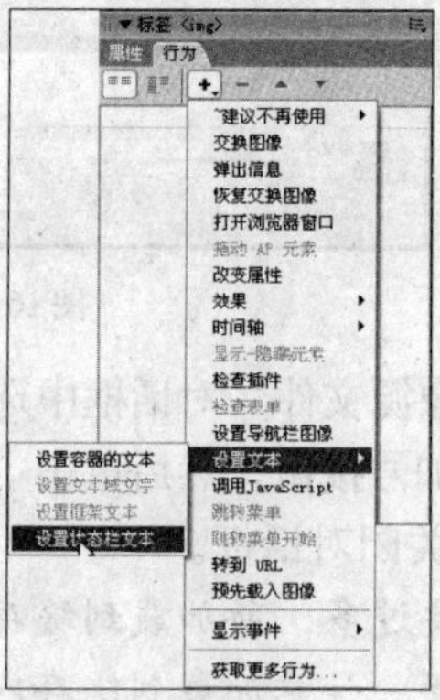

图 16–4–1

（3）如图 16–4–1 所示，选择目标后，单击行为面板的“添加行为”按钮，在弹出的菜单中选择“设置状态栏文本”。

（4）保存该文件，按 F12 键在浏览器中查看该网页。将鼠标指针指向目标，在图 16–4–2 所示的浏览器状态栏中显示了状态栏文本。

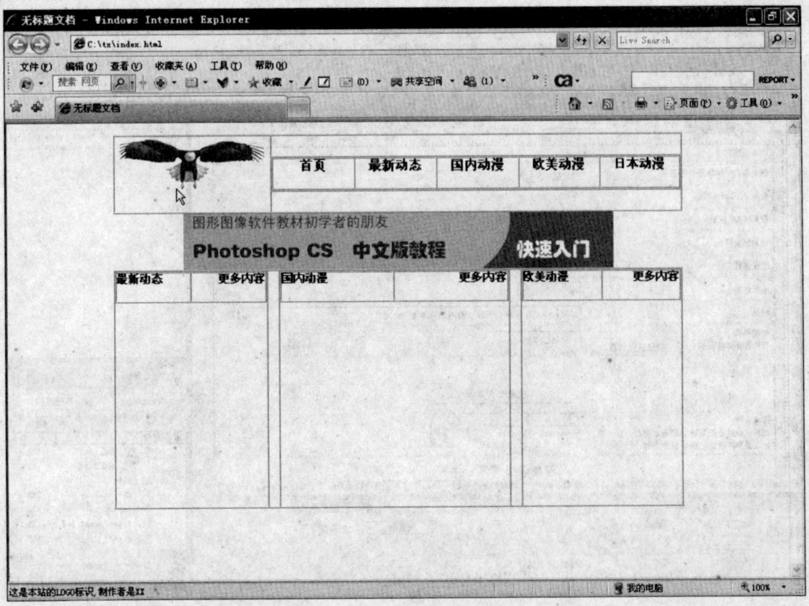

图 16−4−2

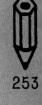

16.5　实 例 分 析

图 16−5−1 所示为今日在线学习网的论坛注册页。

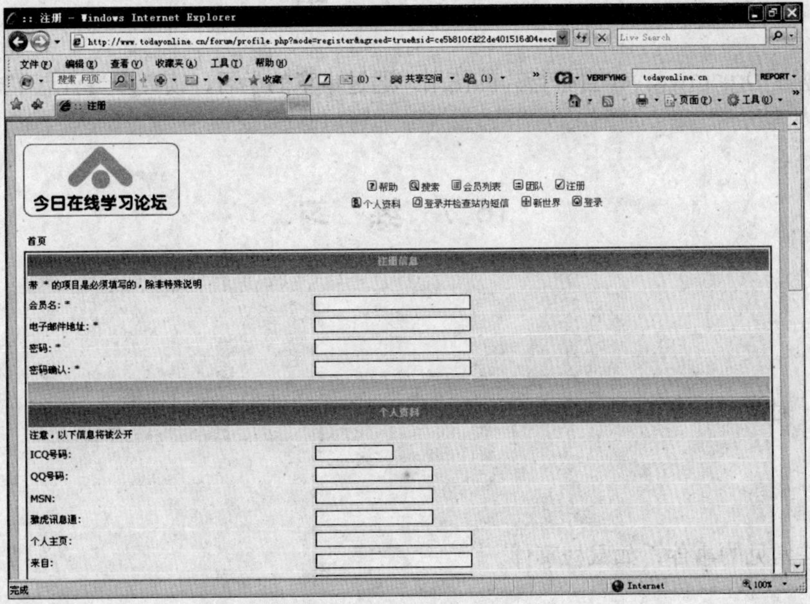

图 16−5−1

使用前几章的方法将源代码替换复制到 Dreamweaver 新建的 HTML 文档的代码视图中。切换至设计视图，执行“窗口 / 行为”命令，打开行为面板。

如图 16−5−2 所示，单击选择列表菜单，在行为面板中显示了当前列表菜单的对应行为。

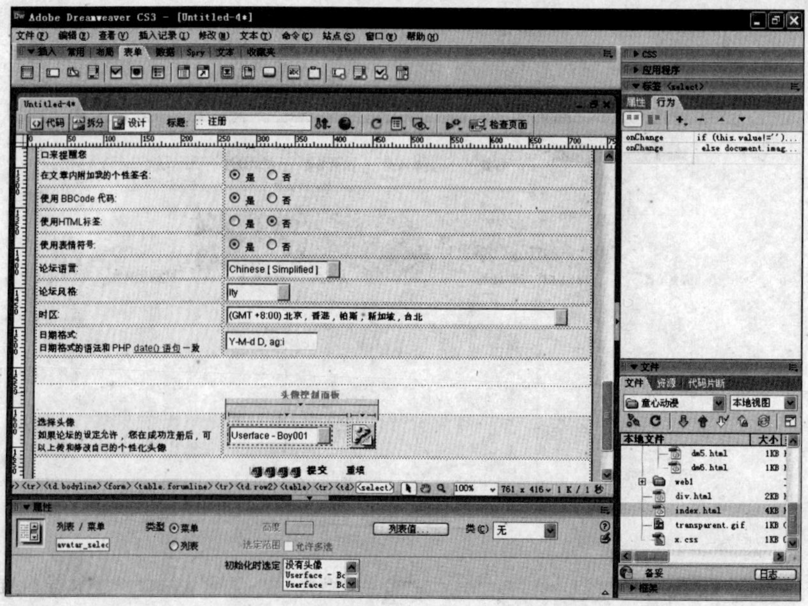

图 16-5-2

通过行为可以制作许多互动的操作，如单击按钮播放音乐等。初学者应试着多分析不同网站中的行为动作。也可以在行为面板中为目标对象添加不同的行为，注意目标对象的属性，是否可以执行该行为。各种属性的对象可以执行哪些动作，要在实践中不断地学习掌握。

16.6 小　结

本章讲解了 Dreamweaver 自带行为的使用。通过本章的学习，读者应当重点掌握本章讲解的添加行为的内容。

16.7 练　习

概念题

行为　　对象　　事件　　动作

问答题

列出一些常见的事件，如鼠标事件。

上机练习

（1）制作一个交换图像效果，当鼠标指针指向目标图像时，图像会改变。

（2）插入一个 SWF 的 Flash 影片，当网页打开时会检查当前计算机是否含有播放该影片的插件。

第17章　表　单

通过本章，你应当：

(1) 了解表单的用途。

(2) 掌握制作表单的方法。

17.1　认识表单

表单是网页中用来实现客户端与网页服务器互动的界面。使用表单可以通过网页向服务器提交信息。表单的应用比较广泛，如一网站的注册程序中的个人信息注册、登录等都是使用表单来完成的。

表单中包含多种元素，如文字输入框、单选按钮、复选框、发送按钮等。要完成一个完整的收集信息流程，不仅需要表单的支持，还需要服务器端的应用程序支持，如数据库、PHP技术等。本章仅讲解建立表单的方法。

在Dreamweaver中建立表单，可以使用插入面板的表单选项卡来完成。如图17-1-1所示，单击插入面板的“表单”标签，在表单选项卡中列出了表单的各项元素。

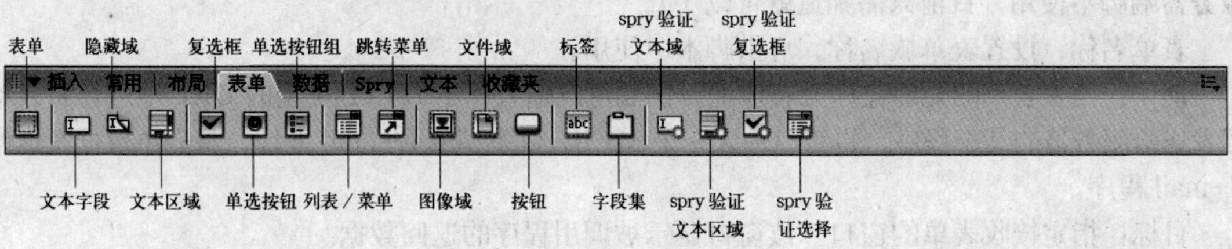

图17-1-1

注：图17-1-1中的Spry验证文本域、Spry验证文本区域、Spry验证复选框和Spry验证选择4项不是独立的表单元素。它们是表单中的文本域等，配合一些动态网页技术，如JAVA语言，仅是限制了这些表单元素的输入条件。

17.2　表单元素的使用

本节讲解表单基本元素的使用，如插入文本域、按钮等，以及对这些表单元素的属性设置。

17.2.1　插入表单

创建一个表单前应先创建一个表单域，用于定义表单的起点和终点，所有表单对象都应在表单域中创建。

（1）新建一个HTML文档，确定要插入表单域的位置，切换插入面板到表单选项卡中，单击“表单”按钮，插入点位置出现红色虚线框，即为表单域，如图17-2-1所示。

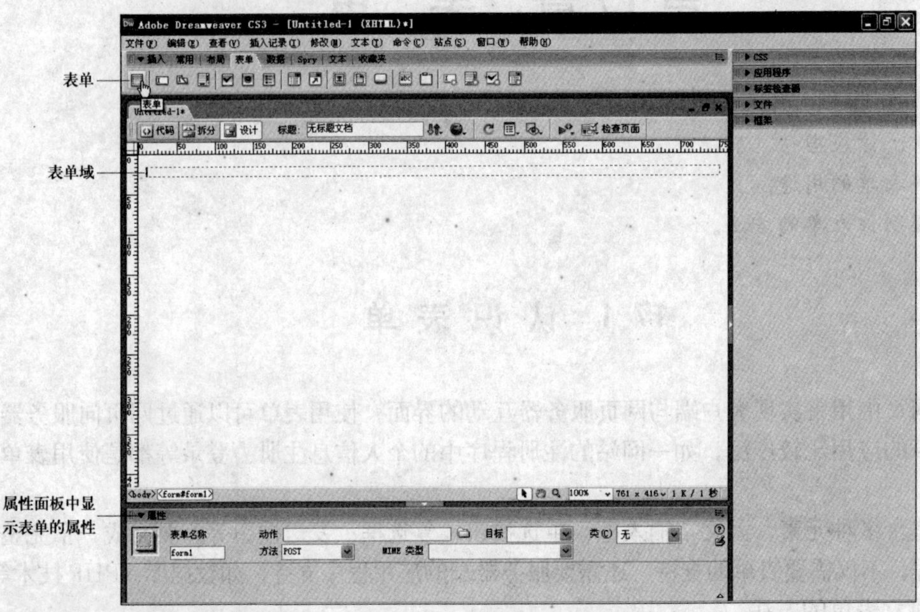

图17-2-1

（2）单击编辑界面中的表单，可在如图17-2-1所示的属性面板中进行相关设置（属性多为服务器端脚本使用，目前只需知道就可以了）。

表单名称：设置表单域名称，可供脚本中使用。

动作：设置表单的处理程序或者地址。例如可以输入一个HTTP类型的URL地址，将表单据发送给服务器的某个程序，也可以输入一个MAILTO类型的E-mail地址，将表单数据发送给E-mail程序。

目标：指定接收表单的窗口，该窗口显示被调用程序的返回数据。

方法：设置表单的递交方法，有3个选项。

GET：可以生成GET请求，它可以将用户在表单中填写的数据附在URL地址后一同发送到服务器的处理程序上，一般可用作搜索引擎中查找关键字等操作。

POST：可以生成POST请求，它可以将用户在表单中填写的数据当作表单的主体发送到服务器的处理程序上。GET方式与POST方式的区别是：GET方式禁止使用非ASCII码的字符，有最大字符数的限制。POST方式允许输入非ASCII码的字符，并且没有最大字符数的限制。

默认：默认的发送方法，大多数浏览器采用GET方法。

MIME类型：用于设置向服务器提交表单时内容的类型。

17.2.2 插入文本域

文本域有3种类型：单行文本域、密码文本域、多行文本域。

（1）新建一个HTML文档，切换插入面板到表单标签下。单击“表单”按钮，插入一个表单域。

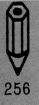

(2) 在表单域内单击鼠标，输入文字“用户名：”。单击“文本字段”按钮，插入一个文本域，如图17−2−2所示。

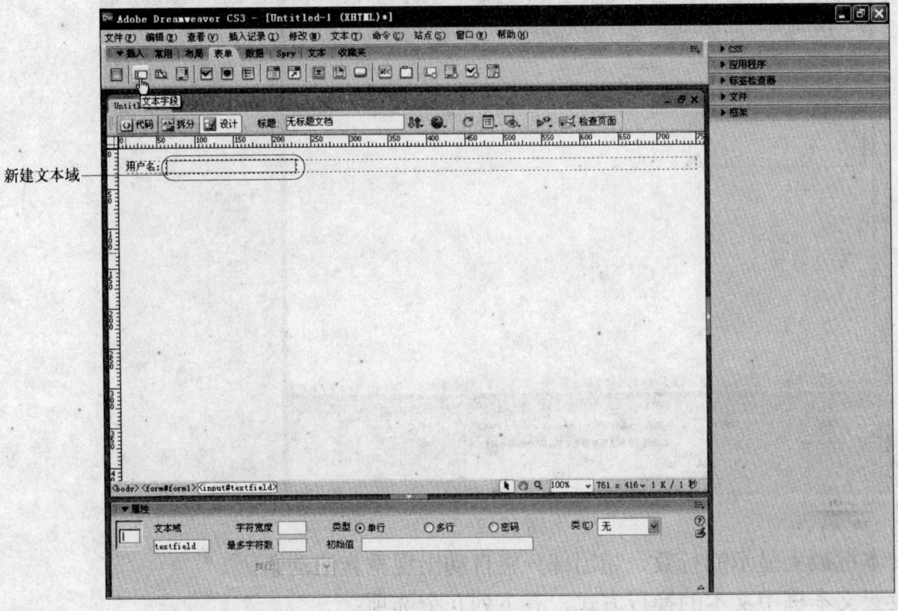

图17−2−2

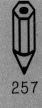

注：如果在插入文本域之前，没有插入表单域，那么将会提示是否添加表单域。

(3) 在设计视图中，单击添加的文本域，然后在属性面板中设置文本域的属性。本例选择类型为单行，字符宽度为12，最多字符数为15，初始值为空。

属性面板中显示的文本域的各项属性含义如下：

文本域：设置文本域的名称。

字符宽度：文本域的边框宽度（单位：字符）。

最多字符数：文本域中可容纳的最大字符数。

初始值：默认状态下显示的文本。

类型：设置文本域的类型，有3个选项。

单行：单行文本框，在该框中只能输入一行文字。

密码：文本框中不显示输入的具体内容，而是用“*”代替。

多行：可显示和输入多行文字的文本框。

(4) 将鼠标光标移动文本域的右侧，单击鼠标，然后按Enter键。

(5) 输入文字“密码：”，再单击“文本域”按钮，插入一个文本域。在属性面板中类型栏选择“密码”，字符宽度为12，最多字符数为10，初始值为000000。

(6) 将鼠标光标移至第二个文本域的右侧，单击鼠标，然后按Enter键。

(7) 单击“文本域”按钮，插入一个文本域。如图17−2−3所示，在属性面板中设置类型为多行，字符宽度为30，行数为5，换行为虚拟，初始值为“请多提宝贵意见，我们期待您的来信！”

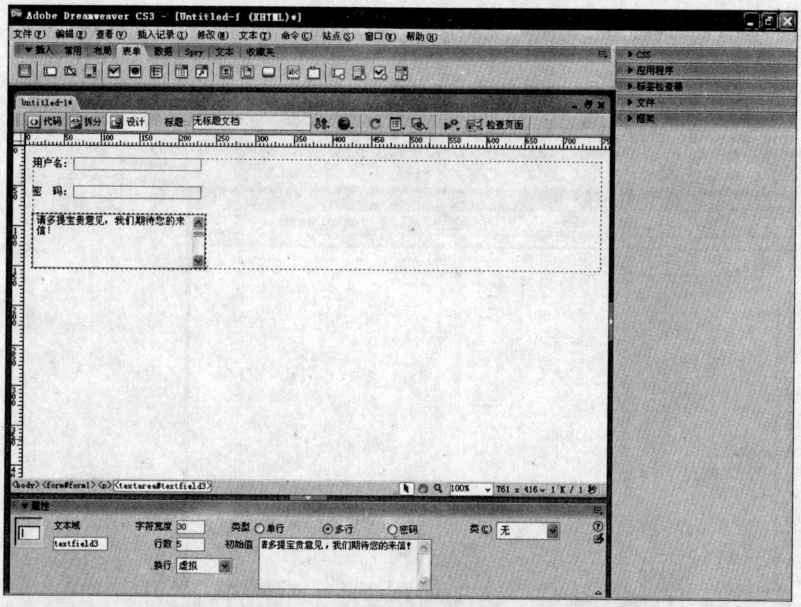

图 17-2-3

行数：文本框最大显示的行数，超出部分将自动出现垂直滚动条。

换行：设置文本框中文本的换行方式，有下列几个选项：

默认：使用默认的换行方式。

关：当输入的文本超过了设定的文本框的宽度时，文本框内会自动添加水平滚动条。

虚拟：当输入的文本超过了设定的文本框的宽度时，文本框内会自动换行。在实际发送的数据中不添加换行符号。

实体：当输入的文本超过了设定的文本框的宽度时，文本框内会自动换行。在实际发送的数据中换行处添加换行符号。

(8) 保存网页。按 F12 键，预览网页，结果如图 17-2-4 所示。

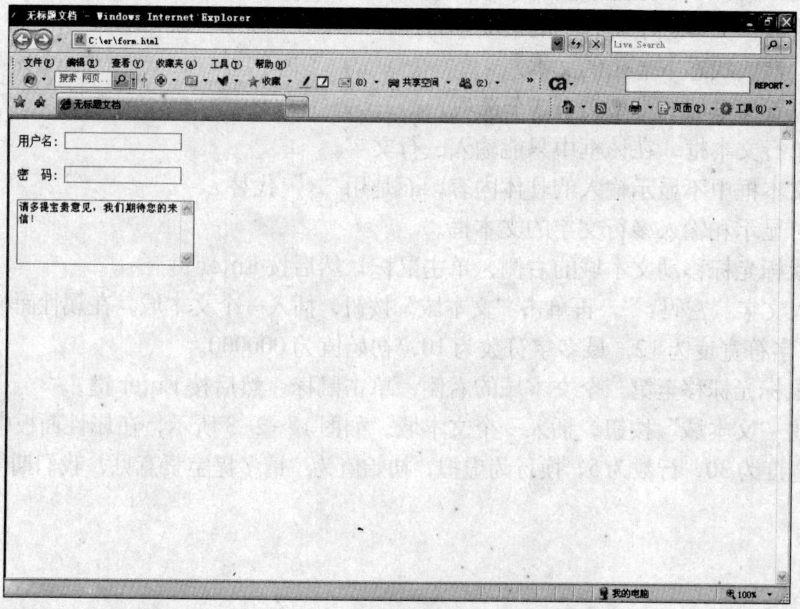

图 17-2-4

17.2.3　插入复选框

复选框与单选按钮有些共同之处，它们都可以标记一个选项是否被选中。但如果在一组选项中，复选框可以从中选取一个或多个选项，而单选按钮则只能从中选取一个选项。

(1) 新建一个 HTML 文档，先插入一个表单域。

(2) 在表单域内输入文字“你的兴趣：”。单击“复选框”按钮，插入一个复选框。在这个复选框后面输入“旅游”。照此方法制作多个复选框，如图 17-2-5 所示。

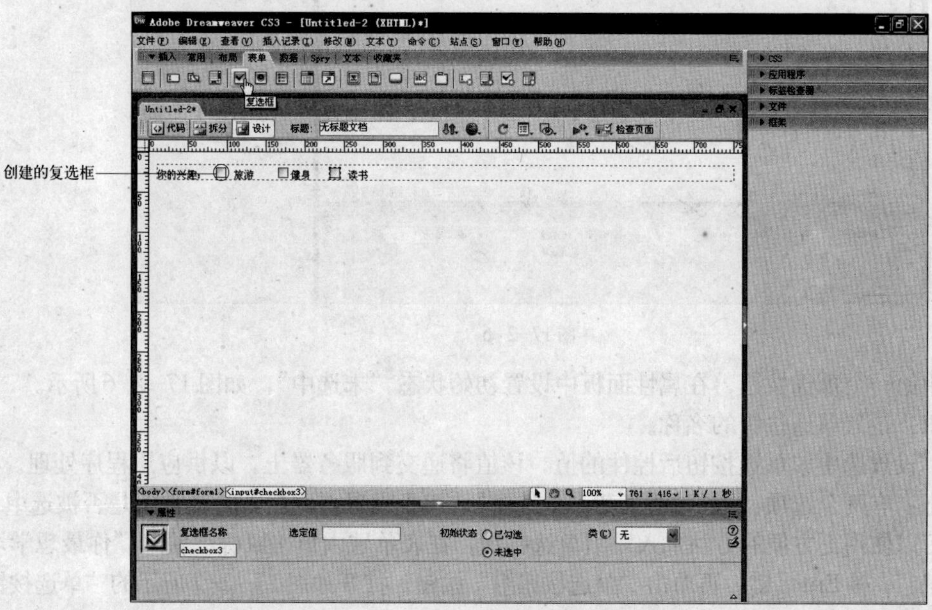

图 17-2-5

(3) 选中目标复选框，可在属性面板中进行以下相关设置，如图 17-2-5 所示。

复选框名称：设置复选框的名称。

选定值：设置选中该复选框后控件的值，该值可以被递交到服务器上，被应用程序处理。

初始状态：设置初始状态下该项的选择状态，有两个选项：“已勾选”和“未选中”。

提示：复选框是表单中应用最频繁的工具之一。网页中的许多调查表、注册向导等都会使用复选框。制作表单时一定要先添加表单域，将相关的复选框放置在同一个表单域中。使用表单需要一些较复杂的编程和数据库支持，这些可以在熟悉了静态网页制作后逐渐掌握。当前只需了解表单的一些基本操作即可。

17.2.4　插入单选按钮和单选按钮组

(1) 新建一个 HTML 文档。插入一个表单域。

(2) 在表单域内输入文字“性别：”，单击“单选按钮”，插入一个单选按钮，在其后输入“男”。再次单击“单选按钮”，插入第二个单选按钮，在其后输入“女”，如图 17-2-6 所示。

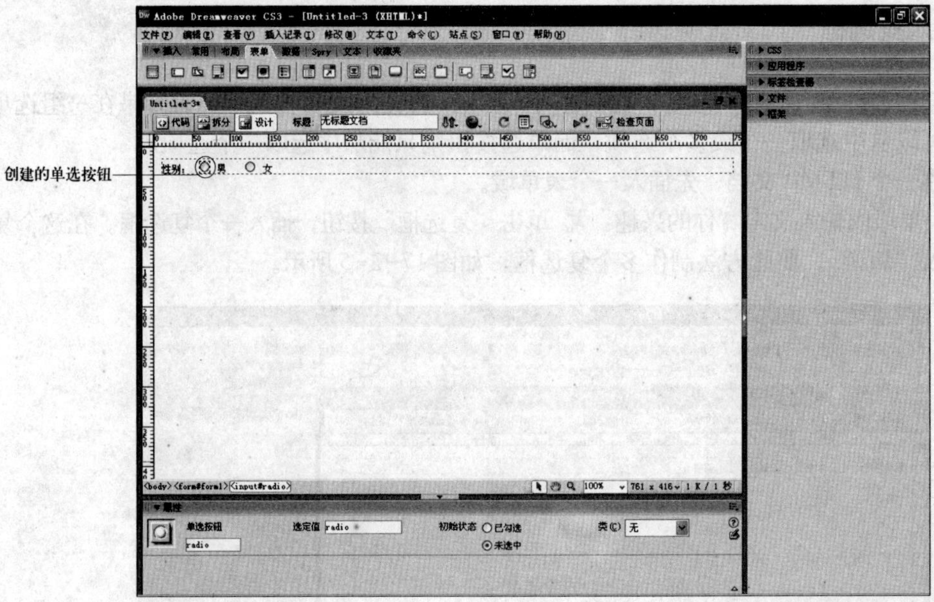

图 17–2–6

（3）选中第一个单选按钮，在属性面板中设置初始状态“未选中”，如图 17–2–6 所示。

单选按钮：设置单选按钮的名称。

选定值：设置选中该单选按钮后控件的值，该值将递交到服务器上，以供应用程序处理。

初始状态：有两个选项：“已勾选”和“未选中”，用于设置页面载入时该按钮是否被选中。

（4）还可以使用更方便的方法加入一组单选按钮。在表单域内单击鼠标，输入“你最想学习哪方面的知识?”，按 Enter 键。再单击“单选按钮组”按钮，打开如图 17–2–7 所示的“单选按钮组”对话框，在对话框中输入目标选项名称。

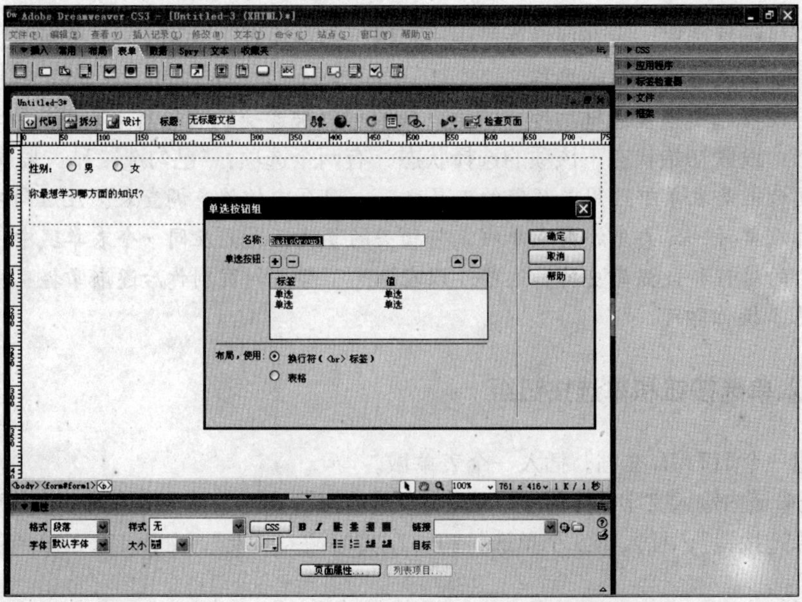

图 17–2–7

（5）默认单选按钮框中已经有了两个单选按钮，单击单选按钮栏的“加号”按钮，添加第 3

个单选按钮。单击“标签”下面的目标行，输入单选按钮对应的文字，如“Dreamweaver”、“Flash”、“Fireworks”。选中“换行符”选项。根据需要设置各个单选按钮的值。单击“确定”按钮，关闭对话框，设置结果如图17–2–8所示。

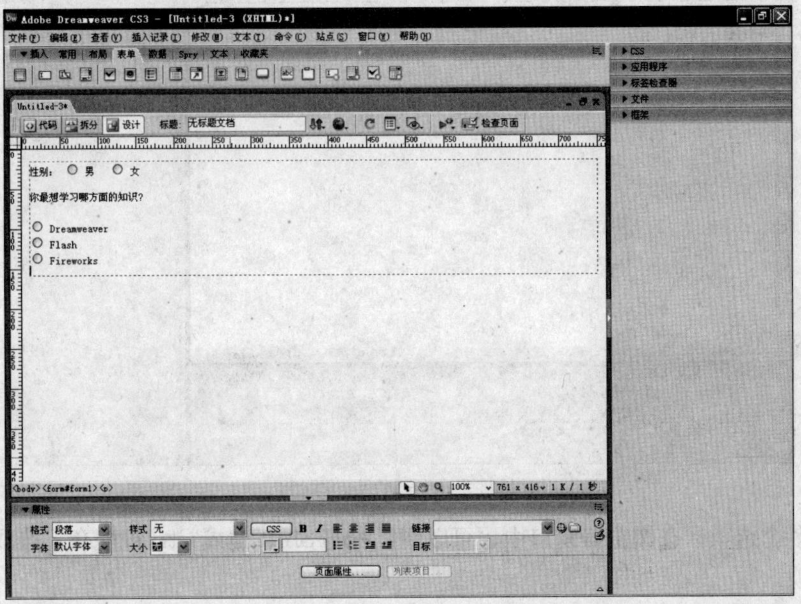

图17–2–8

注：使用“单选按钮组”时，可以选择用换行符或表格来布局。选中“换行符”，表示单选按钮之间均用换行标记
隔开；而选中“表格”，则表示将单选按钮置于不同的单元格内。另外Value栏是选中该单选按钮后控件的值，也是供脚本使用的。

单选按钮和单选按钮组使用频率很高，许多网页调查表的提问方式都会使用单选按钮功能制作。制作单选按钮时，一定要将相关表单放置在同一个表单标签内。在制作这类调查表时同样需要一些较复杂的编程和数据库支持，可以在以后的工作和学习中逐渐掌握。当前只需了解一些基本操作即可。

17.2.5　插入列表

列表框即以列表形式提供一组选项，按照显示方式的不同可将列表框分为两类：菜单和列表，如图17–2–9所示。

图17–2–9

(1) 新建一个HTML文档。

(2) 插入一个表单域。在表单域内输入文字“所在城市：”。

(3) 单击“列表／菜单”按钮，插入一个列表框。

(4) 在属性面板中保持类型为菜单，如图17–2–10所示。

列表／菜单：设置列表／菜单的名称。

类型：设置是插入普通的列表还是下拉式菜单。

高度：当在类型栏内选择列表类型时，此框被激活。列表的高度以字符为单位，输入3，就代表列表框为3个字符高度。

选定范围：当在类型栏内选择列表类型时，此项被激活。勾选“允许多选”项，允许从列表

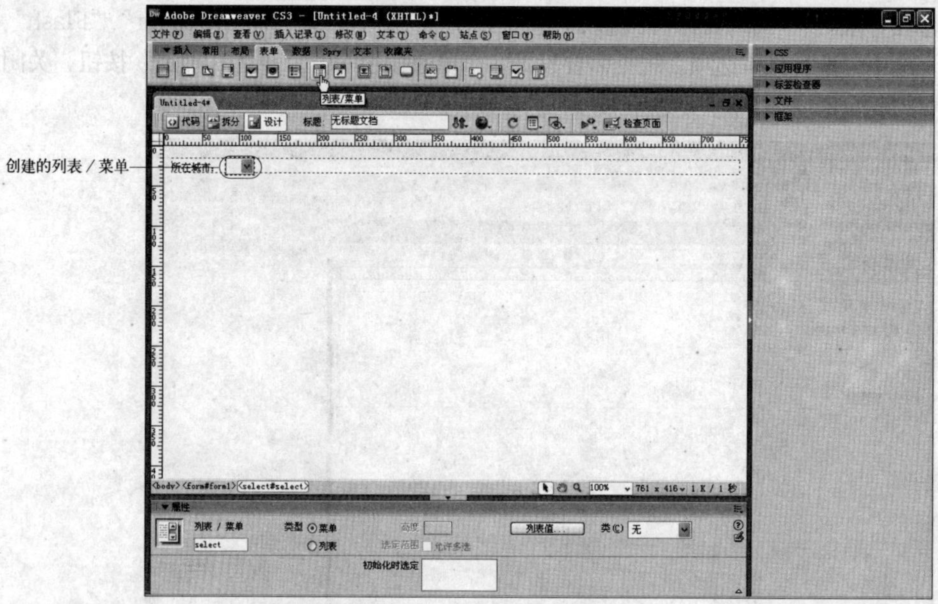

图 17-2-10

中一次选取多个选项。在浏览器窗口中，可以用鼠标与Shift键或Ctrl键配合，选取多个连续或不连续的选项。

列表值：设置列表项和列表项的值。

初始化时选定：用于设置页面载入时哪一个列表项为选中状态。

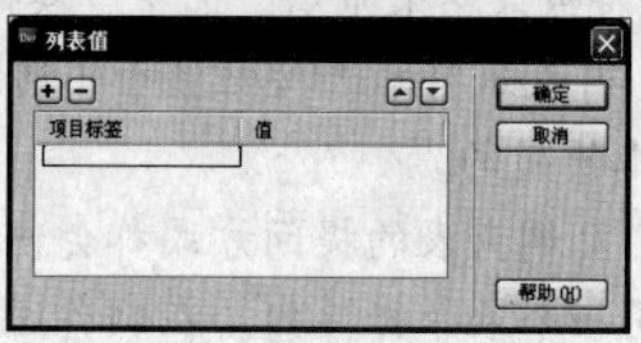

图 17-2-11

（5）单击属性面板中的“列表值”按钮，打开图 17-2-11 所示“列表值”对话框。在“项目标签”下的输入栏中输入第一个列表项“北京”。单击“加号”按钮，添加新的列表项。根据需要设置各个列表项的值。单击“确定”按钮，关闭对话框。

（6）回到属性面板，在“初始化时选定”栏中选择“北京”，即设置“北京”为默认选中项。

（7）保存文件，按F12键在IE浏览器中查看效果。

插入菜单与插入列表的操作基本相同，只是在“列表／菜单”后，在属性面板中选择类型为“菜单”。

17.2.6　插入跳转菜单

跳转菜单就是带有相应链接的下拉菜单，插入跳转菜单的方法如下：

（1）新建一个HTML文档，先插入一个表单域。

（2）在表单域内输入文字“热点网站：”，单击“跳转菜单”按钮，打开“插入跳转菜单”对话框。

（3）如图 17-2-12 所示，在“文本”栏中输入文字“搜狐”，在“选择时，转到URL”栏中输入“http://www.sohu.com”，在“打开URL于”栏中设置打开的目标窗口。然后单击“加号”按钮，添加新的菜单项，分别输入“网易”、“http://www.163.com”、“今日在线学习网”、“http://www.todayonline.cn”。

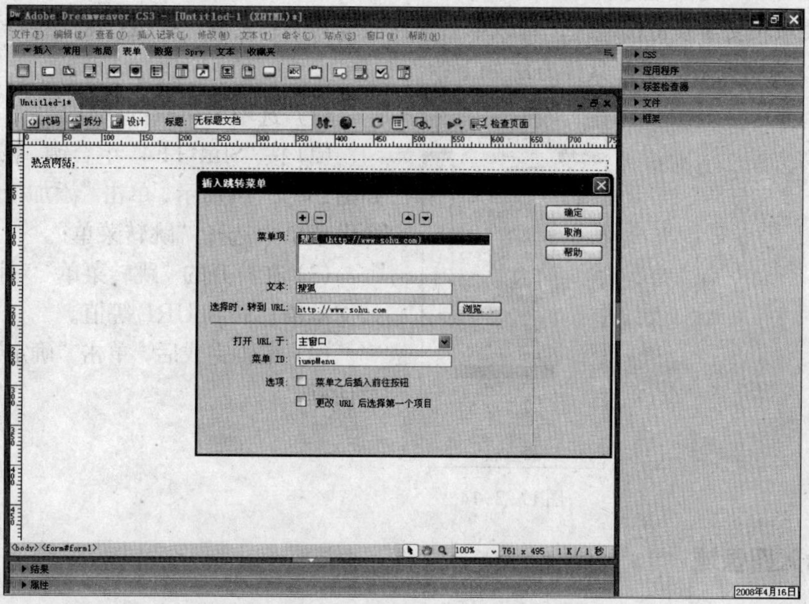

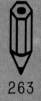

图 17-2-12

文本：菜单项的内容。

选择时，转到 URL：输入菜单链接的地址。

菜单 ID：输入菜单名称。

菜单之后插入前往按钮：勾选此项，在菜单右方添加一个“前往”按钮。单击菜单项后，单击“前往”按钮实现跳转。不勾选此项同样能够实现菜单的跳转。可以在属性面板的标签栏中输入其他文字来替代“前往”两字。

更改 URL 后选择第一个项目：勾选此项，选择一个菜单项后，下拉菜单中显示第一项内容。

(4) 单击“插入跳转菜单”对话框的“确定”按钮，插入跳转菜单。

(5) 如图 17-2-13 所示，在属性面板的“初始化时选定”栏中选择目标项。

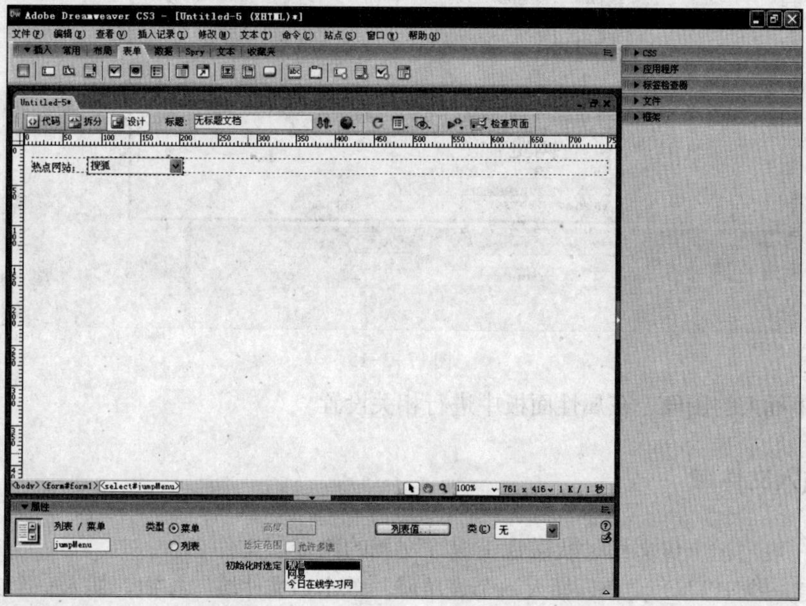

图 17-2-13

要修改菜单项文字及链接地址，可以单击属性面板的“列表值”按钮；如果要修改其他特性，则需要通过行为面板来完成，具体方法如下：

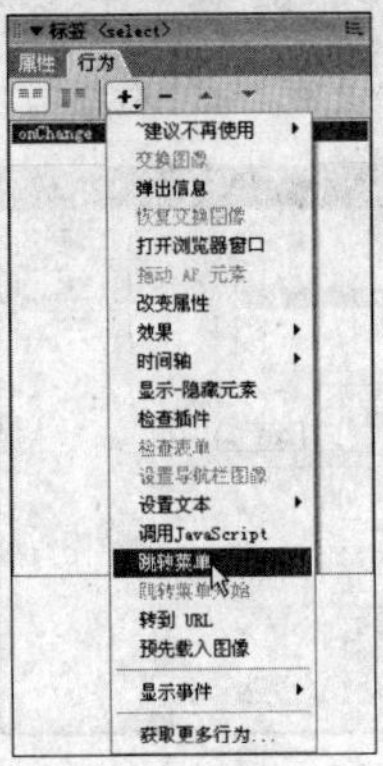

图 17-2-14

(1) 选中要编辑的跳转菜单。

(2) 按“Shift+F4”组合键，打开行为面板。如图17-2-14所示，单击“添加行为”按钮，在弹出菜单中选择“跳转菜单”。

(3) 在打开的“跳转菜单”对话框中，编辑如文本值、转到URL等值。

(4) 编辑完成后，单击“确定”按钮，关闭对话框。

17.2.7 插入图像域

要在表单上插入图像，可用下面的方法来实现：

(1) 打开或新建一个HTML文档，先插入一个表单域。单击“图像域”按钮，打开图17-2-15所示的“选择图像源文件”对话框，选择所需的图像文件后，关闭对话框。

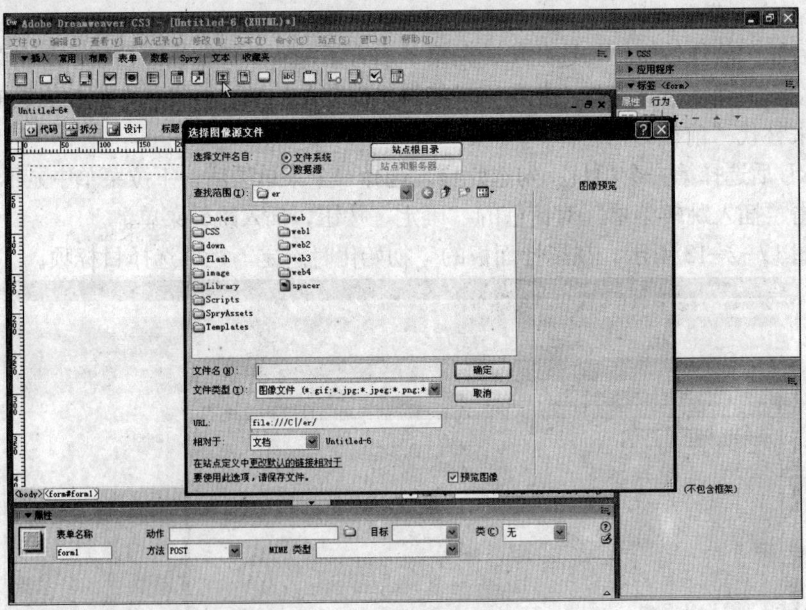

图 17-2-15

(2) 选中插入的图像，在属性面板中进行相关设置。

17.2.8 插入文件域

文件域一般用于上传文档时从磁盘上提取文档的路径和文件名。

(1) 新建一个HTML文档，插入一个表单域。单击“文件域”按钮，插入一个文件域，如图17-2-16所示。

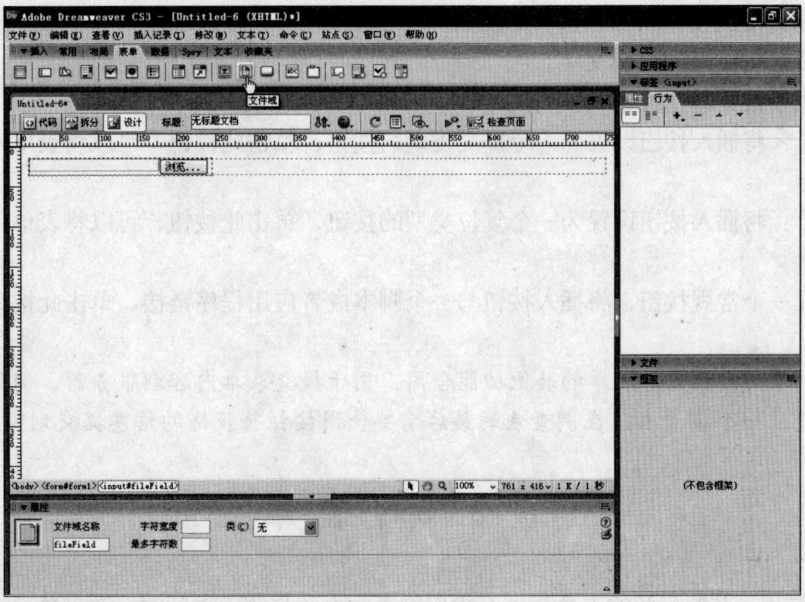

图 17-2-16

（2）在属性面板中进行相关设置即可。

17.2.9 插入按钮

按钮可以分为2种类型：提交按钮和重设按钮。

（1）新建一个HTML文档，先插入一个表单域。单击“按钮”按钮，默认情况下会插入一个“提交”按钮。

（2）在属性面板中设置标签为“完成”，动作为“提交表单”，结果如图17-2-17所示。

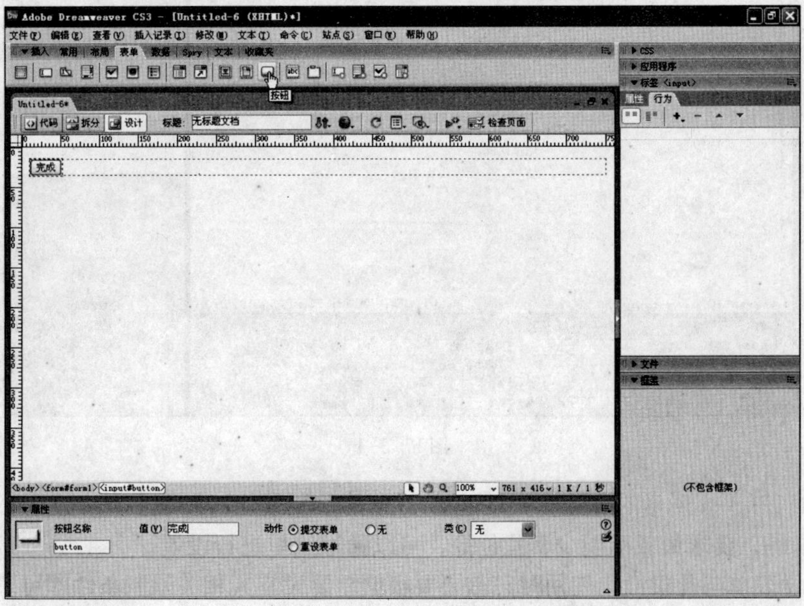

图 17-2-17

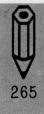

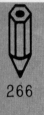

按钮名称：设置按钮名称以供脚本使用。

标签：设置按钮上的说明文字。

动作：用于设置单击按钮后执行的动作，有以下 3 个选项。

提交表单：将插入按钮设置为一个提交类型的按钮，单击此按钮，可以将表单内容发送到服务器。

重设表单：将插入按钮设置为一个复位类型的按钮，单击此按钮，可以将表单内容恢复为初始值。

无：设置一个常规按钮，将插入按钮与一个脚本或者应用程序链接，单击此按钮，可执行该链接。

注：表单中的按钮应与表单的其他功能合用，用于提交表单内容到服务器。例如可根据本节前面的讲解建立一个调查表，在调查表的最后需要使用按钮将获得的信息提交到服务器。

17.3 Spry 表单

Spry 是应用了某些行为的表单元素，它们的添加方法与前面讲解的标准表单元素的添加方法一致。只是这些表单自动添加了行为。

下面以添加 Spry 验证文本域为例，说明 Spry 表单的用法。

(1) 新建一个 HTML 文档，插入表单域。

(2) 如图 17-3-1 所示，单击“Spry 验证文本域”按钮，插入 Spry 验证文本。

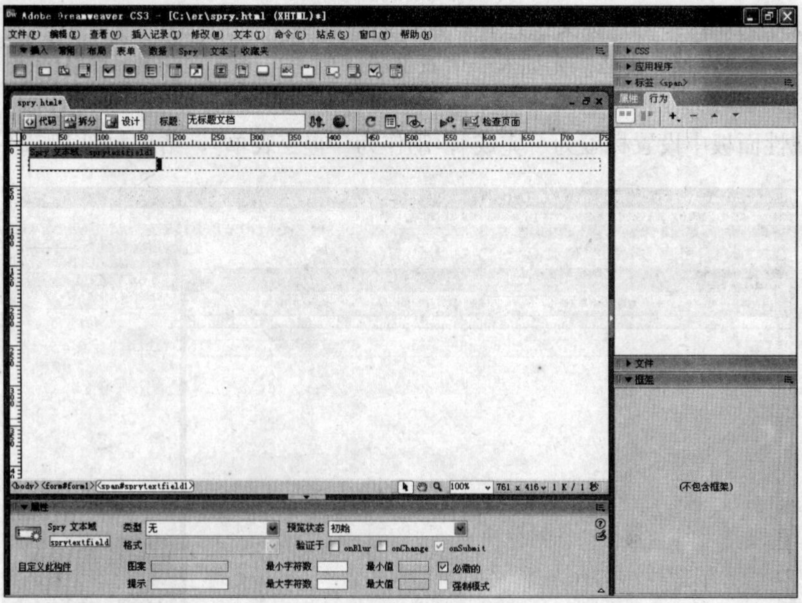

图 17-3-1

(3) 在图 17-3-1 所示的属性面板显示了 Spry 的限制条件，如最小字符数、最大字符数等。例如，一些密码，要求最低不能少于几位等，可以通过这里进行设置。

其他 Spry 表单与此类似，使用时只需要要根据需要设置其相关限制条件即可。

17.4　实 例 分 析

图 17-4-1 所示为今日在线的学习论坛注册程序，可以登录到今日在线学习网（www.todayonline.cn)，然后进入该网站的学习论坛。这是一个典型的使用表单建立的网页。

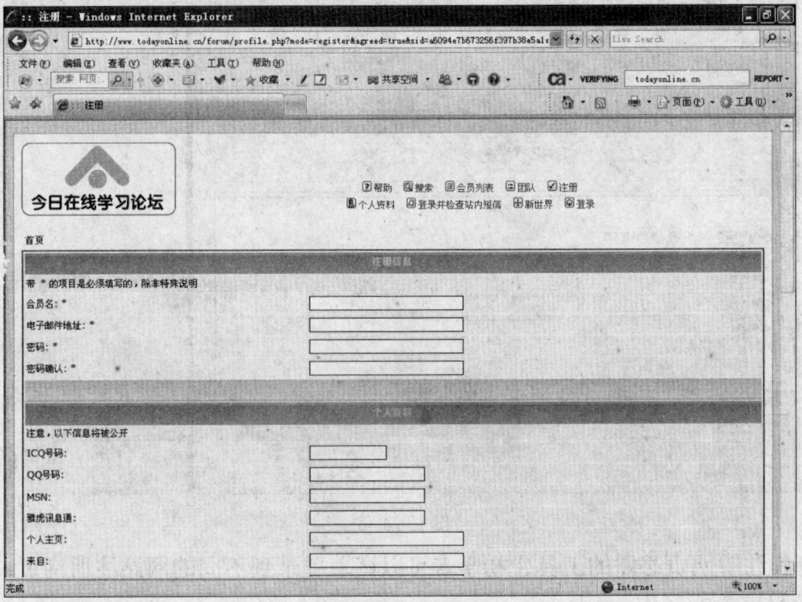

图 17-4-1

如图 17-4-2 所示，执行“查看 / 源文件”，在记事本中打开源代码。全选记事本中的源代码，执行“编辑 / 复制”命令。

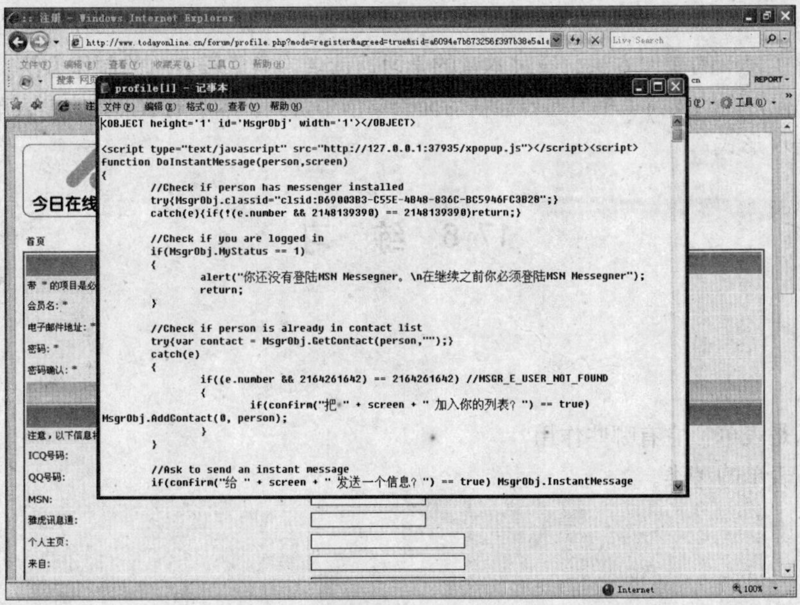

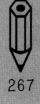

图 17-4-2

启动 Dreamweaver CS3，新建一个 HTML 文档。切换至代码视图，拷贝当前代码视图中的代码。

切换至设计视图，结果如图 17-4-3 所示。通过该视图可以大致了解今日在线学习论坛注册表单的制作思路和方法。

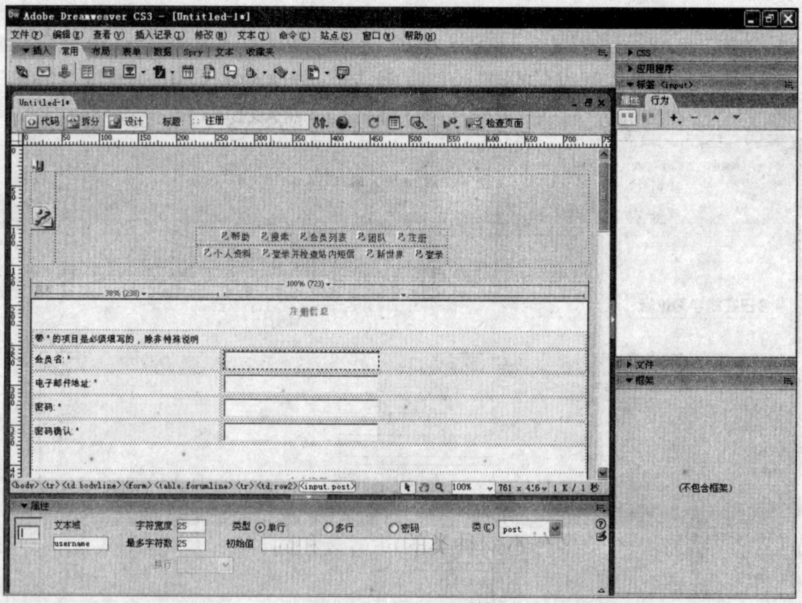

图 17-4-3

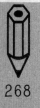

表单是制作注册网页必需的工具，初学者可以试着登录到不同的网站注册网页，然后使用本节的方法，学习表单的制作。

17.5 小 结

本章讲解了表单的制作方法。通过本章的学习，读者应当掌握表单的制作方法。表单中的相关操作需要编程方面的支持，相关内容会在后面的章节中讲到。本章的重点内容是表单的制作、表单的种类和表现形式。

17.6 练 习

问答题

(1) 什么是表单？它有哪些作用？

(2) 简述表单的种类。

上机练习

(1) 制作一个留言簿，要求有“用户名”、“电子邮件地址”、“留言栏”等表单项。

(2) 制作一个带有“前往”按钮的跳转菜单。

(3) 使用列表菜单和跳转菜单制作一个连续的提交表单。

第18章　测　试

通过本章，你应当：

学会测试网站。

网站或网页制作完成后，还需要进行测试工作，减少可能发生的错误。本地测试包括不同浏览器的测试、不同分辨率的测试、不同操作系统的测试和链接测试等。

Dreamweaver提供了结果面板，可以帮助完成大多数的的测试工作。执行“窗口／结果”命令，可以打开结果面板。若想使用Dreamweaver提供的测试功能，需要建立Dreamweaver站点。

18.1　浏览器的测试

浏览器的测试，是指测试网页在不同种类的浏览器和同种浏览器的不同版本中的显示测试。因为使用互联网的用户众多，个人的使用习惯也千差万别，在浏览器的选择上也各有偏爱，因此保证网页可以在多数浏览器中能够正确显示，是此项测试的重点。测试的方法如下：

(1) 打开目标网页，单击“窗口／结果”，打开如图18-1-1所示的结果面板。

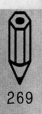

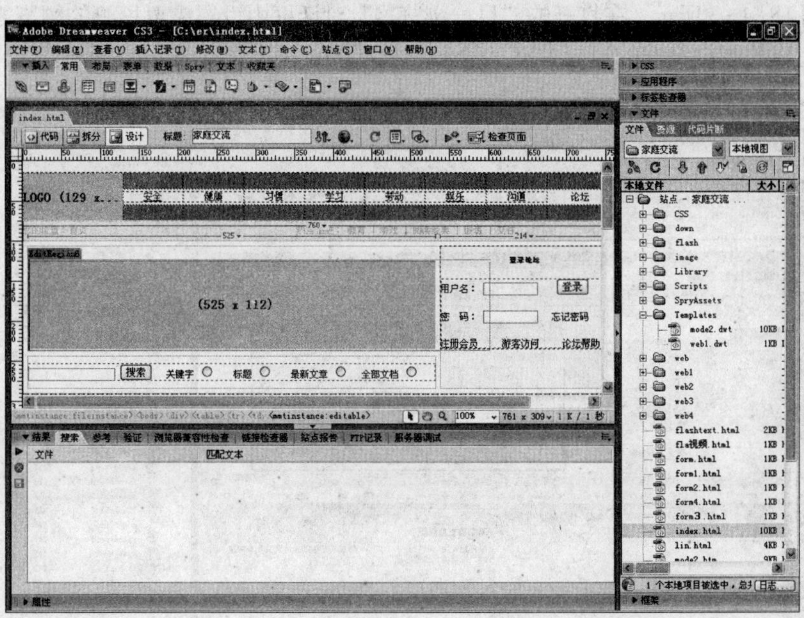

图18-1-1

（2）如图18—1—2所示，单击结果面板的“浏览器兼容性检查”标签，单击“检查浏览器兼容性”按钮，在弹出的菜单中选择“设置”，打开“目标浏览器”对话框。

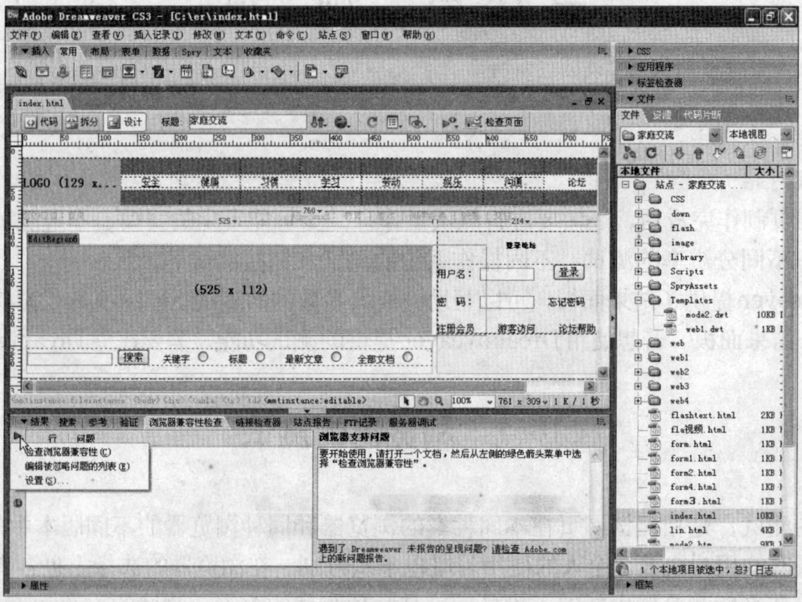

图18—1—2

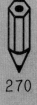

（3）如图18—1—3所示，在打开的“目标浏览器”对话框中设置需要检测的浏览器，单击“确定”按钮，完成检测浏览器的设置并开始检测。检测的结果会显示在结果面板中。

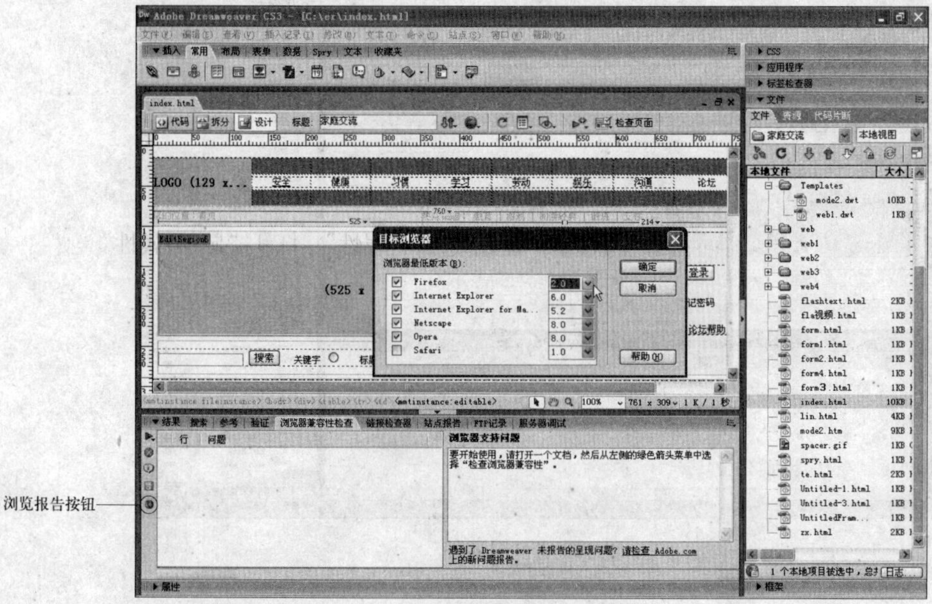

图18—1—3

注：当再次使用同样设置检测时，可以选择图18—1—2所示菜单中的检查浏览器兼容性命令。

（4）当网页中存在不兼容提示时，可以单击图18–1–3所示的“浏览报告”按钮，会弹出一个关于网页中与浏览器不兼容的报表，报表详细列出了检测的浏览器及不兼容网页信息的位置，如图18–1–4所示。

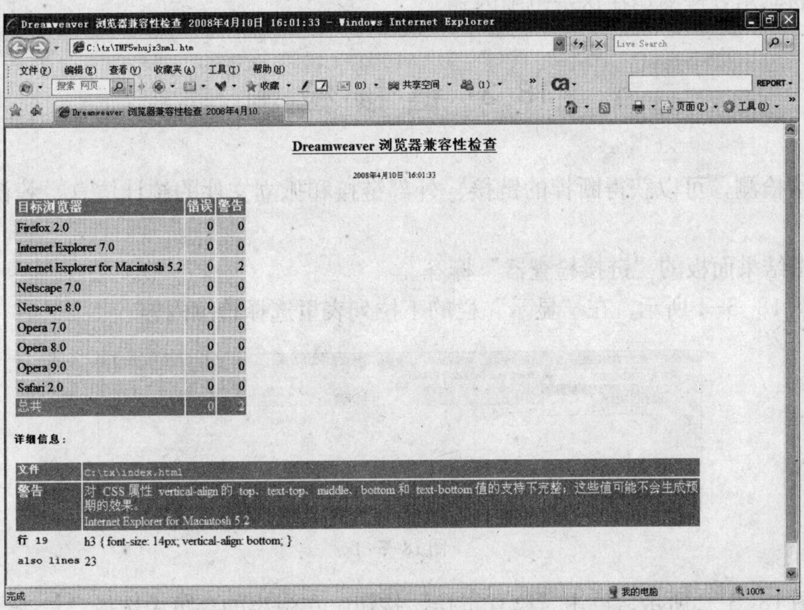

图18–1–4

18.2 不同分辨率的测试

不同分辨率的测试，就是在不同的显示分辨率下，在浏览器中查看网页，看看网页在不同分辨率下显示是否可以保持一致。

设置计算机为不同显示分辨率，然后在不同分辨率下使用浏览器查看网页，检查网页能否正确显示。设置计算机分辨率的操作如下：

（1）在系统桌面上单击鼠标右键，在弹出的菜单中选择“属性”，打开“显示 属性”窗口。如果系统正在运行其他程序，可以关闭该程序，或者最小化该运行程序的窗口。

（2）如图18–2–1所示，单击“显示 属性”窗口中的“设置”标签，拖动“屏幕分辨率”栏中的滑杆即可设置显示器的分辨率。

（3）单击“确定”按钮完成分辨率设置。

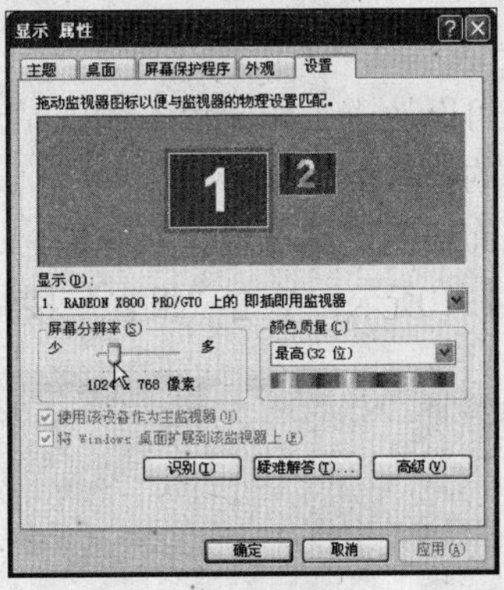

图18–2–1

然后可以在该分辨率下使用浏览器查看该网页。重复（1）至（3）步过程，设置不同的分辨率查看网页显示状态。

测试时，显示分辨率一般最低设为800像素×600像素，最高设为1280像素×1024像素即可。大多数用户的显示分辨率均在这一范围内。

18.3 链接检测

使用链接检测，可以获得断掉的链接、外部链接和孤立文件的统计信息，检测链接的方法如下：

（1）单击结果面板的“链接检查器”标签。

（2）如图18-3-1所示，在“显示”栏的下拉列表里选择检测内容。

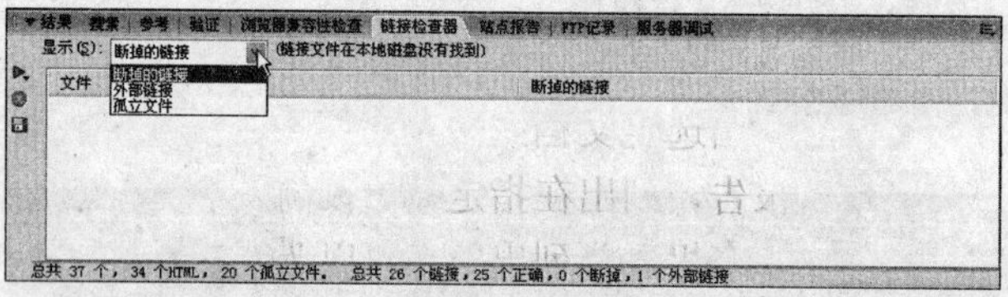

图18-3-1

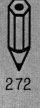

（3）如图18-3-2所示，单击“检查链接”按钮，在弹出的菜单中选择“检查当前文档中的链接”。

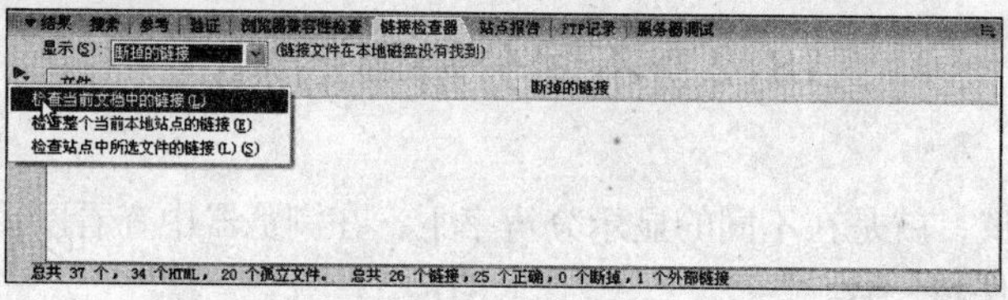

图18-3-2

（4）在结果面板中查看检查结果。

18.4 站点报告

通过站点报告可以改进工作流程、测试站点及检查辅助功能。

运行站点报告的操作如下：

（1）单击结果面板的“站点报告”标签。

（2）如图18-4-1所示，单击“报告”按钮，弹出“报告”对话框。

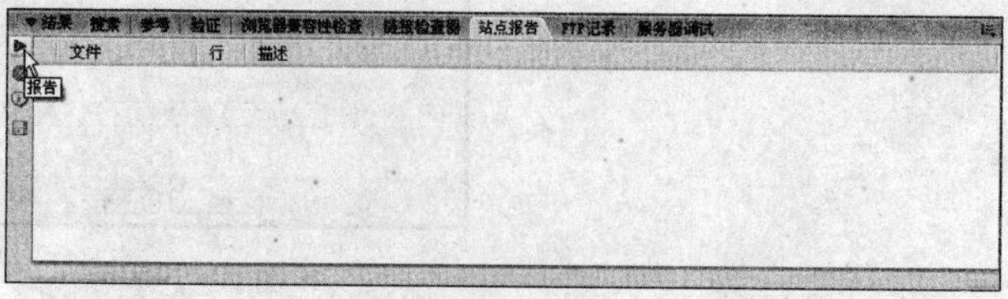

图18-4-1

(3) 在“报告在”选项栏的下拉菜单中选择运行报告的对象，如图18–4–2所示。

(4) 在“选择报告”栏中选择需要列出的报告项。

(5) 单击“运行”按钮，运行报告。报告结果会在结果面板中列出。

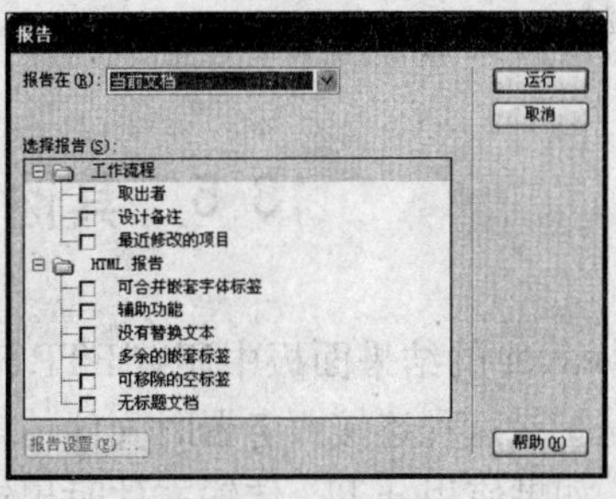

图18–4–2

根据运行报告的类型，可能会提示保存文件、定义站点或选择文件夹。

在报告栏中有4个选项，分别是当前文档、整个当前本地站点、站点中的已选文件和文件夹。

注：只有在文件面板中已经有选定文件的情况下，才能运行“站点中的已选文件”报告。

报告面板上的选择报告栏中各选项的含义如下：

取出者：创建一个报告，列出某特定小组成员取出的所有文档。

设计备注：创建一个报告，列出选定文档或站点的所有设计备注。

最近修改的项目：创建一个报告，列出在指定时间段内发生更改的文件。

可合并嵌套字体标签：创建一个报告，列出所有可以为清理代码而合并的嵌套字体标签。

辅助功能：创建一个报告，详细列出当前内容与辅助功能准则之间的冲突。

没有替换文本：创建一个报告，列出所有没有替换文本的img标签。

替换文本在纯文本浏览器或设为手动下载图像的浏览器中，用来在应显示图像的位置替代图像。屏幕阅读器读取替换文本，而且有些浏览器可在用户鼠标指针滑过图像时显示替换文本。

多余的嵌套标签：创建一个报告，详细列出应该清理的嵌套标签。

可移除的空标签：创建一个报告，详细列出所有可以为清理HTML代码而移除的空标签。例如，可能在“代码”视图中已删除了某项或图像，却留下了应用于该项的标签。

无标题文档：创建一个报告，列出在选定参数中找到的所有无标题的文档。Dreamweaver报告所有具有默认标题、重复标题或缺少标题标签的文档。

注：如果选择不止一个工作流程报告，则对每个报告，都需要单击“报告设置”按钮进行设置。选择报告，单击“报告设置”，输入设置；然后对每个工作流程报告重复该过程。

例如选择“取出者”，此时报告设置按钮处于激活状态，如图18–4–3所示。

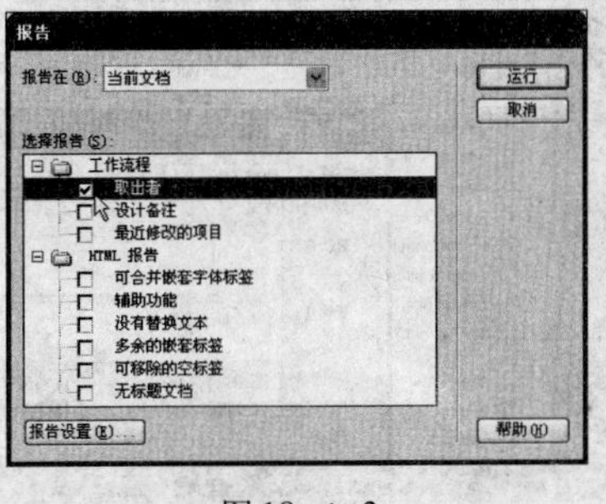

图18–4–3

单击“报告设置”按钮，弹出如图18–4–4所示的“取出者”对话框。在“取出者”栏中，输入小组成员的名称，然后单击“确定”按钮，返回到“报告”对话框。

图18–4–4

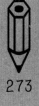

使用同样的方法设置其他项。

18.5 其他相关测试信息

在 Dreamweaver 的结果面板中还有 FTP 记录和服务器调试两个选项。

其中 FTP 是记录远程连接服务器时文件传输情况的记录，Dreamweaver 会自动记录所有 FTP 文件传输活动。如果使用 FTP 传输文件时出错，可以借助于站点 FTP 日志来确定问题并解决。

服务器调试选项在建立动态网页时使用。一般建立动态网页是在本机上建立虚拟服务器并运行相关数据库设置的选项，我们会在建立动态站点的相关章节中介绍有关知识。

18.6 实 例

测试是制作网站必不可少的一个步骤，测试伴随着网站制作的每一个环节。如制作网页时，按 F12 键在浏览器中预览网页等，这是最基本也是最常用的测试过程。本节以测试“童心动漫”站点为例，帮助初学者熟悉测试网站的过程。

（1）打开文件面板，在文件面板中切换“童心动漫”站点为当前站点。

（2）单击“窗口 / 结果”，打开结果面板。

注：在使用结果面板检验站点时，可以不用打开站点中的具体文件，只要在文件中选择目标站点为当前站点即可。

（3）在如图 18-6-1 所示的“搜索”标签下，单击“查找和替换”按钮，打开“查找和替换”对话框。在“查找和替换”对话框中，可以通过搜索关键字寻找目标网页，还可以通过该对话框批量替换关键字。通过搜索可以在结果面板中显示含有关键字的网页，只要在结果面板中双击文档标题即可打开目标网页。

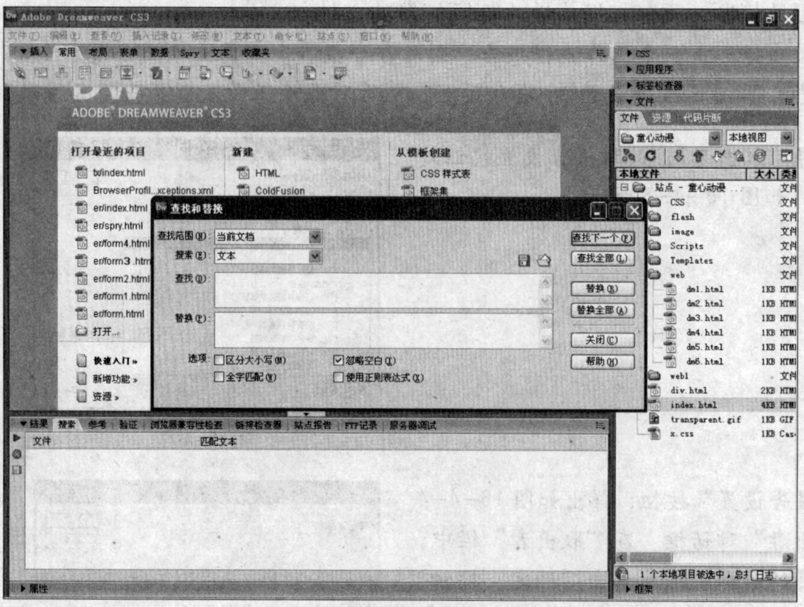

图 18-6-1

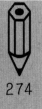

(4) 如图18–6–2所示，单击结果面板的“浏览器兼容性检查”标签。单击“浏览器兼容性检查”按钮，在弹出的菜单中选择“检查浏览器兼容性”，检查当前网站与浏览器间的兼容性，并提出出错报告显示在结果面板中。

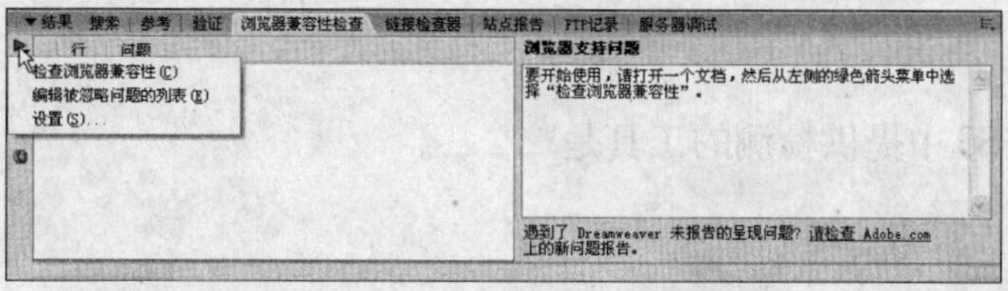

图18–6–2

(5) 使用同样的方法在结果面板中验证其他选项。

(6) 验证不同分辨率下的网页显示状态。最小化或关闭所有运行的程序，在桌面上单击鼠标右键，在弹出的菜单中选择“属性”，如图18–6–3所示。打开“显示 属性”窗口。

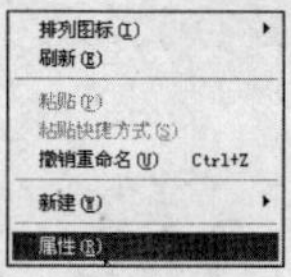

图18–6–3

(7) 如图18–6–4所示，单击“显示 属性”窗口的“设置”标签，在设置界面中拖动屏幕分辨率滑杆，设置当前显示分辨率。然后在新设定的分辨率条件下，查看网页显示情况，检查显示是否正常。

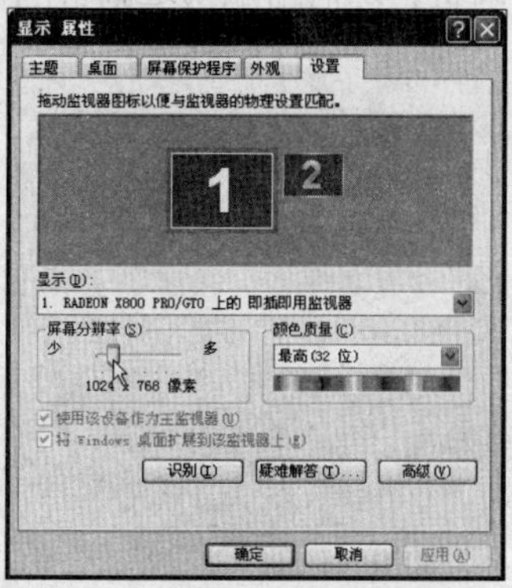

图18–6–4

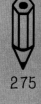

(8) 然后，根据测试的结果，及时修改网页中的错误。

注：在测试时，测试的浏览器不同，显示出错提示有时也会不同。有些在IE浏览器中可以正常显示的网页，在其他浏览器中可能无法正确显示。同样，其他浏览器中正常显示的部分，在IE浏览器中也可能无法正常显示。

要明确网页服务对象的普遍状况，根据服务对象再决定最终的取舍。测试的最终目的就是为了保证网页在浏览器中按设计意图显示。

至此，网页测试完成。

18.7 小 结

本章讲解了使用Dreamweaver测试站点的方法。通过本章的学习，读者应当学会使用Dreamweaver测试并查找站点错误，然后在此基础上，根据前面所学的知识对错误进行修改。

18.8 练 习

填空题

Dreamweaver CS3中提供检测的工具是______。

问答题

(1) 站点完成后，为什么要进行测试？
(2) 一般情况下，需要测试站点的哪些方面？
(3) 简述如何获得站点报告。

上机练习

(1) 测试前面制作完成的站点。
(2) 制作一个网页，然后检测这个网页的兼容性。

第19章　发　布

通过本章，你应当：

(1) 学会申请域名并绑定 IP。

(2) 学会上传网站。

(3) 了解网站的日常维护方法。

根据目前的网站规模，确定是否申请独立域名、含有独立 IP 地址的服务器空间等。如果仅是个人网页，使用一些免费的个人主页空间，则没有独立域名。

19.1　申请域名

域名可以登录到申请机构的相关网站进行申请。这些申请网站都有详细的说明帮助使用者迅速申请域名。可以使用 www.google.com 搜索，在关键词对话框中键入“域名申请”即可查找到域名注册服务商的网站列表。图 19-1-1 所示为一个域名申请网站。

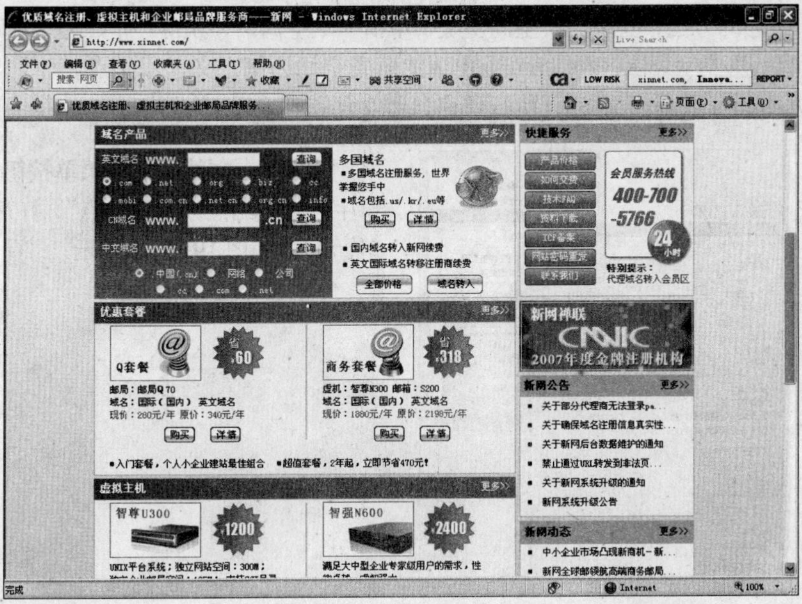

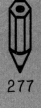

图 19-1-1

先在网站上注册成为用户，然后通过这个用户申请一个域名。如果已经获得了你的网站所在服务器的 IP 地址，那么可以通过这个用户，按照提示将网站域名绑定在这个 IP 上。

19.2　发　布

发布网站时需要拥有服务器的地址和账号，然后通过 Dreamweaver CS3 或其他软件将网站的内容上传到该服务器中。

19.2.1 获得Web服务器

个人用户可以先申请免费个人主页空间，如登录到http://www.kudns.com主页上，按照该网页的提示，可以申请30MB免费空间。网上还有许多公司提供类似的服务，个人用户可以酌情选择。

企业用户可以租用一个服务器或自建服务器，租用服务器时服务器提供商会交给你一个用户名和服务器地址，然后申请一个域名，申请域名时将你的服务器地址一并交上，这样就会将域名和服务器地址绑定在一起。

自建服务器与租用服务器类似，租用一条专线获得一个地址，这个地址的意义有些类似电话号码，这个号码对应惟一的线路。然后在计算机上安装服务器软件，设置账号和密码即可。

注：任何计算机都可以作为服务器，只要它可以安装并运行服务器软件。

在这一步中我们主要是为了获得一个存放网站的空间，并获得可以登录、修改这一空间的权限，即账号、密码及登录地址。获得账号、密码和登录地址后，就可以向服务器上传文件了。

19.2.2 定义远程站点

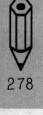

上传文件前需要定义远程站点。下面以实例说明定义远程站点的过程：

使用上节讲述的方法，登录免费空间主页，申请一个空间后，获得一个账号、密码及网址，我们以在网站http://www.kudns.com上申请的免费空间为例定义远程站点。

(1) 启动Dreamweaver CS3，执行“窗口/文件”，打开文件面板。

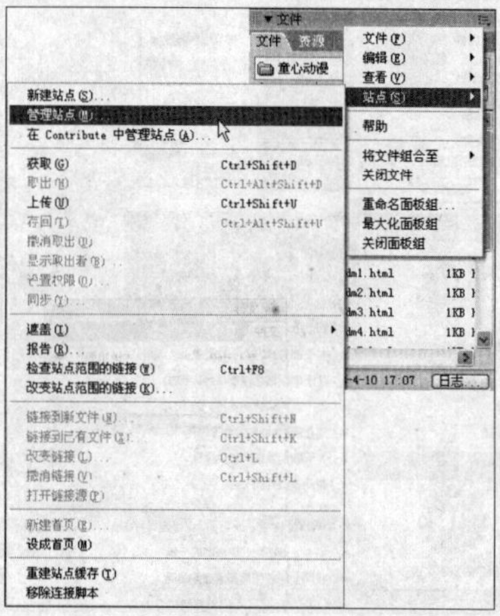

图19-2-1

(2) 单击文件面板的菜单按钮，在弹出的菜单中选择“站点/管理站点”，打开“管理站点”对话框，如图19-2-1所示。

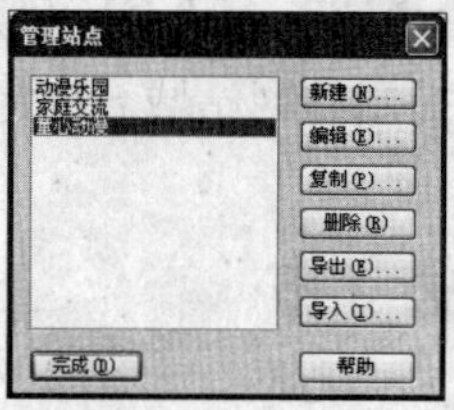

图19-2-2

(3) 在如图19-2-2所示的“管理站点”对话框中选择需要发布的站点，单击“编辑”按钮打开“站点定义”对话框。

(4) 进入“站点定义”对话框后，单击“高级”标签，在分类栏中选择“远程信息”，单击“访问”栏右侧的下拉按钮，在下拉菜单中选择“FTP”，如图19-2-3所示。

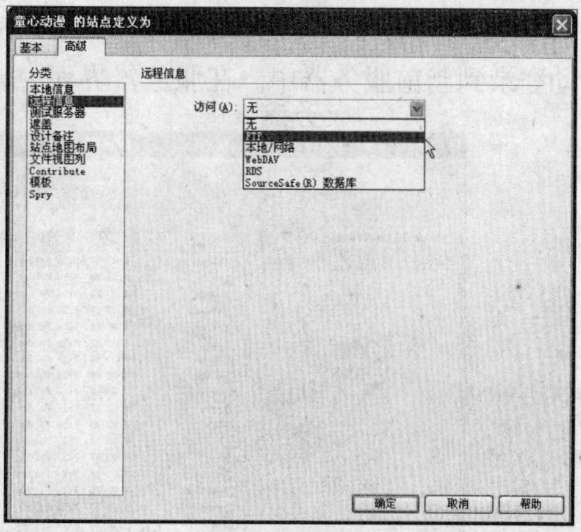

图19-2-3

(5) 在FTP菜单下输入FTP主机地址，一般直接输入你的域名就可以，如本例的www.kudns.com。如果没有申请域名可以直接输入服务器的地址，如192.198.10。登录名是你的账号，密码是前面申请账号时所设的密码，如图19-2-4所示。

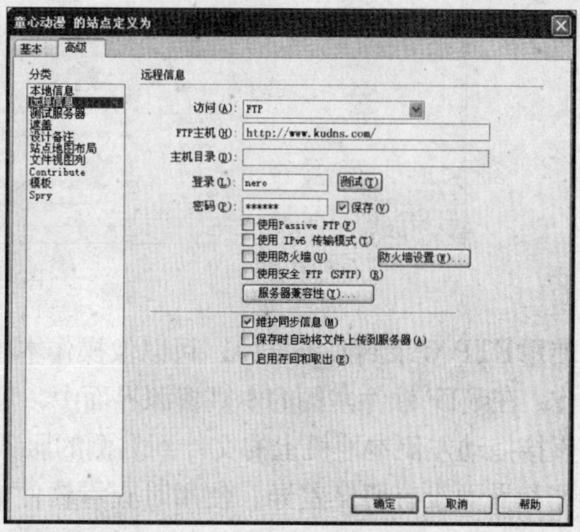

图19-2-4

注：主机目录一般不用设置，程序会根据账号自动找到当前主机目录。

(6) 单击“确定”按钮完成远程站点定义，回到“管理站点”对话框。

(7) 单击“管理站点”对话框的“完成”按钮，关闭“管理站点”对话框。

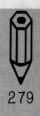

19.2.3 上传站点

远程站点定义完成后，如图19-2-5所示，单击文件面板的“连接到远端主机”按钮，连接到远程服务器，连接后单击“上传文件”按钮，开始上传文件。

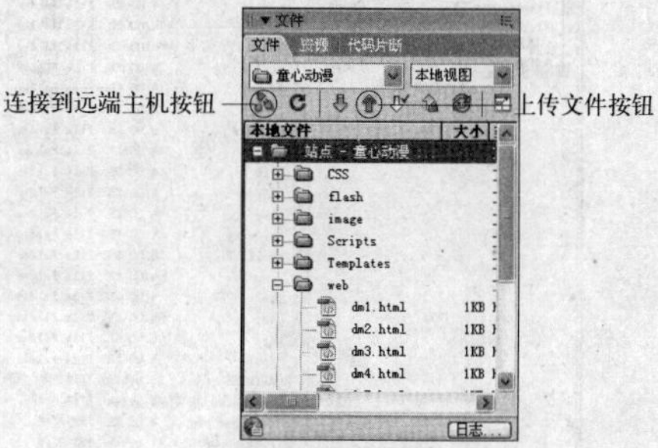

图19-2-5

上传文件完成后就可以使用浏览器，登录到你的网站查看了。

另一个经常用到的上传和管理站点的软件是FTP软件，通过它可以上传文件和管理服务器，如进行网站的日常备份、在服务器上新建文件夹等操作。

从网上下载一个FTP软件，安装后启动FTP软件。

启动FTP后，与使用Dreamweaver类似，需要设置FTP服务器的信息，如用户名、服务器地址等。

本节简单介绍FTP的工作界面及一些基础操作。如图19–2–6所示，设置完成服务器信息后，会自动登录到当前服务器中。在服务器界面中显示了已上传的文件。

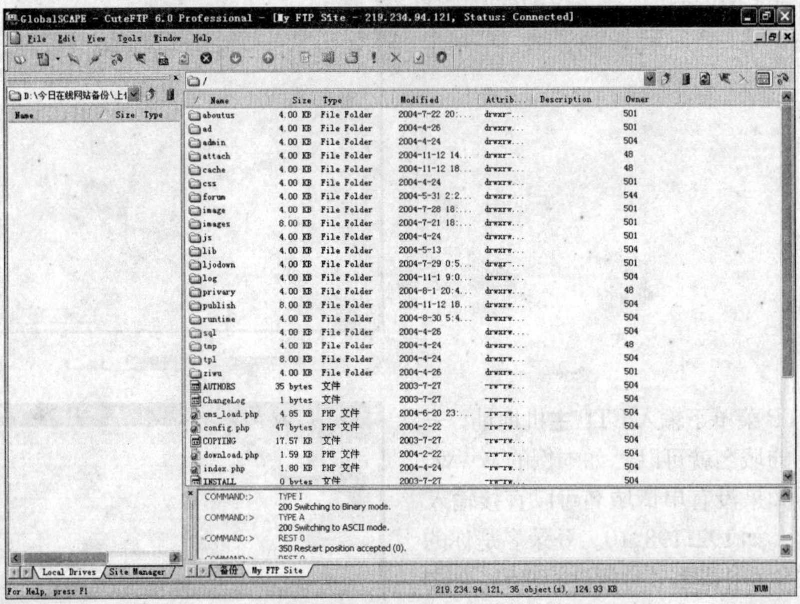

图19–2–6

使用FTP登录到服务器中，可以像操作本机上的文件一样对服务器中的文件进行添加、删除等操作。在FTP软件左侧的本机资源界面中，可以选择放置目标站点的路径，如图19–2–7所示。可以直接拖动左侧本地机上的文件到右侧的服务器界面以上传文件。FTP软件的版本众多，但基本操作和界面没有明显差异。使用时查看软件的相关帮助即可。

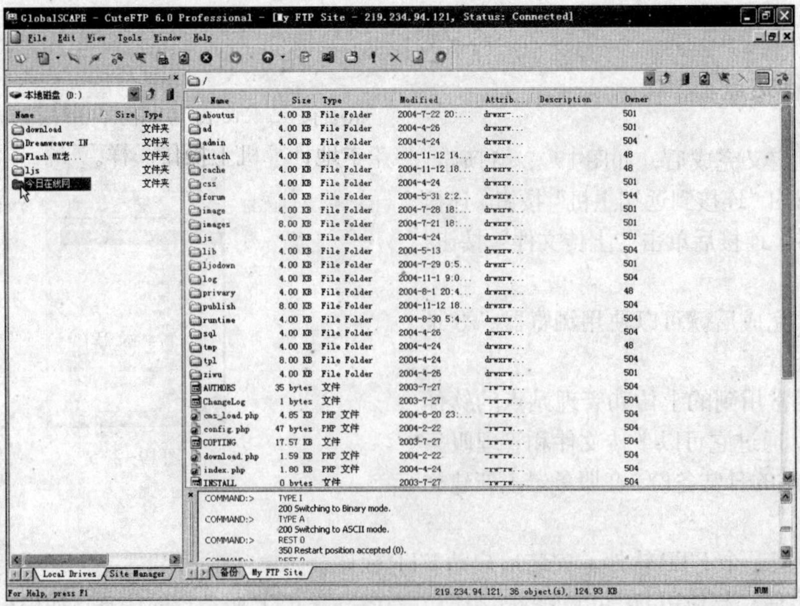

图19–2–7

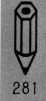

19.3 网站管理与维护

新建网站后，需要不断更新网站，这时可以使用Dreamweaver CS3的站点同步功能。更新站点的操作如下：

（1）单击“窗口／文件”，打开文件面板。

（2）如图19–3–1所示，单击文件面板的菜单按钮，在打开的菜单中选择“站点／同步”，打开“同步文件”对话框。

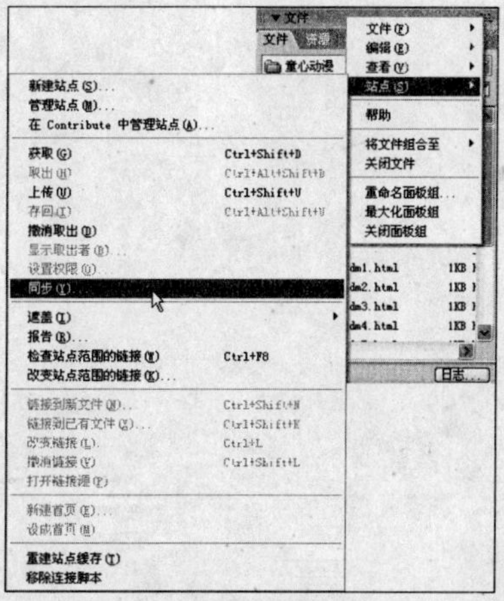

图19–3–1

（3）在“同步文件”对话框中选择需要同步设置的文件，如图19–3–2所示。

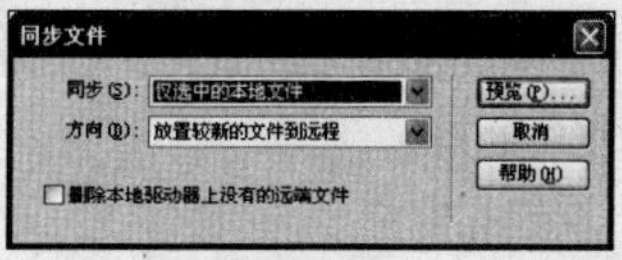

图19–3–2

（4）单击“预览”按钮会显示“更新文件预览”对话框，在预览框中选择需要更新的文件，单击“确定”按钮完成更新。

（5）关闭预览更新框，完成文件更新。

网站维护的其他操作，与在本地计算机上的操作类似，将文件面板对话框最大化，对话框左侧会列出远程服务器站点中的文件等选项，选择目标项按Delete键可删除；单击鼠标右键，会弹出快捷菜单，提供如复制、添加等常用命令，与在本地计算机上操作一样。

19.4 小　结

本章讲解了使用Dreamweaver CS3上传和管理网站的方法。通过本章的学习，读者应当学会使用Dreamweaver CS3上传和管理网站。

19.5 练　习

上机练习

（1）登录网易，申请一个免费网页空间。

(2) 制作一个网站，上传至申请的免费空间。

(3) 使用Dreamweaver CS3，在本地计算机上试着在远程站点中进行添加文件夹和删除文件夹等操作。

(4) 使用Dreamweaver CS3的站点同步功能更新站点。

第20章 综 合 实 例

通过本章，你应当：

在对全书的知识有了全面、综合的理解和掌握的基础上，灵活应用这些知识。

20.1 策 划

策划对于建立网站是非常重要的，通过策划可以明确网站的主题、内容和结构。

首先应该明确制作网站的目的和网站的服务群体，然后根据这些对网站进行策划。通过策划明确网站的主题、内容和服务对象等。

无论是制作大型网站，还是小型网站，都需要对网站进行策划。通过策划制定网站的功能、结构、层次和预期目标等。良好的策划是保证网站质量的关键。

网站建设的一般过程如图 20-1-1 所示。

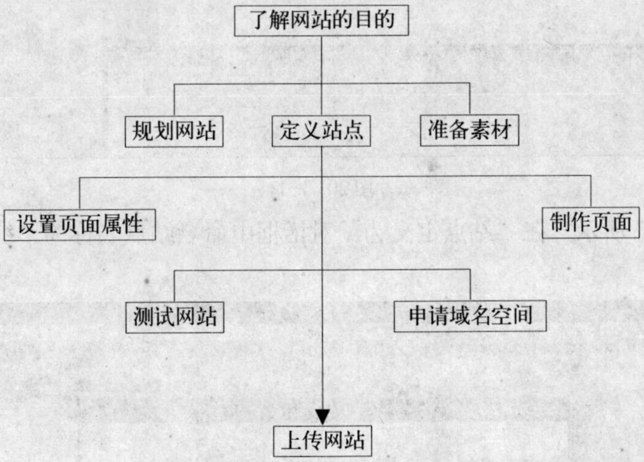

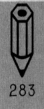

图 20-1-1

20.2 收集和整理素材

通过策划分析，就可以确定建立网站所需要的素材类型，如图片、Flash 影片、音乐等。并可以确定网站中存放这些资源的位置。

通过前面的策划，明确网站的结构和层次。可以将层次看成一个目录，通过目录可以使浏览者方便快捷地找到所需的资源和信息。有了结构层次，就可以根据结构层次建立网站的文件和文件夹，将不同种类的文件素材放置到各自的分类文件夹中。

策划并整理好素材后，就可以建立站点了。

20.3 建立站点

建立 Dreamweaver 站点，是为了充分利用 Dreamweaver 的各项功能、提高工作效率。

（1）启动 Dreamweaver CS3。

（2）如图 20-3-1 所示，单击起始页的创建新项目中的“Dreamweaver 站点”，打开“站点定义为”对话框。

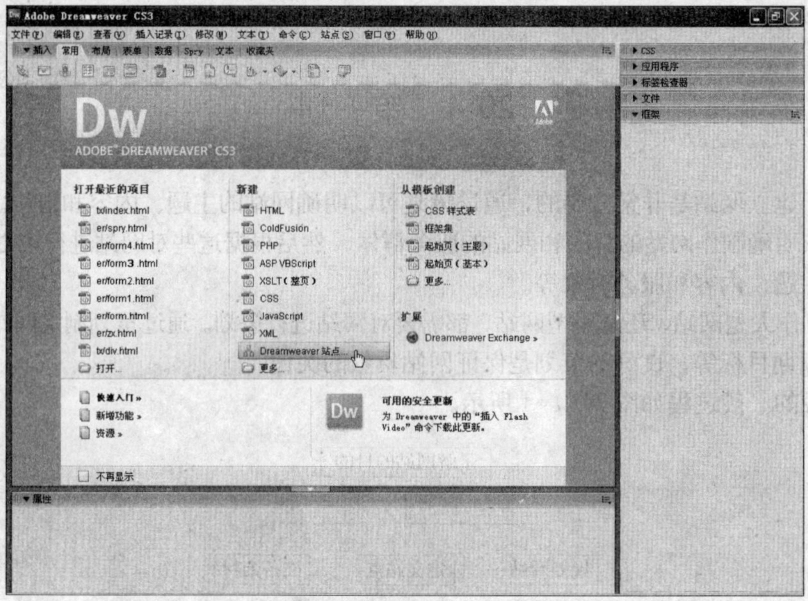

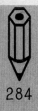

图 20-3-1

（3）如图 20-3-2 所示，在“站点定义为”对话框中命名站点名称为“综合练习”，单击“下一步”按钮。

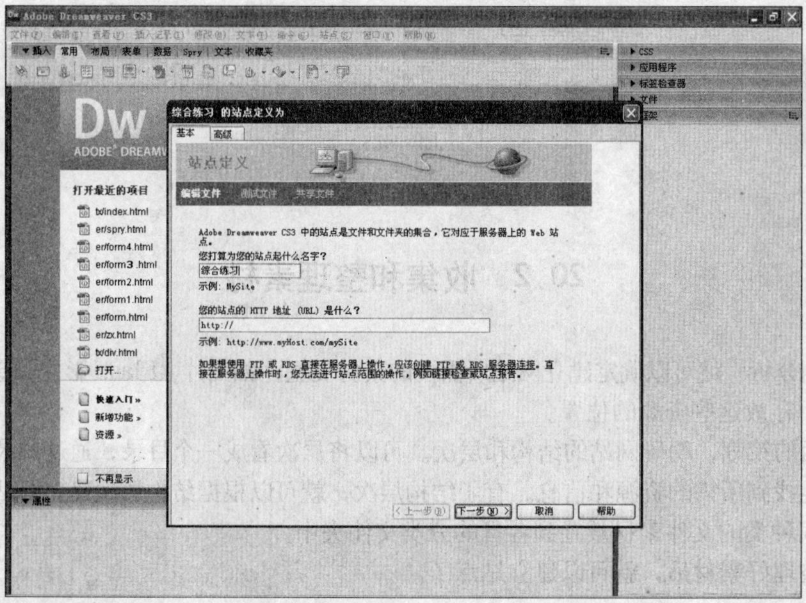

图 20-3-2

（4）如图 20–3–3 所示，选择“否，我不想使用服务器技术。”单击“下一步”按钮。

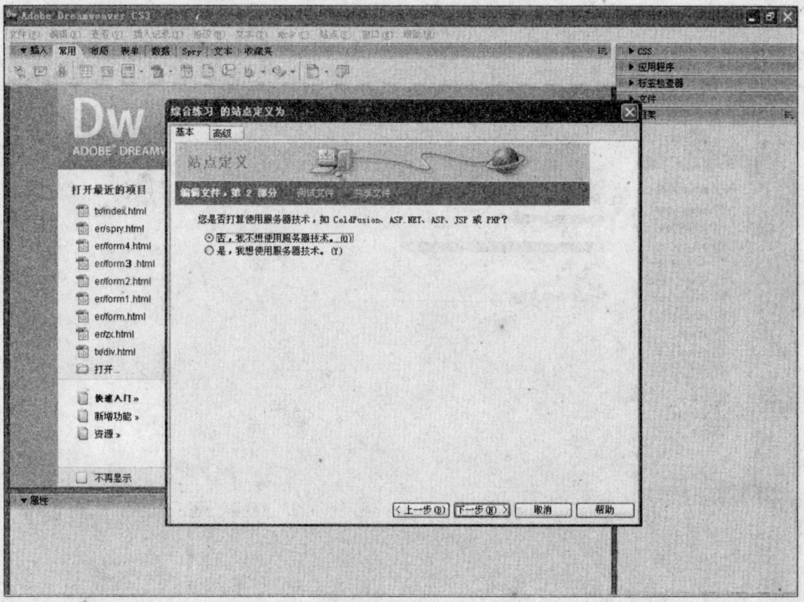

图 20–3–3

注：因为本例是建立一个静态站点，所以这里不使用服务器技术。

（5）如图 20–3–4 所示，设置存储站点的位置，单击“下一步”按钮。

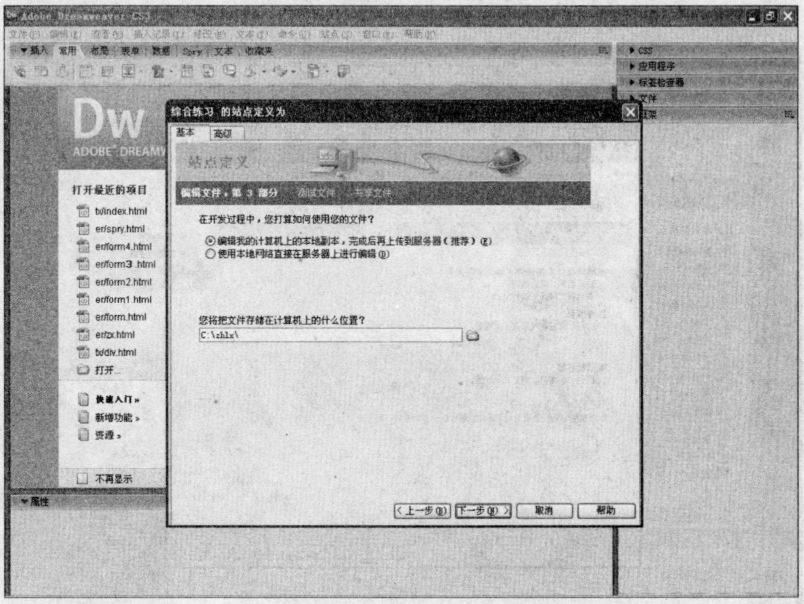

图 20–3–4

注：存储站点的文件夹名称一定要用英文和数字命名。

(6) 如图20–3–5所示，设置连接到远程服务器的方式为“无”，单击“下一步”按钮。

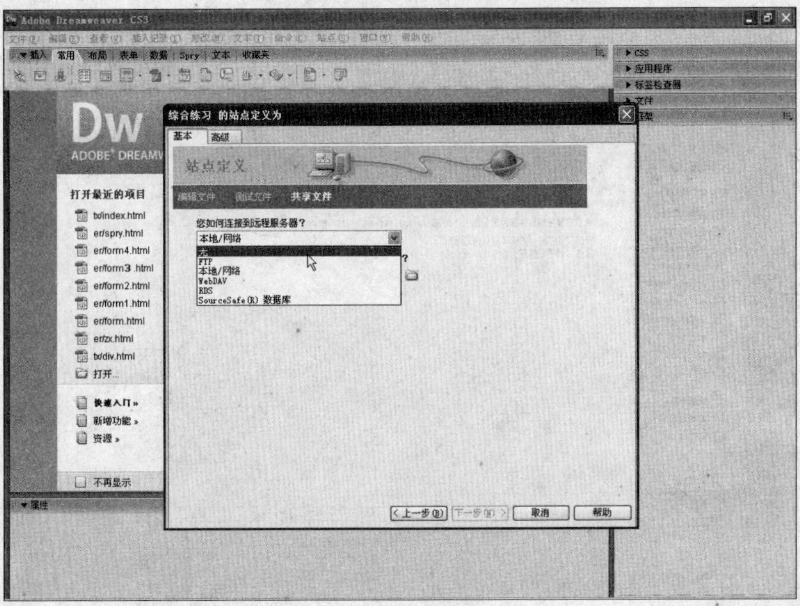

图20–3–5

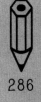

注：因为是在本地计算机中建立静态站点，所以这里不设置连接到服务器的方式。

(7) 如图20–3–6所示，显示前面设置站点的各项信息。确认无误后，单击“完成”按钮，完成站点建立。

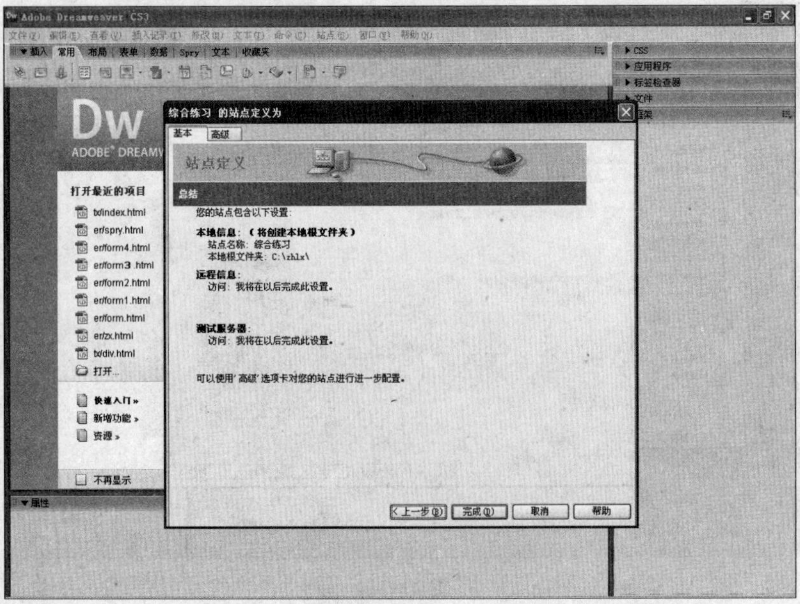

图20–3–6

（8）如图20–3–7所示，单击文件面板的“展开”按钮，展开文件面板。

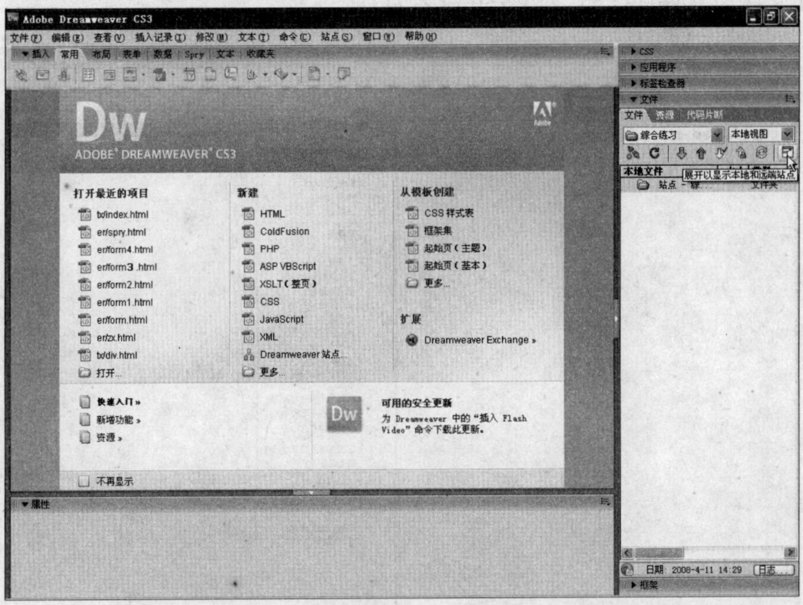

图20–3–7

（9）如图20–3–8所示，执行“文件/新建文件”命令，新建一个名为index.html的文件。

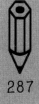

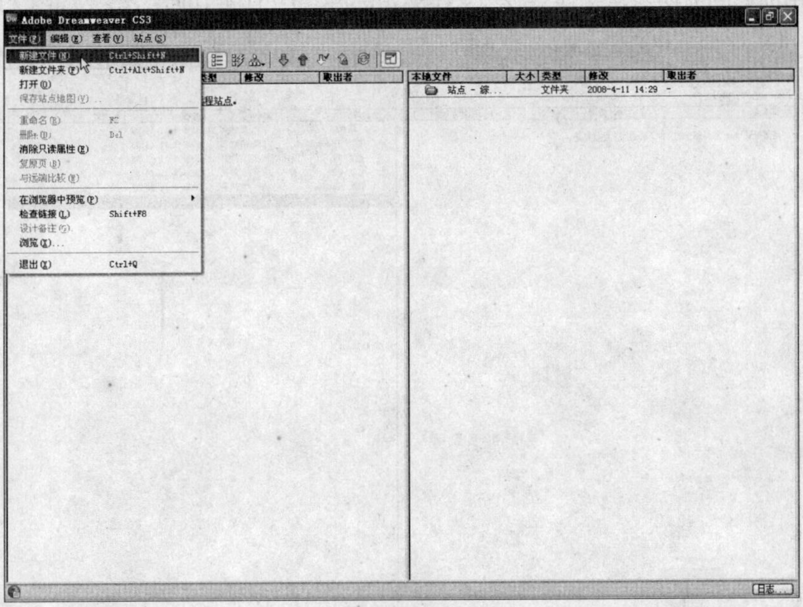

图20–3–8

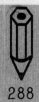

（10）如图 20–3–9 所示，移动鼠标指针到站点文件夹图标上，单击鼠标右键，在弹出的菜单中选择“新建文件夹”，新建一个文件夹并命名为 11。

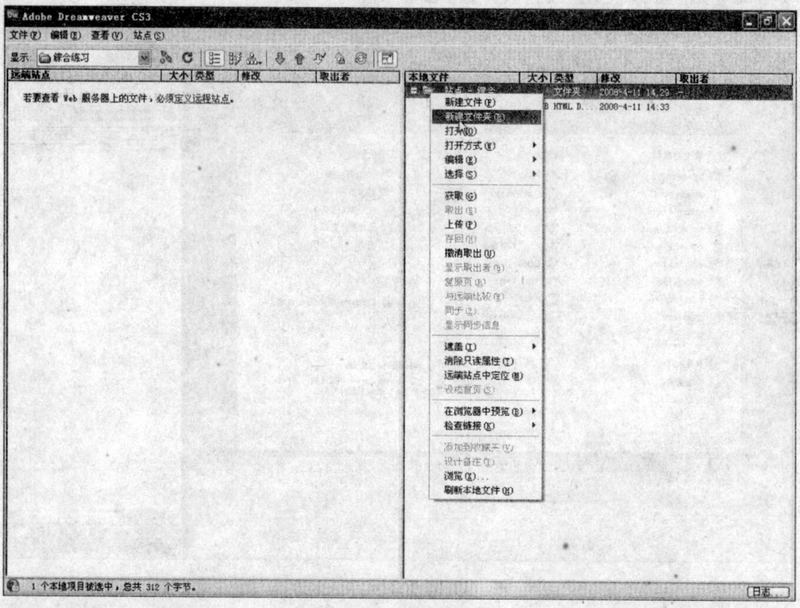

图 20–3–9

（11）使用同样的方法新建文件夹 12、文件夹 images 和文件夹 flash，结果如图 20–3–10 所示。

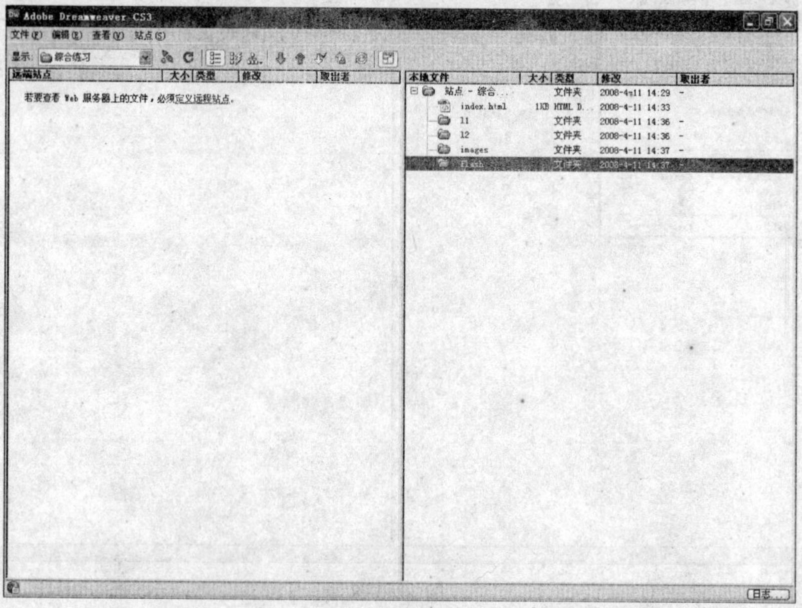

图 20–3–10

(12) 如图 20-3-11 所示，移动鼠标指针到文件夹 11 图标上，单击鼠标右键。在弹出的菜单中，选择”新建文件”，新建一个文件并命名为 11.html。

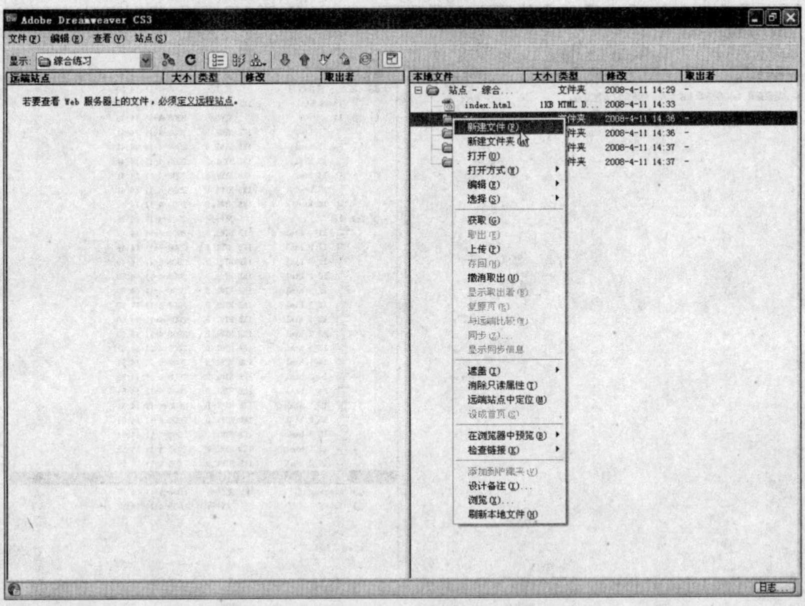

图 20-3-11

(13) 使用同样的方法在 11 文件夹中建立文件 12.html、13.html……16.html，结果如图 20-3-12 所示。

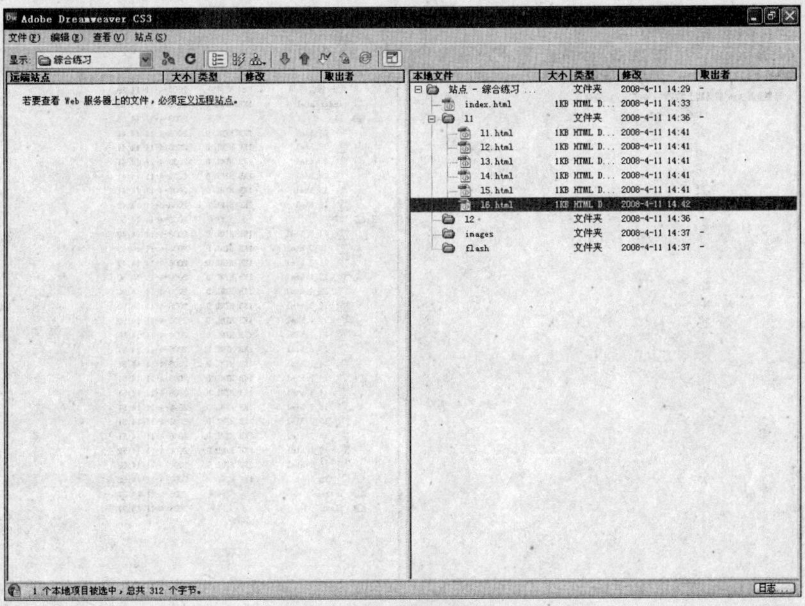

图 20-3-12

(14) 使用同样的方法，在 l2 文件夹中建立文件 l1_1.html、l1_2.html、l1_3.html……l6_1.html、l6_2.html、l6_3.html，结果如图 20-3-13 所示。

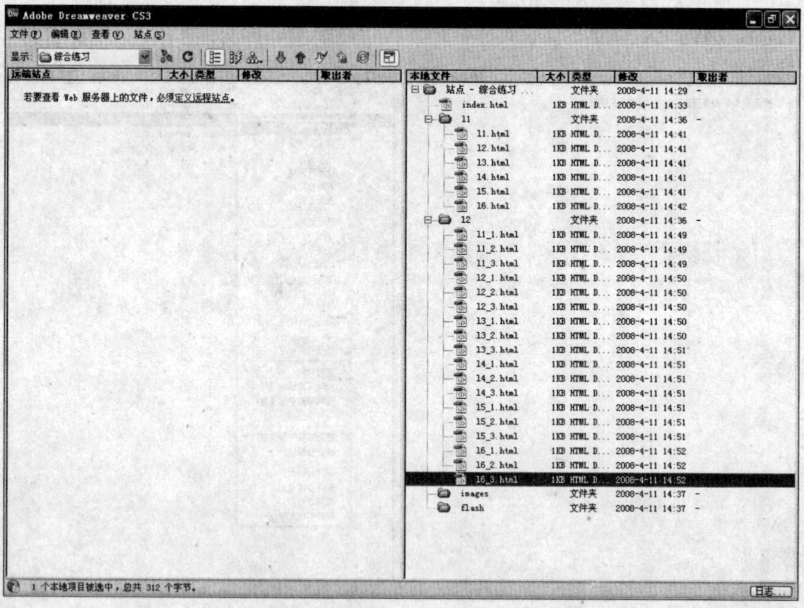

图 20-3-13

完成网站的基本结构建设。

(15) 如图 20-3-14 所示，单击“折叠”按钮，关闭文件面板。

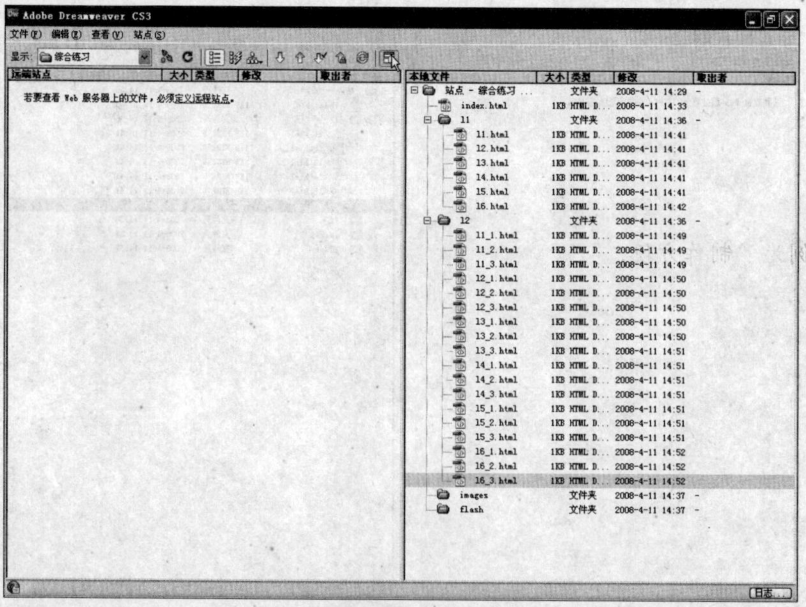

图 20-3-14

(16) 最小化 Dreamweaver CS3。回到 Windows 操作界面，将准备好的素材，按种类分别拷贝到 C:\zhlx\images 和 C:\zhlx\flash 文件夹下。

20.4　建立站点的CSS规则和模板

因为同一站点中的网页具有统一的样式，所以通常会先制定站点的CSS样式表，以便随时调用这些样式。同样，站点中的同一级页面，往往具有相同的布局，只是放置的内容有所不同，所以应该先建立各级网页的模板。当制作各级网页时，只需套用目标模板就可以快速地完成制作。

20.4.1　建立CSS规则

（1）如图20-4-1所示，单击起始页“从模板创建”下的“CSS样式表”，打开“新建文档”对话框。

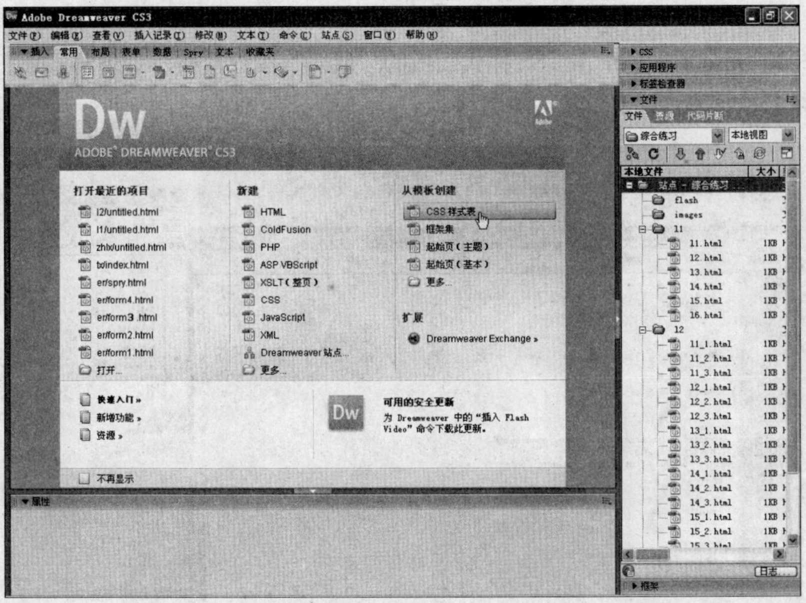

图20-4-1

注：本例为了制作方便，将以Dreamweaver提供的CSS样式表为基础建立当前站点CSS样式表。如果想建立全新的CSS样式，单击起始页“新建”下的“CSS”即可。

（2）如图20-4-2所示，选择示例文件夹下列表框中的“CSS样式表”，单击“创建”按钮进入到编辑界面。

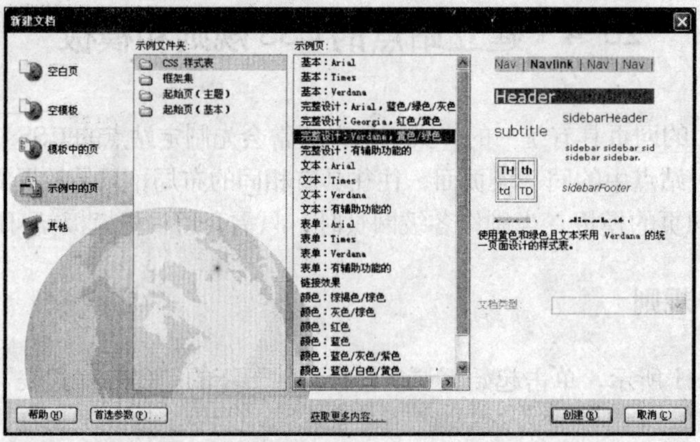

图 20-4-2

（3）如图 20-4-3 所示，单击 CSS 样式面板的“展开”按钮，展开 CSS 样式面板。在 CSS 样式面板中显示了当前样式表中包含的所有样式。

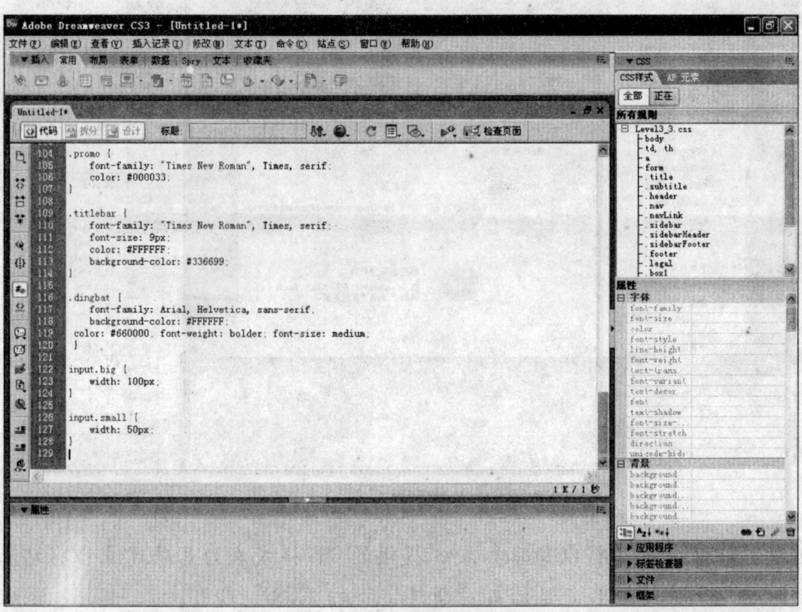

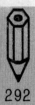

图 20-4-3

（4）如图 20-4-4 所示，单击 CSS 样式面板中的“目标”样式，再单击 CSS 样式面板属性栏中的具体属性选项，就可以重新设置该属性值。

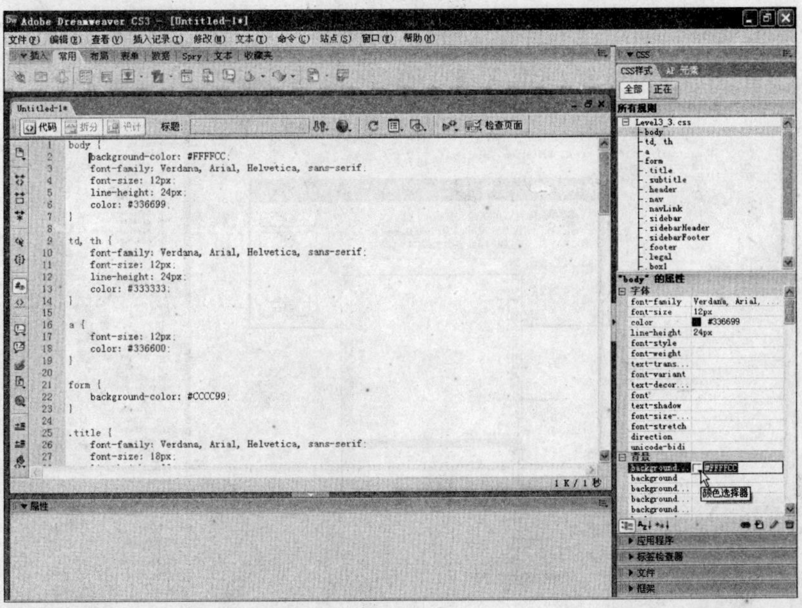

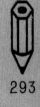

图 20-4-4

(5) 这里准备向现有样式中添加一个新的样式。如图 20-4-5 所示，单击 CSS 面板的“新建 CSS 规则”按钮，打开“新建 CSS 规则”对话框。

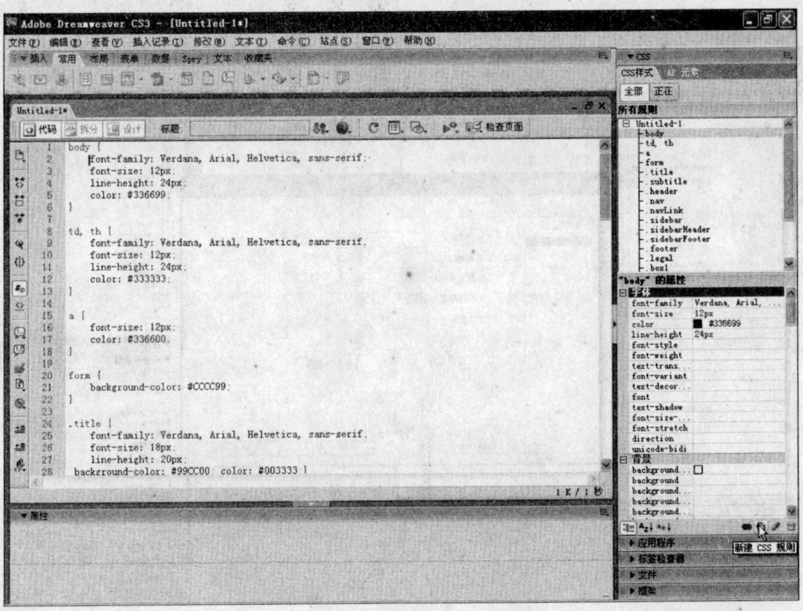

图 20-4-5

(6) 如图 20-4-6 所示，在“选择器类型”中选择“标签”，在标签中选择 h1。单击“确定”按钮，打开“CSS 规则定义”对话框。

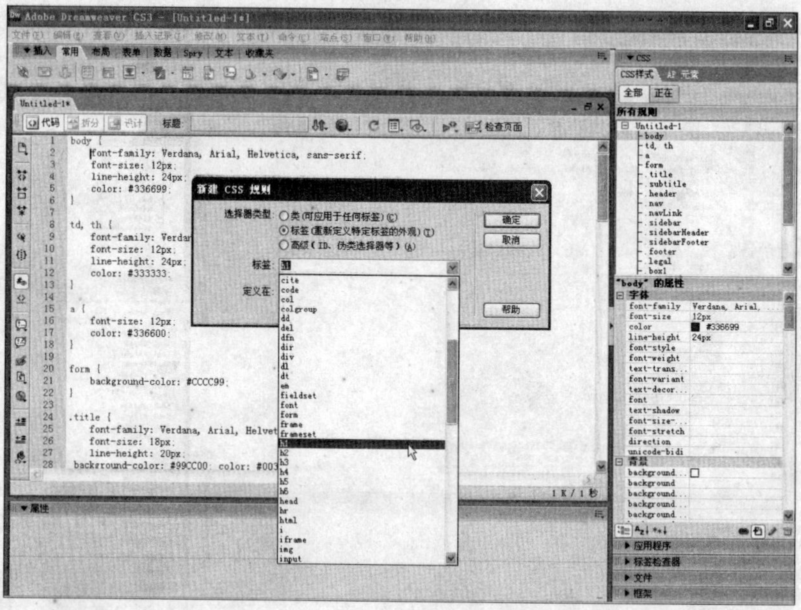

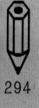

图 20-4-6

（7）如图 20-4-7 所示，在“CSS 规则定义”对话框中设置该标签，单击“确定”按钮完成设置。

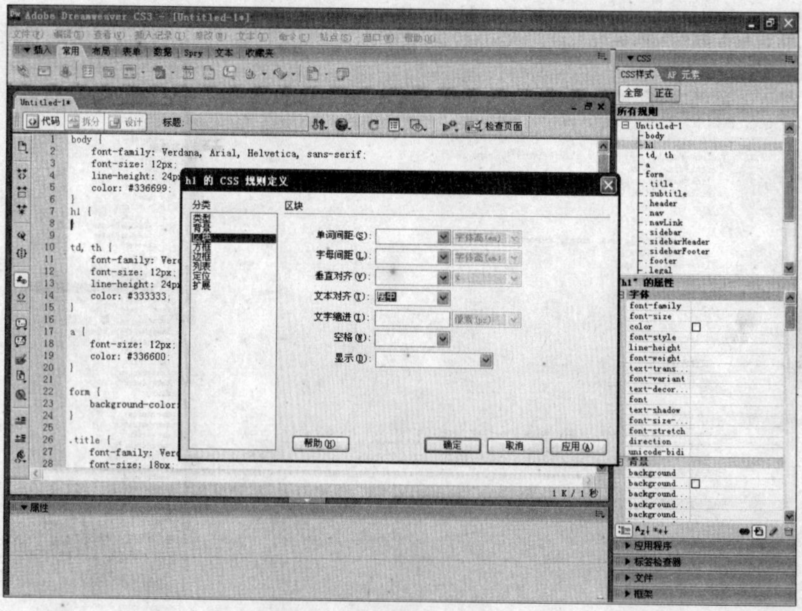

图 20-4-7

（8）如图 20-4-8 所示，新建的 CSS 规则在样式表中显示出来。

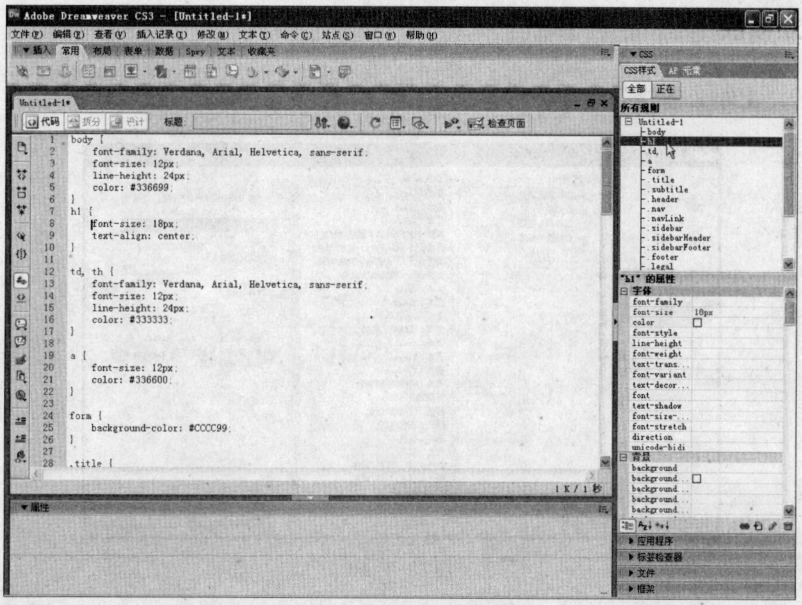

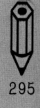

图 20-4-8

(9) 使用同样的方法添加其他新的样式。

(10) 执行“文件 / 保存”命令，打开“另存为”对话框。如图 20-4-9 所示，在文件名栏中输入名称为 lx，在保存类型中选择样式表（*.CSS），单击“保存”按钮，完成保存。

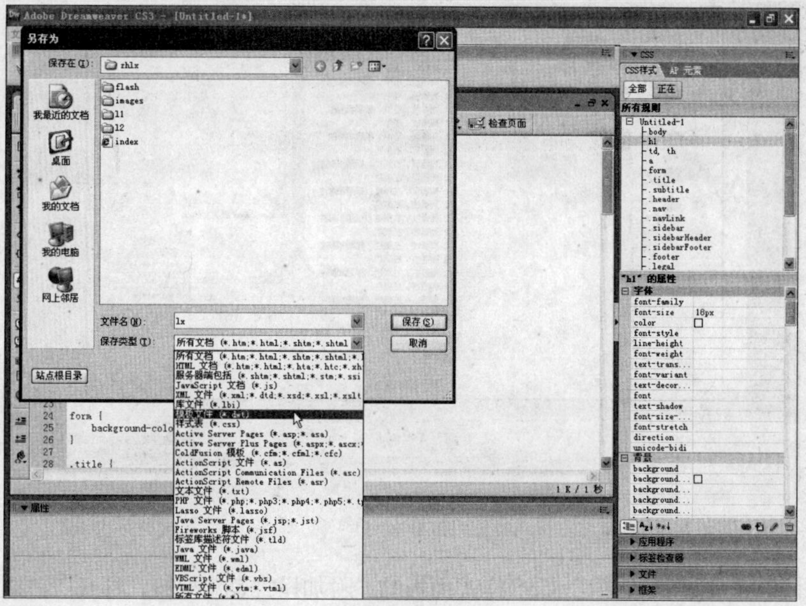

图 20-4-9

(11) 关闭该文件，完成 CSS 样式的建立。

20.4.2 建立模板

（1）执行“文件 / 新建”命令，打开如图 20-4-10 所示的“新建文档”对话框。

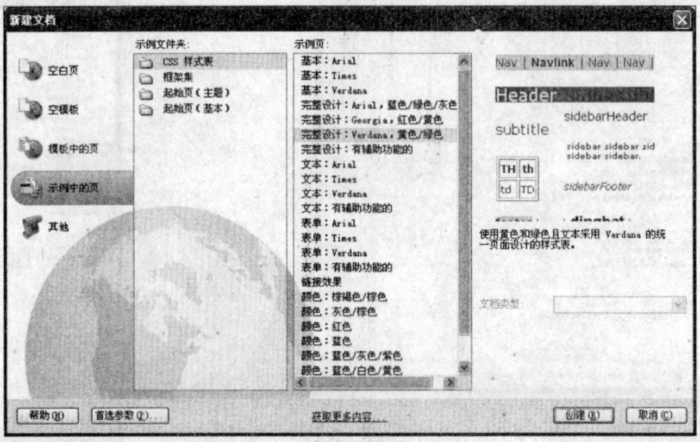

图 20-4-10

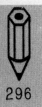

（2）如图 20-4-11 所示，依次单击“空模板 /HTML 模板 / 无”，单击“创建”按钮进入到编辑界面。

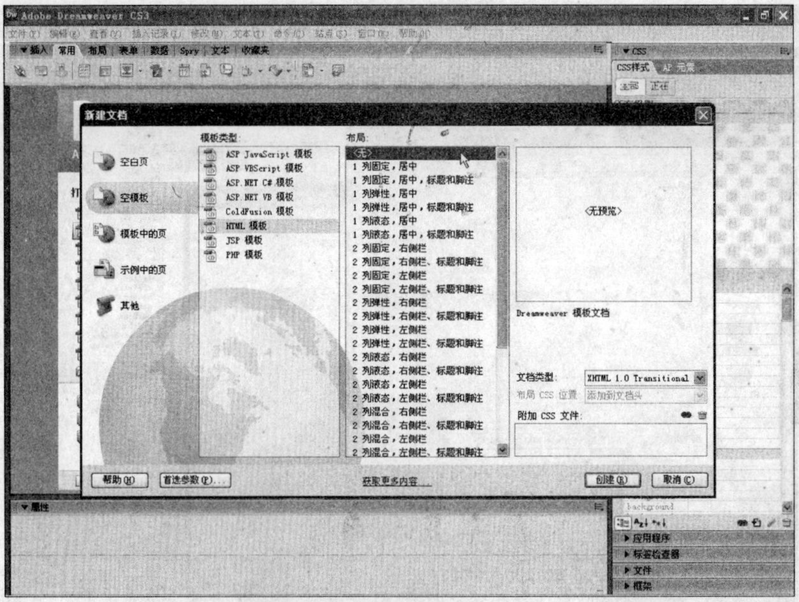

图 20-4-11

（3）如图 20-4-12 所示，单击 CSS 样式面板的“附加样式表”按钮，打开“链接外部样式表”对话框。

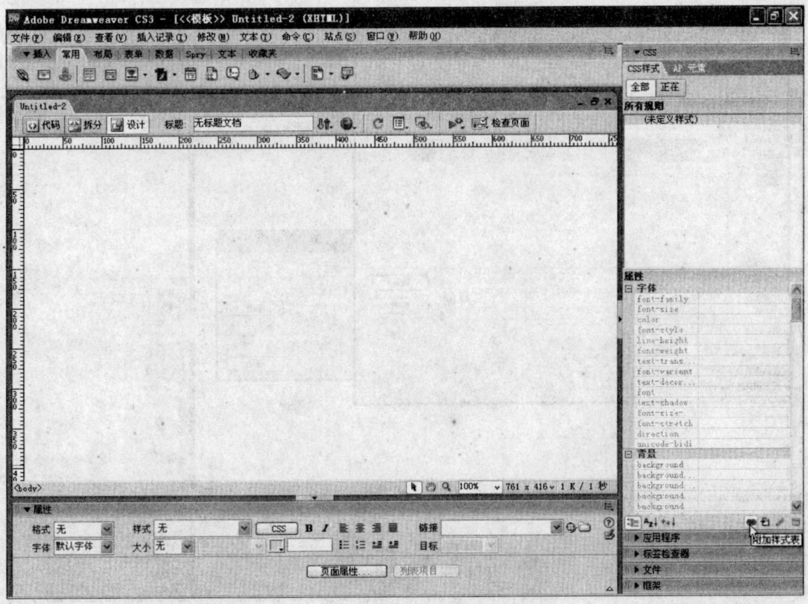

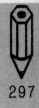

图 20-4-12

（4）如图 20-4-13 所示，单击“链接外部样式表”对话框的“浏览”按钮，打开“选择样式表文件”对话框。

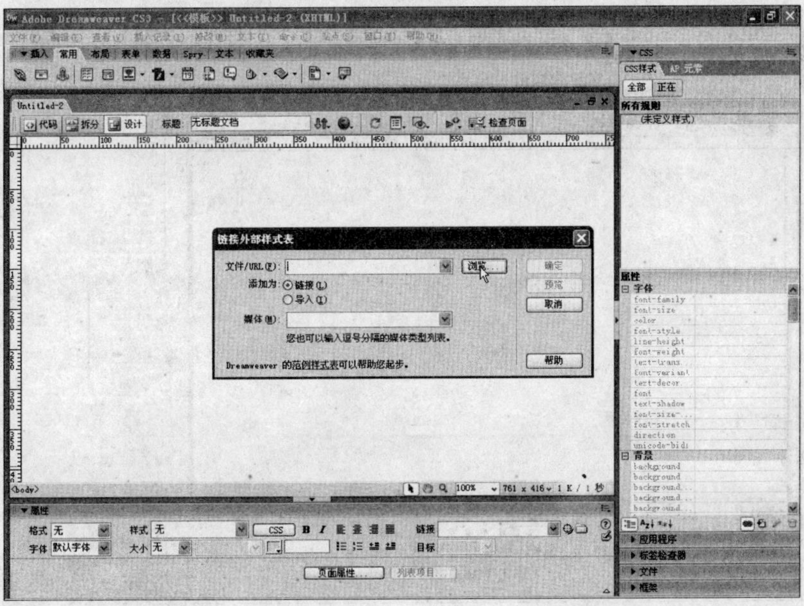

图 20-4-13

（5）如图 20-4-14 所示，在打开的“选择样式表文件”对话框中选择前面建立的 CSS 样式文件 lx，单击“确定”按钮，回到“链接外部样式表”对话框。

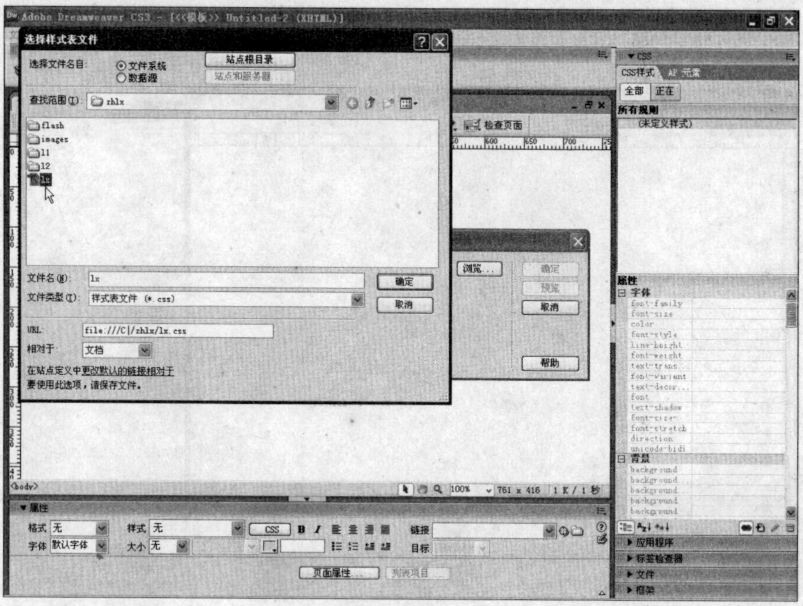

图 20-4-14

（6）单击“链接外部样式表”对话框的“确定”按钮，新链接的样式表出现在样式面板中，如图 20-4-15 所示。

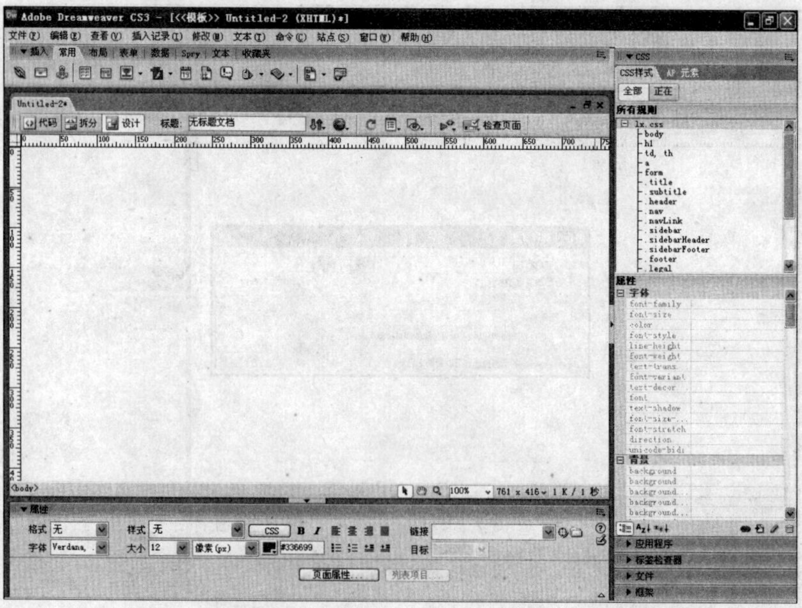

图 20-4-15

（7）需要用到 DIV、表格为网页布局，使用 Dreamweaver CS3 提供的相关工具完成布局，结果如图 20-4-16 所示。

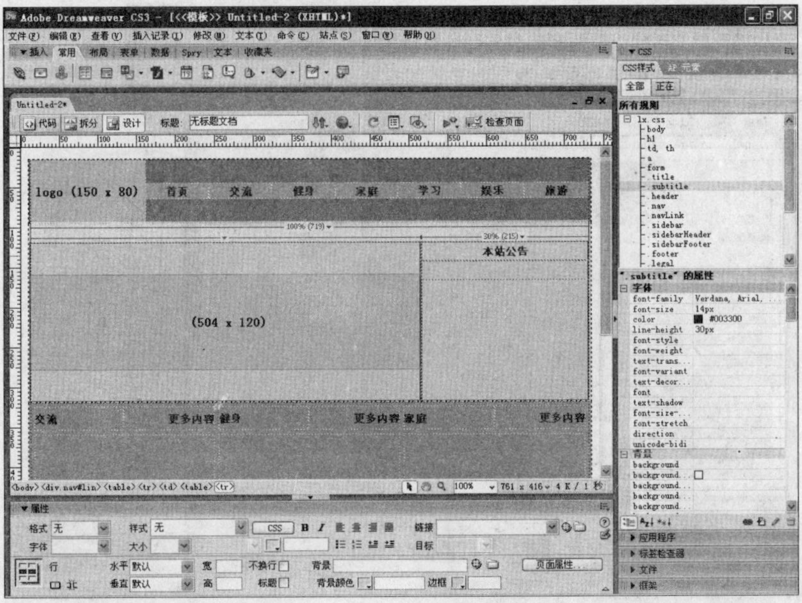

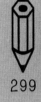

图 20−4−16

（8）如图 20−4−17 所示，设置模板中的可编辑区域。

图 20−4−17

（9）设置完成可编辑区域的最终结果如图 20−4−18 所示。

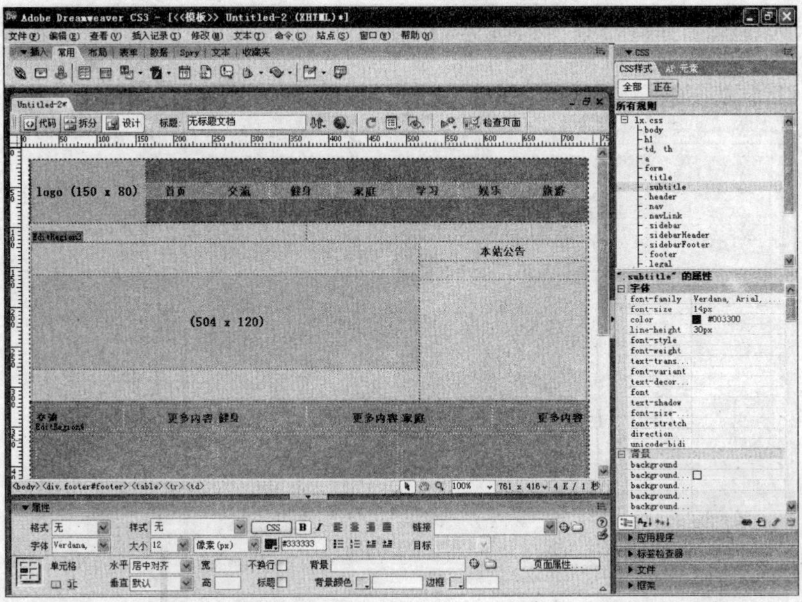

图 20-4-18

(10) 执行“文件 / 保存”命令，打开如图 20-4-19 所示的“另存模板”对话框。设置模板名称，单击“保存”按钮，保存模板。

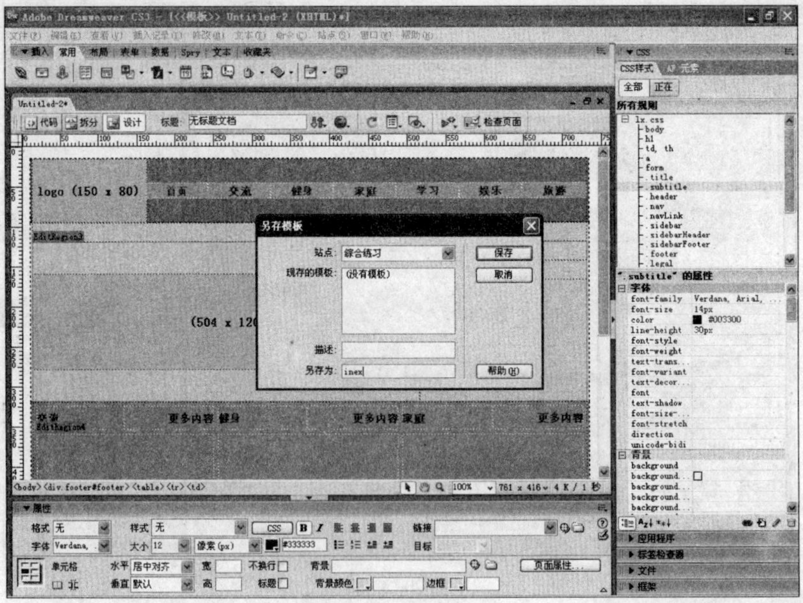

图 20-4-19

(11) 使用同样的方法建立其他模板。

完成模板的制作。

20.5 制作网页

建立模板后，需要将模板套用到目标网页上。这里以首页为例，套用模板。

（1）如图 20-5-1 所示，双击文件面板中的 index.html 文件，打开该文件。

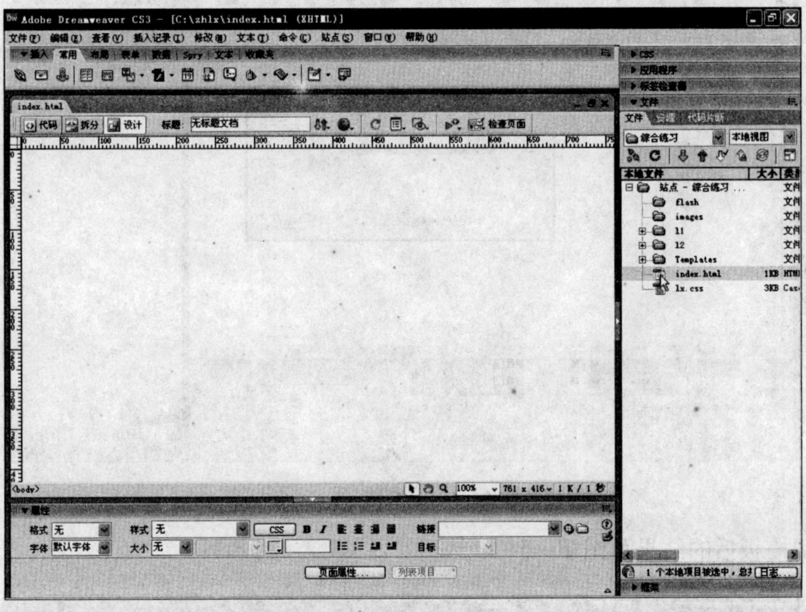

图 20-5-1

（2）如图 20-5-2 所示，执行“修改 / 模板 / 应用模板到页”命令，打开“选择模板”对话框。

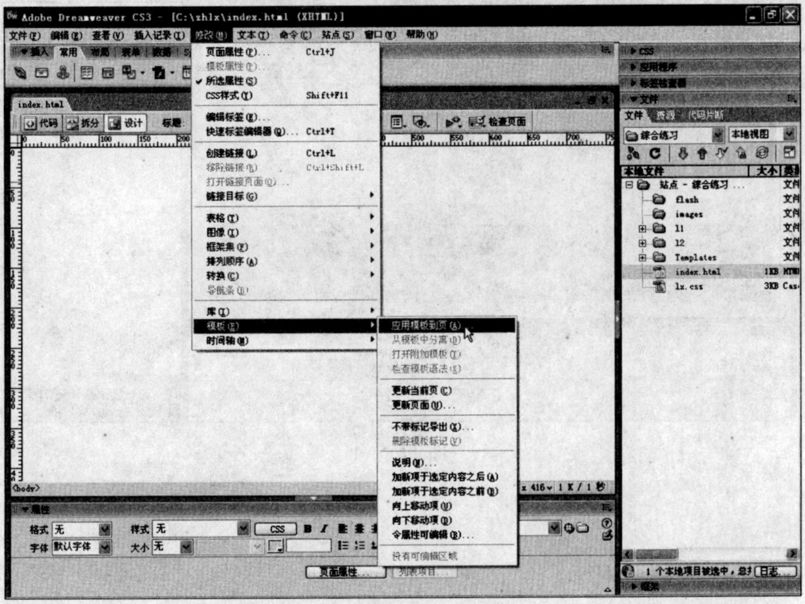

图 20-5-2

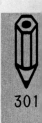

(3) 如图 20–5–3 所示，在“选择模板”对话框中选择目标模板后，单击“选定”按钮。

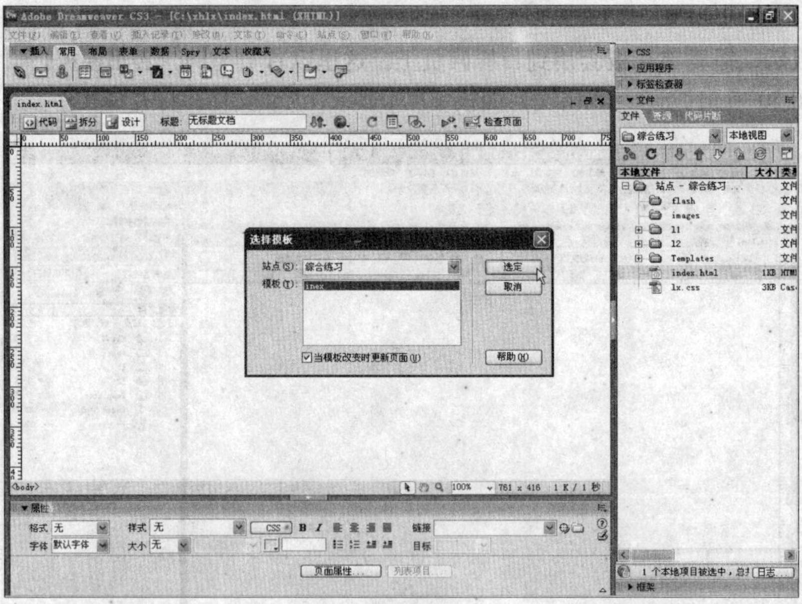

图 20–5–3

(4) 套用模板后的结果如图 20–5–4 所示。

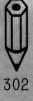

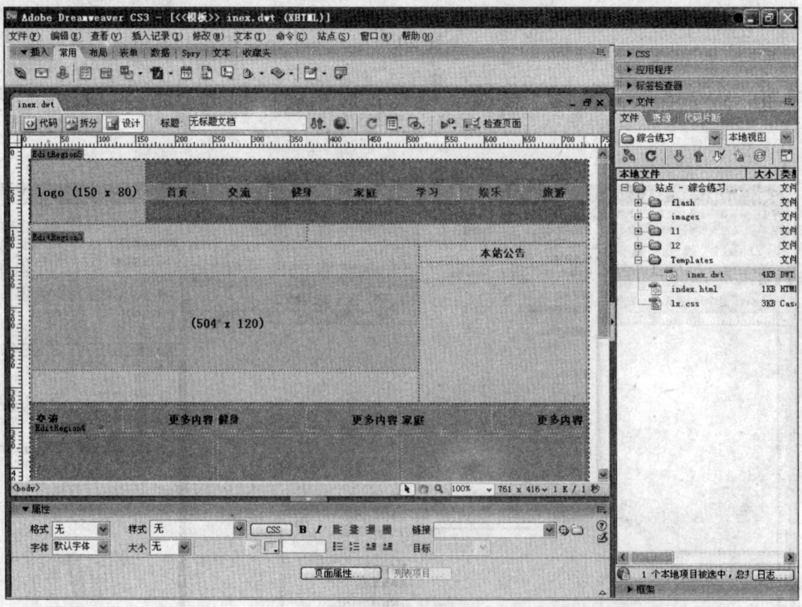

图 20–5–4

（5）向可编辑区域中添加内容，本例仅添加一些图像内容，结果如图20–5–5所示。

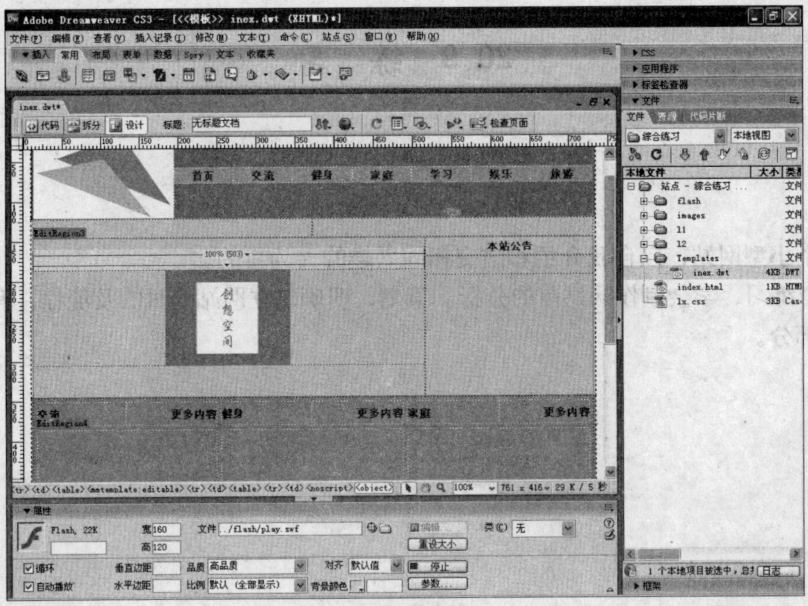

图20–5–5

（6）使用同样的方法，通过模板建立其他网页。

20.6 测 试

使用Dreamweaver CS3提供的测试功能，可以对网页进行基本的测试，如浏览器的测试、链接检测等。

需要注意，使用Dreamweaver CS3进行测试的结果只是一种参考，并不需要完全按测试结果去修改，只有在浏览器中无法正确显示的情况下，才需要进行有针对性的调试和修改。测试时一定要有针对性，针对目标用户群体的实际情况去测试。

测试的具体方法可参阅第18章，这里不再赘述。

20.7 发 布

上传到网页服务器时需要先获得目标服务器的具体信息。例如，服务器支持的上传模式、账号、密码等。然后根据上传模式，为Dreamweaver站点设定远程信息、账号和密码等。

当前不少服务商提供的免费服务不支持FTP等上传方式，而是直接以HTTP的网页形式进行操作。这时可以根据提示，选取本机站点所在文件夹中的文件逐步上传到服务器中。

20.8 小 结

本章通过一个实例，逐步建立了一个完整的静态站点。通过本章的学习，读者应对全书的知识有个全面、综合的理解，掌握静态网站的建立教程和方法。

20.9 练　习

上机练习

建立一个小型网站，以自我介绍和结交相同兴趣的人为目的。

通过这个练习，学会制作网站前的分析、策划，明确建立网站的目的及流程，有计划地完成网站的各个部分。

第 21 章　代码设计基础知识

通过本章，你应当：

(1) 了解 Dreamweaver 的代码设计。

(2) 了解 HTML 的基础知识。

(3) 学会在设计视图中编辑代码。

使用 Dreamweaver 提供的设计视图界面可以完成大部分的网页设计工作，但在设计复杂网页的时候，用户还应该了解并掌握一些代码设计方面的知识。在 Dreamweaver 中，用户可以根据需要将视图切换为设计或代码视图，以进行不同侧重的工作。

21.1　Dreamweaver 提供的代码工具

Dreamweaver 提供了相关的功能面板和帮助系统来辅助用户正确使用代码设计网页，如参考面板、标签面板、代码提示功能等。

21.1.1　参考面板

参考面板为用户提供了标记语言、编程语言和 CSS 样式的快速参考工具。它提供了相关代码视图中正在使用的标签、对象或样式的信息。

执行“窗口 / 参考”命令，打开如图 21-1-1 所示的参考面板。

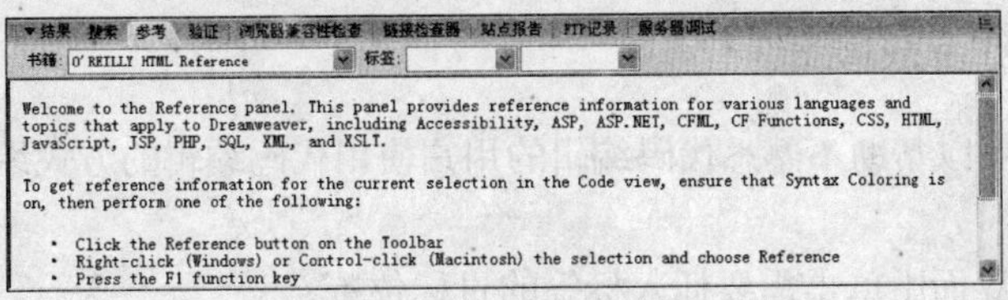

结果
搜索
参考
验证
浏览器兼容性检查
链接检查器
站点报告
FTP记录
服务器调试
书籍: O'REILLY HTML Reference
标签:
Welcome to the Reference panel. This panel provides reference information for various languages and topics that apply to Dreamweaver, including Accessibility, ASP, ASP.NET, CFML, CF Functions, CSS, HTML, JavaScript, JSP, PHP, SQL, XML, and XSLT.
To get reference information for the current selection in the Code view, ensure that Syntax Coloring is on, then perform one of the following:
Click the Reference button on the Toolbar
Right-click (Windows) or Control-click (Macintosh) the selection and choose Reference
Press the F1 function key

图 21-1-1

书籍：单击参考面板的“书籍”栏右侧的下拉按钮，在下拉菜单中选择参考标准，如本例中创建的是 HTML 文档，需要使用相关 HTML 代码知识，所以选择如图 21-1-2 所示的书籍。

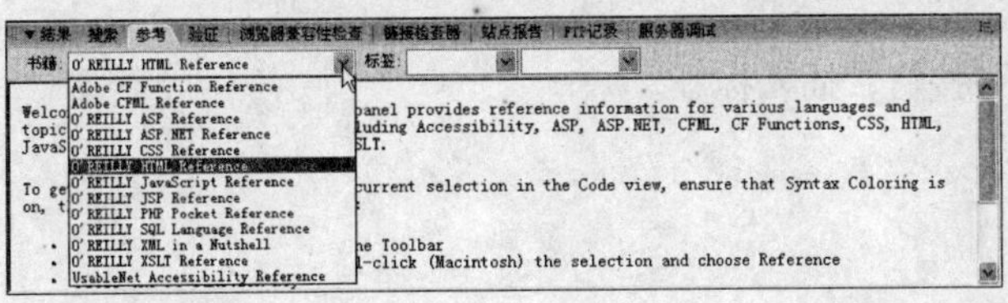

书籍: O'REILLY HTML Reference
标签:
Adobe CF Function Reference
Adobe CFML Reference
O'REILLY ASP Reference
O'REILLY ASP.NET Reference
O'REILLY CSS Reference
O'REILLY HTML Reference
O'REILLY JavaScript Reference
O'REILLY JSP Reference
O'REILLY PHP Pocket Reference
O'REILLY SQL Language Reference
O'REILLY XML in a Nutshell
O'REILLY XSLT Reference
UsableNet Accessibility Reference

图 21-1-2

标签：通过“标签”栏可以查找目标代码的使用方法，还可以显示当前代码的使用方法。单击“标签”栏右侧的下拉按钮，在下拉菜单中选择目标代码，在参考栏中会显示选中代码的相关使用方法和作用。

显示当前代码的方法如下：

（1）如图21－1－3所示，单击“显示代码视图”按钮，将编辑界面转换至显示代码视图下。

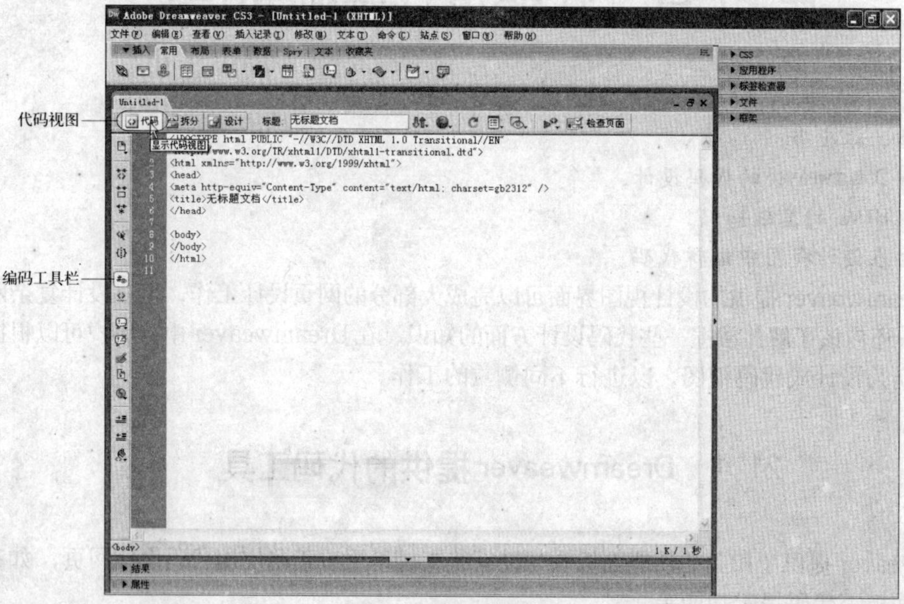

图21－1－3

（2）将鼠标指针指向目标代码双击，选择该代码。

（3）单击鼠标右键，在弹出的菜单中选择“参考”或按F1键，在参考面板中显示当前代码的使用方法和作用。

注：可以通过编码工具栏进行一些快捷操作，如快速选取代码段、折叠标签和展开标签等。

21.1.2 标签选择器

使用标签选择器可以帮助不熟悉代码编辑的用户使用代码编辑的方式编辑网页。使用标签选择器的方法如下：

（1）在代码编辑界面中单击需要插入标签的目标位置。

（2）单击插入面板的“常用”选项卡下的“标签选择器”按钮，弹出图21－1－4所示的“标签选择器”对话框。

（3）在“标签选择器”对话框中选择目标标签，在标签信息中显示了所选标签的作用和使用方法。

（4）单击“插入”按钮，插入标签。

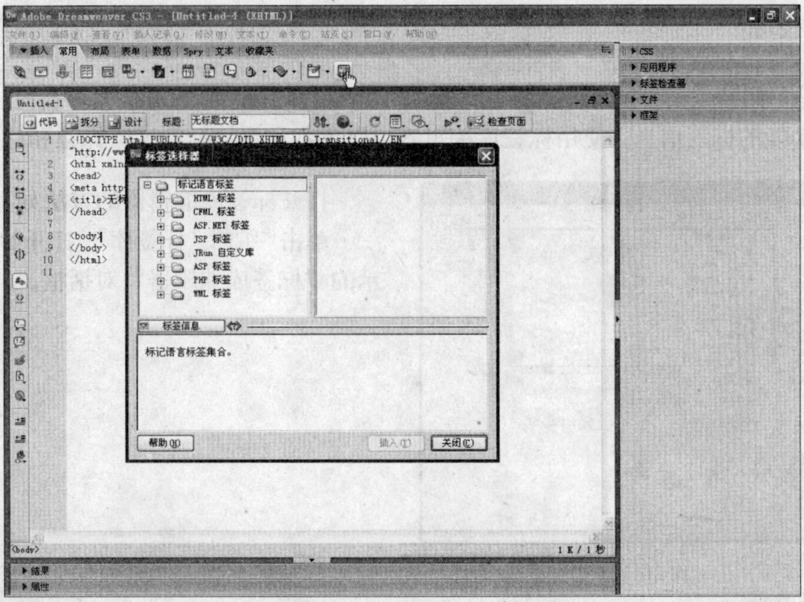

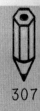

图21－1－4

注：使用标签选择器，可以避免语法上的错误。初学者可以使用标签选择器学习用代码编辑网页的入门知识，随着对代码的不断熟悉，再逐渐独立完成代码编辑过程。

21.1.3　代码提示功能

代码提示功能有助于设计者快速插入和编辑代码，减少编辑时出现的失误。如图21－1－5所示，直接输入代码时会弹出代码提示框。

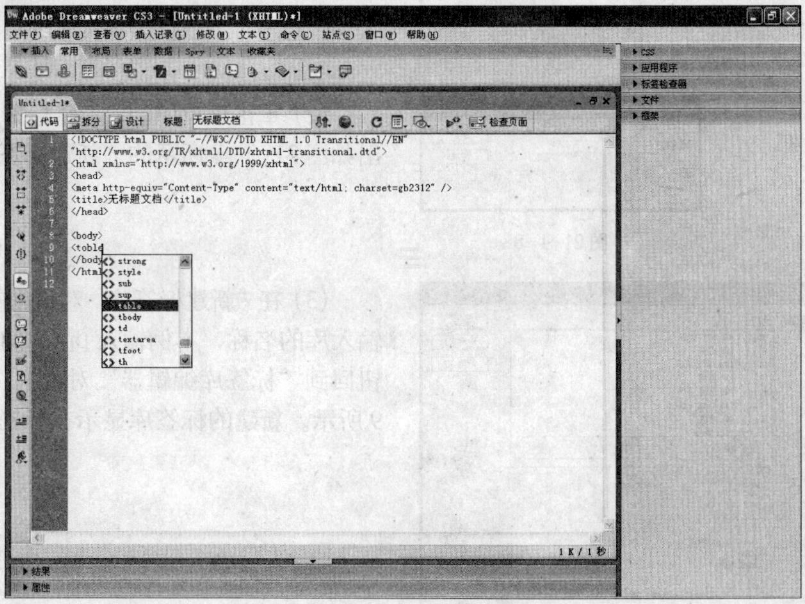

图21－1－5

21.1.4 标签库

标签库是一组特定类型的标签。标签库提供了用于代码提示、目标浏览器检查、标签选择器和其他代码功能的标签信息。使用标签库编辑器可以添加和删除标签库、标签和标签属性。

打开标签库编辑器的方法如下：

单击“编辑/标签库”，打开如图21-1-6所示的“标签库编辑器”对话框。

图 21-1-6

在“标签库编辑器”对话框中，可以执行添加和删除标签库等操作。

添加标签库的操作如下：

(1) 在标签库编辑器中，单击“添加”按钮，打开如图 21-1-7 所示的菜单。

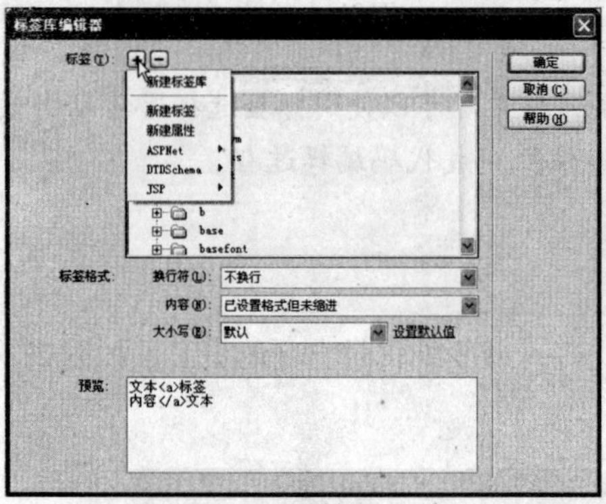

图 21-1-7

(2) 单击菜单中的“新建标签库”命令，弹出如图 21-1-8 所示的“新建标签库”对话框。

图 21-1-8

(3) 在“新建标签库”对话框的库名称栏中输入库的名称，本例输入 pp，单击“确定”按钮回到“标签库编辑器”对话框，如图 21-1-9 所示。新建的标签库显示在标签栏的最下方。

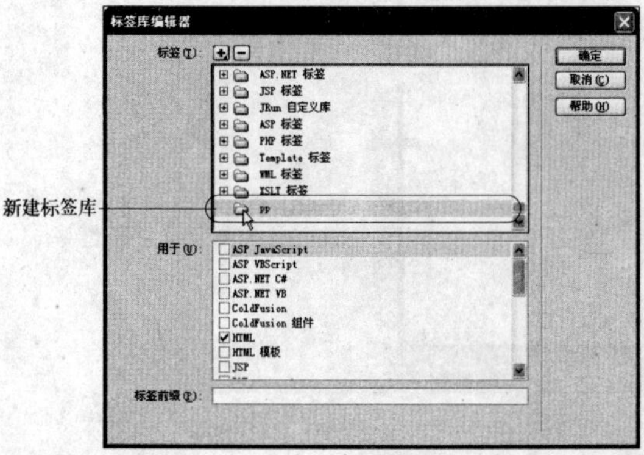

图 21-1-9

(4) 单击“添加”按钮，在弹出的菜单中选择“新建标签”命令，弹出如图21-1-10所示的“新建标签”对话框。

图21-1-10

(5) 如果需要，单击对话框的“标签库”栏右侧的下拉按钮，在下拉菜单中选择其他标签库。在标签名称中输入名称为a，单击“确定”按钮添加新的标签，如图21-1-11所示。

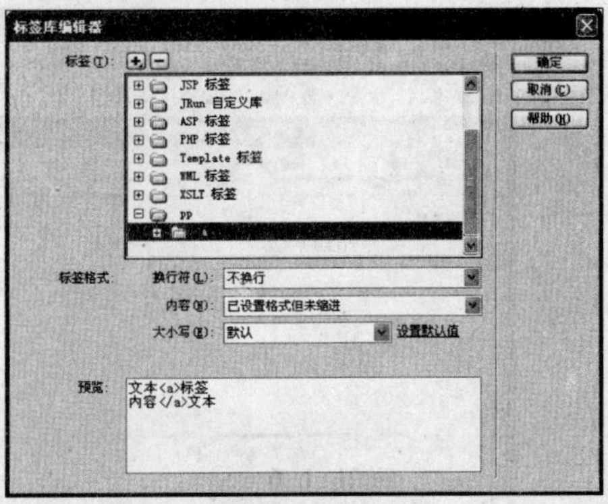

图21-1-11

(6) 单击“添加”按钮，在弹出的菜单中选择“新建属性”，打开“新建属性”对话框，如图21-1-12 所示。

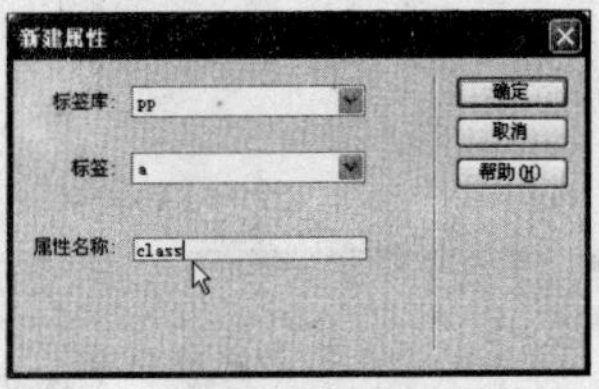

图21-1-12

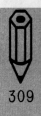

(7) 在“新建属性”对话框中，设置属性名称为class，单击“确定”按钮，添加属性class，结果如图21-1-13所示。

(8) 如图21-1-14所示，设置新建属性的类型，完成设置。

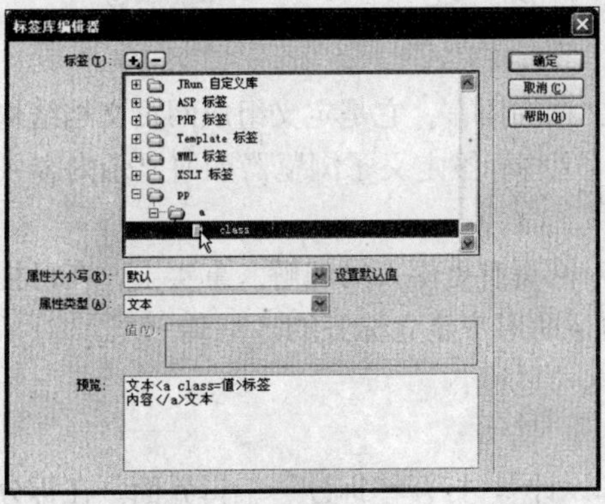

图21-1-13

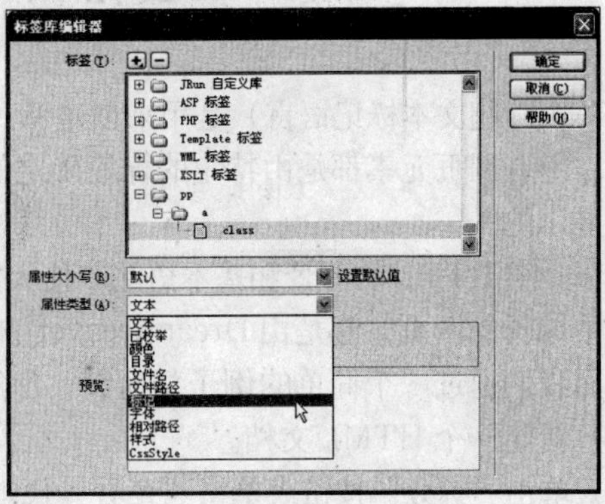

图21-1-14

(9) 使用同样的方法添加其他标签及属性类型。

(10) 添加完成后，单击“确定”按钮完成标签库的建立。

21.1.5 标签检查器

可以通过标签检查器的属性选项编辑标签和对象。单击“窗口/标签检查器”打开标签检查器面板，单击该面板的属性按钮可以查看当前标签的属性。如图21-1-15所示，在视图编辑界面中单击选择目标对象，在属性面板中显示了当前对象的属性值，可以单击目标属性值进行修改。

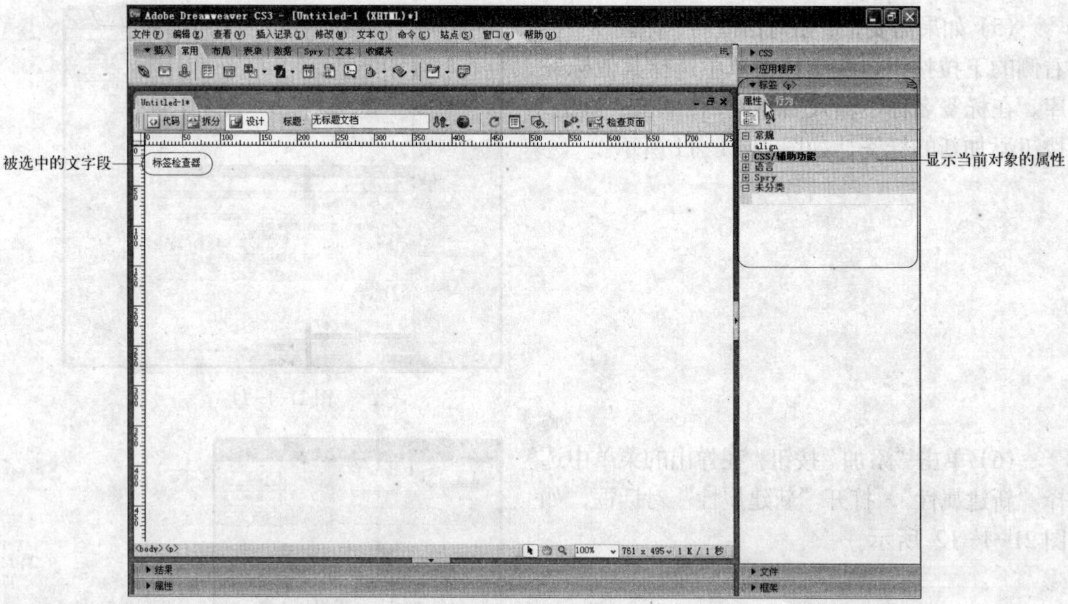

图21-1-15

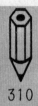

注：使用标签检查器避免了直接在代码编辑界面中使用代码编写网页，初学者可以利用标签检查器完成代码编写工作，以获得更好的效果。

21.2 HTML 概 述

HTML（超文本标记语言）是用来创建Web文档的语言。它是定义组成网页文档结构的语法和方法。所有网页元素都是由特定的标签确定的，这些标签定义了浏览器如何显示内容（标签本身是不显示的）。

本节介绍HTML的背景和基本语法，使大家对网页有更深入的理解。事实上，在可视化的设计视图中编辑的网页，都是由Dreamweaver自动帮助用户建立标签的。

下面我们通过一个简单的例子帮助大家理解这一过程：

（1）新建一个HTML文档。

（2）单击“拆分”按钮或单击“查看/代码和设计”，打开“拆分”编辑界面。在拆分编辑界面中，上半部分用HTML代码显示，下半部分则以设计视图显示，如图21-2-1所示。

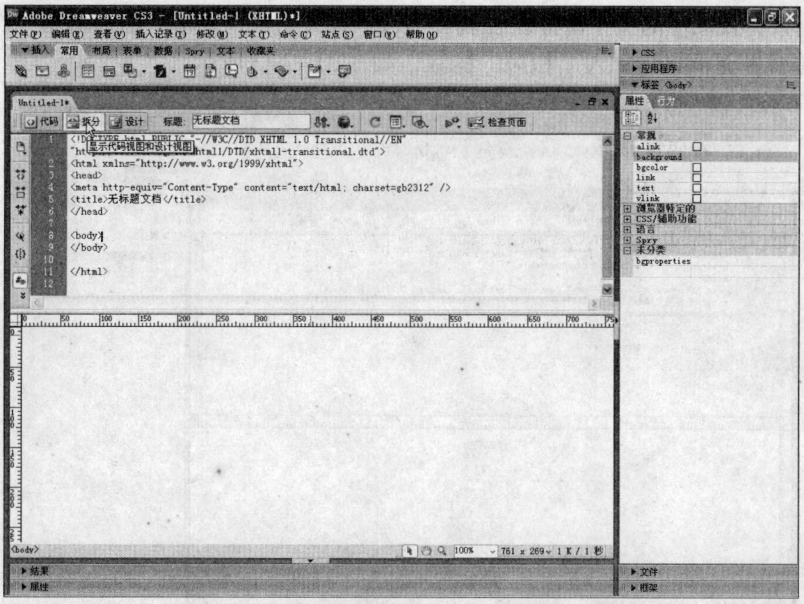

图 21-2-1

（3）单击设计视图部分，输入几个文字。在代码区中也自动添加了文字，如图 21-2-2 所示。

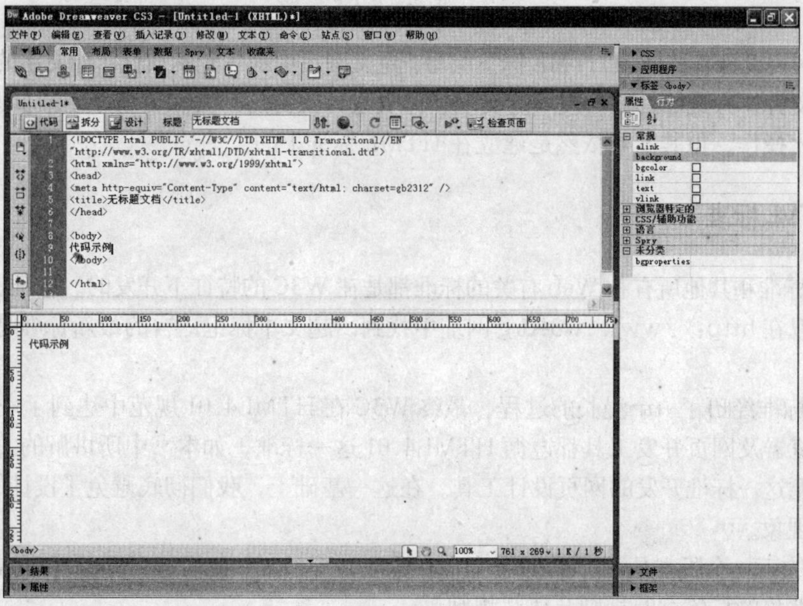

图 21-2-2

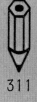

注：网页可以是任何一种格式，如全 Flash 网站采用 Flash 影片格式。但当前通用标准是超文本标记语言，即 HTML，用它可以创建带有图像、声音、动画和超文本链接的网页。

使用 HTML 超文本标记语言，可以设计出内容丰富的静态文档，当静态文档不能满足网站的需要时，还可以使用 CGI、JavaScript 和 PHP 等工具，制作动态文档。

Web 服务器借助 CGI 可以调用外部程序，而不是简单地返回静态文档。JavaScript 和 PHP 这两种编程语言可以直接嵌入 HTML 文档。JavaScript 主要用于客户端脚本，PHP 主要用于数据库访问。

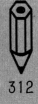

(4) 单击设计视图中的文字部分。在属性面板中设置格式为段落、然后单击“居中对齐”按钮，在代码编辑界面中自动加入了相应的标签，如图 21−2−3 所示。

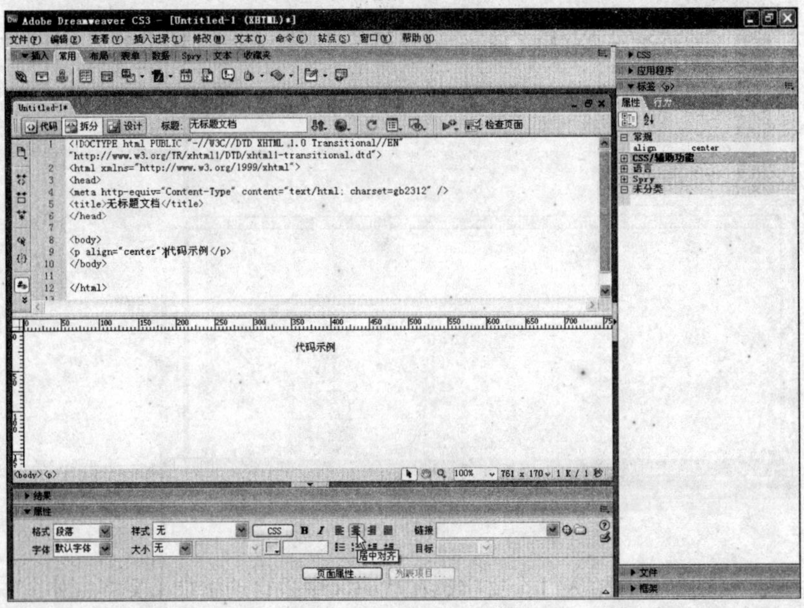

图 21−2−3

早期的网页设计直接使用HTML标签编写、定义网页中的各元素属性，如文字的大小、颜色，图像的位置及打开方式等。随着技术的发展，网页设计软件的开发和更新才使网页设计逐渐变为今天的可视化操作，但其本质依然是建立在 HTML 标准上的。

21.2.1 HTML 标准

HTML 标准和其他所有和 Web 有关的标准都是在 W3C 的特许下开发的。标准、规范和新提议草案都可以在 http://www.w3.org 网址中找到。超文本标记语言的最新标准是 HTML4.01 规范。

HTML 标准经历了一个漫长的过程，最终 W3C 在 HTML4.01 规范中达到了一致。

现在浏览器及网页开发工具都遵循 HTML4.01 这一标准，如本书中所讲解的 Dreamweaver 即是完全遵循这一标准开发的网页设计工具。在这一基础上，我们彻底避免了设计的网页与浏览器不兼容的现象。

HTML 的下一个版本是 XHTML 版本 1.0 标准。XHTML 使用与 HTML 相同的标签，只是它制定了更严格的标签书写规则及语法规则。

21.2.2 HTML 标签

网页中的元素是由标签定义的。一个标签是由元素名称和跟在后面的可选属性列表构成的，所有属性都应该在角括号“<>”之间。角括号内的字符不会显示在浏览器中。

在当前规范中，标签内的名称和属性是不区分大小写的，但特殊属性如 URL 和文件名称是区分大小写的。

21.2.3　一些基本的语法规则

1.容器

大部分 HTML 元素或组件都是容器，它们都有一个开始标签和一个结束标签。标签所包围的对象遵循标签指令。例如<em>标签所包含的文字为斜体，如图 21-2-4 所示，在代码设计框中输入<em>春暖花开</em>，然后单击设计视图窗口，在设计视图窗口中显示的字体也是斜体字。

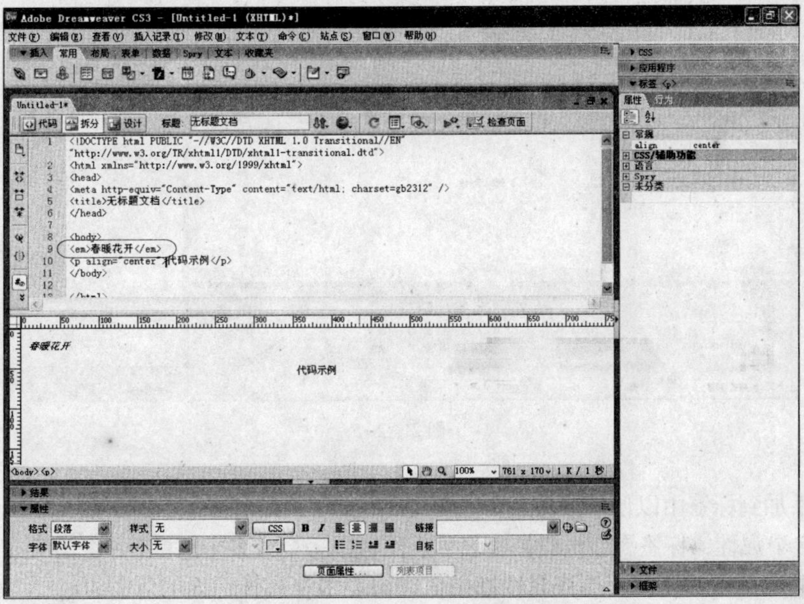
Adobe Dreamweaver CS3 - [Untitled-1 (XHTML)*]
文件(F) 编辑(E) 查看(V) 插入记录(I) 修改(M) 文本(T) 命令(C) 站点(S) 窗口(W) 帮助(H)
插入 常用 布局 表单 数据 Spry 文本 收藏夹
Untitled-1*
代码 拆分 设计 标题: 无标题文档 检查页面
<!DOCTYPE html PUBLIC "-//W3C//DTD XHTML 1.0 Transitional//EN"
"http://www.w3.org/TR/xhtml1/DTD/xhtml1-transitional.dtd">
<html xmlns="http://www.w3.org/1999/xhtml">
<head>
<meta http-equiv="Content-Type" content="text/html; charset=gb2312" />
<title>无标题文档</title>
</head>
<body>
<em>春暖花开</em>
<p align="center">代码示例</p>
</body>
春暖花开
代码示例

图 21-2-4

结束标签包含和开始标签相同的名称，只是它的前面有一个斜杠（/），可以将它当作标签结束的标志。

一些标签的结束标签是可选的，如<p>段落标签，大部分浏览器遇到一个新的开始标签时会自动结束一个段落，但为了阅读和书写的方便，最好都使用结束标签定义结尾。

例如，网页的基本框架就是一个大的容器，它所包含的标签都是成对出现的，如下所示：

<html>(开始标签)
<head>(开始标签)
<title>无标题文档</title>
</head>(结束标签)
<body>(开始标签)
</body>(结束标签)
</html>(结束标签)

2.独立（或“空”）标签

一些标签并没有结束标签，因为它们是用来在文档或页面上放置独立元素的。如图像标签<img>、换行标签
等。

HTML 含有以下空标签：

<area>　<base>　<basefont>　
　<col>　<frame>　<hr>　<img>　<input>　<ins>　<link>　<meta>　<param>

以实例说明空标签的使用。在上例的“春暖花开”中间输入
，然后单击设计视图界面，

结果如图21-2-5所示。

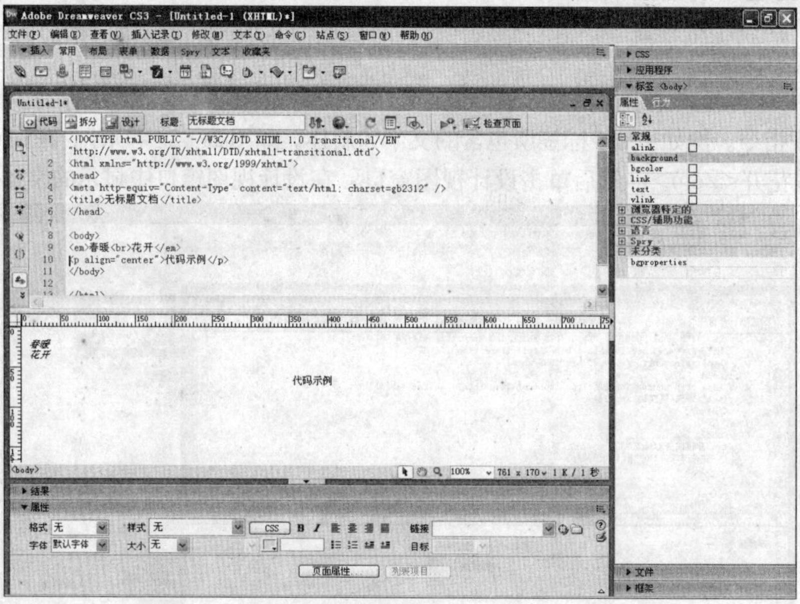
Adobe Dreamweaver CS3 - [Untitled-1 (XHTML)*]
文件(F) 编辑(E) 查看(V) 插入记录(I) 修改(M) 文本(T) 命令(C) 站点(S) 窗口(W) 帮助(H)
<!DOCTYPE html PUBLIC "-//W3C//DTD XHTML 1.0 Transitional//EN"
"http://www.w3.org/TR/xhtml1/DTD/xhtml1-transitional.dtd">
<html xmlns="http://www.w3.org/1999/xhtml">
<head>
<meta http-equiv="Content-Type" content="text/html; charset=gb2312" />
<title>无标题文档</title>
</head>
<body>
<em>春暖
花开</em>
<p align="center">代码示例</p>
</body>
春暖
花开
代码示例

图21-2-5

3.属性

属性是添加到标签中以便扩展或者修改标签的动作的。属性只能在开始标签中，可以在一个标签中添加多个属性，标签属性位于标签名称后面，以一个或多个空格分隔，当定义多个属性时，属性的出现顺序并不重要。大部分属性都带值，值要跟在属性后面的等号（=）之后。

以实例说明如下：

定义“春暖”两字的颜色为红色，在代码编辑界面中的“春暖”前面输入<font color=#FF0000>，在后面输入</font>，设计视图界面的效果如图21-2-6所示。

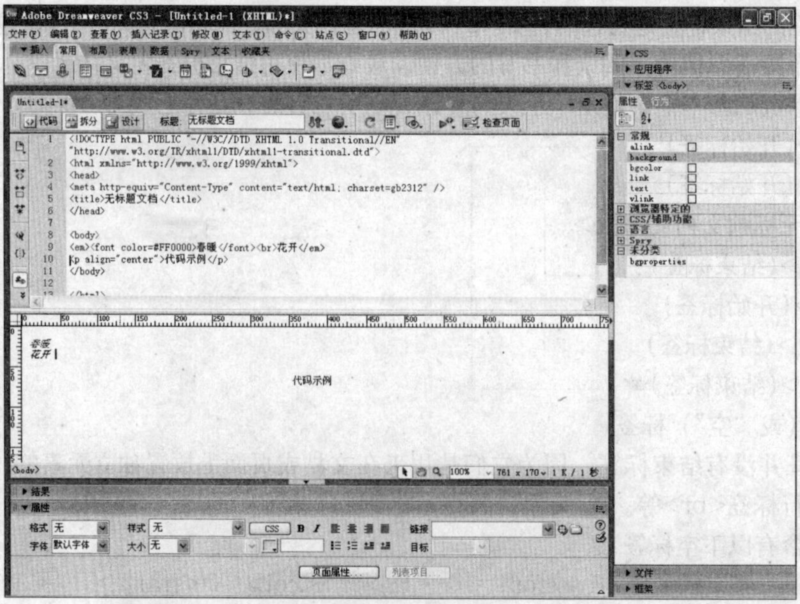
Adobe Dreamweaver CS3 - [Untitled-1 (XHTML)*]
文件(F) 编辑(E) 查看(V) 插入记录(I) 修改(M) 文本(T) 命令(C) 站点(S) 窗口(W) 帮助(H)
<!DOCTYPE html PUBLIC "-//W3C//DTD XHTML 1.0 Transitional//EN"
"http://www.w3.org/TR/xhtml1/DTD/xhtml1-transitional.dtd">
<html xmlns="http://www.w3.org/1999/xhtml">
<head>
<meta http-equiv="Content-Type" content="text/html; charset=gb2312" />
<title>无标题文档</title>
</head>
<body>
<em><font color=#FF0000>春暖</font>
花开</em>
<p align="center">代码示例</p>
</body>
春暖
花开
代码示例

图21-2-6

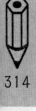

下面加入定义字号的属性size，在标签<font>中加入size=6，单击设计视图编辑界面，结果

如图 21–2–7 所示。注意图中的输入方式，属性间以空格隔开。

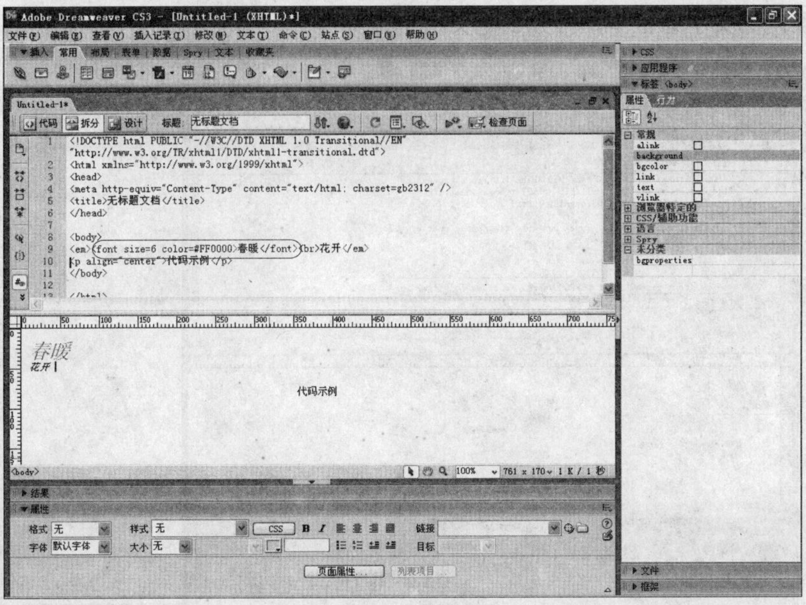

图 21–2–7

注：<font>标签是定义文字颜色和字号大小的标签。

单击代码编辑界面中<font>标签，单击“窗口／标签检查器”打开标签面板，单击该面板中的“属性”标签，如图 21–2–8 所示，可以查看当前字体的属性。单击面板的文档属性栏可以修改属性。

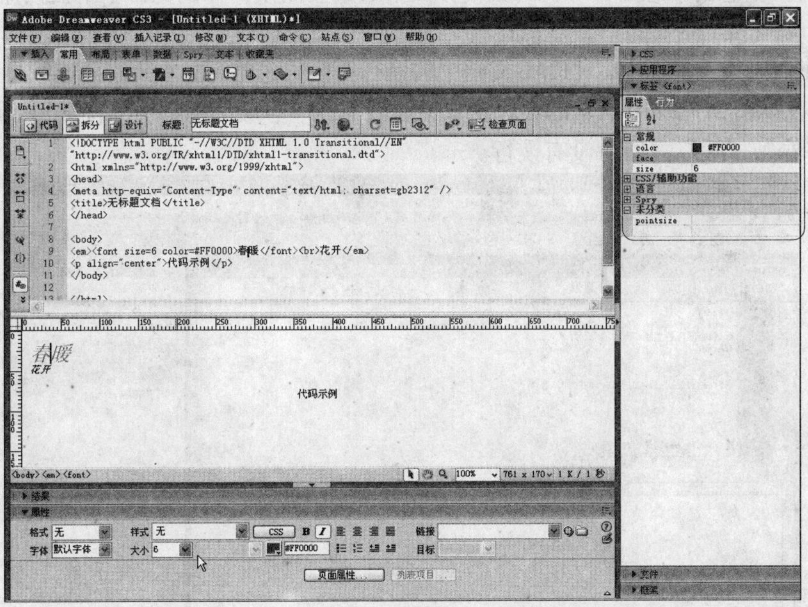

图 21–2–8

4.嵌套 HTML 标签

HTML 元素可以包含在另外一个 HTML 元素之内，这称之为嵌套。要正确使用，套入的标签必须拥有完整的开始和结束标签。

如定义字体为粗体和斜体，可以使用如下标签：

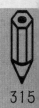

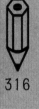

<b><em>春暖花开</em></b>，如图 21-2-9 所示，即为一个嵌套标签，先使用<b>标签定义了标签内的文字为粗体，再分别定义这个标签内文字其他不同部分的不同属性。

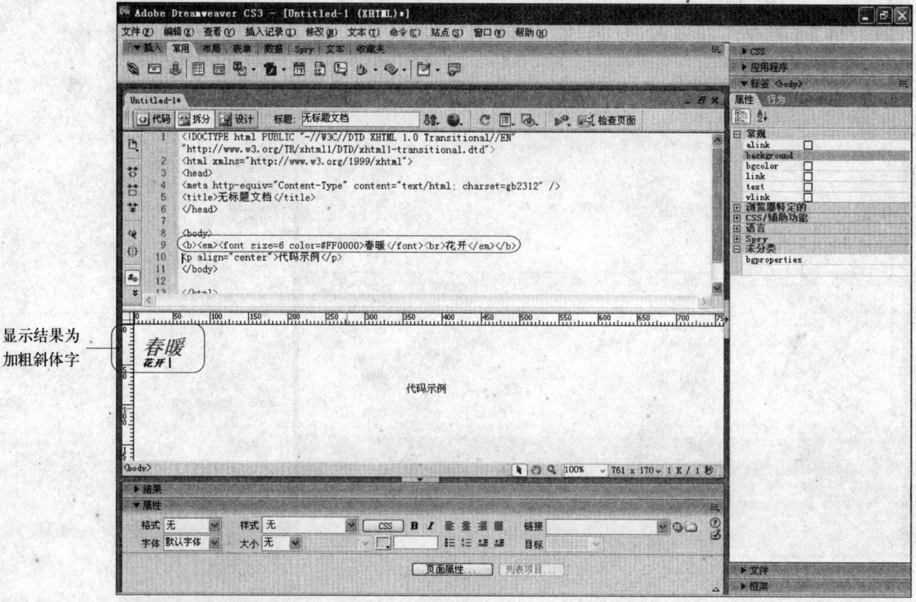

图 21-2-9

21.2.4 编程中所忽略的信息

编程中有些信息会被忽略，即代码编辑界面中的某些操作，在浏览器中不会按操作意图显示，它们包括：

断行：在代码编辑界面中，HTML 文档中的换行符会被忽略，文本元素会连续显示，如图 21-2-10 所示。在如图 21-2-10 所示的代码窗口中，我们在“春暖”两字中间按 Enter 键换行，单击视图界面，“春”、“暖”之间并没有换行。

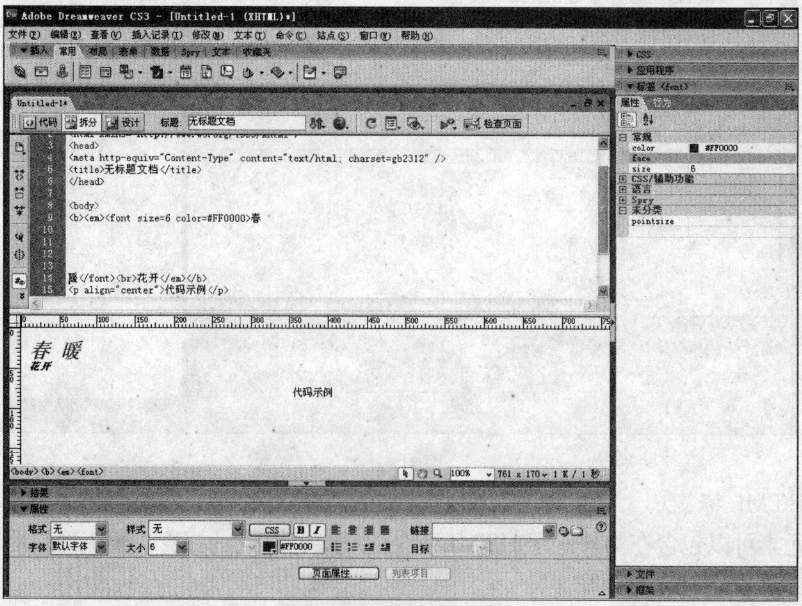

图 21-2-10

空格：当在代码编辑界面的HTML文档中连续键入多个空格时，只会显示为一个独立的空格。如图21−2−11所示，对比代码编辑界面和设计视图界面。

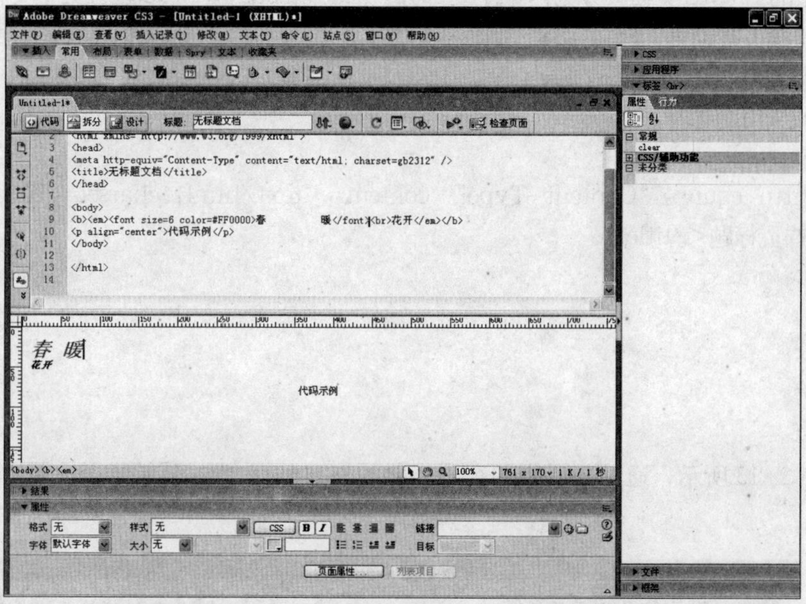

图21−2−11

不认可标签：当使用尖括号键入HTML不认可的标签时，浏览器可能什么也不显示，或者仅显示标签内容，即尖括号内的内容，这将根据浏览器的不同而有差别。

注释文本：使用<!−− 和 −−>来表明的注释文本不会显示在浏览器中。如：<!−− 这是提示信息 −−>不会显示在浏览器中，如图21−2−12所示，在设计视图界面中没有显示注释内容。

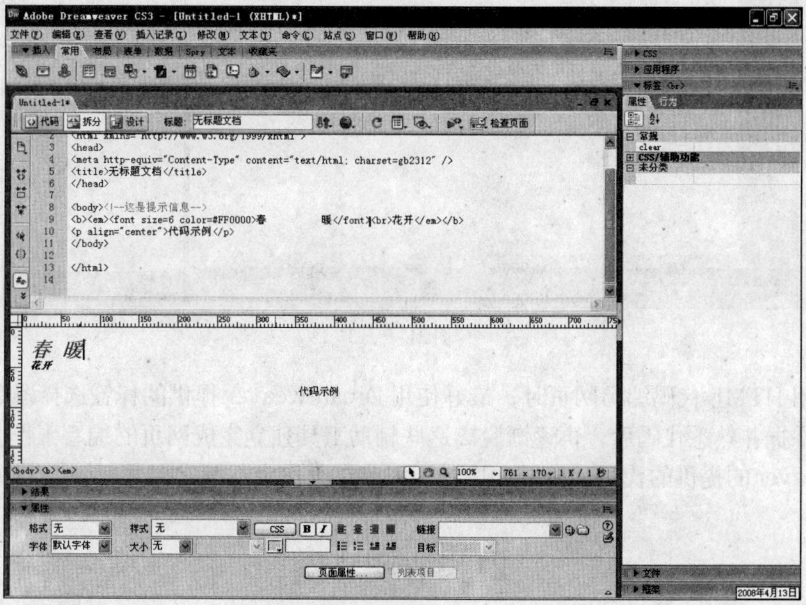

图21−2−12

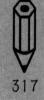

21.2.5 文档结构

一个典型的HTML文档被分为两个主要部分：head和body。head包含关于文档的信息，比如它的标题和网页背景色、默认字体、颜色等信息；body包含实际的文档内容。下面的例子显示了用来建立HTML的结构标签。

```
<html>
<head>
<meta http-equiv= "Content-Type"  content= "text/html; charset=gb2312">
<title>首页标题</title>
</head>

<body>
</body>
</html>
```

如图21-2-13所示，通过代码视图查看新建的HTML文档，显示了上述基本HTML文档结构。

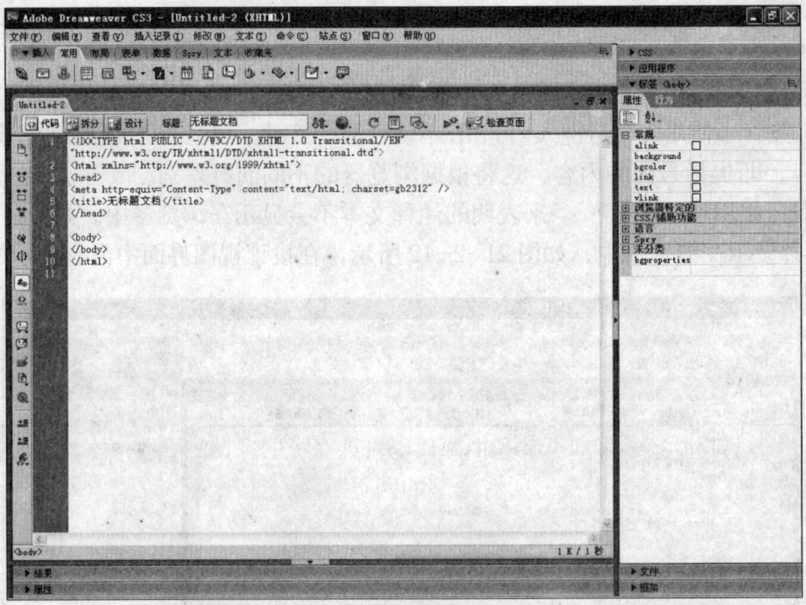

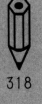

图21-2-13

学习使用HTML代码编写网页时，最好使用Dreamweaver提供的标签选择器等代码编辑工具。当逐渐掌握并熟悉代码后，再逐渐脱离这些辅助工具独立完成网页的编写工作。学会合理使用Dreamweaver的提供的代码、拆分和设计视图，在工作中逐渐掌握并理解HTML的标签。

21.3 实　例

在设计网页时，经常需要使用标签帮助完成网页设计，例如修改某一参数，有时在代码视图中比在设计视图中更方便、快捷。

(1) 打开“童心动漫”站点下的index.htm文档。

(2) 单击“拆分”按钮，图21-3-1所示是在拆分视图下显示的index.htm文档。

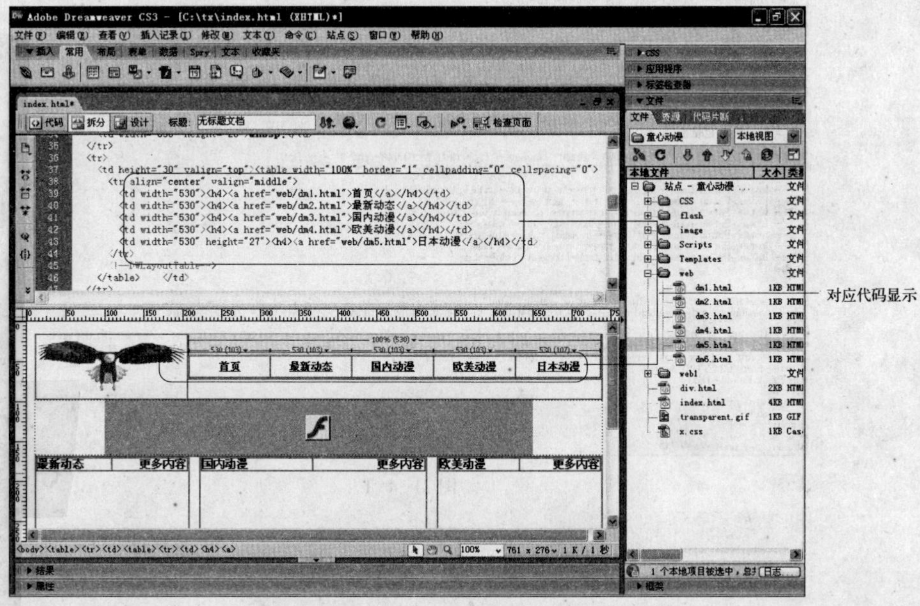

图21-3-1

(3) 如果我们熟悉网站结构，那么在代码视图下我们可更快速地修正链接等内容。

注：在代码视图和设计视图下我们均可完成网页设计，应灵活使用这两种编辑方式，找出最适合完成当前工作的方式，可以节省大量时间。

21.4　实 例 分 析

通过前面的学习，已经知道网页都是由源代码设计而成的。使用Dreamweaver只是把我们从繁重的源代码设计工作中解放出来。所有类型的网页都可以使用代码形式编写或查看。

随便登录一个网站，然后在浏览器中，执行“查看/源代码”命令，都可以在打开的记事本中可以查看到当前网页的源代码，如图21-4-1所示。

登录一些知名网站，使用上述方法查看和学习网页源代码的编写技巧，可以迅速提高代码编写能力。

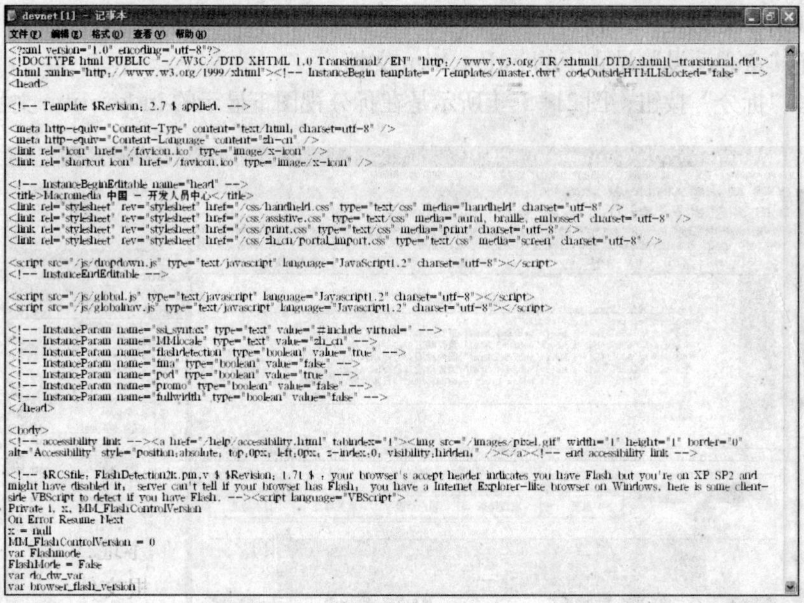
devnet[1] - 记事本

文件(F) 编辑(E) 格式(O) 查看(V) 帮助(H)

```
<?xml version="1.0" encoding="utf-8"?>
<!DOCTYPE html PUBLIC "-//W3C//DTD XHTML 1.0 Transitional//EN" "http://www.w3.org/TR/xhtml1/DTD/xhtml1-transitional.dtd">
<html xmlns="http://www.w3.org/1999/xhtml"><!-- InstanceBegin template="/Templates/master.dwt" codeOutsideHTMLIsLocked="false" -->
<head>

<!-- Template $Revision: 2.7 $ applied. -->

<meta http-equiv="Content-Type" content="text/html; charset=utf-8" />
<meta http-equiv="Content-Language" content="zh-cn" />
<link rel="icon" href="/favicon.ico" type="image/x-icon" />
<link rel="shortcut icon" href="/favicon.ico" type="image/x-icon" />

<!-- InstanceBeginEditable name="head" -->
<title>Macromedia 中国 - 开发人员中心</title>
<link rel="stylesheet" rev="stylesheet" href="/css/handheld.css" type="text/css" media="handheld" charset="utf-8" />
<link rel="stylesheet" rev="stylesheet" href="/css/assistive.css" type="text/css" media="aural, braille, embossed" charset="utf-8" />
<link rel="stylesheet" rev="stylesheet" href="/css/print.css" type="text/css" media="print" charset="utf-8" />
<link rel="stylesheet" rev="stylesheet" href="/css/zh_cn/portal_import.css" type="text/css" media="screen" charset="utf-8" />

<script src="/js/dropdown.js" type="text/javascript" language="JavaScript1.2" charset="utf-8"></script>
<!-- InstanceEndEditable -->

<script src="/js/global.js" type="text/javascript" language="Javascript1.2" charset="utf-8"></script>
<script src="/js/globalnav.js" type="text/javascript" language="Javascript1.2" charset="utf-8"></script>

<!-- InstanceParam name="ssi_syntax" type="text" value="#include virtual=" -->
<!-- InstanceParam name="MMlocale" type="text" value="zh_cn" -->
<!-- InstanceParam name="flashdetection" type="boolean" value="true" -->
<!-- InstanceParam name="fma" type="boolean" value="false" -->
<!-- InstanceParam name="pod" type="boolean" value="true" -->
<!-- InstanceParam name="promo" type="boolean" value="false" -->
<!-- InstanceParam name="fullwidth" type="boolean" value="false" -->
</head>

<body>
<!-- accessibility link --><a href="/help/accessibility.html" tabindex="1"><img src="/images/pixel.gif" width="1" height="1" border="0"
alt="Accessibility" style="position:absolute; top:0px; left:0px; z-index:0; visibility:hidden;" /></a><!-- end accessibility link -->

<!-- $RCSfile: FlashDetection2k.pm,v $ $Revision: 1.71 $ : your browser's accept header indicates you have Flash but you're on XP SP2 and
might have disabled it;  server can't tell if your browser has Flash;  you have a Internet Explorer-like browser on Windows. here is some client-
side VBScript to detect if you have Flash. --><script language="VBScript">
Private i, x, MM_FlashControlVersion
On Error Resume Next
x = null
MM_FlashControlVersion = 0
var Flashmode
FlashMode = False
var do_dw_var
var browser_flash_version
```

图21-4-1

21.5 小结

本章讲解了Dreamweaver中代码的设计方法，介绍了代码设计中的相关工具，并对HTML的相关基础进行了讲解。通过本章的学习，读者应该重点掌握HTML的基本语法规则、理解HTML中的标签，并能使用Dreamweaver的相关面板，帮助设置标签属性。

21.6 练习

填空题

（1）HTML标准和其他所有与Web有关的标准都是在______的特许下开发的。

（2）网页中的元素是由______定义的。

问答题

（1）简述在Dreamweaver中显示当前文档代码的方法。

（2）如何使用参考面板查看当前标签的帮助信息？

（3）列出网页的结构代码。

上机练习

（1）给一段文字设置一个<font>标签，然后在标签面板的属性栏中设置这个标签的属性。

（2）在拆分视图中修改网页，查看代码和设计视图中对应关系。

第 22 章　建站注意事项

通过本章，你应当：
了解建站过程的注意事项。

22.1　建立站点问题

建立站点的过程中，应该注意以下问题：

1.站点名称和本地根文件夹

站点名称是使用 Dreamweaver 建立站点时给站点命名的名称，而本地根文件夹是指用来存放站点文件的文件夹。在建立过程中，向导会自动以站点名称命名本地根文件夹，在初学者中容易引起混淆。如图 22-1-1 和图 22-1-2 所示，当站点命名为金色阳光教育网时，在定义存储文件时，也会自动以站点名称命名文件夹。

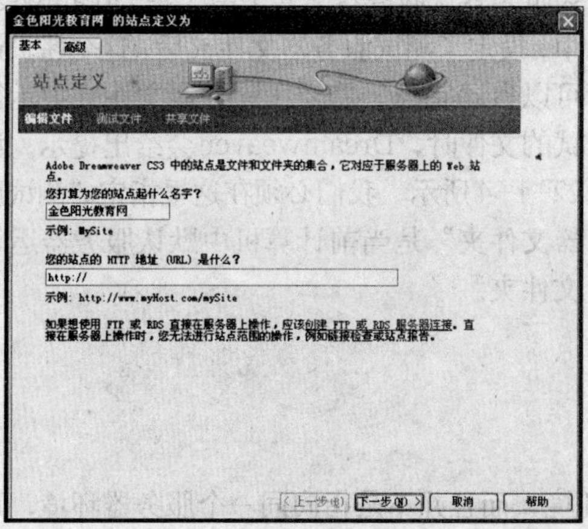

图 22-1-1

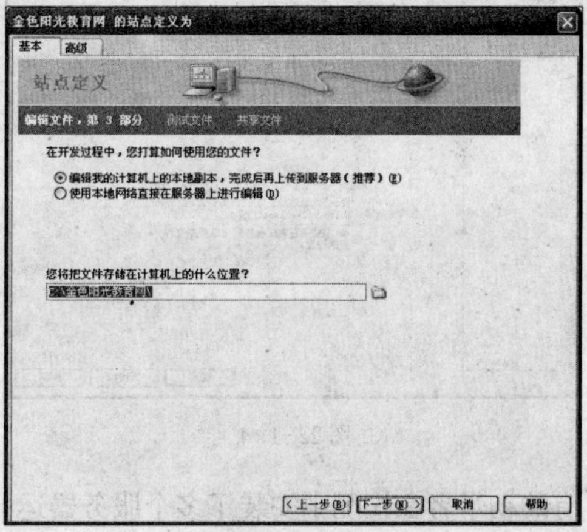

图 22-1-2

如果在 Dreamweaver 中使用非英文及数字命名存放站点的文件夹或文件，会出现兼容错误。例如无法在 Dreamweaver 中链接到目标文件，或无法正确存储 Flash 文件等。因此，必须使用英文或数字来命名存储站点的文件夹。

另一个需要注意的是图 22-1-1 所示的“您的站点的 HTTP 地址（URL）是什么？”栏，此处应填写已申请或准备申请的域名，这样在向远程服务器上传内容时，Dreamweaver 会自动匹配远程服务器与本地计算机的关系。

2.服务器技术和默认服务器文件夹

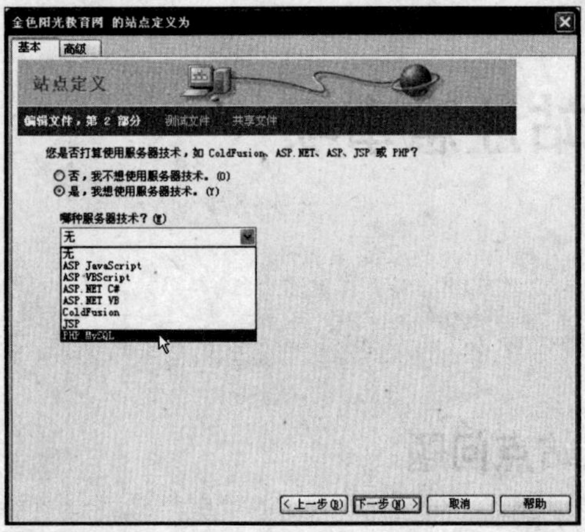

图 22-1-3

在建立动态网页时，有多种动态网页技术可以选择，如图 22-1-3 所示。

但无论是练习还是实际工作，一定要明确你需要使用什么样的动态网页技术制作动态网页。并且当前计算机一定要支持该种动态网页技术，即当前计算机应满足动态网页运行的环境要求。

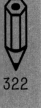

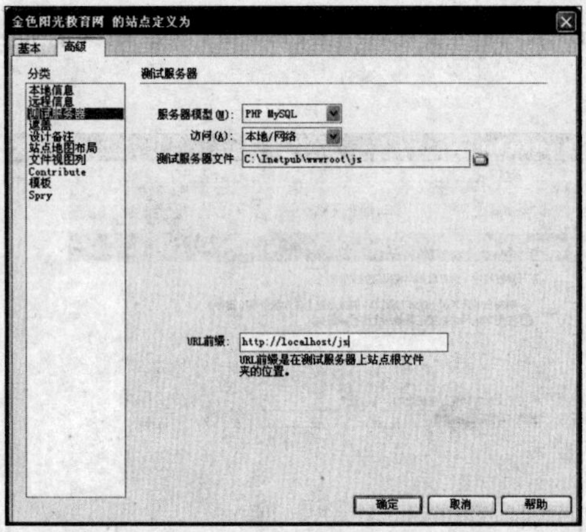

图 22-1-4

即使当前计算机有了动态网页运行的环境，当需检测动态网页时，也需将目标网页文档拷贝到默认服务器文件夹中。在 Dreamweaver 中，设定了测试服务器文件夹后，这个拷贝过程可以自动完成，需要在服务器文件夹中运行测试的文件时，Dreamweaver 会给出提示。如图 22-1-4 所示，我们必须在这里指定“测试服务器文件夹”是当前计算机中默认服务器运行的文件夹。

有的初学者在检测中安装了多个服务器运行环境，而且并不是指向同一个服务器环境，这时就需要明确哪个文件夹运行的默认服务器才是你所需要的，然后将这个目标文件夹设定为测试文件夹。

22.2 布 局 问 题

建立网页布局时应注意以下问题：

1.CSS 样式表的优先级问题

当使用外部的CSS样式表时，若样式表中指定了某项设置与当前网页设置发生冲突，则以CSS样式表中的样式为准。

在编辑网页或网页模板时，初学者往往容易忽略这一问题。例如调用了外部的 CSS 样式表，设置了正文居中显示，但在实际设计时想改变居中的显示模式，却无论如何也改变不了。这就是上述原因造成的。解决的办法是在 CSS 样式表中尽可能细致地设置各种体例格式，当使用新的体例格式时就重新命名并加入到CSS样式表中。另外，不要将需要经常变动的一些常用标签格式在外部的CSS样式表中设置，这样就不会发生上述情况了。

2.表格

表格是网页设计中非常重要的一个环节。Dreamweaver中表格大小有两种单位：像素和百分比。当使用像素作单位时，相对浏览器窗口大小的变化，网页本身并不随着变化。但当使用百分比为单位时，表格将随着浏览器的窗口大小变化而自动调整。使用表格进行布局时，应灵活使用这两种单位，以保证表格能满足大多数场合的需要。例如，使用固定宽度设计布局表格，即最外围的表格；使用百分比单位或自由伸展设计布局单元格或内部嵌套表格。这样可以保证表格不受浏览器窗口变化的影响，又可以体现显示上的灵活性和适应性。

使用表格布局时，表格在许多时候并不受所设宽度和高度的影响，而是受表格中输入内容的影响，自动调整宽度。这时可以设立间隔图像来帮助定位表格的边界。

使用表格主要是将网页划分为不同的区域，保证不同的区域各自独立，减少对其他区域的影响，使网页美观大方。因此在使用表格对网页布局时，一定要注意对整体网页的构思和设计，细分表格，保证显示内容的表格区域相对独立地显示不同种类的内容。例如，当制作模板时，指定某处表格显示图像，某处表格显示文字，不要在模板中的同一表格内使用图文混排。

3.DIV

目前网页流行使用DIV结构化网页。许多网站都使用这种方法来结构化网页。但是，需要注意DIV结构化网页并不是必须执行的标准。这个需要根据实际情况进行选择。

同时，DIV也是能够让网页风格更丰富多彩的工具之一。DIV可以在网页中划分出具有独立属性的区域，配合CSS样式可以更轻松的结构化网页。

22.3　制作网页内容问题

制作网页内容时应注意以下问题：

1.制定内容

网页内容的策划与网页的布局相关性较高，网页的布局实际是对内容的整理归类，并划分不同的显示区域。因此在对网页布局后，网页的内容形式也相对固定下来了。例如某个表格放置的图像大小是否符合要求，在制作时就已经是决定好的，让它正好符合需要的尺寸。虽然我们可以在Dreamweaver中重新设置图像和Flash的显示大小，但这样做并不可取。

2.网页体积的优化

为适应网络传输的需要，网页一般应尽量地减少体积，保证网页可以更快速地打开。当一个网站下载量过大或浏览人数很多时，这一点就更重要了。

虽然现在越来越多的人使用了宽带网络，而且网络的速度也越来越快，但决定网页打开速度的还有你的服务器所在路由的占用率。当很多人向你的服务器提出请求时，越小的的网页就可以越快地满足更多访问请求，然后腾出资源去处理排队的其他请求，同时也让出了网络的占用。因此尽可能优化网页的体积，是提高网站效率和保证网络畅通的常用方法。

网站中使用的图像应使用Fireworks优化后再应用到当前网页中。对于一些矢量图和矢量图化的图像（如Flash影片），在导出前也应对其优化，以减小体积。减少网页中对音乐的使用，如果一定要使用，可以适当降低音乐的声音质量，以有效减小音乐主体。最常用的办法是同时截取一段音乐的主旋律，反复播放。

22.4 测试问题

测试时应注意以下问题：

1.明确测试的目的

测试结果并不意味着必须进行修改，它只是一种参考。因此当看到一些出错提示时，只需判断这种错误是不是必须修改的错误，有些错误完全是因为浏览器兼容性问题造成的，而不是设计者的错误。

2.明确网页的主要用户对象

要了解浏览网页的群体中，大多数人使用的浏览器是哪一种，只要满足主要用户浏览群体即可。在此基础上再兼顾其他浏览器用户群体。

3.实际查看

测试时，不能仅通过Dreamweaver的测试来对当前网页下结论，一定要在浏览器中实际查看才能最终决定网页是否可行。

附录1　快捷键一览

文件菜单下命令的快捷键

命　令	快 捷 键
新建	Ctrl+N
打开	Ctrl+O
在框架中打开	Ctrl+Shift+O
关闭	Ctrl+W
全部关闭	Ctrl+Shift+W
保存	Ctrl+S
另存为	Ctrl+Shift+S
打印代码	Ctrl+P
退出	Ctrl+Q

编辑菜单下命令的快捷键

命　令	快 捷 键
撤销	Ctrl+Z
重做	Ctrl+Y
剪切	Ctrl+X
拷贝	Ctrl+C
粘贴	Ctrl+V
全选	Ctrl+A
选择父标签	Ctrl+[
选择子标签	Ctrl+]
查找和替换	Ctrl+F
查找所选	Shift+F3
查找下一个	F3
转到行	Ctrl+G

续 表

命 令	快 捷 键
显示代码提示	Ctrl+Space
刷新代码提示	Ctrl+.
缩进代码	Ctrl+Shift+>
凸出代码	Ctrl+Shift+<
平衡大括弧	Ctrl+'
首选参数	Ctrl+U

查看菜单下命令的快捷键

命 令	快 捷 键
放大	Ctrl+=
缩小	Ctrl+-
符合所选	Ctrl+Alt+O
符合全部	Ctrl+Shift+O
符合宽度	Ctrl+Shift+Alt+O
切换视图	Ctrl+Alt+.
刷新设计视图	F5
文件头内容	Ctrl+Shift+H
表格模式/扩展表格模式	F6
表格模式/布局模式	Alt+F6
可视化助理/隐藏所有	Ctrl+Shift+I
标尺/显示	Ctrl+Alt+R
网格/显示网格	Ctrl+Alt+G
网格/靠齐到网格	Ctrl+Shift+Alt+G
辅助线/显示辅助线	Ctrl+;
辅助线/锁定辅助线	Ctrl+Alt+;
辅助线/靠齐辅助线	Ctrl+Shift+;
辅助线/辅助线靠齐元素	Ctrl+Shift+/
插件/播放	Ctrl+Alt+P
插件/停止	Ctrl+Alt+X

续 表

命 令	快 捷 键
插件/播放全部	Ctrl+Shift+Alt+P
插件/停止全部	Ctrl+Shift+Alt+X
隐藏面板	F4

插入菜单下命令的快捷键

命 令	快 捷 键
标签	Ctrl+E
图像	Ctrl+Alt+I
媒体/Flash	Ctrl+Alt+F
命名锚记	Ctrl+Alt+A
模板对象/可编辑区域	Ctrl+Alt+V

修改菜单下命令的快捷键

命 令	快 捷 键
页面属性	Ctrl+J
CSS样式	Shift+F11
快速标签编辑器	Ctrl+T
创建链接	Ctrl+L
移除链接	Ctrl+Shift+L
表格/选择表格	Ctrl+A
表格/合并单元格	Ctrl+Alt+M
表格/拆分单元格	Ctrl+Alt+S
表格/插入行	Ctrl+M
表格/插入列	Ctrl+Shift+A
表格/删除行	Ctrl+Shift+M
表格/删除列	Ctrl+Shift+-
表格/增加列宽	Ctrl+Shift+]
表格/减少列宽	Ctrl+Shift+[
排列顺序/左对齐	Ctrl+Shift+1

续 表

命 令	快 捷 键
排列顺序/右对齐	Ctrl+Shift+3
排列顺序/对齐上缘	Ctrl+Shift+4
排列顺序/对齐下缘	Ctrl+Shift+6
排列顺序/设成宽度相同	Ctrl+Shift+7
排列顺序/设成高度相同	Ctrl+Shift+9
时间轴/增加对象到时间轴	Ctrl+Shift+Alt+T

文本菜单下命令的快捷键

命 令	快 捷 键
缩进	Ctrl+Alt+]
凸出	Ctrl+Alt+[
段落格式/无	Ctrl+0
段落格式/段落	Ctrl+Shift+P
段落格式/标题1	Ctrl+1
段落格式/标题2	Ctrl+2
段落格式/标题3	Ctrl+3
段落格式/标题4	Ctrl+4
段落格式/标题5	Ctrl+5
段落格式/标题6	Ctrl+6
对齐/左对齐	Ctrl+Shift+Alt+L
对齐/居中对齐	Ctrl+Shift+Alt+C
对齐/右对齐	Ctrl+Shift+Alt+R
对齐/两端对齐	Ctrl+Shift+Alt+J
样式/粗体	Ctrl+B
样式/斜体	Ctrl+I
检查拼写	Shift+F7

命令菜单下命令的快捷键

命 令	快 捷 键
开始录制	Ctrl+Shift+X

站点菜单下命令的快捷键

命 令	快 捷 键
获取	Ctrl+Shift+D
取出	Ctrl+Shift+Alt+D
上传	Ctrl+Shift+U
存回	Ctrl+Shift+Alt+U
检查站点范围的链接	Ctrl+F8

窗口菜单下命令的快捷键

命 令	快 捷 键
插入	Ctrl+F2
属性	Ctrl+F3
CSS样式	Shift+F11
AP元素	F2
数据库	Ctrl+Shift+F10
绑定	Ctrl+F10
服务器行为	Ctrl+F9
组件	Ctrl+F7
文件	F8
资源	F11
代码片段	Shift+F9
标签检查器	F9
行为	Shift+F4
结果	F7
参考	Shift+F1
历史记录	Shift+F10
框架	Shift+F2
代码检查器	F10
时间轴	Alt+F9
隐藏面板	F4

帮助菜单下命令的快捷键

命 令	快 捷 键
使用Dreamweaver	F1
使用ColdFusion	Ctrl+F1
参考	Shift+F1

附录2 售后服务

在购买教材后，如果有疑问，可以登录网站“www.todayonline.cn”，进入网站后，首页如图附2-1所示。

图附2-1

单击“学习论坛”，进入如图附2-2所示的“今日在线学习论坛”界面。

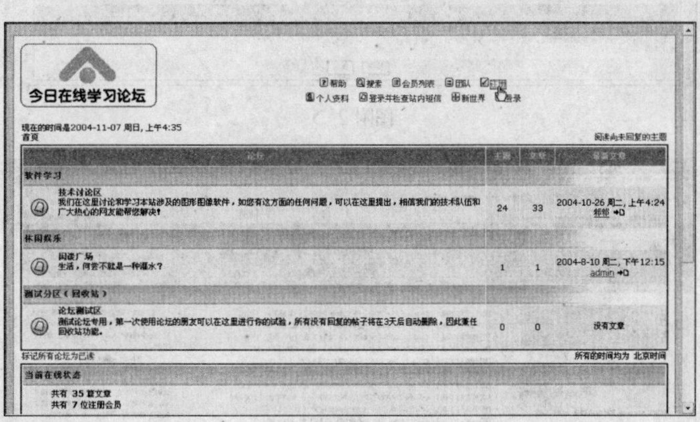

图附2-2

单击“注册”，进入如图附2-3所示的界面，然后根据情况选择以下3个条款之一，这里以选择第1个条款为例。

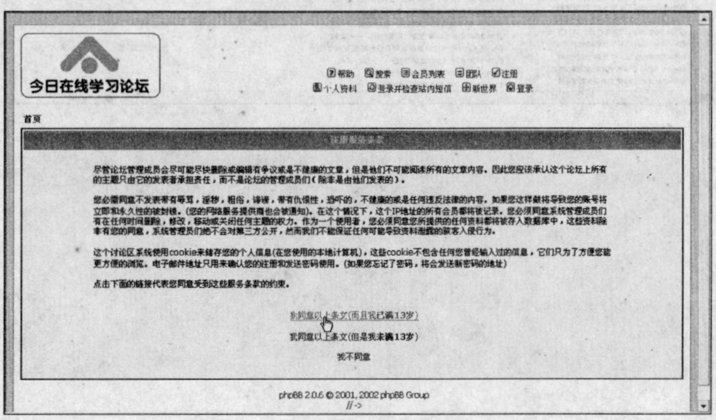

图附2-3

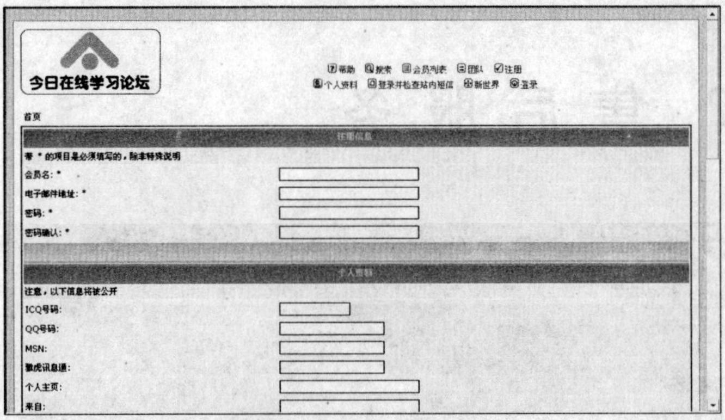

图附 2-4

单击“我同意以上条文（而且我已满13周岁）”，进入如图附2-4所示的界面。

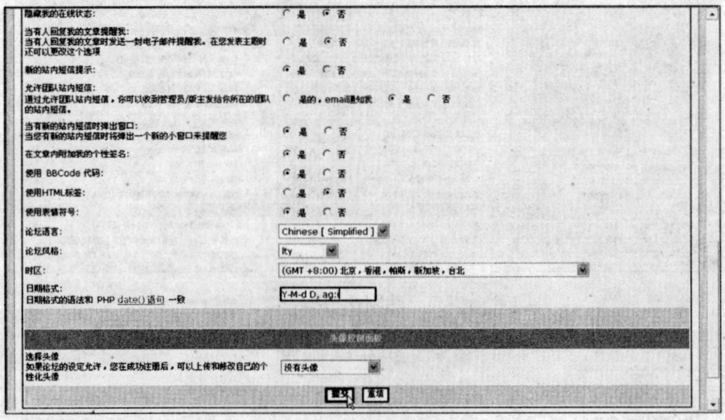

图附 2-5

输入“注册信息”和“个人资料”，全部输入完毕后，单击“提交”按钮，如图附2-5所示。

注册成功后，将你的问题提交到论坛上，我们将在1周之内予以回复。

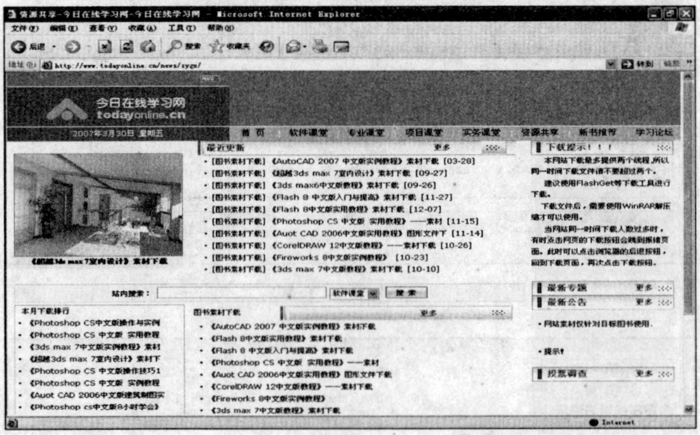

图附 2-6

书中所使用的素材，请登录www.todayonline.cn下载。当登录到该网站时，单击“资源共享”，进入如图附2-6所示的界面进行下载。

如果该页面中没有显示所需素材，请单击“更多内容”按钮，在弹出的页面中有全部素材列表。

提示：

文件下载后请用Winzip软件解压。